上海老作家文丛（第十二辑）

诗海

SHI HAI TING TAO

听涛

刘希涛 著

文汇出版社

作者简介

刘希涛，中国作家协会会员、上海市作家协会诗歌组原组长。《上海诗人》创始人。现为上海出海口文学社社长、《上海诗书画》《出海口文学》主编、上海"杨浦文化名人"，有"钢铁诗人"称号。主要作品有诗集、散文集、报告文学集等15部，多次获得国家级、省市级奖项。诗歌《关于爱情》获全国爱情诗大赛二等奖，散文《相思月明时》获全国散文大赛一等奖，歌词《康定老街》入选《中国当代歌词精选》，并多次获奖。《刘希涛传略》已被分别收入《中国作家大辞典》《中国作家3000言》《诗刊·当代诗人群像》等辞典中。

Contents / 目 录

第三辑　诗路回望

第四辑　文林散页

第五辑　在友人笔下

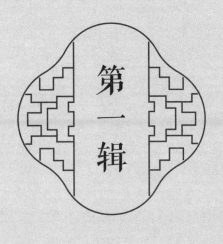

第一辑

诗余断章

诗余断章

《上海诗书画》编者按：

刘希涛，中国作家协会会员、上海市作家协会会员（诗歌组原组长）、上海杨浦文化名人，上海出海口文学社社长，有"钢铁诗人"称号。

刘希涛自中学开始写诗习文，终生不辍。他遵循毛泽东主席的教导：文学创作离不开火热的生活。怀着当诗人的梦想，曾经投笔从戎，进厂做工。他在钢厂生活工作10年，在化铁炉的火光中感受，在轧钢机的轰鸣声中思索，从铁与火中汲取诗情、采撷诗行，在全国近百家报刊上发表500余首"钢铁诗"，被誉为"钢铁诗人"。

新时代，他贯彻习近平总书记在文艺工作座谈会上的重要讲话精神，坚持以人民为中心的创作导向，创作无愧于时代的优秀作品，以优秀诗作讴歌伟大的时代和伟大的人民。

人可老去，诗笔常青。

刘希涛勤奋耕耘60余载，如今虽已年近八旬，可他初心如炬、使命如磐，依然渴望拥抱生活，依然渴望燃烧！他在半个多世纪的创作实践中，把探索和完善诗艺贯穿他生命的始终。

"我是怎样学习写诗的？""怎样才能写好一首诗？"刘希涛以"金句"式的"断章"，把他的这些写诗的心得，展现得十分新颖，这是非常珍贵的！形同带露的小花，星星点点，珍珠般地撒落在文学的芳草地上……

当下，诗坛乱象丛生，形形色色的闹剧真可谓五花八门，应有尽有，前不久又冒出个涉世不深的青年作家，把无趣当有趣……而刘希涛的《诗余断章》既有创作感悟、创作经历，也有对名家名篇的赏析。这些来自生活、来自创作实践、传递温暖和希望的写诗经验和独到见解，将给爱好文

学创作，尤其是爱好诗歌创作的朋友们一个学习、借鉴、启迪、帮助的
机会。

（原载《上海诗书画》第39期，2021年3月15日）

1

什么是诗？
跳进生活的海吧，
尔后上来沉思。

2

我活像是一条饥饿的蚕儿，遇到桑叶就想吃；只有吃饱了桑叶的蚕儿，
才能吐丝（诗）作茧：我吃进去的是生活，吐出来的是作品。
吃尽桑叶千般苦，心血抽出丝万根。

3

怎样才能写好一首诗呢？
三言两语是说不清楚的。
谁轻易地给诗下个定义，再煞有介事地列出诸如"诗歌作法"之类的
东西，那肯定是骗人的（鲁迅先生早就表示过反对的）。
文学创作，没有固定的模式，它不是橡皮图章，敲出来都是一个模样；
也不是人像摄影，张三不会变成李四（换头术除外）。
它是鲜花百态，风姿万千，即便同一棵树上的树叶，也不是一模一样的。

4

要写好一首诗，努力是多方面的，并不是一件容易的事。
首先在思想上，应具备一定的修养。

一个诗人，也应该是一个思想家。

5

诗歌发展的历史告诉我们，一些有成就的诗人之所以能写出他们那个时代的乐章，表现人民的心声，首先就是他们有高屋建瓴的思想，站在了那个时代的制高点上，反映了时代发展的方向。

从这个意义上说，他们不仅是杰出的诗人，而且也是思想家。

古今中外，不乏其人。

6

诗和一切文学、艺术创作，都离不开火热的生活，尤其是自己熟悉的生活。

诗与生活的问题，是一个老问题，更是一个常说常新的问题。

有人主张"诗离生活越远越好"。他们认为诗可以不反映生活，只要"表现自我"就行。这种主张是错误的。

7

诗，一旦离开生活的土壤，必然会出现严重的"虚脱"现象。

一旦关闭生活的门窗，把自己束之高阁，抒发的无非是一点蜗角之情，诗作必然出现严重的"失血"症状，虽故作高深，因苍白无力，诗站不起来。

有的则走火入魔，古怪、晦涩、杂乱无章，诗越来越看不懂，让人不知所云，如堕五里雾中。有的似巫婆口中的符咒，胡言乱语，不知在说些什么！

因为看不懂，必然败坏读者的胃口，必然严重地脱离群众！

最终，诗歌成了孤家寡人。

8

"如今诗树凋零，佳作不多。有些热门诗，实属无病呻吟。听他叫喊了半天，还不知他痛在什么地方。有些时髦诗，似乎是作者在字架上随便抓一把铅字，闭着眼睛把它排列组合成行。

"这种诗太高深莫测，我自叹文化程度浅无法理解，只得放弃嚼蜡。

"白居易写诗，还要让老太婆听懂，而我们现在有些诗，是存心写给一百年以后的未来人或亿万里之外的外星人看的，我们凡夫俗子看不懂，只好作罢。

"好在还有像刘希涛这样的诗人，他的诗一是有生活，二是有激情，离我们近。"

（摘自中共上海市委宣传部原副部长、《解放日报》原总编辑丁锡满为刘希涛第一部诗集《生活的笑容》所作序言。原载1989年8月29日《解放日报》。）

9

生活是诗歌创作的源头活水。

明白这个既浅显又深奥的道理后，还必须防止把生活的概念狭隘化、片面化。

生活是指整个社会生活，而不是社会中某一部分人或某些个人的生活（不是吃喝拉撒睡等日常琐事的描写），才是反映了生活。

因此，它就必须要有其时代特征和特定的内容，不抓住这一点，你就反映不出这个时代社会生活的特征及其各个侧面。

对生活这一广义概念的理解，于进入诗的创作无疑是重要的。

10

假如你想做个诗人，还必须具备顽强的意志和无休止的吃苦耐劳精神。

我始终记着已故作家柳青生前对刘绍棠说过的"文学是愚人的事业，聪明的人不要干"这句话。

柳青在这儿所说的"愚人"，我的理解就是要有一股"傻劲儿"的人，像《西游记》里的唐三藏那样"吃了秤砣铁了心"，任你千魔万蛰，任你九九八十一难，不取到真经决不回头！

"为伊消得人憔悴，衣带渐宽终不悔"，说的也是这个意思。

11

如果文学殿堂果真有个大门的话，那么"立志"是迈进这个大门的左脚，而"信心"和"毅力"，则是迈进这个大门的右脚。

12

要写好一首诗，真的不是一件容易的事。

它包括了诗人的理想、信念、阅历、素养，以及气质（才气、灵气、大气）和个性的总和。

这努力是一辈子的事。正如上海市作家协会主席王安忆，在上海市作家协会第十次会员大会上所说："文学吃的不是青春饭。"

13

究竟怎样才能写好一首诗呢？

众说纷纭，莫衷一是。

有人说，如果具备了五要素，即感情浓烈、构思新颖、形象鲜明、思想深刻、节奏流畅，就是一首完整的好诗。

突出了其中的一点，才称得上是一首有特色的好诗。

14

关于要素之说，苏联作家高尔基在《和青年作家谈话》中，阐述了他著名的文学三要素的理论：语言、主题、情节。

高尔基的这一理论，是现实主义文学理论的基石之一。

15

就自己学诗的粗浅体会，要写好一首诗，必须先做到以下几点：

一、找准诗歌所表现的主题思想。

主题是一种思想。不过它不是作者头脑中固有的，不是先验的，而是由经验（生活积累）产生，由生活暗示给作者的。不管作者是否承认，任何文学作品都有自己的主题，只是有的浅露单纯，有的隐蔽复杂罢了。

16

任何一首诗（无论哪种形式）都表现一定的思想，一首好诗，主题思想应当是鲜明的。

没有鲜明的主题，等于造房子没有栋梁，造船没有桅杆，造枪没有准星一样。

即使无题诗，也是有思想的，诗中有作者的寄托和追求。

17

当然，单有思想的字句并不是诗。

因为"诗就是诗"。

揭示主题思想，不能靠直说，往往要通过比喻来巧说。

让抽象的变得具体，让深奥的变得浅显，让模糊的变得明朗，让不容易被理解的变得容易被理解。

比喻，有妙与不妙之分。

只有妙喻，才具魅力！

18

第一个把女人比作花的，是天才。

第一次把美人的目光比作秋水的，是高手。

五代时南唐那个国主李煜，还把"问君能有几多愁"的"愁"比作"恰似一江春水向东流"……

臧克家久卧病床，心生厌倦，他说"天花板像一页读腻了的书"，比得真妙。

毛主席把外强中干的帝国主义和一切反动派比作纸老虎，更让人叫绝。

19

部队开展"学习毛主席著作"诗歌大赛，我的一首《改天换地四卷书》获得一等奖（以后还上了1968年1月1日《人民日报》），短短四句，用的就是比喻：

> 开天辟地一把斧，
> 顶天立地一根柱，
> 惊天动地一声雷，
> 改天换地四卷书。

20

妙比如花。

它开在人们的眼里，它留在读者的心上。

1963年3月，我在部队写过一首短诗《连长的脚板》，受到了好评，用的就是比喻。

在部队生活诗作中，写连长、指导员的比比皆是。泛泛而写，很难给人留下印象。注意观察人物的神态和特征，我时时处处做有心人。

我们连长是位关东大汉，绛紫色的脸膛，虎彪彪的身材，高门大嗓。人物本身是有特点的，如果就这样入诗，必然乏味。

没有角度，没有细节，没有比喻，人物形象就站不起来。

一次，我们在楼上教室里等连长来上课，我坐的桌子靠门，正低头写字，连长来了，脚步咚咚响，由于震动，竟把我笔下的"一"字抖成了一条小蛇，好沉的脚步啊！

又一次，野外实弹演习，一个战士因紧张，把拉了弦的手榴弹一下子甩滑了，落在离掩体不到五六米的地方，眼看就要爆炸！事情来得太突然，大家全都惊呆了！就在这千钧一发之际，一个身影腾地跳起来飞起一脚，"轰"，被踢飞的手榴弹在空中爆炸了，大家这才从惊恐中回过神来。此人正是连长。

部队规定晚上九点熄灯，时间一到唰的灯全灭了。我有时心血来潮，就躲在蚊帐里摸黑写诗。有一次正进入"角色"，突然床前出现了一个高大的身影，他压低嗓门说："小刘，怎么还不睡觉？明天还要军训呢，快睡吧！"顺手把窗户关了起来，又悄无声息地走了。连长什么时候进来的？他关窗户的声音多轻，这脚步多轻，和平时判若两人。

连长的脚板那样地重，又那样地轻，逼真的生活原型在我脑海中闪回。角度有了，就从连长的一双脚板下笔。

有了角度，还要选择形象。说脚板是"老虎"，显然不确切，如果把脚板比喻成"属老虎"的呢？那就既性格化又耐人寻味了！

《连长的脚板》发表后，在诗坛引起了反响。有人在《福建日报》上撰文《一首别出心裁的小诗——读〈连长的脚板〉》（摘录一段如下）：

> 这首诗紧紧抓住连长带兵、爱兵两大特点，一写连长带兵苦练杀敌本领，赛过猛虎的劲头；一写连长爱兵有慈母般的心肠，看上去我们的连长判若两人，实质是一个完整的艺术形象，刚柔兼备，栩栩如生。上段写连长的老虎精神，既是属虎的，就猛字当头，紧跟着跑跳蹦纵之后，就出现了"一对滚地龙"，产生了"平地刮旋风"的威力。这一系列的场面始终扣住脚板来写，实则是对连长性格的刻画和描绘。后一段写连长如何关心战士，依然紧扣脚板做文章，它有别于一般的泛泛而写，而是从大处着眼、小处着笔，于细微处见精神。作者经过细心的观察和捕捉，通过生活中极平常的压蚊帐、关窗户这些细节的勾勒，使人物形象进一步活了起来。"压蚊帐——如同折封信，关窗户——就像扣衣领"，既新鲜又贴切，读者就从这些细小的动作里，看到了本质的东西，人民军队官兵之间亲密无间的友爱精神。

　　这是一首优秀的战士诗作，它的构思、立意别具一格，上下对照，首尾相映，活泼，玲珑，形象鲜明。短短18行，大有"增之一段则太肥，减之一段则太瘦"之妙。脚板怎么能"属"呢？作者居然给他"属"上了，而且"属"得这样神似，比喻得这样巧妙，真可谓别出心裁了。

连长的脚板

连长的一双脚板呀，
是属虎的。
那么的勇，那么的猛！
练兵场上，跑跳蹦纵，
双脚跺得地心动！
刺杀——一对滚地龙，
追击——平地刮旋风，
大吼一声霹雷响：
"同志们，跟我冲！"
连长的一双脚板呀，
是属猫的。
那么的轻，那么的灵！
查铺查哨，走走停停，
好似飘着一朵云！
压蚊帐——如同折封信，
关窗户——就像扣衣领，
整座营房呀，
跳动着一颗慈母心。

（原载1963年第6期《热风》杂志，入选《上海50年文学创作丛书·诗歌卷》）

21

　　诗，应有自己的特点，它不同于小说，不同于电影、戏剧、报告文学等叙事性较强的文学样式（它们主要通过塑造人物，选取典型情节来编织动人的故事）。

诗则不同，诗以抒情为主，强烈地抒发感情！

俄国大作家托尔斯泰说过："诗是人们心中燃烧起来的火焰。"

郭沫若也说过："诗歌的本职专在抒情。"

22

诗也不同于散文，散文不分行排列，诗分行。

诗行的组合完全不同于散文上下文的连接，它更多地利用了省略、浓缩、跳跃，带有一定的主观性和随意性，随时可撞击、迸射出奇异的火花。

23

散文没韵，诗一般有韵。

当下，涌现出众多押韵的叛逆者，他们写出了大量无韵的诗。

他们认为诗是有灵性的，不要套上韵的绳索。韵脚并非诗之生命所系，离开韵，完全有可能写出好诗。但他们也强调，叛离的仅是外在的韵脚，并不排斥诗的内在节奏和音乐美。

我赞同这样的意见。因为只要是诗，不管它怎样自由，怎样恣肆，在它的字行中间，总有一些韵的小精灵在跳跃。

突破外韵，追求内核（深化主题），不失为一种创新。

24

也有散文诗。

那是诗歌和散文的亲密结合，自由婚配生下的孩子，兼有"父母"双方的特点。

25

一首好诗，既要思想深刻美好，又要感情浓烈，构思新颖，形象鲜明。而更重要的还在于它思想的深刻和美好。

思想的深刻和美好，是决定一首诗成败的关键。

诗人田间1938年曾在八路军经过的村庄墙头上，写过这样一首墙头诗：

> 假使我们不去打仗，
> 敌人用刺刀杀死了我们，
> 还要用手指着我们骨头说：
> "看，这是奴隶！"

谁愿意做奴隶！谁愿意当马牛！

假如我们不去打仗，就只能任人宰割。这首思想深刻美好的短诗，胜过战前动员，也胜过口号，它起到了号角和战鼓的作用！

26

一首好诗，思想不仅要深刻美好，还要正确。

比较一下毛主席的《七律·和郭沫若同志》（1961年11月17日）与郭老的原诗《看〈孙悟空三打白骨精〉》。差别在哪里？根本在诗的思想。

郭老诗中有这样两句：

> 千刀当剐唐僧肉，
> 一拔何亏大圣毛。

郭老把受妖精迷惑的唐僧当作要千刀万剐的敌人，显然是混淆了两类不同性质的矛盾，诗的思想由此产生了倾斜。

毛主席这两句诗是这样写的：

僧是愚氓犹可训，
妖为鬼蜮必成灾。

在这里，毛主席对郭老原诗思想的偏颇做了纠正，提出要分清敌我友，教育团结大多数（唐僧、八戒），最大限度地孤立和打击像白骨精这样的敌人。

27

再看一首叫《在荒凉的山地上》的诗。

诗写两个男女青年，为了"撩去世俗的恶语"，双双跑到"荒凉的山地上"去"重新制造/属于我们自己的法律"，于是"新的世界/将诞生一个/新的亚当和夏娃的故事"。

这首诗思想感情的错误是明显的。

不要国家的婚姻法，赤裸裸地鼓吹西方的"性自由"（还有什么赤裸裸的"下半身"写作），都是应该严厉批评的！

28

"吹尽狂沙始到金"，深刻美好的主题，是从生活的土壤里开掘出来的，是从无数沙粒中淘洗出来的！

一个诗人，从生活中有所发现和触动，到开掘主题、选择形象、锤炼语言，不知要花费多少心血。而开掘和深化主题，是尤需用功的。

29

这里还要强调的是，一首诗应当只有一个鲜明的主题（不论你采用何种形式和表现手法）。不能这几句写这个主题，那几句写另一个主题，东一榔头西一棒子，想怎么写就怎么写。

主题思想不集中，任你再有才华，诗句再出挑，也是不可取的。

30

二、没有发现便没有诗。

没有形象也没有诗。

"诗人，请你张开想象的翅膀"，这是诗评家为之青睐的命题。

古今中外多少脍炙人口的好诗，无不在诗人自己的发现和奇异的想象里，闪耀着智慧的光芒。

31

"如果冬天已经来到，

春天还会远吗？"

这是英国十九世纪的伟大诗人雪莱，在他《西风歌》这首著名诗篇中的诗句。

冬去春来，本是自然界铁定的规律，而雪莱则由此发现了生活中的真理，启迪人们去认识人世间兴衰的辩证规律。

正因为雪莱具有如此独特的发现才能，他才被称为"伟大的诗人"，恩格斯才称他为"天才的预言家"。

能够从冬天的脚步声里听到春天的信息，这正是一种诗人的发现。

32

"风乍起，吹皱一池春水。"

水对风的感受是敏锐的。

"春江水暖鸭先知。"

鸭子对水温的感受也是敏锐的。

"细雨鱼儿出，

微风燕子斜。"

这是杜甫对自然生态的一种发现。

"乱花渐欲迷人眼，

浅草才能没马蹄。"

白居易写早春的自然现象，是一种发现，一种很精微的发现。

"一叶落而知天下秋。"

诗人对时令的变化更是敏锐的。

……

诗人，必须在生活旋转的砂轮上，时时磨砺自己敏锐的触角。

33

"黑夜给了我黑色的眼睛，

我却用它寻找光明。"

这是顾城留给我们的诗句。

"与其在悬崖上展览千年，

不如在爱人肩头痛哭一晚。"

这是舒婷《神女峰》里的名句。

"有的人活着，

他已经死了。

有的人死了，

他还活着。"

多少人读着臧克家这首《有的人》，而走近诗歌。

"毛主席戴上红领巾，

少先队里高大的人。"

克家先生的发现，如同春风，吹亮了无数双喜悦的眼神。

34

1963年的7月，闽南大地就是一只蒸笼，战士们在这样的烈日下瞄靶，会有什么感觉，能有什么发现吗？

我的感觉和发现是，汗水变成了毛毛虫，在腰间又爬又咬。

于是，有了这首《瞄靶》的短诗：

烈日下瞄靶，
腮帮要被枪托烫焦。
汗水活像毛毛虫，
在腰间又爬又咬。
来呀，这儿有凉水，
小河在耳边呼叫；
来呀，这儿有浓荫，
大树在高坡相邀。
不！谢谢了，
战士已把这一切忘掉！
狡敌正在窥探，
决不能眨一眨睫毛。

（原载1963年8月8日《厦门日报》）

35

写春天的诗浩如烟海。

春天来了，我发现我家楼上一位长年卧床的老人能下地了。你听，我家楼板上响起了他那拐杖久违的敲击声。

于是，便有了这首《感受早春》：

早春，是我家屋檐下
多出的几声鸟鸣
是老父久病初愈的拐杖
那欢快的敲击声
哦，早春
是记忆高枝上

那粲然一笑
仿佛盲人忽然睁开双睛
那明媚
那清新
长时间难以适应

（原载2007年第2期《诗刊》）

36

人类开拓着物质世界的同时，也开拓着自己的内心世界。

人们在发现真，发现善，发现美，也在发现诗。

诗，首先是属于思想者和创造者的。

37

因此，假如你想做个诗人，你必须先了解一下自己，有无"发现"的才能；是否有一种被称为"火花"的东西在你的脑海里不时闪爆；你对这个世界"有美的感觉"吗？你有"一个美好的沉思的心灵"没有？（高尔基：《文学书简》）

38

写诗，离不开想象。

"没有想象就没有诗。"这是艾青说的。

屈原的《天问》充满了想象，他对天提出的170多个问题，都来自他大胆丰富的想象。

李白的《月下独酌》，明明是"独酌"，由于大胆的想象，便邀来了明月和自己的影子，"成三人"了。月亮和酒，为诗人的想象，提供了凭证。

39

郭沫若的《女神》，以狂飙奔涌的激情、绰约多姿的想象，讴歌一个新时代的到来。他把轮船里冒出的烟，看作是"黑色的牡丹/二十世纪的名花"；他把摩托车的前照灯看作是"二十世纪的亚波罗"（太阳神）……这些神奇的想象和独特的发现，寄托着诗人对于新时代尚处于萌芽状态的科学文明的热烈向往。

40

九万里雷霆，
八千里风暴，
劈不歪，
砍不动，
轰不倒！
在这碧紫透红的群峰之上，
你像昂扬的战旗在呼啦啦地飘！

这是诗人张万舒《黄山松》里黄山松那伟岸的英姿。把黄山松比喻成一面昂扬的战旗，这是诗人的发现和想象。

41

1962年的太阳行将落山之际，我在福建前线写过一首《日历第一页》的短诗，发表在1962年12月31日的《福建日报》上（署名：战士天耳）。那是我第一次在省报上发表作品。50多年过去了，当年写这首诗时的情景，仍历历在目。

那年12月的中旬，我打算写一首辞旧迎新之作，来展示战士们对新年美好的希望，表达战士们渴望在新春军训中立功受奖的强烈心愿。

我想这首诗应写出气势，写出力度，非得正面进入不可！

于是，我费了九牛二虎之力，才把这首在夜阑人静的蚊帐里写的激情诗作整理出来（部队夜晚九点熄灯，所以只能摸黑写在纸上，字和字叠罗汉似的叠在了一起，往往很难辨认）。

第二天利用中午休息时间，我一口气跑了三里路，急切地敲响了团宣传处林干事的门（林干事是解放后新中国培养的大学生，是全团小有名气的诗人）。

读完全诗，林干事缄默不语，两根手指在桌面上有节奏地敲击着，额头上的两道浓眉渐渐地拧成了一对乌龙。

他"咕咚"喝了口水，终于开腔了。

"诗写得热气腾腾，犹如一锅烧滚的粥，烫嘴，吸溜吸溜地喝下去了，身子暖和了，肚子可没饱……"

我一愣，终于悟出了他的意思，诗太空，虽洋洋洒洒地抒发感情，由于没有发现，没有找到"突破口"，浓烈的感情无所附丽，成了一盘散沙。

我陷入了寻找不到角度的苦闷之中……

这天，连队俱乐部新刷的墙上，挂上了一本新日历，封面被撕掉了，一个红彤彤的"1"字突然跳了出来！如同一支红烛，唰地点亮了诗的火花；又仿佛一根魔杖，敲响了我心头诗的铿锣……

这"1"字不就是发现，不就是"角度"吗？这就是"突破口"啊！于是，我迅即围绕这"1"字进行构思，并由此展开了丰富的联想：爆竹、钢锭、路标、红箭……这些和"1"字有关联的形象，便一一跳了出来。

诗写好后，我怀着忐忑的心情，又一次怯生生地敲开了林干事的门。

林干事急速地浏览了一遍诗作，脸上露出惊讶之色；又读了一遍，他突然把大腿一拍，叫了起来：

"四两拨千斤，好诗，好诗啊！"

不啻喜从天降！一股暖流迅速流遍全身……可我又发现林干事那喜形于色的脸上渐渐地晴转多云，他的额头上又出现了那对乌龙。

"诗的确不错！可也有些毛病。首先这题目太大，《一号颂》（原诗的标题），多大的一顶帽子呀，却戴在了一颗小脑袋上……再说，这诗的第一句也不准确，不是'翻开日历封面'，而是'翻开日历第一页'。这样，题目也有了，就叫《日历第一页》如何？"

真是点铁成金！这下轮到我拍大腿了。林干事见我同意了他的意见，十分高兴。当即拿起桌上的笔，三下两下就改好了，把"指向光芒万丈的一九六三年"，改成"指向光华四射的明天"。这才拍着我的肩膀说："行了！我们的诗人，抓紧时间快寄出去吧！"

很快，这首标题改为《日历第一页》的短诗，便出现在《福建日报》的副刊上：

翻开日历第一页，
鲜红的"1"字光芒闪闪；
它像颗红色的爆竹，
"乒——乓"一响炸闹了全连……
这个说：它像根红钢锭！
热气腾腾熏人脸。
那个说：它像支红路标，
指向光华四射的明天。
我说啊：它像评比表上的红箭！
新春军训，看谁一马当先！
大家一听哗哗直鼓掌，
那"1"字好似突然红得更鲜艳……

（原载1962年12月31日《福建日报》，入选诗集《生活的笑容》〔臧克家题词，丁锡满作序〕，中国文联出版公司1989年8月出版）

42

诗人，只有当他对生活有了深刻的感受和独特的发现时，才能引爆他的想象力，并通过想象捕捉到鲜明生动的诗的形象，让诗的意境升华到一个崭新的高度。

43

诗人在展开丰富的想象力和表现诗的美好形象时，常用的一种手段是——拟人化。

花是不会哭的，诗篇里可以哭：

"感时花溅泪，恨别鸟惊心。"这是杜甫《春望》里的名句。

花是不会笑的，诗篇里可以笑：

"待到山花烂漫时，她在丛中笑。"这是毛主席《卜算子·咏梅》中的佳句。

花更不会嫁人，诗篇里可以出嫁：

"可怜日暮嫣香落，嫁与春风不用媒。"这是李贺《南园》中的名章。

煤是不会有思念故乡之情的，诗里可以有，郭沫若的名诗《炉中煤》就是这样：

> 啊，我年青的女郎
> 我自重见天光
> 我常常思念我的故乡
> 我为我心爱的人儿呀
> 燃到了这般模样

44

钢铁是不会有抱负，也不会有理想的，诗里可以有。我在《我要出炉》这首诗里就是这样写的：

> 是花朵，
> 就要开放，
> 是种子，
> 就要破土！

我是钢铁，
我要出炉！
氧的催化，
火的爱抚……
细胞——
在高热中裂变，
生命——
在冶炼中成熟！
我是钢铁，
我要出炉！
炉膛——
孕育我的母腹！
为了我的诞生，
承受了，
阵阵炙烤的痛楚，
钢厂——
抚养我的慈母！
为了我的成材，
将那燃烧的爱呵，
日夜朝我倾注……
再不悲叹——
那失去的梦似的岁月
理想的蓝图，
花团般锦簇……
啊！是铁——
就要做梁！
是钢——
就要立柱！
振兴中华的大业，
正期待着我们，

　　从炉膛——

　　脱颖而出！

　　一批一批，

　　踏上征途，

　　走向钢——

　　真正的归宿！

　　啊，我是钢铁，

　　我要出炉！

（原载1982年第2期《伊犁河》）

　　不难看出，这已不仅仅是钢水的自白，而是作者和他的工人伙伴，为祖国、为四化建设献身精神的强烈喷发。

45

　　焊枪，也是这样，它在我的"钢铁诗"里不仅有了思想，更有了抱负！

焊枪，喷着火

　　星辉下——

　　火在喷……

　　蘸着心头的热血，

　　缝合了：

　　铁的伤口，

　　钢的裂痕……

　　把祖国和贫穷切开！

　　将昨天和今天焊牢！

　　不让未来的岁月——

　　再发生断裂层！

　　晨光中——

　　火在喷……

爆一个炽热的渴望，

怀一腔赤子深情，

给祖国裁件钢铁的衣衫，

抽出胸中爱的金丝银线，

精心地缝纫……

呵，那簇簇飞溅的蓝火，

正是信念和意志，

化成的精灵……

日日夜夜——

焊枪的火，在喷！

（原载 1982 年第 9 期《星星》）

46

拟人化离不开丰富的想象，诗人赋予物以人的特征、以动物的特征，几乎都是凭借此物的某种特点，通过想象来完成的。

请看我的《出铁》：

一支铁的马队

从炉膛急速奔出

扬起火的鬃毛

卷着热辣辣的旋风

挣脱一个小小的王国

尽享驰骋的欢乐

那一路迸溅的钢花

多像一群

被惊飞的麻雀

呵，一群自由的精灵

正用晶亮亮的爪子

把崭新的世界探索

（原载1982年第5期《青春》）

再看我的《诗，涌出炉口》：

像位沉吟的诗人
突然间，爆发了感情
一首雄壮的诗
跌下炉台
字字句句
迸溅金星
火的舞蹈
铁的旋律
钢的音韵
诗，涌出炉口
将化成无数
机械的手臂
把今日的华厦支撑
不停地朗诵
不息地奔腾
然后，在一个个铸模里
恢复了平静
呵，那鲜红的血液
凝结成
振兴民族工业的诗魂

（原载1982年5月26日《工人日报》）

用拟人化的手法，既写出铁出钢，又赋予这场冶炼以鲜活的生命，倾注了作者强烈而炽热的感情。

47

采用拟人化手法写诗的人越来越多，这样的诗篇能堆成小山。正因其多，就容易犯雷同和一般化的毛病。如何给予诗的形象以新的生命和个性，这对每一位有志于诗歌创作的人来说，都是个严肃的命题，也是个终生课题。

48

没有形象就没有诗，没有想象也没有诗，一般来说这是对的，但也不是绝对的！匈牙利诗人裴多菲的"生命诚可贵，爱情价更高，若为自由故，两者皆可抛"，它具体的形象又在哪里呢？

是的，这种曾经鼓舞过无数人的战斗诗篇，即使对诗史一无所知的人，也不会否认它是一首好诗。

像这种蕴含着发人深思的哲理性诗篇，自然要另当别论了。

49

三、要有充沛的激情。

注重情感的升华。

如果把诗歌创作比喻成一辆马车，那么激情和形象，就是它的两个轮子。我这样讲并不排斥其他表现手段的作用。

谁若是心如冰块（或心如死灰），临着稿纸（或面对电脑），能写出一首洋溢着热情的诗（感人的诗），恐属罕见。天才也好，庸才也罢，下笔之前总得有所冲动，所谓心血来潮、心头一热，就是要有激情。

正如鲁迅先生所说："诗歌，本是发抒自己热情的。"没有感情的诗歌，是不会感人的。

"诗，应该是命泉中流出来的旋律，心琴上弹出来的曲调。是生的颤动，灵的叫喊。"（见郭沫若《三叶集》）

50

"愤怒出诗人!"

屈原在《离骚》中表现出的巨大焦虑、悲愤、失望和忧郁的感情,正是爱国的人们所共有的感情。正因这个缘故,人们读着《离骚》,发现有和自己的思想感情一致的东西,而被打动,内心引起强烈的共鸣。

杜甫的《茅屋为秋风所破歌》,流传了一千四百多年,广为历代人们传诵和念念不忘,正是他的思想感情和人民的思想感情水乳交融的结果。

当我们一读到这样的诗句:"安得广厦千万间,大庇天下寒士俱欢颜,风雨不动安如山。呜呼!何时眼前突兀见此屋,吾庐独破受冻死亦足!"眼前就出现了一位为百姓疾苦而大声疾呼的诗人形象!

51

《国际歌》就是一首充满无产阶级战斗豪情的诗篇!它所表达的感情是整个无产阶级的感情,因此,它成了全世界无产阶级的歌。

> 起来!饥寒交迫的奴隶
> 起来!全世界受苦的人
> 满腔的热血已经沸腾
> 要为真理而斗争
> 旧世界打个落花流水
> 奴隶们起来起来
> 不要说我们一无所有
> 我们要做天下的主人
> 这是最后的斗争
> 团结起来到明天
> 英特纳雄耐尔
> 就一定要实现

感情多么强烈！它从普天下同仇共愤的劳苦大众的肺腑里迸发出来，它是无产阶级从心底里呐喊出来的气壮山河的声音！资产阶级是绝对喊不出这种声音来的，因为他们不是受苦人。

欧仁·鲍狄埃是一名巴黎公社的战士。在那个流血的五月，他一手握着发烫的枪管，一手拿起笔，蘸着血与火、蘸着满腔悲愤写出《国际歌》。

52

遗憾的是，当下还有多少人能记住《国际歌》？还有多少人能发出与它一样感情强烈的呐喊？还有多少人能写出与人民大众同振共鸣的诗歌？

前不久，《人民日报》痛批文艺界十大恶俗，尖锐地指出当下的诗歌创作回避崇高，情感缺失。非诗化、平庸化的所谓"口语写作"泛滥成灾。

我为诗坛当下这些既无时代感、大众感，又无诗意、诗味的语言垃圾感到羞愧，感到焦虑！这是诗歌创作严重脱离时代、脱离生活、脱离群众结出的苦果！

一个有良心、有抱负的诗人，心中应该永远装着人民！而离开人民、脱离火热生活的诗歌必然枯萎！

吹响诗歌回归大众的号角，是时候了！

53

诗人要愤怒，感情要燃烧！

但如果认为只有愤怒才能出诗人，未免失之偏颇。因为人的感情是复杂的，喜怒哀乐乃人之常情，无情则无诗。

大喜大悲同样出诗人！

感情要真挚，感受要真切，有感而发，切忌浮躁。

贺敬之的《回延安》，就是一首感情真挚的好诗：

心口呀，莫要这么厉害地跳，
灰尘呀，莫把我的眼睛挡住了……
手抓黄土我不放，
紧紧儿贴在心窝上。
……几回回梦里回延安，
双手搂定宝塔山。
千声万声呼唤你，
——母亲延安就在这里！

54

诗的开头，诗人把阔别十年重返延安时的心情表达得何等真切，何等强烈！让人看得见，摸得着。因为诗人十分巧妙地捕捉到阔别、重返时刹那间的心理状态（心潮涌动），并赋予它活生生的形象。而这些形象化了的感情又启示我们去深深思索，诗人的心为啥会跳得这么厉害？手抓黄土为何要紧贴在心窝上？诗人多次梦里回延安，为啥要双手搂定宝塔山（生怕它飞走了）……

思索的答案告诉我们：这是因为诗人作为一名战士，永远不会忘记母亲延安对他哺育的深情！

55

健在的当代诗坛泰斗贺敬之（已97岁高龄），一提到他，人们便会高山仰止，便会对其诗歌和歌剧的创作成就赞不绝口。他16岁奔赴延安，21岁因写出家喻户晓的歌剧《白毛女》而一举成名。他不仅是我国当代一位蜚声中外、德高望重的著名诗人、剧作家，也是一位独具特色的书法家。

56

我是读着贺敬之的《回延安》和《放声歌唱》参军的。在部队期间，又读到他的《雷锋之歌》和《西去列车的窗口》等广为传颂的优秀诗作。他那豪迈的激情和惊人的才华，让我佩服得五体投地。他的每一首诗，特别是他的政治抒情诗都是胸中波澜、笔底风雷，是心灵的呐喊，是感情的喷泉，是催征的战鼓，是时代的宣言，充满阳刚之气，令人荡气回肠，给人以鼓舞和力量。

> 贺敬之是一首诗
> 一首读着读着就站起来的诗
> 一首吟着吟着就吼起来的诗
> 一首品着品着就蹦起来的诗
> 一首一口气读完自己也成了诗的诗
> ……
> 贺敬之是一首诗
> 一首为人民鼓与呼的诗
> 一首为时代吟而唱的诗
> 一首与民族同呼吸共命运的诗
> 一首与祖国同忧患共苦乐的诗……

这是歌曲《十五的月亮》词作者石祥写的《贺敬之是一首诗》中的片段。

57

贺敬之是当之无愧的人民诗人！我喜欢他的诗，也喜欢他的字，渴望得到他的题词，即使一册签名诗集也好。

2003年6月6日，我鼓起勇气，给贺敬之写了一封信：

> 贺敬之同志：
> 　　不用做更多的介绍，一握手就知道彼此的心灵。
> 　　我是读着您的诗走过来的：一本《朗诵诗选》和《放歌集》，从部队到地方，陪伴了我几十年……如今，我已年届花甲，依然痴心不改，

杜鹃啼血般地为祖国、为人民歌唱。我以为，这和受您及郭小川、李瑛、闻捷等前辈诗人的影响不无关系。

去年夏天，我和沪上几位诗友自筹资金，决心为诗友们办件实事，创办了一张《上海诗人》小报，已出5期，现一并寄上，好坏逃不过您的眼睛。在诗报出刊一周年之际，想请您为它题个报名。另，我本人也想请您写个"涛声依旧"的条幅，以室中悬挂，子孙相传耳（恕我有点"得陇望蜀"了）。

2003年6月20日，我收到贺老的回信，以及为《上海诗人》题写的报名和"涛声依旧"的条幅：

刘希涛同志：

遵嘱，拙字寄上。祝你创作丰收，祝《上海诗人》越办越好！

敬礼！

贺敬之

2003年6月15日北京

如今，贺敬之先生的草书条幅在我家中已悬挂了18年，它是那样的气韵生动，气度不凡；它是那样的龙飞凤舞，风神潇洒。

贺敬之笔走龙蛇的书法作品，乃当代诗人书法之神品耳。

58

朴素，是真正的美！

朴实无华、平易而又深刻的诗，它像玲珑剔透的水晶体，一切祖露在外，一切又丰满、坚实地包含在内。

59

建党60周年的前夕（1981年6月），我在上钢二厂车间阅报栏前看到当天《解放日报》上有一则"党的光辉照我心"的征文启事，便决定写首诗去试一试。可是，颂党诗篇千千万，要写得有别于他人，这"老虎吃天"，从何下口呢？

是夜，我陷入了苦思之中。

第二天是星期天，我一早来到离家不远的杨浦公园去寻找灵感。突然，公园假山旁的歌咏队亮开了嗓门："唱支山歌给党听，我把党来比母亲。"这支才旦卓玛唱红大江南北的歌，也是我爱唱的歌，形同诗神缪斯的手指，一下子敲开了我心灵的小窗……

1961年我17岁，怀揣当诗人的梦想，高中没念完就报名参军。由于不到入伍年龄，硬是"咬破手指写血书"，才走进了军营。在部队，我处处做有心人，上衣口袋里总装着个小本本，练兵场上，行军途中，路灯下，蚊帐里……走到哪里，记到哪里，处处是我写诗的"战场"……

部队复员后，我被安置到沪上一家电影院当宣传员，工作既轻松又惬意。这期间，我写过不少诗，但由于脱离了火热的生活，作品中出现了严重的虚脱现象，我渴望能变作一条鱼儿，重新游进生活的海洋……

金色的炉台，飞溅的钢花，火热的生活，一直是我梦寐以求的向往……经过一番努力，我终于来到上海第二钢铁厂第一轧钢车间，当上了一名钢铁工人。

党是母亲，我们都是党的孩子，母亲叫干啥，我们就干啥……我是完全按照自己的人生轨迹和生活体验，来写《党啊，我是你的孩子》这首诗的，这诗里的"孩子"，就是"我"呀！

60

党啊，我是你的孩子

你喂过我花蜜，

你喂过我奶汁，

你给过我春风，

你给过我雨丝……

党啊，党啊，

我不是个忘本的孩子!

你给我锤子,

我就去做工;

你给我锄头,

我就去种地;

你给我钢枪,

我就去当兵;

你给我笔杆,

我就去写诗……

党啊,党啊,

我不是个懒惰的孩子!

你贫穷时我不嫌弃,

你富裕了我不贪吃。

挫折里,你给我信念,

迷惘时,你给我火炬;

探索中,你给我力量,

征途上,你给我意志……

永不改变对你的爱恋,

跟你走,我决不疑迟!

党啊,党啊,

我永远是你的孩子!

（原载1981年7月1日《解放日报》）

61

　　这首诗完全采用白描手法,不加任何修饰,却留下了让人咀嚼的东西。

　　前辈诗人王辛笛（"九叶诗派"代表诗人）,在上海作家协会为我的诗集《生活的笑容》召开的作品研讨会上,因病未能出席,特地写了一篇1 800余字的书面发言:《深入生活,转变诗风——喜读〈生活的笑容〉》。王老在信中说：

> 首先，诗集的名字起得很好，不像一般泛滥成灾的爱呀情呀之类的廉价书名，这是何等难能可贵啊！……如果没有饱满的政治激情和深厚的社会生活基础，要想经常保持住生活的笑容，也恐怕只是说说罢了……希涛同志在生活阅历上是一般人不可企及的，但为了熟悉生活，他也从不回避。他参过军，当过钢厂工人，后又任报社记者、编辑，生活面广而充实，有心人练就一双慧眼，就会处处从平凡的人和事当中领会到充盈的诗意。

> 其次，希涛同志诗作的风格是朴素喜人的，大都健康爽朗，简洁有力，抒发了清新的诗情。他写《连长的脚板》，在冲锋陷阵时是属虎的，踩得地心动；在巡夜查铺时，却是属猫的，跳动着一颗慈母的心。他在《出铁》一诗中，把铁流比作一支飞驰的马队，扬起火的鬃毛，卷着热辣辣的旋风，奔向驰骋的欢乐。他把《橹》比作一支如椽大笔，饱蘸白浪，把一首长诗，写在江河、湖海。这些形象的比喻都十分生动。五月，他在浓荫下行车，如果不曾当过战士，他如何能想到就像潜艇在绿波里穿行？他在《樊川观舞龙》诗中只用十行短句，就描绘出了群众非凡的气势和力量！他咏叹月下的青岛之夜："呵，青岛没有睡，比白天还清醒"，真是画龙点睛。他以无比真诚写出的《党啊，我是你的孩子》的一首颂歌，其流畅明澈犹如一道清泉。朴实无华，感情深挚，一切都坦露在外，一切又丰满、坚实地包含在内……

辛笛老人由此称赞我诗作的风格是朴素喜人的。

（此文原载1990年第4期《绿风》诗刊）

62

上海市作家协会原主席、著名诗人罗洛也在1996年3月10日的《劳动报》上撰文，称赞我的诗"明白晓畅而又真实可感"。

63

诗贵有真情实感。

作为一个诗人，对生活应当具有更丰富的情感，更充沛的热情。

生活是美好的、阳光的，自然，也有阴暗面；美好的生活在向人们招手，它在微笑，自然也有它的苦涩之处。现实生活的天地是广阔的，人们的爱好、情怀也是丰富多样的。感情强烈的诗作金声玉振，固然能使人为之振奋；感情缱绻的诗篇，咏山咏水也动情。东坡学士的词，须关西大汉铜琵琶、铁绰板豪唱"大江东去"，使人情怀激越；而柳永的词只合十七八女郎执红牙板，轻歌"杨柳岸，晓风残月"，同样能动人情怀。

64

登山，则情满于山；临海，则情溢于海；风驰电掣，莫不引进诗人的诗思；花香鸟语，莫不牵动诗人的情怀。号角、战鼓是时代的强音，是诗歌的主旋律，而江边芦苇，山间短笛，有时无腔，也会吹出悦耳的心音。

现实生活的天地毕竟是广阔的，人们的爱好、情感、美感毕竟是多样的。清晨，或翘首日出；傍晚，或流连月下；雾海中有山岚，碧涛中有风帆；鸣鸟游鱼，红花绿叶……自然万物，景色纷呈，它使人动情，令人产生美感，诗人完全可以从中发掘不尽的诗意。

题材，纵横十万里，上下五千年。咏山吟水，只要动情，都可产生好诗！

65

诗，是最重抒情的语言艺术，因而，诗人在从事诗歌创作时，就得注重情感的升华，即通过各种艺术手段，使抒发的情感升腾起来。

"期待结晶，期待升华"，一切有成就的诗人莫不如此。

正如小说通过故事情节的展开，戏剧通过矛盾冲突的发展，使之逐步达到高潮一样，诗歌的写作，也往往通过形象和画面的展示或跳跃，使情感逐渐走向高潮，这是诗歌情感升华的一个重要契机。

66

注重情感的升华，首先要选准角度，要有切入口，使情感有所附丽；沿着渠道，情感的潮水才能奔流，才能升华。

中国飞天第一人杨利伟，他所乘载的"神舟五号"，在胜利降落内蒙古大草原的一瞬间，神州沸腾了，世界沸腾了！我的诗也冲出了胸膛：

我们欢呼着奔向你
颗颗心儿朝向你
双双眼睛凝望你
条条道路通向你
内蒙古大草原
——"神舟五号"的凯旋门
此时此刻——
那蜿蜒的长城
那巍峨的昆仑
都朝这儿引颈
那北国的麦浪
那江南的稻穗
都随你出舱的手势
——一起摆动
呵，杨利伟——
中国飞天第一人！
代表十三亿龙的子孙
第一次用汉语
用中国男子汉的嗓音
叩开了天宇之门
从此，浩瀚的太空

有了龙的身影

黑眼睛黄皮肤

踏进了神秘的天庭

弹落地球上的尘埃

驻足阳光世界

呵，五千年的飞天梦

——今日成真！

呵，航天英雄

——杨利伟

我们欢呼着奔向你！

我们跳跃着奔向你！

（原载2003年10月23日《文学报》，2004年1月号《诗刊》选登）

67

邓小平的去世，带给人们极大的悲痛，诗人们纷纷写诗填词以寄托哀思，但表态的多，浅露的多，罗列的多。选不好角度，渠道没通畅，感情的潮水就奔腾不起来。

小平去世的那个夜晚，我通宵难眠，为找不到诗的突破口而苦恼不堪……直到晨光熹微，在鸟鸣声中，我仿佛突然听到了他向我走来的脚步声……

巨人的脚步声

在曙光初照的厂区大道

你能听见晨鸟的欢鸣

在花影摇曳的居民新村

你能听见悦耳的琴音

在特区建设的日日夜夜

你能听见滚动的雷阵

哦，同志
你听出来了吗
这一片动人的音响
这一串激越的脚步声
他走得那样沉稳
他走得这般从容
他从弥漫的硝烟中走来
穿过百色
穿过九州
穿过二万五千里征程
率部创建晋冀豫
千里跃进大别山
他跟着毛泽东
把人民的意志
高高升上晴空
从此，镰刀与斧头的旗帜
在大江南北招展
社会主义的事业
蓬蓬勃勃
如同旭日东升
他走得这般欢快
他走得那样轻灵
他从迷人的南方走来
一步，一阵春风
一步，一串叮咛
坚定的脚步
似进军的鼓点
如惊蛰的雷鸣
拓宽了改革开放的大路
展示出如诗如画的繁荣

呵，繁花千树

呵，广厦千幢

全世界都传说着

关于中国的神话

关于深圳

关于香港

关于浦东

呵，他从崇山峻岭中走来

他从人民大众中走来

在广袤的祖国大地

我们真切地听到了

他那发自时代的足音

时而如春天的雨点

时而似初夏的清风

踏着一曲民族的乐章

率领着我们

叩响二十一世纪的大门……

（原载1997年2月27日《解放日报》）

68

"在现实生活面前，刘希涛是一位热情的歌手，时代的涛声经常在他的心底激起强烈的反响。他的诗喜欢写重大题材，近年来我国社会生活中的重大事件……都迅速地化作他笔底的波澜。

"诗到底可不可以写重大题材？当然可以，而且应该写，问题是选材要严，开掘要深。所谓'选材要严'，主要是指这种重大题材是否真正激动了诗人并且引起不可遏止的表现欲望，是否对它达到了熟悉把握的程度和自如驾驭的能力；所谓'开掘要深'，主要是指对重大题材能否选准饱含自己真知灼见的切入角度，以充分揭示它那发人深省的内在意义……

"刘希涛近年来的优秀诗作所以值得称赞，正是由于他能着意选择那些自己深有感触的重大事件作为题材，并能深入发掘这种题材特有的感情内涵。譬如《公仆》一诗，富有现实针对性地抓住周总理的公仆本色这一性格侧面作为全诗的经纬，并且同今天生活中某些'崇高、质朴开始失态'的现象进行尖锐对照，在历史和现实的碰撞中产生振聋发聩的火花，因而获得紧扣人心的艺术效果。"

（摘自著名诗评家吴欢章教授为刘希涛诗集《涛声回旋》所作序言：《诗从生活深处飞起来》）

69

四、注重诗的构思，选准精巧的角度。

谈构思的文章，车装船载。

何谓构思？打个比方：你想盖一座大楼，备了钢筋、砖瓦、水泥、木料，这是基本的东西（素材），但绝非随意把这些材料堆积起来就行，而必须要有个设计，先画一张图纸，哪儿立柱？何处开门？何处安窗？楼梯放在哪里？这设计的过程，就是诗的构思过程。

70

重视诗的构思，是我国诗歌的优良传统。大凡古代诗人，都非常讲究诗的立意和诗的构思。历代诗评家对一个诗人及其作品的评价，也往往从这里着眼。

李白的诗"务去陈言，多出新意"；

杜甫的诗"另开眼界，独辟思议"；

陶渊明的诗"气格超雄，意境深远"；

还有"韩潮苏海"；

还有"郊寒岛瘦"；

……

这些评语，主要是赞扬这些大诗人在诗的构思上的独创性，也就是他们独特的风格。

71

白居易也有"练字不如练意"之说。被誉为"亘古男儿一放翁"的陆游除主张"工夫在诗外",更主张写诗必须要有"杰思"。他说:"诗无杰思知才尽"。有无杰出的构思是衡量一个诗人有无才能的重要标志。

类似的说法很多。《红楼梦》作者曹雪芹借书中人物之口,表达了他对诗的精辟见解。

如第64回,薛宝钗在评林黛玉的几首诗时说:"作诗不论何题,只要善翻古人之意,若要随人脚踪走去,纵使字句精工,已落第二义,终究称不得好诗……今日林妹妹这五首诗,亦可谓'命意新奇,别开生面'了。"

这里所说的"命意新奇,别开生面",就是要有新的立意和新的构思。

72

要把诗写得令人耳目一新,重要的一点在于构思的不落窠臼。

工人诗人黄声孝说:"写诗,点子要新,要在'九拐巷里放鞭炮——弯里弯里响(想)'。"

这"弯里弯里响(想)",正是总结如何达到构思新巧的经验之谈。

构思是一种发现,是一种创造。

大凡优秀的诗篇,除了思想内容深刻、形象鲜明、感情充沛之外,在诗的构思上要有它的独到之处。

好诗总是离不开好的构思。

73

把定一题,从正面落笔,最佳,也最难,也最容易落入窠臼。

有一首从正面描写老牛耕田的诗是这样的:"一根筋绷着两根粗绳,夕阳给它投一张弓影;牛鞭在背上打个响哨,泥浆涂它个满身花纹。"

这首诗尽管也注意选择形象，如"一根筋""两根粗绳""一张弓影""满身花纹"……但这些形象是陈旧的，构思是平庸的，难以激发读者诗意的想象。

这儿就有个如何避开正面描写，寻找角度，别出心裁的问题。

有一首叫《老队长》的民歌，构思就非常巧妙：

> 村前流水长又长，
> 社员上地它照相。
> 照下三百六十张，
> 张张都有老队长。

读了这首民歌，眼前便出现了一位农村基层干部（生产队长）始终不脱离劳动的纯朴形象，既不写"一根筋绷着两根粗绳"时艰苦拉犁的情景，也不写"泥浆涂它个满身花纹"的现象，避开了正面描绘，选取了社员出工时的一个小镜头，村前流水映出荷锄人的身影，如同一架相机天天在拍照，长长的胶片上都印有老队长的形象。这儿的老队长身上虽然没有涂满花纹的泥浆，而带领群众不脱离劳动的纯朴形象却跃然纸上。

如何选择好角度，集中一点深入开掘生发出去，是短诗构思的上乘。

74

古今中外，有关爱情的诗作可谓汗牛充栋，诗人要在这一领域占有一席之地确非易事！

爱情的魅力是无穷的，历来都受到狂热追捧，人们争相歌之赞之，"千里姻缘一线牵""十年生死两茫茫"……爱与死，成了文学创作永恒的题材。

上世纪90年代，我写了一首爱情诗：

关于爱情
一个古老的问题
犹如一口

深深的古井

我趴在井口

凝视静静的井水

倾听古井的心声

古井告诉我

他永远记着

人类的饥渴

所以才有

永恒的生命

于是，我把这句话

搓成长绳

开始寻找

那汲水的吊桶

（原载《诗刊》1997年第5期，入选《上海50年文学创作丛书·诗歌卷》，获《东方杯》全国爱情诗大赛二等奖）。

75

当年，在山东青州召开的《东方杯》全国爱情诗颁奖大会上，著名诗人蔡其矫（评委）对这首短诗大加赞赏，认为是近万首参赛诗中，能让人眼睛一亮并留下深刻印象的一首诗。

评论文章不少，现摘录河南洛阳诗人冷慰怀的文章《比喻到位，满盘皆活》：

刘希涛的短诗《关于爱情》只有4小节15行，可是它的蕴含却包容了数千年人类爱情的主旨。

诗的第一节开宗明义，诗人选取了"深深的古井"这一形象和角度给爱情定位。这个令满盘皆活的"诗眼"，既生动贴切又朴实具体，堪称神来之笔，同时也为诗的结尾巧妙地埋下了伏笔。

第二节，诗人出场了，没有感慨也没有议论，只是怀着一腔敬畏"凝视"和"倾听"。因为他深知这口"古井"的容量：静静的井水饱融了悲欢离合，沉稳的心声浓缩着百折不回。

第三节可看作诗人的"顿悟"，但他借助古井的拟人化表达，把抽象的需求（情欲）变成了妇孺皆知的感受（饥渴），完成了由虚到实的同感转换，也完成了对"爱情"一词所作的精辟而令人折服的引申。

末节是第三节的延续，更是全诗的"谜底"——把"饥渴"搓成"长绳"，为的是用"吊桶"去古井里"汲水"。尽管作者在揭晓谜底的同时，又留下了"吊桶"这一新的悬念，但读者心里此时已经明白：寻找吊桶和汲水的过程，便是青年男女相识相恋相知相爱，海誓山盟无怨无悔，共同品味生命精华的甜蜜时光。

（冷慰怀，中国作家协会会员。此文原载2005年第18期《上海诗报》）

76

短诗构思要新颖精巧，常常从小处着笔表现大的主题，往往收到咫尺天涯的效果。

如艾青的《盼望》，只有八句：

"一个海员说/他最喜欢的是起锚所激起的/那一片洁白的浪花/一个海员说/最使他高兴的是抛锚所发出的/那一阵铁链的喧哗/一个盼望出发/一个盼望到达。"

诗人从小处着笔，写的是两个海员各自的情趣，但读者却从"起锚""抛锚""出发""到达"中产生了很多的联想，短诗表达出来的思想是极为丰富的。"盼望出发""盼望到达"八个字概括了我国海员高昂的劳动热情。这首诗构思新颖，角度精巧，语言凝练朴素，尤其是最后两行可谓画龙点睛。诗虽短，表达出来的思想却极为丰富。

77

短诗的特点就在于要有点，要有角度，要选择最富有特征的细节，把诗深邃的思想包含在这小小的篇章里，让读者用自己的生活经验去"补充"、去"创造"。

克家先生有一首《送友人出院》的短诗，只有四句：

> 我紧紧地握住你的手，
> 用两颗眼泪送你走。
> 一颗里含着欢喜，
> 一颗里含着焦愁。

诗人没有用"祝贺你战胜病魔""祝福你重新投入工作岗位"或"焦急啊，我至今仍躺在病床上"……这类空泛的平铺直叙手法，而是借助于富有特征的两颗眼泪，把上述的内容都"含着"交给读者了，给读者留下了丰沛的想象余地。

78

这正如刘熙载在《艺概》中所说："意不可尽，以不尽尽之。"

由此，我想到苏联诗人马雅可夫斯基在一次文学晚会上对共青团员说的一段话：

"写这样一些不触怒你们的诗是轻而易举的：'前进，向前挺进，工人同志们！''共青团员们，把宏伟的防波堤修筑起来！''红旗啊，掀起火焰来吧！'以及诸如此类的东西，这非常逗人喜欢，可第二天就忘得一干二净了。"

朱自清曾经说过："我们的情感有时像电光的一闪，像燕子的疾飞，表现出来，便是短诗。"

"短诗的效用，原在'描写一地的景色，一时的情调'，或在'发现一

刹那的感兴；所以贵凝练而忌曼衍'。"（见朱自清《短诗与长诗》）

79

上世纪70年代，我回到阔别已久的故乡，写了一组《乡愁浓似酒》（有近20首）的短诗。

其中，《白果树下，有扇小门》只有五句：

　　白果树下有扇小门
　　窄窄的门缝里
　　有双白果样的眼睛
　　她时常在我的梦中瞟闪
　　哦，朦胧里透出一片晶莹……

70后作家马忠说：这首诗截取了一个生活中的片段，具有很强的写实性。

他认为，"白果树下"，界定了故事发生的典型环境，"小门"言其住所的简陋。"窄窄的门缝"后面"白果样的眼睛"，是渴望、是惊恐、是胆怯，还是……一双令人寻味和琢磨的眼睛，为何"时常在我的梦中瞟闪"，并且"朦胧里透出一片晶莹"？诗人并未做进一步的陈述，用白描手法给读者以想象的空间，让你展开丰富的联想，甚至感同身受。短短五句，诗人用简洁的诗的语言构筑了丰富的画面，给人的感觉是凝重的，尤其是这几个词：白果树、小门、门缝、眼睛……让我们似乎进入了一个童话般的世界。童年其实是每个人的童话，没有斗争，没有黑暗，只有光明和幸福。

《白果树下，有扇小门》并不是一首简单的小诗，它毫无花哨之处，质朴而灵动的语言不见刻削之痕，如同一块璞玉、一泓清泉那么令人动心，动情。

这双"白果样的眼睛"掉在谁的记忆流水里，都会泛起阵阵涟漪，荡漾开去……

（马忠：《瞟闪的眼神》一文，选自《诗人刘希涛》一书，吉林人民出版社2018年9月第1版）

80

"动人春色不须多，弯弯眉月耐人看。"

朱自清说的也是这个意思。

别出心裁，歪打正着，是构思出新的一条可行之路。

独特地、多侧面地选择表现生活之美的角度，是医治雷同化的一帖良方。

81

《灯光捕鱼》，是我《乡情浓似酒》组诗里的另一首，只有八行：

> 浪歇了脚，风住了腿，
> 一弯新月钩住了船桅；
> 牵着明灯撒开了网，
> 悄悄扎住大江的嘴。
> 侧耳听，水下鱼群闹得欢，
> 灯影里，金鳞银翅令人醉；
> 老渔翁手握烟杆忘了吸，
> 美滋滋，笑弯了两条卧蚕眉……

（原载1981年7月22日《南宁晚报》）

青年评论家马忠认为：当下生活小诗淡化写景，理念性过重，一定程度上损害了诗意和诗味。

他认为，《灯光捕鱼》是一首纯粹写景的小诗，没有一点理念成分，完全是生动形象又饶有天趣的描摹，是一首难得的写景佳作。

马忠认为，诗的第一小节，诗人运用电影蒙太奇手法，为读者展现了一幅江上风平浪静，夜空银月如钩的画面……

诗的第二小节里一听、一醉，虚实之间表现出老渔翁按捺不住的兴奋喜悦之情。特别是结尾处的一个特写细节："老渔翁手握烟杆忘了吸，/美滋滋，笑弯了两条卧蚕眉……"贴切传神，情景交融，为全诗顿添无穷的诗味。

82

角度，也叫切入点，生活的燃烧点，也就是突破口，开一个小小的口子。"口子"虽小，却关系全局，牵动整首诗的神经。

假如面对《歌唱祖国》这样的选题，你会怎样写呢？上下五千年，纵横数万里，你能写全、写尽吗？这就非得从小处着笔不可了！

乔羽写于上世纪50年代的歌词《我的祖国》，第一句就是"一条大河波浪宽"，而词意展示的却是"这是美丽的祖国/是我生长的地方"这样宏大的气象，收到了以小寓大的艺术效果。

83

假如面对《理想》《盼望》此类比较抽象的选题，你会怎样写呢？是图解？是说道理？显然那都不是诗。

我写过一首叫《盼望》的诗：

> 春风
> 是冰河的盼望
> 雨水
> 是种子的盼望
> 收获
> 是秋天的盼望
> 成功
> 是人生的盼望
> 盼望
> 有时像火焰
> 那样炽烈

　　有时像岩石

　　那样顽强

　　盼望

　　有时像紫藤

　　那样柔韧

　　有时像山泉

　　那样向往

　　盼望

　　能使人生

　　充盈而富有

　　能使生命

　　瑰丽而辉煌

　　盼望

　　不在坐等里

　　叩响谁的门环

　　而在执着不懈的追求中

　　突然喜从天降！

（原载1995年2月26日《解放日报》）

　　以"盼望"作为切入点（即抒情点或燃烧点），便牵动了全诗的神经；全诗都在"盼望"中联想，笔墨花费不多，却收到涵盖面颇大的艺术效果。

84

五、筑好诗眼，注重细节，锤炼语言。

　　都说眼睛是心灵的窗户，只有它最具神采，最富活力和魅力。

　　都说眼睛会说话，"回眸一笑百媚生"，没有一双迷人的眼睛，何来千娇百媚。

　　诗也有眼睛，形同人的眼睛一样。

　　一首诗中，最具神采的那句，或那个词、那个字，便是诗眼（词称词眼）。这诗眼（词眼），也叫警句（金句、灵句）。

85

　　古今诗人，在构筑诗眼和锤字炼句方面，不知付出了多少心血！
　　"不知细叶谁裁出，二月春风似剪刀。"
　　贺知章的《咏柳》，末句是诗眼。
　　"人面不知何处去，桃花依旧笑春风。"
　　崔护的《题都城南庄》，末句是诗眼。
　　"东边日出西边雨，道是无晴却有晴。"
　　刘禹锡的"竹枝词"，末句也是诗眼。
　　诗眼也有不是末句的。
　　王昌龄的《闺怨》："闺中少妇不知愁，春日凝妆上翠楼，忽见陌头杨柳色，悔教夫婿觅封侯。"诗眼是第三句。

86

　　有的诗眼是一个词。
　　如艾青的《盼望》，最后两句："一个盼望出发，一个盼望到达。""盼望"这个词，便是诗眼。
　　我写过一首叫《乌镇》的歌词：

　　　　小桥流水
　　　　斑驳苔痕
　　　　乌镇是一支横笛
　　　　吹出悠悠的古韵
　　　　青石长街
　　　　黑漆大门
　　　　乌镇是一本厚书

　　　　读出历史的幽深
　　　　哦，乌镇，乌镇
　　　　茅盾先生的故居
　　　　江南的一颗明珠
　　　　多的是厚重
　　　　少的是脂粉

　　（原载2007年第9期《词刊》，获"美丽中国"世界华文大赛铜奖）
　　这最后两句，也是词眼。

87

　　也有诗眼（词眼）是一个字的。

　　"推敲"的故事，耳熟能详。

　　贾岛最后选择了"敲"字，放弃了"推"字，是因为"敲"字响亮，能让开门的人容易听到。

　　"红杏枝头春意闹"，如果把"闹"字换成任何一个字，都不足以表现烂漫春光中，蜂蝶采花的热闹情景。

　　同样，"春风又绿江南岸"中的"绿"字，如果换成其他字，诗意、诗味都会减少、流失许多。

　　一字之差，非同凡响！这"诗眼"，确有画龙点睛之妙。

88

　　诗有神采，则生气盎然。

　　"祥林嫂抬起她没有神采的眼睛来。"（鲁迅《祝福》）

　　眼睛没了神采，人，便失去了精气神。

　　我有一首叫《黄河》的歌词：

　　　　你从李白的诗中奔出

冲破重重叠叠的阻隔

那九曲十八弯的坎坷

述说不屈不挠的拼搏

哦，黄河

我的母亲河

你滔滔不绝沛然流淌

滋润两岸的稻禾

把爱洒满了神州

把情化作了花朵

哦，黄河

我的母亲河

我来看你的季节

雪花无声地飘落

你细细的水花在絮语

这是母亲深沉的叮咛

哦，黄河

我的母亲河

（原载2008年第4期《歌曲》，获全国原创歌词大赛三等奖）

89

资深作家巫惟格撰文：《赤子诗人的赤子情怀》。

他说："刘希涛的《黄河》，是一条献给中华母亲的哈达，是赤子诗人献给伟大河流的赤子情怀。"

他认为：首句特别精彩，劈头就是一句"你从李白的诗中奔出"，突兀，雄壮，豪情万丈。最是一个"奔"字，极具动感，包含了奔突、奔腾、奔放的英雄气概……如闻其声，如见其状，好似那惊天动地的壶口大瀑布，飞流直下，气象万千……作者借助李白的诗句"黄河之水天上来"，将万古黄河和千古绝唱，气势磅礴地呈现了出来。

这个"奔"字，便是词眼。

90

我写过一首《康定老街》的歌词。词中有两句被称作"神来之笔"：

> 大姐柔柔的发辫，
> 搭在高原的肩上。

"这一神来之笔，在意象上做了大胆的夸张，让那鲜活的、生动的、美丽的而又不失质朴的大姐，将一头'柔柔的发辫，搭在高原的肩上'，正气象万千、风情万种地向我们走来……"

（张建中：《永恒的生命是美丽的——读刘希涛〈关于爱情〉中的爱情诗》，原载2016年第6期《上海作家》）

"大姐柔柔的发辫/搭在高原的肩上。"便是词眼。

91

有人说："2004年被称作《康定老街》歌词年，并不为过。"

有关《康定老街》的故事，犹如冰糖葫芦，一串一串的……

那是1992年6月，正是红了樱桃、绿了芭蕉的时节，我唱着那首家喻户晓的《康定情歌》从上海抵达成都，然后坐上越野吉普，沿千里川藏线，翻过巍峨峻峭的二郎山（当年还没有隧道），跨过惊涛拍岸的大渡河，来到甘孜藏族自治州的首府——康定。

在跑马溜溜的山上，看到了那朵溜溜的云，然后沿着康定老街去寻访那位"李家溜溜的大姐"……找啊找啊，从白天到黑夜，从黑夜到黎明……最终找到了这首《康定老街》。

《康定老街》原是一首短诗，最早发表在1994年第5期《绿风》诗刊上，受到诗友们的赞赏。著名诗评家吴欢章教授在《诗从生活深处飞起来》一文中写道："诗人来到康定老街，并没有细述在这条古老街道上的所见所闻，只是把长久流传的《康定情歌》的意境，和眼前的情景水乳交融般地糅合起来，让诗篇弥漫着一种似真似幻的迷人的美的氛围，不论是对那'李家溜溜的大姐'的深情追寻，还是对那'一轮溜溜的月亮'的由衷赞叹，都给读者带来一种像'老街悠长悠长'的说不清道不尽的美的韵味。"

92

2003年10月，我把这首诗改成了歌词。最早发表在2004年第3期《长白山词林》上。很快便收到著名作曲家田光（歌曲《北京颂歌》的曲作者）和西藏军区文工团黄枰寄来的曲谱；同时收到的还有《歌曲》编辑晨枫的来信："我在《长白山词林》上读到您的几首歌词，眼前一亮，尤其是《康定老街》，堪称佳作，是当今歌词园地上甚为罕见的佳作……"

《康定老街》在《歌曲》和《诗刊》上被选刊后，陆续收到王炘、袁宗文、杨福成、天骄、张艺军、珊卡、祝亦宜等40余位曲家的曲谱。我国词坛名家、解放军总政歌舞团军旅诗人李幼容在2005年第12期《词刊》上撰文《〈康定老街〉的新启迪》，盛赞《康定老街》"给词坛带来一股诗意的清新之风"，他说《康定老街》是生活对跋涉者的馈赠，《康定老街》如同一面镜子，告诉我们重视生活体验，源于生活而又能高于生活，才能写出佳作来……

李幼容的主张合情合理，言简意赅，得到词坛同仁们的热烈响应。也有人在这一片叫好声中，唱起了反调。

唱反调的人认为"诗情画意"的歌词，根本不是群众所喜闻乐见的。群众喜欢的是《老鼠爱大米》和《两只蝴蝶》这类的歌词和歌曲……

于是，有关争鸣文章在中国词界掀起了一阵旋风……

（详见2017年9月1日《文艺报》陆新长文：《都是月亮惹的"祸"——刘希涛名作〈康定老街〉争鸣记》）

93

康定老街
山风吹落了月亮

老街悠长悠长

大姐柔柔的发辫

搭在高原的肩上

卵石铺起的路面

马蹄声叮当、叮当

走不尽康定的老街

心在发辫上晃荡

山风吹出了太阳

老街一片明亮

大姐溜溜的好哟

可还在这条街坊

木门早已打开

咋不见你的模样

走不尽康定的老街

谁听我倾诉衷肠

（原载2004年第5期《歌曲》、第7期《诗刊》上半月刊，获第11届"北极星杯"全国词曲创作大赛银奖，入选《中国当代歌词精选》）

94

细节是文艺作品细腻地描绘人物性格、事件发展、社会环境和自然景物的最小组成单位。

恩格斯在阐述现实主义创作方法的时候，首先要求细节的真实。他把"细节的真实"看作是典型化的前提和必要的条件。

细节在叙事作品中很重要，在抒情诗中同样不可忽视。当然，抒情诗不要求像叙事作品那样细致地交代和刻画细节，但也要栩栩如生地描绘细节。

95

刻画人物，对于短诗来说，有较大的难度。只有善于选择最富有特征的细节，才能收到以小见大、以少胜多的效果。

老诗人沙白写过一首《老监察》，他通过对胡须细节的描写，生动地表现了这位老监察铁面无私的性格："半脸胡茬茬，根根似钢针，钢针儿一竖，雷响半天云。"老监察这刚直不阿的性子，受到不少挫折，但是"改了江山，没改本性，胡茬儿冒白，还是那么硬"！他对不正确的事管得很宽，"胡茬儿直扎人"！

这首诗的成功，取决于对胡须细节生动的描写。

我在《女工宿舍的小窗》里，有这样一小节：

> 他俩并不陌生
> 就在同一家钢厂
> 偶尔，小路相逢
> 肩，谦让着肩
> 眼神，却寻找着碰撞

（原载1985年3月19日《文汇报》）

这眼神寻找碰撞的细节，就颇为动人。

96

我写"钢铁诗"。

"工业题材不宜入诗，'钢铁诗'更不例外。"

不少人这样认为。

"钢厂的生活无非炉火、钢花、浇铸、轧制，这里有诗吗?"

有人这样发问。

"机器、噪声加豪语，这就是'钢铁诗'。"

还有人如此断言。

于是多年来，"钢铁诗"很少有人问津，就连生活在钢厂里的诗人，都不大乐意写"钢铁诗"，以致那些表现钢厂生活的诗作甚为少见，那些富于时代气息的"钢铁诗"，更属凤毛麟角。

97

1976年，为了摆脱诗作中脱离生活的倾向，我怀着要反映钢铁工人生活的强烈愿望，毅然放弃文化系统的干部编制，硬是"吃了秤砣铁了心"，调到上海第二钢铁厂当工人。

此举使不少人感到惊讶，说我得了"爱诗病"，"可能脑子不正常了"。

就这样，我在火热的钢厂工作、生活了十年。我在化铁炉的火光中感受，在轧钢机的轰鸣声中思索，从铁与火中汲取诗情、采撷诗果、寻找诗源，把诗的触角伸向了钢厂的角角落落，方方面面。我怀着一种责任感和使命感，舍弃了休息和娱乐，为工人师傅勤奋写作。

当时我四口之家居于十平方的弹丸之地，一张双人床，一张小方台。两个双胞胎儿子都要做功课，于是就出现了"四口之家十平方，一张小桌大家抢"的尴尬局面。没有写作条件，下班后，我就躲在车间的办公室里写。我把诗写在车间的黑板报上，写在高产的喜报上，厂广播台也常有我的诗歌朗诵节目。

钢厂十年，我在《人民日报》《工人日报》《解放日报》等全国上百种报刊上发表了500多首"钢铁诗"，被工人师傅亲切地称作"咱们的钢铁诗人"。

98

"钢铁诗"的确难写，难就难在处理不好人与机器的关系，往往拘泥于生产的过程，成了机械和技术的注解。

"钢铁诗"究竟应该怎样写呢？

我的体会是：或因景抒情，或借物咏怀，但表现的是人，是工厂的主人！写工人师傅在四化建设中的精神风貌，写他们的喜怒哀乐，不做作，不无病呻吟，不直着嗓子喊叫，而要给人以力量，给人以美感，给人以内涵。

钢厂的生活当然离不开炉火，离不开钢钎，离不开轰鸣的机器，这里有诗吗？有！这里的劳动表面看来是单调的、重复的，但工人的感情世界却是气象万千、丰富多彩的。"穿焰踩火，腾云驾雾"，更显示出他们生活的热烈、丰富。工人师傅对自己劳动的热爱，永远是和对祖国的热爱、和实现四化的宏伟事业紧密联系在一起的。

因此，决不能认为只有田园风光、小桥流水才有诗意，而工人群众平凡的劳动往往更富有时代的动人诗情。

在艺术表现上，要善于强烈而真切地抒发感情，寻求新鲜的抒情角度，找准诗的突破口（注重诗的构思），把自己浓烈的情绪投进炉膛、化进钢水……

99

我写过一组钢厂人物，其中《老炉长》一诗的前三小节，是这样写的：

> 青烟、烈火，
> 闪电、霹雳……
> 手握八尺钢钎，
> 你一声呼号，
> 呼啦啦——
> 举起火的大旗！
> 火光——
> 一闪一闪，
> 从你眉梢掠过；
> 火舌——
> 一蹿一蹿，
> 舔着你的胡须
> 怪不得，
> 你的脸上没有胡须，
> 却原来，

是让炉火舔去……
日日夜夜，
同火做伴；
月月年年，
跟火亲昵……
你爱火如命，
深深懂得：
钢与火的哲理。
……

另一首《"我——上"》，是这样写的：

炉内，
呼啸着烈焰；
炉外，
滚动着热浪……
陡然间——
炉顶烧塌一块砖，
听！谁在喊：
"我——上！"
看，冲上去了——
年轻的共产党员，
咱们的新炉长！
只见他：
揪住火的鬃毛，
踩着火的脊梁，
恰似一只火鹰，
振动矫健的翅膀……
飞呀，
刮起火的旋风，

卷动我的思绪，
穿云直上……
啊！"我上——"
在总攻发起的隆化桥头，
有惊马撞上火车的瞬间，
在孩子掉进冰窟的时刻，
在大雪封门的辰光……
共产党员，
总是出现在——
最关键的地力，
就像战场的冲锋号，
专在节骨眼上响！

《我的师傅》最后两小节是这样写的：

退休那天，
神情怔怔，
摩挲着，
那攥了几十年的钢钎，
突然，孩子似的哭了，
唏嘘里——
老泪纵横……
师傅走了。
留给我：
一根锃亮的钢钎，
一个深深的笑容……

（原载1980年第5期《河北文学》；入选罗洛主编《世纪之光》诗集，
上海文艺出版社1991年5月版）
抓住老炉长脸上没有胡须，和新炉长揪住火的鬃毛、踩着火的脊梁冲上去抢险的身影，以及师傅那根攥得铮亮的钢钎，突然孩子似的哭了这些典型细节，较好地起到了刻画钢厂人物的作用。

100

在我发表的500余首反映钢铁工人生活的诗作中，出现了为数众多的钢厂人物群像。有在轧钢操作台上，"双脚踏住火龙背/任凭踢打任凭摔！"的《擒"龙"姑娘》；有"火舌——/一蹿一蹿，/舔着你的胡须"的《老炉长》；有"摩挲着，/那攥了几十年的钢钎，/突然，孩子似的哭了，/唏嘘里——/老泪纵横"的《我的师傅》；还有"偶尔，小路相逢/肩膀，谦让着肩膀，/眼神，却寻找着碰撞"的钢厂青年……

又如："把汗渍的工装脱去，/赤条条，像一尾尾鱼……/他们从钢涛火浪里游来，/又跃入热雾蒸腾的浴池里。/谁放声哼了句'西皮'/立即，'二黄''流水'，/大嗓门夹着拿捏的尖腔，都陶醉得忘乎所以……/该骂时，就骂个痛快淋漓，/该乐时，就乐个欢天喜地；/而拿起活来，却恨不得：/把一腔热血，浑身力气，/一齐投进——/那铁与火的搏斗里……"（《赤条条，像一尾尾鱼》）。

这里，我把自己的感情，同下班工人在浴池里最有特征的动作、语言、表情交融在一起，使诗收到了呼之欲出、神形兼备的效果，给人以一股扑面而来的清新和浓郁的生活气息。

101

精彩、鲜活、生动的细节，不是轻而易举能获得的，它是诗人长期惨淡经营、搜索枯肠、苦心追求的结果，是从大量的生活"矿砂"中，淘洗出来的金粒。

只有感受得深切，才能反映得真切！

法国雕塑家罗丹说过："对于我们的眼睛，不是缺少美，而是缺少发现。"

如何让自己所要描绘的形象，有着与众不同的发现？从崭新的角度、独具慧眼的发现，也是写好"钢铁诗"至关重要的问题。

"钢厂的水塔，/像一只高脚酒盅！"是发现；"厂前小吃店的香气，/馋得钢炉口中的火焰，/也把长长的舌头，/一舔一伸……"也是发现。

102

写诗借助灵感，却全凭生活的底蕴。

我们的时代，我们的人民和事业，需要我们的诗人，多写一点反映时代精神、激励人们斗志、散发浓郁生活气息的诗歌作品。

然而，时至今日，在诗坛和诗歌评论界中，依然有人主张"诗离生活越远越好"，认为诗可以不反映现实生活，只要"表现自我"就行。他们甚至断言抒发人们豪情壮志的诗歌会"失去继续存在的基础"；他们对抒发昂扬奋发情绪和散发汗水、泥土气息的诗作斥有严词。

诗，一旦离开火热生活的土壤，必然出现严重的"虚脱"现象，必然脱离群众，脱离诗歌群体。群众离诗的距离越来越远，使诗坛"无边落木萧萧下"：出版社不愿出诗集，新华书店不愿卖诗集，诗歌小圈子以外的人不关心诗，社会各界对诗歌更是表现出莫大的冷漠……这是诗歌的悲哀，也是诗人的悲哀，是诗歌严重脱离生活结出的苦果！

103

上海有500多万产业工人，他们为国家为社会创造着巨大的物质和精神财富。可我们的诗人对他们的劳动和生活却视而不见，充耳不闻，依然一味地抒发一点个人的蜗角之情，他们的作品必然成为无本之木、无源之水，落个诗树凋零、水竭鱼死的结果。

诗人，依然应是先进思想的传播者，依然应成为时代的代言人！诗歌，依然应发挥它的战鼓和号角作用，起到鼓舞人心、激励斗志、陶冶人们心灵和情操的作用！

诗人的心应和时代的脉搏一起跳动！

诗人应以饱满的热情拥抱生活！

104

工业题材的诗的确难写，但有出息的诗人不会退缩！

让我们携起手来，共同不懈地去努力追求吧！

105

锤字，炼句，乃诗的基本功之一。

锤字，炼句，是我国诗歌的优秀传统。

"吟安一个字，

捻断数茎须。"（卢延让）

"吟成五个字，

用破一生心。"（方干）

"为人性僻耽佳句，

语不惊人死不休。"（杜甫）

旧体诗，绝句才4句，律诗8句。《孔雀东南飞》，是古典诗歌中最长的一首，不过357句，1 785字。可见古人对字句的使用，是何等的金贵。

贾岛不但有个"推敲"的典故，他还有这样一首诗："两句三年得，一吟双泪流。知音如不赏，归卧故山秋。"三年才得两句的贾岛，止不住泪水夺眶而出，爱好者如不欣赏，他就归隐山林，这辈子不作诗了。

106

毛主席对于新诗创作提出"精练、大体整齐、押韵"的意见，可见他对字句精练的重视。他的诗词大都"在马背上哼成"，也有"浮想联翩，夜不能寐"的，可见吟安一个字，要付出多少心血啊！

克家先生也说过这样的话："一行优秀的短句，胜过一万行陈词滥调。"

可见诗之价值和它的长短、大小，不成正比，有时适成反比。

107

我永远忘不了那些过目难忘的金句（灵句），他们是夜空的月亮，枝头的花朵，池塘的蛙鸣。

"生如夏花之绚烂，

死如秋叶之静美。"（泰戈尔）

"为什么我的眼里常含泪水？

因为我对这土地爱得深沉。"（艾青）

"轻轻的我走了，

正如我轻轻的来；

我轻轻的招手，

作别西天的云彩。"（徐志摩）

"你站在桥上看风景，

看风景的人在楼上看你；

明月装饰了你的窗子，

你装饰了别人的梦。"（卞之琳）

"卑鄙是卑鄙者的通行证，

高尚是高尚者的墓志铭。"（北岛）

"既然目标是地平线，

留给世界的只能是背影。"（汪国真）

"面朝大海，

春暖花开。"（海子）

……

"世界上好多生命都在消失，而诗的生命不会消失。诗歌存在于精神之中，精神不死，诗亦不死。"这是一位诗人在纪念海子逝世时说的话。

生命能走多远，诗就能走多远。

108

前辈诗人常说，炼字不如炼句，炼句不如炼意。

诗若酒。酒靠酿制而成，是供人们品味的。诗亦然，只有品，方知其真味。只有耐品的诗，才是好诗。

炼意，不但要"意深"，更要"意新"。

陈词滥调，没人欣赏。

综上所述，诗究竟该怎么写？没有统一的模式。功夫在诗外，是写好诗的一条重要途径。

109

六、诗余断章

一个时代有一个时代的文学，一个时代也有一个时代的诗歌。经过百年探索和实践，新诗进入了一个新的时代。新时代的诗歌是个什么模样？恐怕无人能说得清楚。可我永远记住已故诗人于沙赠我的条幅："笑着写或哭着写，才是诗人起码的真诚。"

诗歌是直抵人心的一种艺术，它是崇高的，会带给人们美的享受。它可以歌颂生命之美，也可以揭露人性之丑。诗人必须要有大境界、大情怀，别只囿于个人的一己悲欢，抒发个人的一点蜗角之情，那是没有担当的表现，也是没有出息的表现。

110

诗人田间说过："琢磨诗歌，就是雕琢自己的灵魂。"他由田间来，还回田间去。我忘不了他在抗战时期拎着油墨桶，在部队经过的村庄墙头，所写下的那些战鼓、号角般的墙头诗、枪杆诗。这些不朽的诗句，永远留存在我们的心中。

刘章是一个农民。他的创作历程，深刻地印证了"生活是创作的源泉"

这个道理。要使作品不失泥土味和烟火气，就要融入生活。所以，他的诗歌犹如山间流泉，明冽甘甜，淙淙流淌。他说："我就是诗，诗就是我。"这种"以诗为命"的创作态度，更是我们学习的榜样。

111

诗歌的创作与创新，主要在实践而不是理论。

当下，做诗人容易，做真诗人难！

伟大的诗人更是可遇不可求！

真诗人，那是人类的良心！

诗人，要忠实于自己的内心，在任何情况下都不要说谎。在诗歌创作领域，尤其能体现人品和文品的同一性。

写诗，不能作为一种职业，写诗人应掌握其他生存技能。这样，诗才葆有它本质的自由，诗才可能是诗。

112

网上读到诗评家吕进先生的文章：《必须重建写诗的难度》，所言极是。

当下写诗如赶集，哪儿热闹往哪儿挤。皆因写诗没门槛，没难度，想怎么写就怎么写；导致大量劣质诗歌充斥网络和报刊，直至泛滥成灾。

写诗太容易，所以人们看不起诗；读诗太费劲，所以人们不读诗。

诗可以口语，但不可以低俗、媚俗，更不可以恶俗。

113

诗兄黄东成寄来了他的三卷本文集。读着，读着，便想到车尔尼雪夫斯基说过的话："一个没有受到献身精神所鼓舞的人，永远不会做出伟大的事情来。"东成兄是一位热血诗人，我不敢说他是否已经做出了伟大的事情；但我敢说他就是一个"受到献身精神所鼓舞的人"。

海明威说过："好的作家要写出前人没有写过的东西。"我的理解是，一要回避前人写过的题材；二要超过前人作品的高度。好的诗人和他的作品，就要让人看到他的这种爬升。

114

万物都在生长，诗人亦然。年轻时激情澎湃，带着一股冲动和夸张去写，此时的作品大多热气腾腾……随着年龄的增长，读书的增多和阅历的加深，能用成熟平和的心态观察理解事物，此时的作品便显得成熟和深沉起来，诗句上少了形容词和过多的渲染，多用平淡朴实的语言，就像克家先生《有的人》那样，平实朴素的语言，更能直入人心。

质朴平易是一种很高的境界，是诗人诗艺成熟的表现。要做到质朴平易（不是平庸），实属不易！

115

突然想到了汪国真。他曾家喻户晓，陪伴了一代人的青春。

"没有比人更高的山，/没有比脚更长的路。"这是习近平主席在2013年APEC领导人峰会上脱口而出的一句诗，这句诗就来自汪国真的《山高路远》。

汪国真受大众欢迎，却遭到诗坛排斥，认为他的诗一听就懂，写得很浅薄。窃以为，清澈见底并非就是浅，明白晓畅而又寄概遥深，更受大众欢迎。汪国真很成功，他诗歌的最大特点就是朗朗上口，不少诗句被人记住了，这就是最大的成功。

116

写诗，切忌韩信将兵，多多益善。

什么都想讲清楚，什么都想告诉你。

所谓包罗万象，无非是个形容词。

道理说多了，诗没了。

诗歌，只有跟上时代的节奏，顺应社会和大众的需求，才会有生命力，才不会被淘汰出局。

只有满怀对人民的热爱，对生活的热情，你笔下的作品，方能蓬勃如春。

只有热情拥抱生活，作品才能永葆鲜活。

117

"乐此不疲"，我喜欢这个词。

岁月如歌，

深情如故。

人可老去，

诗笔常青。

118

新时代需要真正的诗歌，人民大众需要真正的好诗，需要有个性、有品质、有温度、有美感、有思想的新诗和真诗。

写出真诗，是针对当下的"伪诗""非诗"、垃圾诗而言的，一些伪诗人为了提升知名度和存在感，几乎每天都在复制这些文字垃圾，让人不齿！

诗歌要再创辉煌，需要诗人既心存高远，又脚踏实地从我做起，先从小情绪、小欢喜、小悲哀、小感动的小技巧中走出来，胸怀大抱负、大格局，回到生活中去，去发现诗意，去书写新时代的新诗篇。

让诗歌更加紧贴新时代！

吹响诗歌回归大众的号角！

是时候了！

119

《诗余断章》行将杀青之际，读到《文汇报》上对陕西作家陈彦的报道："在陈彦众多深受大众喜爱的作品中，能清晰地闻到一股浓浓的生命烟火气息。他一直坚持从生活中汲取灵感，写底层生命状态，点亮普通人物身上的价值光芒。"

陈彦说："写熟悉的东西比什么都重要！写不熟悉的东西，总会挣挣巴巴的……"他还说："我们得给人生煨起一堆向天的火焰。"作家应该给人以温情、温暖和希望。陈彦认为，作品的"真"至关重要，如果把"真"剥离，那"善"，那"美"，也成了"伪善""伪美"。艺术之"真"，当是作家努力追求的境界。

陈彦说这番话，不仅是说给写小说、写剧本的人听的，也是说给写诗的人听的。

120

诗是我的终身伴侣，少年时便选择了她，一路搀扶着走来……直至耄耋，直至衰老，直至蹒跚……几十年了，须臾离不开她呀，我依然需要她的搀扶。

有人恭维我文学知识渊博，我的回答："文学这门学问形同大海，你手里的竹篙再长，也探不到底；又好比是一棵枝繁叶茂的大树，我这辈子，只是学到了它的一张叶子而已。"

离离原上草，一岁一枯荣。

春荣秋枯，乃草木一生。人的一生有诗歌陪伴，多好！诗意地活着，诗意地归去，像花朵一样孕蕾、怒放，然后凋谢、枯萎，而枯萎的花朵，依然馨香如故。

现代诗歌走到今天，早已打破了一种风格和一种话语独霸诗坛的局面。真善美之歌与下半身写作，鱼龙混杂，泥沙俱下，阅读便成了大浪淘沙。你淘到的是金子，还是泡沫，如能在这篇《诗余断章》里寻到答案，我将不胜欣慰！

（2021年2月21日完稿于上海"涛声斋"）

七、附录

121

刘希涛同志将出诗集，要我写序言。我虽然读过他的一些诗，但为数不多……我知道他的诗，多是工业题材，无非机声豪语，能说些什么，实想推迟。以为说过也就算了，不想前几天刘希涛把诗集的校样送来，我只好从头到尾看下去。谁知看了几页，就看出了味道。好像喝新摘的龙井茶，第一口就清香扑鼻，于是茶杯就放不下来，非得细品慢辨，把它喝完，喝完一杯，再冲二汁，穷其滋味。

刘希涛作为一名钢铁工人，爱厂、爱钢、钟情于自己的工作。作为一个诗人，他不但炼铁炼钢，还提炼着生活中的美。繁重的劳动生活到了他的笔下，竟是那么美，那么令人向往："一支铁的马队/从炉膛急速奔出/扬起火的鬃毛/卷着热辣辣的旋风/挣脱一个小小的王国/尽享驰骋的欢乐。"这是写出铁。"像一位沉吟的诗人/突然间，爆发了感情/一首雄壮的诗/跌下炉台/字字句句/迸溅金星……/火的舞蹈/铁的旋律/钢的音韵……/诗，涌出炉口/将化成无数/机械的手臂/把今日的华夏支撑……/不停地朗诵/不息地奔腾……/那鲜红的血液/凝结成——/振兴民族工业的诗魂。"这是写出钢。出铁出钢，是紧张、繁重的劳动，在刘希涛的笔下，竟如诗如画。没有热爱生活的感情，是写不出这种诗的。

（摘自丁锡满为刘希涛诗集《生活的笑容》所作序言。1989年5月16日上海）

我自中学开始学习写诗，三十余年勤笔不辍。我坚信创作离不开生活，曾经投笔从戎，进厂做工。我在钢厂生活十年，在化铁炉的火光中感受，在轧钢机的轰鸣声中思索；从铁与火中汲取诗情，采撷诗行。这些诗作虽还粗糙、稚嫩，却是心血和汗水的结晶。

（摘自刘希涛诗集《生活的笑容》后记，1988年8月8日）

122

我喜欢这样的诗：

锤声火色里，透出冷峻的针芒；轻歌细吟中，也有金刚怒目的猛志。热烈的，像带花的果枝，在风中恣意舞蹈；恬淡的，似静夜的月下，黯然飘来一阵甜橙花香……形式自由中，严谨见功力，朴质平易而寄概遥深。

诗人的状态决定了诗的形态！

写诗，借助灵感，却全凭生活的底蕴。

诗，扎根于现实生活的土壤，才能开花结实。

诗人，应以饱满的热情拥抱生活！

1990年5月1日上海

（摘自刘希涛诗集《神州风景线·诗的前言》。山东文艺出版社1992年6月）

123

报告文学的质朴平淡是很重要的。质朴美恰能反映事物的本质特征。作为诗人，他不乏华丽的辞藻，但他没有滥用它们。他注意运用新鲜、简洁、准确、形象、生动的语言。在本书中没有猎奇的文字，也没有肉麻吹捧之词。由于质朴平淡，情发心底，言出肺腑，不能不强烈地拨动读者的心弦。

（摘自中宣部原副部长龚心瀚为刘希涛报告文学集《胸中有把火》所作序言。上海人民出版社1993年3月。全文原载1993年2月7日《解放日报》）

124

1996年春节期间，许是心血来潮，许是不甘"钢铁诗人"的寂寞，一个五十出头之人写起了爱情诗，且一发不可收……于是，就有了这本薄薄的《爱情恰恰》。部分诗章见报后，我收到不少电话和来信，得到众多诗友和文学知音们的支持和鼓励。前辈诗人罗洛主席在报上做了点评；季振邦兄妙笔生花，热情作序；翟大炳教授、宣轩小姐、王岚、王坚忍等友人，均有文字见诸报端，给予我莫大的鼓励与鞭策，在此一并致以谢意！

我痴情不改，初心如炬，今后，仍用这支笔，去写诗，去行文。

五十出头不算晚，春蚕到死丝方尽！

我依然渴望燃烧！

1997年6月28日上海

（摘自刘希涛诗集《爱情恰恰》后记，学林出版社1997年12月出版）

125

我的赞美

我的赞美

是风前的叶笛

为你吹奏

悦耳动听的妙音

我的赞美

是晴空的雁阵

为你留下

声声殷切的呼唤

我的赞美

是雪地上的脚印

为你踩出

一抹亮闪闪的新绿

我的赞美

是牛颈下的铜铃

为你摇出

温馨甜美的梦境

1993年元旦上海

（选自刘希涛诗集《涛声回旋》卷首诗，百家出版社2001年1月出版）

126

刘希涛走的是一条坚实的现实主义创作之路。在他的诗园里，没有故弄玄虚的"朦胧诗"，没有套话连篇的应景诗，没有故作多情的无病呻吟，也没有故作高深的晦涩篇。每一朵诗花都培育自生活的沃土，色泽丰润，生机盎然，绝非无生命的塑料花……其实不只是钢铁诗，刘希涛第一枚诗果军旅诗，便是从钢枪军号声中提取。诗集中的《刻在刺刀上》《准星》《哨所八个人》《爆破手》等篇章便是明证。

　　随着生活领域的不断开拓，阅历的日益丰富，刘希涛的诗园里又增添了不少新品种，如政治抒情诗（伟人领袖篇）、山水风景诗（都市奏鸣曲）、爱情诗、歌词和叙事诗。毫无疑问，现实主义的最终体现是看诗人与祖国和人民的感情联系，以及对时代精神的领悟和把握。《阳光在中国》这一辑中的许多篇章，给我们提供了评价的依据。让我们来读一读《走近雷锋》。在许多人心里，"雷锋精神"已过时，可诗人今天重读雷锋日记，仍然"像打开一瓮深埋的美酒／时间愈久／那酒香，就愈醇愈浓"。那么，其价值何在呢？诗人激情地唱出："给予弱者／以支撑／给予社会／以真诚／给精神苍白者／以血色／给心灵荒芜者／以灵魂。"继而歌之赞之："走近雷锋／便是走进／三月的春风／去感受——／阳光的温柔／花草的鲜亮／环境的氤氲／去领略／生命的真谛／民族的精神／薪火的传承。"这是时代的歌唱，襟怀阔大，意义深远，它激励并召唤着人们与雷锋同行。

　　（摘自韦德锐为刘希涛诗集《开花的季节》所作序言：《坚实的现实主义之路》。香港世纪风出版社2006年5月）

127

　　刘希涛先先是一位"激情诗人"，从最初的"枪杆诗"到后来的"钢铁诗"，再到年过半百之后倾心的"爱情诗"都有激情的诗心伴随。如今我们捧读他的散文集《相思月明时》，依然可以从字里行间感受其诗一般的情感流动。

　　（摘自沈扬为刘希涛散文集《相思月明时》所作序言：《激情诗人的散文笔墨》，文汇出版社2009年4月出版）

128

　　刘希涛的歌词给我最深的印象是诗意盎然。这固然和他多年的写诗有关，而对于一个歌词作家，能把自己的词写出盎然的诗意，写出文学的品位，实在难得，也是最可贵的，这也展示出刘希涛在当代歌词界的创作优势。

我断断续续读了他发表的一些歌词，有一些我非常喜欢。除了那首《康定老街》外，我这里不妨找出几首，和大家一同赏析。其中有一首《美人走过的地方》，它的文学韵味，它的情感色彩，它的音乐形象，叫我为之倾倒：

"美人走过的地方/清风把梨花吹亮/一条优美的曲线/牵走多少目光/美人走过的地方/飞鸟停止了歌唱/诗情在江边涨潮/绿叶摇动着遐想/美人走过的地方/让人那么地神往/美人走过的地方/叫人这般地惆怅。"

这个刘希涛，把美人写得出神入化了，简直有些像曹植笔下立在洛河边的洛神。作者捕捉的几个意象真令人叫绝。美人走过的地方，清风居然吹亮了梨花，她那优美的曲线，牵走了多少目光，飞鸟为她停止了歌唱，绿叶摇动着遐想。如果说飞鸟停止了歌唱我们也能想象出来，而绿叶摇动着遐想则不是能想出来的，这种诗意的感觉确属神来之笔，妙句也！最后的抒情也很耐品，很微妙："美人走过的地方/让人那么地神往/美人走过的地方/叫人这般地惆怅。"

作者用了"神往"之后，又用一个淡淡的"惆怅"来结束此词，留给我们无尽的遐想与回味，作者心中那种微妙的情愫只能意会而难以言传了。

这确是一首难得的好词。

刘希涛很少写儿童歌词，但他写的《叔叔，快把枪放下》我却极为欣赏："叔叔，快把枪放下，把枪放下/那是一只美丽的小鸟/那是一朵会飞的鲜花/它把春光带给蓝天/它把秋月送给晚霞。"毕竟是诗人出身，写出来的词句就是不同，一种诗意的美扑面而来。"叔叔，快把枪放下，把枪放下/那是一只快乐的小鸟/那是一朵会唱歌的鲜花/它把问候带给早晨/它把祝福送到天涯。"依然十分精彩。有了这两节美丽的描写，作者最后一节的立意便有了依托，有了升华："叔叔，快把枪放下，把枪放下/让枪口也长出新芽/开出最美丽的鲜花/让枪杆也长成大树/给小鸟一个温馨的家。"想象是如此奇特，且寓意深刻，主题鲜明。"让枪杆也长成大树/给小鸟一个温馨的家"这种形象的词句，胜过那种直白的说教不知多少倍。

（摘自吴广川为刘希涛歌诗集《康定老街》所作序言：《开掘歌词中的诗意》，文汇出版社2011年9月出版）

129

　　我认识刘希涛先生要比读他的作品迟得多，我在年轻的时候就在报纸上经常读到刘希涛的诗歌，我的中学时代是在杨浦度过的，结识不少杨浦区的文艺青年，他们很关注当时的文艺创作，刘希涛的诗歌就在他们的关注之中……

　　《关于爱情》是刘先生亲自编定的一部诗歌选集。诗人挑选了自己人生历程各个阶段不同类型的诗歌200余首。我们从诗集的第二辑"火之骄子"所收的44首诗里，看到作为一个钢铁工人的刘希涛非常扎实的创作起步，这是写于1976—1985年期间的诗歌，十年的钢铁厂火辣辣的劳动和简单明朗的生活，为诗人的创作提供了一个阔大的艺术格局。如创作于1980年的《铁水，在晨光中闪烁》里有这样的句子："铁液的霞光，/钢水的金云，/把她大病初愈的面容，/照耀得闪闪烁烁，/美如彩虹。"很简单的诗句，但是嵌入了一个不协调的"她"的形象，暗示钢铁工业的生产与"九百六十万平方公里"的祖国正处于"大病初愈"的密切关系，诗的意境豁然开朗。在《"和尚工段"，来了个小妞》《赤条条，像一尾尾鱼》《师傅》《少女，在钢山铁岭间穿行》《丁香树下，有一只邮筒》《黄昏，百鸟归巢的时辰》《钢厂情歌》等诗篇里，年轻诗人都将热情颂歌熔铸到叙事视角中，紧紧抓住了劳动生产中的一两个生活细节加以渲染和表现，语言明快生动，在时隔三十多年的今天读来，仍然感受到质朴鲜活的诗意。

　　（摘自陈思和教授为刘希涛诗集《关于爱情》所作序言，上海人民出版社2016年7月出版）

130

　　前不久在南京与希涛再次相聚，他赠我两本新著《关于爱情》和《文化名人与"涛声依旧"》。徜徉在诗人营造多年的诗意天地和友谊海洋里，我真不敢相信眼前这位充满了朝气与活力，洋溢着真爱与才情的"白马王子"竟已年过古稀。我想正因为他的勤勉与诚笃、好学与深思，才有可能同那么多领域内的高人与贤者往来，建构起精神之桥的丰赡与宽广。我欣赏他写给贺敬之前辈请求贺老为《上海诗人》题词时的质朴大方："贺敬之同志：不用做更多的介绍，一握手就知道彼此的心灵。"我也十分赞同他笔下对沙白和忆明珠这两位淡泊平生的诗翁与名老头儿"不是不能红，而是不肯红"的描述，刻画他们"俏也不争春，只把春来报"的人格操守与奉献精神。在山泉水清，出山泉水纯，也许这正是他身体力行，集合在繁华都会和尘世喧嚣中的"出海口人"共同的执着追求吧。

（摘自诗坛名家冯亦同先生为《诗人刘希涛》所作序言，吉林人民出版社2018年9月出版）

后 记

《诗余断章——我是怎样学习写诗的》共130章（段）。

1～108章（段）是从1982年10月—12月，我在上海沪东工人文化宫诗歌创作学习班上的讲稿中筛选出来的；

109～120章（段）是一点零星感悟；

121～130章（段）摘自龚心瀚、丁锡满、吴欢章、沈扬、陈思和、冯亦同等名家序言中的片段。

还有诸如：《也说政治抒情诗》《怎样看待百年新诗》《对当下诗歌状况的一点看法》等，因怕篇幅长了，读者不耐烦而作罢。

《诗余断章》初稿中的部分章节，曾发给几位诗友听取意见，收到他们热情的鼓励，增添了我写下去的信心。中国作协会员冷慰怀先生（曾获全国自学成才荣誉称号）和我家乡诗人、中国作协会员庄晓明先生热情撰文；上海市作协会员、"警监诗人"胡永明，不仅认真细致地做了校阅，还写下十分精到的读后文章；李曙白、许国江、吴广川、曹爱红、萧鸣、瞿冰、李冠琛、叶子青诸位热情点赞；我家乡著名书法家李茂年先生、上海书法家孙庆生先生为《诗余断章》挥毫。最近，我又陆续收到中国作协副主席叶辛、何建明、谭谈及简平等名家的题词，谨向他们以及所有关心帮助过我的良师益友，致以深切的谢意！

我期待朋友们的批评和帮助！

刘希涛（77岁）

2021年12月6日于上海"涛声斋"

勤奋培壮志，赤诚铸诗魂
——读刘希涛《诗余断章》

冷慰怀

130条创作心得如纵横交错的血管，这是诗人近60年的实践精粹，血管里流淌的是一腔滚烫的赤诚。

从战士到工人，再由"钢铁诗人"到高校学子，他心里只有一个目标：传承东方文化瑰宝，做缪斯笃诚的信徒。

航道上礁石嶙峋险流湍急，他始终紧握舵轮不为功利所动，为工农兵唱赞歌，甘当普通民众的喉舌。

改革开放四十余年，香风浓酽，幻象诡秘，蒙太奇虚无缥缈，他坚守钢铁战士的本色，沿着朴实清丽的路子走到了古稀。

小康之旅财源丛生，私欲疯长，西化趋势大行其道。他在诗的迷宫里目不斜视，步履稳健如入无人之境。

我们不禁要问：他的定力从何而来？他的智慧因何而生？他的成就缘何与日俱增？答案只有四个字：勤奋、赤诚。60年来，无论他的身份和职业怎样变更，对诗意的挖掘从未止步；无论文坛风向标如何转动，赞美生活、拥护社会主义制度的信念和激情丝毫不减。他的生命已化作数以万计的诗行，回响成伟大祖国阔步行进的如潮足音，定格为广大民众爱党敬业的劳动创造。

一、诗路起点，《日历第一页》

1962年12月，入伍刚一年多的刘希涛突然有了写诗的冲动，对新年的美好憧憬、渴望在新春军训中立功受奖的强烈心愿，令这个18岁的毛头小伙子跃跃欲试。虽然此前从未发表过诗，但真情所至就如鬼使神差，仅凭肚里不多的墨水，在夜阑人静的蚊帐里构思了一首军营诗的雏形。

毕竟入伍时间还不长，有点拿不准，刘希涛决定向团宣传处林干事寻求点拨，在修改诗稿的过程中，对诗的"突破口"有了刻骨铭心的感悟——

"这天，连队俱乐部新刷的墙上，挂上了一本新日历，封面被撕掉了，一个红彤彤的'1'字突然跳了出来！如同一支红烛，唰地点亮了诗的火花；又仿佛一根魔杖，敲响了我心头诗的铓锣……

"这'1'字不就是发现，不就是角度吗？这就是'突破口'啊！于是，我迅即围绕这'1'字进行构思，并由此展开了丰富的联想：爆竹、钢锭、路标、红箭……这些和'1'字有关联的形象，便一一地跳了出来。"（《诗余断章》41）

在创作道路上第一位老师的启迪下，短诗《日历第一页》披着1963年元旦的第一缕曙光，赫然站上了《福建日报》。

首战告捷，兴奋之余的刘希涛没有沉醉也没有满足，而是向更高的起点发起了冲击，他要把林干事的点拨化作自己的创作领悟。此后，又有了青年刘希涛从战士到部队宣传干事的角色转换，又有了千余首军旅诗的相继诞生。这一角色转换的过程，也是刘希涛立志从事文学创作，并不断强化这一志向的过程，正如他告诫那些企图一夜成名的"速效诗人"所说："如果文学殿堂果真有个大门的话，那么立志是迈进这个大门的左脚，而信心和毅力，则是迈进这个大门的右脚。"正是葆有这种信念和毅力，他陆续创作出《改天换地四卷书》《连长的脚板》《瞄靶》等大量脍炙人口的佳作。

二、真诚奉献，倾情酿佳作

刘希涛深知诗路崎岖任重道远，唯有深入火热的生活才可能获得灵感。复员后他主动放弃了干部身份，到钢厂当了一名工人，在钢花飞溅的生产一线淬炼自己。在有一双慧眼的刘希涛看来，钢钎、钢花、钢水、钢锭，都有生命感知，只要与钢铁家族结下深厚情谊，就能听懂它们多彩多姿的心声。

　　和钢铁打交道不仅要有坚定的志向，还要有顽强的韧性，刘希涛拿定了铁杵磨针的主意，到师傅们一颦一笑中，去探究老一辈与钢铁的不解之缘。他深知"揭示主题思想，不能靠直说，往往要通过比喻来巧说。让抽象的变得具体，让深奥的变得浅显，让模糊的变得明朗，让不容易被理解的变得容易被理解"。他遵循"朴素，是真正的美"的信条，决心把貌似冷峻的钢铁，化为"绕指柔"的动人诗句，为朴实勤劳的工人弟兄高唱赞歌。

　　在他以钢厂生活为题材的500多首佳作中，《我要出炉》既写了钢的提纯，也写了人的升华，堪称钢铁工人对祖国的痴情告白。这首诗一语双关，熔自我激励和奉献情操于一炉，殷红透亮炽热翻腾，势不可当灼灼生辉：

　　"氧的催化/火的爱抚/细胞/在高热中裂变/生命/在冶炼中成熟//我是钢铁/我要出炉//炉膛/孕育我的母腹/为了我的诞生/承受了/阵阵炙烤的痛楚/钢厂/抚养我的慈母/为了我的成材/将那燃烧的爱呵/日夜朝我倾注……"（《诗余断章》44）

　　全诗直抒胸臆，节奏紧促，音韵铿锵，饱含钢铁工人忠心赤胆的豪迈情怀。

　　在刘希涛看来，工厂处处都潜藏着诗意，凭着对劳动创造世界的无限信仰，用一首首血肉丰满的传神之作，敲响了诗坛的黄钟大吕。他用最朴素的语言创作出《焊枪，喷着火》《老炉长》《"我——上"》《我的师傅》等大量精品，被朝夕相处的工友们亲切地誉为"钢铁诗人"。

　　刘希涛有百炼成钢的毅力，也有描龙绣凤的技能。他的《灯光捕鱼》《盼望》《老队长》《乌镇》等灵动飘逸之作，恰似短笛横吹，寥寥几笔就将情理熔于一炉。他的爱情诗和被作曲家争相谱曲的歌词更是一绝，其中最具代表性的《康定老街》和《关于爱情》，曾引来众多名家好评如潮。

　　获第11届"北极星杯"全国词曲创作大赛银奖的《康定老街》，有句艳词语惊四座，通感衔接浑然一体："大姐柔柔的发辫/搭在高原的肩上"。这一切巧妙、个性张扬的大胆搭配，让耳熟能详的"李家大姐"，瞬间就和以高原为肩的康定城结为了情侣。

　　《诗余断章》75，引用了我对另一首《关于爱情》的解析，该诗一唱三叹，多有巧妙睿智的构思，在此就不再赘述。

三、艺无止境，人品壮诗骨

诗有至真至纯至善至美的秉性，任何夹带吹捧卖弄或逢场作戏的赝品，都逃脱不了被读者唾弃的下场。"功夫在诗外""诗品如人品"，说的就是写诗不仅需要坚实的语言文学基础，更需要放下身段，与民众共命运同呼吸。

艾青大师曾告诫我们："把写诗当作了不得的荣耀的事是完全昏庸的。"他还说："写诗应该通过自己的心写，应该受自己良心的检查。所谓良心，就是人民的利益和愿望。人民的心是试金石。"（人民文学出版社1995年12月北京第二版《诗论》48页、169页）

刘希涛出身于战士和工人，写诗数十年始终没有离开培育他的群体，从早期的青涩岁月直至古稀之年，冷峻地沉思以不变应万变。他始终保持着蚂蚁和蜜蜂的勤奋状态，力求把所见所闻所思所感都酿成甘甜的诗蜜，献给祖国和人民。

真诚的语言最容易获得读者认可，但是要做到真诚并不容易。真诚和两面三刀势不两立，真诚和结党营私不可调和，真诚和玩弄权术背道而驰，真诚和盛气凌人针锋相对。真诚的颂歌是发自作者内心的敬仰——把赞美献给创造世界的劳动者，是刘希涛的既定目标，这项"诗外基本功"需要诗人用一生的坚持来修炼。作家靠好作品安身立命，好作品又要靠真诚的创作态度，以及毕生不为名利所动的信仰指引，才有可能诞生。

为此，刘希涛理直气壮地宣称："诗歌要再创辉煌，需要诗人既心存高远，又脚踏实地从我做起，先从小情绪、小欢喜、小悲哀、小感动的小伎俩中走出来，胸怀大抱负、大格局，回到生活中去，去发现诗意，去书写新时代的新诗篇。"（《诗余断章》118）

听其言观其行，毫无疑问，刘希涛称得上是一位爱党爱国爱人民的诗人。

自上世纪80年代以来，中国新诗步入了一个百花齐放的新时期，众多流派、技法、审美观，众多标新立异的山头，层出不穷令人眼花缭乱。诗歌普及、繁荣的趋势，和大众读者的缩水形成巨大反差，"看不懂"的呼声日益增强。作为新中国早期脱颖而出的基层平民诗人，刘希涛没有停留在历史的起点上僵守传统写法，也没有趋势跟风邯郸学步，而是在创作技巧上努力借鉴、消化和跟进，既在诗中融入了现代"留白""断层"等手法，又保留了朴实、直观、口语化的根基，始终以本民族的原生态方式与读者交流。特别是他年过古稀仍在孜孜不倦地探索和进取，实在难能可贵且可喜可贺。更值得称道的是，在通往诗歌殿堂的岔道口，刘希涛用毕生心血，打造了《诗余断章》这块醒目的路标，供年轻的跋涉者辨识、选择。

最后，容我以一副对联与刘希涛诗兄共勉：

红烛燃泪照前路，
硬汉寄情扶后生。

2021年2月26日写于河南洛阳
（冷慰怀，中国作家协会会员。）

来自生活与生命的火花

——读刘希涛先生的《诗余断章》

庄晓明

　　2021年12月，年近八旬的刘希涛先生给我发来3万多字的《诗余断章》。这是他对自己漫长的诗歌生涯的思考、总结，是他的诗歌心血的结晶，要为之写点文字，作为一个不同时代的后辈诗人，实感力不从心，但又义不容辞。

　　刘希涛先生是著名的"钢铁诗人"，成名于上海，却是地地道道的江都人，1944年4月出生于江都嘶马，并度过美好的童年。因为老乡的关系，我与刘希涛先生有过多次交往。印象颇深的一次，是2012年4月，当时梁明院主持江都文旅局，为江都在外地的几位著名诗人、作家每人出了一本作品集。举行发行仪式时，刘希涛先生代表出书的乡友发言，竟哽咽不能声，令人感动不已。按理说，家乡为这些在外地取得文学成就的诗人、作家出书，也是为家乡增光添彩之举，而刘希涛先生如此动情于怀，既说明了他的乡情之重，亦表明了他的情感之丰富之敏感——这一与生俱来的基质，注定了他踏上这条光荣而又布满荆棘的诗人之路。

　　一个不言而喻的诗界共识：一位真正的诗人，不仅要有自己的诗歌力作，还应对自己所从事的文学事业有独到的见解。刘希涛先生的《诗余断章》的写诗心得，显然受到大诗人艾青的《诗论》的影响，以"金句"式的"断章"展现，将诗意的空间、思想的火花、格言的力度凝铸为一体。它们形同带露的小花，星星点点，撒落在文学的芳草地上……依我的看法，它们绝不是刘希涛先生诗余的创作，完全可以与他的诗歌创作并美，相互辉映——他的诗歌创作偏重于激情，而这些"诗余断章"则偏重于理性。

　　《诗余断章》的第一小节，便是对诗的本质的思考，"什么是诗？——

跳进生活的海吧，尔后上来沉思。"关于"什么是诗"，千百年来，各家有各家的见解，迄今难以统一，但其中以英国浪漫主义大诗人华兹华斯的观点最为著名："诗起源于在平静中回忆起来的情感。"显然，刘希涛先生对之有着一种共鸣。但刘希涛先生的观点，无疑又有着自己的特色，这就是首先要"跳进生活的海"——强调了诗人的主观能动性，而不是被动地接受生活。从这里，我们或可微妙地感受到刘希涛先生他们那一辈诗人，与后一辈诗人之间对诗人身份理解的不同之处——刘希涛先生他们那一辈诗人对诗人在社会的身份是自豪的、主动凸显的，而后一辈诗人，则对诗人与诗有着一种深层的悲剧感，而自守王国。或许皆有自己的道理，一切都是时代的赋予。

第三小节，刘希涛先生对诗做了进一步的思索，"谁轻易地给诗下个定义，再煞有介事地列出诸如'诗歌作法'之类的东西，那肯定是骗人的。""它是鲜花百态，风姿万千，即便同一棵树上的树叶，也不是一模一样的。"刘希涛先生作为上一辈的诗人，说出这样的思索，真是令人感佩，它不仅是对过去的总结，亦是面向广阔的未来。"即便同一棵树上的树叶，也不是一模一样的"，在某种意义上预言了新诗发展的无限可能性——而这，也正是新诗的伟大之处，总是面向未来，不断地开拓。无论是谁，都无法用某种形式来拘禁新诗。

第六小节的"诗和一切文学、艺术创作，都离不开火热的生活，尤其是自己熟悉的生活"，可谓是刘希涛先生对自己创作经验的总结，是肺腑之言。1965年，刘希涛先生戴着一顶"战士诗人"的桂冠从部队回到地方，复员到上海的一家文化部门工作，他感到脱离了火热的生活，创作中出现了严重的虚脱现象。于是，1976年，他毅然放弃干部编制和舒适的工作环境，到上钢二厂当了一名钢铁工人（一干就是十年），决意铁下心来写"钢铁诗"。这在世人看来，实在是不可思议，完全是做"愚人"和"愚事"。但离开了钢铁工人的一线工作，这样的诗句显然是不可能写出来的：

氧的催化，
火的爱抚……
细胞——

在高热中裂变，

生命——

在冶炼中成熟！

……

——《我要出炉》

《诗余断章》的第十小节："假如你想做个诗人，还必须具备顽强的意志和无休止的吃苦耐劳精神。""我始终记着已故作家柳青对刘绍棠说过的：'文学是愚人的事业，聪明的人不要干'这句话。"这些诗语实际上是对第六小节的进一步补充，是刘希涛先生对自己为了诗歌事业，所做的"愚人"和"愚行"的回顾，总结。当然，也正因为如此，刘希涛先生才成就了著名的"钢铁诗人"的称号。

《诗余断章》中还有一些关于诗的断想，或可看作意味幽远的哲理诗，如"诗人，必须在生活旋转的砂轮上，时时磨砺自己敏锐的触角"；或可看作情怀满盈的抒情诗，如"人的一生有诗歌陪伴，多好！诗意地活着，诗意地归去，像花朵一样孕蕾、怒放，然后凋谢、枯萎，而枯萎的花朵，依然馨香如故"，这些都需要读者用心去阅读，去体味。不同于艾青《诗论》的，或者说，有着刘希涛先生自己特色的，是他在《诗余断章》的创作中，还大量引用了自己的诗歌及他欣赏喜爱的当代名家的诗歌，来论证或说明自己的诗歌观点，因而更具有一种说服力。

当然，由于时代和年龄的关系，刘希涛先生在他的《诗余断章》中，亦有着视野和接受度的局限，但不管怎么样，《诗余断章》毕竟是一个写诗逾60年的老诗人的一家之言，凝聚了他丰富的创作经验和心血，后人无疑可以从中寻找到自己的参考价值。诗歌史不是一代取代一代的问题，而是一种时间中无尽的承继，延伸。对于《诗余断章》，刘希涛先生有这样自信的期待："这些断章，可能登不上当下的大雅之堂，却能长久地活在人间，会遇到真正的有识之士和知音，他们会赏识这些用血肉喂养的文字。"我对之深信不疑！

（原载2022年第一期《上海诗人》）（庄晓明，中国作家协会会员。）

一部来自实践又指导实践的诗歌理论佳著
——刘希涛先生《诗余断章》中的主要诗歌观念

胡永明

　　刘希涛先生是位成功的诗人，有着丰富的创作经验，多次做过诗歌讲座，但用文字来尽情谈论诗歌还是首次。《诗余断章》中有诗人的诸多诗歌佳作和独到创作见解，并引用了不少经典理论和诗作。我们可用以学习诗歌创作的基本知识和技巧，提高鉴赏和创作诗歌的能力。我想按照此文的结构，就八大部分中有关诗歌创作的重要内容简要做个述评。

　　在"引言"中，刘希涛先生谈了对诗歌创作的总的观点。关于"什么是诗"，诗人的解答是，"跳进生活的海吧，尔后上来沉思"。这里包含着源于生活要主动深入生活和体验生活，高于生活要经过提炼来升华境界、创造意境等诸多内涵。关于"怎样才能写好一首诗？"诗人认为"没有固定的模式"。诗人虽未直接下定义和结论，却从三个方面做了阐述：一是在诗人的基本素养方面，诗人认为："首先在思想上，应具备一定的修养"，"一个诗人，也应该是一个思想家"；"还必须具备顽强的意志和无休止的吃苦耐劳精神"，"如果文学殿堂果真有个大门的话，那么立志是迈进这个大门的左脚，而信心和毅力则是迈进这个大门的右脚"。二是在诗歌与生活的关系方面，诗人的体会是："生活是诗歌创作的源头活水"；诗歌创作"离不开火热的生活，尤其是自己熟悉的生活"；"诗，一旦离开生活的土壤，必然出现严重的'虚脱'现象"；"我吃进去的是生活，吐出来的是作品"。三是在好诗的创作方面，诗人写道：具备感情浓烈、构思新颖、形象鲜明、思想深刻、节奏流畅"五要素"，就是一首完整的好诗；突出其中一点，才是一首有特色的好诗。我觉得，这三个方面的内容已经触类旁通地回答了前面的问题。

　　在第一部分中，刘希涛先生谈了诗歌的主题思想。关于"什么是主题"，诗人认为："主题是一种思想"，"任何一首诗（无论哪种形式）都表现一定的思想"；无题诗也有思想，"诗中有作者的寄托和追求"。关于什么是好主题，诗人认为："思想的深刻和美好，是决定一首诗成败的关键"；思想"还要正确"；"主题要鲜明、集中"；"开掘和深化主题，是尤需用功的"。关于主题与形象的关系，诗人认为："单有思想并不是诗"，要"让抽象的变得具体，让深奥的变得浅显，让模糊的变得明朗，让不容易被理解的变得容易被理解"，并从妙喻、抒情、诗与散文的区别和散文诗等方面做了阐述和举例。诗人还认为：通过"突破外韵，追求内核"来"深化主题，不失为一种创新"。

　　在第二部分中，刘希涛先生谈了"没有发现便没有诗"。诗人认为"人们在发现真，发现善，发现美，也在发现诗"；诗人"必须在生活旋转的砂轮上，时时磨砺自己敏锐的触角"，"只有当他对生活有了深刻的感受和独特的发现时，才能引爆他的想象力，并通过想象捕捉到鲜明生动的诗的形象，让诗的意境升华到一个崭新的高度"；"古今中外多少脍炙人口的好诗，无不在诗人自己的发现和奇异的想象里，闪耀着智慧的光芒"；"如何给予诗的形象以新的生命和个性，这对每一位有志于诗歌创作的人来说，都是个严肃的命题，也是个终生课题"，并从形象、想象、拟人化等方面做了阐述和举例。诗人还认为：对于像匈牙利诗人裴多菲创作的《自由与爱情》"这种蕴含着发人深思的哲理性诗篇"，形象、想象等"自然要另当别论了"。关于真善美，诗人在本辑中引用了陈彦的观点：作品的"真"至关重要，如果把"真"剥离，那"善"，那"美"，也成了"伪善""伪美"。

　　在第三部分中，刘希涛先生谈了"要有充沛的激情"。关于"诗缘情"，诗人认为："诗贵有真情实感"，"无情则无诗"；现实生活的天地是广阔的，人们的爱好、情感、美感是多样的；"题材，纵横十万里，上下五千年，咏山吟水，只要动情，都可产生好诗"。关于"情感的升华"，诗人认为："首先要选准角度，要有切入口，使情感有所附丽；沿着渠道，情感的潮水才能奔流，才能升华"；"一个有良心、有抱负的诗人，心中应该永远装着人民！而离开人民、脱离火热生活的诗歌必然枯萎"，并从"大喜大悲同样出诗人"等方面做了阐述和举例。

　　在第四部分中，刘希涛先生谈了"诗的构思"。关于什么是诗的构思，诗人认为："设计的过程，就是诗的构思过程。"关于如何做到构思新颖。诗人认为："要把诗写得令人耳目一新，重要的一点在于构思的不落窠臼"；"把定一题，从正面落笔，最佳，也最难，也最容易落入窠臼"；可以"避开正面描写"，"别出心裁""寻找角度""歪打正着，是构思出新的一条可行之路"；"有无杰出的构思是衡量一个诗人有无才能的重要标志"；"大诗人在诗的构思上的独创性，也就是他们独特的风格"。关于如何选好角度，诗人认为："角度，也叫切入点"，是"生活的燃烧点"，也是创作的"突破口"。建议开口要小，以小见大。做到"'口子'虽小，却关系全局"。诗人引用了清代文学家刘熙载在《艺概》中的"意不可尽，以不尽尽之"等语录，并从短诗、爱情诗等方面做了阐述和举例。

在第五部分中，刘希涛先生谈了"筑好诗眼，注重细节，锤炼语言"。关于"诗眼"，诗人认为："一首诗中，最具神采的那句，或那个词，那个字，便是诗眼（词称词眼）。"这诗眼（词眼）如果是诗句，也叫警句（金句、灵句）；"诗有神采，则生气盎然"。关于"细节"，诗人认为："细节是文艺作品细腻地描绘人物性格、事件发展、社会环境和自然景物的最小组成单位"；细节要"精彩、鲜活、生动"；"细节在叙事作品中很重要"，"抒情诗不要求像叙事作品那样细致地交代和刻画细节，但也要栩栩如生地描绘细节"；"刻画人物……只有善于选择最富有特征的细节，才能收到以小见大、以少胜多的效果"。关于"锤炼语言"，诗人认为：锤字，炼句，"是我国诗歌的优秀传统"，"乃诗的基本功之一"。诗人引用了毛主席提出的"精练、大体整齐、押韵"等语录，认为"炼字不如炼句，炼句不如炼意"，并对诗眼、细节和推敲等做了举例说明。诗人还以自己创作"钢铁诗"的实践，打破了"工业题材不宜入诗"的成见，倡导多写工人的劳动和生活，并谈了创作工业诗的体会："或因景抒情，或借物咏怀，但表现的是人，是工厂的主人！"

在第六部分中，刘希涛先生谈了几个重要问题。关于时代与诗歌，诗人认为：一个时代"有一个时代的诗歌"，"诗歌，只有跟上时代的节奏，顺应社会和大众的需求，才会有生命力"；"只有满怀对人民的热爱，对生活的热情，你笔下的作品，方能蓬勃如春"；"只有热情拥抱生活，作品才能永葆鲜活"；"诗歌是直抵人心的一种艺术，它是崇高的，会带给人们美的享受。它可以歌颂生命之美，也可以揭露人性之丑。诗人必须要有大境界，大情怀，别只囿于个人的一己悲欢，抒发个人的一点蜗角之情，那是没有担当的表现，也是没有出息的表现"。关于诗歌的题材，诗人同意第十届茅盾文学奖获得者陈彦所说："写熟悉的东西比什么都重要"，并引用美国作家海明威所说：好的作家要"写出前人没有写过的作品"。关于诗歌与创新，诗人认为："诗歌的创作与创新，主要在实践而不是理论"，并认为诗评家吕进先生的文章《必须重建写诗的难度》所言极是。诗人赞赏"质朴平易是一种很高的境界，是诗人诗艺成熟的表现"；诗人呼吁："新时代需要真正的诗歌，人民大众需要真正的好诗，需要有个性、有品质、有温度、有美感、有思想的新诗和真诗"；"让诗歌更加紧贴新时代！吹响诗歌回归大众的号角！"

在附录中，刘希涛先生摘录了自己诗集《生活的笑容》《神州风景线》《爱情恰恰》《涛声回旋》《开花的季节》《康定老街》《关于爱情》和散文集《相思月明时》、报告文学集《胸中有把火》、评论集《诗人刘希涛》序言和部分后记的有关内容。

我写过多篇刘希涛先生诗歌的评论文章，为了节省篇幅，这里就不再对这篇刘希涛先生的名作加以引用和评论，而仅把刘希涛先生关于诗歌的基本观点做个介绍。《诗余断章》共有8个部分130章35 000多字，采用的是观点加实例的写法，读者如果不用心研读并细心梳理，不一定都能理解其中的要点。我想谨以此短文厘清刘希涛先生诗歌理论的系统性，起个导读的作用。刘希涛先生是位成熟的诗人，不仅体现在他创作了许多脍炙人口的诗作，也体现在他有自己的诗学理念和观点。他的诗歌创作经验和理论总结是对中华诗学宝库的重要贡献，是值得我们珍视并很好学习和借鉴的。

2021年12月6日

（胡永明，上海市作家协会会员、警监诗人）

诗歌，依然应成为时代的火炬与旗帜！

——在"上海诗歌创作研讨会"上的发言

　　"上海诗歌创作研讨会"是诗人们盼望已久的一次会议。中国诗歌，自进入上世纪九十年代以来所遭遇的境地，令每一位关心、忧心于中国诗歌现状及其未来走向的人们，都难以安枕。诗歌问题不少，其主要症结是：无节奏、无韵律、想怎么写就怎么写；以及它的"琐碎化平庸化"，一些近乎无聊的"口水诗"。

　　中国新诗自诞生以来，在外国译诗的影响下，随着自由主义的膨胀，特别是受崇洋思潮的影响，逐渐向无韵自由化演变，最终陷入无韵散乱的泥潭。

　　这期间，有人鼓吹要冲破诗与散文的界线（所谓的新诗形散意不散），有人则鼓吹要冲破韵律的束缚，主张"爱怎么写就怎么写，你管得着吗？"……于是自由无度，无韵散乱，乃至不知所云的东西充斥着诗坛，让中国的青少年忘韵、忘诗、忘祖、忘族，乃至不知诗为何物。

　　关于时下中国新诗的无节奏、无韵律，想怎么写就怎么写的问题，老诗人王辛笛早在一年前，曾对我们《上海诗人》报的几位同仁，做过振聋发聩的"一席谈"。耄耋之年的王老，思路非常清晰，面对当今的诗坛现状，老人感慨地说："诗是通过有节奏、有韵律的语言来反映生活，来抒发感情的。这话再明确不过、再清楚不过，恐怕不会有人不明白！可当今诗坛，无节奏无韵律的诗比比皆是……让人弄不懂，这能叫诗吗？显然，它只会败坏诗者的胃口。"

　　王老认为："中国新诗距离它的成熟期，尚待几代人、至少100年的努力！古诗已有2000多年历史，才形成它的思想深邃、结构严谨和诗味隽永的特色；抑扬顿挫和朗朗上口，是它得以广泛流传的重要基因。而新诗，太白话了，加上无节奏无韵律，想怎么写就怎么写，这怎么能行？时下不少诗人，动辄几十行，上百行，还有几千行的长诗……在短诗都少有人看的年代，长诗的读者可想而知。诗，委实不易长，不能硬凑，不能像自来水龙头，水一放一大桶！提倡短诗，提倡精品，《上海诗人》应朝这个方向努力！"王老的这番话，一语中的切中诗弊，值得我们认真思考。

至于当下诗歌创作出现的琐碎、平庸倾向，甚至出现那些近乎无聊的"口水诗"，这种倾向与诗歌的精神是背道而驰的。

诗人要有博大的情怀，追求崇高，歌颂真善美是诗人的天职！诗歌还要担负起开辟道路的功能。从某种意义上说，诗是为黑暗而存在的，鞭笞假丑恶，诗歌应始终保持一种批判的前进力量！这就有个当代诗人角色定位的问题。任何一个社会人，都是历史和社会铸造的，诗人，当然不能例外。不管怎样才华横溢，超越时空，往返古今，放浪形骸，诗人必须有所定位：他只能定位于生他养他的这块土地——祖国！正像泰戈尔、雪莱、拜伦、海涅、惠特曼、莱蒙托夫、涅克拉索夫……他们只能定位于印度、英国、德国、美国、俄罗斯……

作为一个中国人，炎黄子孙，龙的传人，他首先得学好中国文字和中国语言，从牙牙学语、智慧初开的那天起，他就应该知道并努力学好中国的诗经、楚辞、汉赋、乐府、唐诗、宋词、元曲，明清格律及中国新诗、中华新韵，取其精华，弃其糟粕，承前启后，继往开来……在拥有这些国粹、精粹的同时，并不意味着要排斥和拒绝外来文化，而是要借鉴咀嚼，消化吸收，化作自己的血肉，来丰满和营养自己。所以说当代诗人角色的定位，它只能是民族的、个性的，面向当代，迎接未来！诗人要有博大的情怀，不要小肚鸡肠，只戚戚于个人情感风波与得失，要把眼光放到大处，多多关注现实的重大题材！

中国诗歌要真正走出困境，就必须到火热的生活中去，到人民变革的伟大实践中去寻觅诗情，这是当前诗歌腾飞的一块基石。

众所周知，诗歌是以营造意象的方式来抒发感情的独特文学样式。其审美特征和表现手法虽独特，却不应将其作为封闭自己、忽视创作源泉的口实。诗人同其他样式的文学家一样，都需要深入地体察生活和深刻地理解生活，感悟时代精神，把握时代脉搏，即所谓"眼处心生句有神，暗中摸索总非真"就是这个道理。

诗人要有一颗赤子之心！表现出强烈的爱国情愫，崇高的人格精神。嫉恶如仇，威武不能屈、富贵不能淫、贫贱不能移的品德，都将在其诗行间闪烁出夺目的光辉，并以其神奇的力量在时间的长河中塑造出中华民族的文化性格！诗人，只有真实而生动地传达人民的心声，表现人民的意志和历史的趋向，中国诗歌，才能成为我们这个时代的火炬和旗帜！

时下，在商品大潮的冲击下，心情浮躁的大众不关心诗歌，这是不争的事实。诗歌悲哀吗？诗人们悲哀吗？自古悲哀出诗人！屈原、杜甫、辛弃疾……哪一个不是忧国忧民的伟大诗人！"当诗不能养活自己的时候，诗人应该用自己的血肉来养活诗"（老诗人曾卓语）。

是的，诗人可不为"五斗米"折腰，不为权贵而歌，但不能不为他的人民而歌，不能不为他的民族、他的国家而歌！诗人可以不属于任何一个政党，但不可不属于他的人民和生他养他的这块土地！因此，世界各国都把"人类的良心""时代的代言人""民族精英"这些无上光荣的称号赋予诗人。而做一个真正的诗人绝非易事，尤其在当今这个物欲横流的商品经济时代，做一名真正的诗人就意味着与贫穷为伍；意味着在享乐和消费的生活旋律中，你将不得不因曲高和寡而忍受煎熬、孤独和遗忘……

写诗，实在是一项贫困、痛苦的事业。

真诗是痛苦，假诗才风流！

正因它痛苦，当收获时才觉得弥足珍贵；正因它清贫，才愈加显示真诗人的气节和高贵！

大地召唤诗神，人民呼唤诗人！

"诗人者，不失其赤子之心者"（王国维《人间词话》）。既相信未来，也相信今天，并以这种热情去感染今人。

让我们紧紧挽住生活的臂膀，去迎接万紫千红的诗坛春光……

2003 年 10 月 22 日

谈谈"爱情诗"

这是个美丽的话题，也是个迷人的话题。

爱情诗，是指抒发男女间爱情的诗。

它是诗的一种，是爱情表达的一种形式。

诗人可以写，一般人也可以写。

爱情诗的意义，就是情人之间传递爱意的诗。如果是信件，就称为情书。

在人类文明史上，爱情是一个永恒的主题。而表现这个主题最为精练的文学形式，便是爱情诗。

古往今来，都不乏脍炙人口、感人肺腑的爱情诗，它拥有大量的读者，中国外国都是如此。

爱情没有模式，有欢乐的爱情也有痛苦的爱情；有清纯的爱情也有压抑的爱情……爱情的多种多样，使得诗人笔下的爱情诗也千姿百态。

爱情因时代的不同而异，不同的时代有不同的风貌和社会状况，爱情的状况和爱情的观念也千差万别。

爱情诗源远流长。中国从《诗经》开始，最早的爱情诗便是"关关雎鸠，在河之洲。窈窕淑女，君子好逑"。

这是中国最古老的爱情诗，表达直接而朴实的感情：没有矫情的掩藏，也没有夸张的煽情。

《古诗源》里有一首汉乐府歌辞《上邪》，这是一首以女性身份表达坚贞爱情的诗。全诗写道："上邪，我欲与君相知，长命无绝衰。山无陵，江水为竭，冬雷滚滚，夏雨雪，天地合，乃敢与君绝。"

毛泽东主席生前曾在这首诗的标题前连画了三个圈。在"山无陵，江水为竭，冬雷滚滚，夏雨雪，天地合"五句的旁边，分别标着"1、2、3、4、5"的数字，明确作者是用了五种违反地球规律和自然的现象，来表达自己对爱情的生死不渝的决心。毛泽东主席对此诗读得非常认真仔细，非常投入，非常赞赏。1962年夏天，他给在外地养病的儿媳邵华写信，信上就提到了《上邪》一诗，要她多读。可见主席对这首充分表达民间女子真情的诗作，重视度又是何等之高！

爱情诗的分类，从时间看，可分为古典爱情诗、现代爱情诗和当代爱情诗。

从地域和语言看，有中国爱情诗、欧美爱情诗、希腊和雅典爱情诗、希伯来爱情诗等等。

从体裁看，有自由体爱情诗、格律体爱情诗等等。

不能主题先行。因为一旦先定题目，便形同笼中之鸟，诗的翅膀难以飞腾。

爱情诗力求做到纸上无一爱，心中全是爱。切忌肉麻，别让人身上曝鸡皮疙瘩。

古往今来，浩如烟海的爱情诗，颇让人"老虎吃天"无从下口。尽管也有诸如《中国爱情诗大全》《外国爱情诗大全》之类的选本，也只是沧海一粟，但却能起到"窥一斑而见全豹"之功效。

在这儿，我从"中国古代经典爱情诗"中，挑出"十大经典名句"，与各位同赏。

（十）

红豆生南国，
春来发几枝。
劝君多采撷，
此物最相思。

——唐·王维《相思》

红豆生长在南方，春天到来的时候，就一荚一荚地挂在枝条上；当你看到它的时候，要多采撷几颗，因为这些红豆最能慰藉人们的相思，也最能引发人们的相思了。

　　红豆，又称相思豆，它色红，壳圆。因王维这首诗的流传而尽人皆知，人们每每吟诵此诗，来寄托相思之情。

（九）

去年今日此门中，

人面桃花相映红。

人面不知何处去，

桃花依旧笑春风。

——唐·崔护《题都城南庄》

　　这是一首让人十分失落的情诗。写旧地重游，桃花虽依旧，伊人却已不见踪影，留下一种难以排遣的惆怅……

（八）

众里寻他千百度。

蓦然回首，

那人却在，灯火阑珊处。

——宋·辛弃疾《青玉案》（元夕）

　　这是此词的最后三句。在众人中寻伊千百次，总不见他在何处。百般焦急中忽然回首一看——原来要找的伊人正站在那灯火幽暗的地方。阑珊，灯火零落稀疏微亮。独在灯火阑珊处的伊人，是那样冷清、孤独与寂寞。

　　王国维在《人间词话》中以这三句来比喻古今之成大事业、大学问者中的一种境界。写人在努力追寻理想或意中人的过程中，饱经风霜，千辛万苦地追寻，当理想或意中人终于出现在眼前时，那种喜从天降的喜悦之情。

　　这三句也含有"踏破铁鞋无觅处，得来全不费功夫"之意。

（七）

我住长江头，

君住长江尾。

日日思君不见君，

共饮长江水。

——宋·李之仪《卜算子》

这是此词的前四句，近似民歌，以最平易的言词写情，亲切生动而感人——我住在长江的江头，你却住在长江的江尾，我日日在思念着你啊，却见不到你，可我俩天天都在共饮这条长江的水……

江头指上游，江尾指下游。日日思君不见君，借共饮一江水来慰藉相思之情，乃愈使相思更不能自禁。

（六）

花自飘零水自流。

一种相思，

两处闲愁。

此情无计可消除，

才下眉头，

却上心头。

——宋·李清照《一剪梅》

花儿枉自谢落，水儿任自漂流；有情的人儿呀，同一种相思却因分处两地而发愁。

"一种相思，两处闲愁"，常用来形容夫妻情侣久别相思的寂寞。有情人天各一方，两地相思，两处情愁。

这份相思之情，是没有办法消除的呀！才松下了眉头，却又涌上了心头；实在无计可消除。其意味和"剪不断，理还乱"差不多。

将沉浸在热恋中的人儿的心态描写得惟妙惟肖。

（五）

曾经沧海难为水，

除却巫山不是云。
取次花丛懒回顾,
半缘修道半缘君。

——唐·元稹《离思》

前两句的意思是说,曾经经历过沧海大水的人,再看到其他地方的水,就难再认为那是怎样值得一看的水;看过巫山的云之后,便觉得其他地方的云,不是怎样好看的了。

元稹这两句诗,是写他对所失去的爱人的刻骨铭心,永远无法忘怀的迷恋痴情。痴恋情深,即使再美丽的女人,在他眼中,也都全不是"水",不是"云"了,全比不上他心目中的那位意中人。所以,又有了下面两句诗:"取次花丛懒回顾,半缘修道半缘君。"

取次——出入,经过。花丛——在此指美女群。即使从成千的美女群中走过,也都懒得回头看她们一眼,固然一半是为了修道,一半却是全为了你呀!

好一个痴情男子,凄苦的爱情!因为旧情的刻骨难忘而无法再爱上其他的女人,也无心去追寻新的恋情!

楚王与巫山神女朝云暮雨的故事流传久远,元稹以该故事为背景追忆亡妻,令人动容。前两句太脍炙人口了,常被痴情者引用。

(四)

多情自古伤离别,
更那堪,冷落清秋节!
今宵酒醒何处?
杨柳岸,晓风残月。

——宋·柳永《雨霖铃·秋别》

自古以来,最令多情人伤心的,就是离别;更何况是在这样凄清冷落的秋日里分开,别情依依,自是更加难堪。

风流不羁的柳郎大半生在烟花柳巷里倚红偎翠,颇像大观园里的贾宝

玉。沦落风尘的女子都"不愿君王召／愿得柳郎叫／不愿千两金／愿得柳郎心／
不愿神仙见／愿识柳郎面"……一阕《雨霖铃》响彻大江南北歌楼舞榭……
此词诉尽人间离愁别恨，让人委实难舍难分。

（三）

柔情似水，
佳期如梦，
忍顾鹊桥归路。
两情若是久长时，
又岂在朝朝暮暮。

——宋·秦观《鹊桥仙》

两人的感情若真的能够久长时，又何必定要朝朝暮暮地整天都在一起呢！

人生虽免不了会有别离，男女若真相爱，虽千山万水常分开，此情永
生不改，这才叫真爱！

借牛郎织女鹊桥相会来歌颂坚贞不渝的爱情！尤其是后两句，词意高
远，脱俗立新，让人无穷回味。

（二）

相见时难别亦难，
东风无力百花残。
春蚕到死丝方尽，
蜡炬成灰泪始干。

——唐·李商隐《无题》

春蚕吐丝，一直到死丝才吐尽；蜡炬一面燃烧一面流泪，直到蜡身都
已烧成灰，泪才流干。这两句是写情的名句，是深深的情，更是痴痴的情。
借春蚕的到死丝方吐尽，借蜡炬的成灰泪才流干，来比喻情思的缠绵，爱
心的坚贞，永生不渝，至死不变！后人引用这两句，除用来写情爱外，也
用来写为子孙、为国家、为民族、为信仰而终生奉献牺牲的人间至爱。

李商隐有几首《无题》诗，首首皆是经典：像"身无彩凤双飞翼，心有灵犀一点通"。我虽然没有像彩凤一般的翅膀，好飞到你的身旁，可我们两人的心意却似灵犀的双角般可互相感应传通。两情相悦，互有默契，心心相印，不约而同。对爱情的描写，到了如此境地，怎不令人拍案叫绝……还有"春心莫共花争发，一寸相思一寸灰"，写相思之苦已到极限……所有这些描写爱情的诗句，不仅词句优美，且意蕴幽隐，寄慨遥深，让人思索不尽。

（一）

七月七日长生殿，
夜半无人私语时。
在天愿作比翼鸟，
在地愿为连理枝。
天长地久有时尽，
此恨绵绵无绝期。

——唐·白居易《长恨歌》

天长地久，天地悠悠。然而，尽管天再长，地再久，总有到尽头的时候，唯有此恨绵绵不断，永远没有了绝的一天。

是"恨"，是有情人至深至爱的恨，是生离死别的恨，是杨贵妃已死，唐明皇百般追念无法再相见的恨，这是极其悲恨不已的哀痛。

荡气回肠的唐代爱情史诗，凄美迷离的皇家悲剧……白居易的这首《长恨歌》，让莎翁的《罗密欧与朱丽叶》相形见绌。白乐天细致入微地描写了唐明皇与杨贵妃爱情的浓烈及贵妃死后明皇的思念之情，感天动地！其中如"天生丽质难自弃，一朝选在君王侧；回眸一笑百媚生，六宫粉黛无颜色""后宫佳丽三千人，三千宠爱在一身""上穷碧落下黄泉，两处茫茫皆不见"等经典名句，千百年来一直为后人传诵，哀怨缠绵，感人至深。

上述"十大古代爱情经典名句"，仅系个人的一点偏爱，仁者见仁，智者见智。其实，哀婉动人，流传千古的爱情佳作还有很多，如西汉司马相如《琴歌》（凤求凰）："有美人兮/见之不忘/一日不见兮/思之如狂/凤飞翱翔兮/四海求凰/无奈佳人兮/不在东墙/将琴代语兮/聊写衷肠/何日见许兮/慰我彷徨/愿言配德兮/携手相将/不得于飞兮/使我沦亡”；流传千古的爱情佳句更是不胜枚举，如初唐四杰·卢照邻的《长安古意》中的“得成比目何辞死/愿作鸳鸯不羡仙”，唐代张九龄《望月怀远》中的“海上生明月/天涯共此时”，唐代刘禹锡《竹枝词》中的“东边日出西边雨/道是无情还有情”，唐代张籍《节妇怨》中的“还君明珠双泪垂/恨不相逢未嫁时”，唐代杜牧《赠别》中的“蜡烛有泪还惜别/为君垂泪到天明”，唐·温庭筠《望江南》中的“过尽千帆皆不是/斜晖脉脉水悠悠/肠断白萍洲”，五代李煜《乌夜啼》中的“剪不断/理还乱/是离愁/别是一番滋味在心头”，还有无名氏的“君生我未生/我生君已老/君恨我生迟/我恨君生早”，以及宋代陆游《钗头凤》中的“红酥手/黄縢酒/满城春色宫墙柳”……无不是追怀感伤的千古佳作，不知打动了多少人……至于宋代苏轼《水调歌头》中的“人有悲欢离合/月有阴晴圆缺/此事古难全！/但愿人长久/千里共婵娟”，是在古难全的世事中的一种豁达，化悲怆为喜悦，为祝福，这是诗人参透人生的高明之处。

中国古典爱情诗，作为人类文明积淀中的精粹、民族智慧光辉的结晶，永远照耀着炎黄子孙的心灵；那些灿若星辰的诗人名字和诗篇，已融化在我们的血液中，渗透在我们的梦境里……而仅有一百多年历史的新诗的影响自然无法和古典诗词相比。然而，新诗也产生过让人难忘的诗人和作品，从郭沫若、冰心、闻一多、臧克家、艾青、徐志摩、戴望舒、何其芳到贺敬之、郭小川、闻捷、蔡其矫、李瑛、公刘，以及当代的席慕蓉、舒婷、余光中、北岛、顾城等人，他们的作品，都在不少人的心灵上留下了闪亮的记忆。

说到中国当代爱情诗，就不能不说到徐志摩，一个只活了34岁（1897年1月15日生于浙江海宁，1931年11月19日死于飞机失事），一个浪漫的爱情主义者，也是一个传奇。他与张幼仪、林徽因、陆小曼的爱情故事家喻户晓；他给我们留下了《再别康桥》《偶然》《沙扬娜拉》这样的爱情诗。

《再别康桥》，那是很经典的一首情诗。

“轻轻的我走了/正如我轻轻的来/我轻轻的招手/作别西天的云彩/那河边的金柳/是夕阳中的新娘/波光里的艳影/在我心头荡漾……悄悄的我走

了／正如我悄悄的来／我挥一挥衣袖／不带走一片云彩。"

"走着走着，就散了，回忆都淡了／看着看着，就累了，星光也暗了／听着听着，就醒了，开始埋怨了／回头发现，你不见了"……

从这些诗中，可以看出徐志摩对爱情的不专一，尽情放纵自己的感情，不仅伤害了原配夫人张幼仪，也伤害了林徽因与梁思成。

徐志摩为了追到林徽因，不惜与发妻张幼仪离婚，对张来说，徐是残忍无情的，而对林徽因来说，也是一种伤害。

徐志摩的《偶然》，是一首让人回味的诗。

"那是天空里的一片云／偶尔投影在你的波心／你不必讶异／更无须欢喜／在转瞬间消灭了踪影／你我相逢在黑夜的海上／你有你的我有我的方向／你记得也好／最好你忘掉／在这交会时互放的光亮！"

能把《偶然》这样一个极为抽象的时间副词，使之形象化，置入象征性的结构，充满情趣哲理，让人对这短短的十行诗情有独钟。

徐志摩的另一首代表作《沙扬娜拉》："最是那一低头的温柔／恰似水莲花不胜凉风的娇羞／道一声珍重／道一声珍重／那一声珍重里有甜蜜的忧愁／沙扬娜拉！"（"沙扬娜拉"是日语"再见"的意思）

徐志摩是新月派的代表诗人之一。

1931年11月19日早晨8点，乘中国航空公司"济南号"邮政飞机由南京北上，他要参加当晚林徽因在北平协和小礼堂为外国使者举办的中国建筑艺术的演讲会，当飞机飞抵济南南部党家庄一带时，忽遇大雾撞上白马山，机毁人亡。

徐志摩是为爱情而死的！

上世纪二三十年代，有一位郁达夫作家，却留下了两句名句：

> 曾因酒醉鞭名马，
> 生怕情多累美人。
>
> ——《钓台题壁》

诗人喜欢纵酒，诗人又偏多情。"曾因酒醉鞭名马"，是有才者的纵酒狂放；"生怕情多累美人"，是写有情者的格外多情，生怕情太多而拖累了美人。

至于外国的经典爱情诗，那也不胜枚举。

泰戈尔、歌德、海涅、惠特曼、雪莱、拜伦、普希金等人都留下了脍炙人口的爱情诗篇。

"请原谅我爱上了你！原谅我生活中不能没有你！原谅我希望永生永世和你在一起！"

"如果说我已陷入情网，我的爱人就是你！"

"你的一个微笑，将照亮我的整个世界！"

"没有你在我身边，我只是一束没有热量的火焰！"

"没有你，天堂也变成地狱！"

"什么是爱？爱就是笼罩在晨雾中的一颗星。"

爱情是一个光明的文字，被一支光明的笔，写在一张光明的纸上。

有人还列出了世上最美、最纯、最生动的四首爱情诗：

第一境界：《世界上最远的距离》（泰戈尔）。

"世界上最远的距离／不是生与死的距离／而是我站在你面前／你不知道我爱你！"

第二境界：《致橡树》（舒婷）。

"我如果爱你／绝不像攀援的凌霄花／借你的高枝来炫耀自己／我如果爱你／绝不学痴情的鸟儿／为浓荫重复单调的歌曲"……

第三境界：《见与不见》（仓央嘉措活佛）。

"你见，或者不见我／我就在那里／不悲不喜／你念，或者不念我／情就在那里／不来不去／你爱，或者不爱我／爱就在那里／不增不减／你跟，或者不跟我／我的手就在你手里／不舍不弃／来我的怀里／或者，让我住进你的心里／默然，相爱／寂静，欢喜。"

第四境界：《当你老了》（叶芝）。

"当你老了，头发白了，睡思昏沉／炉火旁打盹／请取下这部诗歌／慢慢读，回想你过去眼神的柔和／回想昔日浓重的阴影……"

爱情诗有说不完的话题，也是个常说常新的话题。

《山楂树之恋》（女主角演员：周冬雨／王珞丹）故事异常凄美，说的是静秋与"老三"的故事，被称为史上最干净的爱情……对于当下的爱情观，有着强烈的冲击力！

　　我们知道，爱是一种执着的追求，是一种无私的付出，是一种勇敢的牺牲；爱的回报就是对方永远的快乐和幸福！真爱就在你的身上发生，天长地久就是你们的爱情！

　　愿爱情诗，陪伴你度过美好的时光！

　　愿天下有情人皆成眷属！

2012 年 5 月 1 日写于"涛声斋"

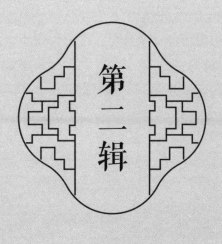

第二辑

新花朵朵

狼山

百米危岩　　　　　　　　呵，大浪淘尽
袭来苍天之气　　　　　　千古风流人物
五层木塔　　　　　　　　唯见秋水孤鹜
守着佛家弟子　　　　　　依然翔舞在天际

背倚千顷沃野　　　　　　狼山不高
前俯惊涛万里　　　　　　上下五千年的佛
拾级而上　　　　　　　　端坐在这里
便有层层叠叠的思绪　　　狼山无狼
思圣僧削洪　　　　　　　菩萨香火鼎盛
菩萨布道　　　　　　　　教尔积德行善
米芾点墨　　　　　　　　滤出多少——
荆州一语　　　　　　　　人生的真谛

2006年8月21日南通狼山

长江三峡（二首）

神 女 峰

依然站在那里　　　　　　　纵有千帆万船
依然日夜盼望　　　　　　　掠过她身旁
心上人儿去打鱼　　　　　　神女面朝大江
卷入滚滚波浪　　　　　　　依然在盼望
打从那天起
她就日夜盼他归来　　　　　——爱情不死！
一盼三千年啊　　　　　　　——希望不灭！
脚下生了根　　　　　　　　神女峰啊神女峰
依然在盼望　　　　　　　　纵然再过三千年
　　　　　　　　　　　　　她依然站在那里
心上人儿没归来　　　　　　——依然在盼望……

巫 山 雨

从楚辞里飘下　　　　　　　敲在五颜六色的伞面上
从唐诗里飘下　　　　　　　敲出万种思绪
从陡峭的峰峦间飘下　　　　敲出千般遐想
从葱茏的林梢上飘下　　　　自打有了宋玉的
敲在船舷上　　　　　　　　——《高唐赋》
敲在甲板上　　　　　　　　便有了缠绵的

——"巫山云雨"
自打有了李商隐的
——《夜雨寄北》
便有了摇曳的
——"巴山夜雨"
啊，千古三峡一幅画

——中国的水墨画
处处有——
赏不尽的风光
处处有——
道不完的神奇……

2012年7月长江三峡

重庆两题

美 丽 山 城

用什么来描绘
你的层峦叠翠
用什么来形容
你的巍峨峥嵘
呵，楼阁依山……
呵，灯火明媚……
你这天府之国的
——不夜城！

说起你的往事
——心潮难平
感叹你的变迁
——热血沸腾
朝天门码头

——涌进多少风云
三门峡水电
——照亮神女风情
雾都山城——
流传着多少迷人的故事
跨江长桥——
跃动着多少人间彩绫……

呵，怪不得——
一提起你的名字
就有尝不够的麻辣味
一踏上你的土地呵
就有摆不完的龙门阵……

歌 乐 山 上

不闻"哥哟哥哟"的呼唤
不见当年阿斗——
那日夜笙歌的情景

只有从渣滓洞
从白公馆里——
传出的血腥枪声

在这里，没有祈求
——寿命的祭坛
只有地下的烈火
锻打不屈的
——信仰和灵魂

如今我上歌乐山
与游人一起——

悠闲地看山望云
看曲径通幽
望林木葱茏……
当山下传来琅琅书声
我的心中——
便滋生出一片
——永恒的宁静

2012年7月重庆

大海（二首）

邮　轮

你是高楼　　　　　　　　　——穷尽千里目
电梯上上下下享受　　　　　海天一望收
你是社区
餐饮、商场、健身房　　　　你是钢铁巨龙
——应有尽有　　　　　　　——曲线柔美
　　　　　　　　　　　　　——气质巍峨
往上，一层一层　　　　　　你是海上流动的城市
如临滕王阁　　　　　　　　你是人间欢乐的方舟
像登黄鹤楼

浪　花

就这样执着　　　　　　　　——洋洋洒洒
就这样谱写　　　　　　　　哗——哗——哗——
一页一页——
不停地抒发　　　　　　　　永不停歇地追求
哗——哗——哗——　　　　时不我待地喷发
　　　　　　　　　　　　　——这就是大海
格式虽古老　　　　　　　　——这就是浪花
激情如奔马　　　　　　　　哗——哗——哗——
——句句押韵

2018年3月5日天海邮轮

航头两题

航　雕

每到一个地方
最先看到的
——便是雕塑
或牛或马
或龙或虎
或天女散花
或仙人指路
或大鹏展翅
或鹿群奔突……

航头的镇雕
是高扬的风帆！
——大船起航

需风劲帆舞！
这是意志的浓缩
——航头人的事业
足以告慰先祖
这是力量的集聚
——大海的子孙
要画最美的画图……

呵，航雕高耸——
令来往行人瞩目！
呵，航头是镇
已让世界关注……

船　长

许是从小迎战风浪
终于当上一名船长
不在浅水里网虾捕鱼
而是向往深深的海洋

从南中国海到亚丁湾
不只是海域的变迁
更是责任和使命的延长
脚下是片流动的国土

——为和平出征！

——为祖国护航！

你是紧急出动的苍鹰

盘旋于海天之间

起降于甲板之上

你是快速追击的利箭

一次次化解危机

一次次凯歌高唱

呵，亚丁湾做证

——你是龙的传人

你是中国海军的荣光！

呵，航头乡亲们欣慰

——你是农民的后代

你是好样的儿郎……

2012年5月25日上海浦东航头

致唐镇

至今，我依然走不出
——你的经纬！
你的"枕河人家"
你的"小桥流水"……
环绕着村村宅宅，
那是你的血脉呵，
是整个水乡梦的荟萃……

至今，我依然走不出
——你的崔巍！
你的高耸入云，
你的四季吐翠……
一棵棵参天古树呵，
那是你的脊背，
是一座唐镇美的精髓……

至今，我仍旧走不出
——你的滋味！
你的菜花黄，

你的稻花香，
你的棉花白，
你的芦花飞……
呵，这里的歌谣——
是一个个创业的传说，
在你心头萦回；
呵，这里的传说——
是一篇篇文明的乐章，
在你耳际翻飞……
昨天与今天，
——在这里相会；
希望与未来，
——在这里交汇……

啊！唐镇——
你是浦东掌心中的
——一颗明珠！
你是祖国胸襟上的
——一朵蔷薇……

2014年5月15日

走进"宏波"（组诗）

"宏波"楼前观瀑

公司楼前的假山上
挂着一道瀑布
有人说它像欢跳的少女
有人说它似下山的猛虎

是猛虎为何听不到吼声
是少女为何满头白发飘舞
呵，分明是一群翠鸟——
歌唱着飞向治污的征途

这歌声的每一个节拍呵
都旋起"科学治水"的舞步
这歌声的每一个音符呵
都举起"水美上海"的花束……

呵，这淙淙流淌的歌声
滋润着城市的肺腑
呵，这清澈悦耳的歌声
叩击着都市的千门万户……

我站在长江出海口

站在这儿
我真想成为
——一滴水珠
因为只有汇入
——你的浩瀚
我才不会干涸

站在这儿

我真想成为
——一个音符
因为只有加入
——你的奔腾
我才有不老的情愫

站在这儿
我真想成为

——一块砂石

因为只有投身

——你的怀抱

城市才能多块热土

呵，站在这儿

我就想成为

——一个"宏波人"

让沧海在手中变桑田

我这首诗呵

便能逐浪飞舞……

杨树浦水厂升级改造礼赞

历史在这儿

——成为传奇

现实在这儿

——成为创意

历史和现实——

在这儿握手

百年杨树浦水厂

——升级改造工程

引来无数目光的关切

当年李鸿章启动闸门

一百多年过去了

那地下纵横的管网

必须理清头绪

不再扑朔迷离

而水的哗哗流淌

须经深度处理

过砂滤活性炭池

更能清澈见底

这是一项艰巨的工程

扩容改造与文物保护

——必须无缝衔接

离不开"宏波公司"的

——精准监理

这是一项幸福的工程

当人们喝着优质水

——迎潮涨潮落

——望月落乌啼

花儿会更红

记忆会更绿

别忘了"宏波人"

——那一丝不苟

——那一腔热血……

蓝蓝的青草沙

你是湖呢?

还是海呢?

是湖，却有海的博大
是海，又有湖的温存

蓝蓝的青草沙
人们眼中的水库
人们心上的圣湖
被芦柴花簇拥着
被金盏菊诱惑着
你以一湖澄蓝与透亮
沉静了喧嚣的市声

看，那水上的翠鸟
在梳理鲜亮的翅翎
那岸边的野花
正摆动斑斓的彩裙

你鱼儿在水面跳跃
蓝蜻蜓张开双翼
形同袖珍机在飞升

呵，这就是青草沙
"宏波人"监理的
——一方圣水！
细浪拍打着堤岸
清流滋润着人群
你赐予街道以整洁
你赐予高楼以精神
你赐予诗人以灵感
你赐予大上海
——以急管繁弦
——以万千风情

2021年3月26日长兴岛"青草沙"

海上思南（二首）

思南，思南

我不知道
你能否被称作
——"世外桃源"
——"都市仙境"
我只知道
你是我心中——
苦苦追逐的风景……

这儿的楼不太高
无须仰望
——平视就行
这儿的路不算宽
听不到车水马龙的喧嚣

却有两旁如盖的浓荫
这儿的广场也不大
却有无比宽阔的视野
让你际会天下风云……

呵，这是个能让人
——种下思念的地方啊！
思南，思南
——海上思南！
为了你那高大的
——香樟与梧桐
我愿放弃——
远方的森林……

中山先生故居

这儿的花园是迷人的
——无论盛夏
——抑或严冬
总是翠绿一片

总是分外葱茏

这儿的小楼是迷人的
——无论红砖黑瓦

——抑或尖顶圆拱　　　　　呵，这儿的一切——
总是清新古朴　　　　　　　都是迷人的！
总是明快庄重　　　　　　　不仅故居依旧
　　　　　　　　　　　　　不仅内涵厚重！

这儿的书房是迷人的　　　　更有先生当年的叮咛
——无论灯下的奋笔疾书　　"革命尚未成功
——抑或耳际的谈笑风生　　同志仍须努力"
总有先生晃动的身影　　　　——依然诗意盎然
总见周边的志士仁人　　　　——依然魅力无穷……

作者小记：日前，张载养先生相约一叙并约稿，赠送由他主编的《海上思南》画刊一套。挑灯夜读，不忍放下……遂成小诗两首，仓促之处，尚望见谅。

2015 年 5 月 15 日上海

五角场两题

陈 望 道 书 房

把脚步放轻
先生正在译文
——《共产党宣言》
这不是一本普通的书
它标志着真理的诞生
体现信仰的价值
抒写不朽的生命

墨水酣畅淋漓
流出书房
渗进禾苗

渗进树根
渗进旋转的齿轮
无数双粗黑的手
将旧世界打翻在地
让美丽更加芳芬

呵，书桌还在
先生还在
笔尖在沙沙滑动
看，纸上鲜花盛开
大地一派葱茏

五角场啊五角场

依然是这块土地
依然是这轮太阳
五角场啊五角场
依然是五条长街
通向城市的远方

花坛的记忆遥远了
当年的店招变了模样
五角场啊五角场
因一个画家的梦想
一颗"彩蛋"从天而降

看，"彩蛋"下的广场
十八部电梯欢快地奔忙
便捷与成熟配套
传统与现代辉映
五角场啊五角场
你天天都在更新
你时时都在变样

依然是这块土地
依然是这轮太阳
五角场啊五角场
从此每条路上——
都有愈发深情的目光
从此每个方向——
都有分外动人的眺望……

2019年4月13日上海五角场

写在你的"梅庐"

——致百岁诗人莫林

在那二十八层楼顶
有间宽敞的客厅
那是你的"梅庐"
阳台上有梅花和丹桂
那是你的知音

往事如一架精美的古琴
家书、杯酒、细雨
炮火、硝烟、枪声
——一缕阳光
——一片白云
——一丝清风

——一声鸟鸣
无不卷动你胸中的涛声

今夜，我来到你的身边
月色浮起百年往事
牵引生命回归的脚步
拨动那久久不绝的余韵

呵，有月光就有思念
就有人间不倦的守望
就有世上不老的诗魂

2019 年 11 月 24 日

佘山天文台

高乎哉？
不高也！
——佘山天文台

那是六十年前
我和小伙伴们
几乎一口气
登上你的山顶
簇拥在你的穹隆下
争看天文望远镜

（白天没看够
晚上接着看）

无数颗星星
提着灯笼
在眼前晃来晃去
多想和我们交朋友呀
可怎么联系呢？
他们又没电话
也没门牌
更不知道尊姓大名

呵，佘山天文台
是你对我说：
"宇宙的奥秘——
将来靠你们去探寻……"

当下，我又来
参加孙儿的夏令营
依然是朗朗的夜空
依然是闪闪的星星
一颗颗，他们都编了号
一个个，有了各自的身份
今夜，嫦娥和"天宫一号"
发出了邀请
他们将唱着歌儿来
——邀我去银河边散步
——送孙儿去火星上耕耘……

谢谢你——佘山天文台！
你是开启人类智慧的金钥匙
你是咱祖祖辈辈——
心中的向往和梦境……

2017年8月18日"涛声斋"

诗意平阳（组诗）

街 口 古 榕

晚霞照着古榕　　　　　　　依旧扎根在热土中
一半苍翠
一半淡红　　　　　　　　　呵，它是这座城里的老人
　　　　　　　　　　　　　我能感受它脉搏的跳动
说不清种在何年何月　　　　默默地捧出一地浓荫
身上的气根又密又浓　　　　默默地孕育人间的绿梦
说不清历经多少磨难

青 石 街

多像我的家乡——　　　　　也有那小街的悠长
也有这连片大屋
也有这高高围墙　　　　　　其实，睦源桥下青石街
也有这青石铺路　　　　　　只有短短的"五十丈"
也有这店招炫亮　　　　　　却叫你长长地回味
也有那美丽的传说　　　　　却让人这般地思量

苏步青故居的小路

开过多少野花　　　　　　　串过多少脚步

挽着炊烟的细腰   ——踏出了一片坦途
走出熟悉的小屋

                                  而今，学生远道而来
顺着逶迤的溪水   一路上敲着心鼓
沿着蜿蜒的小路   人生美景在哪里
苏步青从这儿走出去   就在那小路深处

                                  2016年11月23日浙江平阳

高邮两题

放 孔 明 灯

天堂很遥远
天堂很亲近
就在今晚——
她在我们身边降临

这儿是高邮万寿寺
海亮住持领着众僧
为客人放焰火
——放飞孔明灯

呵，孔明灯
我平生第一次
点亮它的眼睛
紧紧扯住它的衣袖
让它带着我的心愿
与祈祷一起升空
让它带着我的祝福

与快乐一起飞腾

飞呀，飞呀
它擦过了星星
它飞进了月宫

像个回家的孩子
跳着，蹦着
化作了暗夜的风景

原来，天堂并不孤单
她看到了人间的欢乐
原来，天堂并不寂寞
她听到了人们的歌声
她和大家并不陌生呵
我们的生命和灵魂——
都将在那儿继续延伸……

写 给 秦 观

思念的日子　　　　　　思念的日子
远比见面时　　　　　　我终于来到你身边
更值得思念　　　　　　听你轻吟低唱
感谢距离　　　　　　　"两情若是久长时
感谢远方　　　　　　　又岂在朝朝暮暮"的诗篇
感谢你营造了　　　　　呵，一千多年过去了！
这无比葱茏的缠绵　　　是你告诉我
　　　　　　　　　　　男女若真相爱
思念的日子　　　　　　虽山高水远
总会想起你这位　　　　便不可阻拦
——宋朝词人　　　　　——纵使地老天荒
远眺的姿态多美　　　　——纵使海枯石烂
遥想的思绪多甜　　　　思念依然思念
感谢你告诉我　　　　　缠绵依然缠绵
——即便终日厮守
也有灵魂断裂的一天

2021 年 4 月 10 日高邮

"迎紫轩"挂牌感怀

一片春光
照进我们心房
挂起来了！
挂起来了！
"上海出海口文学社"
挂上"迎紫轩"的门墙

是名家题词
那样温馨祥和
那样平朴端庄
她是我们文朋诗友
切磋交流的地方

我们将在这里——
放飞春鸟的情思
采撷夏花的芬芳
推敲秋雨的韵律
抒发冬雪的快畅
我们将在这里——
弹奏悦耳的心弦

谱写美妙的华章
梳理世俗的杂音
吟哦真诚的诗行

多么好啊！
这"出海口"的诗耕地
这"迎紫轩"的文学窗
茶壶里浸着诗魂
诗句中溢出茶香

真像一叶风帆啊！
这幅高雅的题词
——在迎风鼓浪
鼓满习习的东风
——鸣笛起航
满载虔诚和祝福
——奋力划桨
驶向追梦的远方——
那无比美妙的文学殿堂……

2020年11月14日 "涛声斋"

春天的思绪（组诗）

在岁月的枝头

在岁月的枝头
有一种欢乐纷纷扬扬
吻在你我的脸上
融入彼此的心房

在岁月的枝头
有一种愿望滋生漫长
在你我的心头拔节
在彼此的胸中灌浆

在岁月的枝头

有一种祝福张开翅膀
在你我的身边翩跹
在彼此的眼前飞翔

在岁月的枝头
有一种歌声深情回荡
呵，亲情、爱情、友情
人生美丽动人的诗章

在岁月的枝头
生命之花灿烂开放

着 色 的 相 思

走过杏花雨
穿过杨柳风
你的名字哦
在季节里飘红
相思被你着了色
一朵朵，一丛丛

写满我门前的花棚

走过梨花雪
穿过小桥风
你的笑容哦
在季节里生动

心儿因你有了梦　　　　　　哦，美丽的鲜花
一丝丝，一缕缕　　　　　　我娇艳的美人
芳香迷醉了我的心灵　　　　我已将青春的诺言举起
　　　　　　　　　　　　　摇响了爱情的风铃

走 近 大 树

走近大树　　　　　　　　　仰望他
走近伟岸　　　　　　　　　对蓝天的信念
走进葱茏的回忆
走进金色的秋天　　　　　　呵，走近大树
　　　　　　　　　　　　　与他并肩
走近大树　　　　　　　　　最好不用寒暄
与他交谈　　　　　　　　　扑入他的胸怀
最好不用语言　　　　　　　融入他的情感
用心灵　　　　　　　　　　这里有
用眼神　　　　　　　　　　高山的内涵
触摸他　　　　　　　　　　这里有
对土地的依恋　　　　　　　大海的外延

青　竹

当年，我把你种下　　　　　——分外的挺拔
交给了寒冬
交给了炎夏　　　　　　　　青竹啊青竹
你接厚土之地气　　　　　　并非我有先见之明
你吸苍天之精华　　　　　　只因我了解脚下
几度春秋窗前过　　　　　　——这片神奇的土地
才有这亭亭玉立　　　　　　它给"东方明珠"以高耸
——分外的俏丽　　　　　　它给苏州河水以焕发

它同样会给你
——淑女样的风韵
——骑士般的潇洒

呵，青竹——
我由衷赞美
你的生生不息——
那永不凋谢的胚芽……

2004 年 10 月

你的名字

你的名字，最好写
每写一笔
心头便刻下
一道印痕

你的名字，最动听
每念一遍
耳畔便响起
一声鸟鸣

你的名字，最美丽
每出现一次
眼前便闪现
一道风景

啊，你的名字里
有春的茂盛
秋的金黄
有海的浩瀚
山的严峻
有母亲的微笑
恋人的眼神
有星光灿烂
有旭日东升

啊！中国
你的名字
好温馨
你的名字
好迷人

2001 年 9 月 26 日

我像一只鸟，一直不停地歌唱

——献给新中国71岁华诞

我像一只鸟
一直不停地歌唱

我歌唱
我的姐妹
从抗疫前线归来
——压痕在脸
——英姿飒爽
灾难面前
她们举起心灵的火把
义无反顾
无论生死
——冲上战场
山可崩裂——
用大爱托起鲜活的生命
地可塌陷——
用亲情汇成爱的海洋
呵，那一枚枚鲜红的手印
刻上时代丰碑
刻在人们心房

我像一只鸟

一直不停地歌唱

我歌唱
我的父兄
刚从洪峰暴雨中走来
额角挂着汗珠
裤管滴着泥浆
青筋暴突的手上
镰刀闪着锋芒
身前——
江南的稻穗
身后——
北国的麦浪
呵，八百里秦川
呵，八百里洞庭
处处是——
丰收的喜悦
处处是——
银镰的脆响

我像一只鸟
一直不停地歌唱

我歌唱　　　　　　　　　创新驱动
我的城市　　　　　　　　长风劲吹
地铁轻轨御风　　　　　　为现代化都市
带来新的便捷　　　　　　——打造新的盛装
"市场主体"品牌　　　　　——剪裁新的霓裳
擦得越发明亮
育新机，开新局　　　　　为什么——
丹心从来系家园　　　　　我像一只鸟
中国经验——　　　　　　一刻不停地鸣叫
供全世界分享　　　　　　一直不停地歌唱
呵，河水清清　　　　　　只因我的翅翎下
每一朵浪花　　　　　　　——碧室如洗
都在讲述一个　　　　　　——花草鲜亮
——美丽的传说　　　　　日新月异的祖国啊
呵，林带苍莽　　　　　　处处是看不完的
每一棵绿树　　　　　　　——时代画卷
都在吟哦一曲　　　　　　处处是赏不尽的
——动人的诗章　　　　　——万里秋光

2020 年 9 月 23 日 "涛声斋"

致2020

又是新年
又是新春
努力奔跑又一年
奔跑在圆梦路上
奔跑在梦想时分

呵，有梦的世界多美好
有梦的民族多精神
小草有梦才青翠
大树有梦更浓荫
有梦的国土
——山青水绿
有梦的长空
——霞蔚云蒸
稻菽千里——
芙蓉梦里说丰年
东风清新——
绿色信风满乾坤
呵，大地安详——
神州处处有欢颜
呵，人间美好——
每一束目光都真诚

这束真诚的目光里
包含了太多的内容
融进的历史太厚、太深
——有雪山血色梦
——有草地英雄魂
更有五千年中华文明
——卷帙浩繁
——斑斓凝重
九十八年初心不改
燃遍神州大地——
正是那燎原的火种
铸就世纪的图腾
迸发新思想的火花
——光芒四射
——破雾穿云
指引我们在追梦路上
——舞动一带一路
——高筑新的长城……

呵，雪融北疆
呵，花满南岭……

今夜，让我们登上
——新年的月台
先上高铁车厢
再把神舟换乘
向梦的天路出发
让民族复兴大旗
升腾！升腾！

——高高地升腾！
啊！新时代的中国
正擂鼓催征
圆梦的新征途上
万众一心
——高歌猛进
——奋勇攀登……

2019 年 12 月 25 日 "涛声斋"

致《革命者》

没曾料想
这些天，我的眼泪
会一次次盈满眼眶
《革命者》中的壮烈画面
风嘶雨狂，雷霆轰响
会一次次打湿我的梦境
冲出我重新燃烧的胸腔

挥之不去——
那流水一样的岁月
那熟悉又陌生的地方
那些年轻灵动的身影
那些刚毅英俊的面庞
那森林般举起的铁拳
那岩石般担当的臂膀
那街头流淌的鲜血
那子弹洞穿的胸膛
是他们用青春热血
点亮了新中国的曙光

是的，《革命者》
这火焰般燃烧的名字
第一次跳入我眼帘时
就注定是一个——
撕心裂肺的伤

眼泪流过之后
我选择坚强
看，涅槃的凤凰
正高高地飞翔
为明日高歌
——不再哀伤
我从血脉中抽丝纺线
织一件火红的霓裳
轻轻地、轻轻地
盖在革命者身上
永远地、永远地
把花岗岩样的群雕守望……

2020 年 7 月 28 日

写在护厂斗争雕像前

喜悦的目光
像熟透的葡萄
——四处垂挂
欢乐的笑声
如奔腾的瀑布
——八方飞溅

大理石地砖上
历史站起来
110岁的闸北电厂站起来
——风华不老
正张开双臂
拥抱五湖四海的来宾

看，作家们走出了斗室
市民们走出了家门

来这儿聆听——
一个个迷人的故事
来这儿追寻——
100多年的风雨历程

让我们挺起胸膛
在这儿拍个合影
在"民族之光"基地
——护厂斗争雕像前
把笑容暂时寄存
把身子紧紧靠拢
挽起百年电厂的臂膀
唱着那迷人的歌谣
前进！大踏步地前进
去踏出新的
——柳暗花明

2021年9月11日闸北电厂采风归来

走进海上花岛

走进海上花岛
便走进祥和
走进温馨
走进大自然的
——怀抱之中

正是秋风如酒的季节
千亩玫瑰
——飘香流蜜
百亩草坪
弹唱着情歌
处处是绿色
无限的温存
没有喧嚣
只有静好
一花一叶
在这美丽的
——人间家园
摇曳着——
诱人的清芬

橄榄树并不寂寞
远远近近——

是错落有致的
民宿、池塘、果岭
在早晨的阳光下
——摇金撒银

野趣和时尚同在
汤泉与玫瑰并融
更有那迷人的"喜园"
千里姻缘一线牵
鸳鸯戏水共潮生

海上花岛，在你
温柔的怀抱里
我一颗躁动的心儿
恢复了宁静
躺在你如毯的草坪上
追思流逝的岁月
抚平人生的伤痕
心潮深处——
便有清新隽永的诗行
——裂隙而出
——一路欢歌
——一路叮咚

2021年10月18日于崇明"海上花岛"

虎年新作（24首）

中国冰刀之舞
——写给奥运双人滑冠军隋文静、韩聪

说什么"矫若游龙"
说什么"翩若惊鸿"
任何优美的词句
都难以把你俩形容

看，那抛跳的明媚
那旋转的婀娜
在《忧愁河上的金桥》
那温婉动人的旋律下
这对中国双人滑组合
将多年跌倒后的倔强
诠释成刀尖上的芭蕾

在洁白的冰面上
滑过人生中的千沟万壑
滑入生命乐章中的
——璀璨星空

呵，隋文静、韩聪
我们记住了你俩的姓名
在奥林匹克舞台上
你们为伟大的祖国
——滑出不朽！
——滑出永恒！

2022年2月19日夜"涛声斋"

春天新唱

咔嚓，咔嚓
你听到了吗
这奇妙的声音
在翻松冻土
在剪开冰河
——剪断北风
让鸟儿在天空鸣叫
鱼儿在水中嘤喋
花儿在身边吐蕊

咔嚓，咔嚓
那是把无形的剪刀
在你家窗前的树上
剪出无数张细叶
让远山近岭
让城市乡村
几乎同一时刻
举起无数面
——鲜亮的旗！
——春天的旗！

2022 年 2 月 26 日

如皋水绘图

这儿有座园子　　　　　　偏能江北扎根
就在如皋东门　　　　　　它是唯一见证
房子风格低调　　　　　　——那"秦淮八艳"
形同一介布衣　　　　　　——那"明末才子"
——没有奢华　　　　　　生死不渝的爱情
——唯有温存

　　　　　　　　　　　　不信，你走近树身
这儿有棵木瓜树　　　　　它就会舞动枝条
已八百多岁高龄　　　　　告诉你董小宛与冒辟疆
依然枝繁叶茂　　　　　　在它如盖的浓荫下
依然一树缤纷　　　　　　——如何吟诗作赋
本是南方植物　　　　　　——如何赏月弄琴

　　　　　　　　　　2022年3月4日追记于"涛声斋"

扬州看柳

发光的柳条
拿在手中
北京冬奥会闭幕式
那依依惜别的场景
令人动容

"柳""留"谐音
表达挽留之情
古人折柳相送
乃悠久的——
中国文化传统

突然想到扬州
那是我的故乡
绿杨城郭遍植垂柳
一则护堤
再则遮阳

柳树成了市树
处处翻卷着柳浪

其实，扬州看柳
并非就烟花三月
夏天看绿荫
冬天看琼枝
都别有一番风情

自然，微雨时最佳
一片烟雾迷蒙
此时，你若舔一下
那柳叶上的水珠
甜丝丝的扬州味道
便留在口中
直至回味无穷

2022 年 3 月 12 日植树节

观舞剧《只此青绿》

一群美人
踏水而来
望月而来

"我见青山多妩媚"
这重峦叠翠
这浩渺烟波
不断变化着的
——《千里江山图》
就这样——
动起来了
舞起来了

此时，我们已随
画家王希孟
——"穿越"回北宋
感受那宣纸的纹络
和每一笔青绿
感受那溪水潺潺
和渔樵耕读
古画不着一言
却风姿绰约
——气象万千

呵，古画活了
呵，世界静了

2022 年 3 月 18 日

黄昏时分

这时候白日将尽
耀眼的太阳
像一个游向
——深海的孩子
面孔憋得通红

这时候群鸟归林
叽叽喳喳
在枝头讨论
晚上睡觉的事情

大城市没有黄昏
天尚未黑透
已是万家华灯
唯乡村和小镇

白天的活动结束了
人们走回家门
有老人在庭院独坐
散漫地回顾此生
最想的是远去的亲人
那些场景
和他们的气息
依然在四周氤氲

这时候是发呆
是发愁是流泪
都在你身边温和下来
构成人世间——
独有的风景

2022 年 3 月 20 日

我的书房

疫情期间
我的快乐时光
几乎都在书房

一张书桌
一扇明窗
一排排一摞摞的书
贴到天花板上
正如博尔赫斯所说
天堂就该这个模样

当下，书已淡出人们视线
手机、平板、"朋友圈"
尽显现代生活的
——浮躁与匆忙
迫不及待地发布
网上的滚滚烟尘
让人们终日心旌摇荡

我依然习惯纸页
天然的沉静与舒缓
每次翻动——
书中人便和我说话
告诉我很多的事情
我分享他们的快乐
也分担他们的忧伤

书房多情似恋人
将疫情与哗然
——挡在门外
让内心静下来
读一首好诗
一篇好文章
静静地享受
——这快乐的时光

2022 年 3 月 23 日

想到刘章

想到刘章
便想到农民
想到诗人
想到燕山深处
他那诗上庄

高中毕业回乡务农
小学代过课
山上放过羊
撂下锄头笔耕忙
他的《北山恋》
他的《牧场上》
他那四十多部诗集
形同山间泉水
点点滴滴把我滋养

于是，便学他的样

投笔从戎守边防
脱下干部服
换上工人装
穿焰踩火——
汗珠洒在稿纸上
"我就是诗
诗就是我
以诗为命"
不失泥土味
不失汗水香
诗情不枯竭
嗓音不改腔
烧完胸中那把火
——杜鹃啼血
——金鸡司晨
依然在歌唱

2022年4月10日79岁生日宅在"涛声斋"

诗人田间

你离开我们
已三十多年
"我自田间来
还回田间去"
我记住了
你的遗言

我还记住了
你曾经说过的话
"真正的诗人
在雕琢诗歌的同时
也雕琢自己的灵魂"

我忘不了
烽火连天的岁月
你拎着油墨桶

在部队经过的村庄
写下的墙头诗
《假使我们不去打仗》
——分明是一团火
在熊熊燃烧

呵，田间
一位把根——
扎在人民中的诗人
一位与人民——
心心相印的诗人
你的《给战斗者》
你的《赶车传》
和那些不朽的诗句
将永远在我们
——心中长存

2022年4月14日宅家

又读艾青

疫情宅家
人类的"至暗时刻"
又读艾青

"为什么我的眼里常含泪水"
——《我爱这土地》
历经岁月的淘洗
那朴素真诚的诗句
依然直抵人心

《大堰河——我的保姆》
每读一次——
都抑制不住泪花盈盈
我也吃过乳娘的奶呵
大堰河就是一束光
让我依稀看到
乳娘喂奶时的面容

又读艾青
眼前出现的
不仅是他高擎的火把
更有他博大的情怀
和那道目光——
犀利而深沉
正视人类的灾难
不可避免的疫情
以大爱和悲悯
——去承受
——去抗争

又读艾青
让我读懂了
何谓诗歌
何谓诗人

2022年4月16日宅在"涛声斋"

中国人的四季

春播夏长
秋收冬存
中国人的四季
这般让人思忖

从立春到夏至
从谷雨到秋分
这二十四节气
宛若窈窕少女
——摇曳多姿
形同洒脱儒生
——满腹经纶
述说天道地脉的
——千古奥秘
让世间更迭
让万物循生

终而复始——
节气的河流
在我们血管里奔涌
斗转星移——
节气的智慧
打开农耕岁月之门
催熟稻香谷黄
引领蝉鸣蛙唱
演绎花开花落
沉淀蜜甜酒醇

呵，中国人的四季
将天地人糅合在一起
炎黄子孙——
才生生不息
中华民族
——才代代传承

2022 年 4 月 20 日谷雨时节

在遵义会址

圆柱
砖墙
两层楼房
一个偶然的机缘
我来到你的身旁

八十多年过去了
这两层楼里
依然弥漫着
那烟草的味道
依然留着
他们的呼吸与体温

会议室很静
小楼很静
会议桌下

有只火盆
当年的炭火
依然在燃烧
那木炭的火苗
舔去寒冬
舔亮八角帽上的红星
让中国革命
——冻僵的步伐
暖了过来
踏上新的征程

走出你的小楼
我绵软的脚板
踏出了——
铿锵的足音

2022年4月30日追记于"涛声斋"
（原载2023年6月16日《光明日报》）

让作品说话

作家的立身之本　　　　　　立身之本
——唯有作品　　　　　　　拒绝平庸
　　　　　　　　　　　　　扎根生活
让作品说话　　　　　　　　扎根泥土
这与其作品多少　　　　　　然后静下来
没多大关系　　　　　　　　——精益求精
乾隆写诗数万首　　　　　　"为伊消得人憔悴"
人们只知道　　　　　　　　把最好的精神食粮
——他是皇上　　　　　　　——奉献给人民
而那个五代的李煜　　　　　让作品说话
"问君能有几多愁　　　　　　作家的立身之本
恰似一江春水向东流"　　　　不靠炒作
被誉为伟大的诗人　　　　　而求高峰
惋惜的是——
他错做了皇帝　　　　　　　让大浪淘洗
　　　　　　　　　　　　　让历史做证

2022 年 5 月 3 日宅在"涛声斋"

我的生肖

一提起猴子　　　　　　　而我这只猴
就想到孙悟空　　　　　　——立志笔耕
一根金箍棒　　　　　　　做个作家
一个筋斗云　　　　　　　当个诗人
　　　　　　　　　　　　便投笔从戎

怪不得小时候　　　　　　又进厂做工
拿来祖母的拐杖　　　　　不问收获
撵得鸡飞狗跳　　　　　　只顾耕耘
惊动街坊四邻　　　　　　——杜鹃啼血
　　　　　　　　　　　　——金鸡司晨

猴子虽说调皮
做事却也认真　　　　　　我就是这只猴
还是那个猴王　　　　　　终生歌唱
苦练七十二变　　　　　　终生劳碌
笑对八十一难　　　　　　——无怨无悔
保护唐僧去取经　　　　　——无比虔诚
历经千魔万蛰
——普度众生

2022年5月5日疫情宅在"涛声斋"

再读郭小川

《致青年公民》
《向困难进军》
我们胸中——
依然回荡着
他的呐喊与歌吟

他的《林区三唱》
他的《甘蔗林——青纱帐》
他为音乐舞蹈史诗——
《东方红》撰写的解说词

即使"文革"期间
那《团泊洼的秋天》
依然与时代同行
——与历史共振

勇立潮头——
投身火热的斗争

在"政治抒情诗"创作中
他的"楼梯体"
对中国当代诗歌创作
——影响深远
他的诸多名作佳句
在人民大众中
——广泛流传
感染激励着
一代又一代的中国人

他只活了五十九年
可我分明看到
他手中的火炬
兴奋得像一头雄狮
周身滚烫的热血
依旧在我们血管里
——吼叫奔腾

2022 年 5 月 18 日依旧宅在"涛声斋"

致谢贺敬之

提起贺敬之
便想到《白毛女》
喜儿唱的"北风那个吹
雪花那个飘"
还有挨冻受饿的杨白劳
"躲账七天回家来"
唱得我泪流满面

读着《回延安》
我"双手搂定宝塔山"
唱着《南泥湾》
我来到"陕北的好江南"
他的《雷锋之歌》
他的《西去列车的窗口》
一本《放歌集》——
从部队到地方
陪伴我几十年

二〇〇三年六月六日
我鼓起勇气
给他写了封信
"贺敬之同志
不用做更多的介绍
一握手就知道彼此的心灵"
请他为《上海诗人》
——题个报名
也为我写个"涛声依旧"
（恕我有点"得陇望蜀"了）

如今，贺老的草书条幅
已在我书房挂了十九年
它是那样风神潇洒
——那样气度不凡
让我天天和他见面
——初心如炬
——使命如磐

2022年5月26日宅在"涛声斋"

崇明东滩

长江奔流的地方　　　　　　大雁觅食的地方
百川归海的地方　　　　　　水鸟繁殖的地方
沧海桑田的地方　　　　　　天鹅散步的地方
休养生息的地方　　　　　　鸳鸯相爱的地方

见证陆海版图变迁　　　　　多像一位慈祥的母亲
见证大自然此消彼长　　　　把天上水里的珍禽
一座蕴含丰饶的天然宝库　　——紧紧搂在怀里
一片望不到边的浩瀚芦荡　　用她丰沛的乳汁
　　　　　　　　　　　　　喂养这些神奇的儿郎

呵，美丽的崇明东滩
欧亚大陆的广袤湿地　　　　呵，迷人的崇明东滩
——这般让人爱恋　　　　　长江鼻尖上的稀有水泽
——这般令人神往　　　　　——这般令人沉醉
　　　　　　　　　　　　　——这般让人思量

2022年7月8日"涛声斋"

（原载2023年6月16日《光明日报》）

心静如水

一种修炼
一种境界

这是八小时后的
——一种小憩
这是生活中的
——一处港湾
这是考试后的
——一种放松
这是奔跑后的
——一种从容

——看透了
——想开了
——淡忘了
——坦然了
带点成熟
带点睿智
宁静致远

淡泊人生

是啊，人生漫长
不可能都在奔跑
也要离开跑道
放慢脚步
走进草丛
坐下来——
擦去额头上的汗珠
回望四周
风景这边独好
然后思考一下
——今天和未来

呵，心静如水
一般很难修成
因为水是流动的
心是跳动的啊！

2022 年 7 月 21 日

想你时，你在眼前

只因为六十年前
一列火车——
开进你的营盘
从此，这一千多天
——浪尖上打靶
——峭壁上攀援
——急流中抢渡
——沙滩上演练
"喀秋莎"站在身边
陪伴我们——
唱响青春的诗篇

忘不了——
那哨所身旁
野花迷人的笑脸
那营房四周
大榕树身躯的伟岸

忘不了——
老班长手中的针线
缝好我刮破的军装
指导员和我谈心
那淳朴的家乡语言

日复一日
年复一年
我已是耄耋老人
今生今世
无法忘掉
你的容颜
想你时——
你在眼前
梦中相见
泪湿衣衫

2022 年 7 月 30 日 "建军节" 前夕

我的嘶马小学

那是七十年前
嘶马小学一年级
我挣脱奶奶的手
小书包颠着跳着
活像匹小马驹

摇铃了，上课了
老师嗓门尖尖的
让我们跟着她念
棍子——1
鸭子——2
耳朵——3
我们摇头晃脑
记住了这些阿拉伯数字

儿童节到了
鲜艳的红领巾
早早地戴在胸前

操场四周插上了小旗子
滚铁环、猜谜语、击鼓传花
乡镇小学热闹得像赶集
忘不了新学年的发奖会
铅笔、橡皮、文具盒
一直舍不得用呵
让我保存了好多年

再后来，父母接我去上海
老师把我紧紧搂在怀
码头上，我那瘦削的小脚奶奶
在小伙伴们的搀扶下
早已哭成了泪人
船开远了——
她那摇动的手臂
至今还在我眼前晃动
再也没能放下来

2022年8月13日写于泪水中

"大象旅行团"

2021年8月8日
"大象旅行团"——
返归西双版纳故园
这些庞然大物
在野外流浪一年多
如何探测环境
如何寻找水源
如何记住食物
如何防范危险
象群的每一天活动
都让我这样地迷恋

生活在非洲的象群
就没这么幸运了
在罕见的干旱面前
如何迁徙逃生
全靠"年长"的头象

——象群中的"智者"
带领它们转危为安
可防不住偷猎者的屠刀
——大象的功能退化了
——有的不再长牙
有的牙越长越短

幸运吧
西双版纳的象群
走遍天涯海角
又回到祖国的怀抱
幸福吧
西双版纳的象群
记住这儿的山水
这里才是人类
和你们的——
共同美好家园

2022年8月18日"涛声斋"

怀念闻捷

在诗人队列里
你是位高大的汉子
在上海市作家协会
我和你有一面之缘

那是马奶子葡萄熟了的季节
你的《吐鲁番情歌》
让我如痴如醉
看,《舞会结束以后》
——一个在左
——一个在右
伴送吐尔地汗回家的
——年轻琴师和鼓手
他们现在还好吗?
新疆可不缺长寿的老人

记得当年匆匆一见
你的脸上没有笑容

因为那个"狗头军师"
把你说成新的阶级斗争
——你是诗人
——更是战士
毁灭文化的年代
毁灭不了你的灵魂
十年后,我读到了——
戴厚英的《诗人之死》

是的,你的一生
是真诗人的一生
既是拜伦式的传奇
又是普希金式的悲剧
而正直善良的人们
没有忘记你的姓名
——诗人闻捷
诗歌天空中
永远晶亮的星辰

2022年8月28日"涛声斋"

致克家先生

捧着《生活的笑容》
封面臧克家题词
犹如寒冬里的炭火
——酷暑中的清风
让人感受诗翁的
——广施慈爱
——古道热肠

我和先生的结缘
与广大读者一样
凭着《有的人》——
这首脍炙人口的作品
"有的人活着
他已经死了
有的人死了
他还活着"
诗如其人，先生便是
永远活在读者心中的
——诗坛泰斗

上世纪八十年代
我在上钢二厂当工人

因读这首——
卓尔不群的诗篇
便给诗翁写信
请他为我的第一本诗集
——题个集名
在收到题词的同时
《工人日报》上读到先生的文章
"要做钢铁，不做杨柳"
也是对我的叮咛与期望

如今，重温《有的人》
越发感受它的历久弥新
那些"给人民作牛马"的人
白雪一样高尚的情怀
——让我肃然起敬
我们的人民公仆——
只有永远做群众的贴心人
我们的社会——
才会更加美好温馨
春夏秋冬，也会格外地
——明媚迷人

有的人死了
先生的诗还活着

有的人活着
他的诗已死了

2022年9月4日上海"涛声斋"

怀念大榕树

你像我一样　　　　　——不怕干旱
也老了么?　　　　　——不择土壤
我的大榕树　　　　　气根扎进地层
　　　　　　　　　　浓荫张开巨伞
六十年前　　　　　　把大人小孩鸡鸭牛羊
我从申城来到闽南　　一股脑儿揽在胸膛
在你身边站岗　　　　连同树冠下的哨兵
你和我一样　　　　　深深扎根在祖国边防
枝条青绿——
如同我的军装　　　　呵,榕者容也!
初长成的气根　　　　你独木成林
一个劲儿向下生长　　你包罗万象
垂下一条条细线　　　——根能固岸
串起我的思绪——　　——荫可送凉
随着风儿飞扬,飞扬　你千年不老
　　　　　　　　　　——固本安邦
一千多个日夜　　　　实乃我大国气象
你陪伴在我的身旁

2022 年 11 月 12 日

"钢铁诗人"的宅家诗篇

叶子青

　　申城已按下"暂停键"一个多月。被封控在家的人们，有的趁机充电、居家办公、在线培训、室内健身……忙得不亦乐乎；有的把居家当成长假休息，追剧、看书、玩游戏……把平时没空做的事做了个遍，把各自的小日子安排得充实而精彩。已经79岁高龄的"钢铁诗人"刘希涛老师，宅家期间就充分调动生活积累和创作经验，创作出10余首诗歌。

　　拜读之后，我深深感慨，刘希涛老师能将足不出户的宅家生活过得精彩而充实，主要缘于他的人生历练，以及诗歌已深深融入他的血脉之中。青春年少时，为追寻诗人的梦想，他投笔从戎，来到海峡一侧的福建部队服役，成为小有名气的"军旅诗人"；复员回沪后，他为创作出接地气的诗歌，主动放弃干部编制在钢铁厂当了十年工人，炼成大名鼎鼎的"钢铁诗人"；如今古稀之年，他依然笔耕不辍、硕果累累，创建文学社、创办文学报刊、扶掖文学新人。对于诗歌，刘希涛老师称得上"为伊消得人憔悴，衣带渐宽终不悔"。

　　刘希涛老师疫情期间创作的诗歌中，有三首给我留下了深刻的印象。疫情初起，看着确诊病人和无症状感染者人数噌噌地上涨、互联网上的不实消息满天飞，心中充满着不安和焦虑。这时候，读书是安抚心灵、平复情绪的良方。也正是在这时候，我读到了《我的书房》。"一张书桌/一扇明窗/一排排一摞摞的书/贴到天花板上"，这就是我去过多次的刘希涛老师家的书房——"涛声斋"。

　　这首《我的书房》，还让我联想到窗明几净的图书馆。阿根廷诗人、小说家、评论家、翻译家博尔赫斯曾说过："如果世界上有天堂，那一定是图书馆的模样。"疫情期间，刘老师在书房"读一首好诗/一篇好文章/静静地享受/——这快乐的时光"。他将书房比喻成多情的恋人,"将疫情与哗然/——挡在门外/让内心静下来"。在疫情的喧嚣中,书房无异于一方"世外桃源";在疫情的汹涌波涛中,书房无异于一艘"诺亚方舟"。

《又读艾青》一诗,是刘希涛老师与诗坛前辈跨时空心灵对话时写下的。"为什么我的眼里常含泪水? /因为我对这土地爱得深沉……"刘老师引用《我爱这土地》中的名句,何尝不是他忧国忧民情怀的体现? 而艾青在狱中写下的举世闻名的《大堰河——我的保姆》,则让刘老师"每读一次——/都抑制不住泪花盈盈"。这是因为"我也吃过乳娘的奶呵/大堰河就是一束光/让我依稀看到/乳娘喂奶时的面容"。在这里,我看到刘老师与艾青实现了共情,从《又读艾青》,我读懂了"何谓诗歌/何谓诗人"。

而最引起我共鸣的便是《在遵义会址》一诗。遵义会议是百年党史中的一座里程碑。去年是建党百年,刘希涛老师曾前往遵义采风。这首追记于一年后的诗,从"烟草的味道""呼吸与体温""火盆""炭火"这些细节入手表现宏大的历史事件,匠心独运。"那木炭的火苗/舔去寒冬/舔亮八角帽上的红星/让中国革命/——冻僵的步伐/暖了过来/踏上新的征程"这几句诗写出了遵义会议的伟大历史意义,形象生动,没有说教;尤其令人击节赞叹的是,这几句诗与"长征是播种机"的比喻竟有异曲同工之妙!"走出你的小楼/我绵软的脚板/踏出了——/铿锵的足音",为什么"绵软的脚板"会"踏出""铿锵的足音",因为在这里补上了理想信念之钙。

书籍能滋养心灵,诗歌能升华生活。疫情宅家期间,感谢刘希涛老师创作出诗歌佳作,让我的居家生活变得更加精彩纷呈、有滋有味。

（原载2022年5月27日《黄浦报》）

一首催人泪下的小诗

——读刘希涛老师《我的嘶马小学》有感

王晓林

深深的江水，浓浓的乡情，清晰的记忆，挥手的别离。"汽笛一声肠已断"，从此离开生他养他的故乡。

刘希涛老师《我的嘶马小学》这首诗，读哭了许多人。短短200多字的小诗，竟能引起读者如此强烈的共鸣，可见诗人对祖母对家乡的那份亲情和眷恋，有多浓有多深！

这首经典的短诗有如下几个特点：一是没有名言警句，只有平白如话的语言，完全用白描手法呈现在读者面前——如摇铃、滚铁环、小脚奶奶、插满小旗的操场等，很有年代感，直接把我们带到了那个年代。二是跳跃性，"我挣脱奶奶的手/小书包颠着跳着/活像一匹小马驹"。我们仿佛看见一个戴着红领巾的小学生，蹦蹦跳跳地正走在上学的路上。三是满满的真情实感，没有一点煽情之处，却能催人泪下。从诗中能看到那淳朴的乡情民风，传统文化的天伦之乐，融洽的师生情谊，让我们看到了诗人快乐的童年，是在小脚奶奶的精心呵护下健康快乐地成长，长成了一个勤奋好学、知书达礼、知恩图报的好学生，为今后的事业发展奠定了良好的基础。

诗中最精彩的章节，也是最揪心的地方，是诗的最后一段及最后两行。童年的诗人终于要走了，要离开熟悉的家乡，离开最亲的亲人（离开一手把自己拉扯大的小脚奶奶，到上海去读书，去和爸妈生活）。这一天码头上送行的人很多，邻居们来了，同学们来了，"老师把我紧紧搂在怀"里，"我那瘦削的小脚奶奶/在小伙伴的搀扶下/早已哭成了泪人"……船开远了，奶奶那摇动的手臂，一直在眼前晃动，使诗人这辈子在心里都没能放下来……此时诗人已是老泪纵横，读者也已热泪盈眶……我们的脑海里，出现了这样的画面：一位满头白发满脸风霜的老奶奶，她有一双温柔能干的手，在做饭、在洗碗，在如豆的灯光下纳鞋底，在做衣服，在把孙子蹬开被子的脚，轻轻地塞进被窝里……俗话说，老儿子，大孙子，老太太的命根子，诗人可真是老太太的命根子呀！刘老师在诗的前半部分大量铺垫，然后层层递进，把所有的具象、所有的符号都凝聚在一起，像长江的潮水，一直涌到江边，猛然拍岸掀起冲天的浪涛，伴着止不住的泪水，直接冲激着诗人的内心世界，也深深打动着读者的心灵。

为什么诗人的眼里常含着泪水（每当想到一手把他拉扯大的奶奶，就止不住热泪流淌……），因为他对奶奶、对家乡、对祖国爱得是那样的深沉！

读完全诗，我陷入了沉思，这仅仅是为了怀念奶奶吗？我在诗的后面读懂了诗人的苦心，这不光是为了怀念，更是为了传承！一个家庭要有传承，一个国家要有传承，一个民族更要有传承！这大概就是"钢铁诗人"这辈子刻骨铭心的家国情怀吧！

（原载2022年8月18日《江都日报》）

开在深秋的春花
——读《刘希涛虎年新作（24首）》

马　忠

屈指算来，与刘希涛先生结识已二十年有余。二十年前，风华正茂的我，离开大巴山南下广东打工，因业余创办一份民间文学报而与刘希涛先生有了互动。密切的书信与电话往来，使我们渐渐成了忘年交。后来工作变动，失去了联系。近日，通过网络我们再次"重逢"，自然倍感欣喜。特别是读了他从微信发来的《刘希涛虎年新作（24首）》，感觉这位年近八旬的"钢铁诗人"诗笔常青，宝刀不老，实乃可喜！

在我看来，刘希涛先生是一位抒情诗人。我这样说有两个原因。一个原因是我觉得他这组新作都是那样感情丰沛，易懂，适于朗诵。另一个原因是他本人所具有的明显的日常诗性抒情特征。和他谈诗不需要任何的酝酿或过渡，在任何时候都能很自然地展开。《刘希涛虎年新作（24首）》里每首诗背后都有一个现实的触发点，诗的现实面是以诗人的生活面铺展而来，不涉宏大的社会与历史事件，即使有也只"记录"它们的小片段，如《中国冰刀之舞》《崇明东滩》《"大象旅行团"》等。哪怕是观奥运、看柳、读书、思人等这些看似平常的生活素材在诗人笔下信手拈来，缀文成篇，语言流畅，节奏明快。"书房多情似恋人／将疫情与哗然／——挡在门外／让内心静下来／读一首好诗／一篇好文章／静静地享受——这快乐的时光"（《我的书房》）。这是诗人对生活的一种艺术处理，一种"务实"的严肃姿态：生活的真相是从自己拥有的、懂得的生活中发掘出来的。当人生处在日常生活的灰暗不明的状态中时，正是诗和艺术为我们带来澄澈之光，使生命感到温爱、宁静，并顿悟生命本体的意义。

在诗艺上，刘希涛先生的想象丰富，在创作中比兴手法的运用相当熟练，意象的创造随处可见。在《刘希涛虎年新作（24首）》中，很多诗篇以叙述为主，同时也结合着抒情与议论。诗人很重视从生活中撷取最动人的瞬间或创造新颖的意象来表现人物的思想和精神面貌。如《怀念大榕树》，诗人即是以中心意象"大榕树"展开诗思与联想，通过对其品质特性的叙写，最终达到"树情即我情，树性即我性"的理想艺术境界，物我同一，浑然无迹。文学来源于生活，又高于生活。诗人的笔下，并非在还原生活，他有着自己洞察和思考。请看《观舞剧〈只此青绿〉》："一群美人/踏水而来/望月而来//'我见青山多妩媚'/这重峦叠翠/这浩渺烟波/不断变化着的——《千里江山图》/就这样——/动起来了/舞起来了//此时，我们已随/画家王希孟——'穿越'回北宋/感受那宣纸的纹络/和每一笔青绿/感受那溪水潺潺/和渔樵耕读/古画不着一言/却风姿绰约/——气象万千//呵，古画活了/呵，世界静了"，虽然是写观感，却写得与舞剧《只此青绿》同样惊艳动人。

从这组新作中我们不难看出，刘希涛先生在诗艺的道路上，既重视传统，注意从博大精深的传统文化中汲取精华，又能面向现代，从国内外新诗的发展中去汲取有益的营养，这对丰富诗歌艺术，扩大视野，增进表现手法是有益的，同时把根扎在现实的土壤里，不断地从现实生活中汲取诗情画意。比如《春天新唱》中不见一个"春"字，却让人觉得满纸春风："咔嚓，咔嚓/你听到了吗/这奇妙的声音/在翻松冻土/在剪开冰河——剪断北风/让鸟儿在天空鸣叫/鱼儿在水中喋喋/花儿在身边吐蕊//咔嚓，咔嚓/那是把无形的剪刀/在你家窗前的树上/剪出无数张细叶/让远山近岭/让城市乡村/几乎同一时刻/举起无数面/——鲜亮的旗！/——春天的旗！"细细品味不可不谓新！而《想到刘章》《我的嘶马小学》《在遵义会址》等作品中所写的人和事，无不带着诗人深刻的体验，因而有着强烈的感情。我以为，这样的创作不仅是一种责任，而且变成了一种内在的需要，感到不把它写出来，心里会感到很难受似的。这样写出来的作品自然就会有感染力。

作为出道较早且著作颇丰的诗人，刘希涛先生虚怀若谷，他十分尊重前辈作家、诗人。在这组新作中，就有他对刘章、田间、艾青、臧克家、郭小川、贺敬之、闻捷等前辈诗人的致敬，可以看作是为他们的画像，有的是全身像，如《想到刘章》，把刘章的诗歌风格、内容、为人品格和人生历程都表达出来了。有的是半身像，或者侧面像，如《又读艾青》，"疫情宅家/人类的'至暗时刻'/又读艾青"，但是作者并没有面面俱到，而是以自己的独特感受和认识，抓住艾青的经典名句"为什么我的眼里常含泪水"，由诗及人，驰骋想象，构成一个完美的意象，得出"又读艾青/让我读懂了/何谓诗歌/何谓诗人"，这就摆脱了对人物的泛泛评述，增加了诗意。总之，这些作品，虽非细致入微的工笔，却是呼之欲出的大写意，清新可喜，大都能给人留下较深印象，起到以诗达情的作用。

诗歌真正可贵的并非形式，而是诗意的灵魂。当前诗坛乱象丛生，不少诗人待在自己的小圈子里风花雪月、自娱自乐，令人敬而远之。而刘希涛先生一直主张诗歌要回归现实，回归大众，《刘希涛虎年新作（24首）》即是对这一创作理念的生动实践和诠释——坚守了诗歌真实、真挚的可贵品质，这样的诗歌往往更能打动人心，容易引起大众心理上的共鸣，尤其是蕴含其间的生活的暖意与生命的元气，更加值得肯定。

2022年11月18日广东清远

（马忠：诗人，文艺评论家，文学创作高级职称。出版有《站在低处说话》《文学批评三种"病"》等著作十几部）

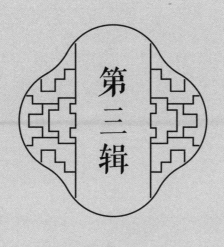

第三辑

诗路回望

迎春鼓

马蹄得得滚，
号角声声吹，
喝了誓师酒，
扬手辞旧岁。

马不停铁蹄，
人不解甲盔，

穿过开门红，
笑脸迎红梅。

展望六四年，
信心千百倍，
再创四好连，
策马追追追！

1963 年 12 月 31 日福建梅山军营

守海岛

海岛一把土，
大陆百亩田。

海岛一块石，
大陆千架山。

我们的心如千斤锚，
深深抛在海岛上面。

缆绳系着天安门，
北京海岛紧相连。

1963年11月25日福建前沿

炼钢炉前

身前一炉火，
脚下三尺烟。
七月烁金，
八月喷焰。

有人说，
这工作太苦，
让机器人来干。
我们说，
你是煤炭——
你该燃烧；
你是矿石——
就该冶炼！

1981年7月8日上钢二厂

"火凤凰"

紫烟里行，
烈焰中闯，
捏扁了铁，
攥软了钢。

当年登炉台，
流言绕耳旁——
"炉台不是梳妆台，
钢花好看味不香"……
你咬牙不下阵，
跟定老炉长。

喜听钟声响，
心中不忘党！
党是火——
练就你的铁筋骨，
党是锤——
锻出你的钢脊梁！
长钎牵出金瀑布，
炉台飞起"火凤凰"！

呵，党的好女儿，
笑在光荣榜……

（原载1981年6月30日《人民日报》）

钢厂的春天

钢厂的春天
不穿鲜艳的衣裙
不携小巧的花篮
钢厂的春天
着一件赤金的战袍
罩一领透明的火衫

春啊
不在柳丝间徘徊
不在桃枝上暴绽
春啊
在炉台上日夜喧闹
在轧机中大声呼喊

那隆隆奔驰的天车
不就是春的脚步
那璀璨飞迸的钢花
不就是春的容颜

春啊
在老炉长眉宇间荡漾
那火漆漆的脸上
大干的春潮在卷

春啊
在工程师银鬓上辉映
那亮晶晶的眼里
无边的春色闪闪
春啊
在炉前工胸膛中汇聚
春啊
在女焊工心窝里回旋

呵，火热的钢厂
——春在喧闹
——春在呼喊
多少创造的热情
与钢瀑一起飞溅
在奔向四化的年代
谁不想跃马扬鞭

呵！春光多好
呵！春色无限
欢闹着——
落在钢城的每个角落
落在每个钢人的心间

1979年3月3日上钢二厂

改革的风

热辣辣的
热辣辣的
热辣辣的

不是妩媚的春风
不是萧瑟的秋风
不是暴雨前的阵风
不是吞噬绿色的"红色台风"

这风里
没有婆婆妈妈们的唠唠叨叨
没有高大全人物
声嘶力竭的空喊
这风里
已闻不到大锅饭的

焦煳味儿

像五十五度的大曲酒
醉了浓荫
醉了花蕾
让缄默的果实
昂扬在枝头

没有休止
没有停顿
由于过久的封闭
才有这样一个
舒畅的深呼吸

刮呀，刮呀，改革的风！

1987年10月16日

电车上

车门关上了
她最后一个上来的
微微喘息着
小心翼翼地
护着那个
新月般的椭圆

一位刚下班的炼钢工
站起来让座
她有些惊慌
看到他眼珠上的血丝

像砂轮磨击的火花
她迟疑着

她是个好胜的姑娘
平生第一次
——受这样的礼遇
她终于没有去坐
以沉默羞赧的笑
倾诉着
对这陌生人的感激

1984年6月25日

归

从蓝色探火镜上
滑下一抹夕照
步悠悠
他跨出厂门
喜滋滋
哼一曲小调

窗帘半掩
把一团温馨笼罩
他上楼推门
在沙发上结毛衣的妻子

没说话，朝他微微一笑
饭后，他握惯钢钎的手
提笔整理又一篇诗稿
嗔怪中，她纺纱清絮的手
细缝他划破的衣角

呵，生活中岂能只有
坚硬的钢铁
也该有柔情的
——花花草草

1984年9月29日

橱窗

我认识生活　　　　　　　时代的镜框
从你开始　　　　　　　　无数双手
我认识城市　　　　　　　争相把你打扮
从你开始　　　　　　　　不时变换着你的模样
我认识祖国
从你开始　　　　　　　　人们白天看不够
　　　　　　　　　　　　晚上装灯照着看

城市橱窗

　　　　　　　　　　　　　　　1984年10月1日

夜，在军营

夜，在军营
紫藤花下
萨克斯在奏鸣

衔着春的呢喃
裹着夜的氤氲
擦过银燕的羽翼
掠过窗下的明灯
将战士的心音
吹遍每一个哨位
吹遍每一块草坪

此刻，世界静下来
各色花儿
各种鸟儿
乃至风声
和静静的水杉林
都屏息敛声在倾听

夜，在军营
紫藤花下
萨克斯在奏鸣

2009年4月崇明空军部队

海宁潮

潮来了，潮来了
无数浪花在跳跃
无数银狐在撕咬
咬断海平线
咬穿冬之袍
咬破乌云太阳照

潮来了，潮来了

无数鼓槌在挥舞
无数精灵使劲敲
敲得苍天动
敲得大地摇
敲响钱塘早春谣

啊！潮来了
啊！潮来了

2006年12月23日浙江海宁

题初恋小照

这是两颗心儿的靠拢
拍摄于五十年前那个春天
湖水拍打着岸边的卵石
柳丝舞动起曼妙的倩影
我俩坐在那张长椅上
烂漫的春花在身边簇拥
调皮的风儿打着嗯哨
歌唱我们纯洁的爱情

呵，湖边那张漂亮的长椅
恰似一条金色的小船
幸福航程从此起锚
——任它急流暗礁
——任它暴雨狂风
我们风雨同舟合力划桨
笑迎那雨后彩虹

如今，我们又坐上这张长椅
仿佛回到甜蜜的初恋时辰
彼此不需要说话

只要两颗相互依偎的心儿
和两双脉脉含情的眼睛
既然沉默也能酿造甜蜜
我们愿在这沉默中享受爱情
春天的大地弥漫着花香
遥远的天边——
依然有我们的憧憬

啊！我的老伴我的爱人
在这宁静的港湾里
在这瑰丽的晚霞中
让我紧紧拉着你的手
坚信人生能活过百年
让我们再度焕发青春
——告诉我们的孩子
——告诉今天的年轻人
爱情乃人生绝唱
唯有忠诚——
才能永恒！

1999 年春节

母亲的声音

忽东忽西

忽远忽近

母亲，母亲

缘何总是听到

你的声音

那甜甜的嗓门

如一串好听的歌吟

那隐隐的背影

似一道迷人的风景

一别数年

母亲，你去了哪里

何处有世外桃源

何处有家的温馨

母亲的声音在耳际游走

走成一队耸动的驮群

多想跨上其中的一头

随母亲，做一次

——天上人间的旅行

2001年4月4日

爱心无价
——献给"作家书屋"

用爱做弦　　　　　　　再捧上一本新作
用心做琴　　　　　　　再献出一颗爱心
一支歌　　　　　　　　让每一道阳光
一支深情的歌　　　　　都是搀扶你的臂膀
唱给一片爱心　　　　　让每一颗爱心
　　　　　　　　　　　都和你的心脏
呵，一片爱心　　　　　——一起搏动
——人间真情
似春风春雨　　　　　　呵，爱心无价
——催绽蓓蕾　　　　　呵，岁月留痕
让繁花满枝　　　　　　"爱心书屋"书生香
让天下葱茏　　　　　　芙蓉国里情殷殷
　　　　　　　　　　　一派祥和的土地
呵，爱在书中　　　　　无限美好的人生
呵，情在书中　　　　　我要把这挚爱的颂歌
仁爱之心八方来　　　　唱给书屋每一个
处处春风动诗情　　　　——鲜亮的早晨

1999年1月写于上海

（此诗已勒石于湖南省涟源市曹家村老农活动中心晚晴诗湖广场。2019年12月19日启用，中国作家协会主席铁凝致信祝贺）

彩霞飞走了

太阳一出，
彩霞飞走了。

有的飞进果园，
躲在绿叶丛；

有的飞进花圃，
钻进花蕊中。

于是，果树有了果实，
鲜花有了嫣红……

1985年2月3日

唱给"七一"

是火炬？是红缨？是晨曦？
是闪电？是风暴？是霹雳？
"七一"，刻在我们心上的"七一"
你——是火！是钢！是力！

呵，"七一"，像昂首的雄鸡，
是你，引来新中国第一声婴啼；
呵，"七一"，像奋举的银锄，
是你，开拓共产主义崭新世纪……

1979年6月16日

澳门啊澳门

一百年呼唤

杜鹃啼血

一百年期盼

精卫填海

历史花白了鬓角

澳门啊澳门

你终于归来

——终于归来

屈辱的往事

——怎能忘怀

回归的心潮

——日夜澎湃

"一国两制"如一座金桥

澳门啊澳门

你终于归来

——终于归来

啊，母亲

被千重思念

所累的祖国母亲

将澳门紧紧搂在怀

南海的浪花

伸出花萼般的手指

抚平母亲脸上的皱纹

澳门啊澳门

团聚的骨肉

再不能分开

——再不能分开

1999年12月20日

吴孟超

走近你
——吴孟超
走近你的慈祥
走近你的创造
走近无影灯下——
那把神奇的手术刀
啊！从你的手术台上
站起多少绝望的病人

在你的手术刀下
绽放多少生命的花苞

走近吴孟超
中国的无影灯——
从此有了
——精彩的闪耀

2007 年 5 月 1 日

屋檐水

下雨喽，
化雪喽，
屋檐开始唱歌喽——
叮咚，叮咚，
叮咚，叮咚……

屋檐下的青石板，
眼皮略为动了动，
仿佛在说：
"暴雨我都不怕，
这屋檐水，
正好催我入梦……"

叮咚，叮咚，
檐水不与它争辩，
依然唱个不停；
轻敲着进军的鼓点，
从春到夏，
从秋到冬……

终于，水滴石穿，
青石板上添了许多洞洞！
小朋友啊，
我们学习檐水精神，
该怎样刻苦用功?

1982 年 6 月 6 日

雪花飘飘

雪花飘飘
雪花飘飘
像过年的孩子
又唱又跳

跳上房顶
房子戴起白帽
跳上小树
小树穿起白袄
跳上脸颊

化作热气在冒
钻进脖颈
逗得我们直笑

雪花飘飘
雪花飘飘
覆盖了大地
淹没了小桥
我们迎着雪花
快乐得活像小鸟

1983年12月6日

春雨沙沙

春雨沙沙
春雨沙沙
细如牛毛
飘飘洒洒

洒在果林
点红桃花
挂在柳梢
染绿柳芽
落在田野

滋润庄稼
降在池塘
唤醒青蛙

春雨沙沙
春雨沙沙
挂在男孩帽檐
沾湿女孩花褂
我们冒着春雨
背起书包出发

1983 年 12 月 6 日

飞吧，天鹅

我给远方的爸爸
写了封信

妈妈给我一枚邮票
这是一只洁白的天鹅
红艳艳的小嘴
在梳理羽毛

我把它贴在信封上
邮递员叔叔
请你们千万小心
把邮戳盖得轻轻
别折断了
天鹅的翅翎

天鹅就要飞了
驾着暖暖的
绿绿的风
飞越千山万壑
穿过崇山峻岭

衔着妈妈的思念
衔着我的心
飞吧，飞吧
飞到远山脚下
飞进勘探队
爸爸那顶
草绿色的帐篷

1982年6月28日

大地妈妈的孩子

大地妈妈，
有两个孩子：
哥哥叫风，
妹妹叫云。
云，最爱贪玩，
整日游荡在天空……
妈妈怕女儿丢了，
派风出去找寻；

风，性子真急，
一路呼叫，
来势汹汹。

云，吓哭了，
洒着泪水，
一头扑进——
妈妈的怀中。

1981 年 8 月 6 日

迎春小唱（组诗）

观猴画有感

赏花尝果品山桃，
一任群猴春意闹。
今日礼拜孙大圣，
可否圆我梦中谣？

文友雅集

墨海扬波添雅趣，
文苑生发赞由衷。
诗画古韵无限意，
老友新朋唱大风。

赠八六诗翁傅家驹

素笺飞来报良辰，
立足骚坛发新声。

倾心煮诗催花雨，
越老越有精气神。

孙儿放寒假

朔风吹银高天冷，
喜接孙儿进家门。
只因人间动真爱，
地老天荒四季春。

迎春颂

昂首风前冲雪开，
一扫雾霾竞登台。
开局之年百花发，
千红万紫报春来。

2016年1月

杂咏（组诗）

黄叶

片片灿若云锦，
拥抱大地母亲。
本是地球麟毛，
未改回归初心。

蝴蝶

就是喜欢飞翔，
更喜结对成双。
天生一对翅膀，
本能就是这样。

迎春花

窗外一丛质无华，
绿叶枝头绽黄花。
但愿年年环境好，
日日陪我品香茶。

夜读

陋室四壁皆藏书，
长长寒夜莫虚度。
唯求腹中存浩气，

梦里犹叹诗不腐。

闻鸡起舞

穿林打叶第一声，
沪上浩歌赤子情。
闻鸡起舞笔耕乐，
老枝着绿也精神。

知音

春风又绿吟诗人，
书生豪气古今存。
金鸡一曲春来早，
海北天南皆知音。

啼鹃

刚见寒霜草中尽，
又迎春风柳上归。
灵猴启新开物象，
愿化啼鹃带血飞。

真情

春风和畅过千树，

时雨频催万物生。
笔耕墨耘又一年，
赋得真情始动人。

除夕
儿孙归来喜盈门，
耳边响起开瓶声。
酒未沾唇人先醉，
脸上飞来一片春。

年初二出门
嚓嚓嚓嚓快如风，
车轮欢唱迎春颂。
道旁行人稀又少，
唯见春联一路红。

豫园观灯
进园先过安检门，

仰起头来观花灯。
紧随人流莫停步，
小心踩掉鞋后跟。

2016年2月

吉祥人家龙凤翔
　　欣闻上海出海口文学社副社长宋长星家喜添龙凤胎一对，特作小诗一首致贺。

正值沪上桂花香，
仙童乘风下昆冈。
喜降宋府长星屋，
吉祥人家龙凤翔。

2021年11月4日

三进桃林（三首）

一

当年花开进桃林，
寻词觅句踏歌行。
遇见青春遇见你，
姹紫嫣红一树春。

二

前度花开又进林，
不见美目传情人。

风过花飞衣染香，
犹记夭桃藏诗心。

三

今度花开再进林，
缤纷落英藏诗魂。
唯求抱香梦中会，
故园追思不胜情。

2014 年 4 月 10 日

皖南道上（四首）

一

道旁紫荆红胜火，
陌上黄花灿若金。
剪得皖南春一片，
遥寄深闺梦里人。

二

远望村庄炊烟起，
近看翠鸟梳羽毛。
谁人能解思卿意，
生态美景远胜雕。

三

李白呼我来皖南，
敬亭山前看杜鹃。
独坐道旁君莫笑，
唯求千古对望篇。

四

途经"太湖月亮湾大酒店"

都说海上生明月，
明月出在月亮湾。
海上月圆十五望，
"太湖月亮"夜夜圆。

2014年3月21日于安徽宣城

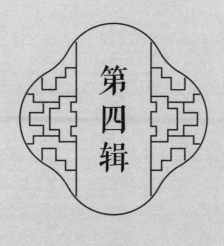

第四辑

文林散页

强荧的故事

强荧是一个故事。

这个故事美丽且动人……

1957年强荧出生的时候，与别的婴儿并没有什么两样，只是他比"同类产品"要漂亮一些，好玩一些；他的小脸蛋红扑扑的，小眼珠子又黑又亮，活像两个壮硕的小蝌蚪……

强荧小时候就十分要强，跌倒了自己爬起来。读书时，他常常自问："为什么不是第一？"倔强劲儿，使挚爱他的老师啧啧称赞："这孩子，将来准是个开顶风船的角色！"

强荧的故事，是从他机械专业毕业后开始的。

许是受父亲的影响，许是受命运的安排，他喜欢有明快色彩的新闻工作。1980年，他开始了立誓"终生娶其为妻"的记者生涯。

当一个平庸的记者不难，而要当一个好记者、名记者（如他心目中崇拜的斯诺、范长江那样的名记者）绝非易事！

许是他倔强的性格在作怪，许是受"此生不甘平庸"所驱使，既然找到了自己的坐标，既然"条条大路通罗马"，那么即便是"自古华山一条道"，他坚信"芝麻开门"的咒语，也能念开一座金窟。

强荧十分欣赏这样一句话："去第一线采访，就像和'情人'约会时一样激动。"

于是，他一次又一次地解开脖颈下长垂的领带，走出钢筋水泥的"樊笼"，投身那充满诱惑、充满刺激又密布着艰险的探险、采访征途……

强荧动人的故事，始于1986年的秋天。

那时，当他从媒体得知"中国洛阳长江漂流探险队"成立的消息时，便萌发了和他们一同漂流的冲动，便毅然决然地奔向那滚滚东流的长江……

10余名漂流的勇士一起，"用热血和生命的慷慨一击，淋漓尽致地展示了当代中国青年勇士，那奋勇进取的形象"！

胜利时候，在烟波浩渺的长江出海口，九死一生的探险勇士们和强荧紧紧地拥抱在一起，他们面对吞噬了5位战友的滔滔浊浪，一个个涕泪交迸，泣不成声……那"最后的征服""保洛，我爱你"……是强荧蘸着心头的热血写下的，强烈地拨动了读者的心弦……

1990年9月，强荧驾驶着一辆中国摩托，历时12天，风雨兼程，昼夜驱驰，沿着著名的丝绸之路西行5 000里，与18位日本探险者一起，迎接风沙的挑战！他们穿越火焰山，在寒气袭人的戈壁滩上，尽享驰骋的欢乐……

这次归来，读者从他那"铁骑西行五千里"的动人长卷中，不仅看到了孤烟大漠上的18辆车、18个人和18个亮点，更听到了一曲高亢雄壮的时代交响——一曲为我们民族精神增添阳刚之气的华彩乐章！

强荧的第三次探险，是塔克拉玛干大沙漠。这是他16年记者生涯中最难忘的一段经历，也是他故事中最精彩的一章。

1993年9月23日至11月21日，中英联合探险队的10位勇士，勇敢地投身人类历史上第一次由西向东徒步穿越"死亡之海"的行动。强荧以《新民晚报》特派记者的身份，有幸成为10位勇士中的一员。

这次探险，非同寻常。行前，他给家中悄悄留下了一个"黑匣子"，里面装有4样物件：一是亲友们的地址电话；二是万一回不来应办的几件事；三是家中的经济账目；四是自己较满意的标准像，可作追悼会用。

塔克拉玛干，维吾尔语意为"进去出不来"的地方。

这是一次"完全有死亡可能性"的探险，漫长的1 500公里是人迹罕至的风沙王国，"天上掉下了渴死的白天鹅"，"沙漠之舟"骆驼因饥渴难耐发生了"集体大逃亡"……可强荧心似铁石，他面对死亡浅浅一笑，高高地升起了挑战的风帆！

就在强荧怀着一颗"驿动的心"即将远航的前夜，笔者思绪纷飞彻夜难眠……

春蚕吐丝，明知吐完了要死还是要吐；精卫填海，明知大海无法填满还是要填！命里注定的事情如何改变得了呢！可沙漠与他毫不相干呀，"一切都是他自找的！"强荧呀强荧，你果真是个铁骨铮铮的热血男儿！

强荧是记者，探险不是目的。他之所以要去探险，正因他是一名记者之故，正因他不甘平庸之故！他永不满足于生命的现状，他一向信奉"生命只要好不要长"。他要借探险去修炼自己，升华自己。他将自己放在探险的蒸笼里去煎熬去蒸腾，哪怕受尽苦难，也要脱胎换骨，蒸腾出一个无愧于记者称号的新我！假如这个新我真的蒸腾出来了，就会无死无生，进入一个美妙永恒的境界……

想到这里，笔者心如潮涌，诗情勃发，遂欣然命笔，写下《魂儿随你远行》一诗，为强荧"走进孤烟大漠，走向开阔，走向无垠"虔诚祝福；为"一群叫沙漠惊愕的勇士，一位编织读者梦境的同仁"的壮举纵情欢呼！

"死亡之海"60天，强荧从一个英俊潇洒的小伙，磨耗成了"四不像"的动物。在极其艰难的时刻，他扔掉了衣服、食品、鞋子和收录机……却把厚厚一沓稿纸保留了下来。

60天的沙漠探险身临其境的新奇报道，犹如一根根神奇的棒槌，敲响读者心头的铓锣……每天都有成千上万的读者在售报亭前排起长队，引颈翘盼报纸的到来，无数"魂儿"随他远行……

强荧的故事真多，一串一串的，犹如冰糖葫芦……

1994年，强荧参加广西十万大山寻找野人的探险报道活动。在那遮天蔽日的深山老林里他忍饥挨饿，历经磨难，形同野人……

1995年8月，强荧亲身投入了一次"战地重访"的报道活动，这是为庆祝新中国成立45周年举办的专题报道项目。强荧等4位记者历时40天，从松花江畔到椰子树下，八千里路云和月，多少新闻笔下涌……读者心驰神往，追着他们的足迹，畅游改革开放给神州大地带来的万千气象……

1996年2月3日19时14分，7级强震像猛兽般地肆虐了云南省丽江纳西族自治县及毗邻地市。

一道蓝光闪过后，受灾人口100多万，伤亡1.72万人，房屋倒损90余万间……

就在大地依然颤抖不止的严峻时刻，强荧作为特派记者迅即飞赴灾区，冒着余震做全方位的采访。他以一个记者特有的敏感，率先报道了灾区人民和解放军、武警官兵在全国军民的支持下，勇敢坚强地抗击自然灾害的可歌可泣的动人情景……

强荧的故事宛若万花筒，七彩纷呈，耀人眼目。

他热爱祖国，热爱大自然，酷爱新闻事业，时刻注意发扬新闻工作者应密切联系群众的优良传统；他作风朴实，为人义气，心地善良，乐善好施。这在商海横流的今天，许多人因成了大款、富豪而穷奢极欲、花天酒地之时，实属难能可贵！

在茫茫沙海中，强荧发现了"白毛男"钟剑锋。他带头慷慨解囊，帮助钟剑锋返回广西家乡，见到了日思夜想的亲人；他穿针引线，为"寻找彭加木活动筹委会"的建立而四处奔波；他把《强荧探险物品和照片义拍》所得的10万元，捐给上海市记协，设立"记者风险采访基金"……他采写的《生死之间》，呼吁社会对白血病患儿给予更多的爱心，使人读后潸然泪下；他和有关专家发起成立的"上海白血病研究治疗基金"，造福了广大患儿……在病孩家长及有关单位赠送的"铁肩担道义，妙手著文章"的锦旗面前，他受之无愧！前不久，强荧当选为全国首届"百佳"新闻工作者。

记得丰子恺先生曾打过一个精妙的比喻：圆满的人格就像一个鼎，真、善、美好比鼎之三足，缺一就不能立稳！

对一个人而言：美，是皮肉；善，是经脉；真，是骨骼，唯这三者才能支撑起一个"大写的人"！

"要当个称职的记者，首先要学会做人……人生跋涉无止境，今后的路还很长、很长"……

强荧在对笔者说这番话时，他那右脸颊上有一只好看的酒窝，是那样圆，那样深……

是啊，无须留恋从前的风光，人生又有新的景观，过去的一切均已悄然过去，走向未来，才有新的辉煌！

强荧的故事没有结束，而是刚刚开始……

1996年4月16日

（强荧纪实文学集《命根》由上海人民美术出版社出版）

真切坦诚的倾吐

——《思念你，我转岗的兄弟》序

　　我和韩建刚并不熟识，然却神交已久。许是曾拥有一份《宝钢日报》之故。在这家报纸的副刊上，我不时读到他写给劳动者的诗，留下较深印象。前不久，《宝钢日报》副刊编辑曹爱红小姐来电告知，韩建刚打算出一本诗集，请我作序。盛情难却，在一个蝉声四起的下午，个头高挑、瘦瘦精精的韩建刚，按响了我家的门铃……

　　厚厚一本打印诗集，放在我的案头。灯下展读，不由一惊，经他本人挑选出的这100首诗（妻子打印，女儿校对，全家参战），竟有一半是写下岗、转岗题材的，实属不易。在这为数众多的诗篇里，无论是坦露心扉，还是直抒胸臆，都有真切、晓畅、不吐不快之感！朴实无华，是这些诗的特色。韩建刚的诗之所以感人，就在于他真实地记录并表达了一名基层工会主席，一名业余诗人，对下岗、转岗工人的强烈心声！《思念你，我转岗的兄弟》无疑是这些诗作中的佼佼者，诗人在这里做了极为坦诚的表白：

　　　　除夕爆竹声震耳际，
　　　　转岗的兄弟，
　　　　你们现在好吗？
　　　　此刻，我
　　　　深深地把你们想起。

　　　　十几年，
　　　　心凝在一处，汗流在一起，

一道驾驭强悍的钢龙，
一同驯服烈性的轧机。
寒夜值班，我穿着你的棉袄，
雨中点检，你披上我的雨衣。
你工伤，我捎一袋水果，
捎上兄弟情义；
我住院，你送笋丝鱼汤，
汤浓鱼肥，至今令我回味。
你老母西去，我曾彻夜相守，
我小儿暑假，常在你家淘气。
豆沙馒头，你吃一个我吃一个
——岗上度元宵；
以茶代酒，你喝一口我喝一口
——班中过除夕。
轧机咬钢，你推开我
奋然扑上前去，
斗罢艰险，赢得
满身油泥，两臂血迹……

风雨同舟，手足情深，着实让人感动。再看他面对转岗的兄弟、病弱的亲人《相伴到黎明》时的情景：

我为你解开愁眉紧锁，
为你抚平心灵创痛，
为你冰雪皑皑燃一堆火，
为你长夜漫漫擎一盏灯。
我的爱如五月缤纷的花雨，
时时刻刻朝你倾泻，
即使碾作尘土，
也是一缕脉脉香尘。

在这里，诗人并不回避下岗、转岗后那种沉重而又复杂的心情，那种空前的失落感甚至悲壮感——

> 昨天还在炉前炼钢，
> 今天怎么突然下岗？
> 今天是女儿十五岁生日，
> 能否对下岗的妻子说：
> 我今天下岗？
>
> ——《今天下岗》

韩建刚这些写给下岗、转岗兄弟的诗，并非仅仅停留在这种失落与悲壮的情绪里，他还写了期盼和希望，诗的感情是真挚的，基调是昂扬的。请看这首《最后的冶炼》：

> 老伙伴，也许我明天就下岗，
> 插花篮，送报纸，买盒饭。
> 今日依旧耕耘火海，
> ——做最后的冶炼。
> 直炼得胸如海阔，志似铁坚。
> 此刻，你的钢涛正喷涌倾泻，
> 熔金烁石熊熊燃烧的，
> 是咱对峥嵘岁月的无限眷恋，
> 是钢铁人炼石补天的丹心一片！

作为宝钢新事业生产作业分公司工会主席的韩建刚，他做的是宝钢股份有限公司下岗职工的再就业工作。面对企业的减员分流，他和转岗的工友一样彻夜难眠，他记不清多少次踏进这些转岗工友的家门……想起再就业的工友，他心潮难平，如骨鲠在喉，不吐不快！他是一个不善隐藏、不事矫情的人。于是，就在这些火热的诗行里倾吐，他吐得这样真切，这样坦诚！

　　诗人是诗的创造主体，诗人的状态决定了诗的形态。正是在这一意义上，我们所说的"风格即人"，才成了历史常新的箴言。

　　诗坛，曾有过一种时髦的理论："诗，离生活越远越好。唯有这样，方可写出纯诗。"有人把这种纯诗标为诗的最高品位。这种理论，着实荒谬。诗，一旦离开火热的生活土壤，必然出现严重的虚脱！某些诗人长期关闭生活的窗口，把自己束之高阁，拼命抒发的无非是一点个人的蜗角之情，以致诗中出现了严重的失血症状！这种"纯诗"，无非纸花而已。

　　韩建刚坚信创作离不开生活，唯有生活，才能赋予他奔腾不竭的热情。主体的热情需要客体的激活，感情的内涵与强度，是同生活所激活的程度密切相关的。强调深入生活，并非蜻蜓点水，走马看花，仅仅满足于素材的搜取。鲁迅先生说的"烧在那里面"，我的理解，就是这个意思。

　　诚然，诗作为一种美学，无视技巧，也不足取。作为一个诗人，业余也好，专业也罢，诗的过于直露和缺少变化，总让人感到是一种缺憾；诗人如果忽略了必要的含蓄和跳跃，忽略了一种内在的、空灵的、流动的美，那同样让人感到是一种缺憾。真诚与直率，是最可宝贵的！如同一名歌唱家，重要的是他的心灵和气质，然后才说到他的嗓子与发音。韩建刚既是一个本色意义上的诗人，那么就有理由相信：他是能唱的，而且肯定会越唱越好！

2002年8月18日于"涛声斋"

（韩建刚诗集《思念你，我转岗的兄弟》由重庆出版社出版）

为张利人送行

——诗集《"诗痴"张利人》序

2005年12月4日，沪上众多诗人冒着小刀子似的寒风，来到偏远的闵行殡仪馆，为因车祸过早地离开我们的"诗痴"张利人送行。

张利人是位普通工人，大半生都在上海港口机械厂从事繁重的体力劳动。8小时之外，别无他好，唯独钟情于诗神缪斯。一生得诗3 000余首，著有诗集3部，优秀诗作收进多种诗歌选本。

张利人的诗写得很真诚，真诚得像孩童。他对母亲的思念，在他的诗作中占有相当比重。他卧室里唯一挂像，便是母亲的遗照。日思夜想，母亲坐过的藤椅乃至用过的菜刀，均有了记忆，有了灵性。

"母亲在厨房里操劳／一把菜刀／切着叹息／切着忧愁／菜刀由新变旧／母亲日渐衰老／刀锈了钝了可以磨／而母亲不再年轻／重病中还不肯放下这把菜刀／母亲的倔强／如同刀的钢性。"（《菜刀的回忆》）

"母亲的倔强"性格，"如同刀的钢性"。这样的诗句，无疑加重了诗的含金量。

张利人的诗淡淡的，如同橄榄，嚼后仍有回味。

散步时，树上飘下两片落叶，在诗人的眼里成了两张再就业通知书。事情并不到此为止，"多下的一份／当然要给同命运的兄弟"，率真中展示一种情怀，一种境界。

张利人的诗大多很短，点到为止，并不啰唆。读他的诗，让人感到轻松。他不虚张声势，以示"现代"；也不故弄玄虚，以作高深。他的诗像清浅的溪流，淙淙流淌，让人一眼就看清水底的卵石和游鱼。

诗如其人，这就是张利人！里里外外，晶亮透明，连五脏六腑都能看得清清楚楚。

　　张利人对诗执着，待人真诚。朋友有什么困难，他恨不得顷刻就赶来帮忙；朋友生病了，路再远，他也会赶去看望，心急得黑夜等不到天明……谁的作品发表了，他总是迫不及待地给你去电话，首先让你分享他的祝贺和喜悦……几乎所有和他结交过的诗人，都能感受到他的这份真诚和热情。青年诗人石淼这样对我说："张师傅在我们身边，就像生活中的阳光一样，让我们感到温暖和踏实。"

　　这就是张利人，一位凡人，一位诗人，一位真诚的人，一位高尚的人，一位心地像金子样的人，一位他活着总希望别人活得更好的人，一位他虽离去却留给别人许多思念和缅怀的人。

　　我们的诗人，我们的朋友张利人虽离开了我们，但他钟情的诗歌事业不会消亡！今天有这么多诗友为他送行，就印证了这句话！我们《上海诗报》已开辟专栏，刊发悼念他的诗歌和文章；并将按其生前遗愿，在他亲人的理解和支持下，结集出版其精选诗作及诗友、文友纪念他的诗文集——《"诗痴"张利人》以告慰他的在天之灵！

　　我们的诗人，我们的朋友——张利人，安息吧！

　　（此文亦为张利人追悼会上的悼词。诗集《"诗痴"张利人》由香港世纪风出版社出版）

鲜活的乡土风情

——《悠悠口岸镇》序

　　上世纪90年代初，我从来稿中认识了戴向阳君。当时他在上海长江轮船公司客船上工作，业余写点文章投投稿，而我正好在《城市导报》主持副刊部工作。

　　听友人说起戴向阳的坎坷经历，不免唏嘘。他在苏北农村长大，家境贫寒。好不容易读完中学，于1963年考入上海海运学院水运管理系，全靠国家助学金完成学业；但其父母过早地在老家农村为他物色了对象，并让他毕业前奉父母之命完婚。于是，1968年大学毕业已分配到上海港工作的他，在经历了一段无奈的生活之后，不得不向家庭靠拢，主动申请调入长航局，当了一名普通船员。党的十一届三中全会之后，国家落实知识分子政策，在机关、企事业单位工作的大学生，纷纷得到提拔任用；他却被困在船上，成了被遗忘的角落。戴君自感事业无成，郁郁不得志，曾于80年代发奋读书，历经五六年博览经史子集，编撰了一部《名人名家辞典》，因为是小人物，又无门路，自然出书无望。90年代初，戴君改变方向，学写散文随笔向报刊投稿，我认识他时，他已在《新民晚报》上发表了多篇文章。

　　我与戴君是大同乡，两人年龄相仿，说话投缘，遂成君子之交。相识三年，他在《城市导报》发表过十几篇文章；后来因水上客运衰退，客运公司破产，戴君提前退休还乡，我们就失去了联系，但他发表的那些散文，因文笔流畅、乡土气息浓郁、可读性强，久久留在了我的记忆里。事有凑巧，近年来我因工作关系，主持《上海诗报》兼编辑出版《出海口诗文库》丛书，偶尔又想起这位乡土作家朋友来，一经联系，居然很快得到回函。

原来，戴君回乡后，依然笔耕不辍，收获颇丰，且早就有意出一本散文集。待我收到他精心收编的这本《悠悠口岸镇》，一经展读，大开眼界，眼下的戴君，比之当年，已然羽翼丰满，不得不令人刮目相看。

给我第一眼的感觉是：戴君曲折坎坷的人生经历，已化作得心应手的广泛取材。无论乡镇的自然景色、虫草花木，或家乡的风土人情、亲人友朋，无不亲切质朴、生动鲜活，令人目不暇接，大有苏北乡土"小百科"之感。

静心体味每篇作品，则渐渐为戴君吐露的心声所吸引，其思想情调，虽仍有身处窘境时忧郁哀怨的淡淡痕迹，但溢于言表的却是一派坚韧乐观、安泰自若；更多更可贵的是字里行间，充满对自然的亲近、对生命的关注、对知识的追求、对生活的热爱，不乏返璞归真的童心、淳厚浓郁的真情，也间有自我调侃的诙谐。

再细细把玩作者的用笔之后，令我欣慰的是：戴君的表现手法已具自己的特色：他十分善于从细微处发掘熟悉的生活，于看似普通平常的人、事、景、物中，精密观察，细致描摹，在精短的篇章中，传递了作者丰富的经验、智慧与美感。加上行文清晰流畅、用语雅俗共赏，读来令人赏心悦目，趣味盎然。

随这本书稿，戴君还附上一函，让我得知其作品积累已久，且大多在各种报刊上发表过，受到众多读者，尤其是作者原工作单位职工的喜欢。这使我在审读原稿之后，增添了向更多读者推荐的意愿。

现应老乡之恳求，为这本名为《悠悠口岸镇》的散文集，写下了上面这些话。

是为序。

2010年2月18日于"涛声斋"

（戴向阳《悠悠口岸镇》由文汇出版社出版）

为《韶华夕拾》作序

陈晶龙兄年长我3岁（他是1941年生人）。我和他相识于上世纪60年代，当时我们都是"上海工人文艺创作队"的成员，他是吴泾地区负责人，曾组织大家去他所在的上海焦化厂参观，我去过不止一次。

80年代中期，他在单位转行从事企业报纸和刊物的编辑工作，开始了"煮字"生涯。当时，负责编《上海焦化报》的副刊（后任报纸主编），我时有"钢铁诗"在上面亮相。因展示的是从铁与火中采摘的诗果，所以颇受文学爱好者青睐。时隔不久，我调离上钢二厂，参加创办《中国城市导报》现为《城市导报》的工作。以后，主持报纸副刊，晶龙兄也有诗文寄来，我们就是这样的文友。

时光过得飞快，转眼到了2010年"上海世博会"举办之际，我从当时的《解放日报》上看到一幅大照片，登的是陈晶龙全家和邻居、亲友举杯同庆世博会开幕的场景：那一桌佳肴，那觥筹交错，那笑语欢声，不时在我的大脑深处闪烁……终于有一天，我登上了他那面朝世博场馆的22楼住处，推窗远眺，仿佛看到了世博会开幕当天文艺演出和烟火表演的盛况……再回头细看我这位老友，依然1米77的个头，戴一副近视眼镜，依然是那种憨直忠厚之士的模样，只是额纹深深，满头花发犹如松针上的降霜……

又过了3年，我突然接到晶龙兄联系出书的电话。晶龙从企业退休，收入不丰，加之患大病，手头拮据，出书需自费，希望他慎重考虑。晶龙告诉我，他兄弟、亲友和社区领导都鼓励他出书，他还请我作序。我拗不过他，言明不是作序，而是叙叙友情，谈点读后感。

《韶华夕拾》是本散文集，分为8辑，有9个印张。这是晶龙兄几十年为事、为文、为人的写照，写得是那样真切，那样执着，那样动人……请看他写于1989年10月的一篇《追忆与著名导演谢晋的一次晤谈》。文章不长，见缝插针，抓住间隙时间的发问，让我们从谢导口中得知演员拍片的不易：以影片《最后的贵族》为例。演员潘虹要穿着泳衣在寒冬季节的敞篷汽车上兜风，你知道有多冷吗？而在影片《芙蓉镇》里，演员姜文夏天里要穿着皮袄装着天冷而哆嗦不停的样子，你知道有多难熬吗？……作者捕捉住谢导谈话中的这些细节，就使整篇"晤谈"生动起来。

类似这样的文章和更好读的文章，书中有90篇之多，22万5 000多字，我相信，作品质量逃不过读者的眼睛……我沉浸在阅读的愉悦中。

翻到书的《后记》，我的心却一下子沉重起来。请看晶龙兄的这段文字："整理旧作也是检视自己人生，是一次精神之旅，经验和教训，犹历历在耳畔。当我跨进公交车，掏出交通卡，车厢内响起'敬老卡'声音的时候，自己就应该警醒了，不能再浑浑噩噩度日子了，要抓住人生最后不多的光阴，干点对得起社会、历史和下一代的事儿了。"

光阴不饶人，小他3岁的我，今年也用上了"敬老卡"，每当此声在车厢内响起时，想想晶龙的这段话，不啻醍醐灌顶，犹如警钟长鸣！人生苦短，唯有抓住晚景，干点力所能及之事，方能在展示"人生留下一本书"的美好心愿和风采时，才会觉得此生没有虚度，心里才感到一种充实和安慰啊……

2014年5月1日"涛声斋"

（陈晶龙《韶华夕拾》由文汇出版社出版）

《顾振仪诗词》读后

　　顾振仪女士，是当下我国"最年轻"的离休干部之一。她15岁参军，"万军丛中一小丫"："矮而秀丽，且笔锋舒畅而快速……这样，就引起了众多大哥大姐的关注"……这是莫林大姐写她的一小段文字。

　　我和振仪女士并不熟，只是不时收到由她主编的《新声诗页》（现为《新声诗刊》）。后在莫林家参加诗会，方才认识了这位"忘情地陶醉在诗词艺苑"里的才女。

　　前不久，接到她的电话，想在我主编的小报上出个专版并请我作序。感谢她的信任和鼓励，只是我不善旧体诗词的创作，对他们的新声体诗又了解不多，"赶着鸭子上架"，那就写点读后感，以求教于诸位诗翁、诗妪、诗君。

　　《上海诗书画》是张4开4版的小报，一年才出4期，容量十分有限。《顾振仪诗词选》整版加中缝发38首，这自是一个数量不多却带有吉祥意味的数字。都不长，6句为多。其实，诗的好坏并不在长和短，而在它的实质。缺少诗性和内涵的诗，越长越乏味；而写得好的哪怕只有一二句，其魅力也足以让人折服。臧克家先生生前说过："一句警句抵一万句陈词滥调"！写诗作词，切忌"韩信将兵，多多益善"，而要"万绿丛中一点红，动人春色不须多"，弯弯眉月耐人看。

　　振仪女士这38首自选诗，短小、精练，颇为耐读，有的还写得特别出彩。这儿，既有《党旗之恋》《筑梦》《重读诗经》这样正大气象又发人深思的佳构，又有感物兴怀，或胜境题咏，或知音酬答，或生活写照，或肺腑倾诉……这类诗着墨不多，却和畅似晨风，清新如春雨，大都生动鲜活，传神感人。

　　留给我印象更深的，是她的咏物诗和讽刺诗。请看《吊扇》:"位高不敢忘民忧/转身摇头忙不休/长夏炎炎如蒸煮/凉风轻送到清秋//未谋厚禄未封侯/黎民惦念在心头。"电扇原本"天生"的摇头功能，在词人眼里，顷刻成为一种"黎民惦念在心头"的亲民之举，没有一颗关爱生活、关注生活底层的诗人之心，不会有如此奇特的感受和联想。再看《伞》:"炎夏撑开防日晒/雨天高举头上盖/年久损筋又折骨/拆开做只购物袋//环保轻便去买菜/发掘余热众人爱"。一件日常生活用具，不仅平常且"弱势"，可即使损筋折骨后，依然能"发挥余热"，让人读后为之动容。再看《晚风》一诗:"革命革了几十年/如今荣升炊事员/烹炒煎炸精心制/博得小皇一哂然//老牛夕阳自奋蹄/超值服务超周全。"浅显通俗且诙谐自嘲，让人在忍俊不禁的同时陷入沉思之中……像这样平易通俗又让人眼前一亮的诗，还可举出多首。

　　只有感受得真切，才能反映得深切。现实生活是诗的源泉，诗人只有关注人民大众，关注现实生活，才会有好诗。

　　"什么是诗，跳进生活的海吧，尔后上来沉思。"这是我读了振仪女士的诗词后，又一次印证了我早先说过的这段话。

2014年6月8日"涛声斋"

郦帼瑛的诗
——《明月逐人来》序

郦帼瑛又要出书了，这是她在我这儿出的第三本书，是本诗集，集名就叫《明月逐人来》。

2010年，她在《出海口》诗文库出的第一本书是散文集，集名《雪暖香岛》，全书9个印张，20多万字，厚厚一册，沉甸甸的。（其实，在这之前，她已有长篇小说《若尘如水》和诗歌散文集《樱花雨》问世。）2011年，她又推出一本同为9个印张、20多万字的诗画集《烛影摇红》。这本集诗词、绘画、书法、摄影于一身的读物，进口铜版纸全彩印制，愈发夺人眼球，大凡见到者都要讨一本，于是30本样书很快告罄，让我这位主编，着实风光了一阵子。

《雪暖香岛》作序者为居延安先生（曾任复旦大学新闻系国际新闻教研室主任，后为美国中央康州州立大学传播系终身教授，他也是我们的老师），早已是桃李满天下。序言不长，说得十分到位。他说："我的这位复旦校友总是不甘落后，新潮的，前卫的，她都要试试，她都要玩玩，而且学啥像啥，做啥总要比别人做得好些。"可谓一语中的，帼瑛就是这样一个人。

《烛影摇红》作序人是宋海年，我的一位文友。他文笔优美，宛若散文诗。他说："只要你打开此书，就会看见由文字、色彩、线条、光影组成的艺术奇葩。诗情画意中，诗香，画香，墨香，香气袭人……"

《明月逐人来》很快又排出清样，从封面设计到版式设计，全出自作者本人之手，留下的依然是一路美不胜收的风景……

就在清样用快递送出的第二天，帼瑛突然来电让我作序，理由很简单，我是她的"复旦师兄",此序非我莫属!拗她不过,只得赶着鸭子上架了。

《明月逐人来》是郦帼瑛继《烛影摇红》之后的又一部诗集,是她近3年中创作的古体诗和新体诗的一部结集。依然是旧体诗偏多(有102首),而新体诗只有54首。从数量上便可见她的偏爱。这些诗赞美人间的爱情、亲情和友情,抒发作者对大自然、对社会、对环境和对际遇的感触和感受。清丽、婉约、恬淡、率真,是这本诗集的显著特色。

郦帼瑛出生在一个书香门第,在父母的教诲下,儿时不仅熟读《三字经》《千字文》,更是在"唐诗宋词中长大"……读书期间,曾和同学一起组织校园诗社。参加工作后,又笔耕不辍。她是一棵很有根基的诗歌树,如今已是花繁叶茂。勤奋加天赋,热诚加执着,是成就诗人的必备条件。帼瑛极具诗人的热情,她热爱生活,热爱人生,热爱并积极参与社会活动。5年前,由她发起并组织的社区"璎珞诗社",如今已是累累果实缀弯了枝头……

帼瑛热爱大自然,热爱祖国的壮丽山河,渴望"读万卷书,行万里路"……情之所至,功力所达,才使她的这些诗词写得清新美丽,诗味浓郁。她的旧体诗虽然没有严格按照平仄来写,但诠释的情感,却能让人感到温暖和慰藉。

有一种情感叫怀旧,怀旧这个词,在帼瑛的诗中,总能和优雅、温柔、从容联系在一起。最是诗中家国情,家国情怀,在古诗文中,有着最为广泛的体现。"位卑未敢忘忧国",这是古代写诗存世最多的诗人陆游诗中的一句,他一生留下近万首诗作,其中有一半抒写的就是家国情怀。其实何止陆游,中国历史上这样的诗人、诗文不胜枚举。可贵的是,在郦帼瑛的这些诗词中,不乏充满人性关怀和悲悯情怀的诗作。她以民生为根本,以同情为吟叹,"一枝一叶总关情",一颗仁爱之心让人为之动容。

综观郦帼瑛这156首新旧体诗,并不都是婉约之篇,也有豪放之作,请看她的《人间女娲》:

"搬秦代的砖,移汉代的瓦/我要砌一座文字的大厦/诵唐代的诗,吟宋代的词/我要筑一个灵魂的卧榻/种灞桥的柳,栽洛阳的花/我要围一片禅悟的木栅/赏白露的酒,品谷雨的茶/我要描一幅天人的书画/集山川的秀,采天地的气/我要融一团日月的光华/携长河的水,卷大漠的沙/我要做一回人间的女娲！"

好一个"我要做一回人间的女娲"！唯有情感飞动，才有这大气磅礴的诗句。

一个诗人要表现心灵世界，需要多副笔墨。小说以细节而显个性，诗人要以佳句、警句而留在人们心上。

再看这首《行香子·读书行路》：

"一支残烛，半生功夫/怎奈是庸碌虚度？/儒教经典，传承灌输/读百家姓、千字文、万言书。//凄风怒卷，苦雨如注/背行囊，踏遍版图/淡定从容，坚韧执着/行醉翁亭、长坂坡、丝绸路。"

眼遇佳句分外明！"背行囊，踏遍版图"，让人过目不忘。

锤字炼句，乃诗的基本功之一。祝愿在帼瑛的诗作中，出现更多让人眼睛为之一亮的诗句。

是为序。

2014年11月9日"涛声斋"
（郦帼瑛诗集《明月逐人来》由文汇出版社出版）

傅家驹先生的诗
——诗集《小花》序

傅家驹先生是位亲切、和蔼又睿智的老人。他是我这些年来，交往较为密切的诗人之一。

我和他的认识，是在莫林大姐家那幢高达28楼的顶层，一个足可容纳三四十人活动的地方……我是应邀参加他们诗会活动的（在这儿年年举办诸如"元宵诗会""端午诗会""金秋诗会"这样的活动。这儿也是"新声诗社""碧柯诗社""金秋文学社"活动的场所）……成员多为离退休老干部、老教授和诗文爱好者。他们从四面八方赶来，怀揣新近创作的诗稿来这儿切磋和交流。

他们写的多为旧体诗和被他们称作"新声体"的诗（也就是6行诗），唯有一位满头白发、精神矍铄之人，朗诵的却是新诗，且是爱情诗。他嗓音清亮，感情充沛，形同一块磁石，把众人一下子给吸引了过来。

请看《两棵美丽的白桦树》：

> 一肩行囊，几本旧书，
> 你来到北国长春栽花。
> "知心人，让我们相伴吧。"
> 湖畔林边，你种下一棵美丽的白桦。
> 长白山的风吹白又吹绿了大地，
> 高粱红、玉米香、机声喧哗……
> 有时你来到树下，背靠银色树干，
> 轻轻地诉说着心里话……

不知何时，旁边又多了一棵白桦，
坐着一位黄浦江畔来的小丫。
地下的根须尽情相拥。
树枝与树枝相缠，叶片对叶片说话，
你对小丫说："我生活里只有奋斗。"
小丫靠着你的肩："这也是我的心里话。"
沿着开满喇叭花的小径，
四行脚印踏出一片新葩……

诗会结束后，这位白发老人手捧一叠诗稿和他的几本书送到我手里，请我这位"老师"不吝指教。

是夜，在书房的台灯下，我轻轻打开《学步集》《耕耘集》和《傅家驹短诗选》，以及他新近创作的这叠诗稿，快速地浏览起来……

生于1929年的傅家驹先生，是古城苏州人氏。离休前，长期在中共榆林区委工作，后任宝山县委宣传部部长。上世纪90年代参加上海金秋文学社的活动（现为社长），喜欢写作，尤其酷爱诗歌，虽已高龄，依然笔耕不辍。

他原先学写的也是格律诗，是莫林大姐看了他的习作后说："你还是写现代白话诗吧"……一语定向，他便在白话诗的长河里咿咿呀呀地摇起橹来……经过较长时间"黑暗中摸索，迷惘中探路"，他终于悟出了一个写诗的要诀，那就是怀着热情，有感而发，切勿无病呻吟。

于是，他在生活的积淀中开始打捞，捞出各种样式的文学小东西……他爱凝视夏夜闪烁的星星，喜欢采集江河湖海边的卵石，更爱在迷人的草原上撷取风姿绰约的花朵……他既写《雨中的太湖》《渔舟唱晚》，又写《苏州女子》和《我的妞妞》；既写《雨中的红烛》和《村边的寮屋》，又写《小小牵牛花》和《荷叶上的水珠》；他还《沿着葵花轻摇的小径》，去感受《天凉好个秋》……

一位86岁的老人，他写得很惬意，很自信，很执着，且果实丰盈……他"敝帚自珍"，集腋成裘，几乎同时推出了诗集《两棵美丽的白桦树》《阿依湖》和散文集《蔷薇深处人家（上下册）》（以上均为文汇出版社出版）。而这本《小花》，是他的第三本诗集。

　　像众多优秀诗人一样，傅家驹先生有着真性情。这些看似信手拈来的诗，都是可以日用的。他不写所谓的"纸上诗歌"，完全尊重自己的感受，一有触发，便不吐不快……

　　"诗歌可以日用"，这是写诗人往往害怕说出的一个事实。诗人富于幻想，总是假设诗歌只能活在一个虚无缥缈的精神世界里，他们总在寻找和捕捉那灵感的娇客来敲那扇神秘的小窗……他们总以为，诗歌和普通人的生活是格格不入的，诗歌不食人间烟火……其实，这是对诗歌的一种误读。

　　诗歌的发生，缘起于劳动，缘起于感怀，缘起于送别，"出发"和"到达"……这就是普通人的日常生活："锄禾日当午/汗滴禾下土/谁知盘中餐/粒粒皆辛苦"，这就是劳动；"床前明月光/疑是地上霜/举头望明月/低头思故乡"，这就是感怀；"李白乘舟将欲行/忽闻岸上踏歌声/桃花潭水深千尺/不及汪伦送我情"，这就是送别……诗歌最辉煌的唐代，诗人并非都是关起门来苦思冥想，而是"读万卷书，行万里路"……诗人们都在与人的交往中写诗，不少大诗人的诗作，都是把诗歌变成了极具大众性的日用艺术，而流传千古的。

　　家驹先生的这些诗，写得很随意，很轻巧，这和当下的一些重要诗人比起来，要简单得多，朴素得多，似乎谈不上什么复杂的诗艺，但也不是随意粗糙之作，其貌虽不扬，无非开在路边的小花小草，虽然撑不起万紫千红的大格局，可缺失了，便显得寂寞和单调。

　　其实，家驹先生也有过黄钟大吕般的诗作，如那首《妞妞，让爸爸再为你编一次辫子》（为泥石流灾害中遇难的小女孩而作），就有催人泪下的力量；还有那首《我想告诉你》的诗作，就让不少读过此诗之人，被诗人质朴而坦露的情怀深深打动，而禁不住泪水满眶……

　　这是我读傅家驹先生的诗作和他的新诗集《小花》后的一点感受。

　　是为序。

2015年12月12日"涛声斋"
（傅家驹诗集《小花》由文汇出版社出版）

读"睡莲诗人"的新诗集

——李冠琛《生命里的红墙》序

　　"睡莲诗人"李冠琛，因出了两本与睡莲有关的诗集而得名（《睡莲人生》和《睡莲醒来》，均由文汇出版社出版）。

　　诗人朱金晨认为："李冠琛的诗很朴实，从不哗众取宠，读她的诗，让人想起江南田野上五月盛开的油菜花"；"文若其人，诗若其人，她走过来的一生，便是一个崇尚出淤泥而不染的《睡莲人生》"。

　　诗人张烨在为李冠琛《睡莲醒来》作序时，感叹《相知的魅力》一诗，诠释着赋予生命的平等、尊严和温暖；翻阅她的诗歌，犹如"天使卸下翠色的羽毛／溶化在秋波里"，那深深的爱之情活灵活现。恰似"如莲之铺展延绵，在诗集《睡莲醒来》中，我闻见了大爱的芬芳"！

　　读"睡莲诗人"这两本诗集，你会发出这样的感慨：这世上爱莲的人很多，但像李冠琛那样爱得如痴如醉的实属罕见。是的，读"睡莲诗人"的诗，不难发现她不仅是一位虔诚的基督教徒，更是一位诗歌殿堂里的"圣徒"。她心仪出淤泥而不染的"水中女神"，不仅赞美它的冰肌脱俗，更是以莲喻人，用她的一颗诗心和一支诗笔，把一份善良、一种大爱，传递给其他的诗人和爱好者。她用燃烧的激情，点燃了如歌的岁月；她用一股豪气，点亮了助困扶危的心灯。

　　李冠琛在担任国企领导时，招聘的员工大都没有背景，她要的是人才和富有爱心的人（如"背着妈妈上大学"的女大学生张捷）。她有一张捧着鲜果（捧着爱心）的照片，十分动人，我为之配了一首题照诗：

　　"你看，你看／这脸上的笑容／多么妩媚，多么动人／染着枝条的翠绿／揉进浆果的嫣红／分明是一朵绽放的'睡莲'／静静地美丽着你的瞳仁／你看，你看/这手中的鲜果/多么甘甜，多么芳醇/注入心上的清泉/贮满胸中的爱情/采着果儿唱着歌儿/送给诗路上跋涉的知音/呵，她是位诗人/呵，她是位母亲/一位灵慧涌动的智者/一位捧着爱心的女神"……

"睡莲诗人"喜欢这首诗，虽然羞于"捧着爱心的女神"这样的赞美，但她愿意追求，因为"爱人如己"的人生，才是美好快乐的人生！

"轻轻咀嚼那文字里的留香，静静倾听那莲池中的低吟"，你不难发现"睡莲诗人"的诗歌作品是这样的柔和，这样地富有个性。她从小受书香浓郁的家庭文化熏陶，又在异常繁忙的工作环境中长年历练，只有当更深夜静的晚上，她才能把整个身心融入文学的天地里，忘却了红尘俗世的纷争，用她的兰质蕙心，在诗意的海洋中畅游，不断地寻找那温馨明亮的诗行……

如今，当我打开"睡莲诗人"这本取名《生命里的红墙》的新诗集，便欣喜地发现，诗人怀揣着儿时外婆家篱笆上的牵牛花，开始了新的行走……她离开了莲池，走出浦东，走出都市，举步展望未来！

在西部高原，那流动的浩瀚，那凝固的苍茫扑面而来；在《青海湖边》，那纯净的蔚蓝，那无垠的苍穹让人入迷……那辉映着雪山与银湖的昆仑与祁连，是那样壮美；在七彩丹霞的张掖，我们分明看到那美丽的天使，正携着火红的晨曦亲吻着诗人的脸庞，在紫色的岩石面前，我们和诗人一起，拥有了无与伦比的憧憬……

还有那大漠戈壁里行走的纳瓦人，他们弹奏着古老的木卡姆，跳着风情万种的舞蹈，行进在美丽的丝绸之路上，这是一群意气风发的追梦人。在这儿，诗人的视野开阔了，她用清纯的诗意，来诠释新的生命含义，她用悲悯的情怀，来感悟世事人生。

"诗人李瑛走了，留下了宽阔的河床，留下了岸边青青的小草；诗人的女儿小雨走了，留下了满山满谷金灿灿的野花……"是的，"睡莲诗人"的这种行走，既是一种拓展生活视野的虔诚之旅，又是一种人生阅历的不断叠加，更是一种真诚感悟的诗意过程。

在这本新诗集里我们不难发现，诗人的思想更趋饱满，思绪更加悠远……伴随诗人生活的斑斓与变幻，诗人的情感也愈加丰沛与充盈。

生活在现代都市中的"睡莲诗人"，没有沉醉于都市的时尚与流行风潮。如何让诗歌更贴紧时代,她身体力行,唱响了一曲曲新歌。

在今年 10 月 1 日出刊的《上海诗书画》上,隆重推出了她的组诗《为了祖国的腾飞》。编者按是这样写的:

"今天,我们以十分喜悦的心情,向大家推荐"睡莲诗人李冠琛《为了祖国的腾飞》——献给中华人民共和国七十华诞"这组新作。作品主题宏大,激情充沛,这是我们读后的第一感觉。

"这组诗由六个篇章组成,诗人以充沛的激情,诗意地诠释了大飞机从研发到制造,直到飞上蓝天的艰难旅程,热情讴歌了中国大飞机——这国之重器,这承载着几代人航空梦的国家新名片,翔舞在天际的壮美情景……六个篇章一气呵成,几乎每一章都有出彩的诗句,如:'依然在匍匐的蒿草中遥看远方/绝不因周围的生命低矮就不再长高'……这是一组既弘扬主旋律,又接地气又鲜活生动的发轫之作!我们为婉约的'睡莲诗人'能作如此的豪放佳作,而被深深打动和鼓舞。

"上海出海口文学社——一个让作品说话的地方!"

"诗人李冠琛为我们做出了榜样。"

2019 年 11 月 1 日

(李冠琛诗集《生命里的红墙》由上海文艺出版社出版)

一朵带露的小花
——瞿冰诗集《冰雪诗缘》序

认识瞿冰（冰冰），是在2016年的秋天。经老友季渺海介绍，她和妈妈来到我当时帮文友们出书的地方。

鹅蛋脸，尖下巴，披肩长发瀑布般垂挂在双肩，一双大眼睛扑闪着，活像童话中的白雪公主。

一番细谈，给我留下文静、内涵、灵动的印象。

她是一名幼儿园教师，喜欢写诗，喜欢画画。她告诉我《雨巷》这样的诗让她着迷，她渴望也能成为像戴望舒这样的诗人。

她和妈妈离开后，我便翻阅起她留下的诗稿来。

许是和冰雪结缘之故，纷纷扬扬的雪花，几乎覆盖了她早年的诗作：在冰雪中遐想，在冰雪中守望，在冰雪中追求……她在追求那妙不可言的一个字"缘"，这个字就是擦亮她心灵的火花！这束火花能融化冰雪，照亮黑夜，还能苏醒时光，呼唤记忆……让人这般地留恋和神往。

呵，原来这个渴望《牵手》的女孩，她在寻找机遇，她在祈盼碰撞。

这些诗，虽还显得青涩、稚嫩，却是一个女孩内心真实的表白。许是敝帚自珍吧，在《冰雪诗缘》的诗集中，此类诗就有20首之多。

毕业于上海师范大学油画系本科，获得文学学士学位，并持有高中美术教师、国际礼仪导师资格证书的冰冰，是个挺受孩子和家长们喜欢的青年教师。她手把手地教孩子们画画，幼儿园的墙上，出现了众多长着翅膀的《小天使》：

　　你是云朵里的小天使，

隐形的翅膀放飞灵动。
手中画笔描绘缤纷童年，
长长的马尾在风中摇曳。

　　在孩子们的画笔下，不仅有舞动金箍棒的孙悟空、闹海的哪吒，还有这样的小《安琪》：

有个女孩叫安琪，
柔柔的发辫搭在肩上。
小小的身影静静地坐在那里，
没有东张西望。

　　果然，"模特儿"小《安琪》是这样有淑女范儿，这样让人喜欢。
　　怪不得经冰冰老师指导过的学生画作，常能获奖。

　　冰冰的妈妈就是她生命的守护神。这在《妈妈，我爱你》这组诗里，有不少动人的倾吐：

在橘红的霞光里，
你被岁月雕饰的眼眸依然温存。
我无声地望着你，
目光凝视的时刻，
无需任何言语，
心中却写满无尽的感动。

——《母女之爱》

　　《冰雪诗缘》是冰冰的第一本诗集，收有抒情短诗160余首。犹如花圃里带露的小花，星星点点，花色繁多，散发出清新怡人的芳香……
　　万物都在成长，诗人亦然。随着年龄的增长、读书的增多、阅历的加深，以及视野的开拓（冰冰和妈妈都是"上海出海口文学社"的骨干成员，参加过文学社组织的"上海作家看五角场、看宏波"和盐城分社挂牌等活动）。从早期的一有冲动就写，到能用成熟平和的心态观察理解事物，此时的作品便显得成熟和深沉起来。诗句上少了形容词、过多的直白和渲染，多用真切平淡的语言，有的更能直入人心。

《革命信仰》是一首读后感（以诗的形式写读后感，让人耳目一新），是冰冰在宏波集团大礼堂，听了《革命者》一书的作者何建明（中国作家协会副主席）讲课回家后，花了两天时间读完全书，流着眼泪写成的，因而格外感人："一座红色的城/一面红色的旗/一颗颗红色的心"，由远及近，步步深入革命者的内心，凸显了革命者忠贞不渝的崇高品格。

短短16行，诗句浓缩且有张力，说明作者是下了功夫的。

《雨中的你》，是作者对顽强生命的礼赞。那天下雨，瞿冰母女参加了"上海出海口文学社盐城分社"的挂牌活动。车到大丰夜已深，雨很大，盐城分社社长、残疾诗人韦江荷坐在轮椅车上，他的妻子撑着伞，站在倾盆大雨中等候客人的到来，让见者无不动容："听车轮轧过泥泞的铁轨/听车轮穿越漆黑的隧道/听车轮撞击生命的裂痕"……这是对身残志坚者的真实写照，也是对命运的不屈抗争："我坚定地走向你/在雨中共同望着远方/仿佛看见了诗和阳光"……这是作者致敬残疾诗人的心声，也给整首诗添上了一抹亮色。

诗书画本不分家，诗中有画，画中有诗，《水上人心》（是何建明副主席为宏波集团和金泽水库的一幅题词），正是这样的诗作。冰冰本系学习绘画出身，她在这首诗中很好地融入了画面感：

> 相约在水的世界，
> 留白的宣纸上。
> 笔墨惊艳了时光，
> 文思美妙了波影。

作者将金泽水库的水面比喻成宣纸，而将文思比喻为波影，比喻巧妙：

> 金色的落霞与白鹭齐飞，

与海鸥共鸣的绝唱，

共赏天水间绝伦的色彩。

最后一段美妙的画面跃然纸上，赋予全诗以灵动之美。

冰冰是个85后，周边90后的女孩大多已婚已育，孩子小的也上幼儿园了，她依然和母亲生活在一起。她并不觉得孤单，她相信文学老人冰心先生当年劝告铁凝（现任中国作协主席、中国文联主席）的一句话："你不要找，你要等"。铁凝等啊等，终于等到自己的如意郎君。冰冰相信"有缘千里来相会"这句话！总有一天，她心中的白马王子会骑着一匹高头大马，马蹄得得，踏着一路花香向她跑来……就像灵感这个娇客，众里寻他千百度，四顾茫茫无踪影，百般焦急期待中蓦然回首，那个可爱的迷人的精灵，已在悄悄地轻轻地叩击着你家的窗门……

冰冰是个对诗神缪斯崇拜得五体投地的女孩，她心里有诗，活得潇洒、精致而又充实。我们有理由相信，皇天不负有心人，有志者事竟成！诗神缪斯和爱神丘比特的箭，都会射中她！她这朵带露的小花，一定会开出更加绚丽的色彩，散发愈加沁人心脾的花香。

谨致殷切的期盼和良好的祝愿！

是为序。

2021年1月13日 "涛声斋"

（瞿冰诗集《冰雪诗缘》由上海文艺出版社出版）

诗人的一生

　　桌上的日历，经不起日子的翻阅，不经意间，又翻到了年末岁尾。时光宛若一尾尾游鱼，向生活的深处匆匆游去，光阴挡不住，它要流向的是又一个新年的彼岸。

　　走进虎年，便走进66岁的人生。已说不清翻过多少张日历，走过多少里路程，有一马平川，有坎坷泥泞；有晴空万里，有阴雨连绵……

　　写诗半个世纪，认识了不少诗人，结交了众多朋友，有高尚的，有低俗的，有诚实的，也有圆滑的；其中不乏君子，也有小人……值得欣慰的是，习诗50年来，我从未停止过跋涉的脚步，留下的是长长一串歪歪扭扭的脚印。

　　细细想来，最初的创作冲动，许是缘于天性的多思、善感乃至对祖国文学的极度热爱。少年时代多梦幻，多奇想，对印在报纸上的文字变成铅字登出来，挂在路边的报栏里任人阅读、任人观赏，是件妙不可言、无上荣光的事情……而传统诗歌的深邃意境、丰富联想、精美语言乃至掷地有声的铿锵韵律，更是无法抗拒的诱惑和无法遏制的释放……

　　于是，从写第一首诗开始，便咬定青山不放松，"路曼曼其修远兮，吾将上下而求索"。岁月匆匆，且行且唱，怀揣"生活是创作的源泉"这一信条，投笔从戎，走向军营；又铁下心来放弃干部编制进厂做工。从第一次见报，到第一本诗集出版，又一本诗集问世……于是便有了"战士诗人"的桂冠和"钢铁诗人"的称号。至今，写作已成为一种生活方式，再也无法把它从生命中剥离。

　　长歌当哭，涛声依旧，一个"情"字与生俱来挥之不去！苦也于斯，乐也于斯，成也于斯，败也于斯啊！

写到这儿，不禁扪心自问：诗是什么？为什么要写它？它是衣食父母？它是救世主？能靠它养家糊口、能靠它升官发财吗？若无一份本职工作，靠写诗、靠稿费能生存下去吗？实践证明，那实在是不可能也靠不得的事呵！愚写诗50年，得诗上千首，不依然一身瘦骨、两袖清风吗？！不依然出行挤公交、囊中羞涩吗？！就时下而言，写畅销小说、写色情读物、写低俗文章可以卖钱，编低俗刊物可以换钱，写书法、绘画，可以展销可以拍卖可作店招作门牌，收取大把大把的银子，唯诗这分行排列的东西，既不能待价而沽，又不能竞标出售，几无一文钱的"外快"可捞（即使稿费也少得可怜）。如此这般，缘何值得你终生厮守，缘何值得你"三更灯火五更鸡"，用自己的血肉来把它养活？！

要说清这个问题，其实不难！诗是什么？它是夜空中的月亮，它是黑暗中的星光，它是人类灵魂的灯火、情感的清泉；它是真、善、美滋养的人道情怀和人文精神的荟萃；它是呼唤人间真情的唢呐，它是陶冶人们心灵的净化剂……拒绝"诗性"的浸润，人性难免干瘪；缺少诗化的教养，人生势必荒腔走板；而生命中诗意的普遍衰减，是造成人性畸曲或退化的先兆。

这就是诗！这就是诗人一生的写照！

尽管"吃的是草，挤出来的是奶、血"，就像金鸡司晨、杜鹃啼血，我依然无怨无悔地为祖国歌唱，为人民歌唱！直到烧完胸中的那支火把，直到耗尽心头的那盏油灯啊！

2010年元旦"涛声斋"

在海峡那边写诗

　　春光烂漫，正是旅游的大好时节。宝岛台湾，早已深深地刻印在我们心中。环岛一游，期待已久。

　　2013年4月5日这天，我和沪上几位诗友偕夫人，终于踏上了这块美丽富饶、风情万种的土地。

　　8天的环岛之行，行程紧凑而内容丰富。椰风、海韵、白浪、沙滩……从台北到高雄，从日月潭到阿里山，从垦丁到花莲，从苏澳到基隆……说不尽这一路旖旎的自然风光、散发出的深厚人文情怀；赏不完古朴与时尚的完美融合、原汁原味的中华文明……周游期间，可说是日日美景，处处入画。诗人们按捺不住兴奋的心情，诗兴勃发，诗作纷呈。少的三四首，多的八九首，让人目不暇接。我自不甘落后，写了四首，拣出风格相近的三首合成一组，取名《品读台湾》，发表在2013年10月10日《解放日报》"朝花"副刊上。不少老友新朋眼睛一亮，短信频至，表示赞赏。日前，有编辑来电，约我写一篇有关这组诗的文章，便有了这篇《在海峡那边写诗》的小文。

　　组诗的第一首是《台北遇雨》。这是当时情景，从下飞机到上大巴，雨就没停过……于是，这首诗开头几句，一下子就跳了出来："这是迎接故人的雨吗？/从桃园机场到台北/一刻不停地下着/可是游子回家的心跳？"触景生情，本是诗人写诗的突破口，如果仅是触景而不能生情，那只能生出平庸之句，而有了"可是游子回家的心跳？"这一句，就有了火花，让人一下子进入了诗人的内心，因为诗歌本是诗人发自内心的吟诵。

　　接下来的两小节，自然与雨中景物和风情有关，既不能面面俱到，又不要四平八稳，更忌中规中矩。而语言的出新，更是诗人一生的追求：无论浓艳还是淡雅，奇险还是平易，都要以新取胜。

最后一小节我是这样写的："如果台北无雨／我们就会怀疑／苍天真的老了／所以雨活着／飘在游人的／兴奋与欢叫中……"著名诗评家王慧骐先生撰文认为："这样的诗句足以证明诗人激情犹在诗心不老"（见王慧骐《执着与多情／散记诗人刘希涛》一文，刊《华人时刊》2013年12期）。

组诗的第二首是《日月潭情思》："走近你，我仍如少年时／想你的情景／想你的碧波银浪／想你的清澈晶莹"……开门见山，直抒胸臆。"虽然习惯了如云的尘寰／浑身沾满世俗的瘀痕／心底却印着／你的仪态万方／你的俊美生动"……读到这儿，明眼人不难看出这既是作者的心声，又起到层层推进的作用。既有广度又有深度，是为开掘主题的深度和厚度所作的铺垫。"多想在你身边入梦／在轻浪的拍击下苏醒／聆听那久远的心声／关于空气／关于水／关于生命／关于林木葱茏／关于休戚枯荣"……主题深度决定诗人对社会、对人生、对生活的认识和理解水平。主题可能先有，也可能在被接触的素材中产生。主题可以不外露，最好交给读者（应该相信他们）。切记！过多的说明和阐释主题，诗作必然平庸，也不会动人。

组诗的第三首是《高雄港，我为你远来》："相遇在四月／我的古稀之年／你送我蔚蓝色的风／送我透明浩瀚的慷慨／这是生日礼物吗／我真的老了吗／不能再随你的风车／漫山遍野地疯跑"……一位读者写来短信："读到这儿，我被深深打动了，一位苦吟诗人的影子恍若眼前"……是的，"我为你远来／还将为你远去／感谢你送我一个／永不衰老的情怀……"

意境是判断一首诗歌美的标准，创造意境一个简洁的方法，就是力求使自己的形象与感情达到完美的统一与融合。一行诗可以出意境，一节诗也可以出意境；意境是多种多样的，要不断地追求新的、属于自己的意境，这既是古代诗人的追求，也是当代诗人的追求！

在浅浅海峡的那一边，我且行且吟……宝岛诗藏丰富，让我们共同努力发掘吧！

2013年12月26日"涛声斋"

感谢诗歌，感谢克家先生

许是因臧老题笺之故，我感谢诗歌！感谢克家先生！

每每捧出我的第一本诗集《生活的笑容》，首先映入眼帘的便是封面上臧克家先生题的集名，舒展、流畅的字体，犹如酷暑中的清风，严寒里的炭火，让人感受到诗翁生前的广施慈爱和古道热肠。

我和克家先生结缘，与许多读者一样，是凭着《有的人》那首脍炙人口的经典诗作，从认知到逐渐熟悉，直至沉迷其中……

最早读到这首诗，是在一册小学语文课本上，诗人为纪念鲁迅先生而作，写于新中国成立之年一个黄叶飘舞的秋日……那些"骑在人民头上的人"，已被人民打翻在地；那些从旧社会走来的各色人等心绪复杂，等级观念根深蒂固。鲁迅式的"有的人"，虽死犹生；而处于对立面的"有的人"却也不在少数……诗人纵观现实，扫描世风，不由心潮翻滚，百感交集，写下了这首振聋发聩的灵魂之作，信念之歌。

"有的人活着／他已经死了／有的人死了／他还活着"。诗如其人，克家先生便是永远活在广大诗人和众多读者、爱好者心中的诗坛泰斗。

我的第一本诗集《生活的笑容》集名题词，就出自克家先生之手（《生活的笑容》，1989年由中国文联出版公司出版，全国发行，印数1万册）。他为我等小辈所做之事，既无名更无利，而留在人间的是一以贯之的关爱，让人捧在手里，依然热在心头。

那是上世纪的80年代，我在选编第一本诗集之际，收到一本民间诗刊《乡土诗人》。一看封面是臧克家先生所题，便不想放下。随即产生了也想请臧老为我的诗集题写集名的愿望。

是夜，我便给克家先生写信。我以为，如果说上世纪20年代有郭沫若为新诗奠基，那么到了30年代就有臧克家为乡土诗奠基。克家先生除了他的《有的人》这首写于新中国成立初期、散发着永久思辨之光的卓尔不群的政治抒情诗外，便是他的乡土诗，在他众多的新诗创作中，无疑也是最有价值和最具光彩的。

克家先生成为乡土诗的奠基人，并非偶然。他从小生活在农村，他爱那儿的阡陌田埂，爱那儿的父老乡亲。他说"我爱泥土，我就是一个泥土的人"……就因为他的诗散发着浓郁的泥土味，他诗中的人物仿佛都是刚从破败的茅屋里走出来的，其中有《老哥哥》《贩鱼郎》《当炉女》《洋车夫》《小婢女》以及《捡煤球的姑娘》《补破烂的女人》……他们"嚼着苦汁营生/像一条巴豆的虫"（《烙印》），在生存的鞭子驱赶下挣扎前行……

读克家先生的诗，我体会到的不是"雨巷诗人"戴望舒那种周而复始的忧郁和感伤；不是徐志摩那种歌唱"爱情"时的轻灵、飘逸和"梦醒后无路可走"的悲哀；更不是"左翼诗人"那种近似"狂呼直喊"的情感宣泄……克家先生的诗从"生活中来"，到"生活中去"，有血有肉，有温度，有深度，让我们获得的是一种富含生命张力的撼动人心的力量。

克家先生是我们的文学前辈，他是师长，他和他的那些诗歌所走过的风雨历程，本身就是一笔无比宝贵的精神财富。他身上所展示的善良、纯朴、坚韧、干练等山东人所特有的精神品质和"用生命换诗""用诗照亮黑暗"的诗艺追求，作为精神的标高和艺术的楷模，让我们在这个喧嚣嘈杂的社会里，保持了一份自我精神上的安宁和对文学的敬畏与虔诚，并把诗歌的力量和美感糅进我们的心灵，化作一股精神的力量，以此推动我们在民间乡土路上，寻找"心灵的港湾"和"诗意栖息"的家园。

信写得挺长，有感而发，是我多年来研读克家先生为诗为文为人的一次小结。信和诗稿是托我的诗友、时任《工人日报》"百花"副刊编辑王恩宇转交的……没过多久，我就收到了克家先生为拙集题写的集名《生活的笑容》。恩宇在来信中告知，克家挺喜欢我的"战士诗"和"钢铁诗"。"要做钢铁，不做杨柳"，这就是他为我这本诗集题词的动因。

我感谢诗歌，他不光让我得到了世纪老人臧克家先生弥足珍贵的题笺，也让我结识并领略了当今诗坛前辈诗人和优秀诗人的作品与风采……在这猪年春光烂漫的季节，当我再一次重温《有的人》这首经典诗作时，愈加

感受到它的历久弥新、历久弥酽的价值和意义。它让我看到了那些"为了
多数人更好地活而活"的人的信念，那些"给人民作牛马"的人，白雪一
样高尚的情怀和人格力量。我想，如果我们的每一个干部、每一个人民公
仆，都能牢固地树立"为了多数人更好地活而活"的信念，始终把人民群
众的利益放在心中最高的位置上，永远做群众的贴心人，那么，我们的社
会环境将会多么温馨与美好，我们的春夏秋冬也会格外明媚与迷人啊……

2003 年 6 月 6 日

写给任丽青教授的信

任教授：

您好！

《从民歌到诗歌的升华》一文收读，感觉不错。从采访到撰文，时间不长，能写成这般模样，实属不易！可见你的敬业精神和坚韧性格。文字也好，让人阅读愉快。你信上说，到底怎么写，心里没底，其实多虑了，我看这样写，挺好！写到这里，我想起在《椰子树》一诗中有这么两句，说的就是这个意思：

"椰子树就是椰子树，太像别人就没了自己！"

文中有详有略，看得出你是花了不少工夫的。只是《上海工人文学创作》60年，是多大的一个题目呀！再怎样包罗也难以万象；老虎吃天，实难下口。所以不可能面面俱到，遗珠之憾，总也难免。只是文中提及的一些"工人诗人"，窃以为其知名度恐难以和居有松相比。居虽已作古，不该遗忘，至少应引用他的一首诗或几句诗，如："擂台对着江和海，你们要船这块来！"如"新船出海浪花高，溅湿太阳大红袍！"这才是早期典型的民歌和工人诗歌！（全诗记不全了，你可查一下早年的《萌芽》和《上海民歌选》或《红旗歌谣》。）另，你对李根宝的《什么阶级说什么话》和《烟囱》二首诗，认为是政治概念化的完全脱离劳动的民歌的说法，是有失偏颇的。前者虽有当时"左"的大环境的阴影，但也有对中国社会实情的客观描画，且用语及比喻的群众化不同于一般政治概念的图释。而《烟囱》，它主要表现的是中国工人在国家"一穷二白"的土地上，掀起社会主义建设高潮的豪情，通过对《烟囱》的艺术夸张，表现得酣畅淋漓；因而不能轻易得出完全脱离劳动生产的结论。尽管把烟囱比作大毛笔，滚滚浓烟，有污染环境、污染蓝天之嫌，然不能脱离建国初期中国的国情！所以说，像这样的民歌，无疑是优秀的。

谢谢你对我的介绍花了不少笔墨。其实，"钢铁诗人"也好，"铁路诗人"也好，还是"城市诗人""农民诗人"，都要凭作品说话。就你文中引用的一些诗作，明眼人不难看出，也有个优劣高下之分；这就和十根手指伸出来总有个长短一样，不可能都一样齐整。之所以被誉为"钢铁诗人"和"铁路诗人"，是人们对其在公认的枯燥的"工业题材"的诗歌创作中，那累累硕果的一种认可和赞赏；以鼓励更多的有志于不脱离火热生活的诗人们，去薪火传承，去发扬光大，去写出更多更好的无愧于时代的诗歌新作，奉献给我们的人民！

"钢铁诗"抑或"工业诗"之所以难写，往往是处理不好人和机器、人和工厂的关系。我在铁下心来写钢铁诗的同时，渐渐悟出这样一个道理：含金量高的矿石往往埋在地层深处，而诗人的笔触，应探入钢城人物的心灵，写他们的千姿百态，写他们的喜怒哀乐，让读者感到这些人物的生动和鲜活，有血有肉，呼之欲出。如何让坚硬的钢铁化作绕指柔？钢铁诗人，其实也有他柔情似水的一面。这从我早年的诗集《生活的笑容》中：《赤条条，像一尾尾鱼》《"和尚"工段，来了个小妞》《女工宿舍的小窗》，乃至《丁香树下，有一只邮筒》《黄昏，百鸟归巢的时辰》……这些诗作的标题上，可见一斑。自然，我这样写，并非希望你在大作中再为之添加笔墨，而是想日后如你仍有兴趣为上海的工人文学再写点什么的话，不妨再多角度多侧面地向纵深开掘一番，定会有新的更大的收获。

关于改革开放后工人诗歌的发展，在你文章结尾中反映似显不足，具体内容，我建议你可以参考一下《上海市"五一文化奖"优秀作品选》及《一方热土——作家笔下的杨浦》中的诗作。它们题材之广泛，内容之深刻，艺术之创新达到了一个新的高度。其中，不仅有朱珊珊、刘希涛、谷亨利、张卫东等工人出身的老诗人，也有不少铁路（张春新）、宝钢（韩建刚、曹爱红）、上海长江隧桥（苏致雄）、浦东机场（梁刚）、造船厂（徐弘毅）及民工出身的新诗人（鲁传江）。若能略添几笔，则对上海工人诗歌的概括也许更全面和丰富些。

2009年11月16日"涛声斋"

吹响诗歌回归大众的号角

　　60年前，我还是一个戴着红领巾的中学生，第一次怯生生地将装有一首诗的信投进了邮筒，那封信是寄到解放日报《朝花》副刊的。大约过了一星期，在学校收发室的玻璃窗里，突然出现了我的信，是解放日报寄来的！我的心情好兴奋好紧张，拆开来一看，几行娟秀的字迹映入眼帘：

　　"希涛同学：你的《搬新居》一诗我们看了，觉得构思平了些，但有两句写得不错（红笔圈处）。今后，希仔细观察生活，注意寻找角度，做个有心人。"

　　这是我第一次给《朝花》投稿，就得到了编辑老师的夸奖和鼓励。那两句被红笔圈过的诗句是："爷爷摸着红漆的门框，两行热泪洒在哆嗦的手上……"

　　以后，我应征入伍。在部队期间，我处处照《朝花》编辑老师说的做有心人，无论走到哪里，口袋里总装着一个小本本。我利用假日、军训的间隙和劳动的休息时间，一面搜集素材一面创作。有时在夜阑人静的蚊帐里思如泉涌，便在黑暗中挥笔，往往字和字罗汉似的叠在了一起……就这样，我在《朝花》和其他报纸副刊上，发表了几十首枪杆诗、墙头诗、战士诗，鼓舞了士气，受到了部队的嘉奖。

　　复员回沪后，我起先在一家影院搞宣传，为了寻找创作生命的燃料，毅然放弃了干部编制和舒适的工作环境，自讨苦吃，来到上钢二厂当了一名钢铁工人。我坚信创作离不开生活，于是铁下心来写"钢铁诗"。当时，周围的人们愕然了，怀疑我得了什么"病"。

　　此时，《朝花》的编辑在给我的信中鼓励我："要有信心，走自己的路！"一如既往地要求我"做有心人"。

在钢厂热辣辣的风里，跟着师傅学冶炼、学锻打、学轧制……我在化铁炉的火光中感受，在轧钢机的轰鸣声中思索；从铁与火中汲取诗情，采撷诗果。

终于我懂得了：矿石是从深山的底层和草莽丛中开采出来的；而诗的丰富矿藏，埋在人们的心灵深处。

于是，我挥汗抡镐，去开采、去发掘……我活像是一条饥饿的蚕儿，遇到桑叶就想吃，我吃进去的是生活，吐出来的是诗（丝）。

忘不了1981年7月1日，我写的《党啊，我是你的孩子》一诗，在《解放日报》"党的光辉照我心"征文中，被选发在《朝花》诗歌专版头条位置上，又经著名话剧演员陈奇朗诵，在观众中激起热烈反响。"九叶诗派"代表诗人王辛笛怀着喜悦的心情撰文："他以无比的真诚写出《党啊，我是你的孩子》的一首颂歌，其流畅明澈犹如一道清泉……"并介绍我加入了上海市作家协会，不久，还被大家选为诗歌组组长。

我在钢厂生活了10年，在报刊上发表了500余首反映钢厂生活的诗作，被人们称作"钢铁诗人"。

以后，我进《城市导报》当记者，不时有诗作和散文在《朝花》上发表。

当世人瞩目的南浦、杨浦大桥彩弓穿云、长虹凌波时，《朝花》率先组织诗人们写诗。接到任务后，在那流火喷焰的酷暑季节，我一头扎进火热的工地，在钢筋切割机的切割声和搅拌机的轰鸣声中，和建设者交谈，搜集素材，一首上百行的《大上海的竖琴》一气呵成（见1991年6月20日《解放日报》"朝花"）。

作品虽还粗糙，却是一首来自生活的激情之作。

就此，我的创作热情犹如黄浦江水，愈发不可收。继《大上海的竖琴》之后，《你，横空出世——献给东方明珠电视塔》《沿着外滩美丽的弧线》《盼望》《上海礼赞》，以及《走近雷锋》《走进十月》《神州之飞》《巨人的脚步声》《上海，我为你歌唱》等诗作相继问世，在读者中产生了良好的反响。

诗情，应与这片土地和人民息息相关。《朝花》编辑换了一茬又一茬，薪火传承，这一编辑思想没有变。

只是，当下的《朝花》副刊上，已经消失了诗歌那亮丽的身影（偶尔露面，也多是版面的补白了），有些补白还挺费解。这不由使我想起《解放日报》已故总编辑丁锡满为我第一本诗集《生活的笑官》序言中所说的话："白居易写诗，还要让老太婆听懂，而我们现在有些诗，是存心写给一百年以后的未来人或亿万里之外的外星人看的，我们凡夫俗子看不懂，只好作罢。"

"诗歌离人类的心灵最近，永远为现实人生所需"。诗歌创作决不能回避崇高，决不能情感缺失！号角、战鼓永远是时代的强音，是诗歌的主旋律！自然，现实生活的天地毕竟是广阔的，人们的爱好、情感、美感也是多样的……美丽中国，景色纷呈，千姿百态，它使人动情，令人产生美感，诗人完全可以从中发掘诗意（编辑完全可以从中选发好诗）。题材纵横十万里，上下五千年，咏山吟水，只要动情，都可产生好诗！但诗人切忌无病呻吟，切忌搔首弄姿，要从小我的蜗角里拔出来！多写让人们既看得懂，又赏心悦目；既能陶冶情操，又能激励人心的佳作来！

大地召唤诗神！当下，诗歌创作回归现实，回归大众，回归大我的号角已经吹响，有着光荣传统的《朝花》副刊，当浓墨重彩，为读者推出更多振奋人心的华彩乐章！

我们殷切地期待着！

2019 年 7 月 9 日

党啊，我是你的孩子

这篇文章的题目，其实是一首诗的标题。

忘不了，建党60周年之际，我写的那首"应征诗"。

那是1981年5月的一天，我在上海第二钢铁厂第一轧钢车间当工人。小换班下来，师傅们总是习惯地挤在车间阅报栏前，看新挂上的《解放日报》。这天出版的报纸上，有一则"党的光辉照我心"的征文启事，有位工友便急忙来告诉我，让我写一首诗去试一试。可是，颂党诗篇千千万，要写得有别于他人，这"老虎吃天"，又从何处下口呢？

是夜，我陷入了苦思冥想之中……

第二天是星期天，我早早来到离家不远的杨浦公园去寻找灵感……突然，公园假山旁的歌咏队亮开了嗓门："唱支山歌给党听，我把党来比母亲，母亲只生了我的身，党的光辉照我心。"这支才旦卓玛唱红大江南北的歌，也是我最爱唱的歌，仿佛一根神奇的魔棒，一下子引爆了我灵感的火花……党是母亲，我们都是党的孩子，母亲叫干啥，我们就干啥……

这首诗的题目就叫《党啊，我是你的孩子》。

本来嘛，诗里的"孩子"，其实就是我自己呀！

我从小在农村长大，12岁转学到上海父母身边读书。1957年我13岁在凤城中学读初中，我们的语文老师徐乃静在班级里成立了一个"诗歌小组"，我是其中的一员。在那儿，我们不仅"熟读唐诗三百首"，更注重学习民歌：那鲜明的形象，生动的语言，活泼的形式，让我们这些初涉诗海的莘莘学子如痴如醉……

当年，毛泽东主席在成都会议上有一个讲话，徐老师一笔一画地将其抄在黑板上："中国新诗的出路，第一条是民歌，第二条是古典，在这个基础上产生出新诗来。形式是民歌的，内容应当是现实主义和浪漫主义的对立统一，太现实了就不成诗了。"这段精彩的讲话，更坚定了我学诗的决心。

1958年10月1日，上海沪东地区最大的文化宫——沪东工人文化宫正式开宫，文艺创作组也应运而生。当时最红火的就是赛诗会，徐老师便带着我们"诗歌小组"几个"一心想当诗人"的同学，来这儿参加活动。当时，我是个戴着红领巾的初二学生，第一次怯生生地走进这座凹字形的大楼，挤进人头攒动的赛诗现场，心情兴奋且紧张。

参加赛诗会的大都是沪东地区的职工。白天，他们在炉前炼钢，在车间织布，在三尺柜台上服务；晚上，他们带着火热生活中的感受，来这儿尽情抒发。四句、八句，篇幅不长，短小精悍，铿锵有力，满怀激情。有时根本不用话筒，从座位上站起来脱口而出：

> 高高伸向白云边，
> 青烟缕缕飘蓝天。
> 哪棵大树有你高？
> 哪根天竹有你甜？
>
> 你是一只铁手臂，
> 高呼口号举上天；
> 你是一支大毛笔，
> 描画祖国好春天。
>
> ——李根宝《烟囱》

在这儿，我认识了工人诗人李根宝、毛炳甫、居有松……就这样，我一面聆听他们激情的朗诵，一面摘抄悬挂四壁的琳琅满目的诗篇，一往情深、义无反顾地走上了漫长的学诗征途。

1961年，我17岁，遵照毛泽东主席的教导，怀着当诗人的梦想，坚信创作离不开生活，"锣鼓声中报了名，坚决要当解放军"。告别了徐老师和

"诗歌小组"，来到福建部队。我牢记徐老师的临别叮咛，"做个有心人"，处处留意观察生活，无论走到哪里口袋里总是装着一个写诗的小本本。我利用星期天、假日、军训间隙和劳动的休息时间拼命写诗，有时在夜阑人静的蚊帐里思如泉涌，便在黑暗中挥笔，往往字和字像叠罗汉似的叠在了一起……

种瓜得瓜，种豆得豆。1962年12月31日我的处女作《日历第一页》在《福建日报》副刊上刊出后，当即将这张报纸寄给了徐老师，得到了他的赞赏与鼓励。就此，我的创作热情犹如决堤之水，一发不可收。我写了上千首战士诗，成了小有名气的"战士诗人"。

1965年，我从部队复员回沪后，被安置到沪上一家影院当宣传员。这期间，我虽写过不少诗，但由于脱离了火热的生活，作品中出现了严重的虚脱现象，我渴望能变作一条鱼儿，重新游进生活的海洋……

1976年的春节，我到工人作家胡万春家去拜年，碰巧遇到上钢二厂党委领导朱尔沛（后任宝钢总厂党委书记、宝钢集团副董事长），第一次向他表示想进钢厂当工人的愿望，希望得到他的支持和帮助。

朱书记听了莞尔一笑："欢迎你常到厂里来走走、看看，至于当工人嘛，可得慎重考虑呵……"他的神情既和蔼又严峻。

显然，他以为我在开玩笑。

春节后上班的第一天，我就敲开了朱书记办公室的门。

他见是我，先是一愣，接着沏茶、让座。我开门见山，坚决要求当工人。见我如此认真，不像是开玩笑，朱书记这才信了。

于是，他派人事干部去相关部门联系，结果才知我是干部编制，当时既要跨局，又要通过干部处，事情有点棘手。办法只有一个，要我自己写一份申请，自愿放弃干部编制当工人，并言明这份申请要存入档案材料。我则一口答应。

朱书记拿着我当场写就的"申请书"，又一次提醒我："小刘，你可别后悔呀！"

为了写诗，我硬是"吃了秤砣铁了心"！就这样，我来到上钢二厂第一轧钢车间，当上了一名钢铁工人。

当时，周围的人们愕然了，怀疑我脑子有问题，可能得了什么"病"；不当干部当工人，真不可思议！

我在火热的车间工作、生活了十年。在化铁炉的火光中感受，在轧钢机的轰鸣声中思索，我把诗的触角伸向了钢厂的角角落落……当时，我四口之家蜗居在十平方米的弹丸之地，没有写作条件，下班后我就躲在车间办公室里写。无论是盛夏的傍晚，还是冰封的冬夜，我常常守在小桌旁，文思如涌、奋笔疾书……就这样，我在全国上百种报刊上发表近500首"钢铁诗"，被工人师傅称为"钢铁诗人"。

我笔写我心，我心抒我情，我是完全按照自己的人生轨迹和生活体验来写这首诗的：

党啊，我是你的孩子
你喂过我花蜜，
你喂过我奶汁，
你给过我春风，
你给过我雨丝……
党啊，党啊，
我不是个忘本的孩子！

你给我锤子，
我就去做工；
你给我锄头，
我就去种地；
你给我钢枪，
我就去当兵；
你给我笔杆，
我就去写诗……
党啊，党啊，
我不是个懒惰的孩子！

你贫穷时我不嫌弃，
你富裕了我不贪吃。
挫折里，你给我信念，
迷惘时，你给我火炬；
探索中，你给我力量，
征途上，你给我意志……
永不改变对你的爱恋，
跟你走，我决不疑迟！
党啊，党啊，
我永远是你的孩子！

（原载1981年7月1日《解放日报》"朝花"）

2021年6月16日

续缘乌龙茶

上世纪90年代，我结识了一位从福建安溪来沪经营乌龙茶的小老板，他叫刘志溪。

中等个头，瘦精精的，眉毛挺浓，宛若两条乌龙。许是喝茶之故，牙齿黑黑的。他的茶叶店当时就开在市中心的金陵东路上，店面不大，却满目琳琅。一块"乌龙飘香"的牌匾，使小店平添了几分儒雅之气。

之后，我俩便成了忘年交。小刘见我来，便请喝茶。他先用开水把茶具一一烫过，然后在拳头般大小的紫砂壶中，放入"仙品铁观音"。此时，插在电板上的开水壶已咕嘟嘟地冒出一团热气，便迅即冲入又迅即倒出，这叫洗茶。再次冲入开水，等水溢出壶口加盖，片刻后，色泽金黄的茶水便从樱桃小口似的壶嘴里，注入比半只乒乓球还小的紫砂杯中……我照着他说的做，先闻香味，然后入口，继之鼻腔中香气透出，直至回味无穷。

自打那时起，我便对此君敬而亲之，直至结缘；很快，便有了《结缘乌龙茶》这篇文章。文章见报后，去他小店的茶客日益增多。小刘便请客人一边喝茶，一边侃起他家乡的乌龙茶来。

刘志溪1972年生于福建安溪长坑乡田中村一户茶农世家，祖祖辈辈种茶，他是第20代传人。这儿海拔近千米，土壤肥沃，雨水丰沛，适合茶树的栽种和生长。刘志溪四五岁时，便随荷锄提浆的父母栉风沐雨，上山种茶。他家屋后的山上，有一片马踏石崖，周边有多棵枝干遒劲的铁观音老树，亭亭如盖，一派葱茏。从这些树上采下来的茶叶，就叫"老铁"。经古风岩茶工艺精制加工，外表乌黑，条索不齐，可汤水清澈明亮，口感醇厚绵密，喝完舌尖回甘不绝。称"老"，必有"老"的品质，可陈放多年，既当茶饮，又当药用，所以弥足珍贵。

　　在父母的教养和传授下，小小少年的刘志溪便学会了种茶制茶的十八般武艺。1995年他怀着当"茶人"的梦想，来到大上海闯荡。经过几年的摸索和打拼，他的铁观音在茶叶市场上占有了一定的份额。2012年，上海市举办首届斗茶大赛，刘志溪"传统铁观音风味茶"一举夺魁。著名作家叶辛亲自为这位"斗茶"冠军颁奖。

　　在大上海日夜翻滚的茶市里，要想与众不同，就得茶品出众。刘志溪是个资深茶人，他聘请了几位老茶师，在精心制作传统老工艺的"大懿老铁"茶叶的同时，发现了新的商机，那便是越来越多的老茶客青睐和痴迷的是老树茶；部分上海精致的女同胞对茶叶的色、香、味要求很高……他迅即行动，四处觅宝，广搜博采老铁、老普洱、老白茶这些老树茶，不惜卖掉住房和汽车，大批量收购。由于温度、湿度控制得当，品相好，无异味，他精心收藏的这些老树茶，经他精心再加工，制成了由他独创的"大懿老铁"和"魔都吃香"等品牌，不仅成了沪上和平饭店、锦江饭店等高档饭店的"香饽饽"；同时成了众多老茶客的"口粮茶"；而"魔都吃香"，更成了沪上女同胞最爱的工夫茶、下午茶。

　　茶人刘志溪在做大做强"大懿品"品牌的同时，不忘进一步弘扬历史悠久的茶文化。2020年国庆前夕，位于黄浦区青莲街上的"迎紫轩"茶馆座无虚席，来自上海多区的文学爱好者在这儿欢聚一堂，见证了由中国作家协会副主席叶辛题词的"上海出海口文学社"的挂牌活动。作为"迎紫轩"茶馆主人的刘志溪，早把这儿辟成了沪上诗人、作家和文学爱好者的"娘家"。当文学和茶香在这儿相遇，我抑制不住喜悦激动的心情，写了《"迎紫轩"挂牌感怀》一诗，现摘录两小节如下：

　　　　我们将在这里——
　　　　放飞春鸟的情思
　　　　采撷夏花的芬芳
　　　　推敲秋雨的韵律
　　　　抒发冬雪的快畅
　　　　我们将在这里——
　　　　弹奏悦耳的心弦

谱写美妙的华章
梳理世俗的杂音
吟哦真诚的诗行

多么好啊！
这"出海口"的诗耕地
这"迎紫轩"的文学窗
茶壶里浸着诗魂
诗句中溢出茶香……

从《结缘乌龙茶》到《续缘乌龙茶》，整整20多年过去了，茶人刘志溪的故事，犹如冰糖葫芦，一串又一串……

2022年1月6日写于"涛声斋"

孙德仁和他的《仁义山君》图

孙德仁是我的老战友，1961年我俩同在上海应征入伍，来到福建部队。因彼此常有诗文、画作见报，遂成知交。

德仁1939年生于沪上。他12岁开始学画，曾对徐渭、石涛、"四王"诸大家的作品做过深入研究，得其精髓。在部队期间，他以国画、版画、连环画、宣传画的形式，创作了大量反映军营生活和军民鱼水情深的作品，深得首长和战友们的喜爱，并有多幅作品获奖，成了远近闻名的军旅画家。

回沪后，德仁爱上了画虎。

画虎名家，古今有之：宋包贵名震四方，其子包鼎尤见佳妙；明赵廉善为山君造像，有"赵虎"之称；现代张善仔、吴寿谷、刘继卤等人，他们笔下的虎各有千秋，为人称道。德仁广搜博采众家之长，融进自己的个性。他拜吴寿谷老先生为师，画起虎来更加如痴如醉。

德仁为人忠厚，不善交际，讷于言谈，唯画虎成癖，常通宵达旦，几十年如一日，几乎无一完整星期天。他多次去动物园等处观虎，常自带干粮痴坐终日，静观默察于心，穷其精微。如今，他画虎可从任何部位起笔，纤毫毕现，形神俱佳，果有"山君之气，笔底横生"之妙。

德仁最为得意之作，乃其整整画了三年的《百虎图》。此画长11米，高0.7米，凝聚着画家全部的心血和技巧。画中以苍松翠柏、峻岩兀岭、深草鸣泉为背景，大小136只老虎跃然其间：或雄踞、或搏击、或咆哮、或奔跑、或俯视、或偃卧，千姿百态，无不毕肖；虎姿虎态各具神采，并无一只重复。整个画面充满了勃勃生机和大自然的盎然情趣，深得行家赞赏。有人欲出巨资求购，德仁虽清贫，却不为之所动。

前一个虎年，百家出版社出版了孙德仁的《百虎图》挂历，给上海市民带来了虎虎生气（挂历出版后销售一空，虽多次加印仍供不应求）。上一个虎年，上海另一家出版社又出版了"百虎草堂"主人、沪上"虎王""孙德仁画虎技法"一书，成了众多喜欢画虎人的珍藏。

壬寅虎年，德仁兄虽已骑虎西去，他的老虎图依然为人们所喜爱。你看，这幅由他赠送笔者的《仁义山君》图，双虎是那样栩栩如生，是那样真切动人，我们仿佛听到了虎爸虎妈那亲密缠绵的话语声。

（附吴寿谷先生所作绝句：深山大壑啸声闻，风起丛林又涌云。莫谓凶残称猛兽，也曾仁义号山君。侯殿华先生书）。

2022年2月5日

每当想起《歌唱二郎山》

"二呀么二郎山，
高呀么高万丈……"

上世纪50年代，我在学校读书期间，对一首歌情有独钟。这首歌就叫
《歌唱二郎山》。

张口就来，越唱越兴奋，越唱越高亢，越唱越让人血脉偾张、豪气干云。

"这二郎山，它在哪里啊？"

记得在教唱这首歌时，没等音乐老师把歌词念完，我就迫不及待地举
手发问。

音乐老师答不上来，因为她没去过二郎山。只知道它在一条横跨中国
东中西部的交通要道上，也是中国路况最险峻、通行难度最大的公路上。
它所穿越的青藏高原横断山脉地区，是世界上地形最复杂的高山峡谷地区。

后来我知道了，这条交通大动脉就叫318国道。它东起上海市黄浦区的
人民广场，终点站在西藏日喀则市的聂拉木县中尼友谊桥。途经上海、江
苏、浙江、安徽、湖北、重庆、四川、西藏八个省区市，全长5476公里。
川藏线是从成都开始，到拉萨结束的这一段，全程2142公里，是无数解放
军筑路战士，用原始工具、用鲜血和生命筑成的。

这川藏境内的2142公里，是条被称为"心灵在天堂，身体在地狱"的
中国最险峻的公路……二郎山，则是川藏线绕不过的必经之地。

千百年来，东西汉藏、南北羌彝只能用双脚、用骡马来驮送物资，翻
山越岭来进行交流；世世代代、祖祖辈辈，就在这翻山越岭中，不知丢掉
了多少条鲜活的生命。

打通川藏线，翻越二郎山……这是新中国成立之初的惊天壮举！

从1950年至1954年建成的川藏线，是人类创造历史的极致。

公路建成了，二郎山上能跑汽车了……当年音乐老师没能去的地方，我能去了。

那是1992年6月，一个红了樱桃、绿了芭蕉的季节。当时，我在《中国城市导报》当记者，为报道巴塘人民在遭受强烈地震后，重建家园的情景，报社派我去实地采访。我从上海出发，先到成都，然后坐上越野吉普，驶上了千里川藏线。

司机姓李，年近五旬，中等个头，瘦精精的。他的父亲曾是解放军第18军的一位老班长（正是参加修筑这条川藏线的部队）……终日悬在半空中，一次，在开凿炮眼填埋炸药时不幸摔下悬崖牺牲了……他妈妈很坚强，将他和妹妹抚养长大。后来他学会了开车，已是跑这条线的老司机了。

二郎山，位于四川雅安市和甘孜州的交界处，海拔不过3000米，这在川藏十万大山里，个头只是个不起眼的"小老头"。然而它却是"和尚庙里敲钟——名声响在外"，就因为川藏线从它的山上翻过；就因为这首由洛水作词、时乐濛作曲的《歌唱二郎山》在全国一开唱，便不胫而走，便家喻户晓。

> 二呀么二郎山，
> 高呀么高万丈。
> 古树那荒草遍山野，
> 巨石满山岗。
> 羊肠小道哪难行走，
> 康藏交通被它挡那个被它挡。
> ……

我们乘坐的越野吉普，绕过层层叠叠的盘山道终于爬上了山顶（山高路险，稍有不慎便会摔下万丈深渊）。司机李师傅在二郎山顶的石碑前把车停了下来，他从车上拿下两瓶矿泉水，一瓶交给了我。我明白他的心意，我们双双走到石碑前肃立鞠躬，然后拧开瓶盖，把水洒在了碑身上……这不仅是为石碑洗尘，更想以水代酒，祭奠当年为修筑这条川藏线，而英勇捐躯的数千名解放军筑路战士（包括他的父亲），是他们身穿单薄的军装，身上绑着长长的绳索悬挂在半山腰里，一个挥动大锤，一个扶着錾子，就这样一锤一錾，挥汗如雨，碎石炸山……没有任何机械设备，全靠手中这原始工具和血肉之躯，仅用了短短四年的时间，就修成了这条让世人瞩目的天路……是他们用青春和热血，染红了这漫山遍野的格桑花和杜鹃花……

> 二呀么二郎山，
> 哪怕你高万丈。
> 解放军铁打的汉，
> 下决心，坚如钢，
> 要把那公路呀，
> 修到那西藏。
> ……

二郎山顶，响起了李师傅那沙哑的嗓门……我们和随后登顶的其他乘车人，和着他的歌声一齐忘情地唱了起来。山风凛冽，松涛澎湃，似有千军万马呼啸而来……我们运出丹田之气，扯开嗓门齐声高唱，歌声响彻二郎山……下山前，李师傅帮我在二郎山顶的石碑前留下了一张珍贵的照片。

29年过去了，当我再次翻出这张留影时，耳畔又响起了李师傅那沙哑的嗓门：

> 二呀么二郎山，
> 哪怕你高万丈……

如今翻越二郎山，再不用坐越野吉普去翻山越岭、去冒生命危险了……全长约8 600米的二郎山隧道，早已建成通车。天堑变通途，路经雅安和康定的这条川藏线，沿途不仅有惊涛拍岸、令人神往的大渡河、金沙江和红军抢夺过的天下闻名的泸定桥，还有那迷人所的海螺沟、稻城亚丁、梅里雪山、飞来寺、然乌湖、来古冰川和林芝田园的风光，它早已成了海内外游人的"景观大道"。

路虽人为，景乃天造。迷人的川藏线和川藏之旅，不仅让你领略高山峡谷一路的惊险、绝美、雄壮的景象……还让你记住，那座刻有《歌唱二郎山》歌谱的石碑，就矗立在二郎山的隧道口。这首歌，已被人们传唱了近70年，还将一直传唱下去……尤其是李师傅那沙哑的嗓门，尽管不专业、不洪亮，却不时在我耳边回响，在我胸中震荡，永不消散，直至永远……

2021年8月1日于上海"涛声斋"

"哎哟喂，我们是老乡呵！"

1989年8月的一天，正是喷焰吐火的高温季节。这天，我在《中国城市导报》上班，突然接到上海第二钢铁厂赵春鑫厂长的电话，他告诉我明天江泽民总书记要来厂里看望钢铁工人，厂里希望我这个"钢铁诗人"能请个假回来参加。我一口答应。

我怎么会当上钢铁工人的呢？说来话长了，那就长话短说吧。

我14岁有志于文学，尤其酷爱诗歌，坚信创作离不开生活，于是，怀着当诗人的梦想，走进了军营，又走进了钢厂。

部队复员后，我被安置到沪上一家电影院当宣传员。这期间，我写过不少诗，由于脱离了火热的生活，作品中出现了严重的虚脱现象，我渴望能变作一条鱼儿，重新游进生活的海洋。

1976年的春节，我到工人作家胡万春家去拜年，碰巧遇上上钢二厂党委领导朱尔沛（后任宝钢总厂党委书记、宝钢集团副董事长），第一次向他表示想进钢厂当工人的愿望，盼望得到他的支持和帮助。

朱书记听了莞尔一笑："欢迎你常到厂里来走走、看看，至于当工人嘛……可得慎重考虑呵……"他的神情既和蔼又严峻，显然，他以为我在开玩笑。

春节后上班的第一天，我就敲开了朱书记办公室的门。他见是我，先是一愣，接着沏茶、让座。我开门见山，坚决要求当工人。见我如此认真不像是开玩笑，朱书记这才信了。

就这样，我在上钢二厂第一轧钢车间当上了一名工人，在炼钢炉的火光中感受，在轧钢机的轰鸣声中思索，我把诗的触角伸向了钢厂的角角落落……当时，我四口之家蜗居在十平方米的弹丸之地，没有写作条件，下班后我就躲在车间办公室里写。无论是盛夏的傍晚抑或冰封的冬夜，我守在小桌旁文思如涌、奋笔疾书。我把诗写在车间的黑板报上，写在高产的喜报上，厂广播台也常有我的诗歌朗诵节目。我以灼热的情思，多彩的笔调，为钢铁工人抒写了一首首生活的赞歌，在全国上百种报刊上发表了近500首钢铁诗，被工人师傅亲切地称作咱们厂的"钢铁诗人"。后来，我加入了上海市作家协会（后又加入了中国作家协会），还被会员们选为诗歌组组长。1985年3月我调到《中国城市导报》当上了一名记者。

厂长打来电话的第二天，我早早就来到车间。9点左右，江泽民总书记在厂长、书记的陪同下，来到第一轧钢车间（厂里生产线材的主要车间，也是上交国家税收的大户车间），正是轧机隆隆，红钢在槽内飞蹿的时刻……厂长做了简单的介绍。当介绍到我时，厂长对总书记说，这是我们厂里的"钢铁诗人"，为了写钢铁诗，放弃干部编制在这儿当了十年的工人，写了不少钢铁诗……总书记一边听一边脸上露出惊讶之色，他问厂长为了写诗真的当了十年工人？厂长点头说"是的"。总书记听了挺高兴，忙说："那你们就别说了，我就听'钢铁诗人'介绍吧！"我当即从烘钢炉、头道车（轧机）、二道车、三道车……一口气讲下去。总书记听我说话的口音忙问："你是哪里人？"我回答："扬州人。"总书记又问："扬州哪里？"我回答："江都！"总书记双手一拍，用扬州话说："哎哟喂，我们是老乡呵！"话音未落，激起了周围一片欢笑声（同时留下了那张珍贵的照片）。

33年过去了，这张珍贵的照片我一直珍藏着。今天，96岁的江泽民同志离开了我们，我又拿出了这张照片。作为已近耄耋之年的一名老军人、老工人，我禁不住老泪纵横……我想起了在火热车间的日日夜夜，想起了在那激情燃烧的岁月，火热的钢厂生活，是文学创作取之不尽、用之不竭的源泉……我久久地端详着照片，端详着总书记那平易近人的身影，眼前晃动着总书记那亲切和蔼的笑容，耳畔又响起了他那带有浓重家乡口音的话语："哎哟喂，我们是老乡呵"……

2022年11月30日深夜于"涛声斋"

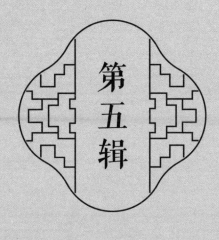

第五辑

在友人笔下

一个播撒火苗的人

——小记刘希涛老友

王慧骐

　　刘希涛先生七十岁的时候，我写过他一篇文章，记述我们之间的交往和对他的一些印象。进入辛丑年，希涛兄虚岁已七十有八了。不觉间，一晃八年过去了。看他印在《上海诗书画》报上的照片，比前些年老些了，也瘦些了。但千金难买老来瘦，精神头还挺足，眉宇间透出一副不服老的神态。

　　他当年的倜傥神勇且不去多说了。十三岁还是一个中学生的时候就开始写诗，给《解放日报》投稿。十七岁去福建前线当兵，短短几年里写出了几百首生气十足的枪杆诗、墙头诗。记得去年八一建军节前夕，他给我发来《湖南日报》一张文艺副刊的电子版，那上面赫然在目的是他五十多年前在部队写下的诗，读来还是那般的青葱与强劲。再后来，他在炼钢炉和轧钢机前奔走了十年，岁月给了他一个金不换的光荣称号："钢铁诗人"。这四个字我以为一定程度地概括了希涛这个人的本质特征。"钢铁"，自然不可狭义地理解为他只写钢铁，这两个字可谓传神地揭示了他内在的刚强意志：钢，是他对人对事的一种执着；铁，是他一旦选择后绝难轻易改变的某种坚守。后两个字："诗人"，放在他身上也的确是贴切不过，因为他始终都是那般热情奔放，每每总为他的真诚与美善而感动。他笔下的"钢铁"里，也照样能读出他的柔情万丈，更何况那将"柔柔的发辫搭在高原肩上"，在"康定老街"上行走的"大姐"，不知会令其心中的春潮泛起几多"溜溜的好哟"！

　　更让人为之感佩的，是他在六十岁以后写下的人生故事。一般人从工作岗位上退下来，大都选择了一种"独乐乐"的生活方式，顶多也就三五成群地出去走走，跳舞打牌看山水吧。假如爱好写作，基本都闷声不响自个儿浸淫在其中乐此不疲。而希涛先生不是这样，他似乎天生就是个领导者、组织者，是个自燃火苗又善于四处播撒火苗的人（用他自己的话说"胸中有把火，依然渴望燃烧"）。他愿意把自己身上的热能辐射出去，带动并影响一批和他志同道合的人。前些年里，他为上海的一个区创办了文艺创作中心，参与创办了上海市第一个区级作家协会，先后创办过《上海诗人》《上海诗报》等诗歌报刊；后来又创办了"出海口诗文库"，与出版社合作推出过180余种主力阵容为老同志的诗文作品；还组建成立了拥有跨省成员的"出海口文学社"，自办了以刊发文学社社员作品为主的《上海诗书画》报和《出海口文学》杂志（叶辛题名），已坚持运行多年，出报40余期，受到了社会各界的广泛好评。他还动脑筋，想办法，借助大家的力量，积极筹措活动资金，带着文学社的队伍走出去，深入社区、厂矿、村镇，感受日新月异的时代变革，察看社会底层的民风民情，进而写出一大批贴近现实生活有温度有筋骨的文艺作品。

没有谁来要求他这样做。为此所付出的心血和精力，和他最亲近的朋友或能知悉一二。这无疑是一种大境界。但他的原动力从何而来？我认为还是源于一种热爱。那是自小而生的对文学的一种近乎神圣的情愫——所有的美，原本都被各种严酷的叫作生活的东西紧紧包裹着，我们在追寻和发现的过程中，内心一次次地产生风暴，将它忠实地记录和描述下来，这大约便是所谓文学的意思了。

假如说写作可以给人生带来快乐的话，希涛一定是信了孟老夫子的话，"独乐乐不如众乐乐"，他领着一帮或年长或年幼的同道，一起写，一块儿乐。他为文学社取名"出海口"，想来表现的正是这样一种胸襟和气度吧。

2021年3月23日于盱眙天泉湖畔

（王慧骐，中国作协会员。）

我的父亲

刘　进

　　我叫刘进，1971年生人，属猪。我哥哥叫刘挺，比我大了9分钟（我俩是双胞胎）。

　　我父亲刘希涛，他爱好文学，尤其酷爱诗歌。他有个写诗的师傅叫李根宝，是位工人诗人，写过一首在上世纪50年代挺有影响的民歌：

　　　　什么藤结什么瓜，
　　　　什么树开什么花，
　　　　什么时代唱什么歌，
　　　　什么阶级说什么话。

　　李师傅和我父亲关系好，有空常来我家和父亲谈诗。当他听到我们家生了一对双胞胎，十分高兴，当夜就赋诗一首以示祝贺：

　　　　诗友一胎双蛟龙，
　　　　不愧豪放风格雄。
　　　　战歌快育革命人，
　　　　挺进四海唱东风。

　　父亲取诗中的挺进两字，便成了我兄弟俩的名字。

　　当时，我们和爷爷奶奶还有两个叔叔住在一起，内套间里只有十个平方米（可谓弹丸之地），住着我们一家四口。放的是双人床，父亲带我睡在上铺，哥哥和母亲睡在下铺。一张小桌子既要吃饭又要做功课。父亲有一首诗就是写这张小桌子的，其中有两句我至今还记得："四口之家十平方，一张小桌大家抢。"

吃好晚饭，我们要做功课了，父亲没地方写作，就拿一块搓衣板，带只小板凳，到马路边的路灯下，把搓衣板放在膝盖上，就这样坐在昏暗的灯光下写作，成了货真价实的"路灯下的宝贝"。

我们上幼儿园了，父亲踏着自行车送我们去，前杠上坐一个，后架上坐一个。自行车的前后轮子压过弄堂里的窨井盖，发出"咣当——咣当"的响声。声音有的轻，有的重，轻的叫"小响"，重的叫"大响"，父亲让我俩数这个响声，响到那个数，我们的幼儿园就到了。父亲看我们走进园门，他才去上班。当时，幼儿园离他单位有十几里路，父亲总是把车骑得飞快，上班可不能迟到啊！

几年后，父亲为了写诗，调到上钢二厂当了一名钢铁工人。下班后他就躲在车间办公室里写，我们都睡着了，也不知他什么时候回来的。早晨，我们还没起床，他已经趴在小饭桌上写开了……"三更灯火五更鸡"，就这样，他在钢厂工作、生活了十年，写了几百首"钢铁诗"（大都发表了），成了一个颇有含金量的"钢铁诗人"。

"衣带渐宽终不悔，为伊消得人憔悴。"柳永的这两句诗，用在我父亲的身上挺合适的。他从14岁爱好文学开始，到现在的80岁，半个多世纪了，几乎没歇一日闲过，他属猴，劳碌命，依然每天起得比鸡叫得还早。在一些作家和友人写他的文章里，有人说他是"用自己的血肉来喂养诗歌的"，我以为这绝非溢美之词。

"什么是诗？跳进生活的海吧，尔后上来沉思"；"我依然渴望燃烧"！这是父亲的座右铭，也是他此生不改初心、无怨无悔、终生不懈追求的真实写照。

2023年1月21日兔年年初一

（原载2023年3月24日《联合时报》）

（刘进，北京航空航天大学经济管理系网上函授毕业，中共党员，超市工作）

灿烂的是憧憬

——刘希涛诗传

龙孝祥

　　"像一位沉吟的诗人/突然间，爆发了感情/一首雄壮的诗/跌下炉台/字字句句，迸溅金星/火的舞蹈/铁的旋律/钢的音韵……/诗，涌出炉口……/不停地朗诵/不息地奔腾……"这首写钢厂"出钢"的诗，竟写得如此的奇妙：钢、诗、人，物象、意象、人格，情景交融，难分难辨，不禁令人叫绝！

　　尽管有闻名人名言如是说："假如你吃了个鸡蛋，觉得不错，何必要认识那下蛋的母鸡呢？"而我，却依然热切期待着能结识其作者——诗人刘希涛！

　　期盼终成现实，那是在2009年金秋。慕名上海第一家区级作家协会——杨浦区作家协会的创建，这是家门口的文学殿堂啊！欣闻担纲协会主持日常工作的常务副秘书长正是刘希涛，是在场的"第一提琴手"。于是，我揣着文稿，以文会友拜师！

　　由于现场忙碌，只是匆匆一面，感觉眼前这位，身材修长、精神矍铄，是个闪现着激情、睿智与哲思的诗人。随着日后接触的增多，斯人斯事斯情终而日见清晰：他是中国作家协会会员、上海市作家协会诗歌组组长、杨浦文化名人、殷行街道文化顾问，是一位在诗路上孜孜不倦追求的人，一位对诗歌永不言悔且倾注了无限真诚的人，一位有着浪涛情缘、在诗坛颇负盛名的"钢铁诗人"！

　　他的诗如波涛澎湃，如今仍涛声依旧……

嘶马镇的"小猴王"

　　长江，是孕育滋养文学和文学家的地方。激情诗人刘希涛就出生在长江之滨的江苏江都嘶马镇上。那是1944年4月10日，农历甲申年（猴年）三月十八日。人说猴年生人，其性活泼、伶俐，多才灵巧，善解人意，有创新才华……

江都因水而生，因水而兴。地处长江下游北岸，西傍历史文化名城扬州。这里河湖交织，水系发达，黄金水道长江、京杭大运河在江都交汇，世界著名的江都引江水利枢纽工程位于南郊……这是著名的水乡泽国！而"嘶马"，这一古老的乡村集镇，因村头大槐树上拴过岳飞嘶鸣的战马而得名。

希涛对家乡一往情深，深知家乡历史的悠远："读江都，如读一部古书/'江淮锁钥/水利枢纽'/层层叠叠的浪花/涌向时代深处/碧水扬名邑/小桥连五湖/摄长江、运河之灵气/汇龙腾虎跃之精武……每踏进一步——/都在叩响历史门户"。这是刘希涛回到家乡江都，在政府工作人员与当地文友的陪同下，参观了城乡企业和景观，为家乡日新月异的发展变化感到欣喜、振奋和惊叹之余，饱含深情地写下的一首新作《读江都》。

刘希涛，仪表堂堂，英俊高大的身材，透显着军人的风度、男子汉的刚强和诗人的儒雅。而他的诗亦如其人，挥洒自如，激情澎湃！

如今，他思念家乡，在这里的一草一木中穿行，也穿越了时光……胸中翻腾的，是深深的恋情。在此，我们看到那饱含热情的诗句："读江都，我要用心灵与你交谈/整个身体融入你的一草一木"，这是何等炽热的情感！而今，家乡的日新月异，家乡的蒸蒸日上，命他信笔由缰，抒发内心按捺不住的喜悦。诗人兴奋于家乡的巨大变化，家乡江都驻入他的诗中，成了有诗意的江都。无论世事如何变化，都改变不了一个诗人对家乡深沉的爱恋。

由此，诗人也轻轻打开了他那尘封的记忆……

"母亲从三月十五日开始阵痛（从那刻起，我那吃斋的小脚祖母，就没停过求菩萨保佑的祷告）。整整三天三夜啊，死去活来的母亲在难产的煎熬中生下我来……因家临长江，江上涛声大作，又值烟花三月，窗外桃花灼灼开成一树缤纷……念过私塾的祖父酌定了我的名字，小名'涛儿'（桃儿），大名刘希涛。"

而今，长江涛声依旧！这涛声曾经为他编织童年的交响，回想起孩提时的无忧无虑，在翠绿的水乡田埂与小伙伴玩耍嬉戏，快乐的时光交融着斑斓的童年，孕育着花样的梦想！

伴随着故乡的涛声，小希涛一天天地长大。每年的三月，是他最快乐的日子，那是古镇嘶马和三官殿的传统节日"三月三"庙会。庙会也是集场，十里方圆，商贩云集，各种小吃遍布，诸种土产杂陈。处处是货摊，琳琅满目，五彩缤纷。那天，方圆数十里乃至百里之外的男女老少云集镇上，场面极为壮观！庙前香客摩肩接踵，面容虔诚。庙堂内灯烛辉煌，香烟缭绕，钟磬悦耳，一片伽蓝香气！那龙王庙庙场四周，耍猴的，舞刀枪玩棍棒的，打莲花落唱道情的……吆喝声、叫卖声、锣鼓声，还有孩子手里的小喇叭、哨子的声音，合成了一部"庙会交响乐"！耍猴人边敲锣边吆喝，小猴儿们听着耍猴人的口令玩球、耍刀、鞠躬作揖，憨态可掬又略带幽默的动作逗得在场的小孩、大人捧腹大笑……其景其情令人陶醉！

小希涛边看边学猴子的动作，日后还常和小友们玩孙悟空降妖伏魔的游戏，将奶奶的拐杖拿来当金箍棒，撵得鸡飞狗跳……俨然是个"小猴王"！

1956年，是希涛的第二个猴年。在乡下读到小学五年级的他，来到上海打工的父母身边继续读书，难以割舍地离开了将他抚养带大的老祖母……"我清晰地记得五圩船码头送别的情景，我那瘦削的祖母老泪纵横，在哭成一团的小友们的搀扶下，长时间没放下的那支摇动着的手臂……每想起那个场景，我就忍不住泪流满面……"

也许是命中注定，痴迷与赤诚使希涛与诗歌结下了不解之缘。从少年时代起，他就爱好吟诗作文。群众性的诗歌创作活动蓬勃兴起，在落成不久的上海沪东工人文化宫内，热气腾腾的赛诗会高潮迭起。四周墙壁和走道上方用铅丝挂满了林林总总墨迹未干的诗笺……当时，年仅14岁的少年希涛第一次怯生生地挤进人头攒动的赛诗会场，立即被感染得欣喜不已。

希涛对诗有着无限的痴情：最初的创作冲动，许是缘于天性的多思、善感乃至对祖国文字的极度热爱。少年时代多梦幻，多奇想，对印在报纸上的铅字充满了心灵敬畏和神秘好奇，总感觉能把手写的文字变成铅字登出来，挂在路边的报栏里任人观赏，是件妙不可言和高耸入云的事情！而传统诗歌的深邃意境、丰富联想、精美语言乃至掷地有声的铿锵韵律，更是无法抗拒的诱惑和无法遏制的释放……

自此，他的诗情日益浓郁。李白、杜甫、白居易、苏东坡、但丁、歌德、海涅、普希金、马雅可夫斯基等古今中外大诗人的作品成了他的精神食粮……他边学边习，用自己坚实的脚步，踏出了一片属于自己的诗歌天地。15岁那年，他有幸加入了沪东工人文化宫诗歌组，在浓郁的氛围中接受着诗的熏陶……

"我从学写第一首诗开始，便咬定青山，'路曼曼其修远兮，吾将上下而求索'！"刘希涛如是说。

在夜阑人静的蚊帐里

1961年，刘希涛作为一名渴望当诗人的莘莘学子，坚信"创作离不开生活"，憋不住心头的冲动，投笔从戎——"锣鼓声中报了名，坚决要当解放军！"由于他当时年仅17岁，还不到入伍年龄，便与征兵人员"软缠硬磨"，终于如愿以偿，走进了军营，成为福州军区的一名战士。

火热的军旅生活，为他的创作提供了丰富的源泉。在部队，无论是执勤，还是训练间隙，躁动的诗心都激发出他强烈的创作欲望。他在福建当兵时的处女作《日历第一页》，发表在1962年12月31日的《福建日报》上（署名"战士天耳"），那是他第一次在省报上发表作品。时至今日，写这首诗时的情景仍历历在目。

那是临近年终的一天，希涛在夜阑人静的蚊帐里，写就了这首激情诗作（当时诗作的题目为《一号颂》）。第二天，他敲响了团宣传处林干事的门。林干事是解放后新中国培养的大学生，在校期间就是小有名气的诗人，投笔从戎后，成了团首长身边的笔杆子。林干事读完全诗，额头上的两道浓眉拧成了乌龙，他缓缓地说："诗写得热气腾腾，犹如一锅烧滚的粥，烫嘴。吸溜吸溜地喝下去，身子暖和了，肚子可没饱……"

希涛先是一愣，而后慢慢悟出了林干事的意思：诗的内容太空，虽洋洋洒洒地抒发感情，由于没有"突破口"，浓烈的感情无以附丽。他陷入了寻找不到角度的苦恼之中……

就在这一天，连队俱乐部新刷的墙上，挂上了一本新日历，封面被撕掉了，一个红彤彤的"1"字突然跳了出来！如同一根红烛，唰地点亮了诗的火花……这"1"字不就是"突破口"？！于是，他迅即围绕这"1"字进行构思，并由此展开了丰富的联想，于是，爆竹、钢锭、路标、红箭……这些和"1"字有关联的形象——呈现出来：

"翻开日历封面，鲜红的'1'字光芒闪闪/它像颗红色的爆竹/'乓——乓'一响炸闹了全连……/这个说：它像根红钢锭！热气腾腾熏人脸/那个说：它像支红路标/指向光芒万丈的一九六三年/我说啊：它像评比表上的红箭/新春军训，看谁一马当先/大家一听哗哗直鼓掌/那'1'字好似突然红得更鲜艳……"

他怀着忐忑的心情，又一次怯生生地敲开了林干事的门……林干事急速地读了一遍，突然把大腿一拍，叫了起来："四两拨千斤，好诗！可也有些毛病。首先这题目太大，《一号颂》，多大的一顶帽子呀，却戴在了一颗小脑袋上……再说，这诗的第一句也不准确，应是'翻开日历第一页'。这样，题目也有了，就叫《日历第一页》如何？"

点石成金！林干事当即拿起桌上的笔，三下两下就改好了。然后拍着希涛的肩膀说："行了！我们的诗人，抓紧时间，快寄出去吧！"

1963年元旦这天，连队俱乐部里春光融融，笑语飞扬，军民联欢会开始了。林干事陪着团政委赶来助兴……在战士们热烈的掌声中，林干事从座位上站起来走到台前，他从军装的口袋里掏出一份报纸说："同志们，今天我要给大家朗读一首诗……"朗诵一结束，会场上立即响起了热烈的掌声。林干事神秘地问："你们知道，这首诗是谁写的吗？……远在天边，近在眼前，他就是咱们一营指挥连的一炮手刘希涛同志写的！"大家一听热烈鼓掌，指导员还向他竖起了大拇指。

希涛因这首《日历第一页》获得了连队和团部的嘉奖。不久，又收到了福州军区文化部颁发的优秀战士诗作奖状。自打那时起，他更加坚定了要当个诗人的心愿。部队生活磨炼了他的意志，也让他的诗歌日益成熟。

他的军旅诗充满激情和真情，真实地描绘了军营生活状况，体现了军人的风采，热情地歌颂了战士勤学苦练和保家卫国的情怀，以及军民鱼水之情。他十分注意采用鲜活的语言来营造诗的意境，于是，我们看到了作为战士诗人刘希涛的成名作：《刻在刺刀上》《连长的脚板》《准星》《哨所八个人》《爆破手》《战士心中的广场》等，以及近千首枪杆诗、墙头诗。这些诗，受到官兵的关注和喜爱，多次受到部队嘉奖。

在希涛众多的军旅诗中，我们看到，诗人以单纯、明净的热情，通过新美的笔触，将军旅生活与海疆风物、奇异风情和瑰丽景象融为一体，让人看到了一幅幅奇异亮丽的风景！看："礁岩、银月、帆影/轻风、细浪、箫琴……/女民兵的歌儿像牵牛花/爬满了渔家的棚庭……"（《夜歌》）全诗虚实相映，把女民兵的歌儿比喻为"爬满渔家棚庭"的牵牛花，既贴切又浪漫，何其高超的艺术表现！

再看："连长的一双脚板呀/是属虎的/那么勇，那么猛/练兵场上，跑跳蹦纵/双脚踩得地心动/刺杀——一对滚地龙/追击——平地刮旋风/大吼一声霹雷响/'同志们，跟我冲'"（《连长的脚板》）尽显军人威武的英雄气概，深沉的思想风度和粗犷的男儿品格。"连长的一双脚板呀/是属猫的/那么轻，那么灵/查铺查哨，走走停停/好似飘着一朵云/压蚊帐——如同折封信/关窗户——就像扣衣领/整座营房呀/跳动着一颗慈母心……"明确的思想主旨，巧妙地融入奇特而细微的想象与感受之中，独特的构思、凝练隽永和饱含哲理的诗风，发挥得淋漓尽致！表现出意象无穷，哲思不绝。

在希涛的心中，有着难以割舍的战士情结，在他的身上，有着褪之不去的军人气质，在他的诗中，常常看到他那作为一名战士对祖国的无限深情。于是，我们看到："呵，这一刻/我们升旗/把那像旗一样/火红的祖国/高高升向苍穹。"（《升旗时刻》）在这一刻，生命里的所有感激、感动、感恩、感奋像是汇聚的海洋，奔腾不息！故而，诗人的创作激情能如雨后喷泉般勃发而来！

渴望能变作一条鱼儿

1965年，刘希涛戴着一顶"战士诗人"的桂冠从部队回到地方，复员到文化部门工作，被安置到沪上一家电影院当宣传员。

由于一段时间以来脱离了火热的生活，希涛先生感到作品中出现了严重的虚脱现象。作为一名有志于诗歌创作的业余作者，他热爱火热的生活，为寻找创作生命的燃料，"渴望能变作一条鱼儿，重新游进生活的海洋……"1976年，他毅然放弃干部编制和舒适的工作环境，到上钢二厂当一名钢铁工人，决意铁下心来写"钢铁诗"。

他选择当钢铁工人，志在深入生产第一线，汲取丰富的创作素材。作为一个诗人，他不但炼铁炼钢，还提炼着生活中的美。当时，希涛先生四口之家蜗居在十平方米的弹丸之地，没有写作条件。下班后，他就躲在车间办公室里写。无论是酷暑盛夏还是冰封寒冬的夜晚，希涛守在小桌旁文思如涌、奋笔疾书。他"在炼铁炉的火光中感受，在轧钢机的轰鸣声中思索，把诗的触角伸向了钢厂的角角落落……"他的诗上了车间的黑板报，上了高产的喜报，厂广播台常有他的诗歌朗诵节目。希涛以灼热的情思、多彩的笔调，为钢铁工人抒写了一首首闪光的赞歌。

人说最难写莫过于工业题材的诗。因其极难把握，常见那种把诗歌弄得如机器的零部件，抑或如生产流水线上的批量复制品，难以给人带来美的熏陶与享受。而在刘希涛的诗歌中，写得最好的，恰恰是钢厂生活诗。他把工厂诗化了，把工人的劳动诗化了！繁忙、琐碎的生产劳动到了诗人的笔下，竟是那么神奇美丽："一支铁的马队/从炉膛急速奔出/扬起火的鬃毛/卷着热辣辣的旋风/挣脱一个小小的王国/尽享驰骋的欢乐。"这是写"出铁"！哦，这紧张、繁重的劳动，在希涛的笔下，竟如诗如画，这需要有对生活多么深厚的情感！

希涛老师是生活的有心人，他通过不断观察、体会和思索，使其钢铁诗歌在具有钢铁本质的同时，多了一份情趣，这就是他的钢铁诗歌的魅力所在。他的笔几乎触及了钢厂的角角落落和钢铁工人生活的方方面面。生产车间、班组工段、钢厂宿舍、钢厂水塔，甚至厂区的一个书亭、一只邮筒、一棵树、一片竹笋……都一一收入他的诗囊。

刘希涛是以"钢铁诗人"的荣誉崛起于中国诗坛的（先后加入了上海作协和中国作协，曾参与接待当年的总书记江泽民来钢厂视察）。他在钢铁厂工作生活的十年，是他拥抱生活、感悟生活的十年。他从铁与火中汲取诗情，采撷诗果。不仅与工人师傅轧出了一炉炉好钢，而且炼出了一首首好诗，"他是生活的'炼美者'"（丁锡满为刘希涛第一本诗集《生活的笑容》所作序言。见1989年8月29日《解放日报》）。他在全国近百家报刊上发表的"钢铁诗"达500余首，被誉为"钢铁诗人"！

谁终将点燃闪电

1985年，刘希涛调到《中国城市导报》工作，做过记者、编辑，担任过副刊部主任、专刊部主任、编委等职。

在当记者的日子里，为了不做"门外汉"，他在繁忙的工作之余，到复旦大学新闻学院新闻专业深造，1989年以优异成绩取得了毕业文凭。

在从事新闻采访中，希涛老师不愿浮光掠影，而是俯下身子深入现场、深入生活。他认识到，记者不仅腿要勤，脑子反应要灵敏，还得不怕苦累，全身心地投入。命运为诗人安排了走出狭窄的社会圈子，到大地遨游的机会！在那些岁月里，为采写人物，他不辞辛劳，去了祖国的东西南北，到了许多城市乡村，自由自在地观赏和观照人间万象、宇宙万物，从火热的生活中汲取创作的源泉。由此，他曾跨过湖泊众多的长江中下游两岸的平原丘陵，穿八百里秦川，越祁连北麓千里河西走廊和白雪覆顶的天山长岭。在"戈壁明珠"石河子，在这个拥有新疆最具生命力的兵团文化之处，聚集了诸如艾青、杨牧等一大批诗人、最具诗情画意的诗城，他采访了"诗人市长"，领略、体验了西部独特的人文景观及其厚重大气的诗歌精神。为获得从地震废墟上重新崛起的川藏边境四万七千藏汉各族儿女英勇抗灾的第一手资料，他曾乘坐越野吉普，驶上千里川藏线，翻过巍峨峻峭的二郎山，跨过惊涛拍岸的大渡河、金沙江；翻雪山，过草地……道路上每每会有风暴、冰霜和雷电，但也蕴藏着幸福和幻梦的绚丽。他忍着长途饥渴和剧烈颠簸，忍着高山缺氧和鼻腔出血……年深岁久的大地奔波采访，打开了诗人的眼界，伴随而来的是激情涌荡！改革大潮涌现的风云人物、祖国翻天覆地的变化、广大群众的喜怒哀乐在他笔下纵情流淌……由此完成了一次次灵魂的净化与提升，旅途的酸辛在遥望幸福的一瞬全部化为喜悦和感激！

尼采说："谁终将点燃闪电，必将长久如云漂泊。"（《谁终将声震人间》）刘希涛虽不为点燃闪电，但多年的遨游漂泊的结果必然是自我丰富，自我充实，自我燃烧，从而使他变得更开放、更宽广、更深刻！

　　刘希涛的报告文学健康、积极、向上，每每唤起读者美好的向往和追求之情。他的报告文学，反映了改革开放时代丰富多彩的生活。看他的报告文学，各种各样的人物形象在眼前闪现：市长、知名学者、厂长、经理、工商业者、诗人、蛇医、退休职工、私营业主，以至普通的工人、农民……那一个个各具特色的感人形象和行动给我们留下了深刻的印象。这些上百万字的新闻作品集结在他的报告文学集《赶潮》《开拓者的风采》《胸中有把火》和《从徒工到富豪》等书中。其中，《胸中有把火》《市长和马胜利的故事》《诗人市长》《诗人兵站》和《蛇姑》《夏氏兄弟》等出版后，都获得过读者与行家们的赞赏和好评。

　　希涛采写的众多人物中，著名社会学家、人类学家、民族学家、社会活动家，民盟的卓越领导人、全国人大常委会原副委员长费孝通，无疑是最有分量的篇章。

　　说起费孝通和他的江村经济之路，其路漫漫。那个太湖东岸默默无闻的小村庄——"江村"，被誉为"中国农村的首选标本"而名扬海外。费老四访贵州、五上瑶山、六访河南、七访山东、八访甘肃，东奔西走，踏遍了中国大地，孜孜不倦地实践着"志在富民"的诺言。特别是1985年7月的"九访江村"。费老在吴江两周时间跑了一个村、四个乡和三个镇，写下了《九访江村》，回答了人们针对苏南农村经济和乡镇企业的一系列疑问。时值盛夏，虽年已七十有五，费老冒着江南的酷暑，去实地调研。这引起了刘希涛的极大兴趣，他循着费孝通走过的路，探索着费老的传奇人生。作为诗人，他特别欣赏费孝通"九访江村"中的两首赋诗："太湖三万六千顷/稚翁满舱笑语盈/自从陶朱片舟去/世代兴衰说到今"；"湖风吹轩入梦来/七十老翁志未衰/振笔犹欲书心愿/莫道湖边起暮霭"。这是何等的胸怀！满怀着感动和感奋，希涛写下了报告文学《费孝通九访江村》，这就是后来被选入《上海新闻丛书·通讯特写卷》的那篇名文。

　　刘希涛带着微笑面向生活、面对人生。他激情充沛，热情似火，读他的报告文学，如同读他的抒情诗一样，一股浓郁的生活气息扑面而来。"作为诗人，他不乏华丽的辞藻，但他没有滥用它们，他注意运用新鲜、简洁、准确、形象、生动的语言。在他的报告文学中，没有猎奇的文字，也没有肉麻吹捧之辞，由于质朴平淡，情发心底，言出肺腑，不能不强烈地拨动

读者的心弦。"（见中宣部原副部长龚心瀚为刘希涛报告文学集《胸中有把火》所作序言）

在"夜莺"变作"海鸥"的苦乐年华

　　希涛老师有本诗集，名为《开花的季节》。他把诗比作绽放的鲜花，如牡丹雍容高贵，似梅花风骨傲然，像兰花素雅高洁，同水仙朴素清幽……他用血汗真诚浇灌，催开花儿放飞的梦想，为它散发出的思想的芬芳所陶醉！"你一推窗/就会嗅到它的芳香/你一抬眼/就能领略它的丰采。"（《致读者》）可谓"创一花而悦天地之春"！

　　希涛是一个热情的人。对生活、对诗歌的热情，像喷薄的火焰发散着光辉。他尽情地讴歌他热爱的生活，讴歌他心中的爱，把憧憬变成飞扬的诗章。他的诗句是坦荡的，是明朗的，是"悦耳动听的妙音"，是"亮闪闪的新绿"。他满怀虔诚，捧一掬情思走向人间！

　　从战士诗人、钢铁诗人，又到记者诗人，走遍了神州大地。因此他的诗题，量多面广，有军旅诗、工业诗、田园诗、景物诗、抒情诗……他一路走来，每个年代都是"开花的季节"，一路上都是鸟语花香，花样年华！

　　诗者，吟咏情性也！诗从文字结构上来诠释，为"寺"间"言"，即：庙里的语言，这个"庙"乃人的心灵。诗是心灵交流之径，乃言说的"心志"。出自内心才能进入内心，而"心有灵犀一点通"则是由此而生的高境界。

　　写诗，是件既痛苦又易陷于贫困的事业。特别是在商品经济大潮的猛烈冲击下，人心浮躁。周遭沸腾着文人"下海"的噪声，"夜莺"纷纷变作"海鸥"。不少诗人一夜间从对缪斯的顶礼膜拜变为轻佻的不屑一顾；越来越多的人从文学之光影中抽身而去！他们耐不住的是那份清淡和寂寞，承受不了的是那份苦行僧似的孤独和清贫。

　　大都市下，繁华而虚浮，刘希涛身在其中，却似乎没有受到现代都市人追名逐利意识的影响。香风迷雾虽在他的头上弥漫，却未能浸渗于他的肌肤。在这喧嚣的环境中心，他甘为一名退守心灵清静的旅行者；情愿在这寂寞的道路上，独立内省、独慰良心，在深入心中的空旷、辽远、静默中，获得形象思维的自由。他每每沉浸于往事、回忆、梦幻、思想、激情之中，寄情于诗文而"不知有汉"；把淡淡的感悟化为浓浓的生命的芳香，独自美丽自己的心灵！

"诗以情染"。源源不断的激情，是才华诗人的一个特质，有了它，诗人能永远保持旺盛的创造力，不被生活所累所沉。希涛的诗作有李白的遗风，明亮而又豪放！这和他对生命的热爱息息相关。在"风情旅程"这一组诗中，他把他的爱挥洒于大自然的画卷之中，处处可见诗人的灵性与感悟。如《诸暨霓虹》中，诗人想象夜的霓虹是"无数狂草的蝌蚪状的象形文字"。这真是绝妙的比喻，如画龙点睛，使整篇诗由此而生动起来。

由于长期身处大都市，希涛要求自己不仅要熟悉大都市的生活，还必须理性地介入和睿智地融入；而深入生活、融入社会则是他的一贯宗旨。由此，才有可能创作出跟随时代脉搏、为广大诗歌受众认同的作品。我们看到"数不清的面孔/擦肩而过/在熙熙攘攘的人群中/有一种绅士风度/油然而生//走进这条街/犹如走进/一部小说里……能让你——阅读一生"（《南京路步行街》）。这首诗看似平淡，却并非简单。南京路步行街只是大上海的一根脉络，却能牵动整个上海的经济信息神经。诗人的睿智在于：紧紧抓住步行街的特点而步步追索，充分展示其迷人魅力。

在商品经济大潮的现实中，庸俗无聊、追名逐利等思想不断受到推波助澜，从而在人们的心头筑起了一堵堵无形的"墙"，挡在人们的心与心之间；一屋灯光不轻易流泻到左邻右舍，阻碍了情感的交流；从而，心灵渐成"荒漠"。于是，诗人一针见血道："墙是挡人的/挡陌生人/挡伪君子/墙是她垒的/在芬芳的心房/筑一道屏障/打开墙上那扇门/关键是找到/那把钥匙"（短诗《墙》）。这"墙"既是现实的又是虚构的，它造成人与人之间的互信度每况愈下。作为诗人，当在八面风雨之中，守住自己的高洁，保持自己的清纯；同时，热切地呼唤世人，不断地打破自己内心的砖墙，追寻自己内心的梦想，从精神的荒漠、壁垒中走出，去营造圣洁的社会绿洲。

他的笔还时时触及社会底层，关注小人物。特别对弱势群体予以关怀，对社会不良现象予以拷问。看："时下，都市不下雪/可城里人新房里/却堆满雪花//（那是小木匠/刨子刨出来的）//小木匠要娶亲/家里没有存款/他到城里来/走在大街上/工具包里的斧刃/闪着惊异的目光/远方来的小木匠/白天汗水流淌/夜里泪水流淌/在母亲殷殷的呼唤里/他梦见雪花飘飘的家乡/

有了一间自己的新房。"（《小木匠》）如此充满生活气息的诗作，让人读后，思绪油然回到了现实中来。他写民间疾苦，椎心泣血，回肠荡气，追问历史，振聋发聩。那炽热的情感，深刻的思考，坦诚的襟怀和强烈的忧患意识，倾泻笔底！温馨的情感，来自心灵的深厚底蕴，那里应该燃烧着一团与生命共存亡的青春火焰！

在希涛老师的各类诗作中，均力求"诗中有画，画中有诗"的艺术境界，诗情十分浓郁，风格迥异独特，耐人回味。在他走南闯北的行吟之作中，大好山河神态迥异，各有其貌：秀丽妖媚的江南、粗犷豪放的康巴在他的笔下均熠熠生辉。他善于捕捉地域的风土特色和原汁原味的风俗人情。看："红红的袈裟/裹着绛红色的胸膛/身躯被岁月/浓缩成一把竖琴/康巴古寺/静静坐着的老喇嘛/佛珠，在那爬满蚯蚓的/指骨间滑动/嘴里面咕噜出响/半开半合的眼中/有两朵幽幽的葛兰花/——在摇晃……"（《康巴古寺》）精细地展示了康巴藏区喇嘛特有的风土人情。即便是一个微小的细节，一幅动人的场景，一缕稍纵即逝的思绪，都充满了诗情画意。"巍巍斜塔/像一支/青灰色的蜡烛/在我心头/点亮一曲/千年的/古歌新韵"（《虎丘细雨》）；"老额吉/从锃亮的铜盆里/捞起一轮/熟透了的月亮……"（《西部高原》）我们从诗句中享受着空灵之美、意境之美。其对于中外诗歌艺术的丰厚修养和细腻敏锐的艺术感受力，得到了完美的结合与发挥！

"诗歌是一种需要用心、用血、用泪去营造的彩虹。每当我进行诗歌创作，或诗歌朗诵时，就会沉浸在文学的急流旋波之中。"斯人如是说。

"得地自然丛，那因种植功！有花皆吐雪，无韵不含风。"（唐·翁洮《苇丛》）这何尝不是诗人刘希涛人格的写照！

争取曾经缺少过的美丽

爱情是人类不尽的情结！宇宙魂由阴阳托着，人类魂由男女捧着。人总在寻找自己的另一半，由此人性当会更完整，更丰盈！无怪乎，爱情成了古今中外文学的永恒主题。

人说五旬档口是个尴尬的年龄段："在本该美丽的岁月未曾美丽"，"失落了就要捡起来"！鲜活的人生都有七情六欲，然而，不少年长之人则不敢正视于此。当然，并非就此认定他们是道学家或伪君子。人生经历许多后，面对世界的日趋复杂，虽时有怦然心动，而"宝相"仍然庄严！在上世纪90年代中期，已入"知天命之年"的刘希涛不追求"宝相"，竟在诗坛上华丽腾达，应了那句"虽千万人吾往矣"的名言！谁说自己不能争取曾经缺少过的美丽？

在那个喧嚣的年代，刘希涛不但不为众多诗人由"夜莺"向"海鸥"演变的大潮所动，在坚持深入火热生活中，还变着法子寻找诗的新径，决意以"拾荒者"的勇气"再美丽一次"！老大不小的他由此竟再次邂逅爱神，焕然如初恋少年般痴情地追寻着爱情诗，从此在心里打起了一场激烈而温柔的玫瑰战（季振邦语。见刘希涛诗集《爱情恰恰》序言）。

冲动源起于舞蹈！年过五十的他，居然学会了跳舞。每当文人相聚，在酒酣耳热之后乐声四起时，他会勇敢地邀一个舞伴，就着旋律跳上一曲。

跳舞有"脚跳"与"心跳"两种，希涛爱的是"用心"跳舞。在乐声中，翩翩起舞的他是如此的令人意乱情迷！他的"心跳"有一种推进创作的内在逻辑。爱情为何？那是一种生命的体验。舞蹈为何？那是用身体语言表现感情，极具人情味强化了的生命体验。他将其合二而一，且用后者来丰富前者的感受，使之成为艺术手法上的"他山之石"。而这就着美妙音乐，柔情似水的一跳，竟跳出灵感，跳出了那么多百转柔肠的爱情诗，跳出了《爱情恰恰》——一本有着4辑82首诗的爱情诗专集！他笑言，这是"感情碰撞"的结晶！这也许该归功于那不拘陈规的思维方式，永不停步的挑战精神！

当我们看到："我们的脸上/滚过七彩光束/我们的眼里/有星星在闪烁/一切都在跳跃/一切都在旋转/在肩和肩的碰撞中/我们协调得像一个人/恰恰，恰恰恰……"（《我们跳起来》）如此明白流畅，而由此散发出的旋律、节奏、身体的撞击、心灵的感受，让人体味到那鲜灵而浓烈的诗的语言。

读刘希涛的爱情诗，常常会使人想到自己那花瓣雨纷扬的"爱情雨季"。他的爱情诗不仅情景交融，且饱含数十年人世沧桑之哲理，读来令人咀嚼回味：

"我双手接过她的温情/从此在我的案头/一团柔和的灯光/夜夜为我照

明/那是她的眼睛/……她用爱得灼热的嘴唇/在我额上响亮地一吻/于是，我那'爱情恰恰'便和曙光一起/——应运而生。"(《她送我一盏台灯》)情思微牵，柔思幽赠。动人的诗句蕴含着的，是那如花般含苞而又怒放的真情！

当然，希涛的爱情观和价值观是严肃而执着的。诗可证："一个古老的问题/犹如一口/深深的古井/我趴在井口/凝视静静的井水/倾听古井的心声/古井告诉我/他永远记着/人类的饥渴/所以才有/永恒的生命/于是，我把这句话/搓成长绳/开始寻找/那汲水的吊桶。"(《关于爱情》获全国爱情诗大赛二等奖)诗人通篇运用比喻的表现手法，把爱情比作一口古井，把人类对于爱情的渴望比作是对深井中甘洌清流的渴望。诗人怀着一腔敬畏去"凝视"和"倾听"。一个"趴"字，刻画了其对爱情凝神向往的虔诚和倾心追求的专一，也说明古井（爱情）强烈的诱惑力。爱是心灵的呼应，也是人生深蕴的开掘。他全身心地向井口探视爱情的渊底，想要听到发自深井的情感的回声。由此可见，作者的爱情观是崇尚传统矜持型的。尽管"饥渴"是一种需要，是一种生命的驱动力。但要达到那美好极致的爱情境界，必须要经过那"搓成长绳""寻找吊桶"的漫漫追求之路，绝非是"闪婚"，更非是"一夜情"！

再看："诗人醉了/失落了一支横笛/湖水托起它/吹出桃花/吹出美人……我在她目光中栖息/犹如一只水鸟/在湖面上轻盈。"(《诗人醉了》)其意境贵在一个"醉"字：人醉、景醉、情醉……所有的一切在瞬间随桃花溢出了芳香，醉了自己的心，也"醉"得世人如饮春醪。一切美，都是从沉醉中发生的。保持内心的一种沉醉状态，创作灵感便会汩汩涌出。而令诗人"醉"的"她"仿佛是水似的笛声，亦似乎为湖水吹出的美人、气息如兰的女子；而实际乃是与自己甘苦与共、相濡以沫的老伴。尽管眼前的"她"已是华发两鬓、皱纹密布，但珍藏在诗人心灵深处的爱人，永远都如春蕾初绽般的美丽。诗人把高尚的纯情之爱赋予人间，同时也赋予心上人，是爱的大智慧。

在诗人的心底，爱人是"真善美凝成的精灵"，"艳若桃李，灿若霓虹"！那细腻的笔触、炽热的情怀、美丽的联想令人称绝！

雨果说："人生是花，而爱就是花的蜜。"爱是生活的滋润，让诗句徜徉在爱的河流中的诗人，则是年轻的！由此我们见到了一个怀着一颗年轻的心，对生活充满憧憬的人，在小心翼翼地拨动他心头爱的琴弦，或轻捷、或热切……透过刘希涛的诗，我们不难看到拥有爱的生命才是鲜活的，拥有爱心的人，永远是年轻的。

咋不见你的模样

上世纪以来，刘希涛发表了数量可观的歌词，他主编的《上海诗报》还开辟了歌词专版，如一片词苑绿洲，耕耘不懈，先诗后词，佳作涌流，令人称颂！

他的歌词，或曰歌诗，尤其是情歌歌诗，大多写得清新婉约，诗味很浓，富有诗意美和音乐性。以情进入，构思精巧，并能升华为哲思而深化主题。

在爱情歌诗中，尤以《康定老街》为代表，这是当年他去甘孜藏族自治州首府康定时写的。这并非是在"跑马溜溜的山上"，看到了"那朵溜溜的云"的即兴之作，而确实得之不易！

那年，他追寻《康定情歌》的神韵，从上海出发飞驰千里川藏线，翻越险峻的二郎山，跨过急流奔吼的大渡河，来到康定。沿着康定老街，寻找《康定情歌》里那"李家溜溜的大姐"！"找啊找啊，从白天找到黑夜，从黑夜找到黎明"……在那悠远的歌踪云影，虽未见到"大姐"的芳容，却鬼使神差，觅来了这首《康定老街》，也是天道酬勤，对跋涉者的馈赠。在"山风吹落了月亮，老街悠长悠长"的梦境中，见到她"柔柔的发辫／搭在高原的肩上"；"山风吹出了太阳"之时，"木门早已打开／咋不见你的模样"。这抑或是诗人美学追求的境界："伊人"总在水中央！这距离却永远无法抵达，何其令人忧伤！此乃诗之魅力所在。歌词从日月轮回，情景变幻中衬托出作者着力要写的"大姐"的柔美与爽朗，隐形而得意，回味无穷！

《康定老街》沿着《康定情歌》的诗情美韵，诗意美和富有音乐性的起笔贯穿全篇。歌词中，作者感情流动的韵律，都为作曲提供了乐感和旋律驰骋的空间。这说明，作者是以诗人的慧眼捕捉到生活的诗美；又以词家的慧心情思，猎获到大自然的天音律动。正如诗评家吴欢章所评说："诗人来到康定老街，并没有细述在这条古老街道上的所见所闻，只是把长久流传的《康定情歌》的意境，和眼前的情景水乳交融般地糅合起来，让诗篇弥漫着一种似真似幻的迷人的美的氛围，不论是对那'李家溜溜的大姐'的深情追寻，还是对那'一轮溜溜的月亮'的由衷赞叹，都给读者带来一种像'老街悠长悠长'的说不清道不尽的美的韵味。"（《诗从生活深处飞起来》）

《康定老街》原本是一首诗，朋友咏之，说其乐感很强，可以改成歌词，而这一改，原本"养在深闺人未识"的一首诗，经著名作曲家谱曲，竟"回眸一笑百媚生"，在词坛上走红了，引发了全国广泛的传唱。后又赢得众多作曲家争先谱曲，据悉有数十首曲作问世，歌词和歌曲先后在中国作协和中国音协主办的权威刊物《诗刊》和《歌曲》上发表，并走进了青歌赛……荣获第十一届"北极星杯"全国词曲比赛银奖，同时入选《中国歌词精选》。一些地方还把它变成声音搬上了舞台，一时好评如潮！一首歌词能产生如此轰动的效应，这对于写诗多年的刘希涛，是万万没有想到的！于是，他又翻阅了自己多年写的一些短诗，发现有一些也是可以改成歌词的，由此，他决意要成为"两栖"文人，即一手写诗、一手写词。

除了《康定老街》外，希涛老师的歌词还有不少佳作，有的堪称精品。如《美人走过的地方》，它的文学韵味、情感色彩、音乐形象，都令人为之倾倒。"美人走过的地方/清风把梨花吹亮/一条优美的曲线/牵走多少目光/美人走过的地方/飞鸟停止了歌唱/诗情在江边涨潮/绿叶摇动着遐想/美人走过的地方/让人那么的神往/美人走过的地方/叫人这般的惆怅。"如此，把美人写得出神入化了，犹如曹植笔下的洛神。在此，我们也看到作者捕捉到的"意象之美"：美人走过的地方，清风居然"吹亮了梨花"；她那优美的曲线，牵走了多少目光，飞鸟为她停止了歌唱，绿叶摇动着遐想。如此诗意的感觉如神来之笔！希涛笔下的美，是清淡雅致的。这首歌词的音乐感也极强，读来朗朗上口，有一种流畅的音乐之美。

又如："行人的脚步/不再迟疑/枝头的鸟儿/唱出新韵/扑面的北风/不再凛冽/清冷之中/透出温馨/哦，冰在化，雪在消/一觉醒来是早晨/我'吱嘎'一声/推开春的大门。"（《推开春的大门》）微妙的感觉，空灵的语言，透出清新的诗意。特别是结尾一句：诗人"吱嘎一声/推开春的大门。"令人望之有景，闻之有声！

再如："小桥流水/斑驳苔痕/乌镇是一支横笛/吹出悠悠的古韵/青石长街/黑漆大门/乌镇是一本厚书/读出历史的幽深/哦，乌镇，乌镇/茅盾先生的故居/江南的一颗明珠/多的是厚重/少的是脂粉。"（《乌镇》）写得古典精巧，短短几句，作者已把这座江南的小镇的古典、幽深、厚重、神韵，传神般地描绘在我们面前。词中有描写，有抒情，描写带彩，抒情含韵。把乌镇比作一支横笛、一本厚书，这意象准确、生动而形象！这首带有古典韵味的词，若配以带有江南特色的音乐，或可成为一首极富神采的水乡歌曲！

希涛老师亦写儿童歌词，那一首《叔叔，快把枪放下》令人赞叹："叔叔，快把枪放下，把枪放下/那是一只美丽的小鸟/那是一朵会飞的鲜花/它把春光带给蓝天/它把秋月送给晚霞。"毕竟是诗人写词，风味不同。"它把春光带给蓝天/它把秋月送给晚霞"，一种诗意的美扑面而来。最后意境逐步升华，"叔叔，快把枪放下，把枪放下/让枪口也长出新芽/开出最美丽的鲜花/让枪杆也长成大树/给小鸟一个温馨的家"。想象是如此奇特，且寓意深刻，主题鲜明。"让枪杆也长成大树/给小鸟一个温馨的家"这形象的词句，胜过无数直白的说教。

刘希涛的歌词韵味无穷、诗意盎然，这固然和他写了多年诗有关，而对于一个歌词作家，能把自己的词写出盎然的诗意，富有文学的品位，则实在是难能可贵的。

相思月明时

希涛老师认为，诗人该有博大的情怀，不要小肚鸡肠，只戚戚于个人情感风波与得失；要把眼光放到大处，多关注现实生活的重大题材，并努力尝试着揭示社会生活的精髓。

宋人朱熹认为："要使方寸之中无一字世俗言语意思，则其为诗，不期于高远而自高远矣。"（《答巩仲至》）刘希涛说："我喜欢这样的诗：锤声火色里，透出冷峻的针芒；轻歌细吟中，也有金刚怒目的猛志。热烈的，像带花的果枝，在风中恣意舞蹈；恬淡的，似静夜的月下，黯然飘来一片甜橙花香……形式自由中，严谨见功力，朴质平易而寄慨遥深。"（《神州风景线》前言）

在写诗的同时，希涛老师也写下了大量的散文，一批佳作就集结在散文集《相思月明时》中。他的散文相当精致，句子精雕细镂、一丝不苟。作者把诗一般的情感融进散文之中，蕴含丰富的诗化语言，其间充溢着诗的意境、激情和韵律，使散文有如散文诗似的优美。如荣获全国散文一等奖的《相思月明时》，作者深情记述了军人戍边以及与南方军嫂之间的"故事"，并将之蕴含于月亮、旋律和歌词内容的想象中。

以写诗的手法结构文章，在希涛的散文中不胜枚举。如《拨动大上海竖琴的人》一文，通篇以"竖琴"两个字来设喻，歌颂了我国著名桥梁专家林元培率领群英潜心钻研，设计建设南浦大桥、杨浦大桥的曲折过程。树起大上海的"竖琴"，弹奏出气势恢宏的辉煌乐章……如一首激情洋溢的朗诵诗，令人不禁情醉！那洋洋洒洒的散文，天地万物皆入内：一花一草，一人一事，一情一理，均成篇章。清新、自然、和谐、安详，微风暗送秋香！

"文章贵在有意"（苏东坡语），意者，心音也，即作者的心声，行文要有自己独特的思考。刘希涛的散文多以"真"字服人、以"情"字感人、"意"字动人！如《林则徐流放的地方》《我的钢铁情结》《强荧的故事》等文章饱含着真人、真情、真景，无不以小见大，形真神似，真实可信。其散文选题新颖多样，既有对祖国壮丽河山、悠久历史的诗意抒发，也有对师长、友人深情的缅怀，还有对人生、理想的追求探索，给人以物、情、理、趣多元组合的和谐之美。其作品并非是生活的"浮光掠影"，乃是源于生活高于生活，且具相当的深度。

其诸多作品以叙事写人为主，并从不同层面揭示所写人物各自的人性美，这里的"人"是性格各异，丰满可感；这里的"事"是具体而不乏重点，朴实而不乏生动的。诸如写贺绿汀、贺敬之、张瑞芳、刘晓庆、铁凝、叶辛、竹林、冯巩等不少文艺界名人，用心用力去书写那些名人内心深处新的世界、新的境界。我们看到了"刘晓庆已从浮躁和喧哗中走出，她忘记了往日的失意和不快，她正以一颗平常心去拍片、去兴教办学……"

（《刘晓庆圆梦》）她也认为自己的人生比电影精彩，"酸甜苦辣都有了"。而这样的人，这样的人生，也往往容易被误解！在希涛老师的笔下，我们由一个个实实在在的文化名人看到了"真"，从而由"真"见到了"善"、由"善"发现了"美"！

写老百姓、写普通人，更显示了向下看、向生活深处看的眼光。在《"扶手"阿婆》中，他写了一位殷行社区83岁高龄、55年党龄的刘玉宝阿婆，平时省吃俭用，用她从牙缝里省下来的一万多元钱，为社区内的二十幢楼道，安装了方便老人上下楼梯的不锈钢扶手……如此无私奉献的精神，让我们见证了一位普通共产党员的闪光心境。

希涛老师也写自己，在展示自己的个性和情感世界时，也是多侧面、多角度、全方位的。其有感而发地表达了自己的真情、真味，真实人生和真实个性。

"椰子树像什么/不像芭蕉，也不像棕榈/椰子树就是椰子树/太像别人就没了自己。"（《海南椰情》）如此结句，点出了海南椰树的特色，也点出了诗人自己的个性！不能太像别人，我就是我自己！勇敢地表达自己的心情，静静聆听来自内心的声音……

一切由个人感受出发，追求散文般的人生，全身心地去接通一个更为广大的心灵世界……散文般的人生，是用理性的智慧思考人生，用理性的态度面对人生，是至性、至情、至境、至理的人生。由刘希涛的《林则徐流放的地方》，而想起林则徐的人生。提起林则徐，人们立刻会想到虎门、广东，而少有人想到伊犁。虎门销烟，广东禁烟，震惊中外，写下了永载史册的光辉篇章。而在流放地伊犁，是林则徐一生中最苦难最落魄的日子。面对厄运，面对人生的巨大落差，林则徐没有惊慌，没有绝望。他镇静坦然、慷慨悲歌，人格和灵魂中依旧保持固有的那份伟大与高贵。由此，我们看到了人世间蔚为壮观的"生命的瀑布"！这也是刘希涛所景仰的。

曾经惊涛骇浪，也能静如处子。这是内涵丰富、情韵别致的人生，是平实中可见奇崛的不俗人生，是随心而为却终不逾矩的惬意人生。将这样的人生用文字结晶下来，既是一篇篇优美的人生散文，也是自己的别样人生。由此而得行云流水般的自在、随心而为的畅然！

想你/想你一定会来

　　新世纪，刘希涛吹响了人生新的"集结号"，承担了传播诗歌种子的责任：他主编的《上海诗人》于2002年10月在上海正式创刊，后改名为《上海诗报》，并以此培植文学新苗，扶掖文学新人。同时，刘希涛又成为一位区域文化活动家，杨浦区新东宫文艺创作团队的出色领军人物。

　　位于上海市东北部的杨浦区，是个百万人的大区，曾经是中国近代工业的发祥地。"大杨浦"丰厚的人文底蕴，绵长的文化传统，沸腾的工厂生活，造就了一批又一批的文学新秀和工人作家：全国知名的有胡万春、俞天白、程乃珊、贺国甫等人；有影响力的诗人更如群星闪耀，令人难忘，如毛炳甫、居有松、谢其规、刘希涛、薛锡祥等，"摇篮"之称，名副其实。

　　1990年代中后期，由于经济大潮的冲击，职工文学、文艺创作渐渐进入低迷期，加上沪东工人文化宫的改建，"摇篮"曾一度处于停顿状态。进入新世纪，杨浦区总工会领导从打造"先进文化"出发，决心重振"东宫"的"摇篮"雄风。2003年7月，上海新东宫文艺创作中心成立。刚从《城市导报》副刊部主任岗位上退居二线的刘希涛，被聘为中心常务副主任。

　　作为"领军人物"，刘希涛怀着深深的"东宫情结"和"不解之缘"，回"娘家"领衔文艺创作工作。"文创中心"的诞生，再次唤起作家、作者们的巨大创作热情。在"新东宫文艺创作中心"的旗帜下，重新聚集起一支200人的文学创作队伍。刘希涛由此携来"百侣"，从"工业杨浦"向"知识杨浦"扬帆奋进！

　　在刘希涛的筹划下，文创中心举办了名家系列讲座，程乃珊、吴欢章等著名作家为文学爱好者授课，使众多作者开阔了视野，提高了写作水平。同时，千方百计开辟阵地，在《杨浦时报》上开设了《新摇篮》文艺副刊，率先打出了"上海作家看杨浦"的旗号；在区总工会创办的《桥》报上，创办了《金摇篮》副刊，让成员的作品"集中展示"，积极扩大东宫作家群的影响……希涛先生的心愿在实现着：大杨浦更"大"、更"亮"了！不但本区，连兄弟区、县乃至外省市的文友也凝聚过来了；一大批业余作者寻到了知己，佳作频频问世；连上海和全国著名的作家、诗人也乐于在大杨浦的报刊上发表作品了……这一群众性文学创作勃兴的"杨浦文学现象"带来了良好的社会效应，引发了社会方方面面的关注和反响，也得到了区党政工领导的首肯和赞扬。

自然界有这样一种现象：当一株植物单独生长时，显得矮小、单调，而与众多同类植物一起生长时，则根深叶茂，生机盎然。人们把植物界中这种相互影响、相互促进的现象，称之为"共生效应"。相聚的群体之间互相感应，互相吸引，互相呼应，互相促进。"共生效应"发挥得好是一种强势资源。这是一种普遍存在的现象，既存在于自然界中也存在于社会生活中，在文学艺术领域亦如此。人才在一起就像植物一样，"共生"则生气勃勃，富有活力。人们称，上海市工人文化宫有一个话剧、电视剧作家群，沪东工人文化宫有一个诗歌、报告文学作家群。在上海有这样两个"作家群"，互为掎角之势，由此造就了一方杨浦和上海文学的"共生园地"。这块共生的园地，在不断地优化着许许多多隽智的心灵，精彩着许许多多壮丽的青春！"偷来梨蕊三分白，借得梅花一缕魂。"（黛玉诗）由此，文学之花才绽放得那么艳丽。

凭借新东宫文艺创作中心这座平台，希涛老师每年组织全区、全市、全国性的创作大赛和"上海作家看杨浦"活动，在新中国成立55周年及复旦大学建校100周年之际，陆续举办了《祖国·母亲》和《我心中的复旦》等全国诗歌大赛，获奖诗作和优秀作品，分别由文汇出版社和复旦大学出版社结集出版。在"迎特奥、迎奥运、迎世博"之际，举办了"诗心传递迎特奥"全国诗歌大赛；开展了"魅力杨浦——上海作家采风一日行""诗人、作家看杨浦、看复旦、看同济、看理工、看水产、看殷行、看五角场""城市有我更美好——迎世博，上海作家看杨浦"等活动。由他牵头，或由他参与创意，先后创办了《今日殷行》《平凉之窗》《大桥人家》等社区小报……由此，让诗人作家们更有效地搭准时代的脉搏，写出了一篇篇歌颂火热生活的作品。继《我心中的复旦》《你是一棵大树——上海理工大学百年礼赞》后，《唱响凝固的乐章——同济大学百年礼赞》《蓝色奏鸣曲——上海水产大学95华诞礼赞》《因为有了你——作家笔下的劳模》《城市有我更美好——迎世博征文集》等大型诗文摄影集，陆续出世，影响深广，为打造和建设"知识杨浦"做出了贡献。

"参天松色千年志，坐听涛声到黄昏。"希涛先生把整个身心都交给了他挚爱的文学创作事业。2005年因劳累过度，致使他十二指肠大出血，病情十分危险。但康复后，却仍不改初衷。对诗人来说，热情和诗意永远不可丧失。即便是风烛残年，也不能熄灭那如火的热情。

在东宫工作期间，刘希涛年年被评为优秀工作者。2009年7月，希涛先生被中共杨浦区委、区政府、区文化局、区教育局、区档案局以及区总工会等单位授予"杨浦文化名人"的光荣称号；同年9月，当选为杨浦区作家协会副秘书长。

在刘老师的家中，常常是雅士云集、高朋满座。这是一个新春的夜晚，在刘家那宽敞的客厅里，十余位诗友欣然相聚，朗诵诗作，碰响酒杯。友情浓于酒，诗意在月色里流淌。灯影中，上百张五彩缤纷的贺卡在客厅墙边闪耀，有诗友送的，有区委宣传部、组织部邮来的，还有中国作协、上海市作协，以及区委书记陈安杰寄的。恭贺他为建设"知识杨浦"放声高歌、涛声依旧！一张张崭新的贺卡，寄托着美好的祝愿，传递着朋友的深情……

来宾们品味着美酒佳肴，吟咏着诗人韵味悠长的诗，赞叹着刘老师"如椽笔高举在手，数十年笔耕不休"！

此时，在大家的簇拥下，刘老师情不自禁地朗诵起自己的诗作："拂过花香的裙裾/散发一地芳馨/我在窗前品茗/在缭绕的茶香里想你/在咕噜作响的铜壶边想你/掰着手指掐算/侧着耳朵倾听/那卵石甬道上/传来的脚步声/想你，想你，想你/想你一定会来。"（《想你一定会来》）诗人热情奔放，激情洋溢！朗诵时，一次次展露出的刻骨铭心的甜蜜让人如痴如醉……

缺少了醉人的绿，鲜花不再娇艳欲滴；听不到潺潺流水，空山变得格外死寂……人生靠的是相扶，事业靠的是相助，正是有了共生的合作、共赢的智慧，才有了万紫千红的锦园！

痛苦和欢乐从心头流过

岁月匆匆，且行且唱，激情诗人刘希涛勤于笔耕，花满庭园，蕴蕾怒放，风姿绰约，果实累累。"习诗五十年来，我并未停止过跋涉的脚步"。他已在《人民日报》《解放日报》《文汇报》《文艺报》《文学报》《新民晚报》《诗刊》《词刊》等上百家报刊上发表作品800万字，发表诗作、歌词2000余首，出版诗集《生活的笑容》《神州风景线》《爱情恰恰》《涛声回旋》《开花的季节》，报告文学集《胸中有把火》《从徒工到富豪》《赶潮》《开拓者的风采》，散文集《相思月明时》，歌词集《美人走过的地方》等15部著作。《费孝通九访江村》《新世纪的广场》《沿着外滩美丽的弧线》等数十篇（首）散文、报告文学、诗作分获全国及省市优秀作品奖，《沿着外滩美丽的弧线》收进全国中学生阅读文选。"刘希涛传略"已分别载入《中国作家大辞典》《中国音乐家大辞典》《中国当代诗人大辞典》《中国文学家辞典》《中国作家自叙词典》《诗刊·中国当代诗人群像》等上百部辞典之中。

"无可选择，我的生命是属于诗歌，属于文学的。"他把对文学的追求、对幸福的憧憬、对爱情的向往、对家庭的渴望、对朋友的友情……都化作一行行诗篇，融进了那神圣的文学殿堂里……如今，"写作已成一种生活方式，再也无法把它从自己的生命中剥离"。

希涛老师是真诚的歌者，他的心中充满爱。"他用真诚和生命喂养诗歌，诗歌也以特殊的力量支撑过他的生命。"恰如诗评家冷梅所说，"诗歌是他永远的精神支柱，是灵魂无法逃脱的皈依。"故而他的诗路越走越宽阔，步子迈得越来越稳健，也使他的诗歌呈现了另一种美丽。

他的诗风已趋向沉雄。他在不懈地坚持内心的追寻，不停顿地进行智慧的遨游，在诗的王国叩问人生，缅怀古今，不懈地创造……

在向诗与远方前行的路上，一位被人们亲热地称为"中国的名老头儿"的长者忆明珠，堪称为希涛心中的一盏明灯。而希涛老师对忆明珠的记忆是难以忘怀的："那是一张令人难忘的堆满了笑容，长得酷似画像上的达摩的脸。他那话语风趣，无遮无碍，俨然是对知根知底的挚友般聊天……"较之于那些"嘴尖皮厚"的"大师""名流"，更是有难以比拟的可爱！

希涛老师于上世纪50年代开始学诗时，"在贪婪阅读和摘抄名家诗作时，便记住了忆明珠的名字"。而今50多年过去了，依然能一字不漏地背诵他的许多诗句。刘希涛评价忆明珠的诗是"灵魂的叫喊、心潮的涌动"，是"当代的才子，却又是一朵不肯红的花"。他有"对于人生的大悲悯和对于人生的大清醒。让人顿悟：高贵的诗产生于高贵的心灵"！

忆明珠值得称道的是他的读书生活。忆明珠最爱读的是那种无须用文字书写的天然的书，即他称之为"天书"的"无字天书"；这"就是大千世界、人生社会这部大书"。别人喜欢进书店，进图书馆，他则喜欢逛菜场，逛商店，逛街头小摊。于青菜萝卜的小本交易中，街头巷尾的童言妇语里，亦可知人心而论世道。他认为这些地方"大有文章"，甚至有"大文章"。

　　大悲大喜大愤出诗人，这也造就了忆翁的诗性，成就了他饱含智性的写作。他说："一个作家，唯有作品是自己的，其他都是身外之物。"他听不得闹市喧嚣，看不得俗尘浊烟，静静地栖守着心的"方寸之地"，写着宁静而纯美的诗和文章……他是区别于一般"写诗人"的"诗人"！诗常有，而诗人不常有。故而，他的作品才"那样隽永耐读，才那样真切动人"。

　　痛苦和欢乐从心头流过，长歌当哭，一个"情"字与生俱来挥之不去！在远方，总有一个声音不绝如缕，在呼唤着诗人，不让他安歇……这声音像一个符咒，掌控着诗人的心灵。这，便是如天籁般的诗歌之音！

　　在聆听"新年的钟声"时，希涛老师发出这样的惊喜："呵，老去的是时间/不老的是青春/我们是一群幸运的人/又一次撞响了/新年的钟声"（《新年钟声》）。心灵的思想的精神的创作，需要坚韧不拔的力量，需要一种不息求索的青春意志，而由此也保护了青春，并将青春保存在热情和诗意之中。如此的乐观豁达！他，必定是生活的强者，也是诗歌艺术虔诚的守望者！在如此的诗人身上，年龄已无力宣告青春的终结。故而，他不会因岁月的流逝感到悲哀，却因能撞响新年的钟声而豪情万丈！为了诗，他甘愿子夜灯火五更鸡，为伊消得人憔悴！

　　诚然，希涛老师深情于"诗"，亦深知，写诗"能靠它升官发财吗？若无一份本职工作，能靠它养活自己、养活家人吗？"结论是："实在是不可能也靠不得的事！愚写诗五十年，得诗上千首，不依然一身瘦骨、两袖清风吗？！不依然出行靠公交、囊中羞涩吗？！"时下，写诗远不及写畅销小说、写色情读物、编低俗刊物之类来得容易赚钱。"诗"，既不能"待价而沽"，又不能"竞标出售"，没有"外快"可捞，只有少得可怜的一点稿费。这看上去似乎是感伤，而他"却真实地'醉'在幸福之中"！

　　他仰望着诗神："它是夜空中的月亮，它是黑暗中的星光，它是人类灵魂的灯火、情感的清泉；它是真、善、美滋养的人道情怀和人文精神的荟萃；它是呼唤人间真情的唢呐……拒绝'诗性'的浸润，人性难免干瘪；

缺少诗化的教养，人生势必走调；而生命中诗意的普遍衰减，是造成人性畸曲或退化的先兆。这就是诗！"

刘希涛依然无怨无悔，愿为它终生厮守、为它"三更灯火五更鸡"，熬煎"自己的血肉"！

这就是诗人人生的写照！尽管"吃的是草"，挤出来的却是"奶、血"，然金鸡司晨，杜鹃啼血，他依然无怨无悔地为祖国歌唱，为人民歌唱！把情感连同美妙的富于智慧的表达方式豪爽地奉献给世人，直到烧完胸中的那支火把，耗尽心头的那盏油灯……点燃自己也是一种幸福！

2012年岁末，继文学大师茅盾、巴金后中国作协的第三任掌门人、中共中央委员、中国作协主席、著名作家铁凝发来新年贺词："刘希涛先生'涛声依旧'。"希涛由衷地"感激她对我的信任和鼓励……将是我永远的珍藏。我虽年近七旬，依然渴望燃烧！依然要以她为榜样，力争做个凭作品说话的作家"。

看那桃花灼灼，一树缤纷！又应了时节的步伐、约了四季的等待！"桃花灼灼兮，灿烂若霞，霞明艳兮……"你看它，永远是那份初见时的嫣然与惊艳！

汇聚奔涌大海的力量

"带走一盏渔火/让它温暖我的双眼/留下一段真情/让它停泊在枫桥边……月落乌啼总是千年的风霜/涛声依旧，不见当初的夜晚。"

上世纪90年代初，一首名为《涛声依旧》的流行歌曲，夹带着澎湃的涛声，传遍了大江南北……这首颇负盛名的歌曲就是优秀词曲作家和音乐制作人陈小奇的大作。自问世以来迅速风靡海内外，并久唱不衰，成为大陆流行歌曲的经典作品，其词曲作品以典雅、空灵、具有深厚文化底蕴的南派艺术风格独步大陆乐坛。

希涛老师更是为之心潮激荡，直言："而我，凭着《涛声依旧》这婉约动人的歌词和荡气回肠的旋律，走近陈小奇，去体味岭南文化的深刻内涵。"当然，刘希涛同陈小奇友谊的日新月异，并不只是由于那首流传广泛的歌曲，而在很大程度上是因为陈小奇的生活态度和文化态度。

"为经典而创作。"这是陈小奇常挂在嘴边的话，也是歌坛文坛盛传的名言。他是这么说，也是这么做的。他始终认为，好的作品，要经得起时间的淘洗。陈小奇坦言，他创作的歌曲能够脱颖而出，一个重要的原因，是内心的责任感和使命感让他在创作过程中，都以经典歌曲的标准要求自己，就如他的《彩云飞》《人间的爱》《韩江花月夜》等那样，每一首歌都封存着那段时光的欢乐与哀愁，尽管时光流逝，但依然不减风采。

在网络时代，为流量而创作者趋之若鹜！为流量而创作，还是为艺术而创作？陈小奇坚定地认为，"我们必须要去沉下心来创作，让自己尽量能够写出一些具备经典永流传的作品"。

"写出一些具备经典永流传的作品。"啊！历经了"千年的风霜"，尽管再也见不了"当初的夜晚"，而"涛声"仍然"依旧"！这不正是刘希涛老师所终生希冀的曼妙憧憬吗？

啊，"涛声依旧"——"涛声依旧"！这倾注了诗人一生的几多心血、几多追求、几多向往？这，不也就是他人生的座右铭吗？

其时，希涛老师在《中国城市导报》当记者，足迹遍及祖国四方，时有机会和文化名人接触，便留了个心眼，请他们为自己书写"涛声依旧"四字……

最让希涛爱不释手的莫过于著名诗人贺敬之为其所题之"涛声依旧"。

贺敬之不仅是当代一位蜚声中外、德高望重的著名诗人、剧作家，也是一位独具特色的书法家，是青年时代希涛的偶像，令刘希涛崇拜已久！贺敬之16岁奔赴延安，21岁因写出家喻户晓的歌剧《白毛女》而一举成名。青年希涛就是读着贺敬之的《回延安》和《放声歌唱》参军的；在部队期间，又读到他的《雷锋之歌》和《西去列车的窗口》等广为传颂的优秀诗作。"他豪迈的激情和惊人的才华，让我佩服得五体投地！"斯人崇敬之心情溢于言表。那年，刘希涛鼓起勇气给贺敬之写了一封信，在请其为《上海诗人》题写报名的同时，"斗胆"提请他为之书一"涛声依旧"的条幅。不料信仅寄出两周，就收到贺老的回信及为《上海诗人》题写的报名与"涛声依旧"的条幅。希涛真是大喜过望！他赞叹那"草书条幅"："它是那样气韵生动，气度不凡；它是那样龙飞凤舞，风神潇洒。笔走龙蛇的这幅字，乃当代诗人书法之神品耳。"

以后，许多文化名人知道刘希涛为了诗神"缪斯"，为圆文学之梦而投笔从戎，回沪后又放弃干部编制去当了十年工人（有"战士诗人"和"钢铁诗人"称号）的经历，表示赞赏，都觉得这四个字对其挺合适。于是，欣然挥毫，留下了灿若星斗、弥足珍贵的墨宝和手迹……

而今当我们走进希涛老师的府第，便会看到居室里陈列着许多我们所敬仰的前辈、名流名家不同字体的"涛声依旧"，表达了文化名人对刘希涛诗歌、散文的喜爱与推崇。几十年下来，希涛先生已积下100余幅名人所赠"涛声依旧"条幅，其中有著名诗人贺敬之、雁翼、李瑛、沙白、忆明珠、梁上泉、刘章、于沙、苗得雨、宗鄂、高洪波、赵丽宏、李小雨、徐刚、子川等人；有著名作家杜宣、峻青、铁凝、叶辛、何建明、谭谈、王小鹰、邓伟志、屠岸、丁锡满、丁法章、李伦新、吴欢章、沈扬、俞天白、沈善增、桂国强、钱汉东、管继平、简平等人；著名词家石祥、党永庵、陈小奇、李幼容、珊卡等人；有著名书画家程十发、姜东舒、任政、张森、毛国伦、刘一闻、刘小晴、黎邦定、宣家鑫、赵竹鸣、刘子枫、李茂年、丁申阳以及上海玉佛禅寺住持觉醒法师等人……并为其中40人撰写了文章。刘希涛为他们所写的文章都是一篇篇至情之文。许多值得珍藏于心的散文，这些叙述文化名人风采的作品，字里行间处处流露出刘希涛的真挚情感，读来别有一番韵味，也足见他的笔下功夫非同一般。

2016年，希涛老师将这些"涛声依旧"书法照片和文章结集成册，于是，我们见到了这本有故事、有生活细节、更有真情实感且图文并茂的大著《文化名人与"涛声依旧"》（文汇出版社2016年8月）。流畅精练的文字，弥足珍贵的图片，展示了系列名家的人文精神风貌。每幅作品，都让人感受到名家的人格魅力，展示了这个时代极为稀缺的高风亮节的精神品格和精神境界，显现了一种令人高山仰止的名人风范、大师风范！

而希涛老师也在其间汲取精神能量，养精蓄锐，汇聚奔涌大海、奔向诗与远方的力量！

在这本书中，我们欣赏到希涛老师对诗人、散文大家赵丽宏的"特写"：那是个"国字型的脸盘，说话儒雅"，"对诗歌执着、对生活充满热情之人"。令人难忘的是，他那"儒雅的静气，真诚的写作"的神态，他那"你只要走近他，和他聊天，你浮躁的心情往往便会安静下来，仿佛你面对的，是一本安静的书……只要你用心去读他的书，他的文章，便能感觉出他的憧憬他的期冀和他的真诚……"而读他的书法，"恍若面对一位长髯飘飘的仙家，让人神清气爽、俗气顿消。"其间附有诗人赵丽宏为刘希涛的题词："风华不老，涛声依旧"。确为精练而精到！"果然笔力遒劲，韵味隽永，不失为一幅自成风骨、立意高雅的珍品之作。"让希涛老师赞叹不已！

在这本书中，我们也阅览了希涛老师对多才多艺的家乡大哥苏位东的"素描"，"为人率真、坦荡而又乐天随缘"。他写的戏，尤其是戏中的唱词，其实是诗，"具有耐人寻味的意境。词写得美，既通俗顺畅，又流光溢彩……常让我读得摇头晃脑如痴如醉"。他认为，"做个好人，远比出虚名重要得多"。令希涛最为敬慕的是：不为名利而做，而为自己的爱好和兴趣而追求，来表现自己的心态和灵魂，才有价值。"他是这方面的真正'玩'家，玩出名堂，玩出成就，乃至玩出个大家来，实不多见耳。"这些文字也值得我们久久的"把玩"！

　　……

希涛老师一篇篇的文章写得如此平和、纯熟、散淡、清通、温馨。历经岁月的洗礼，修炼出一种东方式的沉静，在极度平静中行云流水，书写曾经沧海难为水的人生况味！生命里，如此众多的友情，让刘希涛度过了精神上颇为丰裕、生活上颇有活气的漫长时光，不懈地提升着他的创作热情与活力，催生出一首首激情的诗与歌。

而希涛老师的那种潇洒与宽容，不拘迂，不俗气，那种对于芸芸众生的热情，以及在诗歌散文作品中散发出的瑰丽光泽，使文坛内外有许多朋友爱戴他崇敬他，由此，在他的周围，日渐凝聚、促成了一支民间文学团队的生发和兴盛！

在文学的出海口放歌泛舟寻梦

在充满奇迹的改革开放时代，一个民间社团生根发芽、破土而出，渐渐地，从几十人到一百余人，再到如今的两百余名文朋诗友在文学魅力的感召下集聚在文学的"出海口"，以文会友、诗词唱和，群英会聚、交相融汇，在文学的出海口放歌泛舟寻梦！

伫立岁月窗口，深情回眸，哦！文学的出海口，景色斑斓！民间"二百人社团"，当之无愧！

时光上溯到2009年3月，一个以"钢铁诗人"刘希涛为主编，叶辛、李伦新、吴欢章、桂国强、曹正文等名家为顾问，所创立的"文汇出版社《出海口》诗文库刘希涛工作室成立了"。

待到2013年12月，一个由刘希涛领衔的上海博达文学社（上海出海口文学社前身）在复旦大学博达学院应运而生。一批批文友闻讯纷至沓来！

时光行进到2017年元月，一个以刘希涛为社长，名为"上海出海口文学社"的民间社团假秦书轩文化艺术有限公司宣告正式成立。顾问团由中国作家协会副主席叶辛、上海大学吴欢章教授、前卢湾区区长、《海上思南》杂志主编张载养等组成，齐齐到会祝贺。

"出海口"有众多令人瞩目的顾问高参。在这里，我们不得不说说最为瞩目的顾问高参：中国作协副主席、著名作家叶辛先生。

希涛老师与叶辛先生之间的友谊，始于上世纪90年代初，那时叶辛先生刚从贵州回上海不久。而希涛老师则读过叶辛先生的《蹉跎岁月》，看过同名播出的电视剧，并采访了他，"叶辛很友善，微笑着和我握手"。而叶辛赠予希涛的那幅"涛声依旧"书法条幅，更是两人"如对故交"的岁月见证。于是，我们一大批文友也有缘有幸常常见到这位个头不高、衣着随便的平民作家，"宽宽的前额下一双晶亮的眸子闪烁着睿智的光芒"，在文学社侃侃而谈着"一个个动人的故事……"

叶辛经常参加由文学社牵头组织的上海作家深入基层的采风活动，带头撰稿，并将刊有作家作品的书籍送到居民手中。就说那次"上海作家看五角场"活动，2019年4月，70岁的叶辛风尘仆仆，从江苏兴化驱车300公里，赶到上海五角场街道。与近30位作家、诗人，踏着明媚的春光，兴致盎然地走进陈望道旧居、走进北茶园睦邻楼组、走过大学路、走进创智坊天地……

叶辛为出海口文学社和《出海口文学》题写了社名和刊名，题写了《文坛潮涌出海口》的贺词。更重要的是叶辛给"出海口"带来的是文学的精神和文学的品格。叶辛始终认为："作家，就要以作品说话。"他在文学社恳切地教诲和大力提倡："希望大家写出更多有光芒、有温度、有理想、有筋骨的作品。"

高参顾问中还有中国作协副主席、中国报告文学学会会长，茅盾文学院院长，三次获得"鲁迅文学奖"的著名报告文学作家何建明先生；中国作协会员、上海市文联原党组书记、副主席、著名作家李伦新先生；中国作协会员、上海大学教授、著名诗评家吴欢章先生。这些文坛耆宿，著作等身，极为关注和扶植"出海口"的文学活动，在文学社发展壮大过程中发挥了积极的指导作用。

在"出海口"，有众多的高朋名家加盟。诸如：中国作协会员、高级编辑、影视剧制片人、上海市第五届德艺双馨文艺工作者称号获得者简平，中国作协会员、上海社科院文学研究所研究员潘颂德，等等，都是上海地区的著名作家、新闻界和文化界名人。他们摒弃功名利禄，牵手文学，让精神富足，有力地提升了"出海口"的知名度。

骨干成员中，有上海市作协会员、倡导"种树留荫"的"上海南风文学社"领军人物、兰质蕙心的"睡莲诗人"李冠琛女士；中国作家协会会员、国家一级导演、上海广播电视台原首席导演、上海白玉兰戏剧表演艺术奖原评委张文龙先生；中国作协会员、有"北有汪国真，南有王慧骐"之美誉的著名作家王慧骐先生；上海市作协会员、甘肃省天水市作协原主席陆新先生；上海市作协会员、《南苑文学》执行总编、载入《上海文化年鉴》的知名作家丁旭光先生等一大批高手，可谓是：藏龙蛟、卧虎豹！

在"出海口"，群贤毕至，少长咸集，文人相亲，修身播善，一派情深谊长、其乐融融的景象。集结在"出海口"周围的成员有作家、艺术家、教师、干部、战士、编辑、记者、职员、学生等等，涵盖了各行各业的人群。文朋诗友共聚一堂，互学共进，情深意浓，以追求真善美为目标，切磋琢磨，携手共进。

希涛社长十分注重文学上的多元化交流。组织"出海口"同兄弟民间文学社之间的联谊与合作，诸如与金秋文学书友会、宝钢文学社、江南诗社等开展文友作品研讨会等多项文学交流活动；也盛邀一些兄弟文学社人员参加"出海口"的活动，邀请他们成为"出海口"的会员，形成多元化的文学交流景象。

希涛社长大力组织文友走出去，接地气，为社会服务。自2004年至2018年先后在杨浦区殷行街道组织了三次"上海作家看殷行"采风活动，书写殷行其乐融融的唯美，开创了民间社团的先河。继而组织的"上海作家看五角场"活动，形成了一个良好的规模效应和长效机制。从此以后，源源不断的上海作家看盐城、看高邮、看宏波、看上海百年电力等采风活动此起彼伏！在火热的生活中"淘金"，写出了一篇篇有筋骨、有温度、有时代气息的作品，成为上海出海口文学社的一张"名片"。通过《出海口文学》《上海诗书画》专刊、《文学报》《劳动报》《上海老年报》《杨浦时报》做专题报道，在市区、社区、居民区广大群众中产生了广泛的影响。

值得一提的是，2020年初夏，在新冠疫情得到有效控制和企业复工复产之际，刘社长组织了"上海作家看宏波"采风活动，深入宏波集团参与的苏州河污水治理、青浦区水环境治理、横沙东滩八期治理等工程项目现场，写下了50多篇采风佳作，分别在30多家报纸、杂志、电视台刊登、播出。在喜迎建党100周年的日子里，又组织文学社携手宏波集团发起《党在我心中》主题征文活动，取得了丰硕的成果。印证了何建明副主席所言：写作者只有从书斋深入波澜壮阔的现实生活，才能感受到这座城市日新月异变化背后的动力所在。

在喜迎国庆71周年之际，刘社长结缘茶人刘志溪，于迎紫轩茶馆，顾问叶辛先生在由他亲笔题写的"上海出海口文学社"牌匾上轻轻地拉开了红绸，由此，茶香与文学"结缘"，为民间文学团体更好地服务于社会、服务于民众，弘扬正能量、唱响主旋律，开启了文学人与茶文化同舟共济的新旅程。

同年初秋，刘社长携手上海电力公司，组织了"红色作家看百年电厂'红色'传奇"活动。"出海口"百名作家，走进了百年闸北电厂，走进"民族之光"爱国主义教育基地，听、看百年上海电力留下的红色故事，飞扬的红色传奇，感悟上海电力几经风雨再转型的荣光，撰写诗文，歌颂红色历史，赞美红色传承、企业在新形势下的飞速发展！

如此，文学与社区、企业联姻，携来社区百花放、导引"出海口"、"宏波"并流，触发上海电力霹雳雷鸣！以一颗颗火热的心，写出有深度有温度接地气的作品，向伟大的时代和人民献礼！

文学是一场生命的远足

几十年来希涛老师在孜孜矻矻致力于诗文创作之际，同时深情地关心文学新人的成长。十多年来，他又以巨大的心力投入文学社的组建、各类文学活动的运作。在刘老师的关注、培养、影响下，在他的周围有一大批文学优秀分子成为沪上报刊发表作品的重要力量，显示了他的强大的凝聚力、亲和力和感召力！由此，"出海口"成为一方文朋诗友交相融汇、共创诗文成果、同圆文学之梦的基地、高台，成为后浪推前浪的文学在场接力跑！

著名作家王慧骐曾感慨道："假如说写作可以给人生带来快乐的话；希涛一定是信了孟老夫子的话，'独乐乐不如众乐乐'，他领着一帮或年长或年幼的同道，一起写，一块乐。"

在"以作品说话"的旗帜下，希涛老师搭建的一个能让文朋诗友登高望远的高台——出海口诗文库，经过10年的努力，出版文学书籍达180种之多，作者遍布全国，引起社会的广泛关注。同时，在刘老师的帮助和推荐下，许多作者由此加入了上海市作协、外省市作协和中国作协，喜圆文学梦、作家梦！刘老师在"出海口"组织编辑出版了两部《我的自选作品》大型图书。叶辛题写书名，吴欢章作序，每部选收了80余人的精心之作，开创了让爱好文学的普通写作者与著名小说家、诗人、散文家和文学评论家交相融汇、共创文学成果的局面，从而也获取了集体荣耀的分享。

"文坛潮涌出海口"，这是叶辛的题词。"千帆竞发改革潮，文心涌动诗兴高，上海有个出海口，喷珠溅玉浪滔滔"，这是吴欢章教授的贺词，也是大家的共同心声。

刘社长为"出海口"开辟了张扬文友风采的窗口——一份色彩缤纷的小报《上海诗书画》报。这份报纸，不仅每期发送至全国各地的诗人、作家，连现任中国作家协会主席、中国文联主席铁凝女士，也是看这份报纸的常客。而会员们看到自己文章的发表，更多了一份喜悦和荣耀，并倍感珍惜。

为进一步引导文学新人成长，近年，希涛老师推出了新作《诗余断章》。在诗歌的广袤原野里，诗人勤力耕耘60余载，他的诗如波涛澎湃，涛声依旧！历经半个多世纪，仍然初心如炬，使命如磐，年逾古稀的他，依然渴望拥抱青春，助推新人，让人敬佩与欣喜！

眼前的这部《诗余断章》，是诗人在漫长的吟咏岁月中，所等待、守候的诗的神光！这种雕章琢句的神来之笔，与过去重逢，与诗情相遇，显示了巨大的时空张力！那些个星点印迹、吉光片羽，撩人心扉！那些个迷人的灵性空间书写，灵感的瞬间凝固，让人爱不释手！

诗人在诗性神性的谱系中，探查诗神困境，追寻、召唤诗神的"原始强力"，通过林林总总令人意外的思绪与情绪，梳理出一种催人心灵洞开的诗意哲思。"什么是诗？/跳进生活的海吧，/尔后上来沉思。"这无疑是一种神旨般的诗性感悟！

时间的飞逝，激活我们的记忆！希涛老师的诗中充满着浓郁的人间烟火之气，生活中随处可见的物象、事态和情境，鲜活、朦胧地闪现，仿佛演绎的就是人们身边已经或随时都可发生的一切。他始终在积极地与现实、芸芸众生"对话"，向日常、世俗化世界敞开，既瞩望人类的理想天空，又脚踏实地地执着于当下人生，以宁静、超然的艺术风度传达心灵的惊雷！

断章摘句中表现出睿智的"诗意书写"姿态，显示出深邃的智慧和人性化思考，传递出和谐、温情与希望！把诗视为精神家园，以虔诚的心态写作，享受着写诗的安详，构成了诗人别样的诗意存在！由此帮助文学新人确立、坚定一种严肃、纯洁的诗歌精神，得以把它供奉在心灵的殿堂！在平淡庸常之间保持一颗诗心，一丝不苟，致力于日常生活的精神提升，以对凡人俗事、卑微生活细节的抚摸，实现恬淡平静的顿悟，凝练成精准的诗意语言表达……

希涛老师通过点拨、暗示、引领，让我们在行吟中曲径通幽——吟咏线路、人生经验、语言创新、诗意机缘等等，以诗的神光照亮对神性的呼唤！

文学是一种修身养性的在场！

与文学结缘，文学的养分和激情怡然与日俱增！足以养身、养心、养性、养德、养颜！在"出海口"，文学让一批七八十岁的老文友依然神采奕奕、思维敏捷、精气神昂扬！姜学国、陈晶龙等，虽已耄耋高龄，但完全没有老态龙钟的形态；与文学相伴，青春亦常驻，文思泉涌，佳作连连！

最令人敬仰的是文学社百岁诗人莫林大姐，她不但是"出海口"的标杆，也是上海众多民间社团的旗帜。2019年新春前夕，由希涛社长牵头，"出海口"联合碧柯诗社、新声诗社、金秋文学社、枫林诗词社、紫藤文学沙龙等文学团队人员，于同济大学规划大厦举办了"莫林百岁华诞诗会"，盛况空前！那时间，"……哦，大姐！您，在时间的/暗流里奋击，爱与痛交汇/成河，记忆在流淌中流淌/穿越一个世纪的浪涌……期颐华诞，岁月向岁月志禧！您以/人生的诗，成就诗的人生。大爱，/一往情深；真善：抵御时光销蚀的/美丽"！

"出海口"一位副社长的一首《抵御时光销蚀的美丽——致百岁诗家莫林》将诗会推向高潮……

文学是一种生命的自我救赎！

文学社诗人箫鸣，罹患肝癌，两度肝移植，三过病危期。他坚持以笔为犁，去天涯种梦，将病旅生涯转化并升华为一首首烫金的诗，以诗感悟生命、感恩生活；以诗邀请鸟鸣、花香，邀请蓝天下的至爱！演绎出一场生命意义的心灵奇旅，从而收获了来自天堂的馈赠，让人生"从吆喝声中突围"，遇见了"更好的自己"，生命凛然怒放出灿烂！

文学是一场生命的远足！

这种远足叫磨炼，是一个艰难而漫长的过程，伴随着我们走过每一段路。希涛老师在文学上的这种锲而不舍、不懈燃烧、宁静致远精神，得益于早期他结识的诗人沙白。

希涛学生时代因投稿认识了《萌芽》编辑部诗歌编辑、我国当代著名诗人沙白，两人相差近20岁。这忘年之交一直延续至今。

沙白是诗人中的长寿者，贵在他的淡泊名利。他有一首诗《残茶》："一切沉浮都经历过了/无非是过眼云烟/一个老人也是一杯残茶么/清香苦涩尝尽后/淡泊如水。"他喜欢淡泊如水的人生感觉，无争、无怨、无为，活在自己的品位里，自己提升出来的人生境界里。他的诗，高洁纯真，朴实任然，洗练概括，修辞简约，并感染力强，富于音韵之美，于精微处见宏大。

"我宿牛/总感觉鼻底下有根牛绳/头顶上有道鞭影/总羡慕放辔飞奔的

骏马/我是块石头/深感地心引力之沉重/总仰望头顶自来自往的白云/它们那样闲散而悠然。"（沙白《九十六岁》）由此，我们仿佛看到了往昔沉浮掠世的恢宏壮美气象，波云诡谲，纵横捭阖，绝世风袂……

希涛先生最钦佩的就是诗人对生命意义的积极"反刍"。沙白以一个真诗人的博大与睿智，对人生、对自我、对价值意义进行着诗性而智性的审视，并以此来实现诗人对人生、对生命、对命运的急切而焦躁的拷问。

眼前，激情诗人刘希涛虽年逾77岁，而依然坚守着诗歌的田园，心潮澎湃！他呼号着："没有闪光，便没有瑰丽！""我依然渴望燃烧！"成就文学艺术家的首要条件不是天赋和机遇，而是一种坚不可摧的品格：奉献而不求报偿的品格——那是胸中的一把火，在熊熊地燃烧！唯如此，生活才会给他以丰厚的馈赠。

希涛老师在创作中领略了诸多的苦乐与超然，获得了不可言喻的艺术魅力。对于诗人来说，永不陨落的星辰是诗歌！由此，他毅然循着星光的昭示不懈地前行！

"呵，不灭的是希望/灿烂的是憧憬/响应你无比神奇的召唤/我们拉紧手/走进如花的早晨。"（《新年钟声》）

对未来无限憧憬的人，其人生是无比灿烂的！

2021年12月17日完稿于海上瓢饮斋

（龙孝祥，上海市作协会员）

神交已久，涛声依旧

孙拥君

　　诗人刘希涛今年80岁，我画了一幅题为《涛声依旧》的画以表祝福。早在20世纪初刘老师创办《上海诗人》时，诗坛泰斗贺敬之就为他创办的诗报题名"上海诗人"，为他题签"涛声依旧"。

　　1980年秋，我还是个南京城南远郊小镇上的愣头儿青，家庭经济拮据，基本没有藏书。借助父亲在乡政府办公室工作值班之机，我"潜入"办公室阅读《人民日报》《光明日报》等报纸的副刊，在昏黄的灯光下，收藏那些心仪的作品。我觉得，能够在这些大报上发表作品的人都了不起，值得我崇拜。一天晚上，我在《文汇报》上读到上钢二厂刘希涛的诗《久违了，雷锋》，不由得为其鲜活的时代精神、铿锵的节律、形象的语言和充沛的情思深深地吸引。我要是能写出这样的诗多好啊！没多久，我在《人民日报》上读到他的诗《火凤凰》。

　　虽然在我人生的不同阶段，阅读与写作涉及多种题材和体裁，但是，在改革开放初期新诗崛起的春风中，刘老师的诗歌对我的文学爱好和精神生活的影响很大。后来，我告别故乡小镇，先后在两家国企上班，开始创作工业诗，因此比较关注包括刘老师在内的"钢铁诗人"的作品。多年后，我又有幸补习了刘老师那些朴实生动、充满激情的"钢铁诗"，记住了一些凝练有力的诗句，比如："是铁——就要做梁/是钢——就要立柱/振兴中华的大业，正期待着我们/从炉膛，脱颖而出/一批一批/踏上征途/走向钢/真正的归宿！""……钢铁是怎样炼成的，诗歌就是怎样炼成的。"为了激发创作热情，他主动放弃干部编制，沉到钢厂当了十年钢铁工人，创作了500多首钢铁诗。

　　一年前的秋夜，我翻阅已经泛黄的剪贴本，重温刘希涛的旧作，不由得产生与之联系的念头。几经辗转，终于找到了刘老师。当他看到我发过去的剪贴本上诗歌的照片，由衷感叹：“我们神交已久了！”

今年4月30日，我专程从南京来到上海，见到神交四十余载的刘希涛，受到他和夫人的热情接待。我们一起迎接五一国际劳动节，度过了一个美好的夜晚。

（原载《新民晚报》2023年7月5日）

（孙拥君，江苏省作协会员）

图书在版编目（CIP）数据

诗海听涛 / 刘希涛著. —上海：文汇出版社，
2024.9. —（上海老作家文丛）. — ISBN 978－7－5496
－4327－1

Ⅰ. I227

中国国家版本馆 CIP 数据核字第 2024UR9504 号

上海老作家文丛（第十二辑）

诗海听涛

....

作　　者 / 刘希涛
责任编辑 / 张　涛
装帧设计 / 张　晋

出　版　人 / 周伯军
出版发行 / 文匯出版社
　　　　　上海市威海路755号（邮政编码：200041）
经　　销 / 全国新华书店
排　　版 / 南京展望文化发展有限公司
印刷装订 / 启东市人民印刷有限公司

....

版　　次 / 2024年9月第1版
印　　次 / 2024年9月第1次印刷
开　　本 / 720×1000　1/16
字　　数 / 690千字
印　　张 / 45

....

ISBN 978－7－5496－4327－1
定　　价 / 160.00元（全三册）

....

上海老作家文丛（第十二辑）

西游漫记

XI YOU MAN JI

邓伟志 著

文汇出版社

作 者 简 介

邓伟志，1938年生，安徽萧县人。1960年毕业于上海社会科学院。先后在上海社科院学习室、中共中央华东局政治研究室、中国大百科全书上海分社、同济大学文法学院工作。现为上海大学终身教授。曾任上海作家协会理事。出版有《邓伟志杂文集》《人比鸟儿累》《我就是我》《邓伟志全集》（25卷本）等30余部书。曾获上海市学术贡献奖、上海第一届慈善之星、上海市书香家庭奖、人民日报杂文奖、新民晚报杂文奖等奖项。

　　近几年的"世界读书日"活动中，我一直呼吁成立出版基金会，支持出版事业，公开透明地资助公认为应该出版的书稿顺利出版。全社会养成以向出版基金会捐赠为荣的良好风气。

　　看到《上海老作家文丛》后，我为上海市作家协会点了大大的赞！市作协做了件非常了不起的大事和好事——为八十岁以上的老作家出一本书。我荣幸忝列其中，成为丛书第十二辑中的一员。丛书已经出到十二辑了，可以想象上海的老作家人数之多，群体之大。我要为与我同伍的老作家们老当益壮、老枝发出新芽表示祝贺！

　　我的《西游漫记》选取了近十几年来，特别是党的十八大以后写的四十几篇文章，有十多万字，是对我这些年"读、走、写"的阶段性总结。这些文章内容来自周游世界各国之所见所闻、所思所想，有的写成了游记，有的写成了观感，还有部分是报告文学。这些文章中，既有我的观察，更有我的思考，也有我提出的问题却至今没有看见答案。

　　《西游漫记》中，既有我海外旅游时遇到的举世瞩目的大事，也记叙了岁月长河中的往事，还有我在国外碰到的家长里短的小事。总之，所有能纳入视野的人物或事件，都成了我笔下议论的题目。

　　我是一名从事社会学理论与实践研究的大学老师，因此，我的文章主题很自然地就涉及文化教育、经济形势、国际关系、风俗民情、贫富差距、法治建设和社会治理；作为一名社会学教授，我还注重社会学原理的本土化研究，在走访"一带一路"国家时，深切感受到构建人类命运共同体的重要。

　　"莫道君行早,踏遍青山人未老,风景这边独好。"祝《上海老作家文丛》越出越多,越出越好!

2000年3月中旬起，我又到欧洲转了一圈。游山玩水：游了阿尔卑斯山、斯堪的纳维亚山、亚平宁山、品都斯山；玩了地中海、亚得里亚海、波罗的海、爱琴海等四海之水。

东西方差别实在是大。出来时，祖国已是春意盎然。可是，3月下旬从奥地利去意大利，火车翻越阿尔卑斯山的支脉时，在海拔1383米的地方，却是冰天雪地。祖国已是百花盛开，北欧只有寥寥可数的几种花儿待放。尤其走在挪威，在我们登上冬季奥运会滑雪场时，那里正是大雪纷飞。可是，4月的希腊，热得只能穿汗衫。在不到两个月的时间里，我过了两个冬天，一个夏天。

东西方之间，除了自然条件有差异外，更大的差异还是社会结构、社会生活。在物质生活上，比如说吃吧，在国内，我是挺喜欢西餐的，可是，在西方，天天西餐，顿顿西餐，我见了西餐就讨厌，只想吃那百吃不厌的面条。都说意大利面条好吃，可我硬是咽不下。

在信仰上，欧洲村村镇镇有教堂。90%以上的人是教徒。中国谈不上是有神论国家还是无神论国家，信教的是少数，大多数人不信教。有神论与无神论是"有"与"无"之别啊！

至于说在语言上，区别就更大了。我在许多国家，简直是文盲、哑巴。刚在这个国家学会"您好""谢谢""再见"，换个国家就不适用了，对有些国家的文字尚能套用英语、德语，唬上两句，可是在希腊，连一个词也认不出、唬不动了。

不过，在欧洲久了，又觉得东西方差别不大了。

你说他们科学技术发达，他们是发达。我们也承认自己落后。可是，你说区别有多大，就难说了。我一打听，他们那些领先的项目，中国也在研究。

你说他们生活富裕，他们是富裕。收入相当于我们的十倍、几十倍（按今日之汇率），还不高吗？他们有富人，我在希腊的邻居坐直升机上下班；可是，他们也有穷人。在许多国家的地铁口、公共汽车站旁都有行乞者。从被称为世界四大教堂之一的佛罗伦萨大教堂走出来，正当我为米开朗琪罗的绘画赞叹不已时，劈头碰上个乞丐，实在是扫兴之至。

我们都在为自己国家下岗人太多而焦虑，他们也在为他们的失业率高而困惑，维也纳大学一位来过中国的84岁的老教授对我们说，她收入很高，可她侄子失业，女儿失业，她要负担侄子和外孙，也够苦的。

中国有的社会病，欧洲也有，欧洲有的成就，中国也有，无非是在量上，有多有少，经不起计算而已。

东西之间，说有差异，也有差异；说没差异，也没差异。问题是要具体分析，人类总有人类的一般。大家都在一个数量级上，无非是略有高低罢了。不论欧洲还是亚洲，头上顶的是同一轮太阳，不论东半球还是西半球，脚下踩的是同一个地球。上天容易入地难，科学那么发达了，至今还没有哪个发达国家到地心里漫游过，有什么值得骄傲的！

在生理上东西方是两样的。皮肤有黄有白，眼珠有黑有蓝，可是，这在病理上完全一样。中医能治西方人的病；西医能治东方人的疾。要不，法国驻华外交官苏里耶为什么要丢掉外交官不做去学针灸？还不是因为针灸能治所有民族的某些疾病吗？其实，皮肤、眼睛上的差异也是相对的。欧洲有好几个国家的白人头发黑、眼珠黑。中国有些人恨不得变黑发为金发，可欧洲有些人恨不得变金发为黑发；亚洲有些人羡慕白人的小白脸，可白人一门心思要把白脸晒红。不少白人以不白为美，以不白为身份。看来，恩格斯预言的"人种融合"随着东西方的交流会很快变为现实。现在没有宇宙人光临地球，有朝一日宇宙人来了，我们才会真正感觉到我们的人种差异原来是可以略而不计的小数点以后的多少位。

岂止是生理上，人种的心理差异也是微乎其微的。咱们说欧洲人

"直"，"直"得可爱，"直"得有点傻，一点不错！处处依法办事的人，不必走邪门，直来直去，自然会有点傻。可是，法网尽管恢恢，也难免有所疏漏。西方钻法律空子、门槛精的人有的是。我观察过几位威尼斯商人，他们很会耍"合理避税"那一套花样。至于政治家动坏脑筋的，这几年也揭出了不少。

地球有差异之处，地球更有趋同之势。趋同是有条件的。条件迟早是会成熟的。世界大同终究会实现，当然，在"大同"之时，也会产生新的"小异"。"异"—"同"—"异"—"同"，这就是人类前进的轨迹。

"环球同此凉热。"随着交通、通信的发展，地球越来越像个"地球村"。移民国家发展快，这已为一二百年的历史所证明。在地球缩小的情况下，不开放便无法立足；在地球变小的情况下，谁再想把别国关在"球门"之外，便不得人心。

我常常读到批"西化"的文章。可我至今没能看到真正鼓吹西化的言论。按照中国经典的说法，"化"者，彻头彻尾、彻里彻外之谓也。包括20世纪初叶，中国似乎也没有人主张全盘西化。与此同时，我仿佛也没看到彻头彻尾批西化的先生。我有几位写批西化文章的朋友，他们个个穿西装，用洋货，真要彻里彻外地与西化决裂，怎么可以着西装呢？即使是外套，也表明没有"彻外"呀！说起西装来，我在这次西游中，做过几次抽样调查，西方人穿西装的至多有百分之十，而穿西装最多的是中国人，听说意大利小偷看到穿西装的便知道是中国人，一看到中国人便知道袋袋里有现金……

地球是个球，一直向西，一定会走到东方；一直向东，一定会走到西方。西方有很多东方的东西，我在前面提到意大利面条，那面条便是马可波罗从中国传到西方的。威尼斯大教堂很像东方建筑。他们在自己的书上便说，那穹顶是仿中国的灯笼。瑞典的老国王特别崇拜中国，在皇宫里专门建了中国馆。今天谁要西化，岂不是要把西方中的这些"东方"化了过来。把西中之东化了过来，还算什么西化？东西也是你中有我，我中有你啊！

国家不论大小，不分贫富，一律平等，谁也不能把一个国家排斥在国际组织（我这句话是指当时欧洲有人排斥中国加入WTO，回国后情况变了）

之外，否则，它只会是喜马拉雅山下的一抔黄土，而不会成为山上的参天大树。

环球同此"一球"……

维也纳是个美丽的城市。风光美，声音美，建筑更美。

每年向全世界转播新年音乐会的金色大厅，闪烁着耀眼的光辉。茜茜公主居住的皇宫，环境幽雅，美观大方。坐落着音乐家施特劳斯塑像的花园，古树参天，波光粼粼。矗立着音乐家莫扎特塑像的公园，用鲜花组成音乐的标志，分外逗人。

可是，令我徜徉时间最久的却是维也纳的"卡尔·马克思屋"。3月22日，职业习惯促使我冒着早春的寒风，在长达一公里的"卡尔·马克思屋"的周围横看竖看。"卡尔·马克思屋"的外观并不漂亮，既不是西方常有的哥特式建筑，也没西方那寓意隽永的圆柱。谁能想到，就是这般普通的建筑，在1960年代吸引了数以万计的人赶来居住。

这是怎么一回事呢？道理在于：社会分层，人有穷富。让维也纳的穷人住高级公寓，是有困难的。在维也纳占多数的是中产阶级。中产阶级是社会的中坚。让中产阶级都住豪华的花园洋房，也有不现实的地方。当时的经济条件提醒人们研究社会主义，思念卡尔·马克思的共同富裕思想，于是以马克思名字命名的、长达一公里的"卡尔·马克思屋"拔地而起。

几十年过去了，奥地利的经济状况又有很大发展。原来穷的，有的变富了。于是，有些有钱的人又从"卡尔·马克思屋"中搬了出来。这样，人们又回过头来，对当初"卡尔·马克思屋"的作用展开讨论。

任何事物都是一种历史现象，不能苛求历史。说是住在"卡尔·马克思屋"里的人少了，实际上还是很多，我仔细问过，尤其是一些坚信马列的人，愿意与民同乐，仍然住在里面，包括一些新上任的官员，他们一点儿也不害怕群众，有条件住好房子了，但是也往"卡尔·马克思屋"里钻。先人后己嘛！我记得马克思在写给恩格斯的信上说："我们这些为八小时工作制奋斗的人，自己的工作时间往往超过八小时。"这是何等崇高的思想境界啊！在西方也不乏马克思的继承人呀！"卡尔·马克思屋"的现状提醒人们：住高级住宅的，精神世界未必都高级；住低级住宅的，精神世界也有很高的。

　　4月12日在丹麦时，一位丹麦老先生很高兴地对我说："下周是我们国王的生日……"

　　国王，我在历史书上读到过，在画片上、电影里看到过，对世界上成百上千的国王那种一言九鼎、作威作福的行径，我从无好感。因此，当友人说起国王生日时，我兴趣索然，丝毫激动不起来。国王的生日庆典，不用说我够不上出席的那个格，就是让我参加，国王的生日同我的欧洲之行的目的有悖，也没时间凑那个热闹，在愣了片刻之后，我连到了嘴边的"请转达一个普通中国人对国王的祝福"这句客套话也没有蹦出来，后来我又回到瑞典，再回到德国。不料，在德国，我竟然开始对丹麦国王的庆典发生了浓厚兴趣。

　　原因不是别的，是因为在丹麦国王的生日庆典期间出了件人们意想不到的事情。瑞典与丹麦关系密切，瑞典国王理所当然地前往祝贺。瑞典国王是自己开汽车从机场去丹麦王宫的。也许是国王在自己国家过腻了循规蹈矩、前呼后拥的生活，他想在异国打破常规，放放松，放放开，不知不觉地把车速度开到了180公里每小时。180公里每小时，野得够厉害的了！180公里每小时显然违反交通规则。可是，对国王的客人，警察又能说什么呢？何况这客人本身又是国王呢！一路过去，没有一个警察干预瑞典国王超速超车。

　　警察对瑞典国王网开一面了，可是丹麦的百姓不买这个账，坚决不肯放过瑞典国王，也不肯给丹麦国王留点儿面子。他们投书媒体，举报瑞典国王违规。

　　咳！丹麦的百姓有那个胆，丹麦的媒体也有那个"量"，居然把瑞典国王违规的消息捅了出来。按照我的思维定式，不论从什么角度讲，丹麦的媒体都是闯了大祸。外事无小事。怎么可以随便批评一个外国元首？这既违反外事纪律，又违反新闻纪律。再说，批评本国领导人的客人，还有个对本国领导人的态度问题。怎么一点儿政治头脑也没有？居心叵测，真是"唯恐天下不乱"。如果要我来管丹麦媒体，我非要把主要责任人撤掉不可。正当我拭目以待时，瑞典国王在媒体上向丹麦人道歉了。他承认自己违反了交通规则。这给了我很大震动。我左顾右盼，怎么就没往"法律面前人人平等"上去想呢？怎么连起码的社会常识也忘了？百姓举报，媒体曝光，

看透　穿透

不仅没有破坏两国关系，反而是增进了瑞、丹的友谊。附带的一个作用，那就是改变了我对国王的传统看法。

国王也在改革啊！后来知道，瑞典等王国正在公开讨论要不要再设国王的问题。因为瑞典的妇女参政的比例世界最高：在议会和政府中男女各有一半。所以，他们又在公开讨论把王位改传给公主的问题。

北欧啊北欧！

Contents / 目 录

"中国人最懂得知恩报恩"

在2020年国祭1937年南京大屠杀遇难同胞的日子里，新华社等新闻单位都提起拉贝营救25万难民的历史。

拉贝拯救了20多万中国人的生命

约翰·拉贝是德国商人，在日本侵略者占领南京前，他从天津赶到南京，见日本兵烧杀奸淫，无恶不作。拉贝等人出于人道主义，与多位国际友人自发成立国际安全区。因为拉贝有纳粹党员的特殊身份，主动请缨担任南京安全区国际委员会主席，为难民提供遮风挡雨的场所，在不足4平方公里的地方办起了25所难民所。拉贝特殊的身份，使得日本鬼子不能任意进难民营胡作非为。有次小鬼子翻墙进去，企图行凶，被拉贝拦住，并把小鬼子赶走。本来可以让小鬼子从大门出去，只因拉贝既会斗勇又会斗智，硬是让鬼子吃点儿苦头，迫使鬼子再翻墙出去。25万人没饭吃，拉贝牵头让难民吃饱。拉贝这一举动，拯救了20多万中国人的生命。难民感激他，称他"活菩萨""洋菩萨"，后来又把他比作波兰保护犹太人的辛德勒，称他"中国的辛德勒"。

拉贝回国后，遭希特勒迫害。1945年又被英国人逮捕。1946年获释后，家境困难，生活拮据，少吃少穿。始终感念着这位国际友人的南京市民得知拉贝的遭遇后，立即募捐给他寄去一大笔生活费，并陆续寄去包裹、食品。南京人民的友好支援使他重新树立起生活的信心。拉贝生前曾说："我一生中最美好的青年时代都在这个国家（中国）愉快度过，我的儿孙都出生在这里，我的事业在这里获得了成功，我始终得到了中国人的厚待。"

南京市政府为拉贝修葺在柏林的墓地

21世纪初，南京人在建侵华日军南京大屠杀遇难同胞纪念馆的同时，把拉贝在南京小粉墙的故居修建为拉贝纪念馆，先定为南京市市级文物保护单位，后定为国家一级文物。南京大学还设立了"拉贝与国际安全区纪念馆""拉贝和平与冲突化解研究交流中心"。

拉贝在柏林西郊的墓地是有期限的。到期后，有可能被掘掉。南京市政府知道后，马上为墓地支付了40年的租金，并出资重修扩大了拉贝墓地，栽上树，种上花，成为整个墓地中最为引人注目的墓地之一。每年都有一批又一批华侨华人在他柏林西郊的墓前献上鲜花。2019年，我有幸在柏林观看了根据拉贝揭露日军暴行铁证，被公认为证明南京大屠杀的珍贵史料——《拉贝日记》改编的歌剧，心情激动，不怕路途遥远，不怕腰酸腿

作者到柏林西郊的拉贝墓地拜谒

痛，挤出时间去拜谒拉贝墓地。我们向墓地管理人员询问拉贝墓地的方位，管理人员在指明方位和路线后，先用德语说："昨天还有中国人来问路。你们中国人最懂——"然后用中文一字一顿地说，"知恩报恩。"

江苏支援拉贝后人抗疫

2020年3月，中国驻德国大使馆接到来自德国海德堡大学医学院托马斯·拉贝的求助电话。托马斯·拉贝教授是恩人约翰·拉贝的孙子。近年来他不断与中国交流医学上的进展。如今德国疫情蔓延，他来求助，尽管当时中国的抗疫用品并不宽裕，吴恳大使依然积极努力，与国内联系。江苏人对当年的恩人一直记在心上，对他的后人一直视为友人。江苏的抗疫再困难也要千方百计支援友人。当时很多航空公司停飞。怎么办？困难难不倒英雄。很快，30 000只口罩、620瓶抗疫药品和200套防护服用专机运抵德国。使馆在收到物资后，第一时间把江苏人民的一份心意送到拉贝教授手中，践行了对生命的大爱。

感恩戴德，守望相助，共同唱出了中德友好之歌，奏响了人类命运共同体的协奏曲。

尼罗河上的文化冲撞
——埃及散记

对埃及，我心仪已久。

我的童年是在第二次世界大战中度过的。在我只能讲出中、英、法、美、苏和德、意、日等十来个国家的国名时，就知道世界上有一个文明古国埃及。在抗日战争快胜利的时候，我还知道有个把日本侵略中国的领土全部归还中国的《开罗宣言》。1956年大学一年级时，我参加过声援埃及的大游行。纳赛尔年轻英俊的形象给我留下了深刻的印象。为了实现夙愿，我于2012年11月穿着几年前埃及友人赠我的、印有"我爱埃及"字样的汗衫，去了埃及。

古 文 明 之 谜

在埃及，我参观了8处神庙，进了深达60米、100米、160米的墓穴，看到3000年前、5000年前、6000年前的文物：壁画、雕刻、建筑，既看了人体木乃伊，又看了鳄鱼木乃伊，还看到了好多处正在发掘的文化遗址，尤其是在阿布辛拜勒神庙看到古埃及的天文学成就，我惊呆了，叹为观止！在3200年前，怎么能做到让阳光每年在拉美西斯二世生日和登基那两天穿到62米的隧道，照进神龛？初看时，我为他们没有用玻璃把如此珍贵的文物都罩起来而焦急。后来明白，如果都罩起来，那么，这一块块玻璃的面积应以平方公里计算才行，到哪里去找呢？

习惯于遇事问个"为什么"的我，马上思考一个问题：古埃及怎么会如此发达？

一种回答是：享尼罗河的福。这自然是有道理的。流经九个国家、长达 6680 公里的尼罗河，处于下游的埃及得益最大。仅从古人在大象岛（又译为"象岛"）观测尼罗河水高度，来判断农作物的丰歉，再决定赋税的高低，就可以明白尼罗河水对埃及的影响之大了。从埃及人把 6 月 17 日定为"落泪夜"，认为把泪水洒进尼罗河，河水就会上涨，就可以相信埃及人是多么盼望尼罗河水了。再从埃及人那么尊重和祭祀尼罗河神哈皮，把哈皮画得那么肥头大耳，也可推断尼罗河给埃及人带来多大好处、多少福音了。可是，近水的条件与埃及相仿的地区有的是，为什么没有古埃及那么发达？可见，仅仅从尼罗河着眼看古埃及的成就是不够的，似乎还有点儿"地理环境决定论"的味道。况且，尼罗河还有给埃及人带来过灾难和饥荒的另一面，那就更不能只从自然条件上着眼了。

再一种回答是：法老、国王英明。这也是有道理的。在埃及历史上，出过像俄塞里斯国王那样懂水利、会种田的国王；在公元前两千多年，出过像内费里尔科勒、泰蒂、佩皮、拉美西斯二世，出过像泰胡塔姆斯三世、西提一世、哈齐普苏特女王等一位又一位明君。他们都为古埃及的文明做出过巨大贡献。可是，在公元前的 30 个王朝的 210 位国王中也不乏像"享乐之王"阿蒙霍塔布三世那样的昏君，还出过很多残害百姓的暴君。尽管昏君、暴君也歪打正着地为埃及文明留下了足迹，可是，归根结底他们是古埃及文明的破坏者。因此，我们也不能过多地从个人在历史上的地位和作用来下结论。何况，古埃及还有后来的法老、国王掘前面的法老、国王的坟墓，毁掉前面法老、国王留下文明的历史事实，那就更不能只从个人的历史作用上下结论了，不然，便有陷入"英雄造时势"的可能。

那么，古埃及的文明究竟是如何形成的？我认为古埃及的文明是埃及人包容多元文化的产物。在埃及的金字塔、神庙中，不仅把埃及人祭祀、劳动、庆丰收、热爱大自然的情景描述得栩栩如生，而且也把亚洲人、欧洲人的形象刻画得绘声绘色；在文化遗址中，不仅刻有伊斯兰教的宗教活动，而且有天主教、基督教、东正教的宗教活动。他们不仅包容不同宗教，还包容同一宗教的不同教派。比如在天主教中，埃及既允许举行拉丁礼，也允许举行各个中东教派仪式。

在埃及的历史上，有埃及侵略别处的时候，也有别国侵略埃及的时候，利比亚人、波斯人、希腊人、罗马人都侵略过埃及。他们虽然厌恶掠夺埃及财富的侵略者，但是他们也接受侵略者带来的文化。现在埃及的主要宗教是伊斯兰教，可是在1500年前基督教是他们的主教。伊斯兰教只把穆罕默德当"先知"，而不认为他是神，这就是一大进步。

在古埃及还做到了不同民族的文化共存、共生。有了多元文化的共存、共生，才有条件择优，才有可能取长补短，变短为长，才有条件以巧补拙，化拙为巧。自拉自唱就是自卖自夸，也只会是自吹自擂。自吹的文明进程不可能很快，甚至会停滞不前。文化是引领。古埃及的文明就是在多元文化的冲撞中提升和融合的。多生一，一生多，循环往复，文明程度节节上升。

古埃及涌现了一大批的能工巧匠、艺术家。那么宏大规模的艺术杰作绝不是三五个人所能完成的。古埃及的艺术家并不是法老、国王的应声虫，他们有自己的政治选择。在有些神庙的人物刻画中，在那些精美的作品快要收笔的时候，艺术家会故意来几处败笔，把手臂安在胸口上，把平行的乳房画成上下排列。看得出，这明显地是在发泄对昏君、暴君的不满。在几千年前的奴隶社会和封建社会中，艺术家们能做到这一步是难能可贵的。这也是他们多元交流的成果。

还能讨四个老婆吗？

埃及同有些阿拉伯国家一样，男人可以娶四个妻子。记得20世纪80年代初，上海有个女大学生爱上了一名阿拉伯男青年，订婚前要求男方国家驻华使馆出具证明。使馆写道："此人无结婚障碍。"既然是"无障碍"，二人便成婚了。结果到阿拉伯一看，方知这男人已有两名妻子，这大学生成了"小三子"。按中国风俗，这女大学生痛苦万分。那有什么办法呢？在人家那里就是这么规定的！"无障碍"就是未满四个老婆之意。

"男人可以娶四个妻子"，今天在埃及也是神圣的。显然，这种一夫多妻的做法同其他国家普遍实行的一夫一妻制不一样。按自然出生的性别比例来说，大体上是一比一。因此，你一个人娶了四个妻子，意味着将有三个男人要成光棍儿，娶不到妻子。说得重一点儿，这是"剥夺"。可是，"一夫四妻"

之说在当下的埃及还是刚性的。不过，这刚性正在变成柔性。怎么变的呢？

先从埃及人择偶的过程说起。择偶有四种方式：一是媒人，即算命先生介绍；二是邻居亲朋介绍；三是父母代寻；四是自己选择。这四种方式，尤其是第四种方式，女孩子看中了小伙子后，必须向母亲汇报。母亲会把小伙儿找来谈话，向小伙子提问：第一，你能给我女儿多少钱？一般都是几万埃及镑，乃至于10万埃及镑（埃及镑同人民币比价接近一比一）。第二，你能给我女儿什么首饰？要金的，不能是银的。第三，你有没有房子？回答"有"之后，会再问：什么样的房子？这三条都满足了。还有第四，婚礼在什么地方，也就是什么档次的地方举行？四条中有一条不满意，对不起：免谈！女儿再爱他也没用。四条都口头答应了以后，仍不算数，还必须招来双方亲朋开会做证，由村长主持订立婚约。然后，小两口才能去政府登记。在亲朋监督下的婚约高于政府颁发的结婚证。婚礼由男方大摆宴席，载歌载舞，热闹了数日后，新郎、新娘方可共饮一杯清泉水，以示同享甘甜。不过，婚礼还没有完，在饮了清泉水后还要继续举行，时间长达30天，少的也要半月。对埃及人来讲，除了少数暴富者以外，这四条都是"天文数字"。当然，这里还有个办法，那就是男方找亲朋同女方父母，主要是女方的母亲谈判，请女方父母打点儿折扣，降低门槛，可是再怎么谈判，也只会是打个七折、八折。打折后的负担对小伙子来讲，仍是沉重的。

经济压力让埃及男青年娶一个妻子都难上难，遑论娶四个！

再说离婚。在埃及，不论男方还是女方要想离婚，都像剥一层皮那样困难。男方要主动离婚，家产必须全部归女方所有，子女也得归女方所有。离婚后，男方只能一周见一次子女，而且必须在公众场所见面，不得领回男方家。女方呢？女方一般不会主动提出离婚。女性主动提出离婚会被人瞧不起。如果女性一定要离婚，需要四个条件：其一，感情确实破裂；其二，挨男方打骂；其三，男方有外遇；其四，男方没有性功能。女性极少有婚外情，几乎没有未婚同居。埃及有几处地方明确告示：从国外来的女性不要穿得太露，请尊重当地习俗。

男性离婚后将变得一贫如洗，离婚的代价大得惊人。如果娶了四个妻子，其中有一个不满意，想离婚就要变成"穷光蛋"。谁还去讨四个老婆呢？如今在埃及只有2%的家庭是一夫四妻。

经济因素成了"一夫四妻制"的粉碎机。在现代文化与传统文化的冲撞中，经济因素为现代文化助力，促使现代文化成为胜方。

天才的乞讨者

刚到埃及的第二天清晨出来，一下汽车就有成群结队的儿童迎上来，有用英语喊"狗头猫脸"的，有用德语喊"鼓挺他哥"的，当然也有用中文讲"你好"的，还有中文学得不怎么样，对我讲"好你"的。我邓伟志何德何能受到如此之高的礼遇！我常因浑身上下无名牌而被人瞧不起，怎么跑到埃及会有那么多国家的小朋友来"热烈欢迎"。接着，便听到"到啦""到啦"的声音，我想：我知道"到啦"，不知道"到啦"我不会下车。再接下去听到一声声"碗打啦""熬一熬"，又见他们个个伸出小手，我才明白他们原来是要讨"一美元""一欧元"。一方面"明白"，一方面又有些"不解"。在向同行的人表示不解后，同行的回答："埃及人讨钱是出了名的，很多书上都写过。你这读书人怎么不读书？"是的，我没有读过这类书。

有一次，坐一叶"摩托汽艇"去象岛（又译"大象岛"）。忽听身后船边上有人唱歌。转身一看是一名十岁左右的儿童泡在江里，一只手抓在小船的靠球上，另一只手举起来向我们讨钱。在滔滔尼罗河里，这是何等危险啊！于是，大家争先恐后地拿出硬币，递到他手里。果然，他在拿到十来个硬币后突然消失。我们想找他也找不到。一刹那，他出现在离我们二十来米的水面上。我恨我不是游泳教练。如果我是游泳教练，一定会把这个儿童收下来培养。这样小小的年纪能在尼罗河激流中潜泳多不容易啊！

有一天我们乘三桅帆船去植物园。正当我们目光向前时，听到有人在唱外国歌曲，马上往船边看，只见两名儿童脚对脚地仰卧在比独木舟还短而窄的小船上，用绳子把他的小船拴在我们的帆船上。尼罗河水溅在他们的衣服上，不一会儿全湿了，还是不停地唱。同行的埃及友人叫他俩唱法国歌，他俩就唱法国歌，叫他们唱西班牙语歌曲，他们就唱西班牙语歌曲。同行的埃及友人对我们说，他们（指乞讨者）会唱好几个国家的歌曲。咳！我小学、初中学英语，高中、大学学俄语，"文革"中跟着广播学法语、德语，其结果一个语种也没过关，虽能哼几首外国歌曲，但是都唱不好、唱不全。这些小朋友为了向不同国家的游客讨两个钱，会唱好几个国家的歌曲，天才！真是天才！我由衷地羡慕。可是，再一想：如果他们能进学校，将来一定会有出息。只是因为他们认为乞讨比读书管用，才弃学乞讨的。今日之教育是明日之经济。如今他们弃了学，也预示着以后难以脱贫。把这些想法说给埃及朋友听了，他们的回答是：还有个学校的吸引力问题。容易进的公立学校教学质量太差，教学质量不差的私立学校、国际学校，学费太贵，普通儿童进不去。怎么办呢？什么时候才能跳出怪圈？

在埃及过了几天以后，不管是哪国来埃及的，都能听懂四个字："巴革喜喜"。像我这样笨的人，也很快明白了"巴革喜喜"。"巴革喜喜"是"小费"的意思。你向他问路，他向你要"巴革喜喜"。他随手采一朵花儿递给你，你以为是他的一番美意，很有礼貌地接受了，他马上向你要"巴革喜喜"。他主动地热情地邀你与他合影，你用你自己的照相机照好了，他紧接着也会向你要"巴革喜喜"。老百姓这样做也就罢了，连扛枪的警察、边防战士也堂而皇之地向你要"巴革喜喜"。我们在埃及接近苏丹的地方散步，旁边一名荷枪实弹的边防战士挥手要我们与他合影。我们几个人都认为这名军人肯定不会要小费，哪知合影后说完了"鞋壳郎（谢谢）"，刚想走开，那穿着制服的战士便把手伸了过来，低声讲"巴革喜喜"。

货币是价值尺度，是天然的平等物。劳动力今天在任何国家都是商品，应该按劳付酬。可是，对于那劳动者主动提出的举手之劳，要不要索取小费，这是值得讨论的。人是感情动物。人与人之间要讲情和义。货币这大风车的转速一定要适度。如今风行全球的"志愿者"，就是推崇助人为乐，不计报酬。人与人之间不能处处不计报酬，处处不计报酬是"共产风"；人与人之间也不宜处处计报酬，处处计报酬会导致权钱交易，出卖肉体和灵魂。从长远看，应当是逐步增加不计报酬的比重。

可是，联系到埃及却碰到两大难题。他们工资低，要靠小费来补充。没有小费日子着实艰难。再一个，按照伊斯兰教的说法，施舍是美德。向人讨小费，是给人提供施舍的机会，也就是在帮助施舍者弘扬美德。别以为埃及人都那么小气，个别人把施舍异化的事是有的，不过，更应当看到的是：埃及的伊斯兰教徒一边讨小费，一边捐献。在埃及可以说，没有不捐献的人。这也是文明古国的优良遗风。有益于缩小贫富差距的遗产税，从远处说，就是起源于4000多年前的埃及。与其死后被动纳税，不如活着的时候主动捐献。

别有风味的努比亚人小山村

埃及南部，主要是阿斯旺比地区，居住着200万努比亚人。努比亚人脚下有一大片又一大片的金矿。因为有金，他们才被人称为"努比亚"。"努比亚（NBW）"在古埃及的单词里就是"金子"的意思。因为有金，千百年来不知有多少国家掠夺过他们。掠夺迫使他们制造弓箭，因此，"努比亚"居住区又被人称为"弓箭手之乡"。

到了阿斯旺以后，导游根据大家意见，安排我们去了努比亚人的一个村、一个镇，还参加了一次努比亚人的文艺晚会。

在小镇，我们参观了一家造纸研究所。这纸不同一般，叫"纸莎草纸"。他们的墙上到处挂着用纸莎草纸绘出的人物、山水以及仿古埃及文物的作品，美不胜收。欣赏了一阵图画以后，让我们观看了他们的造纸工艺。原料是一种草，这种草的草梗是笔直的。加工时，先把绿色的草梗表皮削掉，留下长长的近乎白色的梗芯或者叫"瓤"。再把梗芯中的淀粉等物质用机器轧出来。然后，把梗芯纵横交织地排列出来，用轧机轧着。工程师说，几十个小时后就成了一张张能写能画的纸张。不用说，我们没有等到最后，可是已经很满足了。

工程师得知我们是中国人之后，格外热情。他说，这种纸莎草纸曾传遍欧洲。传说亚里士多德用过这种纸。可是，造纸工艺后来绝迹了，什么是纸莎草，草生在何处，没有人知道了。只因埃及首任驻华大使拉加卜在参观中国的造纸厂和故宫时，忆起了从书本上知道的埃及纸莎草纸，激发了灵感，刻意复兴纸莎草纸的生产。他不辞劳苦沿着尼罗河寻找，终于找到了纸莎草，并且研制出了制作方法。大使也因此成了造纸博士。我听了也很兴奋，说："文化在交流中繁荣，经济在文化引领下发展。"我又对工程师说："中国在书信中叙友情时，常用'情长纸短'的成语。可我们中埃两国的友谊是'情长'纸也长。"工程师兴致一来，主动提出为我写字。写好后，我递给大学毕业、当过教师的导游去看，他说不认识。努比亚人的语言文字是尼罗-撒哈拉语。

我们进的村叫西乌村和科席村，位于山脚下，尼罗河岸上。在一户农民家，他们先招待我们饮用他们当地香喷喷的浓茶，再让我们欣赏他们饲养的鳄鱼。大家急不可耐，端着茶去池边观看鳄鱼。鳄鱼曾吞噬过来犯者，这让古代的努比亚人认为鳄鱼是自己的保护神，保他们全家平安，因此家家户户养鳄鱼。我听了颇为震惊，联想起别处对鳄鱼的另类看法，坚信任何习俗都可以用历史唯物主义做出解释。主人看大家兴趣很大，索性抓出一条鳄鱼，把嘴巴扎住，让我们抱着鳄鱼拍照。我们提出给主人付钱。导游连连摆手，示意不要付。他说："努比亚人比你们钱多……"说着，请一位努比亚妇女把左手的袖子往上一拉，立即现出四个真金的大手镯。被称作"金子"的努比亚人，家家户户藏有黄金。

从农家出来，走进一条长约几十米的小街，两旁摆着十来家摊位，全是珍贵的金、银、石、玉、木做的工艺品，却看不见一位营业员，可以说是个空巷。导游说，这里天气炎热，中午一般都要休息，营业员正在睡觉，这里便没人管了。即使是几个小时没有人管，也够令人惊奇了，也足以说明努比亚人的素质之高，足以告诉人们这里的社会秩序之好了。摊位无人看管的事，不管在多么发达的国家都不会出现。半个小时没有看管，恐怕就要"销售一空"了。记得1958年，在人们头脑发热的时候，在上海淮海路上的思南路口，有人办了家无人售货商店。第一个月是无人售货商店，第二个月是一人售货商店，第三个月就同一般商店一样，改为多人售货商店了。努比亚人天天、月月、年年都有几个小时无人售货，实属难得。经济基础同上层建筑是什么关系，就不言自明了。不过，比努比亚人富裕的有的是，是不是都有这么高的风格，还得打个问号。道德品质是不会自发提高的。这一点还要从努比亚人那里得到启迪。

努比亚人的晚会别具一格。他们的乌德琴（OUD）、他们的手鼓（DAUFF）奏出让人心旷神怡的音乐。地旷育出心旷，心怡奏出了神怡。近年来，从努比亚人当中涌现过一大批艺术家。有的艺术家在欧、亚和美洲巡回演出，大受欢迎。他们的唱片《像努比亚人那样行走》，销遍世界。演出结束后，演员叫我欣赏他们的乌德琴。乌德琴远看像中国的胡琴，近看又像竖立的提琴，弓弦可以分离。可它又不像越南的独弦琴，它有两根弦。我连胡琴都不会，自然也拉不好乌德琴。只能做做样子，拍张照片留个纪念就是了。

　　从努比亚晚会回到驻地，只见长庚星挂在天边。我边看边想，久久不能释怀：这长庚星，因为是晚上出现，又名昏星。还是它，早上出现称晨星、启明星。任何国家的历史都像尼罗河那样，大江北去，但北去的河道不会是笔直的。晨星、昏星本是一颗星：金星。埃及就是地上的金星。有辉煌的过去，也一定有灿烂的未来。今天埃及人所面临的失业、贫困、社会秩序混乱等困难，很快就会过去。埃及一定会重振雄风，蒸蒸日上！

"卫星导农"的威力

在阿尔卑斯山位于奥地利萨尔茨堡西部的山坳里有个萨巴村。位于北纬47度，相当于中国黑龙江的伊春。村民住在海拔1000米上下的山沟两旁。两边是海拔2000米以上的巍峨的高山。山沟边的道路与通往雪山的"冰川之路"相接。100年前，或者说70年前这里还是个穷山村。前不久我进村时，只见山阳、山阴两面不是墨绿的森林，就是碧绿的草地。尤其是那大面积的草地几乎是一望无际，就连一些坡度接近90度的陡坡上也长满了青草。更令人惊讶的是，草地上的绿草都一般高，像是刚剃过的平头。

见到山清水秀，"走进"之意油然而生。通过有关方面联络，我被允许走进一户农民家中，因为户主名字前有个"S"，姑且简称为"S"家吧！S家五口人，夫妻俩和三个孩子。老大、老二是女孩，读技术学校，老小是儿子，有可能进大学。男主人不在家，女主人很好客。我本来担心外国人很重视隐私，不该问的不去问，哪知女主人侃侃而谈，有问必答，没问的她也会主动介绍，显示出生长在音乐之国的公民大方、开朗的性格。她家有15公顷草地、45公顷森林，在村里算中等。

她说，务农是她丈夫的爱好，是她丈夫志愿为国家、为欧盟做出的奉献。务农很辛苦，可是年收入只有2万多欧元。一头奶牛一天挤两次奶，合计有20公升。由于牛奶是生活必需品，因此欧盟规定售价不能高。他们家养了11头奶牛，一个月牛奶收入只有2000欧元。他们还养了2头公牛，4头小牛。为什么养小牛？因为一头奶牛产奶期只有12年。他们要从长远考虑。S家的牛棚，含机械设备仓库，依山而建，为6层楼，高达40米。她家的农用机器很齐全，有价值30万欧元的处理牛粪便的机器，有价值14万欧元的既可割草又可卷草的大型拖拉机，还有一台可割陡坡草的机器，轮子上布满2寸长的锥形铁刺，以便于插入地下、稳住机器不坠落。这台很可怕的割草机，他们尽量不用，因为不怕一万，就怕万一，即使机器不下坠，人滑下去也不得了。他们另有土办法对付陡坡草，就是把羊赶上陡坡去吃草。陡坡，人难上，牛难爬，可是轻便的小羊可以自由自在地在上面吃草。S家养了10多只羊。我看了肥大、长毛的小羊，问他："剪不剪羊毛？羊毛很珍贵。"她回答："不剪，不用它的毛。它能代我们割草就很感谢它了！"她还说：如果羊吃得不整齐，他们再用那台可怕的入地割草机平整一下，也会方便、省事得多。

"为什么在草地上花这么大工夫？"我问她。她笑了。她说："一方面是因为草是牛的饲料；另一方面是因为草不割不嫩。不嫩，牛不喜欢吃。"她顿了顿又说："更主要的是，欧盟有卫星监视。我们不及时割草，欧盟就不给补贴。欧盟在农业上的补贴也是很可观的。"

哎呀！世上早有卫星电视、卫星导航，什么时候出了个"卫星导农"？生产力与生产关系是同步的，一而二，二而一。我们在萨巴村的村办民俗博物馆里，发现他们过去的农具同我国南方、北方从前的农具差不多。比如上海郊区已淘汰半个世纪的打麦子用的"连枷"，他们也有。生产工具的改变会对生产关系带来什么影响？发人深思！卫星绝不会只监视和指导一个小小的萨巴村。那么，用"卫星导农"将对国与国、洲与洲之间的"大同"起什么作用？

生产、流通和生活的需要，促使萨巴人组织了几个合作社。我去的S这家农户加入了森林合作社、草地合作社。他们的合作社组织比较松散，不是无所不包，没有人把它吹成阿尔卑斯"最高峰"，有点儿股份公司的性质。同股份公司的区别在于不追求盈利，很强调服务，互通有无，互相帮助。谁家的牛草不够用，在网上一发帖，有余草的就把一包800公斤的草包用40欧元卖给了他。合作社犹如不上天的卫星，众人拾柴火焰高，众人眼睛是雪亮的。合作能出生产力，也是提高人的素质的大学校。森林起火，合作社会马上请志愿消防人员去扑灭。森林里有了病虫害，一边在网上通知村民一声，一边就同时消灭了病虫害。牛奶由合作社统购统销。山里人彼此知根知底，最讲诚信。养奶牛的夜里把初加工过的牛奶放在家门口，第二天凌晨收奶的不必惊动任何人便把牛奶拿出去了。他们靠山吃山，把高高的山坡改成了滑雪道。萨巴村有20多条滑雪道。由于地形、地势的原因，S家的草地没挨到做滑雪道。她说，如果挨到了，年收入可以高达60万欧元。不过，S有S的办法，她办了个宾馆，有100套房间，雇了11个外地人。当我们羡慕她位于牛棚西边的美丽宾馆时，她谦虚地说："萨巴村几乎家家办宾馆。"萨巴村有1049户，3800人。发人深思的是，村上居然有4800家"第二户口"，超过了当地人。什么叫"第二户口"？就是来自奥地利周围很多国家，甚至更远的地方的人，在萨巴村买下房子，夏天来避暑，冬天来滑雪。此外，按人次来计，萨巴村一年来196万游客。谁都知道，游客就是送钱之客，何况是滑雪的游客！扳起手指算一算，世界各地的游客每年要留给萨巴村多少亿欧元呢？

大自然赐予人的资源看似不公，实则很公，问题在于你会不会用。皑皑白雪里无金无银有何用处？发生雪崩还会死人。可是，一旦改建为滑雪道，就变成了致富之道。旧农具变成了宝贵文物，穷山村成了地球文化村。本来是"高处不胜寒"的地方，现在是"高处'会用寒'"，"高处'能胜寒'"。

大雪的魅力
——奥地利一小山村的变迁

从电视里听到国际奥委会主席巴赫宣布北京获得2022年冬奥会主办权时，我无比激动。我们首都即将成为第一个既办过夏奥会又办冬奥会的"双奥之城"，我为之自豪。

接着，我忆起我在奥地利一个距离因斯布鲁克不远的、名叫萨巴的小山村调查的日子，似乎有些地方值得我们筹办冬奥会时参考。

大雪成为村民的主要劳动对象

只有三千人的小山村坐落在阿尔卑斯山谷之中，一条因为急流时时撞击石块而长年发出哗啦啦响声的小河，蜿蜒穿过小山村。式样各不相同的、布满鲜花的民宅依山而立在小河两旁。上了年纪的老人告诉我："半个世纪以前，村民都很贫困。"我开始有点儿不相信：现在家家年收入几十万欧元，富得流油，几十年前会穷到哪里？

后来我们参观了山村过去的小学旧址，开始相信他们曾经贫困到什么程度了。"高处不胜寒"，位于高海拔的小山村，在大雪纷飞的天气里，没有取暖设备。学生手冻僵了写不成字，他们便在每人课桌的右前方挖个洞，放一个酒杯大小的小铁碗，里面放一块燃烧着的木炭，用有网眼的盖子盖住。学生的小手冻僵了，在小铁碗的木炭上烤一烤，继续写字。

靠山吃山，可这山是大雪覆盖的雪山，能给村民带来多少粮棉油呢？想到这里，我明白村民过去是苦在一个"雪"字上。

意想不到的是在半个多世纪前，因斯布鲁克成为"滑雪胜地"。1964

年和1976年在因斯布鲁克办了两次冬奥会，几年前还办了一次青年冬奥
会。从此这小山村借着因斯布鲁克的光辉，地位也跟着相应提高。人们认
为他们大山背阴面的雪质最佳，雪场最优，雪道有长有短，坡度有大有
小，有的雪道堪称"黑钻石雪道""双黑钻石雪道"。峰回路转，导致小山
村世世代代贫穷的大雪如今变成了村民丰厚的劳动对象，成为村民致富的
"白银"。

收入的"平衡—不平衡—新的平衡"

雪山用于滑雪以后，这里的村民就担负起夏天保护山上的草地，冬天
整理、维护、建设雪道的任务。仅这一项的收入一家就有16万欧元。小山
村总体上适于滑雪，不等于处处都能成为滑雪道。同样，适宜种庄稼的山
坡不一定都适宜做雪道。这样，拥有不适于做雪道的山地的村民就拿不到
这16万欧元。贫富差距立即拉大，世世代代的平衡被打破。

收入的不均衡不利于村民间的团结，也会引发村民对政府的误解。于
是，他们出台了一项规定：支持没有滑雪道的村民为雪场配套，让他们优
先办宾馆，养牛羊。每年冬天各国来小山村滑雪的人数以万计。滑雪的人
不喜欢住在离滑雪道很远的地方，喜欢滑雪之后能马上痛痛快快地洗个桑
拿。住在雪场附近是他们所追求的。于是，村民办宾馆就应运而生。请注
意：是宾馆，不是家庭旅馆。尽管村民住房都很宽裕，但那是满足不了多
少万人需要的。不过，办宾馆又带来一个问题：冬天满员，夏天冷清。所
以，村民又在不能当滑雪道的草地上养牛挤奶，出售牛奶。谁都知道，欧
洲的牛奶质地纯净，味道鲜美，是因为欧盟对牛奶生产给予补贴。

雪场富，为雪场配套服务的也富，这样刚刚拉大了的贫富差距很快就
缩小了，在新的富裕高度上建立了新的平衡。

天上的卫星是村民的生产资料

出售牛奶给予补贴，是不容含糊的。欧盟不能有半点儿含糊，村民也
不能有一丝马虎。草地面积与奶牛数量是有相关系数可循的。奶牛数量与

牛奶产量也是有相关系数可循的，但也不是十分精确的，多少有点儿弹性。如果谁有小农意识，在草地上种点儿别的，必然会影响牛奶产量。雪山上的村民不是小农，是大农。规定种多少草地就种多少草地，绝不减少寸土。

能做到这一步，既有村民的自觉，又有管理的严格。一般来讲，用航拍便能看出草地的状况。大家知道，阿尔卑斯山海拔高，再说这小山村群峰林立，飞机飞行起来很不方便。因此，欧盟把天上的卫星用来作为管理草地的生产资料。天地相接，谁家草地少了一个角，卫星图上都能看得见，公布出来，一目了然。

村民的自觉令人钦佩。他们有的草地坡度很陡，在坡度50度以上的草地上锄草卷草很困难。他们带我们去看了几家村民的锄草机。他们的锄草机的体积为我们常用锄草机的几十倍，比载重汽车还要大得多，车轮上布满了数不清的足有十几厘米长的铁钉，让铁钉扎进坡地，从而保证锄草机在陡坡上缓缓前行。就是这样，仍有锄草机开不进的陡坡。他们就把牛赶进去吃草，来代替锄草机。不仅如此，还有牛都站不稳的更陡的陡坡，拿什么去锄草？办法总比困难多。村民就把羊赶上去吃草，从而保障草地的均衡。可是羊也不是傻瓜，它们在陡坡上虽然比牛立得稳一些，但是总归没有立在平地上方便。羊不肯在陡坡上久留。村民把羊赶上陡坡后，再用绳子把羊圈起来，在它们吃得差不多时，才放羊群走下坡。

村民就是这样一丝不苟地保护草地，保证牛奶的供应。喝水不忘挖井人，喝奶更不能忘记养奶牛的人。

合作社强化了合作精神

小山村的村民，祖祖辈辈居住在同一个山沟里，共守一条河，共建南北两座山，彼此利益交织，命运相同，邻里之间互助互爱，一方有难，八方支援。更值得关注的是，他们这种互助互爱是有组织基础和组织保证的。那就是他们家家参加合作社。这合作社名称同中国20世纪50年代的合作社相同，只是没有我们那样行政化，也不把阖家性命都交给合作社。他们是在土地私有基础上的合作，有点儿类似我们的初级社。由于他们坚守了疏密有度的"刺猬效应"，合作社颇受欢迎。

　　他们加入合作社的积极性，比我们当年敲锣打鼓入社的积极性还要高。道理十分简单，他们的草地，他们的森林，最怕的是虫灾。几年前发生过一次蝗灾。对付蝗灾绝不是一家一户可以解决得了的，蝗虫是不听人命令的，总不能把我家地上的蝗虫赶到你家地里去，即使赶出去了，那蝗虫不知什么时候又会回到我的地上来，因此对付虫灾必须是群防群治，这就少不了建立合作社。他们合作社里有个治虫专业队，专业队发现有虫灾的苗头，立即就去灭虫。不管是发生在哪家地上的，这灭虫的费用都要大家分摊。不这么做，虫灾的危害就会蔓延开来。村民告诉我们："有时发现虫灾，在我们还不知道的情况下，治虫专业队已经把虫灭光了。"

　　村民的住宅大多是木质的，容易燃烧。因此，他们有自己的业余消防队。说是"业余"，同样受专业训练。业务熟悉的消防队员每年也要短期培训，还要不断在村里演习。这消防的费用要合作社负担一部分。

　　遇到风灾也一样。小山村是"静区"，衣服晾在室外不用夹子夹，放心好了，不会吹掉。这里很少有狂风暴雨，但也不是一点儿没有。再说，上游多雨，中游的河水也会上涨。这时，合作社的水利队也会立即疏通河道，把洪水引向大湖。这些对千家万户有益的事情，没有合作社是不能办到的。

　　村民爱社如爱家，爱家如爱社。集体利益与个人利益融为一体。在处理公与私的关系上，他们能做到先公后私，公而忘私。在小山村格外吸引眼球的是已经出现了"无人售货商店"。南瓜既是第一防癌食品，又是极好的观赏植物。有的村民把几百只南瓜分类标价，置于路边，无人看管。谁要买南瓜，看好价格，自觉地把欧元塞进信箱大小的货币箱里就可以走人。还有水果，也有人放在路边，谁想吃谁拿，把钱塞进小盒子里就行了。我问过卖主，她说："买的人一般不会少付。从我们能坚持这么多年，也说明出入不大。"她还自信地说："这也跟我们的南瓜、水果比超市便宜有关。"

　　包括牛奶，也可以认为是无人售货。村民一般是在睡觉前，大约晚上10点左右挤奶，初步加工一下，便把牛奶放在门外。翌日凌晨4时前后，村民还在睡梦中时，合作社的牛奶运输队便把牛奶取走，送到更大的牛奶加工厂里去。村民的记录与运输队的记账一模一样。村民不虚报，运输队不克扣。如果万一村民搞错了，比如多了一个零，运输队也不需要把村民唤醒，来个什么"当面说清"，只要留个纸条，说明实际分量是多少就可以了。第二天，村民不仅不会吵上门来，而且还会打个电话来道歉一声。

思想达到这样的境界，与合作社这个经济基础有直接关系。他们说他们的合作社是社会主义，还有人说他们是洁白如雪的社会主义。究竟是不是社会主义？让历史来下结论吧。

发展大雪文化

随着对大雪认识的深化，小山村办起了大雪科普馆、大雪博物馆。

在科普馆里，雪花是如何形成的，雪花有哪几种样式，雪花与国计民生，有关雪花的诗词名句，都一五一十地讲得清清楚楚。

在博物馆里，仅雪橇、雪爬犁就展出了上百种。雪橇一步一步的演化史，从材料到式样，从落后到先进，都讲得明明白白。还有他们自己在各种滑雪比赛中的奖状、奖品，这些完全可以挂在自己家中的，他们也放在博物馆里展出。

每年冬天，在一些交通要道附近，都陈列着雪塑和冰雕，栩栩如生，给人以美的享受。

每年来小山村滑雪的有一二十个国家的人。他们带脚来，也带口、带脑来。他们有共同的理念，也有不同的语言、不同的信仰、不同的礼仪。他们的到来，是让多元文化在这里汇合。他们之间，他们与村民之间求同存异，求同尊异。包容多样在小山村是口号，是修养，也是文化。

战胜大雪的丰富实践让村民提炼出大雪文化；大雪文化又反过来推动和激励着村民继续利用大雪、建设雪道的实践。

大雪文化方兴未艾。2022年的冬奥会在北京、张家口举行，可以相信，必将推动大雪文化更上一层、数层楼，大雪文化必将成为中华文化大花园中最美的奇葩之一。

"疾风知劲草"之外

    丹麦南部勒姆岛和德国北部的舒尔特岛都被人称作富人岛、美人岛。两岛虽然分属两个国家，但是往来密切、便捷，堪称姊妹岛。这一对姊妹岛又同为疾风区，通常讲"山雨欲来风满楼"，那里山雨不来也是风满楼。风速常常是快到每秒数十米，风驰电掣，漫步海边帽子被吹走，眼镜被吹掉的事是常有的。可是沙滩上有一种茅草很奇怪，它可以被疾风吹得倾斜60度，甚至90度，但它仍会立即直起来。为什么会如此坚强？关键是根深。多深？深到穿过沙滩之下一两米。一尺之苗有两尺之根，还怕什么疾风吗？这种茅草有一种重要的用途，那就是盖茅草屋。

    姊妹岛上到处是二层或三层的茅草楼，连公共汽车站也是很漂亮的茅草屋。他们认为茅草屋比瓦屋暖和。地处北纬55度，气候比较寒冷，保暖是件大事。海豚、海象是靠20厘米厚的脂肪来御寒的。可是，随着暖气进屋，瓦屋渐渐多了起来。不过，土生土长在这里的岛民，依然留恋他们祖祖辈辈住过的茅草屋。再说，作为旅游胜地，要靠茅草屋来吸引天下游客。如果没有茅草屋，与别处同质化了，谁还来这里游呢？

    茅草屋的屋顶寿命约为十年，或者说不足十年就要换一次，不能不认为成本偏高。"疾风知劲草。"近来，他们发现中国等国家的茅草不仅抗风力强，而且用中国茅草与芦苇所造的屋顶寿命也长，于是他们便从中国等国家进口茅草，在这里种植。

    在丹麦南部、德国北部还有一种叫"沙漠玫瑰"的木本植物，虽然不高，但是在地面上，它能够靠比普通玫瑰更小的叶片、更密集的刺来吸收水分，在地下是靠根深来吸收水分。岛上的沙滩玫瑰似乎也不同于沙漠玫瑰，它在冬天能结出樱桃般的果实。大风起兮"沙"飞扬。沙粒打在脸上像针刺一般疼痛。"沙滩玫瑰"不仅不怕疾风，而且能乘风破浪，乘风"挡沙"。

岛上有斜而不倒的风中茅草，还有斜而不倒的风中沙滩玫瑰，更有风吹不倒的岛民性格。为了让青少年懂得如何战胜大风，他们研制出一种既可以模拟"兴风作浪"，也可以做到风平浪静的仪器，让大家观看。岛民故意把酒瓶瓶底做得一边厚一边薄，以示斜而不倒。杯子的底座也做成一边厚一边薄，斜而不倒。岛民风吹不倒的性格，还体现在路边雕塑中，路边塑有斜而不倒的路灯，塑着斜而不倒的男女。疾风锻炼出了岛民战胜风浪、扬帆远航的品格和富裕了以后仍要艰苦奋斗的作风。

看来，"疾风"岂止是"知劲草"，还能"知劲木""炼劲人"。根深本固。草本、木本，包括"人本"，都有个"根"的问题，都得靠扎扎实实的根深来抗歪风，直腰板，发大力。"墙头芦苇头重脚轻根底浅"是办不成大事的。

甜甜的第一产业

——柏林国际水果蔬菜展览会参观记

古有神农氏尝百草，不料今有我这文化人尝百果。神农氏尝百草花了几十年时间，我2016年2月在柏林国际水果蔬菜展览会上尝百果只用了一整天。

琳琅满目，美不胜收

各地有各地的水果，各地的水果各有自己的特色。可是，集合起来与分散开来大不一样。来自五大洲几十个国家的水果在柏林展出，令人目不暇接。

中国人形容美女喜欢"樱桃小口"，那是再恰当不过的了。《红楼梦》里的林妹妹就是典型的樱桃小口。可是，如果见了柏林果蔬展上的大樱桃，你就会产生异样的感觉：樱桃般的大口何美之有？

我国台湾人把身材苗条、办事果断、措辞犀利的洪秀柱女士称作"红辣椒"，不少人认为"红辣椒"超过"空心菜"。可是，柏林果蔬展上的辣椒有辣得让人咋舌的，也有甜如冰糖的，有一尺多长的，还有粗如大棒槌的。仿《晏子使楚》的话来说，展览会上的辣椒，"'形'徒相似，其实味不同。所以然者何？水土异也"。

土豆即马铃薯，过去所见到的多为肉色的，至多是浅咖啡色的，可是果蔬展上的土豆皮有深咖啡色的，甚至有黑色的。你敢吃吗？我尝了一下，鲜美可口。

还有洋葱，我在国内只见过球形的洋葱。"葱"字前头加个"洋"字，据说这葱是20世纪初从日本传到中国的。这次在果蔬展上见到了棒形洋葱，还见到了形如橄榄的洋葱。再一了解，洋葱本是野生的，系中亚的土产。在公元前1000年传到埃及，再传到地中海地区，16世纪传入美国，17世纪传到日本。从土到洋，洋外有洋，天外有天，于是我对洋葱的奇形怪状也就不以为奇了。

不奇中有奇。在智利馆我尝到了一种从未见到过的水果，切开时看到里面种子分布的几何图形像是画出来的，我惊呆了。吃完了，仍然是只知其味不知其名。智利馆里有位华人，她热情大方，只因她是出生于智利，知道这甜果的智利叫法，但说不出中国的译名。世界之大啊！我的知识之贫乏啊！

2016年的柏林果蔬展上的果蔬不仅有自然美，而且有人工美。展览会上有人在瓜上刻上花，给人吃瓜如吃花之感；有的在瓜上刻上小动物，让你吃植物时仿佛在吃动物。你要吃饼，他就在饼上用巧克力浇出你的头像，让你开心后再吃。

果蔬展如同美术作品展，美不胜收。

产业链在展览会上转动

果蔬经营，重要的是信息化。互联网是实现信息化的最新手段，可是互联网永远代替不了面对面。产销在展览会上见面，供求在展览会上对接，不仅如此，展览会上还就果蔬的生产、运输、储存、环保进行面对面的互动。一句话，从果蔬的培育到终端的销售都在这里交流。

我很高兴在果蔬展里见到了好多中国展馆。当我来到山东省潍坊的展馆时，想起一句俗话："烟台的苹果莱阳的梨，不如潍坊的萝卜皮。"便开口向他们讨萝卜皮吃。他们说："许多国家的朋友都来讨，现在所剩无几了。"正当他们要给我去取萝卜时，我说："不必了，留给没吃过的外国友人吧！"接着，我给他们讲了1967年冬我在潍坊买青萝卜的故事。为了去了解因为救人而牺牲的英雄李文忠在家乡的事迹，我走在潍坊街上见有一小车青萝卜在卖，我说买一个，随手掏出五元人民币，叫卖主找。想不到卖萝卜的青年说："找不出，我这一小车萝卜也卖不出五元钱……"这对我有很大刺激，我们中国的农民太辛苦了。一点儿不错，一斤萝卜三分钱，一百斤才能卖三块钱啊！回到招待所，我编了首打油诗："锄禾日当午，汗滴禾下土。谁知一车萝，不值三块五？"谷贱伤农啊！潍坊馆的朋友听了，风趣地说："现在好了，你再拿出五块钱，我们就不找了。"

中国人爱中国，我在中国的几个馆里问长问短，逗留的时间最长。他们向我表述了这次参展的收获，对如何实现高产、优质、高效、生态、安全都有进一步的认识。他们为这次果蔬的成交量之高流露出喜悦之情，我为果蔬的产业链转速之快而欢欣。

我从旁看中国的展品，大饱眼福，深感自己的国家幅员辽阔，从南到北，从热带到寒带的各类水果都有。我为祖国的繁荣而自豪！

第一产业就得排第一

参观了一天的果蔬展让我想了很多，水果蔬菜是农作物的一部分，随着生活水平的不断提升，人们对水果蔬菜的需求量在与日俱增。在产业结构调整中，无论如何应当把第一产业排在第一位，第一产业关系人类的生存，有了生存之后才能谈到发展和享受。

海内外亿万中华儿女皆以"炎黄子孙"自谓，这里的"炎"字就是从尝百草中选择出五谷的神农氏，他选出了五谷，方有民食；他识出药草，以医民恙；他织麻为布，以御民寒；他陶冶器物，以储民用；他削桐为琴，以怡民情；他剡木为矢，以安民居。在大力倡导以民为本的今天，我们一定要继承因尝百草而中毒死去的炎帝的遗志，把中国的第一产业办好。发展农业，幸福农村，富裕农民。

如何发展农业？

第一，要重视"三农"，要把农业的重要性提到要不要活下去的高度，有些人"好了伤疤忘了疼"，忘了挨饿的日子。农产品可以进口，但是只能作为调剂，不可依赖进口。我们是14亿人口的大国，没有哪个大国可以养活我们，粮棉油、麻丝茶、糖菜烟、果药杂，都要以自给为主，不要在批判闭关锁国时走向另一极端。要预料到，万一有哪个国家对我们断了进口，会不会导致我们断炊？要藏粮于地，确保耕地面积底线。

　　第二，要加快城乡一体化的步伐。要把城乡一体化的重要性提到社会结构的高度。结构与功能是相辅相成的，社会结构决定社会的稳定与否。社会结构的内涵很多，但是主要体现在城乡结构上，阶层结构的一端就是尚未脱贫的农民；地区结构看起来是空间问题，殊不知东西部的差距主要体现在西部是中国的农村上。城乡一体是指生活水平接近。在柏林果蔬展上参展的果农、菜农，他们的实际生活水平、生活条件都不比他们的城里人差。小康不小康，关键看老乡，中国的城乡差距在20世纪80年代缩小过，后来拉大了，在21世纪只要真正重视起来，依然可以再缩小。差距缩小，社会协调。

　　第三，要全面提高农民素质，农民的科学素质、文化素质、政治素质和道德品质都亟待提高。但是，人非生而知之，人都是学而知之，高素质不是自发产生的，都要靠教育，自20世纪90年代以来，农民的孩子在高校学生中的比例急剧下降，这是倒退。可教育界领导人在解释这一问题时，却说："高校是按分数录取的。"这是强词夺理。基础教育差，怎么能在高考时拿高分？农民子弟考不上大学不是因为智商低，而是因为农村的中小学条件差，是顶层设计出了偏差，是因为90年代有人从指导思想上提出"效率优先，兼顾公平"，导致了教育不公，才出现了高校生源城乡比例失衡。在有些国家，文化程度是个人隐私，在柏林果蔬展上我不便问"你"，可我在谈笑风生中很自然地问起"你们"，得到的回答是"全是大学毕业""除一人外都是大学毕业"，这让我走出展厅后还就教育问题不停地思考。

　　第四，要壮大农村的社会组织，由社会组织为农民说话。社会组织是政府联系广大群众的快车道，不要把社会组织归入异类。柏林果蔬展有不少是以果蔬界的社会组织为单位参展的，在一个一心为农民谋幸福的政府眼里，社会组织越发达，信息越畅通，智慧越丰富，工作越好做。我们要有这个政治自信。

难民的再社会化问题

汹涌澎湃的"难民潮"正在席卷欧亚两洲，并且正在引发一个接一个的社会风潮。对难民怎么看也是众说纷纭，甚至尖锐对立。这就要求我们必须根据目前的状况，运用所掌握的信息，迅速做出回答。

要不要接纳难民？

战争，不论是正义战争还是非正义战争都是血光之灾。正义战争是用暂时的兵灾换取长治久安，非正义战争是无妄之灾，有时会酿成长期的灾难。自然界是人类之家，但是自然界也会给人类带来灾难。有难就有难民。难民的出路之一是逃难。阿拉伯地区，尤其是近年的叙利亚战争，造成数以百万计的难民。他们没有向南逃难，尽管南有大运河，有新运河，他们还是选择了向北、向西，即欧洲。

欧洲不同的国家在对待难民的态度上各不一样。

第一种态度是以东欧的匈牙利、波兰、捷克等国家为代表，他们拒绝接待难民。在可能涌进难民的地方拉上铁丝网，设上岗哨。不接纳难民说不过去，他们就以"全民公决"为由，说是"服从多数，听从民意"。但是，难民总有路子进来，东欧有个国家就来个能推即推，能退则退。一时退不出去的，他们得给饭吃。在发饼时，饥饿难熬的难民排队领大饼，因为拥挤，发饼的人就把饼扔向四面八方。难民就像抢篮球一样，跳起来抢。媒体曝光后，引起难民和好多国家的反感。

第二种态度以意大利、希腊、英国、法国等国家为代表。他们有些犯难，主张"有限接待"。尤其是希腊，负债累累，失业率很高，险些被欧盟挤出去。如果难民再大批进来，国力更显不足。还有的主张各国平均分配，共同分担，结果因遭东欧反对而未能实现。尽管是"有限接待"，也有位开明总统宣告"不因难民中夹杂个别恐怖分子而不收容难民"，立即受到欢迎。

第三种态度以德国为代表，他们从道义出发，坚持"各民族一律平等"，又考虑德国老龄化严重，需要劳动力，主张敞开国门，让难民进来。不过，民意调查的数据告诉政府：80%的民众是不赞成接纳难民的。不赞成有不赞成的理由：难民会与接纳国居民争夺就业岗位；难民一时难以同接纳国相融；难民违规、犯罪率高；难民占用国家财政和福利。70%罪犯来自难民，这一点也使得很多警察望而生畏。德国的"新纳粹"更是穷凶极恶地以游行示威来表示反对。然而，以默克尔为首的政府坚持接纳，开始决定2015年进50万难民，后来讲年底进70万难民，结果是年底实际进了110万难民。

难民进来以后怎么样？

难民进入欧洲以后，许多国家的政府是尽心尽力安排的。首先是住，德国把各类闲置的房屋都让难民住进去还不够，就把体育馆，以及每年都要举办几十次展览的国际会展中心腾出来，给难民先住一段时间。可是还有个别难民自愿住在闹市和娱乐场所旁边，以便乞讨。集体住的地方有厨房，只因各人的胃口不同，他们要自己做饭，以致一个小厨房安装了好几个简易煤气炉。德国发给每人几百欧元，还赠送乘公交车的月票，每月发一两张到娱乐场所的票子，为难民体检。在各交通要道设有为难民捐献衣服的募捐柜。德国绿党前副主席在圣诞节特意把一家叙利亚难民请到家中做客。2016年1月，德国酝酿要不要让难民享受德国的"最低工资待遇"，如果议会通过，难民就可以分到房屋，吃穿不愁，每月都有心理工作者上门看望、送礼，指导就业。

总体讲，接纳国民众与难民相处得很好。但也不排除有少数人歧视、厌恶难民。难民呢，也有越轨、失范和犯罪的。最严重的是跨年夜的科隆千人性侵事件。不仅是科隆，在德国其他城市，在北欧的瑞典、芬兰等国也发生了类似事件。有传媒称其为"全球性性侵事件"。在本国禁欲、禁酒的人，到接纳他们的国家做这种丑事是不应当的。事件发生后，犯罪的难民受到应有的惩处。与此同时，难民也受到同情性侵受害者的民众的报复。有的人向难民聚集处扔手榴弹，幸好没有伤人。事件还在发展，失范的共振效应正在加剧。难民袭警的有了，科隆事件后9天又出现难民侵犯接纳国女性的事情。还有难民恩将仇报，对难民营负责人恐吓、打骂、施暴。瑞典、丹麦从各方面考虑，深感承担不了，正准备把数万难民遣送出去。

由于难民工作的难度太大，迫使个别难民营的负责人提出辞职。柏林市类似中国的民政厅的厅长辞职，还有的城市的警察局长被免职。反对移民的人最近公开喊出"默克尔下台"！有的还提出修改刑法，加重对性侵的惩罚。

这一系列事件在告诉人们，必须郑重提出：难民的"再社会化"问题迫在眉睫。

如何推行难民的"再社会化"

人是社会化的动物，社会化不可能一蹴而就。人的一生有青少年时期的"初级社会化"，有中年时期的"继续社会化"，此外，还有一个因为变换到了新的社会环境，必须适应新环境的"再社会化"，否则与新环境格格不入，会给自己带来无穷无尽的困难和灾难。

"再社会化"应该从哪几方面着手呢？

一要学习接纳国新环境中的各种新规范，如法律、道德、风俗习惯、乡规民约等等。法律，各国之间大体一样，但又不完全一样。一国之内还有地方法，更不一样。如不了解异国大法，踩了红线，说不定会锒铛入狱。法律不会因为你不知道而免予起诉。风俗也很重要。比如晒衣服，有的国家约定俗成的是短裤不能晒在让外人能看到的地方，如果你不知晓，把短裤晒在了外边，会让人瞧不起。入乡要随俗，入他国更要随俗。即使你对他国的习俗看不顺眼，只要不是原则问题也要随大溜。

二要学习接纳国的语言。语言是交流的工具。不学习接纳国的语言，无法与人交流，简直寸步难行，谁也不能时时处处带着翻译。欧洲有个别国家规定难民一定要学习接纳国流行的语种，要通过考试看其是否过关。如果三次不及格，就要退回其祖国。欧洲许多国家面对今天的难民潮，在准备效法这种考试制度。

　　三要尊重各种不同的宗教信仰。宗教信仰是各自选择的。宗教是多样的，多样之间必有差异。任何人，你可以不以他人的信仰为信仰，但是你不可以不尊重他人的信仰。宗教是不断演化的，但这演化最好是不通过暴力的。移民之后，宗教信仰会变得复杂，但是一定要尊重差异，包容多样，仅仅是求同存异还不行，还应当求同尊异。

　　四要加强难民内部的团结。难民从其祖国逃出时是抱团的，但是时间一长也难免发生矛盾。近几个月来，不断有难民内斗的事件曝光。因为他们在其祖国未必是一个社区的，也可能分布在四面八方，甚至本来就是两派的人。移民后，祖国亲人那边的变化也会传染给移民，有时会影响移民间的团结。这也是"再社会化"的题中应有之义。

　　难民的"再社会化"，说难也难，说不难也不难。世上无难事，只怕有心人。当今世界上任何国家，哪怕人口很少的国中之国，也是移民国家，即便近年来不是，其祖先也是由外地人转化为本地人的。可以相信，难民成为移民后，为了融入接纳国的新环境，一定会掌握接纳国的社会行为规范，担当新的社会角色，建立新的社会关系，成为祖国与接纳国之间的桥梁和纽带。最近就有个国家的总统实话实说："难民的犯罪率远低于难民增长率。"但愿这正在成反比的两个"率"善及于天下。

乐在与百国百姓在一起

赞美是点赞也是讨教

哪怕是刚成立没几年的国家，也有他们悠久的历史。因此，我们要注意点赞别国的文化特色，美人之美。比如跟肯尼亚人交谈，最好以"人类起源最早"来开题；跟埃塞俄比亚人打交道，最好从"是你们的小羊把咖啡送到世界各国"说起。他们听了一定很高兴，话匣子容易打开。这是点赞，也是讨教。我们从一两本、两三本书里看到的他们国家的概况，无论如何比不上他们土生土长的人知道得多。他们听了我们的讨教后，会绘声绘色地向我们介绍他们的文化。这就叫"文化开路"。

对于他们国内有争议的问题，不一定主动先提，可是，如果对方问起，我们也不必讳言，讲了以后不妨补充一句："如果你不认同，请多包涵……"这样讲了，对方即使不认同也不至于伤感情；对方认同了，可能接下来滔滔不绝地加以发挥。用点赞换来友谊，用公理启发对方，这是起码的国际交友规则和艺术。

谚云："十里不同俗。"相距万里想必更不同俗。中国还有句话：入乡随俗。与外国百姓交往一定要随俗，尊重他们的习俗，尊重他们的宗教信仰。他们行合十礼，我们也行合十礼；他们行碰鼻礼，我们行碰鼻礼；他们说天堂就说天堂，他们说天国就说天国；他们要开光就让他们开光，他们要洗礼就让他们洗礼。各美其美。我们可以不习惯，不赞成，但不必不分场合地为这类小节争得面红耳赤。"听取，听取"，有时"听"而后"取"，有时"听"了不一定"取"。不取也要注意听，恭恭敬敬地听，听而后"思"。听，不是不讲原则，要知道尊重人也是原则，不打断别人的讲话是礼貌。

我们要以大度换来大度，以包容换来"四海之内皆兄弟"的大包容。

适彼乐土适彼乐国

包容度大小与我们的知识量有函数关系。我因为知识不足曾出过好几次洋相。与外国朋友交往本来应事前了解他们的习俗，可有次突然见到大洋洲的萨摩亚人。我没有备好课，不知道萨摩亚人以胖为美，女性不胖到一定程度嫁不出去。与一名萨摩亚肥胖的女士握手时，在场的中国朋友提醒我"赞美她肥胖"。我这老脑筋以为中国朋友是同我开玩笑，并没有马上赞美萨摩亚的那名女性。中国朋友再补充一句："她们以胖为美。"我茅塞顿开，立即赞扬这位萨摩亚女士的肥胖，她听了笑逐颜开。还有一次见到一名乌克兰人，我用俄语向她问好。她也用俄语回话，只是不太自然。过了一会儿，她开门见山地对我说："乌克兰语是我们国家第一官方语言。"我方才理解她的民族自尊心，才意识到我用俄语跟她谈话是贸然、想当然。

对我这样一个上海大学社会学院的教师来讲，与百国百姓交往是走进全球这个大社会研究社会。坐井观天不是容易夜郎自大，就是容易认为"月亮是外国的圆"；出井观天，放眼世界，就会清晰地看到一中有百，百归于一，一体多元，多元一体。"适彼乐土，适彼乐国。"异是多样，是丰富，也是凝聚共识的前奏。

置于北大校园内的西南联大纪念碑上有句话写得好："同无妨异，异不害同，五色交辉，相得益彰。"差异近看仿佛是大峡谷，远看不过是脸上的皱纹。熟悉了百国百姓，更感五"洲"交辉的可贵。南宋的陆游先生啊，我们在公祭你的时候，将会告诉你：比你的"九州"更大的"五洲"不久就会"同"，就会"大同"。纵向到社会底层，横向到北欧南非，纵横交织。社会学是社会的产儿。观察了5.1亿平方千米的地球大社会，方能分享到"小小寰球"的奇趣、乐趣，方能体会到"环球同此凉热"、环球同此高低。

登楚格峰

　　2016年8月，乘吊索登上位于德国与奥地利交界的海拔2962米的楚格峰。厚雪铺地，冰川高挂，两国分别办的饭店一个接着一个。我们一步跨两国，仰望太空，俯瞰两国美景，当即赋诗一首。

高处能胜寒，楼阁空中建。
德奥两面旗，随风同向展。
冰上高朋满，白云来擦汗。
天上看人间，驾雾永向前。

巧遇居里夫人的亲戚

到了华沙是必须参观居里夫人故居的。几十年来，居里夫人两把椅子起家、把皇家学会的奖章给女儿当玩具的故事一直激励着我。

我们于2016年7月20日到了居里夫人住过的 UL Freta 大街（华沙老城区弗拉塔街）。可是，找不到她的故居16号。资料上明明白白写着居里夫人故居是16号呀！只有18号，走到后院也没见到"16"。从18号出来，见18号斜对面挂着居里夫人的肖像，顿觉莫名其妙。这时，忽见一位提着篮子的姑娘走来，看样子像是当地人，我们便拿着地图向她咨询。

她笑着说："那挂像的是假故居，对面罩起来的这栋楼才是真故居。"接着，她向我们解释说，因为明年是居里夫人诞辰150周年，世界各地要来很多学者，当地正在安排活动的事项，装修居里夫人故居是其中一项。"你们来得不巧，16号不仅进不去，而且连外表也看不见。"她一再向我们道歉，听口气好像是纪念活动的参与者。她接着又说："假故居也是值得看看的，原来陈列在真故居的珍贵展品都搬进了假故居。"她又顺口说了一句："居里夫人一家得过六个诺贝尔奖……"

这一下，拨动了我的心弦。记得老版本的《居里夫人传》里没有这么多呀！我说："能不能耽误你一点而宝贵时间具体讲一下。"她笑了，笑得很甜。她把篮子放在地上，扳起手指。我掏出笔和小本子记录。她说，1903年居里夫人与丈夫皮埃尔·居里等共同获得诺贝尔物理学奖，两人可算两个奖。1911年居里夫人获得了诺贝尔化学奖，这就三个了。1935年居里夫人的长女伊伦娜·约里奥-居里与女婿弗雷德里克·约里奥-居里，两人又得了诺贝尔化学奖，这就五个了。1965年居里夫人次女的丈夫亨利·拉波易斯，以联合国儿童基金会总干事的身份获瑞典国王授予该组织的诺贝尔和平奖。

这不就六个了嘛！

维拉不会知道，我是在上海大学教"家庭学"的，她不知道她这番话对我强调家庭教育、注重家训是多么有用！是不是越淡泊名利，名利就越会送上门来？转而又想，她怎么了解得这么清楚，连年份都牢牢记得，莫非……

我情不自禁地问道："你与居里夫人是邻居还是亲戚？"

她顿了顿，说："你很敏感。我外祖母的祖母与居里夫人是堂姊妹，是一个家徽。我们这里国有国徽，市有市徽，家有家徽。"

这时，从她身后又走来一位女士，插话说："维拉懂五种语言。诺贝尔没有语言学奖，否则居里夫人家族就有七枚诺奖了。"维拉解释说："我母亲是波兰血统，父亲是苏丹医生，我生在沙特，现在在挪威工作，没有什么成就啦。"

紧接着，具有居里夫人谦逊家风的维拉把话题岔开："在居里夫人之后，放射化学发展很快。其中有个原因，是她获奖后没有申请专利，便把提炼纯净镭的方法公开了。"

哎呀！她这话正符合我的想法。我早就想对知识产权议论几句了，可是迟迟没有写出来。对知识产权是不是也应当辩证地看：没有知识产权不利于鼓励创新，把知识产权搞成"知识封锁"是不是也不利于全社会的创新呢？社会应当尊重每个人的知识产权，而拥有知识产权的人是不是应当向居里夫人看齐，不把自己的知识产权看得太重呢？待价而沽，学者变成学商、学霸有什么好呢？高人无不是站在前人肩上才高起来的。今日的高人更应当搀扶着别人站在自己肩上，继续创新，像叠罗汉那样让后来者高而又高。

我刚想用爱因斯坦赞美居里夫人是"唯一未受盛名腐化的人"的名言，来表达对居里夫人的敬仰时，维拉把我们送进了"假故居"……

站在克里特岛说"奇"

无 奇 不 有

希腊南部的克里特岛是人类文明的摇篮之一。2016年8月底、9月初，我在"文明摇篮"里住了九天，深感克里特岛的神奇。

在克里特岛上，曾发掘出四五千年前米诺文化时期的、一种可与中国的甲骨文相媲美的"线形文字A"，奇怪的是后来断了线，至今没有人能够破译。后来的"线形文字B"早已被破译，而"线形文字A"只能在博物馆里陈列，奇"字"共欣赏。

克里特岛是世界上日照最多的地区之一。奇怪的是克里特岛山南向阳面竟为秃山，山北的背阳面则为郁郁葱葱的青山。克里特岛有我国海南省大东海那般美丽的白沙滩，有美国旧金山那样的黑沙滩，另有举世罕见的红沙滩。色彩斑斓的奇石、火山石随处可见，美不胜收。奇怪的是，当地人不以为奇，不把美石置于案头来观赏。不知是不是"多者为贱"的缘故？

如今很多国家在艰难地建设国际化大都市，奇怪的是克里特岛上到处都有国际化小山村。一个山脊小村里竟有肤色不同、服装各异的人长期毗邻而居，域外人口比例远超过国际化大都市规定的指标。

如今很多国家在努力实现农村城镇化，奇怪的是按城镇化指标衡量，农业占11.4%的克里特岛，应当认为是早已达标，而仅占24.2%的克里特岛工业却远未达标。这笔账该怎么算？

从自然到社会，克里特岛都有称奇道绝、发人深思之处。

以 奇 制 奇

智慧的克里特人有的是办法，他们化腐为奇，以奇制奇。

山坡干旱，不宜耕作，他们来了个"坏事变好事"，把只适宜在酸性、少水的土壤上种植的，又不用花太多工夫管理的橄榄树种在山坡上。我们所到之处都能看见橄榄林。克里特岛人均三棵喜光、节水的橄榄树。橄榄与他们的神话、文化、宗教交织在一起。橄榄不仅是和平与美德的象征，而且还具有很高的经济价值。他们把橄榄变成油。克里特的橄榄油被人称为"液体黄金""植物油的皇后""爱琴海上的甘露""美女的伙伴""东正教的圣油""可食用的化妆品"……

克里特岛有800处景点，每年吸引两千多万游客，岛民与游客之比为1∶4。克里特岛办了上万家饭店，就算在每一位游客身上只赚100元，想想看，一家饭店一年有多少收入？克里特的服务业占GDP的59%，不算很高也不算低。

更奇怪的是，岛上的饭店餐桌绝大部分在室外，在海边，有的还在海水之上。这般布局让饭店降低了成本，让顾客把餐桌变成观景台。贵州"天无三日晴"，而克里特岛是"天无三日'雨'"。海边是不会有灰尘飞来的。有次我在小店吃饭，海风忽然把海浪的水珠吹进我的嘴唇，让我真正尝到别有风味的海味。

有高山必有山洞。全岛有5 000个山洞，克里特人因洞制宜，变山洞为教堂、为饭店、为墓地、为神话故事。赏洞是产业，是文化，更是享受，享受别有洞天之美。

针对南部阳光过度、严重缺水的问题，克里特人普遍利用太阳能发电。人家是水变电，克岛是电变水，电把水送到千家万户。他们的住房本来就是依山而建，错落有致，比大城市的别墅更美，缺点是鲜有大草坪。如今有了水，家家都有奇葩异卉，奇光异彩。住房即别墅，别墅胜庄园。

文 化 多 元

克里特人的智慧是从哪里来的？这固然与他们的古老文明有关，更重要的是来自社会实践，来自多元文化。

　　克里特岛的地理位置很特殊：属希腊无疑在欧洲，但又接近亚非二洲。澳大利亚和新西兰人也曾来帮助克里特人反侵略。说起澳大利亚人，他们会流露出感激之情。交界便于交流，交流也难免有交锋，最终总能实现交融。岛上公元前的文化遗址中有古埃及的绘画和陶器，说明古代已有交流。现在每年有两千万世界各地来度假的外国人，无不有意无意地在传播外来文化。我在岛上总是随口讲起儒道墨法，虽是点滴，但他们听起来津津有味。下飞机后，我们坐出租车，一聊便知道司机会两门外语。住下后又晓得商店、饭店营业员普遍懂一门以上的外语。一位教我希腊常用语的女士说："上班要讲两种外语，只有回家才讲母语。母语反而生疏了。"她这是谦虚，也是事实。

　　克里特以东正教为主，也有伊斯兰教、基督教、犹太教。他们有过教堂被迫改为清真寺的悲惨历史，现在多教并存，互不否定。不过，也能看出各家宗教不变中有变，仪礼、习俗，甚至信条都在本土化，都在互相借鉴，你中有点儿我，我中有点儿你。

　　克里特大学在生物学、农学、考古学等学科上多有建树，不过在仔细请教后也会发现，他们在一门学科之内共存着不同学说、学派。

　　包容出并存，并存生多元。多元不是不分主次，不是不分高低，但主流不能因"小弟弟矮"而将其抛弃，更不能因"小弟弟矮"而把他们赶到对立面。真有本事就能避低就高，变低为高。克里特岛随处可见高达两三米的仙人掌，浑身是刺，可是你如果嫌其有刺，那就吃不到营养丰富、味道香甜、药用有奇效的仙人果。

多元取决于胸怀

　　多元是差异和矛盾的近义词。差异会带来碰撞，也会催人互补，实现包容并存。矛盾可能激化，也可能化解，向哪个方向转化取决于人的品格。

　　说起包容并存，举一个不恰当的小例子：谁都知道，奥运会马拉松金牌桂冠上有橄榄枝。可是你是否知道，男女马拉松金牌桂冠上的橄榄枝的出处并不相同？这是因为在克里特岛上有两棵拥有3 000年历史的叶茂果硕的橄榄树，一棵在岛东南端的卡沃西欧镇，一棵在岛西北的克里巴瑞镇，树干直径都是3.7米，可是差别总是有的，微小的差别又是今人很难判断的，这就引发了谁的树龄更老的争论。长于包容的奥运会组织就让他们打了个"一比一"的平局：在女子马拉松金牌桂冠上用卡沃西欧镇取来的橄榄枝，在男子马拉松金牌桂冠上用克里巴瑞镇的橄榄枝。

包容在有些人眼里很难，可是，"为之，则难者亦易也"。前面提到"一村多肤色"，我访问后方知这里有一把辛酸泪。由于克里特岛是宝岛，千百年来一直成为异族侵吞的对象。先是古罗马人、阿拉伯人入侵，再是威尼斯人、土耳其人侵略，在二战中被德国法西斯占领。克里特岛人奋起反抗，神父成军官。正是出于反侵略的需要，世界上第一支海军产生于克里特岛。如今的小山村，"左邻"的祖上可能是来岛上杀人放火的，"右舍"的祖上可能是被杀被烧的。俱往矣！风流人物和非风流人物都得"还看今朝"！双方或三方、四方都能够正视历史，面向现实，不计前嫌，和睦相处。略有区别的是，造恶者的后代在面向现实的同时，侧重于正视历史，被伤害者的后代在正视历史的同时，侧重于面向现实。抗日功臣聂荣臻元帅不是收养过日寇的娃娃吗？这是奇迹，是胸怀，是大海般宽阔的胸怀。

包容有量的差异，包容度越大，包含的多元越多，所能形成的合力则越大。2016年8月在香港有个游戏：两名中国奥运金牌得主与一群儿童拔河，虽然旗鼓相当，但最后儿童队以多胜少。也许是金牌得主让了儿童队，可这"让"就是包容，是胸怀，是奇中有不奇、平凡中有不平凡的美德。富有历史意义的"包容发展观"，在中希两国人民身上正在得到充分体现，可喜可贺。

橄榄树

有一种树，在唐宋八大家的诗文中没有提到过，在一本又一本描写花草树木的古代诗词集萃中，没有占过一行字，这就是橄榄树。

橄榄树起源于五千年前的希腊克里特岛，逐步传到地中海各国，再走向世界。中国南方早有种植，品种繁多。

克里特岛上的橄榄树很平凡，花儿不是"当春乃发生"，要到四五月"山花烂漫时"，它才开放出白色的小花，不参与斗艳。

橄榄树不是巍然耸立的参天大树，一般只有七八米高，不易吸引人的眼球。可是橄榄树的树根不比树身短多少。不仅根深，而且还有盘根。树冠的圆周有多大，地面上盘根的圆周就有多大。不论树干、树枝、树根，都可以做成工艺品。老年人尤其喜欢橄榄木做的拐杖，既美观又坚实，还轻便。

"桃三李四橄榄七"，橄榄树种下去以后七年才开始结果，要二十五年才能结出丰硕的橄榄果。因此，急功近利的人是不会栽培它的。为官一届五年，二十五年是五届以后的事呢！

橄榄树有点儿怪僻。它不喜欢进富贵人家的花盆、花房。被迫进去，光照少了，犹如患了不治之症。橄榄树还有一种终生不做"伸手派"的精神，不进水肥充足的黑土，坚持生长在戈壁沙滩那般贫瘠的土壤中，但它用自己的贫穷换来万家的福气。一棵橄榄树每年献给人们几百斤橄榄果，或几十斤被称为"液体黄金"的橄榄油。

鲜花几天不下雨、不浇水就会枯萎，橄榄树三个月不进滴水照样活得很自在。有时雨来了，它一点儿也不贪婪，不存水，乐于向下放水。因此，它不生长在一马平川上，而要生长在马儿不易奔腾的斜坡上。

有些农作物在烈日暴晒下会卷曲、低头。坚强的橄榄树在40摄氏度以上的气温中，树叶照样亭亭玉立，果实依然挂树。不仅如此，橄榄树还常为羊群遮阳。赤日下的绵羊在吃饱以后，会懒洋洋地躺在橄榄树下睡上一觉。

"酸"字在中华文字中一般不是好字眼。酸性土壤更差劲，有些树木就是因为酸性过度而死亡，可是橄榄树却能在酸性土壤中茁壮成长，不让人多为它操心。

植物一般是怕大风的，可是橄榄树是世上罕有的不能被风吹倒的木樨科植物。这有点儿像苏东坡诵佛时所云："八风吹不动，端坐紫金莲。"即使有16级大风吹来，它至多也是扭一扭树干而已，扭而不折。这有它螺纹般的身躯为证。

橄榄树这般不惹事、不怕事、不计得失、不喜亦不忧的平常心，让橄榄树成为长寿树。古代被尊称为"千岁"的高官无一活到百岁者，可是橄榄树普遍都能存活近千年。克里特岛上至今还有两棵枝茂叶盛的三千岁的橄榄树，堪称"世界之最"。

又因为橄榄树有这种高贵的品格，才有了一枝青绿色的橄榄枝预示洪水已退的传说。全世界74亿人无不把橄榄枝当作和平与美德的象征，以至于连那些搞假和平的人也不得不装模作样地挥两下"橄榄枝"。橄榄树之威道不尽，凑上一首做点缀。

赞 橄 榄 树

薄土瘠田干叶扬，
禁酸耐硗①蒉筜②。
千年不朽非稂莠③，
一旦为藜④辅老苍⑤。
雨打穹庐添秀逸，
腰系丝绦益绮妆，
劲挺扎根如砥柱。
果枝造梦富家邦。

---

① 硗：qiāo，不毛之地。
② 筼筜：yún dāng，竹之别名。
③ 稂莠：láng yǒu，稗草。
④ 藜：藜杖，拐棍。
⑤ 老苍：指老人。

波兰小城屡获"诺奖"之谜

波兰西南部的奥得河畔有座小城市,人口少于山东的烟台,相当于湖南的常德,这里出过十多位诺贝尔奖得主,被誉为诺奖摇篮。这里只有62万人,竟有30所大学,大学生13.5万;在校大学生占人口比例世界最高;2016年它被评为欧洲文化名城,它这荣誉吸引我慕名而去。这小城的水网有点儿像中国的苏州,不仅有小桥流水,还有大桥急水。不仅有铁桥、斜拉桥,而且还有供大学师生换教室上课用的吊桥。岛外有岛不稀奇,令我欣喜的是岛内还有小岛。岛是公元10世纪小城最早的发源地。后来小城屡遭战争破坏,但我们仍能看到参天古树。

不过,更吸引我去游览的还不是今年这次的小城荣誉,因为我在"文革"中从事自然科学时,就知道小城出过十多位诺贝尔奖得主,被誉为"诺奖的摇篮",物理学奖、化学奖、医学奖、文学奖、经济学奖,应有尽有。怎么会有这么多人获奖呢?多年来我一直在琢磨这件事。

不仅如此,这小城还有一大批虽未获得诺奖,但实际上并不次于诺奖得主的哲学家、数学家、作曲家。比如第一个发现老年痴呆并把老年痴呆症以其名字命名的阿尔茨海默就曾病逝在这小城里。

说了半天,还没讲出这小城的名称。这小城的名称不止一个。过去和现在都称小城为弗罗茨瓦夫,这是波兰语,天经地义,是一千年前统治这里的波希米亚公爵的名字。可是这小城一度被称为布雷斯劳,这是德语。有些波兰人很讨厌这名字,不过我还在铁路边看到同时标有上述两个名称的路牌。此外,还有捷克语、拉丁语的名称。名称很多,不是译音上的差别,而是意味不同。名称多说明小城民族众多,文化多元。

近年来已有两千多家外国公司在弗罗茨瓦夫设了分公司。他们既带口

袋来，也带脑袋来。长期的文化多元
为小城带来多姿多彩多诺奖。

　　这里的文化是不是多元？有一批
不开口的"老师"会告诉你，这就是
建筑物。我边走边看，只见马路两旁
有普鲁士风格、奥地利风格、波希米
亚风格，有哥特式、巴洛克式，有古
典主义更有现代、后现代主义的建筑，
美不胜收。建筑的多元，让我思考建
筑物里的人的所思所想会不会也是多
样？在弗市中心广场，有家书店，我
虽是波文盲，也按习惯进去逛了逛。
不料，从书店出来发现隔壁是卖枪支
的商店，我又好奇地走了进去。见店

下到波兰地下135米深的盐井下尝咸味

里的手枪比我当年在淮海战场帮解放军叔叔登记战利品中的手枪花样还多。
书店、枪店门连门，这算不算文武互补呢？

　　人无不是学而知之。名师出高徒，上述弗市的名师几乎全是由高徒转
化出来的，绝大部分诺奖得主是弗罗茨瓦夫大学培养出来的。排在创立量
子力学头一名的马克斯·普朗克，就是从弗罗茨瓦夫大学脱颖而出的。

　　弗罗茨瓦夫大学创办于1702年，拥有300多年历史，现有43 000名学
生。我信步去了他们10个学院中的3个，进了他们的图书馆和阶梯教室。
小小的弗市竟有30所大学，共有学生13.5万。这就是说，在校学生占人口
的五分之一以上。这个比例是世界上最高的。在校大学生多，才是弗市诺
奖多、名人多的深层次原因。这里的人不存在"上学难"的问题。私立大
学收费，国立大学免费。在弗市30所大学中，有国立大学11所。

　　"万众创新"，前提是要像弗市那样万众进大学，量中求质，从奔腾的
万马中选出领先的、涌现万古流芳的。

爱琴观海

　　世上有数不尽的诗文称大海是蓝色的，可大海并不总是蓝色的。2016年9月，我在爱琴海边逗留了几天，海面随深浅不同而有浅绿、墨绿，甚至有近乎黑色的。太阳初出时海面为浅红，待红日高照，海面呈银白色，从而加深了我对真理相对性的理解。遂仿张打油先生，写下几句。

> 海色绿蓝看浅深，
> 晨红午白印时轮。
> 其论莫哂为言妄，
> 欲获真知拟自临。

缩小贫富差距，建设贫富命运共同体

2016年的秋天是欧洲的多事之秋。

正当德国接纳了180万难民，德国总理默克尔被全世界的舆论一致赞扬为"道德领袖"的时候，默克尔所领导的基督教民主联盟在9月柏林选举中落后了。默克尔表示承担责任："愿时光倒流，重新考虑难民政策。"这是为什么？

正当作为全球化的一个重要棋子——美欧自贸协定签署的时候，9月17日德国的柏林、汉堡、慕尼黑和法兰克福等城市发生了大约18万人的大游行，瑞典、奥地利也同时游行，表示强烈抗议。这是为什么？

就在英国脱欧的余波未平之时，也有些国家跃跃欲试。与此同时，还有些国家如挪威在今年9月提出要把匈牙利开除出欧盟，这是一方面。另一方面，是尚有很多与欧洲沾点儿边的国家正削尖脑袋要钻进欧盟。有脱、有除，还有进，这又是为什么？

其中的奥妙说深也深，说浅也浅。

难民与原住民之间的矛盾一开始就存在。难民在变为难民前，在他们本国是有贫富差别的。能出来逃难的多数不是最穷的人。在接纳国家的原住民中的贫困者见难民穿的、用的比自己好得多，就有点儿心不平。在德国外交部举办的一次电视辩论中，就有柏林市民提出："我们申请房子已经等了好几年还没等到，为什么难民一来就给他们房子？""我们的孩子参观博物馆要买票，难民一律免费，这是什么意思？""难民就业，会导致我们失业，是抢我们的饭碗。"而难民呢？也有他们的苦衷："你们救济的衣物质量太差。你们说入籍要考德文，可你们的考题太难……"各说各的理，难解又难分。

美欧自贸协定的主要内容是美国的商品进欧洲。欧洲有人认为:"这是倾销,是逼我们相关企业倒闭。"全球化势不可挡,可是,全球化会导致一部分人一时失业的现实问题,一直在挡来挡去,奈何不得。

欧盟问题也一样,谁都知道合则两利的道理。美国把遏制的目标转向欧洲,就是因为欧盟抱团以后在蓬勃发展,美国容不得。可富裕的英国认为利少弊多,要为"欧洲战略投资基金会(EFSI)"出钱,总以为自己吃亏,要脱。可是穷国,觉得不吃亏,进来的不肯退,未进的土耳其要进。人与人之间有贫富差距问题,国与国之间也有贫富差距问题。

有贫富差距是好事。有了贫富差距,安富济贫,富帮穷,穷赶富,穷帮穷,有助于实现共同富裕,从而迈向更高水平的幸福。可是,说起来容易做起来难。

对富人的要求自古以来都是"富贵不能淫",事实上,富而不奢的人是有的,愿意济贫的富人并不少,可是不愿意济贫的富人也是有的。为富不仁者不是个别的。过去那般"劫富济贫"肯定行不通,"打富济贫"也非仁道。可是你想"请富济贫"未必请得动,你想恭恭敬敬地"求富济贫",富人的条件是要用钱换权,至少也得换个特大广告。

对穷人的要求自古以来都是"贫贱不能移",事实上,不移者固然很多,"移"的人也有不少。西方有一个行乞和偷窃"两手抓,两手都过硬"的民族,人人望而生畏。现在难民的犯罪率远远高于接纳国的公民犯罪率,早已是不争的事实。

因此,贫富差距过大肯定是坏事。学界都认为社会结构是"橄榄形"的好,穷的人少,富的人也少,穷富两极间的连线比较松软。一旦把两极间的连线拉长,绷得很紧,也就是社会学上的"社会张力"加大。张力一大,容易断线,两极必然相撞、相击。这就像矛与盾,把矛挂在东墙,把盾挂在西墙,平安无事。如果矛与盾相撞,激化,难免伤人。

凡事都有例外,如今在一些基尼系数大于0.4的贫富差距很大的国家,社会矛盾并不严重,不是社会冲突频发。这就削弱了"社会张力理论"的威力,为"橄榄形"社会结构理论蒙上阴影。可是应当看到,这往往是外力在起作用。如果是社会控制有方,可以部分肯定。如果是借助武力则不可取。古人云:"枪口之下无真话。"这话不能认为百分之百正确,但有百分之九十的在理。因此可以断言：借助枪杆子的"无冲突"只会是表象，是暂时的。社会冲突是迟早的事。厚积"厚"发，那时社会冲突的烈度、强度，波及面将是严重的。大家知道，现在对地震还是无法控制的，它说来就来，说强就强。可是，现在地质学家有个设想倒是值得关注的，那就是"变大震为一次又一次小震"。因为地震是地心能量的释放，不释放是不可能的。社会"地震"也一样。社会心理学很重视"宣泄"。有了接二连三的小宣泄，就可以避免大爆炸。这在物理学上叫"动平衡"。陀螺不转是立不起来的，只有旋转才能立起来。社会也要动平衡。因此，借助外力的稳定是"治标"，不是社会治理的"治本"。

　　结构决定功能。足球的结构决定足球的踢法，乒乓球的结构决定乒乓球的打法。社会结构决定社会治理的方法。默克尔的基民党代表富人利益，又尚能兼顾穷人利益，所以上台。近两年，在移民问题上忽视了社会的承受力，忽视了草根的情绪，导致她不得不"重新考虑"。世界的"全球化"，也都必须认真审慎地考虑多数人的情绪。

　　有的国家的政体的重点是"工农联盟"。工与农在很多方面有共同利益，容易结盟。如今贫富之间的共同利益在有些国家正呈上升之势。"国之不存，毛将焉附？"经济危机，国家受损，对穷人和富人这两根"毛"都不利。中国一直坚持"精准扶贫"。美国在2016年的竞选中也有人摇了摇"扶贫计划"。巴基斯坦诺奖得主坚持主张建设"无贫世界"。在全球化大趋势下，贫富越来越具有结为"命运共同体"的条件。贫富差距缩得越小，"命运共同体"的紧密度则一定越密。

　　愿人与人、阶层与阶层、国家与国家、洲与洲的贫富命运共同体早日成为现实！

观南非天堂餐桌山

远看板平近不平，
天堂餐桌无杯碰。
忽闻茶池灵蛙鸣，
似与天鹰相呼应。

蜜蜂颂（二首）

——参观西欧几国共有的"蜜蜂宾馆"有感

过去说蜂王死后才换新王。最近听一位研究蜜蜂的学者说，不完全是这样。蜂王寿命可达五年，但蜂王一般只能当两三年蜂王。在蜂王生育力下降时，众蜂会从雌蜂中选择一生殖力强的，比如一天可产2000颗蜂卵的为新蜂王。老蜂王随即退位，安度晚年。

蜂　王

王由蜂众选，

登墀靠贡献。

尽瘁两三年，

荣归不恋栈。

一只工蜂一天能飞数十、数百公里，采4000朵花。发现有花多的地方，不保密，不留一手，为了与大家共享，用优美的舞姿告诉同伴花儿的距离、方向，及其与太阳的夹角，信息透明。

工　蜂

昼飞数万米，采撷百花絮。

不辞征途苦，夜归忙酿蜜。

资源拟共享，舞姿通消息。

均凭整体功，高产在合力。

在旅游中观察宗教

　　我不信教，但是我参加过各大宗教的活动。参加，用社会学行话讲，叫"参与法""观察法"。参加是出于对信仰自由的尊重，参加以后更知道应当如何尊重，更晓得应当加倍尊重。

　　我戴过道士的五岳冠、星冠、莲花冠。我参加过佛教的开光，跟着高僧走了近一个小时。我参加过伊斯兰教的开斋，与穆斯林共享欢乐，甚至于乐得和他们共披一件红色长袍。巧得很，有次到希腊旅游，正赶上被东正教称为"节中之节"的复活节。他们在露天广场上庆祝，只见国家总理、将军、部长五六人笔直地立在台上的右边，一句话也不说，足足站了40分钟，恭恭敬敬听神职人员讲经。我深感宗教的影响之大！

　　在旅游中，我去得最多的是教堂。在国外走走，总喜欢到教堂坐坐。因为那里安静、整洁、祥和，更吸引我的是那里有值得欣赏的绘画艺术、雕塑艺术、建筑艺术。科隆大教堂上下左右、里里外外每一个地方都有宝贵的艺术品。正因其美，二战时美国派两名飞行员开两架战斗机去轰炸科隆大教堂，结果两名飞行员在科隆大教堂上空盘旋了一圈又一圈，都不忍毁掉艺术，都舍不得扔炸弹。可是，我也见到过一些不一样的教堂，见过依山而建的教堂。芬兰的岩石大教堂就是以几百平方米的山坡为后墙的。美得自然，比自然更美。在希腊克里特岛上还见过很多以山洞为四壁和天花板的小教堂。在波兰见过两扇大门相毗邻的教堂，因为他们有两派，一派从这扇门进去到楼下，另一派从另一扇门进去，上二楼活动，二者大同之中有小异。

　　有些神职人员满腹经纶，受人敬重。去年在波兰看到，有人把保罗的照片置于波兰总统之上。保罗确有本事，担当梵蒂冈大教宗以后，出访过一百多个国家。圣诞节他能用几十种语言讲"圣诞快乐"。可是，在他逝世后，人们发现在天主教荣休教宗本笃任内发生过性侵事件，于是引发出一场对"要不要对神父性禁"、"梵蒂冈要不要改进"的争论。尽管后来不了了之，但人们仍在继续思考着宗教改革问题。

思考、讨论都是必要的。每年2月的狂欢节是天主教等宗教富有悠久历史的盛大节日。在这一天鼓乐齐鸣。只要能逗笑，不论老小都可扮成奇形怪状的各种角色、各种动物。可是今年柏林的狂欢节与往年不同。欢天喜地的乐队走到市中心的纪念教堂广场附近时，偃旗息鼓，鸦雀无声。本来应该向马路两旁送糖的，到纪念教堂广场时不再送了。奇怪的是，走过广场以后又重新高歌猛进、锣鼓喧天了。原来，在一个多月之前的2016年12月19日，在这最热闹的圣诞市场上，发生了令人发指的恐袭，造成12人死亡。狂欢的人们没有忘记悲痛，因此走在这必经之道的广场时不再狂欢。这就告诉我们，宗教活动要因时制宜，因地制宜，合乎人心，顺乎时代潮流。

我多次进过犹太教堂，宽松得很，只要在进门时戴上他们为游客准备好的六角帽就可以了。可是有次在一对犹太人夫妇陪同下进了一处不一样的犹太教堂。只见一对对进来的教徒夫妻要分开坐，男性坐楼下正厅，女性在楼上旁厅。这同西方所谓的"女士优先"大相径庭。犹太朋友见我诧异，说："我们是犹太教中比较保守的一派……"他又关照我在教堂里不能拍照，在院子里可以拍。活动结束后，犹太教徒在院子里聊天、拍照。这时我见神职人员出来，便掏出照相机想与刚才对我这"老外"分外客气的那位神职人员合影。哪知陪同我的犹太友人说："神职人员在院子里也不能拍照。"聪明而又开明的神职人员马上拉我俩进到一间小屋，锁上门与我合影，分手时郑重地讲了一句："宗教需要改革。"

是的，宗教需要改革，宗教正在改革。以哲学家莱布尼茨的名字命名的莱布尼茨科学院农业分院所在地是个小镇。他们的教堂综合利用，是教堂，也是镇图书馆、镇居民大学、青少年活动中心、文化活动中心。教堂功能的开拓是向宗教改革迈出的重要一步。

2017年是马丁·路德宗教改革500年。我在路德贴大字报反腐败的马尔堡的山头上看过他的纪念馆，深知宗教改革不易，但是宗教改革能够成功。

宗教是社会组织的一个方面，教徒无不是社会的成员，个个是社会的主人。中国的五大宗教为中国经济建设、文化建设做出过很大贡献。从我不断参与、观察国内外宗教活动的体会看，相信中国的宗教界也会与国家的全面深化改革同步。

石板纸和石头笔

去年冬，我去了恩格斯的故乡乌伯塔尔，在那里听说，用现代方式建的房子不珍贵，用石片代瓦片的房子是富贵的象征，如果是再用石片镶在外墙上的，那就是最富的人最珍贵的房子。直到今天，乌伯塔尔宾馆里用石片做的杯垫比丝绸的、金属的档次高，这引发我认真端详了那石片，我恍然大悟，这石片就是我七十多年前读初小时写字用的青石板！我这个人一辈子就干了一件事：写！用铅笔、钢笔、圆珠笔写，现在又在电脑上写。可我的起点是在石板上写。终点决胜负，可任何人无不是从起点到终点的。

我的家乡萧县，地处豫皖苏三省交界处，书本上统称为大平原，实际上我们县是丘陵，县内有一圈绵延上百里的山脉。比如法国著名画家朱德群的家乡在萧县东部的山脚下，著名雕塑家刘开渠的家乡在萧县西部的山坡上，还有汉高祖刘邦在吃败仗时也曾躲藏在我们萧县的山洞里。有山就有石头。我们穷孩子读书买不起纸张和铅笔，用什么写字呢？穷人有穷办法：我们每个小学生手中都有块"小16开""大32开"那般大小的薄薄的青石板。青石板四边镶有木头边框，以防因石板锋利而划破手。木头边框的左上角写上名字。

石板代纸，那笔呢？用粉笔写是可以的，但有两个缺点：一是粉笔的笔画太粗，小石板上写不了多少字，二是粉太多，擦掉时污染手指，我们用的"笔"仍然是与石板相配的小石头，记得是浅黄色的，8立方厘米大小，这样一块石头笔用上五六年没问题。更可爱的是，石笔写字后留下的粉末，不仅无污，而且还可以跟涂脂抹粉的香粉相媲美。

这石板、石笔使用起来很便当，比如说，老师出个"鸡兔同笼"的算术题："笼子里有6只兔子、8只鸡。问：笼子里有几条腿？"我们学生会在青石板上用黄色的石头笔写上：$(6 \times 4) + (8 \times 2) = 40$，然后把小石板高高举起，谁举得早，答得对，谁就受表扬。如果是十道八道考题，就写两面，恭恭敬敬送到老师桌前，交老师审批。

这写字的小石板还有人们想不到的一种用途，那就是下雨时可以顶在头上当雨伞，或者是盖在书包外面保护书包，因为木边的四个角上都有小洞眼，可以系上绳子拷在书包外。我的家乡自古就是兵家必争之地。1938年徐州沦陷，在日本侵略者的铁蹄之下，朝不保夕，经常"跑番"。解放战争时期我们家乡是"拉锯地区"。上半年是国民党统治，下半年为共产党领导，上个月是蒋管区，下个月是解放区，甚至白天是国军横行，夜里是地下党活动。在风云开阖的形势下，搬家对我们来说是家常便饭，仅初小四年，我就进过四所小学，可那石板、石笔一直随身携带。石板是硬纸，石笔是硬笔，写出的字和文章也慢慢地硬起来。

越回想越有意思：外国的富人可以用小石板炫富，我们中国的穷孩子可以用小石板做作业。两种不同的功能各显其能。

学海遨游（二首）

（一）

学海遨游六十年，
拣来秦汉两三砖。
瓦工泥匠如不弃，
垫作墙基亦菀然。

（二）

校园折柳古稀年，
苦辣甜酸百味煎。
报国初心焉敢忘，
为民呐喊再争先。

注：我2017年七十有九。几十年来一直在学海遨游，在"海滩"爬行。有一次有感而发，写了两首诗赠友人。友人建议发表，于是修改后送校报。

走进南非黑人新区

从非法聚居到合法聚居

在距离开普敦30公里的地方有一处南非第二大黑人聚居处Khayailitsha Towaship，似乎可以译为"黑人新区"。全区至少住有50万人，下辖24个小区。这里距离过去的麻风病院和监禁反种族隔离领袖曼德拉的罗本岛也不远。早在1987年就开始有人来这里居住，不过人数不多。在种族隔离的情况下，黑人不能走进开普敦市区，进去就会被抓走，住这里的郊区也被视为非法，不过抓不胜抓，罚款黑人没钱交，关监狱已人满为患。1994年曼德拉出狱并当上总统后，黑人进城被认为合法。由于曼德拉主张民族平等，来这里的黑人急剧增加，不仅有南非东部、中部的大批黑人进来，邻国博茨瓦纳、纳米比亚、莫桑比克、斯威士兰的黑人也陆续进来，中非也有人迁到这个黑人新区。

接待我们的两位黑人兄弟在公园门口等候我们，因此我们首先到的是公园。公园是政府投资建设的，不收门票。公园里有儿童娱乐设施，有很多长椅，还有可以乘皮筏（实为塑料）游的小河，我们同坐着休息的中年人打招呼。他们说，来公园的中老年人一是会友，二是交流找工作的信息。接待的黑人兄弟补充说，每天晚上都有人来公园唱歌、跳舞，公园也是举行婚礼的好地方，我们到的那一天是人权日的前一天，学生提前放假，兴高采烈地来公园做游戏。孩子们见我们到来，把目光转向我们这些面孔不白不黑的中国人。

好笑的是，黑人兄弟还带我们去看了男女公厕，都很卫生。值得一提的是女厕，除了有三个马桶以外，在洗手处有个"L"形的长凳，坐着4位黑妹，有说有笑，见我们进来就收敛了笑容。这"L"形长凳可是任何厕所都不会有的，在残疾人公厕也没有见过。他们说，南非炎热，为防止在烈日下排队，设置长凳让进厕的人到里面坐坐。今天这4位倒不是排队，是聊天的。我听了微微一笑。

接着，黑人兄弟带我们看了几处幼儿园、小学、中学。学校全是新的，设备还算齐全。有一点不同一般。因为聚居处有11个民族，语言不完全一样，一所小学选一种民族语言为主，不同的学校语言不同。他们也说，别处黑人的小学并没有这么好，小学生距离学校8公里、10公里，中学生距离中学30公里都是很平常的。有的小学教室不够，要在大树下上课。

我们看住房拥挤，一家连一家，便问他们：邻居关系、民族关系怎样？他们说家家有电视机，一家看电视左邻右舍都能听见，因此有个不成文的规矩：声音不要太响，到睡觉时间都不开电视，他们还介绍说，民族不同，风俗习惯有差别，比如有的一夫一妻，有的一夫多妻，在这里都互相尊敬，也互相学习，共同改进。

相对贫困、绝对贫困还是大问题

在黑人兄弟聚居的黑人新区，有不少人是奔着曼德拉总统许愿"政府给黑人每家一套廉价房"而来的。在新区也确实见到了这类廉价廉租的标准房：两室一厅一厨一卫，共计30来平方米。可是仔细一问，能住进政府廉价房的普通黑人极少，现在住进去的多是黑人官员、警察、医生、教师。他们把我们带到Yena路43850号去看标准房，说里面住的是黑人官员，我们不便进去，他们又带我们找了好长时间才找到一处住廉价房的普通人家，这家有9个孩子。大孩子已经成家，可是大孩子无权再向政府申请标准房，因为父亲分房时，他已在父亲名下了。黑人新区说是"三通"：通水、通电、通路，只因入不敷出，能不开灯就不开灯。主人让我们进屋时，仍不开灯，需要弯腰方能看见室内乱七八糟的床铺。

在黑人新区，廉价房凤毛麟角，而用破旧集装箱铁板搭起的房子比比皆是，其数量百倍于政府的廉价房。在约翰内斯堡，我一出机场沿途就看见一片接一片的用破旧集装箱铁板搭起的房子，心里一阵阵酸楚。这也是我们几天后提出到黑人区看个究竟的缘由。黑人新区也一样，说是集装箱板，并非成块，一面面墙上像叫花子的衣服那样，补丁加补丁；房顶也是东压一张小铁皮，西放一片小铁皮。我们是3月20日到的，在国内正值春季，可在"秋华春实"的南非是秋季，他们说夏天铁板烫手，室内温度在40摄氏度以上。他们自建的厕所在小院内，一平方米左右。一家一个水龙头就接在厕所墙外，用水常常限量供应。

在走进黑人新区前，听白人朋友埋怨："有些黑人分配到廉价房以后又转手卖掉，再回到破烂的铁板房里……"白人朋友对此很反感，认为黑人不懂生活。我们进了黑人新区以后才知道这是白人朋友的偏见。黑人宁可住破房，也要卖新房，那是因为收入太低。他们是在无奈之下才用卖新房的钱来养家糊口的。黑人新区里的失业率高达58%，就算就业了，月工资也只不过在2000兰特上下，折合人民币不足1000元。这点儿工资怎么能养活五六个、七八个孩子呢？如果对失业率再进一步剖析的话，失业可以分近期失业、长期失业两大类。黑人新区的失业大多属于长期失业，失业八年十年的不在少数。无收入之家如何生活下去？接待我们的黑人兄弟低声向我们透露了几句：这种一贫如洗的人为了活下去，只有替人打黑工，赚黑钱，包括干贩毒、偷窃这类事。我们在新区看了一处管教吸毒人员的机构，两名中年妇女在里面。她们说这工作很难做："从7岁到35岁都有人吸毒贩毒，有些人是明目张胆地贩毒。"

近年来，南非的贫富差距不断缩小，但是仍为世界上贫富差距较大的国家之一，基尼系数0.68，也有说0.7的，不管怎样都远远超过了警戒线。他们曾把贫困线定在人均月收入502兰特，这样，南非的贫困人口约占总人口的47%。在南非，白人比印第安人富裕，印第安人比有色人种富裕，有色人种又比黑人富裕。（注：在有些国家称"黑人""有色人种"为不礼貌，为歧视，在南非不是这样。）在贫困人口中，贫困的黑人和贫困的白人的比例分别是56%和2%。

黑人新区能够名为"新区"，就表明最穷的黑人并不在新区，别处的黑人更为贫困。缩小贫富差距在南非既是当务之急，又是百年大计。

走出黑人新区后的几点思考

（一）实现种族平等的路还很长

在与南非几位白人朋友接触的时候，从他们的话缝里听得出，他们尚有严重的种族歧视情绪，他们总认为黑人素质不高，比如他们说："黑人在从白人手中低价买进企业以后，因为不会经营，又再卖给白人，重新回到白人手中。"

他们这样说，自然是有根据的。问题是：白人为什么善于经营，还不是"学而知之"吗？黑人为什么不善经营，还不是因为黑人没有学习的机会吗？过去把黑人当奴隶、当牲畜买来卖去，买的时候还要把手伸进黑人嘴里，摸一摸有几颗牙，看牙定价。这样对待黑人，黑人怎么会有管理企业的本领呢？后来黑人不当奴隶了，又实行种族隔离，不许黑人进城，黑人又怎能隔着城墙学市场经营呢？再说，现在不是也有个别黑人当老板当得很好吗？有一必有二嘛，从少到多嘛！

还有些白人朋友对我说："自从消除种族隔离以后，犯罪率大幅度提高。"言下之意是黑人犯罪的多。这也是事实。可是，我们应当透过现象看本质。黑人的犯罪率为什么高？别忘了学理上有这样两条适用于世界各地的铁的规律："犯罪率与失业率成正比""犯罪率与贫富差距成正比"，不平则鸣。要降低犯罪率、增强社会文明，少不了要从提高就业率和缩小贫富差距入手。忽略了这一点便是失策。

还有些白人朋友对我说："黑人小学入学率高于中学入学率，中学入学率高于大学入学率。"不言自明，他们说的是黑人智商不高，可是，我在黑人新区听到的是：黑人能考上大学，但是上不起大学，究竟如何，值得研究。

（二）南非的法规粗而不细的问题有待解决

南非共和国有一个相当出众的事实，那就是他们明文规定有三个首都：一个是行政首都比勒陀利亚，一个是司法首都布隆方丹，还有一个立法首都就是本文说的开普敦。南非如此重视立法、司法、行政之间的关系是可贵的，可这仅仅是第一步，南非的法制大而化之，粗而不细，这就给人有空子可钻。说得重一点儿，就是导致乱象丛生。上面提到黑人分到廉价房以后又卖掉的事，如果事前规定若干年内不得出售，这类事就会减少。像文莱，国王发给廉价房时，不仅规定三年之内不得出售，还规定几年之内不得改建为豪华住宅，规定不得造围墙，不得养狗，等等，十分具体，值得南非参考。

此外，南非政府一片好心，每月发给每个孩子200兰特，这是对生命的尊重。可是这对收入极端低下的人家来说，200兰特是一个颇为丰厚的生活来源，其结果是导致以"多生"代"就业"的后果。连未婚女子也加入多生的行列。我们亲眼看见许多很年轻的孕妇。事物是有联系的，一个举措出来会引发哪些连锁反应，要周密思考。

再比如土地私有，私有者很自然地用铁丝网把地圈起来，结果有碍动物洄游。对诸如此类的怪象，完全可以用法规来防治，规定土地拥有者如何为动物留条小路不就完美了吗？

（三）消除腐败

不论白人黑人都对南非的腐败现象咬牙切齿，他们说，在南非"钱能通神"。国籍可以用钱买，官位可以用钱买，分配房子的优先权可以用钱买。国家为黑人兴建民生工程，多为官员亲朋承包、克扣。大官大贪，小官小贪，有的小官也大贪。我们说，你们为什么不告到法院去？他们回答：司法也有腐败，花钱可以买胜诉。我们又建议他们通过媒体揭露腐败，他们回答：有钱也可以买媒体。媒体不仅不揭露腐败，有的反而转弯抹角为腐败打掩护，唱赞歌。南非人认为腐败不除，国家难兴。

（四）黑人应进一步确立"穷且益坚"的意识

在告别黑人新区前，我们向两位接待人员询问："你们对你们的政府还有什么要求？"他俩你一言我一语，连续说了好几个沉甸甸的"平等"：教育平等、住房平等、机会平等、参与平等……我认为这是他们的由衷之言。然后他俩又问我对他们有什么希望，我说："中国有句老话叫作'穷且益坚'。现在世界上黑人总统很多，连白人占绝大多数的国家也把黑人选为总统。曼德拉之所以总统当得好，与他当年在大学里学法学学得很好大有关系。希望你们办好教育，从你们当中多出几位'曼德拉'。"

"长风破浪会有时，直挂云帆济沧海。"生活在大西洋、印度洋两大洋岸边的南非黑人正在快速前进。以盛产钻石闻名天下的南非共和国必将像钻石那样洁白、坚强！

在南非看动物

在南非的克鲁格国家公园游览不完全是享受，其中有惊恐、忍耐。想见野生动物它不来，它突然出现又会让你吓一跳。不期然而然，期然而不然。公园南北长400公里，东西宽70公里，面积比三个上海市还要大。公园里有147种哺乳动物。其中最厉害的狮、豹、象、犀牛、野牛，合称为"五霸"。我们一天看到了四种，被人认为是幸运。这里介绍一点儿公园见闻。

犀牛的"厕所语言"

"五霸"中的老二是犀牛，高4米，重6吨，仅次于大象。雄性犀牛有两只角，与众不同的不是一左一右，而是一前一后。前角可长达1.2米，是锐利的长矛。雄犀之间要瓜分领地，少则1平方公里，大则12平方公里，由水、草丰盛程度而定，丰则小，不丰则大。犀牛大小便位置固定，一般在领地边缘，有四五平方米大小。想不到的是犀牛的厕所成了它的名片、留言簿，成了它的信息交流站。

小犀向大犀求助在厕所。小犀没领地，但4天之内至少要下一次水，去蚊、去虫。怎么办？小犀会在大犀厕所边上撒泡尿，并用几粒大犀干了的粪便薄薄地盖上。嗅觉特别灵的大犀看了，用鼻子一闻，就可以知道这是小犀要借它的水池洗澡，没有敌意。就会邀小犀一起下水。第一次下水时小犀一定做出低三下四的样子。

母犀向公犀求爱在厕所。如果母犀喜欢上了公犀，也会在公犀厕所边上撒泡尿。公犀从尿的气味能判断出是母犀尿的，而且还会判断这母犀是否怀孕。如果公犀也喜欢母犀，它会去找母犀交配。孕期18个月，一次只生一只小犀。母犀要四五年才生一次。

身强力壮的小犀向老犀挑战在厕所。小犀长大以后要抢夺老犀的领地，便在老犀厕所的中央撒尿，不在边缘，而且不予遮盖。老犀一闻气味就知道这尿是壮犀的挑战书。从不受欺的老犀会出来应战。如果败了，会让出领地，然后慢慢死去，寿命可达45年。

大象的命运将如何？

大象是当今动物中的老大。再凶猛的狮子、豹子见了它都要退避三舍。大象吃草，温驯可爱，你不惹恼它，它不伤人。古印度利用大象替人打过仗。据说，公元前1323年，古埃及法老图坦卡蒙是头枕象牙下葬的。可是在南非的黑色大象现在碰到几个尖锐的问题：一是一只大象一天要吃一二百公斤的树枝。那么被它伤害的树枝毫无疑问将为它吃进的多少倍。我们亲眼看见公园内的公路上有大象扔下的树枝。二是大象撼树。中国有句话叫作"蚍蜉撼树谈何易"。可大象撼树，用上海话来表达：真是"不要太容易"。大象靠在大树上搓痒痒，搓着搓着树就歪了。于是有人提出大象破坏生态。克鲁格公园有个庞大的研究机构，把"大象与生态"列入重大课题，划出4公顷自然保护区，任何动物照样进来，唯独不让大象进来，从而进行比较研究。

接着人们又提出一个问题，如果大象少了，那些以吃大象粪便为生的鸟类怎么办？大象爱吃一种叫Marula树上的果实。可是大象吃了不消化，又原封不动地排泄出来。有几种动物最爱吃大象的排泄物。包括大象吃进的树枝，40%不消化。这不消化的树枝恰是别的动物的美食。科学研究该如何应对这条生物链。

不过还有人提出，公园里的黑大象全是饿死的。大象的6颗牙掉光后，无法咬树枝，只有慢慢等死。恐龙因其大，吃不饱而饿死；在古猿进化为人的过程中，巨猿也因其大而在途中饿死。那么，今日之大象呢？

大象向何处去？还是未知数。

维稳靠尾巴

在公园里见得最多的是猴子，长尾猴、狐猴、蜘蛛猴都看到了。猴子算不上五霸，它们进攻的能力不强，可是防御的本领极大，会上树，会发警告信号，再加上繁殖能力超过犀牛和大象，孕期只要五六个月，因此公园里猴子的数量较多。

看到猴子对我来讲并不稀奇，稀奇的是猴尾巴的功能。导游讲，有的尾巴侧重于保护肛门，有的尾巴侧重于钩取食物，有的尾巴侧重于传递信息，有的尾巴是供幼猴荡秋千的，但是不管什么猴的尾巴都少不了维稳这一重要功能，少不了用尾巴来保持身体的静态平衡和动态平衡。长尾猴在树上跳来跳去险中有不险，全凭尾巴摇来摇去。这就告诉我们，在维稳的时候，要充分发挥尾巴的作用，不能顾头不顾尾，更不能像蜥蜴那样搞什么断尾求生。这就是猴子的高明之处。

动物世界比人类的天地广阔。地球上人类未到的地方早有动物先到。真要构建人类命运共同体，少不了有个正确应对动物的大问题，乱杀乱捕不对，做动物的奴隶更不行。

南非游（三首）

登 好 望 角

信步登好望，

双洋一目收。

自然和睦处，

人类相煎羞。

注：上好望角灯塔，先乘缆车，接着还要再爬120级台阶，方能见印度洋与大西洋在南非之南端的好望角下汇合。

过"错误的港湾"

葡人探险到该湾，

风暴逼其把路还。

咫尺未能达好望，

先贤缺憾后生填。

元非对错参商背，

负负得正靠夙缘。

求索科学多困阻，

勇于纠错得向前。

注：1486年，葡萄牙航海家巴尔托洛梅乌·迪亚士率探险队寻找一条通往东方"黄金乐土"的海上通道。当船队航至接近大西洋和印度洋交界的好望角（后来命名）水域时，狂风大作，只得返回葡萄牙，于是失去了

到达好望角的机会。为了引以为训，后人把迪亚士止步的港湾称作"错误的港湾"，现在港湾已无风暴，十分美丽。1497年11月，葡萄牙另一位探险家达·伽马率领舰队经好望角成功驶入印度洋，从此好望角成为欧洲人进入印度洋的海岸指路标。2017年，我三次经过"错误的港湾"，感想良多，遂诌出几句。

跳　崖

疑似流星坠八荒，
忽复腾空赛宇航。
当胜行者空翻术，
虽叹弗如未感伤。

注：桥梁是用来便利交通的，两边栏杆高耸，防止行人掉下。可是，南非有座跨越峡谷的大桥，办了一个运动项目："跳崖"。勇者一个接一个跳下几百米深的峡谷，惊心动魄。

国强友多国运旺

2017年7月下旬，在迎接党的十九大的专题研讨班上，习近平总书记庄严地提出："让中华民族以更加昂扬的姿态屹立于世界民族之林。"这响亮的一句，立即激起了我心中的浪花。

近年来，我利用讲学、开会和自费旅游的机会，去了很多国家，接触了很多国家的普通百姓，单是有过交谈、一起留影的就有140多个国家的人。在与多个国家的交往中，目睹中国在世界民族之林中的昂扬姿态，深感中国的国际声望在一天天提高。

中国路通四方

在五大洲的许多国家，如英、法、美等国的大城市都有"中国城""中国路"，并且已载入史册。实际上，未载入史册的，网上、书本上很难查到的"中国路"还有很多，像新加坡的上海路、格鲁吉亚的北京大道、莫桑比克等国的毛泽东大道、津巴布韦的孙逸仙博士路都鲜为人知。这几年，随着中国国际地位的提升，许多国家增建了"中国路"。我在爱尔兰、摩洛哥等国都看到过新的中国商城，还有阿根廷新建的"中华人民共和国路"。

给我印象最深的是波兰华沙新建的"中国大道"。我在告别了钢琴家肖邦的塑像，从刻有五线谱的石凳上立起来继续前行的时候，忽然看见远处有大红灯笼，眼睛顿时一亮，疲劳马上消失。边走边看，不知怎么哼出了"肖邦琴声惹人醉，大红灯笼翩翩飞"。我急不可待地向行人打听，前面为什么挂这么多大红灯笼？回答是：这条路是"中国大道"。接着我也从路牌上看到包括汉字在内的几种文字的"中国大道"，一股昂扬之气油然而生。

　　尽管出国没几天，我也早就萌发了思乡之情，如今能迈步在中国大道上，仿佛回到了家乡，我这两条老腿也轻巧了许多。灯笼起于秦，兴于汉，盛行于大唐，紧接着又从民间进入皇宫。古代早就有"彩灯兆祥，民富国强"一说。今日对我来说，应该是国强民乐。是强大的祖国，为我们老百姓装上了"飞毛腿""千里眼"，提供了"打起背包走天下"的优越条件。

　　中国大道边上有好几个磨盘大的"福"字。老伴儿看到旁边还有书法灯笼，提议在这里拍张照，用"福"字祝福我们的国家、我们的人民幸福安康。

　　走在中国大道上，我想起"一带一路"。"一带一路"是中国丝绸之路的延伸和发展，"一带一路"正在连接地球上的千条万条路。

中国字遍全球

　　听许多朋友讲，几年前出国旅行最令人心烦的是，游览车上的翻译机有英文、法文、德文、西班牙文，就是没有中文，可如今我们出去旅游不仅翻译机上有中国声音，在旅游信息处有大量中文资料、中文地图，方便了好多。在法国，有的路标也写有汉字。

　　不仅如此，我还曾在一家医院门口看见一块几米高的巨石，巨石的一面刻有几十种文字的"欢迎"，另一面是用几十种文字写的"再见"。那就是说，不管你是哪国人，进门看见的是"欢迎"，出门看见的是"再见"。令人欣慰的是中文的"欢迎"与"再见"字号都特别大，位置也特别显著、醒目。

　　去年有一天是德国外交部的开放日。所谓开放日，就是在那一天不管是什么人，不管是他们国内的人，还是任何其他国家的人，都可进入外交部大院和一部分办公室，以及他们存放紧急公文包的地下室。在外交部进门处，也有一个用百余种文字写着"欢迎"二字的大屏幕。中文的"欢迎"二字不仅最大，也最多，一连写着五个"欢迎"。德国外交部副部长看我对着大屏幕望得出神，便拉我在大屏幕前拍了张照片，可惜挡住了一部分中国字。他又建议我单独拍一张。礼尚往来，他们欢迎我们，我们也欢迎、欢喜他们。

　　有一次，我到一家瓷器厂参观，那里有个项目，参观者如果要在所买的瓷器上写字，可以请瓷厂一位女性书写员帮助书写，但要付欧元。我买了一只与他们赠送给李克强总理的瓷杯一模一样的瓷杯，提出由我自己来写，费用照付，她很高兴，在我写的时候，忽然来了三位白人，他们知道我是中国人，其中一位提出希望让我用中国字来写，费用照付给那位书写员。书写员点头同意，想不到书写员随后又要求我为她写中国字作为纪念，并说我们三人都互不收费。我真想不到中国字如此受欢迎。

从讲学中知道，在西方很多大学里，汉学专业成了热门。我去过哈佛大学、伦敦大学的汉学图书馆，他们藏书甚丰，慕尼黑大学的汉学图书馆离社会学系不远，我常去，书架上有我好几位上海朋友的作品，出借率很高。我看了特别高兴。

中国人受尊敬

我到埃及，不论走到哪里都有埃及人对我讲"你好"，也有个别儿童讲"好你"的。连那些沿尼罗河游到我们游览船边讨钱的小青年，见坐在船上的人是中国人模样，也会讲"大家好"。我们听了很开心，微笑着跟他们打招呼。

我知道"瘦死的骆驼比马大"，想不到"瘦了的骆驼'起不来'"。我担心我这草民成为压死骆驼的一根稻草，也对他们的贫困产生怜悯，便对牵骆驼的中年人说："没关系！我就先不骑上去了，让骆驼跟我们一起步行吧！"牵骆驼的中年人说："你们中国人真好！"走了几步，牵骆驼的中年人还是于心不安，请另一位牵骆驼的青年人一起把我架上瘦骆驼。

有次进犹太教堂，按这一教派的教规不可在教堂内拍照，但可以在院子里拍照。正当我们在院子里聊天互拍时，拉比（主持人）出来了。我对同行人讲："能不能与拉比合影？"同行人讲："拉比在院子里也不可拍照。"这话被拉比听到了。拉比说："你是中国人？"我点了点头。拉比马上拉着我的手，并且示意同行人一起过来。拉比把我们带进他的工作室，把门一关，让我与他站在一起拍照。这样做既不违反教规，又满足了我的心愿。我深感外国人对中国人的友好，中国的朋友遍天下。

随着"中华民族实现了从站起来、富起来到强起来的历史性飞跃"，中国人也实现了从"说话算数"到"声音嘹亮"的飞跃。中国提出的构建"人类命运共同体"已多次写进联合国的有关决议。我在与百国百姓的交流中，更加体会到"人类命运共同体"的正确性，回国后写了篇万余字的《多学科视野下的"人类命运共同体"》（载《探索与争鸣》2017年第6期）。如今中国已与世界上百余个国家建立了2500多对友好省州和友好城市关系，此外，还有不计其数的友好区（市下的区）。那里有中国货、中国字、中国文化。中国货支撑中国文化、中国风度，中国文化就是中国尊严。我去过朱德故居，接触过胡兰畦（著有《在德国女牢中》一书）研究所。在世界上，不仅当代中国人受尊敬，古人如孔子也受尊敬。孔子塑像、林则徐塑像屹立在东西半球，如果生命允许，我打算出一本照片文字的《与百国百姓在一起》，写一写与百国百姓同聊、同行、同乐的故事。红地毯好走，可惜是单色，单调；与百姓一起爬山路、走泥路多姿又多彩。走红地毯的朋友容易变脸，交老百姓为友可靠无风险。

　　国强友人多，友多国运旺。

怎样才是以人为本

——德国社会治理一瞥

引　子

大家都知道七八十年前，德国法西斯杀人如麻。他们把犹太人、残疾人等杀了以后，还会把死者的金牙齿拔出来卖钱；他们会把死者的头发割下来织成地毯。2017年春，有位西方大国的议员竟然讲"法西斯没用化学武器"，受到批评后立即表示道歉。因为被德国法西斯毒死，活人被当作药物试验而慢慢死去的人不计其数。

对德国法西斯的暴行，战后德国人做了深刻反省。1970年，联邦德国总理勃兰特在波兰的犹太人死难者纪念碑前下跪，表达德国对"二战"的忏悔。后来的总理施罗德也撰文表示道歉。通过对反人道行为的全面检讨，极大地提高了德国人对人道主义的认识。

（一）德国人不愿为战死在外国的儿子修墓

德国参加北约组织，参加联合国维和部队。这些组织要德国出人，德国不好不出人，出人就会有牺牲。为烈士修墓是许多国家的惯例。德国也不例外，就在德国国会大厦旁边有一处世所罕见的、占地2万平方米的犹太死难者的墓地群。可是，如今烈士的父母普遍不愿为烈士儿子立碑修墓。

这是出乎常人所料的，是难以理解的。人家争着立丰碑还来不及呢！这些普通的德国人怎么会有这样的逆向思考呢？这些普通的德国人的理念是：儿子不在自己国家劳动，跑到外国战死不是一件光荣的事情，不值得炫耀，甚至是不人道的行为。

　　这一下难坏了德国国防部。立碑不人道，不立碑也不人道，怎么办？国防部反复讨论后，在国防部大院里修建了一处高而不大的平房，里面有屏幕。他们就把许多烈士的名字统统输入电脑里。每隔几秒钟在屏幕上出现一位烈士的名字、生平，不停地放映，烈士形象轮流出现。这座名为纪念堂的大房间一般不对外开放，只对家属和真心诚意怀念和瞻仰的人开放。

（二）警察不能进的救济站

　　德国有一家社会团体，在国内的50个火车站上办了50家救济站。最简单的救济站是管吃、管洗澡。什么人来吃饭、洗澡？不许救济站的管理人员去问，更不搞来者登记。来吃的人是穷人还是富人，是德国人还是外国人都不管，哪怕是杀人犯、在逃犯，也不好打听。这是50家救济站公之于世的规矩。

　　为什么这样做？他们认为，来吃的人总归是没钱买饭吃的人。他（她）没饭吃，饿了必然会不择手段弄吃的，必然会提高犯罪率。如果有饭吃了，至少会减少因饥饿而干坏事的可能。

　　单是规定到"来者不拒"这一步也就罢了，他们还规定警察不得入内，并把这一条公之于世。这一条也是警方所同意和支持的。万一来吃的人当中有通缉对象，而警察也知道通缉对象在救济站里面，怎么办？警察可以等候在救济站外边。救济站规定吃饭不得超过半小时，洗澡也不得超过半小时，一小时后必须离开。出了救济站大门，警察该怎么处置就怎么处置。他们认为如果允许警察入内，有三长两短的人便不敢进来。不进来，便有在外胡作非为的高概率。

　　救济站的资金哪里来？全部靠社会募集而来。火车站不向救济站收房租。火车站认为救济站的存在有助于火车站的有序和安定。食品全是附近几家食品店到下班时，把还没有卖掉的食品送过来的。因此，救济站供应的全是可食的隔夜食品。至于活动经费，均由教徒和公众自愿捐献，一般都绰绰有余。碰到节日什么的，比如"圣诞老人"会把未散发完的巧克力几十斤、上百斤地送到救济站，这样，来救济站吃饭的人也可以大把大把地吃到巧克力。

这样做也有个弊端。有些懒汉夏天吃饱了睡在大树下，冬天吃饱了睡到地铁站，醒过来再到救济站去吃吃喝喝。利弊如何权衡？有待讨论。

（三）戒毒所收藏珍品

德国很多中等城市都有戒毒所。戒毒是很难的。吸毒者的家属知道戒毒时人不舒服，往往会利用来戒毒所探亲的机会为戒毒者送来毒品，更增加了戒毒的难度。还有些吸毒者戒了6个月以后，再重新吸毒。

当然，大部分人是能够戒掉的。戒掉后，接着而来的是就业。戒毒所会帮助他们找职业，可也不是很便当的。有过吸毒历史的人体质不是很强，商家对他们并不太欢迎。于是，有些戒毒所便自行举办生产项目，比如办搬家公司。

搬家的人各有所好，各有所恶，他们都会扔掉一些自己不要的东西。你不要，他要。搬家的人不要的，换个角度看可能是珍贵的。戒毒所捡来那些东西以后可以依法变卖，或者留在戒毒所使用。因此，很多戒毒所里的家具、用品价值连城。精美的家具进一步促使戒毒者愿以戒毒所为家，同时也有助于提高戒毒所全体人员的生活质量。

本来靠政府拨款和戒毒者自己出一部分经费的戒毒所做到了自力更生。

（四）危机心理咨询不可问咨询者是何人

德国社会工作者成群结队，可谓天罗地网。监狱里每15名服刑人员配备1名社会工作者，兼心理医生。吃救济的穷人每60名配备一名社会工作者。此外，还有面对面的危机心理咨询站和不见面的电话危机心理咨询站两类。后面两类难以从物质上助人，大量的是从精神上助人，而且是24小时守在电话机旁边助人，助个人，助群体。

电话危机心理咨询站有个规定，绝对不许记录咨询者的电话号码，即使咨询者声称要杀人，心理医生也不能问对方的电话、姓名、住址。如果心理医生记下咨询者的电话便是违法行为。怎么会这么规定？他们认为，假若记录咨询者的电话，咨询者就不来咨询。来咨询，有可能化险为夷，转危为安；不来咨询，危险说不定依然是危险，甚至酿成大祸。

当然，如果是见面咨询，咨询者表示要做违法的事，心理医生有权报警。咨询者犯罪决心未定，警察对他们也只能是疏导，包括对可能的"受害者"那一方也要同时进行开导，声称杀人不会是无缘无故的。系统性是政法工作和社会治理都要注意的问题。无论是疏导这一方，还是开导另一方，都要从助人角度出发，而不是为了治人而治人。

（五）残疾人工厂成了"点子公司"

残疾人所残的部位是不一样的，手残的脚不残，脚残的手不残。残疾人之间完全可以做到互补、互帮。况且，工业生产中不同的工种需要发挥不同身体器官的作用。运用之妙，存乎一心。德国和许多国家一样，兴办了一批适合让残疾人各显其能的综合性工厂，效益很好。

有的从事印刷，有的从事雕刻，有的踩机器。在网络化的当下，一般不需要太大的劳动强度。因此，有些残疾人工厂出现了"电脑大王""3D打印机"能手。有的残疾人努力为有关方面出点子，被人称为"点子公司"。身残心不残。残疾人"指点江山，激扬文字"，工厂成了国家的智力库，从而促进全社会更加尊重残疾人。残疾人停车、看戏，处处优先。有些残疾人坐火车车票全免，连陪同的人也享受免费待遇。

（六）没有囚服的大监狱

现在德国最大的监狱是柏林的泰戈尔监狱，里面关着德国以及越南、土耳其等国的1500名服刑人员。附带提一句，几十年来没有关过一名中国人，倒是中国的司法界前去参观的人络绎不绝。

奇怪的是，在1500名服刑人员中没有一人穿囚服的。他们认为穿囚服会加大服刑人员的压力，不利于改造。

众口难调。服刑人员的食堂分为好几种：一是糖尿病患者的低糖、低盐食堂；二是大多数服刑人员用餐的食堂；此外，服刑人员还可以在申请同意后，自己烧菜，各得其所。

监狱月月有演出，有的节目还被电视台看中。能不能拿到电视上公映，听谁的？奇怪的是：听囚犯的。囚犯同意后，电视上才能播放，要尊重囚犯的肖像权。有些囚犯考虑播出会让观众知道自己是囚犯，不同意播放，电视台便不能播放。

监狱办了一份向世界各国发行的德文月刊。发行量达2500份。我国香港还订了5份。编辑是谁呢？既不是监狱长，也不是狱警，就是两名有文化的服刑人员。服刑人员可以打电话，但是有限制，不能多。两名服刑人员编辑例外，他俩可以上网，可以打很多电话向外约稿、请教。白天狱中有间房子让他们二位在里面编刊，晚上编辑必须回监室睡觉。

最奇怪的是，服刑人员的刊物出版前无须经狱警审稿就印刷发行了。服刑人员编辑的刊物不审先发，有没有出过不合规则的错误呢？他们说："没有。"两名服刑人员编辑也不敢、不愿出格。他们知道，办得好会减刑。两名服刑人员编辑不必向监狱头头请示，他们却会主动跟社会工作者商量，因为社会工作者是服刑人员的恩人。从判刑入狱的第一天起，社会工作者就会对服刑人员进行开导，指导服刑人员学一门手艺，为服刑人员出狱后的就业奔走。服刑人员自然尊重社会工作者。

（七）弱智儿童"爹娘多"

弱智儿童留在家里，父母难以承受，不如集中教育来得好。但是，在"弱智儿童院"工作的教师负担很重，教他们绘画，教他们手工，难度很大。教工与弱智儿童之比若为"一比五"都负担不了。

为了解决这个问题，有些弱智儿童院发动社会人士来做儿童的"父母"。这些所谓"父母"也就是社工、义工。他们经常带着好吃的和好玩的去看望弱智儿童。对强者尊重说不定有"私我、畏我、欲有求于我"的邪念，对弱者爱护才是真正的纯洁、高尚。这是一方面，另一方面，弱智不等于无智，他们也重感情，有人性。弱智儿童把社工当爹娘，与自己的爹娘一样亲。"爹娘"来了会很高兴，"爹娘"走时会依依不舍。

社工的探望既有利于弱智儿童成长，也会减轻教师的工作量，更会增进全社会的人性化。是人都有人格，人格理应受到尊重。

（八）难民营里故事多

德国是欧洲各国接受叙利亚等国难民最多的国家。很多国家限制难民进来，可是德国有时一年几十万、上百万地接收难民。有的州长觉得接收难民困难太多，咬牙切齿地反对接收，德国政府还要接收。有人抓住接收后出现的问题要求总理默克尔下台。默克尔稍做忏悔后又继续接收难民。多数德国人认为接收难民是善事，符合他们的信仰。

接收那么多难民怎么住？柏林把所有空关的房子都发动起来让难民住进去，还不够，他们索性把国际展览馆腾出一部分房间给难民住。

许多难民居住处是厨房合用。厨房谁先烧饭谁后烧饭也有冲突。发食品总有先后，后收到的就有意见。矛盾最后都归到居住处负责人身上。我访问过一位居住处负责人，他当过两任居住处负责人，挨过骂，差一点儿挨打。他说："我是抱着善心去当居住处负责人的，想不到抱着一包气出来。"

市民对难民也有看法。能逃出来的难民一般不是穷人，穷人是无力付"蛇头"那么多钱的。既然是只有比较富裕的人才有资金外逃，他们富裕的人逃出来时总是拣好的物品带出来。在柏林有句话，要识别难民并不难，穿名牌新衣、蹬名牌新鞋、背名牌新包的十有八九是难民。穿着不如难民的柏林市民看了难免有点儿心里不平衡。

德国还发坐公交车的月票给难民，难民进博物馆也免票，这就更让市民心里不平衡，进而反对政府的难民政策。

再加上难民的犯罪率很高，这就更加让市民有反难民的理由。可也有些德国人会主动给难民送衣服、送食品。

对这些做法，在德国都有争论，争论还在继续着，尚未完全统一。

（九）义工是最受尊敬的人

德国很多社会活动离不开义工，即志愿者。义工是社会治理不可分割的组成部分。从总统、总统夫人、各部部长、各市市长都要当义工。每年圣诞聚餐，无名的无家可归者坐着吃，如雷贯耳的名人、明星、各政党领袖跑来跑去给他们端盘子、送饭、盛饭。

大城市每年有义工招募日、义工周，全城总动员，义务劳动一周或半个月。针对社工、义工的基金、基金会名目繁多，数不胜数。

义工艰辛、善良，受人爱戴。害怕艰辛的人看了义工，当了义工以后，也会变得能够吃苦耐劳，与人为善。

义工的工作对象是弱者，不是强者；他们得到的回报不是物质，是精神，只不过是"感谢"二字。听到"感谢"二字就是义工最大的收获、最大的满足了。不过，重谢的也有。

柏林有百余家老年组织，其中有家设在富人区，有几十亩地的大花园，别墅简直像艺术品，其大其美不是一般社团所能比拟的。怎么会如此豪华？原来是一位得到这家老年组织的义工关爱过的老人，临终前捐献给老年组织的。

人人爱义工，爱社工，爱社团，社会和政府也支持义工，喜欢社会工作者。在德国有好多城市规定，义工可以免费进各类公园、博物馆、展览会，有的还让他们免费坐公共汽车、轻轨、电车，乃至于火车。对学生来讲，持有很多次做义工的记录，考大学优先录取，毕业后找工作优先录用。

社会发展的方向是"小政府，大社会"，社会文明要求"小政府，大社会"。而政府要瘦身，必然要求社会组织、社会工作、社会事业大发展、大繁荣，不然就会脱节。社会是人的社会，社会性是人的特性。社会以人为本，人以社会为本。社会化是人与人互动的频率和范围加大，互动同时要求提升互敬、互爱、互助的新高度。互敬、互爱、互助的提升有渐变，也有突变。德国就是二战后做179度大转弯的范例（之所以不是180度，是因为德国还有一小股青年纳粹党团）。1972年，中国驻联邦德国记者王殊之所以敢于斗胆向周恩来、毛泽东建议与西德建交，受毛泽东的接见与称赞，与他认为西德不是军国主义复仇主义有关，也与他当年了解德国的社会治理状况有关。

（十）媒体为社会治理呐喊

　　柏林有一家市政府的报纸，姑且把它译为《柏林日报》吧！这家报纸同我们中国的有些媒体一样，开辟了一个《市民与社会》栏目。天天报道哪里的噪声超过多少分贝了，哪里的工程妨碍交通了，哪里的烧烤造成污染了，凡此种种，不一而足。有的婉转批评分管的副市长，有的直接点名批评分管副市长。有时就热点展开讨论，有时要求把问题马上解决。总之，市民有所呼，报纸有所登，再是副市长有所应，接着行动上有所改进。

　　多年来，德国坚持一种"开放日"的活动。具体地说，各部委包括司法部、安全部、国防部，乃至总理府、总统府、议会，向社会公布哪一天是他们的开放日，欢迎任何人在这一天来参观。报社也一样，在柏林日报社开放日那一天，在进办公室参观编辑流程前，先开了一个短会。在轮到副市长讲话时，主持会议的总编辑宣布："下面请我们报纸批评最多的副市长讲话……"

　　副市长走向话筒，微笑着说："我是天天看你们报纸的读者，是没有一天不看你们报纸的热心读者。我看你们报纸总是先看你们的《市民与社会》栏目是怎样批评我的。现在你们的《市民与社会》栏目被评为优秀栏目，不是因为我看得多看出来的，是因为你们批评我批评出来的。我感谢你们对我工作的帮助。你们的栏目是我的顾问、参谋。"副市长一席话逗得来自台上台下、界内界外、国内国外的听众一阵阵笑声。

　　事实也确实是这样，媒体反映市民的心声，政府按照市民的心声去改进社会工作。媒体也是社会治理的一条信息链、工作链。

尾　声

　　走马观花的一瞥说了十个案例。共性寓于个性之中，如何从中找到共性，如何从中提炼出几条社会治理的理念，要仰仗读者和同行。社会以人为本应当"本"到什么地步？人以社会为本又应当"本"到什么水平？中共中央文件讲"小政府，大社会"。"小政府"应当小到每千人拥有多少公务员？"大社会"应当大到人均参加多少社会组织为好？志愿者与列宁的"共产主义义务劳动星期六"之间有没有相关系数？志愿者的普及面应大到何种程度？透明度与自信度、民信度是什么关系？透明度有没有高低之分？透明、公开应透明、公开到什么样子？诸如此类既要定性，更要定量，定量是定性的标尺和精准的依据。欢迎读者由此及彼、由彼及此，由表及里、由里到外地做一番研究。赞者欢迎，批者更需要。真理是相对的。学术研究只有进行时，没有终结时，我们都是"走在路上"的人。理论探讨会在交流中交锋，在交锋中实现交融。

　　怎么办才好？"天下事有难易乎？为之，则难者亦易矣；不为，则易者亦难矣。"

国强则天下亲

近几年，在我这条老腿还能动的情况下，去了不少国家旅游。一个突出的感觉是，中国人不管走到哪里都很受欢迎。

有次在希腊的一个岛屿上，我们向一位抱着孩子散步的中年男士问路。我们不会希腊文，便用英语讲给他听。想不到他打量了我们一番后，居然用中文回答我们。

他说他是希腊船员，去上海很多次，然后告诉我们应该怎么往前走。我说："我在上港七区劳动时，往希腊船上装过棉布和鸡蛋包。"他听了很高兴，把两手搭在我的双肩上，说："那是很早以前，现在他的船不运载棉布和鸡蛋包，大量的是装运中国的仪器仪表。中国发展得很快，产品质量让人放心。"他对中国人的印象特别好，他说中国人热情，办事认真。说着说着，他说他担心我们按他指的路，绕来绕去很难走到目的地。他主动提出马上把孩子送回家，再来亲自给我们带路。我们说不必，但他还是叫我们原地不动等他。他把孩子送回家后过来陪我们，足足陪了两个小时。

我深知我们与他是萍水相逢，他如此热心不是因为跟我们之间有什么交情，而是因为他是船员，是中希两国发达的经济往来带动了两国百姓之间的友谊。

最近去了趟摩洛哥，在那里见到许多柏柏尔人。过去我从书本上知道柏柏尔人有语言没有文字。可是，在交谈中他们说他们有文字，并且写给我们看。但是，他们又说，他们的文字中吸收了不少阿拉伯语。我们接触的柏柏尔人都没有来过中国，但是说起中国的北京、上海、西安来如数家珍，滔滔不绝。我有点儿奇怪。他们说：他们很喜欢看中国国际电视台的阿拉伯语频道。这让我想起，从今年年初中国开设的英、法、西、俄、阿等语种节目的开播，已在168个国家和地区落地。中国的声音嘹亮，中国的话语有分量，中国人脸上有光。

有次在柏林，适逢德国外交部的开放日。当我们走进他们的小会议室时，定睛一看，立即辗然而笑。我们发现会议桌上插着中德两国国旗。这会议桌旁不知坐过多少国家的人，为什么在开放日只插中国国旗？我马上站到五星红旗后边，请人拍照。旁边不认识的老外看我拍照，信口说了句："中国人看了一定很高兴。"旁边另一位老外说："我们也为中国人高兴。"

中国有句名言："国之交在于民相亲，民相亲在于心相通。"我想续一句："心相通在于常来往。"我不喜欢同走红地毯的人打交道，他们满嘴外交辞令。走泥路的百姓淳朴、憨厚、讲真话。我不仅同友好国家的百姓交谈过，也跟一些没有同中国建交的国家的公民交谈过。他们比他们的总统、国王胆子大，直截了当地对我说："我们国家早就应当与中国这样强大的国家建交。"这几年，我与之交谈并合影的百姓有140多个国家的公民（含开会相遇的）。如果身体条件许可，我准备编一本"与百国百姓在一起"的相册。我深深地体会到"常来往在于国家强"。国富则民强，民强则天下亲。

持杖日行八万里

2017年9月26日，在医院治疗退行性关节炎后，坐在爱因斯坦咖啡店歇息，有感。

> 左膝难伸又难屈，
> 喝杯咖啡当歇息。
> 有点疼痛何所惧，
> 相对绝对两相宜[1]。
> 持杖日行八万里[2]，
> 东方西方一担提。
> 合作共赢地球飞，
> 痛在国际难心齐[3]。

注：

1. 在爱因斯坦咖啡店想起他的狭义相对论，又想起哲学上的绝对寓于相对之中。

2. 地球周长约为4万公里，自转一圈相当于8万华里。

3. 指有的大国正在从多边贸易倒退为单边贸易。

论种族融合

——写在访问居住在海拔四五千米的印加人之后

同别的事物一样，交通工具的发明和运用也有二重性。在没有交通工具的远古，人类只有部落间的争斗。随着交通工具的发达，出现了民族斗争和种族斗争。斗争的残酷程度和野蛮程度在种族斗争中表现得尤为突出，最为严重。殖民主义者往往是用斩尽杀绝的手段来消灭异族。在哥伦布发现新大陆之后，西班牙侵略者知道南美是黄金地段，便用战术和骗术到南美抢掠黄金，先关后杀了印加帝国的皇帝。侵略者在不懂"印加"（Inca）这个词的情况下，就闪电式地消灭了印加帝国。反抗侵略的土著人紧接着又建立了新印加帝国，也惨遭杀戮。新印加帝国于1572年灭亡，南美从此彻底地沦为西班牙、葡萄牙等国的殖民地。西班牙人至少屠杀了1200多万印加人（也有书上讲1300万）。葡萄牙人至少屠杀了1000万印加人。白人曾把南美土著人当牛马使用和买卖。印加人流离失所，被迫生活在海拔四五千米的雪线之上。

南美文明的主要缔造者印加人今天的状况如何？我一知半解。书上说法不一，甚至有些名著对南美自然条件的描述也有出入。这激发我很想了解印加人的第一手资料。过去登高难，了解真实情况难，书本难免有误，现在交通方便了，应当有新认识。在迎接马克思诞辰200周年的日子里，我记起马克思的名言"为人类工作"，想起马克思对他女儿说的那句话："凡人类建树的一切我都要怀疑。"我在读中学时，曾把后一句话抄在我的小本子的扉页上。马克思是以调查葡萄园农民和玻璃厂工人受剥削的情况为研究起点的。今天如何以实际行动纪念马克思？我想走访印第安人。2017年秋我去了南非，2018年春我去了南美六国。在南美，真要访四五千米以上的印加人，有两条出名的道路：一为"危险之路"，一是"死亡之路"。走不走危险之路？有人劝我不要去走。他们说："西班牙殖民主义者都没上去。年轻的西班牙军人上去后变成了'木乃伊'，不但杀不动人，而且还想自杀。你身体还不如西班牙军人，怎么上去？"可是，我想我在四五十岁时去过甘肃、云南，海拔四千多米，没什么反应，坚持要上。哪知八十岁以后不一样了，在玻利维亚爬到4300米，便萌生了面对死亡的念头，步履维艰。鼻子出血，用纸塞住。友人见状，叫我吸氧，吸了氧，能爬了，继续攀高峰，爬一步，歇半天。我想：死就死吧！为劳苦大众呐喊而死，值得！《国际歌》不只是唱的，更是要我们干的。我边走边喊着号子："死——活！死——活！"实际上累得连那个"死"字的音都发不出，同行的人说我的号子是"世——合"。以致后来的"死亡之路"我没有上到顶，连午饭都是朋友送下来玉米棒和驼羊排。玉米棒的颗粒之大我从来没见过，驼羊排有滋有味，就是比普通羊肉好吃。在南美，我去了印加帝国被称为"四季中心"和"宇宙肚脐"的印加帝国首都库斯科，围绕南美古文化的发祥地——的的喀喀湖转了大半圈，去了印加人祭祀太阳神Inti的地方太阳岛，与太阳神及其一儿一女的塑像留了影。在南美与生活在海拔4000米上下的印加人打了很多交道，在玻利维亚去了5处海拔4300米以上的村庄，我还多次向生活在海拔5000米的印加人恭恭敬敬地请教。在攀高峰的过程中我强烈地感受到种族歧视和种族隔离的危害之大，决心写一篇有关"种族融合"的文章，向世人倾诉一下真实情况，哪怕是一孔之见也要如实道出来。

（一）种族之间没有优劣之分

不同的种族具有人类共有的特征，应当是平等的。

首先，从生理特征分析。人是从动物变来的，告别动物的首要前提是要有一个能够高级思维的大脑。气候变冷迫使古猿直立，直立有助于在劳动中把脚变成手，劳动的双手创造了人类智慧的大脑。人体测量学告诉我们：不同种族之间大脑的脑量以及脑量与体重之比，除了病态人之外，大体上都是一样的，均在2%左右。不同人种的正常人的大脑中至死都有一片没有使用过的"静区"。这更加说明应当看大脑而不可以按头皮上的头发丝的颜色对人种分高低，不可以按皮肤的黑白分优劣。

　　其次，从千百年的历史演化的状况分析。不同的种族在社会发展的进程中从来都不是整齐划一的，有快有慢，有早有迟。前天先进的有的已在昨天变得落后，昨天落后的有的已在今天变得先进。被誉为世界四大文明古国的国家就不在同一种族。这足以说明先进与落后绝不是与生俱来的，不是哪个种族所固有的。被侵略、被压迫的种族可以在压迫下由先进变得落后，也完全可能在摆脱压迫后由落后变成先进。印加人早年也有自己的文明史。在世界上没有警察时，印加人便有了石制警察。他们把石制警察置于路口，让人看了提高警觉。政治家应当站在历史的高度看问题，不能只从一个历史的横断面来判定种族的优劣。

　　再次，从今天生活在海拔4000米以上的印加人的智慧，看西班牙人、葡萄牙人过去称印加人为劣等种族的荒谬。五百年前南美是印加人的天下。印加人是南美的土著人。西班牙人、葡萄牙人利用他们军事的优势来掠夺印加人的财富。他们把大批印加人当成任西班牙人、葡萄牙人宰割的奴隶。可是，威武的侵略者上不了海拔四千米以上，因此在海拔四五千米以上保留了一批原汁原味原生态的印加人。就是这些印加人利用他们的聪明才智种出了五颜六色的、五味俱全的世人罕见的土豆，他们采到并且整理出能治百病的草药，他们利用当地耐腐蚀的有点儿像芦苇的野草（有些书上讲"芦苇"，不全对）编织出草船开到挪威、伊拉克、澳大利亚。1971年美国《国家地理》杂志就印加人的草船做了专题介绍。俄罗斯总统普京订购了印加人的草船。印加人早在700年前就掌握了脑外科手术，比MacEwen1879年在英国格拉斯哥的第一次开颅手术早500年，比中国的华佗晚一点儿。印加人几乎可以跟华佗相媲美。在马丘比丘古城废墟中，我们看到了一块被称为"哈图姆鲁米约克"的"十二角石"。考古学家认为它是印加历法的计算工具。印加历法与天文学密切相关，有春分、秋分、夏至、冬至之分。由于他们崇拜太阳神和月亮神，印加历分阴阳两历，与中国接近。印加人用陶瓷彩绘记录了他们的生活。至今许多国家的博物馆陈列着他们的陶瓷或者陶瓷复制品。人无不是学而知之。只要能够为印加人提供实践和学习的条件与环境，印加人无所不能。

　　最后，从理论上讲，是劳动创造了人，是劳动使人脱离了自然界，是劳动使人站到了自然界的对立面，因此，人在变革自然、保护自然的劳动中应当是平等的。只有分工不同，没有高低贵贱。能力有大小，这能力大小是后天形成的，不是先天决定的，跟民族、种族无关。只要人人有劳动岗位，就能体现种族平等。

（二）种族融合是势不可挡的大趋势

种族隔离不管有多么严厉都是纸糊的墙，种族歧视不管有多少条"理由"都是站不住脚的"理由"。种族融合已经开始，种族消亡的苗头已经露出地平线。

第一，语言在融合。谁都知道印第安人有语言没有文字。作为印第安人的一支南美印加人毫无疑问也没有文字，不仅没有文字，而且由于分散居住，语言也不统一。在世界海拔最高的首都拉巴斯周围，印加人有36个印加人原住民族，各有各的语言。其中最大的克丘亚族和艾马拉族，语言也有差别。可以想象得出南美那么多国家该有多少种印加人语言！可是，随着印加人的相对集中，小语种在减少。"在人屋檐下，不得不低头。"在西班牙统治者统治下，印加人不得不学西班牙语。在西班牙后裔家当保姆，不会说西班牙语，这个保姆钱是赚不到的。现在除了生活在海拔四五千米以上的印加人不太会讲西语外，其他地区的印加人都会讲流利的西语，并且用西语的拼音来书写各自的印加文。因祸得福，如今没有文字的印加人也有文字。在我与印加人的交往中，有好几位印加人用印加语为我书写了"交流"二字的译文。西语中的"圣母玛利亚"，印加人用它来称呼自己的"母亲"。"圣母玛利亚"成了印加语中的外来语。殊不知，任何大语种中都有外来语。英、法、德、意、西文中，有很多意思相同，读音也相同的文字；也有读音略有区别，字母有个别调整，但意思完全一样的文字。不是吗？茶在所有的语种中，不外乎是中国的两个读音"提"和"恰"。咖啡在各种不同的拼音文字中，都读"咖啡"的音，写成文字至多是多一个"F"少一个"F"，多一个"E"少一个"E"的差别。世界语正在各国研究中，世界语终有一天会普及地球的许多角落。

第二，宗教在融合。不同的宗教有不同的教义、教规。过去不仅一人不可信仰两种宗教，而且还有"一家无二教"的说法。现在不同了，在玻利维亚有座城市叫COPACABAN，被称作"少女城"。城里有座又高又大的天主教堂，是西班牙人为了让印加人信天主而建的。可是，这个教堂很奇怪，有保护渔民捕鱼的巨大的少女雕像，教堂大院还允许印加人与魔鬼跳舞。为什么？因为印加人认为那少女是太阳的妹妹。印加人不怕魔鬼，信仰与魔鬼在一起跳舞，魔鬼就不会害他们。所以在这座天主教堂中包含着印加人原始宗教的元素。更让人难以理解的是，这座天主教堂里还有佛教开光的影子。有人发了一笔财，会把钱包好，请神职人员念念经。谁买了汽车，不是先买牌照，而是先送到教堂开光。没有牌照，警察见了问一声，车主只要讲"去开光"，警察便会放行。秘鲁首都利马有座两个大厅并联的特大教堂。教皇保罗二世来过这里。他看了教堂里一幅十几平方米大的雕塑后，说："这是基督教化了的天主教。"还有，很多人见过《最后的晚餐》这幅画。餐桌上摆的什么？十个会有十个回答是只小羊。这完全符合《圣经》的精神。可是玻利维亚有个大教堂里的壁画餐桌上摆的是天竺鼠。天竺鼠又称荷兰兔。名画之所以斗胆把小羊改为天竺鼠，是因为印加人喜欢天竺鼠，家家床底下喂二十几只天竺鼠。宗教与本土结合，有本土特色，意味着宗教在融入本土，宗教在本土化。千百年来，宗教也在分化为好多教派。"分化"似乎不是融合。未必！与此"分"，往往是与彼在"合"，是在吸收社会、吸收别的宗教的某些成分。信仰是力量，正确的信仰是巨大的力量。宗教的融合是力量的合流。

　　第三，文化在融合。乌拉圭有个名镇COLONIA，是世界文化遗产，姑且把小镇译为科洛尼亚。科洛尼亚是1720年西班牙人登陆的码头，也是西班牙与葡萄牙争夺最激烈的地方。这里有个规模不大的天主教堂。值得注意的是，教堂的墙壁有两种风格：一边是砖墙，一边是石头墙。何以如此？是因为古代的葡萄牙人喜欢用石头，西班牙人喜欢用砖头，于是教堂便把两种建筑风格合二为一。至于其他方面的文化融合就不用说了。探戈舞曲艺术起源于阿根廷，是海员寻找、亲近舞女的产物。如今探戈已跳遍了全世界。南美音乐家喜欢吹一种叫埙的乐器。有人还说埙起于南美，其实是从中国传过去的。南美的排箫各国人都在演奏。智利大诗人聂鲁达多次赴欧亚美工作，来中国好多次，赞扬中国文化博大精深。当我在他故居中看到他收藏的四幅中国宫女画时，马上想到中国的一句话："有容乃大"。大诗人大就大在融合了多元文化。南美各国的国家博物馆中都有中国瓷器。近年中国在电力、矿业、交通等方面帮助南美诸国建设。南美诸国为了感谢中国，不断举办中国文化节，邀请中国传统戏曲去演出。文化无国界，文化在各国有各国的特色。

第四，人种在融合。人是有感情的动物。在种族隔离、阶级对立的情况下，偶然也会有个别主仆结合的。有个别就有一般，偶然中有必然。在反对种族隔离的呼声日益高涨的情况下，印欧混血人在大幅度增加。印欧混血人在玻利维亚占31%，在秘鲁占39%，在巴西占40%，在厄瓜多尔占41%，在哥伦比亚占57%，在委内瑞拉占66%，在智利占75%，在巴拉圭印欧混血人也占绝大多数。实际上，印欧混血人的比例可能都高于这些数字，因为从人体测量学的角度观察，还有不少人一点儿也不像西班牙人，却声称自己是西班牙人，以示高贵。此外还有黑白混血、黄白混血，其比例也在不断上升。随着网络通信的出现，正在把五洲四海"一网打尽"。随着交通工具的发达，多边贸易、自由贸易的推行，"海内存知己，天涯若比邻"，正在变成光辉的现实。人种融合之日就是人种消失之时。

（三）种族融合的关键在于缩小贫富差距

在去南美前，我查阅了将去的几个国家的基尼系数，不论是联合国公布的基尼系数，还是CIA的基尼系数，它们都是很高的，都超过了0.5。个别的国家如玻利维亚为0.6。我忧心忡忡。具体地说，阿根廷0.51，秘鲁0.52，智利0.54，巴西0.57，玻利维亚0.60，乌拉圭最好，为0.44。到了海拔4000米以上时，我强烈地感觉到情况比数字更严重。因为统计数字的人没有爬上海拔四五千米。再说，像我这样爬一次还不行，要爬几次才能得到准确的数字。这次在四千米以上，我同好多印加人来来往往，听了十来位印加学人的系统讲解，尤其是一位从小生活在五千米以上的、有8个孩子的印加史专家的介绍，真切生动，让我对印加人的生活有了初步的了解，所学的知识有不少跟过去书本上所讲的大不相同。

生活在海拔四五千米的印加人的住宿情况：一位同行的建筑学家在看了生活在3000米上下的印加人的房子时，说："这房子五个小时就造好了。"

生活在四五千米的印加人的住房在简陋方面与3000米的建筑差不多，可是住房面积要大得多，雪山上任他们去占领。他们一般有4间房子：第一间是住房。不管人口有多少，全家都睡在一张床上。儿子们一律睡在父亲外面，女儿们一律睡在母亲外面。没有暖气，这种睡眠方式可以抱团取暖，可是这种睡眠方式压死小孩的事屡见不鲜。7月份南美最冷，有时男人要妻子趴在丈夫身上当被子盖。印加人没有枕头，用衣服当枕头。床下养一二十只天竺鼠（又称荷兰兔），用来增温。天竺鼠产于南美，好养好玩又好吃，是印加人的美食。第二间是厨房，第三间是仓库，第四间是厕所。厕所有两个功能：一是把男人的小便全部留在尿盆里，晒干后，用白色的尿碱当食品调料再吃下去，或者是当化妆品擦身。尿碱宝贵，他们只舍得一年用尿碱擦一两次。第二个功能是把牛羊的大便放在第四间，晒干后当燃料，或者是晒干后与烂泥和在一起，当建筑用的黏合剂。不用说，印加人大便后不用手纸。那用什么？用石头。石头擦后不可乱扔，集中放在室外，雨雪会把石头洗得干干净净，高海拔的紫外线会把石头上的细菌杀得精光。不卫生也卫生。

生活在海拔四五千米的印加人的饮食情况：主要食品是土豆加羊肉。他们的土豆不一般，有甜如糖的，有辣如椒的，还有红得胜过红富士的。因为紫外线比低海拔高60%以上，照射得厉害，还出产一种无皮的土豆。羊有驼羊和羊驼两种，味道都很鲜美。印加人家家养好几条狗，为的是保护羊群。通常吃的羊肉也不怎么样，有客人来时他们才舍得加作料，味道才真的好。节日或祭奠吃天竺鼠，他们认为那才是真正的大餐。印加人喝汤有声音，因为不用勺子。印加人会用玉米做啤酒。未成年人不许喝酒。成年人也不喝烈酒，只不过喝少许的玉米啤酒罢了。他们喜欢喝茶。茶叶是一种叫COCA的叶子。他们认为喝这种茶，既可排忧，又可提神，干活有力气，还可以耐饥、治病，因此他们称其为圣茶。这COCA只能生长在海拔1000到2000米的地方。因此，儿子能给住在高海拔的爹娘送来COCA叶视为最孝顺。COCA叶就是制造毒品的可卡因的原料。在联合国讨论禁种COCA时，玻利维亚驻联合国代表故意在会上咀嚼COCA叶，说明无毒。他们认为叶与毒品是两码事。又说，毒品不是我们印加人所能加工出来的。可是，主张禁种的国家认为没有COCA叶这原料就不会有人加工成毒品。现在南美市场上有COCA糖、COCA饮料出售。因叶废种是不是因噎废食？争论还在继续中。

生活在海拔四五千米的印加人的生死观：这里的印加人不怎么看重发财，看重的是生育。可是生育的成活率只有50%。一般生16个孩子，成活8个。他们认为生下来就死掉不稀奇，也不心疼。倒是小孩在会说话时死去，母亲最难过，几年之后母亲都会觉得死去的孩子在跟自己对话。正因为印加人认为生育至上，他们在亲疏排序时，第一是母亲，第二是子女，第三才是配偶。由于生育至上，他们重女轻男，任何人不许虐待妇女。谁要打妇女，会群起而攻之，会骂他"同性恋"，会让他长期抬不起头来。上面提到印加人的睡眠，他们认为床只是用来睡觉的。他们的房事从来不在房间里的床上，不论是阴晴还是冷暖，都是到山上做爱。大山在印加人眼里最神圣。印加人不接吻，做爱也不接吻。印加妇女的肉体不许丈夫以外的男人看见。接生婆全是女性。接生时，丈夫必须站在旁边。产妇痛得叫喊时，接生婆会痛打产妇的丈夫，叫他与产妇一样痛，一样喊。如果丈夫不让打，或者没有痛得叫喊，岳母会认为女婿不爱女儿，便会抛弃这女婿。接生婆只为同一位产妇接3次。第4次以后的生产，均由产妇的丈夫接生。印加人婚礼不太隆重。玻利维亚有座科道纳大山，海拔5700米，顶上有幢很美的房屋，专供举办婚礼使用。印加人相信有来世。他们想象中的来世和欧美传说中的天国大致相同，是一个土地上开满花朵、山峰上盖满白雪的美丽世界。印加传统中不对死者进行火葬，他们认为这样会妨碍死者进入来世。把老人死亡看作到另一世界享乐，因此，他们的祭祀载歌载舞，大吃大喝，一定要吃他们喜欢的天竺鼠。印加人平时不送花，只许给逝者献花。男子葬礼5天，女性葬礼3天。

生活在海拔四五千米的印加人的医疗卫生：印加人本来一生不洗一次澡，现在一年洗1到3次澡。他们喜欢用白色的尿碱洗头。印加人从小就要学会识别草药，懂得什么草药治什么病。比方说便秘，他们说一吃甘薯即山芋，大便一定通畅。西班牙人后裔对印加人有句话："印加人生前是不生病的。"意思是，只要活着有病当没病，一旦真有大病，那就只有等死。近年也有从山上下去到医院治病的，可是，妇女不许男医生看肉体。如果男医生叫他们脱衣服，会被认为是侮辱，这也不利于治病。

生活在海拔四五千米的印加人的教育：印加人没有文字，祖祖辈辈不读书，不上学，但是他们十分重视德育。他们德育的内容可以称作"三不主义"，方式有点儿近乎不少国家领导人上任前的宣誓，却比宣誓仪式更多彩。具体过程是这样：一位长者一手持鲜花，一手端一碗水，名曰"圣水"，用鲜花蘸圣水往每个人头上滴一滴，一边滴一边讲"不偷懒"，被滴的人要跟着说"不偷懒"；滴第二滴，老人讲"不撒谎"，被滴的人要跟着说"不撒谎"；滴第三滴，老人讲"不偷窃"，被滴的人要跟着说"不偷窃"。一个人一个人地轮下去，都要讲"三不"。连我们这帮客人进去也要享受"圣水"，并跟着老人用印加语讲"三不"。他们说，这种教育方式颇有作用。近几十年印加人开始知道上学。一位印加学者对我们说，云之上雷电多，在他很小的时候，父亲被雷击死。母亲不可改嫁，领着他姐弟几个过着艰难的生活。在他十三四岁时，母亲送他到学校报名读书。老师问他叫什么名字，他母亲回答："他是老小。"老师知道他没有名字，便给他起了一个好听的名字。老师问他几岁。他母亲说不知道。老师给他相面，估计十三四岁，便替他写上13岁。教师问他生日，他母亲说生他时下大雪。教师便从最冷的7月里选出个吉祥的日子作为他的生日。小学校离他家8千米。他走8千米的山路到了学校，常常不见老师到校，只得再走8千米回家。第二天再来学校，才能见到教师。他长大后，跟一个德国人当用人。德国人见他诚实、勤快，便教他看书。他也决心要像德国人那样活着，于是慢慢成了印加学专家。

居住在海拔四五千米的印加人的生活状况，可以看出南美的贫富差距之大。发达国家都是富人住山上，穷人住山下，因为那里空气新鲜，视野开阔，条件是有"三通"：通水、通路、通电。南美大山无"三通"，是印加穷人住高海拔的山上，空气稀薄。西班牙、葡萄牙、法国、德国的富人住山下。富人区富丽堂皇，穷人区一贫如洗。土著与外国人都承认一句话："我们的贫富差距就像我们的高山与峡谷那么大。"在巴西、阿根廷都有人睡在马路边，夫妻带着小孩睡马路。在有的国家乞讨是违法，不仅要关押，还要罚款。在南美，乞丐随处可见。在海拔4350米的一个名叫RULUP的村庄里，我见到一位年约八十的老年妇女。她乞讨时，见到男人不论老少一律喊"爸爸"，见到女人不论老少一律喊"妈妈"，听了实在心酸。

贫富差距大必然带来社会秩序混乱和动荡。社会失衡必然出现社会冲突。

在巴西，一位幽默的西班牙后裔的学人说："在我们巴西不分富人区与穷人区。"我们一听很高兴，马上又变得将信将疑。他说："穷人会住到富人区。"我们问："那怎么可能呢？"他说："一批穷人一夜之间就在富人区盖起房子住下了。法不治众，富人拿他们没办法。"

在玻利维亚出了好多只干一天的总统，还有只当几小时的总统。走马灯式的总统说明他们乱到了何等地步！

在秘鲁，我们经过一个名叫伊拉瓜的城市，没有下车参观。这城市本来不出名，后来一下子举国皆知，闻名南美。怎么回事呢？伊拉瓜的穷人一次又一次向市长反映分配不公、贫富差距拉大的问题。市长当耳旁风。穷人一气之下，就把市长拉到市中心广场上批斗之后，活活烧死。现在其他城市的人也常常以伊拉瓜烧死市长为例，吓唬自己的市长。据说，还是有效果的。

种族矛盾说穿了是贫富矛盾，是弱肉强食。表面上看起来是贫者闹事，实际上是"不平则鸣"。扩大贫富差距只能是图一时之痛快，扩大贫富差距是拉大一触即发的社会张力，是制造矛盾，是自找麻烦，是埋下自我毁灭的地雷。缩小人与人、国与国之间的贫富差距必将加速全球的种族融合。现在我们能"上天"，还不能"入地"。地壳、地幔、地核里是什么情况还有很多未知数。火山、地震来了只能逃，什么时候能把火山、地震发出的能量为人类所用？对付雷电只有避雷针，什么时候能把那个"避"字换成"用"字？再怎么发达的国家也还没有这个能力。说能"上天"，其实上得还不够高。流星撞地，谁来接这个"火球"？更严重的是，太阳系如果爆炸，人类能往哪个星球上迁徙？哪个星球是咱人类的第二故乡？诸如此类的问题不拿出个方案，是咱74亿人的软肋。有些国家的元首两眼只盯住别国的一亩三分地，目光岂不是太短浅了！如果还想以别人的落后换来自己的"优先"，那岂不是跟五百年前的西班牙、葡萄牙掠夺南美的黄金是一路货色！

经济是基础。但是种族融合也离不了在经济基础上形成正确的理念。理念先行，如果不能先行，后行也比不行要好。

值得讨论的两个问题

一、城镇化与融合。城镇化十分重要。城镇化与社会发展水平呈正相关。有人统计，在城镇化水平超过60%的77个国家中，有75个国家的人类发展水平高于0.7，相当好！城镇化还与社会文明普及率呈正相关。有人统计，城镇化水平低于30%，社会文明普及率低于30%。城镇化率达到70%，社会文明普及率则大大高于90%，甚至接近100%。这是有深刻道理的。然而，这"正相关"在南美诸国显示不出来。南美的城镇化水平早在2013年就达到80%，巴西86%，阿根廷92%，大大高于发达国家。可是看不见社会文明有多大改善。究其原因是两极分化严重，有关"生老病死"的社会保障事业没有跟上。他们那里是货真价实的"富者田连阡陌，贫者无立锥之地"。玻利维亚90%的土地为少数白人占有，贫困人口占总人口的66.4%，极端贫困人口占总人口的45%。不能"正相关"的另一个原因是，人口盲目流动。印加人要下山，下到哪里去？水往低处流，人往高处走。印加人选择大城市。这样，大城市的人口成倍增长。进了大城市算不算城镇化？毫无疑问要算。印加人进城后多在经商，不再务农，当然是城镇化。如果再问一句：印加人在经什么商？谜底就出来了。我们目睹很多印加人的摊位：在马路边，在白人大商店的屋檐下，铺上1平方米的毯子，印加人坐在毯子上，这样毯子还剩半平方米。在这半平方米里，摆上他们用驼羊毛编织的、颜色耀眼夺目的毛衣、围巾、钱包、裙子等，待价而沽。不远处，另一位印加人再摆一摊，卖五颜六色、形状美丽的小石头。一天能赚多少钱？寥寥无几。尽管小摊上摆有背着房屋、床铺、食品、衣服、乐器的小财神爷（印语叫财神爷"AKEKY"），财也进不了多少。有次见印加人在大商店里忙碌，便问："这大店是印加人开的吗？"同行的人说："是白人雇他们值班的，按小时付报酬，很低！"就这么点儿生意，政府还要征税。这让我想起，十多年前在人民大会堂参加全国"两会"，当国务院总理宣布"免征农业税"时，那雷鸣般的、经久不息的掌声。在玻利维亚跟一些国家一样，"上有不合理的政策，下有不正当的对策"。少了社会保障，社会秩序也就没有保障。玻利维亚首都拉巴斯60%的人没户口。目的是偷税漏税。因为没有户口，听说很多驾驶执照是偷来的或者是买来的。印加人开车技术相当娴熟，在悬崖陡壁上转来转去，平安无事。城市里红绿灯少，开车的能抢道则抢道，抢不到则急刹车。他们抢停自如，不出事故。万一出了事故，假执照就会暴露。算人口数城镇化率很高，千真万确；算户口，城镇化率又很低，这也是事实。说得好听，这叫超前城镇化；说得难听点儿，这叫断崖式城镇化。城镇化是种族融合的条件之一，不是全部。为了加速种族融合，还要提升城镇的现代化水平和科学的社会治理水平。可喜的是，如今南美各国已开始注意到了这个问题，站在新的历史起点上向前奔跑。

二、同化与融合。有些非印加人口口声声要同化印加人。同化的意思与融合差不多。但是他们的同化是要印加人信他们的宗教，是要印加人跟他们后边跑。这是把同化的内涵"异化"掉了。真正的同化是要平等待人，互帮互学，取长补短，怎么可以只许人家跟你同，不许你跟人家同？融合，是要大同不要小同。还有些人发现人家不愿跟他同，就来个"压同"，强迫甚至动用武力来迫使人家跟自己同，这是非人道的行为。同化要靠引导，靠教育，靠潜移默化。欲速则不达。同化更重要的是靠先进性，靠带给人们福祉的先进性来感动人，用符合人类社会发展规律的先进性来吸引人。要相信先进的威力，先进是一定可以带动落后的。不过，先进不可以是自封的。在人家一时不接受你的所谓先进时，不妨反躬自问：我那先进是不是真正先进？在反复论证是真先进以后，也不要急忙责怪别人，仍应当反躬自问：在引导的方法上是不是有可以改进之处？融合即同化是科学，也是一门艺术。

一中有多，多中有一，同中有异，异中有同，要两点论。就人类来讲，应当看到"同"是主要的侧面。有句名言：世界上没有完全相同的两片树叶。名言有正确的一面，不过也要同时看到，同一种树的树叶有大体相同的一面。不相同，哪里有植物分类学！不仅同一种，即使是不同种的树叶，针叶、阔叶都有相同之处。安第斯山不同于喜马拉雅山，可是安第斯山和喜马拉雅山的雪线之上都有皑皑白雪。亚马孙河不同于长江，可是亚马孙河的水和长江的水都是"氢2氧1"。"趋异—趋同—再趋异—再趋同……"，永无止境，螺旋式上升。地球是人类共同的家园。进一步确立正确的世界大同观，坚持不懈地促进人种融合，一个坚固的人类命运共同体一定会在我们手中建成！

这是理论自信，不是撒谎，也不是吹牛！

一定要完整地理解马克思

2018年是马克思诞辰200周年，也是《共产党宣言》问世170周年。马克思主义不仅深刻地影响了世界，也深刻地改变了中国。中共一大会址纪念馆推出"点亮中国：马克思主义在中国早期传播文物史料展"。中国首部《资本论》三卷全译本、68种《共产党宣言》中译本等128件馆藏珍贵文物资料齐亮相。

在马克思诞辰200周年的日子里，德国、英国都开展了纪念活动，尤其是德国，5月上旬有报道称，在马克思的故乡特里尔市举行了200多场纪念活动，下旬又有新的报道称，已举行了600多场纪念活动，实在是与日俱增，热闹非凡。这也充分说明了马克思主义的影响之大，人们对他的仰慕之深。

马克思主义是关于宇宙观、历史观的科学，是关于社会历史发展规律的科学，是近代哲学社会科学的庞大理论体系，正因为是科学，所以看问题站得高、看得远。德国总统在这次的纪念活动中称马克思为预言家，是很恰当的。在中国遭受侵略、沦为半封建半殖民地的年代，马克思就大胆预言中国将成为"举足轻重的国家"。不是吗？一百多年以后，在构建人类命运共同体的伟大事业中，西方国家提出"向东看"，就足以说明中国正在起着举足轻重的作用。

纪念马克思重要的是要认真学习马克思主义，完整地理解马克思主义。现在有些人不读马克思主义的原著，却根据自己的道听途说、一知半解，在那里大谈马克思主义。在20世纪初，有些无政府主义者断章取义，把马克思主义解释为无政府主义，有不少基督教传教士把马克思的平等观与基督教所说的平等相混同，把马克思主义作为传播基督教救世教义的一种辅助工具。马克思曾经说，如果那些"各取所需"是马克思主义，"我马克思就不是马克思主义者了"。再比方说自由，各有各的说法，俄国的思想家巴枯宁把自由宣扬为"废除国家"，英国社会学家斯宾塞把自由解释为自由放任主义。可是，马克思认为政治自由是通过法律来体现和保障的一种权利，与义务相连，与纪律、权威等社会约束辩证统一，他说："自由就是从事一切对别人没有害处的活动的权利。"谁都没有损人利己、有害社会的自由。

拥抱马克思塑像

要完整地理解马克思主义，还要把马克思的思想看作动态的。真理是过程，思想是可以变化的，早年的马克思主张暴力，晚年的马克思主张合法斗争，认为"暴力行为是没有意义的"。果实无不有个成熟的过程，事物是按肯定否定律螺旋式上升的，这就要求我们一定要完整理解，处理好坚持马克思主义与发展马克思主义的关系，科学在创新，社会在前进。在200年前没有网络化、智能化，如今网络化、智能化必然会带动包括理论在内的意识形态起变化。马克思主义在不断发展。对我们今天的人来讲，要认识到只有发展才是真正的坚持，而发展又必须以坚持基本原理为前提，万万不能像几十年前的若干"西方马克思主义"者那样从所谓发展中导致出不分青红皂白的"反传统"。抛弃基本原理不是发展，德国2018年举办有史以来最大的马克思展："马克思——生活、著作、时代"，为了完整，他们从欧美11个国家的110个博物馆租借来400多件展品，展出了59种语言的247部《共产党宣言》，让人大饱眼福，也可以看出译者水平的参差不齐。展出是为学习提供良机，认真学习，完整理解，一往直前地践行马克思主义，是我们的誓言。

南美行感悟

人类趋同费砥磨，概应偏见乱行多。

殖民主义飞来祸，印第安人血泪河。

平等自由无价宝，共心共享免操戈。

喜看混血盈南美，种族融怡醉悦歌。

注：500年前西班牙、葡萄牙为掠夺黄金，侵占南美，大搞种族歧视，杀死2000多万印第安人。现在南美印欧混血人在大幅增加，印欧混血人在玻利维亚占31%，在秘鲁占39%，在巴西占40%，在厄瓜多尔占41%，在哥伦比亚占57%，在委内瑞拉占66%，在智利占75%，在巴拉圭印欧混血人也占绝大多数。实际上印欧混血人的比例都高于这些统计数字，因为从人体测量学的角度观察，我看到不少人一点儿也不像西班牙人，却声称自己是西班牙人。此外，黑白混血、黄白混血的比例也在不断上升。特写诗对当今的人种融合，为未来的人种消亡，为人类命运共同体的建构表示庆贺。

我的学生是酋长

我作为一名教师，最大的乐趣莫过于学生超过教师。最近一位学生从国外回来，我知道他大大超过了我，我有着异乎寻常的高兴。为什么呢？因为他在一个国家从事的工作名称不仅在当今中国找不到，而且就算你跑遍欧美也找不到。他在赤道以南一个国家当酋长，我今年80岁，阅历不能说不丰富，可是我从来没见过酋长，没见过酋长不等于一点儿也不了解什么是酋长。

我知道，酋长是世袭的。我的学生是被国人盛赞为"中国之鹰"的名人的外孙，他的父亲是川军名将之后。他从父姓，以母姓为名。厉害了，我的学生！你这位中国人是如何当上酋长的？

我知道，酋长是多妻制，少则十几个，多则有几百个妻子的，厉害了，我的学生！你那"王宫"里藏有多少王妃？

我还知道，酋长出行是要坐八抬、四抬大轿的。厉害了，我的学生！坐轿颠簸的滋味你受得了吗？

正当我为学生多虑时，接我见酋长的车子已经开到了酋长门前。我与酋长互相问候几句之后，便直截了当地问他是如何当上酋长的。他说："是公推的。"顿了顿又说："在老师面前我就如实汇报吧！我是靠为百姓做好事当上的，我为他们修桥铺路搞建设，我不用一枪一弹帮他们解除了叛军武装，搞掉了黑社会。他们看我有用就把我推上酋长这位置。"

"那你坐上这个位置以后会世袭吗？"我继续追问。

"不会。"他话音未落，他的同学又跟他开起玩笑来，揭他在大学里如何背着我们老师淘气的故事，这时我才看出他这位在他国庄严的酋长，一见老同学便回到了学生时代的活泼可爱。

"你有多少妻子？"

"一个。"他见我摇头，说："不信我把我三个孩子领出来拜见邓爷爷。"

这时，他的老同学出来帮腔："邓老师你不能冤枉这位改革型的酋长。我证明他坚持一夫一妻制。"

"你会像其他酋长那样一言九鼎吗？"我再问。

"我不认为我的话一句顶万句，可他们要唯命是从，我没办法，习惯势力厉害得很哪！"

"你出行坐轿吗？"

"酋长可以坐轿，可以骑马，我从不坐轿，偶尔骑马参加重大活动，平常坐汽车。那里的人也意识到交通工具的发展会改变生活方式，日常生活虽然有变化，但是重大节庆，我还要穿酋服。"酋长说到这里笑了起来，"不是囚服，是酋长服。我的酋长服是当地几个心灵手巧的妇女花了几个月的时间，一针一线绣出来的。他们以为我绣衣而感到无上光荣，百姓平常不可以瞪着眼看我，只能偷偷瞥几眼。有一次，我签证延期，去领事馆办手续。总领事见了我，马上头着地下跪，因为他是我那个部落的人。"

厉害了！我的学生。我暗自思考外交官会朝你下跪；我当老师的，如果叫你们学生下跪，不说别的，至少是作威作福，非被开除不可，现在居然会有人朝我的学生下跪，还是自觉自愿的，合法有德的，真是匪夷所思，社会的发展分阶段，进化有先后，要融入社会，更要改革社会，融入是为了改革，不融入很难有改革。酋长制在变革，别的制度也要变革、再变革。变革必须是朝以人为本、人人平等、共同富裕的目标前进。

忽然，有人打断我的思路，低声向我述说了我这位酋长学生如何跟美洲一个同中国台湾地区"建交"的国家的总统、前总统，以及曾留学中国台湾地区的总统夫人做工作，促成这个国家与台湾"断交"，顺利地同中华人民共和国建交的过程，我听后深深感到这才是酋长学生的真正厉害之处。他真不愧为"中国之鹰"的后人，不管飞到哪里，不管飞得多高，他仍是我们"中国的鹰"。

从"象牙变小了"说起

谁都知道大象的牙是很大的，长的达3.3米。现在我告诉大家，情况变了，肯尼亚群象的象牙在变小。莫桑比克1992年后出生的雌象三分之一没有了象牙，本来上下颌每侧均有6门颊齿的南非雌象几乎都没牙了。这表明大象在开始变异。这种变异是进化还是退化，还需要讨论，大象是动物中的老大，狮子、老虎见了它都要退避三舍，不仅如此，狮子、老虎见到有大象新鲜的大便它们也要躲一躲。不过，大有大的难处，大象一天要吃200多公斤植物。大象是绿化的破坏者。蚍蜉撼树办不到，大象撼树是常有的事，恐龙因其太大而饿死，人类祖先的叔父——巨猿也因其体形巨大在向人类演化的过程中半路饿死。倒是体形小、胃口小的古猿在200万年前后变成了人类。

现代人就是从猿人那里脱胎出来的。可笑的是，现代人中最发达国家的头人依然胃口大得不得了，开口闭口以"老大"自居，只许本国优先，不顾别国死活，翻脸不认人，一夜之间就从多边蜕化为单边，一眨眼的工夫就要把关税提高到25%、40%。前人形容说话不算数叫"朝令夕改"，可是胃口大的这位头人是"朝令'午'改""'午'令夕改"，见钱眼开，见利忘义。

这么大的胃口后果会怎样？人们在拭目以待。欧洲反对他的单边贸易，中美和南美国家反对他的反复无常。胃口过大会不会落得大象、恐龙、巨猿的那般下场呢？难说。不过，按社会发展的规律推算，可能性极大。最近，美国一位90多岁的经济学家留下了六大遗言，被人称为"六大预言"。其中之一是说，美国贫富差距过大：5%的富人占有70%的美国资产，5%的富人所占有的财富为美国中产家庭的91倍。贫富差距大，社会张力大，就像橡皮筋，拉到极限就是断裂的前夜。

太阳系只不过是银河系边上的一叶小舟。作为太阳行星的小地球更是银河系里的"一粟"。北欧之北的冰岛火山喷发，火山灰会刮得西欧的飞机不能起飞。此国的雾霾会影响他国。单边贸易冒出来以后，全球的经济下滑已露端倪。正常人的胃口大体是一样的，绝不会相差91倍。命运不论是好还是坏，从理论上讲都应当是共同的，尤其是在被网络化"一网打尽"的今天，更是同舟共济的。说来说去，还是构建人类命运共同体为好。命运共同就会心往一处想，劲往一处使，共商、共决、共建，到头来才有共享。

全球时代：我们如何认识多样性和统一性

现在人们都晓得多样化是大趋势，可是有些人在认识上表面而不深入，笼统而不具体，片面而不全面，知其然而不知其所以然，更没有应对多样化的充分思想准备，因此应把多样化列入研究课题，开展跨学科、跨领域、跨国家、多层面、多方法的研究。

本文将从多样化的现状、形成原因，以及如何强化统一性这三个方面来阐述。

一、多样化的现状

（一）多民族

全世界大约有2000多个民族。之所以用"大约"二字，是因为有些国家的民族不完全为他们的所在国承认，可他们自称为民族。当今民族细化的趋势并未减弱。世界上民族最多的国家是尼日利亚。人口仅有1.7亿的尼日利亚共有大小民族250个，占世界民族总数的1/8。人口2.5亿的印度尼西亚有150个民族。在世界各国的民族里几乎都有若干支系，不称"支系"的，也会因地区不同而多样。现在讲，中国有56个民族。可是在1979年之前只有55个民族，第56个民族是基诺族。本来把基诺族归在傣族里，1979年认为基诺人有其独有的特性，承认其为独立民族。我们之所以讲是56个民族，还有一条，是认为台湾的少数民族只有一个高山族。其实就是在过去，台湾也不只有住在高山上的高山族，还有住在平地上的、住在小岛上的平埔族，可如今台湾把高山族、平埔族分为好几个甚至十几个民族，这样中国至少有六七十个民族。是不是这样，值得讨论。

（二）多语言

语言是人类思维和交际的重要工具。众所周知，语言也是区别民族的重要指标。可是全世界共使用5651种语言，为民族数的两倍以上。这就是说，有的民族使用两种以上的语言，在5000多种语言中使用人数超过5000万人的语言有13种：汉语、英语、印度语、俄语、西班牙语、德语、日语、法语、印度尼西亚语、葡萄牙语、孟加拉语、意大利语和阿拉伯语；使用人数少的，如玻利维亚的印加人因为过去居住分散，语言"大同"中有并不很小的"小异"。现在印加人开始下山进城，住在同一城区里的印加人表达同一个词，有的竟有十多种读音，足以说明语言之多样。

（三）多宗教

世界上公认有三大宗教，中国有五大宗教，实际上世界上还有很多宗教。比如日本有神道教，越南有高台教，朝鲜有天道教，俄罗斯等国有东正教，以色列以及犹太人聚居区有犹太教，还有些比较复杂的，比如印度有印度教，那么印度的耆那教是独立的宗教还是属于印度教，在印度尚无定论。就是公认的独立宗教也会因对宗教的治理主体不同而不同。有些宗教团体、宗教院校、宗教活动场所也会受宗教教职人员的意志和爱好的影响而多样，每一种宗教下又有不同教派，各唱各的调。他们对外一致，对内不完全一致，从历史长河看，各大宗教都有一个演化和变革的过程，甚至也有你中有我、我中有你的成分存在。承认多宗教并不等于承认不管什么人贸然叫一声便成了什么教，稍有知识的人都不会轻信那些自称为"神"的人。

（四）多阶层

按生产资料占有多寡，可以把人群分为好多阶层、阶级，可是在都没有生产资料、都是"无产者"的人群中，因界别不同，贫富差距可能比生产资料占有不同而造成的差距更大。第一、二、三产业的收入不一样。再比如，被人称为"权贵资本主义"的人群比富翁还富翁。把权力转化为财富的这一类人群算不算"阶层"？值得研究。如果界别也成了划分阶层的标准，势必大大增加阶层的数量。在同一界别中，还有蓝领、白领之说。由于有些地方不是把公平放在首位，而是把公平放在"兼顾"的地位，分配不合理也同样拉大了贫富差距，造成了富者"嫌贫"，贫者"仇富"，阶层对立，在中国低收入人群中，近年又增加了一个"农民工"阶层。过去，世上没有"农民工"阶层，工是工，农是农，要么是工人阶级，要么是农民阶级，哪里有戴几十年"农民工"帽子的？可是在中国出现并存在几十年了。很早之前，说知识分子不是独立阶级，看它依附在什么阶级身上就是什么阶级。后来，毛泽东说新中国的知识分子是工人阶级，知识分子经过"文革"的一番折腾之后，1978年邓小平说"知识分子是工人阶级的一部分"，给知识分子带来极大鼓舞，几十年过去了，中国的教育事业发达了，如今从事教育、科研工作的是知识分子，从事工商业的新阶层中的老板有很多也是货真价实的知识分子。这又向理论界提出一个问题：知识分子同属一个阶层吗？不管将来怎么定论，阶层增多是不可抹杀的客观存在，不同领域存在不同群体，同一领域里也有不同层次，同一层次里处于不同阶段的人们的经济地位也有很大不同。怎么解释？

（五）多政党

在当今世界的200多个国家和地区，除了有二十来个实行政教合一的国家和地区没有政党以外，有5000多个政党，也有书上讲有上万个政党的，那就是包括了未被所在国承认的政党。世界上数量较多的是坚持马克思主义的共产党，在102个国家中有149个共产党。由于对马克思主义的理解和认识上存在差异，由于对马克思主义的应用上存在各取所需的现象，这100多个共产党的政治主张也不尽相同，以至在同一个国家中有两个共产党。政党比较复杂，有党同名而政见不相同的；也有党不同名而政见相似的。

（六）多文化

科学无国界，文化很难有防火墙。文化有突变，更有渐变，耳濡目染，潜移默化。文化之所以被人称为"大文化"是因为内容庞杂。不说别的，单是民俗文化，就有千差万别。俗话说："五里不同风，十里不同俗。"世界各国，乃至于今日的网上，都以伸大拇指表示点赞，可是也有个别国家，你伸大拇指对他点赞，他认为你伸大拇指是向他挑衅。世界各国都以点头表示同意，摇头表示不同意，可是也有个别国家，以摇头表示同意，点头表示不同意。有的国家以大拇指与食指两指比成圆圈状表示"OK"，可是也有个别国家认为这种手势是下流。伦理学界把这般接受者的剖析称为"差异伦理"。民俗如此，社会制度、行为准则、学说学派的多种多样，那就多如牛毛，不计其数了。

上述"六多"诚然居多，不过情况正在发生微妙的变化，许多国家的少数民族，出于就业需要走进城镇，民族正在成为符号，只有那些受歧视的少数民族，有着强烈的民族自尊。语言也因为走出去，不常用本民族语言，有人已忘记本民族语言。宗教更复杂，欧美挂名的教徒很多，包括诺贝尔科学奖获得者有的也是教徒，却不做礼拜。有的教堂与图书馆、市民学堂共享，还有的教堂前半部仍供教堂使用，后半部办起了各种展览，相反的，东方一些教徒本来不多的国家，近年来教徒激增，《圣经》印数激增。阶层大增是各国的方向。政党由于各有各的规定和限制，增速极缓。"六多"在呈多样。

二、多样化形成的原因

（一）全球化

几百年前的殖民扩张，宗主国强迫殖民地按宗主国的旨意行事，但殖民地又不可能干净、彻底、全部听从宗主国的，仍会或多或少地保留自己的东西，这样就来了个"1+1>2"，出现了多样。南美洲有很多"亦此亦彼"的四不像的教堂，就是例证。工业革命、知识经济的相继出现，提出一个充分利用全球资源的问题，使得很多名牌产品不能不由多国生产的部件拼凑而成，奔驰汽车毫无疑问是德国制造的，可是埃及人说"是在埃及生产的"，也不是毫无根据。母公司把子公司分布在世界各地，并且把产品销售到世界各地，从而带来各国商场的琳琅满目。经济全球化是社会多样化的主渠道。

（二）网络化

从"人猿相揖别"那天起，人类就不是单一的。认识这个"多样性"是有个漫长过程的。宋代以前，中国就有"小千世界、中千世界、大千世界"之说。可见多样性是人类历史的写照。社会在前进，宋代人所谓的"大千世界"在今人眼里并不大，还是"小千"。那时哥伦布等人还没有发现新大陆，那时交通、通信工具还不够发达，那时世上尚有"一河之隔老死不相往来"的事情，连早就存在身边的"多样"也不见得了解多少，那时是没有"民族隔阂"的"民族隔阂"，那时是有文化的"文化分割"。在资本主义社会出现之初，没有人坐过飞机。如今不同了，不只是飞机满天飞，卫星的数量也快赶上我们晚上用肉眼所能看到的满天星斗了。几十年前，东西半球通一封信没一个月是不行的。如今眼睛一眨，住在东半球的人就能看到西半球最西的人发来的微信了，过去从来没听说过的"网红"，在今天已经红得发紫了，无奇不有的"大千世界"在今天变成万紫千红的现实，多样化在今天真的"化"起来了。

（三）科学技术的发达

上述的全球化、网络化，无不是仰仗科学技术的发达，归根结底是因为科学技术的发达带来了全球化、网络化。本来认为难以引用为工业原材料的，由于科学技术的发达，成为能够使用的工业原材料了；本来认为无用的材料，由于科学技术的发达，已成为宝贵的原材料了；本来没有的生产技术和工艺，由于科学技术的发达，已成为可以熟练运用的新技术、新工艺了；本来没有的新产品，由于科学技术的发达，这些新产品已成为消费品了。科技是第一生产力。社会生产力的进步又带来了生产关系的多样化。不要听信有些国家的政客骂集体经济的言论，任何国家都有集体经济。农业都由卫星指挥了，卫星难道都是私有的吗？水、风、虫进来是不按一家一户区分的。因此，治水灾、风灾、虫灾必须共治、共担，跟所有制息息相关的分配制度如今也呈现出多样。在中国，当然在别国也差不多，除了按劳分配以外，还有按经营收入、按劳动力价值分配获得收入，按资产收益、社会成员提供技术、信息等生产要素获得收入，按资本分配、国企等承包收入、社会福利收入、风险收入，此外，还有外国管理人员的另类收入，等等，所有制、分配制的多样带来生产关系多样。马克思说："人是生产关系的总和。"与此相应，人与人的关系必然五花八门，无奇不有。

多样性是事物的一个方面。万物，万物，不管有多少"万"，概括起来就是一个字："物"。因此，多样性是事物的一个方面，不用说，还有另一方面，那就是：统一性。

三、如何寻找、放大统一性

为了寻找、放大统一性，要充分认识统一性的意义。多样性不是碎片化，统一性是多样性的必然要求，笛子独奏、钢琴独奏不需要现场指挥，交响乐不能没有指挥。交响乐的指挥其名气要比第一提琴手大得多，我多次进过音乐学院调研，最怕他们在课余各弹各的调，各唱各的曲，那噪声简直让人受不了。统一性就是有序性。几百人的仪仗队叫人越看越想看，那是因为有人指挥，"步调一致才能得胜利"。九龙治水也好，八龙治水也罢，群龙不能无首。治理国家、治理社会，比乐队、仪仗队、龙治水更复杂。东西南北中，工农商学兵，科教文卫体，血缘、姻缘、地缘，如今还要个网缘，都需要统起来，三军不可无帅也，无序则乱，不统一就是一盘散沙。对国家来讲，无序是内乱、内战。不是吗？现在我们还能不时地听到某些国家内战的枪炮声。多样性是统一性形成的物质基础和前提条件；统一性是多样性的融合体、黏合剂、压舱石，统一性是多样性的轴心与灵魂。统一性是社会安定、团结、和谐、创新、发展的必需。多样性与统一性有机结合，朋友遍天下，无往而不胜。

为了寻找、放大统一性，要充分认识统一性的目的。统一不是为了减少多样，更不是泯灭多样，恰恰相反，是尊重多样，包容多样，保护多样，促进更多样。多样是差异，差异是矛盾，矛盾是取之不竭的动力，多样本身就是平衡，是互相补充、互相制约的平衡。在多样基础上的统一，统一才高贵，才有价值。统一是统一于规则，用规则统一，用体现最大多数人利益的规则来统一。共性寓于个性之中。统一是群言堂，不是"一言堂"。统一是广开言论，不是堵塞言路。统一，大统一，说穿了是统一于大海，统一到不拒涓涓细流、能纳百川的"大海"。统一是为多样提供更加出彩的大舞台，"多样—统一——更多样—再统一——再更加多样"，以至无穷，螺旋式上升，波浪式前进。这才是具有普遍意义的"多样统一律"。

为了寻找、放大统一性，要充分认识多样性的二重性，现在有些人在谈论多样性时，多少有点儿"走直线"的毛病，只说"利"不谈"弊"。尽管利大于弊，也不能不言弊。多样化是美丽，是财富，但要看到美中有不足, 富中有贫困。全球化是大趋势, 但是在全球化中有"逆全球化"。在逆者中, 有不少是优胜劣败中的败者。败者也是人。看透了这类逆者, 就要重视对败者、弱者的培植、安置, 使其少逆、不逆。网络化是大趋势, 但是在网络化中有黑客, 在"全民大播送"中难免有侵权者, 难免有网络犯罪, 难免有"网络病"。这就要求重视立法, 立网络法。人工智能在经济中的比重是衡量社会进步的标志之一, 但是要注意消除发生在一些人身上的人工智能恐惧症, 面对恐惧症, 要讲清楚"无人工, 不智能"的道理, 讲清楚"智能"不留人, 自有留人处, 手机是好东西, 但是司机抱着手机开车有多危险! 学生成天抱着手机不听老师上课怎么办? 没有规矩无以成方圆, 要处理好多样性之间纵横交织的关系, 需要立规限制手机滥用。新阶层对国家富强做出很大贡献, 但内部差异很大, 利益需求和诉求内容也参差不齐。这都需要协调, 求出最大公约数。为了增进统一性的科学性, 要坚持"两点"论, 不能只看正面, 不看负面。包括最动听的交流、对话, 在交流中别忘了会有交锋, 在对话中会有对抗。高超的"统一论者"要闻"负"则喜, 敢于正视、乐于善于应对负面的挑战。为了求同而允许有人发出不同声音, 允许有人从另一角度看问题, 从而让对策、预案更严密, 形成正向良性循环。"水至清则无鱼。"物极必反, 不研究负面, 说得轻一点是不全面, 说得重一点是不爱护多样性的美丽, 不保护统一性的可贵。多样性就是差异性, 有差异方有比较与鉴别, 方有择优与互补, 坚持求同存异, 聚同化异, 增进一致而不强求一律, 包容多样而不丧失主导。

　　为了寻找、放大统一性, 要高度强调尊重别人的宗教信仰和民族自尊。中国56个民族我访问过40多个。他们叫我敬天我敬天, 叫我敬地我敬地。我像服从命令一样听话, 甚至比服从命令更顺从。这不是低三下四, 这叫"人民至上", 这叫"以人民为中心", 这叫"甘当群众的小学生"。我不是顶天立地的巨人, 我是生活在天地间的普通人。我在云南金平县的1953年以前没有穿过一件衣、没有吃过一粒米的黑苦聪、黄苦聪人家里住过好几天, 拉他们的弩, 了解他们的摩擦取火、无声贸易, 研究他们的原始宗教, 学习他们氏族长的身先士卒精神。我以自己是汉族而自豪, 但我绝不因此而认为自己高他们一头。生活在大山里的台湾布农族兄弟说他们的酋长过去是穿珍珠衣待客的, 遗憾的是现在没有了珍珠衣, 我告诉他们:"我的人类学老师1946年、1947年在台湾调查高山族，写了本高山族的书，买了件珍珠衣，现在这件珍珠衣存放在复旦大学博物馆。"他们听了喜出望外，高兴得立即拉着我跳舞唱歌。我这个唱不来、跳不动的人也跟他一起唱、一起跳。现在世界上有190多个国家，我与160个国家的人聊过天，合过影。我不信教，但我与好几位高僧、道士、神父、牧师交朋友。我在国内戴过道教的太极帽，在国外戴过犹太教的六角帽。我收藏有英文、阿拉伯文多种版本的古兰经。阿拉伯的伊斯兰教徒用他们的"喀莱姆"竹笔为我写贺词。我们无神论者可以对各大宗教的某些有神论者的说法不认同，但要与他们处得来。君不见世上有多少一家有两教，有多少母信教，子不信教，照样一家亲嘛！融入即融合、融洽。有了融洽的气氛，更容易讲清楚各国的宗教有各国的特色，遵守各国的法制，更容易讲清楚深化政治认同、社会适应、文化融合，更容易宣传宗教改革，更容易讲清楚在我国960万平方公里中的各个民族同属伟大的中华民族。我们的民族区域自治是好制度。我访问过好多自治县和下面的乡。我们支持他们自治，帮他们科学地自治，有了精诚所至，不怕金石不开！

　　为了寻找、放大统一性，要坚持党际协商。习近平总书记讲："要用好政党协商这个民主形式和制度渠道，有事多商量，有事好商量，有事会商量，通过协商凝聚共识，凝聚智慧，凝聚力量。"习近平总书记一口气讲了五个"商"、三个"商量"。"商"字在甲骨文里有欣赏之意，中国的多党合作制度是历史的欣赏、历史的选择。几十年来，甚至近百年来，中国内地的八个民主党派与中国共产党风雨同舟。在国民党反动派要杀害民主党派领导人的严峻形势下，是共产党人冒着生命危险去营救了他们。在1948年中国共产党发布"五一口号"时，是民主党派不畏特务监视，勇敢地响应"五一口号"。毛泽东、周恩来多次讲过，中国共产党与各民主党派长期共存，互相合作，并且表示"不是同日生，但愿同日死"。在改革开放以后，中国共产党又把多党合作提升到"肝胆相照，荣辱与共"的高度。中国共产党是执政党，民主党派是参政党，执政一元性和参政多元性统一，集中领导与广泛参与统一，国家稳定与社会进步统一。参政党参言资政，参之有方，言之有理，资之有效，极大地促进了国家的政通人和，在多样化的今天，多党合作的政治协商制度不变，商以求同，协以成事，共同努力画出最大的同心圆。对于别国的两党制、多党制、一个半党制等政党制度，可以研究，不必照搬照套。

为了寻找、放大统一性，在处理国际问题上，要坚持人类命运共同体意识。人类共同生活在地表上的水圈、气圈、生物圈中，怎么看命运都应当是共同的。可是事实上并非完全如此。国与国之间有友好的，也有敌对的，许多国家的领导人是为国为民的，也有国家的领导人是坑害百姓的，世界上200多个国家和地区的领导人也具有差异性、多样性，要区别对待。对他们的人格和他们在他们国家的领导地位要尊重，但是也要看到他们中有口是心非、出尔反尔的，有对别国台上握手、台下踢脚的，还有公然干涉他国内政的，对一个国家有不同的评价是正常的，但不是没有是非可分的，有的国际问题评论家在评论时攻其一点不及其余，有的"赞"其一点不及其余，有的评论家是"拿人家的手短，吃人家的嘴软"，不得不帮人家隐恶扬善。评论国际问题也少不了"两点论"，要区别官与民，要坚信任何国家的人民是好的，包括社会团体是好的。大官可能是小人，而小百姓则可能是大人。因此，我们千方百计坚持以文明交流代替文明隔阂，以文明互鉴代替文明冲突，以文明共存代替文明优越，坚持不懈地构建人类命运共同体，推进世界大同。

在立陶宛的十字架山

疫情中的德国人

默克尔破例发表电视讲话

德国疫情严重程度排在世界前几名，他们对付疫情也有个从估计不足到充分重视的过程。重视起于默克尔总理发表电视讲话。德国总理通常只在新年时发表电视贺词，平常从不发表讲话，3月初她第一次破例在电视上讲话，讲时态度严肃而又亲切，讲到医疗，她感谢医生；讲到食品店开放，她对食品店营业人员表示慰问。听众听得进，记得住。她说她这次讲话大量吸收了医学专家的分析意见，她讲完话以后不久，有人告诉她：几天前为她打预防针的医生是新冠肺炎患者，她立即接受检查，结果为阴性，马上主动表示在家隔离14天。2020年3月28日她又在家中发表视频讲话，奉劝大家注意防控。但是大家对她在隔离前还同平常一样自己去超市买菜，有不同看法：有人点赞，有人反而说她作为领导，在这种疫情下不该自己去买菜，不过时过境迁，争议很快变成叹息。

飞机督促市民"敬而远之"

德国人自由惯了，最怕隔离，最怕戴口罩，视戴口罩为蒙面人。疫情下，柏林市仍允许外出散步，规定不可三人以上聚在一起。有人守规矩，有人不听这一套，喜欢扎堆，于是他们就出动飞机在天上鸟瞰、巡逻，看到扎堆的就告诉地面警察。警察会立即到现场劝大家"保持一米五的距离，敬而远之"，防止病毒人传人。

对于不听劝说坚持聚会的要不要罚款？由各州自己决定，有的州每人罚200欧元，有的州每人罚300欧元，柏林不罚款。

阳台鼓掌、敲锅感谢医生

在德国，不管是患者还是健康的人，不管是从哪个国家来这里的人，都对医生很尊重，既尊重西医医生，也尊重中医医生，在疫情暴发后，对医护人员的尊重程度加了个"更"字。怎么表示尊重？居民手机上有各种"群"，既有小群，又有大群，德国的社团多如牛毛，社团也都有群。社交媒体在群里发起：晚上7时，在大家都没休息的时候，在阳台上为医护人员鼓掌，教会建议教堂也在这个时候敲钟致谢，果然，7时钟声一响，许多家庭集合在阳台上鼓掌。有的以敲锅代替敲锣表示谢意。居民与医护人员共同欢笑，医护人员战疫的信心更足，劲头更大。德国现在是全球病死率最低的国家，除了医疗设施比较好以外，那就是依靠值得尊敬的医生的医术和医德了。

心理医生忙得不可开交

居家隔离一开始都被认为有助于家庭和睦，但是久了矛盾出来了，打老婆的事激增。柏林妇女会有幢房子，是专门收留挨打妇女吃住的，平常去的人很少，近几天挤满，在那里有心理医生帮她们调适，德国还有心理医生与咨询人互不见面的电话心理咨询所，最近日夜有电话，数量增加50%以上。但是心理医生仍然耐心地为他们解释，有的人打来好几次，他们不厌其烦乐于回答，对心理健康、社会稳定大为有益。

知识的处境知多少?
——罗马尼亚见闻

敬　重

罗马尼亚的锡比乌市是800年前由日耳曼人建的城堡。因为每年都会在广场上举办国际性的爵士音乐节,被人称为"爵士之都"。这座广场又称"席勒广场"。席勒是德国18世纪的诗人,锡比乌怎么会以他的名字命名呢?是席勒来过这里吗?不是。是席勒有发了大财的后人在这里吗?也不是。那是为什么呢?是因为锡比乌有位与席勒既无血缘关系也无地缘关系的杀猪宰羊的屠夫,十分崇敬席勒的作品。为了报答席勒作品对他的感染、启发和教育,屠夫主动用他自己的血汗钱在广场上为席勒塑像,盖了座以席勒名字命名的公寓,还办了家席勒外文书店。

——知识无国界,知识威力大。

误　解

距离席勒广场不远处有座旱桥,名曰"谎言桥"。传说如果是撒谎的人站在桥上会出事故,因此,情侣在婚前都要到桥上许愿,过桥后立即分手的不是没有。更好玩的是,百姓要求议员当选后也要到桥上逛逛,试验一下他们选前的表态是不是真心话。议员也只好兑现。

"谎言桥"这名字是怎么得来的呢?说来话长也不太长,建桥之初,人们喜欢在桥上、桥旁唱歌。有人问萨克森人"去哪里",唱歌的萨克森人用他们特有的口音回答:"Lieder(歌曲)。"可是,当地人以及来这里的德国人误听为"Lügen"。"Lügen"即"谎言"。谚云：好话不出门，坏话传千里。于是，谎言桥就这么叫开了。

——误解出戏剧。没有对知识的误解，可能会减少知识的趣味性。

忽 悠

在罗马尼亚有一座以圣经中的西奈山命名的高山。山中有个西奈亚小镇（又译作"锡纳亚"）。19世纪晚期，罗马尼亚国王卡洛尔在小镇附近建造了他避暑用的"佩莱城堡"。与其说是"建造"，不如说是雕刻出的城堡，每一件摆设都是一件艺术品。这里冬暖夏凉，尤其是"夏凉"，因此又称其为"夏宫"。

在罗马尼亚执政24年的齐奥塞斯库，早在20世纪70年代就看中了这座夏宫。时代变了，他希望改用一些现代设备，齐氏提出把夏宫的这儿换一换，那儿动一动。这一动文物就不是原汁原味了。懂得文物保护的学者不想让齐氏来住，可是又不敢对"绝对权威"的齐氏明讲，怎么办？几个学者一商量，想了个好主意。他们对齐身边的人说："这儿很多墙体发霉了，轻则会引起过敏性疾病，如支气管哮喘、霉菌性肺炎、皮炎，重则能产生致癌物质，毒害人体。为了总统的健康，建议总统不要来这里度夏。"这一常识真的糊弄住了齐氏，他不敢来了。

——你没肚量，他便没胆量，只得忽悠忽悠。

长 长 短 短

罗马尼亚同许多欧洲国家一样，住着数以万计的吉卜赛人。大家可能早就从小说、戏剧中看到吉卜赛人过着怎样贫穷、流浪的生活，是如何受歧视，"吉卜赛"可译为"不可接近"，是贬义，因此，被人称作"吉卜赛人"的人铿锵有力地自称自己为"罗姆"（Rom），意思是"我是人"。罗姆人是开明与保守并存。他们不论走到什么地方都能很快学会那里的常用语言，信仰那里的宗教，从不掺和宗教矛盾。但他们读书不肯深造，只肯读10年书，他们不肯把他们罗姆人的语言外泄，像密码一样包得紧紧的。他们在数理化方面没出过杰出人才，可是很多歌舞剧团、交响乐团到他们那里抢人，因为罗姆人多音乐天才。这本来是好事，可是又有人找个借口，称他们是"靠歌舞为生的下等人"。

>——人无不是学而知之，任何民族都是有长有短，
>扬其长则美，扬其短似乎只有丑。

不管知识处境怎么样，知识永远是推动社会进步的无穷无尽的力量。夺取政权靠军事，军事有军事知识；以法治国要有法学知识；建设智慧世界要靠人工智能知识。5G来了，离6G、7G知识还会远吗？

从"只纳一川"到海纳百川

——访德国弗赖堡大学

　　在一票（飞机票）难求、有家难归的日子里，我选择了离开德国的大城市，去德国西南边陲巴登-符腾堡州的弗赖堡。之所以选择弗赖堡是因为有一个情结，10年前在上海世博会上知道弗赖堡是可持续发展的最佳实践区。干我们社会学这一行的，对"持续"二字有特殊的兴趣。竭泽而渔只能图一时的痛快，后患无穷。世博会上还听到弗赖堡之所以可持续，同它的弗赖堡大学有直接关系。这里，大学生占全市总人口的13%。这也是我选择弗赖堡的一个缘由。

　　弗赖堡大学创办于1457年，是德国最古老的大学之一，被称为"精英大学""顶尖大学""研究型大学"，出过21名诺贝尔奖得主，出过哲学家海德格尔、社会学家马克思·韦伯、中国生物学家贝时璋，在经济学上出过弗赖堡学派，还出过一位德国总理，在教学上位列世界第32位。

　　2020年7月，我们一行四人来到了人称"阳光之城"的弗赖堡。还没进城就看见天上一朵朵闲云，地上一群群白色的野鹤。闲云野鹤之感油然而生。公路两旁大地郁郁葱葱，房屋不同一般，居民的屋顶一片深蓝，是因为用太阳能板覆盖着。"阳光之城"不仅指这里日照长，还指太阳能应用的普及。走进老城的人行道上，每迈前一步便能欣赏到路面上的一个图案。路面是用不同颜色的马赛克镶成。更吸引我的是，每条街上都有宽不到半米的泉水千回百转，潺潺流淌。泉水清澈见底，只有四五厘米深，统统裸露，没有覆盖，让人享受"上善若水"。

　　沿着泉水走到了弗赖堡大学门口。先听介绍，后参观大学博物馆。经过多次咨询和反复思考之后，我对弗赖堡大学五百多年的奋斗史，概括为这样一句话：从只纳一流到海纳百川。

弗赖堡大学原本是奉罗马天主教会教宗的诏书而建的，由巴塞尔的主教兼任教务长，康斯坦茨的主教作为守护者。设四大科系：神学、哲学、医学和法学。首届学生人数为140人。建校伊始，就出现了马丁·路德的宗教改革。学校有一部分人支持宗教改革，只因弗赖堡是一个传统的天主教城市，市议会发起了查抄，并将2000余本新教书籍在大教堂广场当众焚毁，并驱逐新教学生。但是随着新教的盛行，学校认识到只收天主教徒入校，成了瓶颈，只会冷冷清清。再加上这时弗赖堡由奥地利重新占领，"改朝换代"也促进了教育改革。于是1784年大学进来了第一位新教教徒教授，这标志着大学从"只纳一川"向"纳两川"的转变。1832年出版自由新闻法在巴登生效，巴登出现了一张报纸———《自由报》。有人认为这可能意味着"海纳百川"的到来。哪知好景不长，两个月后报纸就被取缔。学生出来抗议，势单力薄，斗不过官方。

两百年前，男尊女卑，任何大学里都见不到女生。19世纪末，弗赖堡与海德堡大学同时招收女生，同为历史上第一所招收女生的大学。弗赖堡大学还培养了第一位女性医学博士。这也可以说是大学从另一角度由"只纳一川"开始向"纳两川"的转变。大学蓬勃发展，校舍面积扩大，建筑现代化。有一句话：城市有多大，大学就有多大。至一战前，大学里已有3000名大学生，这是了不起的一大飞跃。富有勇气的弗赖堡大学敢于在大堂上镌刻着自己的校训："真理必叫你们得以自由"。很幸运，不仅没有人反对，反而有位经济学的教授在校训指引下大胆地提出了"秩序自由主义"的经济理念。接着，发挥集群效应，形成了"弗赖堡学派"。

意想不到的是，在纳粹时期弗赖堡大学同其他学校一样，不得不推行纳粹的所谓"政治一致"，残酷迫害、驱赶犹太师生。在种族上，学校从"纳两派"倒退到"只纳一派"。

二战后，弗赖堡在经历了近五百年的曲曲折折、近五百年的反反复复，经验和教训促使他们逐步向真理迈进。他们修建纪念馆，纪念受过迫害的师生。他们从只纳一川、两川，进展到海纳百川。专业丰满，师生增多，在现有的21 600名学生中，有来自120多个国家的留学生。外国学生占学生总数的16%。在430位教授中，有很多外籍教授。他们还同中国著名的南京大学共建了孔子学院。弗赖堡不因地理位置上的边缘而影响其成为国家的教科中心之一。2007年，弗赖堡市因把弗赖堡大学作为城市智库，而被评为"德国科学城市"。

城市为学校创造优美而又文明的宜教宜学环境，学校为城市增添文化光彩，二者交相辉映。

对"北欧模式"的云端调查和解析

　　北欧是指位于斯堪的纳维亚半岛上的五个国家，它们是安徒生笔下小美人鱼的故乡丹麦、北海小英雄的发源地挪威、圣诞老人的家乡芬兰、拥有200多座火山的冰岛，还有科学家诺贝尔的出生地瑞典。这五个国家地处北纬六七十度，在北极圈附近。从人口数量上看，这五个国家堪称小国。挪威、芬兰、丹麦三国的人口都是500多万，瑞典约1000万，冰岛则只有35.5万。就是这样的人口小国，曾被评为全球最适合居住的地区。谁都知道，瑞典被称为"北欧雪国"，挪威冰川占全境面积的1/3以上。奇怪了！天寒地冻何以最适合居住？

　　谁都知道，"万物生长靠太阳"，但北欧的日照时间很短，冬天只有四五个小时。可是他们只用占全国总劳动力3%～4%的人来从事农业，种出的农产品就能够自给或基本自给。就连外贸依存率为80%的瑞典，农产品自给率也达80%。这是为什么？

　　谁都知道，"地无三里平"是贫困的象征，也是造成贫困的原因。北欧五国不仅多大山，而且是高海拔，按通常的道理推测，北欧应当是"贫中之最贫"。可是北欧五国按国际汇率计算的人均国内生产总值，以及按购买力平价计算的人均国内生产总值都是全球最高的。丹麦按国际汇率计算的人均国内生产总值为53 744美元，芬兰为43 169美元，冰岛为69 629美元，挪威为70 392美元，瑞典为51 165美元；按购买力平价计算的人均国内生产总值，丹麦是47 985美元，芬兰是42 165美元，冰岛是59 629美元，挪威是70 392美元，瑞典是51 165美元。以上是2016年的数据，近年又有大幅度提高。北欧为何会这么富裕？

　　社会发展史告诉我们，君主制比共和制落后，按照传统理念，在君主制前加上"封建"二字也不为过分。但请看，北欧五国中有三个国家的政体的前两个字是"君主"。试问，落后的社会制度怎么会如此有力地推动社会生产力向前发展？人类社会发展指数分极高、高、中、低四个等级，0.8～1.0之间为极高。从联合国发布的2019年各国人类社会发展指数看，北欧五国都在"极高"之列：

挪威世界第一，0.954；冰岛第六，0.938；瑞典第八，0.937；丹麦第十一，0.93；芬兰第十二，0.926。

这又是为什么？

诸如此类，人们将其"成功"的原因归结为"北欧模式"。北欧究竟是如何登上高峰的呢？这些奇特的现象值得社会学界调查、研究、解析。几年前，笔者利用到瑞典讲学的机会，在北欧五国转了一圈，类乎"田野调查"。虽为走马观花，但却留下了深刻印象和不少疑问。2020年这大半年，笔者困在德国，一票（飞机票）难求，有家难归，不便戴着口罩与人接触，于是便利用网络，关起门来搜集北欧资料，自称其为"云端调查"。遗憾的是，"云端"上的资料不仅是"碎片化"的，而且有的准确，有的不准确。本想查历年的，可惜在网上，有的数据只有近期的，没有远期的，有的数据有远期的，而无近期的，不系统。后来想想，碎片化、不系统，恰是提炼理论的源泉，恰是社会学者从中提炼理论的富矿。夏秋之交的德国气候炎热，在云端调查中只得"撕片白云揩把汗"，贸然就"北欧模式"的优越之处提出以下几点看法：

第一，因地制宜，以弱胜强。

植物学的常识告诉我们，植物的叶面大小从热带到温带、再到寒带是逐步缩小的。北欧气候寒冷，瑞典很多地方常年积雪，被称为"北欧雪国"。在北欧，很多阔叶植物无法生存，少数生存下来的叶子也在变小，变成针状。北欧森林覆盖率很高，瑞典的森林覆盖率为54%，挪威森林覆盖率为37%，并以针叶林居多。针叶木有针叶木的特色，用针叶木做出的纸张就比用麦秆做出的要好。因此，北欧人就地取材，每年都出口大量纸浆、纸板和纸张。北欧发展针叶木加工工业，出口针叶木家具，以及林业机械设备。芬兰是世界第二大纸张和纸板出口国；瑞典针叶树木产品的出口额居世界第二，纸浆出口居世界第三，纸业出口居世界第四。针叶胜阔叶。

　　动物也一样，寒带的鱼不同于热带的鱼。比如三文鱼在温带、热带国家十分稀少，即使在渔业发达的国家，三文鱼也都很贵重。鳕鱼在北欧很丰富，很多国家赶来捕捞，为此冰岛还曾与英国打过一场声势浩大的"鳕鱼之战"。芬兰被称为"千湖之国"。这"千"只能作为"多"的形容词来看，实际远不止一千。芬兰有18.8万个湖泊，鱼类品种繁多，渔业发达，渔民用现代技术捕捞鳕鱼、鲱鱼、鲐鱼、毛鳞鱼等。北欧大力发展寒带渔业，出口水产品，运往世界各地，受到欢迎。丹麦是欧盟最大的渔业国，年产132.8万吨水产。诗人曾为北欧的鱼写过优美的诗篇。

　　100亿年前，地球在形成的过程中是不看国家来头的，地球在形成以后的板块运动也是不讲情面的。地球赐给人类的自然条件无所谓好坏。为之，则坏者亦好也；不为，则好者亦坏也。冰岛常有火山爆发，危害极大。几十年前，冰岛的火山灰飘到西欧，使得西欧的飞机无法起飞。可是，在"上天容易入地难"的今天，火山是地心向地表上的人类输送重要情报的"快递"。冰岛人便利用这个条件悉心研究火山，水平遥遥领先。冰岛还有一个奇特的坏现象：由于处在两个地下板块之间，板块的碰撞运动能把铁桥扭曲、变形，100多年的时间就会把铁桥变成中国的麻花状。还有地热，不少国家也有，不过在其他国家能见到地热冒蒸汽就够吓人的了，可是冰岛的地热更不同一般，它发出的是能遮住村庄的浓浓大雾。这还不算，冰岛有几处从地下冒出20多米高的温度高达80摄氏度的喷泉，以致热水所流之处，寸草不生。可是，冰岛把所有这些都变成吸引世界各国游客来观看的景点，从而用旅游收入大大提升国内生产总值。当然，北欧地下也有好东西，挪威是全球第八大石油出口国、第三大天然气出口国。瑞典更妙，现查明储量为25万到30万吨的铀矿是价值连城的放射性物质，但在百年前，人们认为铀矿并没有多大价值。

　　农业在北欧经济中占的比重不大，农业劳动力的占比更小，但农产品却能基本自给。这里面机械化起了很大作用，甚至还出现了智能农业。值得一提的是，农产品自给是北欧的大智慧。自给了，农产品对外国的依存度小，就不会受制于他国，不会被他国卡住食道，有助于自立、中立。

　　第二，文化为魂，社会文明。

　　北欧重视文化，普遍实行九年、十年制免费义务教育。这"义务"二字的内涵是丰富的。"九年、十年"是法定的，不得变动，变动了，政府就要挨批。实际上，那里的人们在大学、在读研时还有许多免费的项目，不过这也会根据国家经济情况的变化而略有伸缩。北欧国家投入教育事业的费用占GDP的比重普遍很高。在这方面，没有从"云端"抓取到完整的最新资料，一份2007年的老资料告诉我们：

丹麦教育经费占国内GDP的7.8%；冰岛教育经费占国内GDP的7.4%；挪威教育经费占国内GDP的6.8%；瑞典教育经费占国内GDP的6.6%；芬兰教育经费占国内GDP的5.9%。

应当讲，近年比2007年略有变化，比如丹麦已从7.8%增加到了8.5%。这在世界上是罕有的。正因为实行了九年、十年义务教育制，正因为国家在教育事业上投入巨大，北欧学生占人口的比例也相应很高。仍然根据2007年资料：

人口573万人的丹麦，在校学生111.8万人，约占全国人口的1/5；人口551万人的芬兰，在校学生189万，占全国人口的1/3以上；人口1011万人的瑞典，在校学生98.2万人，占全国人口的1/10；人口34万人的冰岛，在校学生10万人，占全国人口的将近1/3；人口529万人的挪威，在校学生116万人，占全国人口的1/5以上。

再从联合国开发计划署发布的数据看，北欧的教育指数如下：

挪威0.91分，全球居第3位；丹麦0.873分，全球居第9位；冰岛0.847分，全球居第17位；瑞典0.83分，全球居第19位；芬兰0.815分，全球居第23位。

北欧五国不仅学生数量多，教育质量也很好。丹麦自1973年起，实行九年制免费义务教育。2002年，丹麦全国共有学校3520所，学生111.8万人，其中小学2 791所，学生67.9万人；高中307所，学生6.9万人；职业学校164所，学生17.2万人；综合性大学5所，学生7.4万人；师范、技术、农业、商业、艺术、音乐等院校153所，学生10.4万人。最著名的高等学府有建于1479年的哥本哈根大学，其2003年约有学生3.5万人，在世界500所最好大学的排名中曾获第51位，甚至是第29位的好成绩。从哥本哈根大学走出了一大批诺奖获得者，其中先后来过中国的物理学家父子尼尔斯·玻尔和奥格·玻尔，分别于1922年和1975年获诺奖。在政界，从哥本哈根大学共走出了6位丹麦首相、1位国王，此外还有2位冰岛总理，1位冰岛总统。

为了形成独特的教育体系，扩大教育资源共享和交流，北欧4个国家的5所顶尖级理工院校从2006年起结成"五校联盟"。这不同于流行的"两校友好"，而是在教育、科研、工业科技发展等各个领域形成了长期的实质性合作关系，它们开设多个联合硕士培养项目，为新时期高科技人才培养注入了新鲜的活力，极大地推动了教育事业更上一层楼。

北欧十分重视发展先进的科研项目，如光子、微电子、远程通信等。由于政府、企业、个人普遍重视教育科研工作，北欧人才辈出。根据2017年的资料，北欧五国获诺贝尔奖的比例很高：

瑞典诺贝尔奖得主30人，按人均排名全球第四；冰岛诺贝尔奖得主1人，按人均排名全球第五；挪威诺贝尔奖得主13人，按人均排名全球第六；丹麦诺贝尔奖得主14人（另有资料说是29位），按人均排名全球第七；芬兰诺贝尔奖得主5人，按人均排名全球第十九。

由于教育的普及、科研的推动，北欧人还养成爱读书的良好风气。图书馆多，去图书馆的读者多。芬兰拥有各类图书馆3000家，平均1700多人就拥有一家图书馆，人均图书占有率在全球领先。知书既达礼貌之"礼"，又明理论之"理"，社会文明指数甚高。犯罪率极低，原来的牢房改为旅社或工厂。自从虚拟世界发达以后，北欧人普遍喜欢上网。比如瑞典平均每人每昼夜上网浏览的时间达23分钟，用于阅读日报的时间是21分钟，用于阅读晚报的时间为8分钟，收听广播和收看电视的时间分别高达2小时和45分钟。真正做到了虚拟世界与实体世界交相辉映。

由于教育的普及，北欧五国的文明指数很高（迄今，世界上只有2013年公布过一次文明指数）：芬兰居全球第一，0.828分；瑞典居全球第二，0.802分；挪威居全球第七，0.742分；冰岛居全球第十二，0.706分；丹麦居全球第十三，0.697分。

第三，坚持中立，国家稳定。

北欧的瑞典、芬兰是被国际社会认可的永久中立国。挪威、丹麦也曾被认为是中立国。中立国是指在发生武装冲突时，对交战的任何一方都不采取敌对行动的国家，分为战时中立国和永久中立国两种。

北欧各国之间在历史上曾经历过"分久必合，合久必分"，甚至"分了不久就合""合了不久再分"的时期，不论是胜方还是败方都饱受战争之苦。因此，他们产生了"我不犯人"和企盼"人莫犯我"的强烈愿望。这也是他们得以在安定环境中发展的重要前提。可是，事实上是很难不偏不倚的。弱肉强食，你不犯人，一些强者却要来犯你。比方说在第二次世界大战中，迫于德国的要求，瑞典向德国出口了铁，被认为对德国军备发展起了很重要的作用。芬兰从1917年就宣布自己是"永久中立国"，在二战中也声称中立，但同苏联和德国都有小摩擦。不说远的谈近的，直到2020年还有个超级大国的总统向丹麦提出购买格陵兰岛的领土要求，被丹麦拒绝，双方都不太愉快，取消了互访。可见中立是有难度的，中立只能是相对的。北欧有的国家参加经合组织，仍坚持所谓的"积极的和平中立政策"。挪威、丹麦、冰岛是北大西洋公约的成员国，而芬兰、瑞典却不是。丹麦、芬兰、瑞典加入欧盟，而冰岛、挪威则不加入。挪威不加入欧盟不是政府不想加入，而是国内公投通不过。情况是复杂的，冰岛不是名正言顺的中立国，可冰岛却是比中立国还中立的国家。法律规定允许中立国拥有自卫的军队，可是冰岛没有军队，没有一兵一卒，这就足以说明冰岛不大可能去侵略别国。

　　结盟古已有之，是社会稳定的必须。可是，真正互助、共建、共享的牢不可破的国家间联盟是没有的，而大多是一时的。所谓"命运共同体"绝大多数是"利益共同体"。从大处着眼，利益有共同之处；从小处着手，利益之间则多有冲突。国际上常说"政治化"，是的，不能说没有一点儿政治化，然而，实际上则多是出于"物质利益化"。欧盟对欧洲的发展起了很大作用，但为何欧盟出资多的国家吵着闹着要脱欧，其实质是不肯多付出。在欧盟成员国中，还有拿"脱欧"来吓唬欧盟的，其目的是让欧盟多给拨款。还有些国家的地位显赫的总统，看起来了不起，实际上却不然。他声言"为国"是好的，但是不能用坑害别国的手段来为自己的国家谋利益。如果用坑害别国的手段来"爱国"，那么，人们有理由对你的"爱国"打个问号，归根结底只能认为你是"爱己"，是爱自身的权势和地位。

　　很明显，绝对的中立尽管是难以做到的，但一个国家具有中立的意识，也是有益的、可贵的。中立者不走极端，中立者接近最大公约数。中立不仅是北欧对外的策略，而且也是对内的政策。北欧是多党制，瑞典有8个党，挪威有9个党，芬兰有9个党，丹麦有11个党，就连30多万人口的冰岛也有8个党。党派在竞选中多是协商、谦让，远不像美国的特朗普那样在竞选活动中讲过头话，用污辱性字眼。北欧党派之间虽也互相指责，但彬彬有礼。他们强调宽容、合作，反对残酷斗争。近年还出现了党派结盟的现象，瑞典的绿党和社会民主党组成"红绿联盟"。即使是被视为极左和极右的政党，观点分歧、差异较大，也能做到在辩论会上唇枪舌剑、在辩论会后握手言欢。过去讲"道不同，不相为谋"，在北欧则是"道不同，也相为谋"。在北欧能成为执政党的往往是类似持中立观点的政党。激进的观点也许适用于将来，现在一时通不过，那就忍痛割爱，留待将来"东山再起"。认识总有个过程，处理国家大事不能不接地气，不能脱离群众。

对中立意识要一分为二。旁观者清，当局者迷。中立者看问题容易做到冷静、客观。有些国际争端国务卿扯破喉咙，听起来振振有词，总统跳八丈高，看起来神气活现，实际上连儿童游戏都不如。总的说来，中立是利大于弊。中立是促进北欧全球竞争力增长的推动力。

根据2020年公布的全球竞争力：丹麦全球第二；瑞典全球第六；挪威、芬兰均为全球第十三；冰岛全球第二十一。

在历史上，2006至2007年芬兰的全球竞争力曾经第二，瑞典曾经第三，丹麦曾经第四。全球竞争力很能说明中立的功力。

第四，异化君主，平等自由。

北欧实行世袭君主制已有千年历史，有其落后的一面。治国方略是不可能靠DNA传播的，"帝王将相宁有种乎？"可是，北欧人在"君主"后面紧接着加上了"立宪"二字，这就把君主制"异化"了。北欧立宪已有100多年历史。早在19世纪就从君主制转为君主立宪制。宪法规定实行君主立宪制，国王是国家元首和武装部队的统帅，但是国王只能作为国家象征，仅能履行代表性或礼仪性职责，不能干预议会和政府工作；议会是国家唯一的立法机构，由普选产生；政府是国家最高行政机构，对议会负责。世界上最早的议会诞生于公元930年的冰岛。抚今追昔，那时的议会诚然不可能跟今天同日而语，何况议会还在冰岛中断过一个时期呢！但是，倘若抚今追昔，一定会看到冰岛议会在人类发展史上所留下的浓重的、不可磨灭的一笔，并成为今日议会的起点。

有人讲北欧实行的是“社会主义”，也有人讲是“民主社会主义”，还有人讲是“社会民主主义”。北欧一直存在“民主社会主义”与“社会民主主义”之争，二者无非是侧重点不同，前者强调民主，经济上的资本主义成分多一些；后者强调社会主义多一点儿，主张和平过渡到社会主义。其实，社会主义的初级阶段要讲民主，社会主义的中、高级阶段更要讲民主。“民主”就是要人民来做主，这是社会主义的基本点。也有人讲他们是“比社会主义还社会主义”。这有点儿过分，只能认为北欧是比处于社会主义初级的“初级阶段”要前进一步。不过，北欧五国的幸福指数确实是全都名列世界前茅。

从2013年到2020年，在每年的世界幸福指数排行榜中，北欧五国都位列前十：2020年芬兰的幸福指数傲居全球第一，7.809；丹麦第二，7.646；冰岛第四，7.504；挪威第五，7.488；瑞典第七，7.353。

有人说北欧人的生活“从摇篮到坟墓”都由国家包下来。这没错，自孩子出生，国家就给父母带薪假，有的国家带薪假四个月，有的国家240天，有的国家则是一年。这假期的安排挺有意思，其中父亲也有一个月的全薪“陪产假”。瑞典240天产假中的195天由政府支付日薪的80%，剩余的45天可申请每天180瑞士法郎的津贴。这是产后的“摇篮”。殊不知孩子出生前，在没有“摇篮”的情况下，国家对孕妇也有照顾，去医院检查坐出租车，也给补贴。老中青看病只须付挂号费，医疗费由国家全包。这样做好不好？过去也有人批判过他们的福利社会，说福利社会“养懒汉”。出懒汉的事是有的，但不能“一叶障目，不见泰山”。“福利加教育”就不大会出懒汉。出懒汉总比少福利、出贫困、出偷窃要好。准确地讲，北欧实行的是“社会主义加资本主义”。经济自由化是资本主义，公平分配的高福利是社会主义。总而言之，不是封建君主制。

说起公平分配，北欧的贫富差距甚小即是明证。他们对高收入者实行高税收，税率高达百分之四五十、五六十。在实行高税收之后，富者还是比贫者富，只是差距小了。根据联合国公布的数据：丹麦的基尼系数是0.248，芬兰的基尼系数是0.268，冰岛的基尼系数是0.28，瑞典的基尼系数是0.23，挪威的基尼系数是0.25，都没超过0.25，是相当低的了。基尼系数在0.3上下的国家在世界上已是屈指可数，在0.25以下实在是凤毛麟角，难能可贵。由于贫富差距很小，社会张力小，社会矛盾大为减少。安定是幸福的第一要素和前提。

第五，透明清廉，政治文明。

笔者"斗胆"收集了北欧五国"一二把手"的零星资料。"一把手"是指国王和总统，"二把手"是指首相和总理。从性别上看，10位"一二把手"中有5男5女。5位"二把手"中有4位女性。除瑞典外，其余四国掌实权的"二把手"皆为女性。最令人注目的是丹麦国王与首相都是女性。女性比例如此之高，实属罕见。5个"一把手"平均年龄为72.2岁，5个"二把手"平均年龄为48.8岁。最发人深思的是芬兰女总理仅有35岁（上任时34岁），丹麦首相仅是43岁。年龄怎么这么轻？从学历上看，10位都读过大学，还有的留学，获硕士、博士学位。从专业上看，都是文科，如政治学、社会学、法学、史学等。从家庭出身看，国王不用说了，大多数人的父母都是文化人。唯独芬兰女总理马林，她父亲是酒鬼，抛弃了她们母女俩。从此，她们母女全靠社会保障度日，住社保房。马林长大后做过面包房店员，卖过报刊。芬兰总体上不嫌贫，但也免不了有人歧视马林。用中国话讲，正因为马林没有"背景"，在全民选举时人们反而更加认可她。果然，她上台后讲："希望任何人的孩子都可以成大事。"这同中国的名言"人皆可以为尧舜"相接近。

对五国的领导班子如何评价？容我这从事社会学的教师"妄议"几句。一是真正体现了男女平等，真正让妇女顶起了半边天。二是真正做到了年轻化，做到了老中青三结合。老领导不倚老卖老，不对年轻的领导管头管脚。三是除三位世袭君主以外，做到了不搞"唯成分论"，不搞"唯背景论"。动不动看"背景"，以背景好而取人误国，以背景不好而不取人既误人也误国。四是北欧的国王完全不同于封建社会那种一言九鼎、暴戾恣睢的国王。他们平易近人，同情弱者，关心民瘼。有的国王把王宫捐出来做博物馆。今天的国王之所以不同于过去的国王，是因为法制的进步，是因为他们手中的权力受到法律制约。权与德有时成反比，权大无束则容易放纵，权小则能促其、逼其追求德高，方能在社会上立足。五是五国的班子是透明、清廉的。从2002年开始有廉政指数以来，一直到2019年，丹麦一直是全球第一，芬兰年年第三，瑞典常常是第四，挪威2019年是第七，冰岛是第十一。再从与廉政指数相对应的贪污感知指数看，在2019年全球可统计的180个国家中，又是丹麦排名第一，瑞典第二，芬兰第三，挪威第七，冰岛第十三。贪腐者微乎其微，这是极其可贵，值得点赞的。在北欧，公务员的任何收入都必须公开，清澈见底。皇宫和首相府免费对外开放。不论什么人都可以到政府各部的底楼食堂吃饭。有时外面来吃饭的人多了，菜吃光了，按时下班的部长来了却没的吃。不论什么人都可以使用区政府楼下的厕所……透明意味着官民不分彼此，意味着上下一心，意味着把知情权、发言权、监督权还给人民。不透明是在干群之间筑墙，不透明是封口，不透明是愚民，不透明是讳疾忌医。六是国家领导置于十手所指的监督之下。北欧能如此清廉，不完全依靠自觉，众口交赞来自众目睽睽。有一次，北欧一个国家的国王到另一个国家为其国王祝寿，下了飞机换汽车。国王到了国外想放松放松，便要亲自开车。哪知却开车超速。警察想想是贵客，也就放过了国王。警察放过兄弟国家的国王，可是被人称为"无冕之王"的媒体却更厉害，不肯放过。媒体在公开批评国王的同时，也公开批评警察放纵。这就促使超速的国王在祝寿前，先来向公众公开道歉。道歉不仅没让国王丢面子，反而使其因勇于自我批评，而提高了声望。监督是鞭策千里马的加速器，没有这般真正从严的监督，千里马也免不了放松一下。

北欧模式概括说来就是"因地制宜、文化为魂、坚持中立、异化国王、透明廉洁、人民幸福"。前五点是治国之道，第六点是开花结果，是实践对前五点的验证，证明治国之道真是成功之道。小国有大智，大智体现在模式上。

毋庸讳言，北欧也并非十全十美，正如前面列举的各项指数，高虽高矣！但是均未高到满分，还有改进余地。就是将来达到满分了，不断前进的时代又会提出更高要求、更新标尺。对北欧来讲，更紧迫的是如何保持领先。为了持续发展，需要继续努力，不懈奋斗。认识不可僵化，模式不应当固化，盼望北欧模式与日俱进，不断改进、改革、改善。

论文化交融

自古以来，由于文化上的差异导致民族与民族、国家与国家之间数不尽的矛盾和冲突。有时，同一民族内由于微小的文化差异也会引发一场争斗。争斗有胜负之分，但也可以认为没有胜负之别，因为在争斗过程中，胜方也要付出惨重代价，有时说不定会付出比败方更大的代价。几十年前，有位世界级未来学家通过对七十多个国家观察和分析，预言将来的战争不是经济利益冲突，而是文化冲突。这话虽不全对，却有合理的成分。文化冲突是对地球村的破坏，是对人类共同命运增加负能。古人的文化冲突用的射程只有几十米远的弓箭，今后的冲突会用射程为几十、几百、几千公里的导弹、原子弹，杀伤力是文化、文明的粉碎机。因此，英国的学者E.B.泰勒和美国学者R.林顿先后提出"文化传播"理论，认为文化会从一个群体传播到另一群体。传播一般要经过"接触—选择—采纳"三阶段的过程。在林顿的思想里隐隐约约含有融合的意思。文化传播到今天，学界更应认真研究文化的交流和融合，用文化交流与融合缓解文化冲突的强度和烈度，削弱文化惰性和文化迟滞，从而进一步减少文化冲突。

中国坚持改革开放。开放就是敞开国门，方便进进出出，进出就是交流。物质伴随着精神，商品交易伴随着文化交流。脑袋指挥口袋，带口袋来来去去的商人以及来自世界的各类人无不是带脑袋来去。文化无国界，文化的交流的翅膀有时比商品流通的翅膀更加轻快、便捷。孔子在逝世两千多年后，孔子学院走进了160多个国家。交流是科学，也是艺术。交流必然导致交融。作为强有力传播工具的传媒，现在也在走向新闻融合，报、网、刊、端、微、屏在融合；策划、采制、编辑、传播在走向一条龙；通过一次采集、N次加工、多元分发，打造统一、协同、高效的智能化运行体系，从而让新闻生产提速、提量、提质、提效。融合的现实、融合的加速，提醒、启发我们一定要把文化交流和交融作为一门学问来研究，以促进有规律的交流和交融，推动更大范围、更宽领域、更深层次的交流和交融。

一、实现文化交融的历史必然性

文化交融不是谁叫喊出来的。先有事实，后有概念。文化交融是时代使然，是科学、是社会生产力发展到今天的必然产物（必然出现的璀璨产物）。

（一）网络化推动文化融合。古代有个家训叫"父母在，不远游"。这在那个年代是有深刻道理的。子女远游了，父母万一有什么三长两短，你坐轿子、坐马车想赶也赶不回来。再说，父母也无法把家中情况告诉子女。父母在家叫苦，子女在外优哉游哉，怎么行呢？可是今天不同了。你不管跑多远，都可以与父母通过视频对话。甚至子女在万里他乡，照样可以通过网购，请外卖给父母送上热饭热菜。网络发达了，固定宽带光纤家庭全覆盖，渗透率激增，接入速率激增，5G基站数量激增，全世界76亿人已被"一网打尽"。交通通信工具越发达，文化融合得越紧密。电话交流，视频会议交流，线上线下交流，政务服务"一网通办"，城市运行"一网通管"，天涯真正若比邻，海内处处存知己。令人惊奇的是，量子互联网的出现，在传输速度、信息容量以及安全性等方面具有巨大优势：灵敏度极大提升，远程医疗高精度，设备不受物理空间上的分布限制，通信网络的范围扩展到了太空。现有的超级计算机需要计算1万年的实验，在量子计算机那里只用了200秒就完成了，拥有人类做梦也不敢想象的能力。有本事飞到太空的人，照样与亲朋随时联系。网络的发达倒逼人文交流，人文交流的深化需要日益发达的网络。不仅如此，量子互联网有助于更深层次地探索宇宙星系，探索超新星、脉冲星、地心和人体奥秘，从而提高人类的科学文化水平，进一步丰富人文交流的档次和内容。

（二）经济全球化推动文化融合。经济是文化的基础和支撑。商品的流通伴随着文化的交流。如今商品流通的半径就是地球的半径。尽管有人搞"逆全球化"，可那是螳臂当车，阻挡不住汹涌澎湃的全球化浪潮。尽管有些大国的当权派极力搞单边主义，一会儿"退群"，一会儿"出盟"，可是在知识经济时代，世界各国仍然坚持以维护联合国宪章和国际法为基础的国际秩序，维护以世界贸易组织为核心、以规则为基础的多边贸易体制，促进多边主义，推动开放型世界经济。这些年来，经济全球化的范围和内容不断拓展，从出口进口的贸易到投资、产能、交通、能源、创新、数字经济、互联网等领域都在合作。商讲商德，中国一贯提倡"儒商"。"儒"就是文化。在经济全球化的过程中，许多国家主张贸易和投资自由化、便利化，提出跨境电商等新业态、新模式，技术要素跨境自由流动，缩减外商投资准入负面清单。这些都是难能可贵的文明经济。这些年来，许多国家秉持互信、互利、平等、协商，尊重多样文明、谋求共同发展，改善民生，消除贫困，提出建立人员往来"快车道"，货物运输"绿色通道"，进一步把任何一个国家的市场变成世界的、共享的、大家的市场，这是宏大的企业家胸怀。如今天上有不少商业火箭，包括中国的商业火箭，火箭绕地球转来转去，让世人共赏，在太空中填报订单。这是经济还是文化？正如周恩来所言："物质的原子弹会变成精神的原子弹。"经济中有文化，文化中有经济。文化交流岂止是全球化，夸张点儿说，已开始了太空化。

（三）人类命运共同体理念的普及，推动文化融合。人类立足于拥有"内三层、外三圈"的地球上。内三层是：地壳、地幔、地核；外三圈是水圈、地表和气圈。这六方面中不管哪一方面出事，都会波及他处。北欧北部的冰岛火山从地下喷发出来，火山灰越洋跨国飘到西欧，导致西欧飞机停飞。这个洲的碳排量严重超标，另一个洲的空气质量不会好到哪里。这个国家发生战争，必然会有难民逃到别的国家，别的国家或多或少总要接纳一些。人类命运共同体理念强的，多接纳；人类命运共同体理念弱的，少接纳。把难民接纳进来也必然会给国家增添开支。由于文化不同，说不定会引起文化冲突。人类命运共同体理念强的国家会变冲突为交流、交融。美国现任总统（指2020年11月）退出有关气候的《巴黎协定》，而另一位参与竞选总统的则表示，他竞选上总统后马上回到《巴黎协定》。"'荒'山遮不住，毕竟东流去。"

放眼宇宙，地球在银河系这个大球场里，不仅没有足球大小，连个乒乓球也不如。人类居住在地球上是"蚂蚁啃骨头"。好在凝聚全球之力解决小小地球上的问题已成全球共识。人类命运共同体的内涵在具体化。面对

2020年弥漫全球的疫情，为了共同抵制"政治病毒"，共同维护全球公共卫生，人类要构建卫生健康共同体。为了有效应对来自超级大国的威胁和干涉别国内政的事实，维护生物安全、数据安全、外空安全，人类需要建立安全共同体。发展是硬道理。为了加强互联互通，促进产业链、供应链、价值链深度融合，促进全球全面的持续发展，人类需要构建发展共同体。为了促进民心相通，促进文明互学互鉴，增进各国睦邻友好，人类需要构建人文共同体。四类共同体是互补的，互动的，共振的，都在不同角度上推动本文的主题——文化融合的研究、发展、巩固和壮大。

网络化带动全球化。在知识经济时代，网络化和全球化伴随着、加快了人类命运共同体理念的形成。网络化、全球化以及人类命运共同体理念的形成，三者共同推动着文化融合和人文共同体的建设，使得文化迁移、文化交融，使得人文共同体的形成具有极强的历史的必然性和现实可能性。

二、文化交融的着力点和关节点

文化是一个泛概念。英文的culture，源于拉丁文cultura，指人的能力培养及训练，超乎单纯的自然状态之上。其实，这只不过是一个方面。多数国家认为广义的文化，是人类在社会历史实践过程中所创造的物质财富和精神财富的总和，是指族群所有物质表象与精神内在的整体。文化既凝结在物质之中，又游离于物质之外。既有物质又有精神。有位学人讲文化是指除了政治、经济以外的什么什么。试问：政治不是也有政治文化吗？经济是基础，在经济基础上会不产生文化这上层建筑吗？文化的这般广泛性，严格要求我们在推动文化交融中，不可以眉毛胡子一把抓，要分轻重缓急，要学"弹钢琴"。

当前在推动文化交融中有哪些需要必须抓住的着力点和关节点呢？

（一）要处理好主流文化与多元文化的关系。人类历史的各个时代都有自己的主流文化。在工业革命时代反映资本家和工人生活的文学作品对推动工业革命起了很大作用。在资本主义的弊端初露端倪时，马克思、恩格斯的著作受到工人阶级的欢迎，并且在一些国家引发了翻天覆地的革命。主流是指导，不是唯一。"一花独放不是春，万紫千红春满园。"交响乐演奏中弦乐起了很大作用，但是也少不了管乐、打击乐。在倡导主流文化时，仍要注意弘扬多样性，满足不同人群的不同需要。戏剧按流派分，有现实主义戏剧，还有超现实主义戏剧；有自然主义戏剧，还有浪漫主义戏剧；有存在主义戏剧，还有未来主义戏剧；有先锋派戏剧，还有荒诞派戏剧等十余种。按戏剧体裁分，有悲剧、喜剧、歌剧、舞剧、哑剧，还有近年流行的电视剧等三十余种。各有所好，你不爱看，他爱看。上海人一直爱看沪剧，可是在多民族、多国家的移民聚居上海以后，沪剧成不了主流，但是每次沪剧演出，剧场上都挤满了土生土长的上海老人。在满座情况下，老人宁可站着也要看。花鼓不是主流，但很多地区喜欢花鼓，并且各有特色。如今仅花鼓在中国就有30多种。上面讲的分类是大类，实际在许多戏种之下都有适合地方口味的亚戏种。不管有多少种戏剧，只要致力于文化融合，都可以收到异曲同工之妙。1999年，联合国教科文组织在法国巴黎召开题为"走向建设性的多元共存"研讨会，鼓励学者、政策制定者和执行者积极参与有关多元主义问题的对话交流。会上有些见解可以作为处理主流与多样关系的参考。

（二）要处理好高雅文化与通俗文化的关系。高雅文化是少数高雅人欣赏的文化。芭蕾舞高雅，有些人喜欢观看、参与分享，票价高一些也值得。可是，不是每个舞台都适宜跳芭蕾。在贫富差距较大，人均月收入千元的人是不忍花数千元去分享那高雅文化的。收入不高的人跳跳广场舞，也能做到乐在其中。但是也应当让普通百姓欣赏高雅。在电视里把高雅文化播放给百姓看看，就把高雅与通俗统一了起来。对高雅的人也应当让他们知道，爵士音乐是从民间进入宫廷的。江苏民歌《茉莉花》已在70多个国家成了高雅文化。

探戈舞最初是下海多日的阿根廷船民上岸后与岸上妓女放松一下的产物。高雅来自通俗，高雅不妨碍分享通俗。学者的著作也有高雅与通俗之分。论文深奥是好的，深得叫人看不懂也无大碍。如果"深奥"得令同行看不懂，甚至令学术带头人也看不懂，那就有点儿遗憾了。社会学大家费孝通说过多次："有些学者的文章我看不懂了。"费孝通不是看不懂，他是批评有些学者故作高深，"造模"，生造新概念，借以唬人。因此，还有个对高雅做具体分析的问题。

（三）要处理好传统文化与现代文化的关系。传统文化是老祖宗留给我们的宝贵财富。现代无不是从传统演化而来。今人应当虔诚地弘扬传统文化，增强民族自豪感、自尊心。中国人都是炎黄子孙，炎黄文化具有对海峡两岸、海外侨胞的巨大凝聚力。近年纪念炎黄的事实证明，拜一次炎黄，"两岸一家亲"就加深一分。但是千百年来，生产力一变再变，与生产力、生产关系相适应的文化也一变再变。全盘否定传统文化是背叛，不摒弃传统文化中不适于今天的理念也不是明智的。文化是动态的，要发展，要创新。文化融合要求我们既不能简单重复他人的样板，也不能一味固守老路。现代人有现代人的不同于以往的兴趣爱好。几十年前谁能想到手机会成为人人的必备品。如果增强点儿前瞻性，在我们现代人中流行的现代文化，有朝一日变成我们后人的"传统文化"时，是不是允许后人对我们一分为二呢？文化只有与时代同行、同步，方能成为时代之魂。

（四）要处理好本土文化与外来文化的关系。新中国成立之初，只有十多个国家承认我们，与我国建立外交关系。不少国家把我们反锁在国内，我们想出去，无法出去。20世纪70年代，有些国家开了门缝。这时，我们的乒乓球队去了美国，被称为"乒乓外交"；我们的杂技团出去了七十多个国家，被称为"杂技外交"；外国没有憨厚可爱的熊猫，我们把熊猫送了出去，被称为"熊猫外交"。一句话，政治不十分突出的文化成为强有力的政治文化，成为打开国门的侦察兵。如今，中国已同196个国建立外交关系。外国的文化团体蜂拥而来。对外来文化怎么看？重要的是一分为二，去芜取精，既不崇洋媚外，也不盲目排外。英法德俄等国的名著，早就在中国发行，一版再版；意大利、波兰作曲家的名曲，早就在中国传播，一播再播，深受欢迎。欧、亚、非、美、大五大洲都有值得我们借鉴的优秀文化。戊戌变法失败以后，清朝官员张之洞提出"中学为体，西学为用"。再早，还有冯桂芬提出的"中学为主、西学为辅"，都是有道理的，但是不可绝对化。中国把来自西方德国的马克思主义作为指导思想，是不是为本呢？

（五）在科学研究上要处理好约与博的关系。世上没有万能的人。专，有助于深。朝三暮四是做不好学问的。知识碎片化是成不了系统的。因此，不论是文科还是理科，在学科上正越分越细。20世纪80年代联合国教科文组织讲，文科有1000多门，理科有2000多门，如今文理两者加起来有上万门。科学是文化的先声，也是社会发展的排头兵。分科的细化促进先声的嘹亮，排头兵的威武雄壮。可是，事物无不有个度，水准高低在于分寸。这些年来，在有些地方，针对过于注重"约"，而忽视了"博"的现象，提出教育要培养"T形人才"，博中有约。个人忽视博，妨碍还不太大，如果科学文化界忽视了"博"，忽视了综合，忽视了交流，那就会阻碍科学的发展。因此，近年有一大批诺贝尔科学奖得主，大声呼唤，"要素集聚""深度融合""跨学科、超学科，甚至反学科"，提出"摈弃分歧"，早日形成"开放的沟通生态"。脑科学家呼唤物理学配合，研究黑洞的天文学家多尔曼倡导"凝聚全球之力，共同探索黑洞"。1997年诺贝尔物理奖得主朱棣文说："很重要的是，全球科技界能保持一个开放的沟通生态。"牛津大学副校长查斯·邦德拉力主"跨国合作"。顶尖科学家顾强认为："创新源于高质量的要素集聚和生态营造。"顶尖科学家吴宝珠认为"学科跨越还未到深度融合的新阶段"，提出要尽快"深度融合"。科学界的共同呼声是四个字"破圈，跨界"。他们反对"独科"研究。尤其在2020年的全球抗疫中，中国等许多国家研究疫苗的专家提出，各国互通信息，主动献出研究成果，不去申报知识产权，因为在今天"时间就是生命"。科学界的这种文化交流观念，是推动文化进一步交融的新动力、新起点。

（六）正确处理贫困文化与富人文化的关系。文化是由自然条件、经济条件、政治条件和文化历史传统交互作用，化合而成的。其中经济条件是不可忽视的。俗话说"在什么山上唱什么歌"，是有道理的。人们所处的阶级、阶层不同，唱的调儿不一样。这些年来，贫富差距在拉大，不论是从收入基尼系数看，还是从财富基尼系数看，差距都在拉大。尽管采取了一系列扶贫措施，略微缩小了贫富差距，但是差距大的现实仍然摆在面前。经济地位不同带来理念上的差异。差距大不利于社会安定。前几年，有人着力批评"仇富"。仇富是不好的，人家是勤劳致富、智慧致富、合法致富、创新致富，无可非议。富人进入世界五百强是为国争光，可喜可贺。可是如果只着力批仇富，不去批富人的嫌贫、迫贫、耍贫，那就是没有抓住矛盾的主要方面，没有找到引发仇富的本质原因。君不见当今世界上穷人在富人跟前那般低三下四的模样。富者、穷者应当是平等的，都是应当讲人道、讲道德的。中国历来提倡"富贵不能淫，贫贱不能移"。当务之急要强调是"先富帮后富"。想想看，如果劳动力不廉价，富人会有那么高的盈利吗？找找看，在欧美各国，有中国这样廉价的劳动力吗？明白了这些，处理贫困文化与富人文化的关系就不难了。善待穷人，富讲富德，方有企业繁荣、国家富强、社会文明。

（七）正确处理风俗习惯中的先进与落后的关系。风俗习惯是普通人民群众在生产生活过程中所形成的一系列非物质的东西，如各民族有各民族的节日。在中国，同一个春节，不同民族活动的内容不一样。因此出现了"十里不同风，百里不同俗"的说法。民俗中有瑰宝，也有非科学的成分。有的风俗在此处为瑰宝，在彼处则不作为瑰宝看待。这就要求我们第一要"入乡随俗"，尊重不同地区的不同习俗。在新西兰周围的一些岛国上，有人以肥胖为美。倘若不胖，不仅拼命吃脂肪，而且还要往身上擦脂肪，企图肥起来。他说肥胖美，你就不必为苗条美跟他们争得面红耳赤。1949年随着解放战争的节节胜利，从东北到江北，部队是一直高唱着"翻身得解放"过来的，可是生活在长江边上的渔民却不许大家讲"翻身"二字。因为天天在大风大浪中行驶的小渔船最忌的是"翻身"。于是，解放军就不提"翻身"二字，深得民心。解放军渡江时渔民不仅献出小船，而且不怕牺牲，亲自为解放军划船到江对岸。请允许来点儿逆向思考，讲"翻身"就一定会导致翻船吗？是不是有点儿虚无呢？因此，第二要移风易俗。天下没有不可移之风。当然这需要主观与客观两方面努力，革故鼎新。从千百年的历史长河看，人类"移"掉了不知多少"风"，"易"去了多少"俗"！改善、改良了人民生活习惯是天大的好事。

（八）正确处理不同宗教间、不同教派间的关系。宗教是一种社会历史现象，是人的社会意识的一种形态，一种文化现象。宗教界人士认为在现实世界之外，还有超自然的力量。现在世界上有佛教、基督教（包括新教、天主教、东正教）、伊斯兰教；此外，有七八种地区性和民族宗教，以及多种土著宗教。不同宗教之间是有共同点的。正如赫伯特·斯宾塞所说，宗教都是对超越人类知识的某种力量的信仰。布莱德雷认为宗教是对善的追求。迈克塔格特认为宗教是人追求与宇宙和谐的一种感情。赵朴初认为佛教的"普度众生"就是为人民服务。"善""和谐""普度众生"都是高尚的品格。宗教对民族的精神、文化、科技、道德、风俗以及生活方式发生过不同程度的影响。中国的道教寻求"道法自然",在探索方术中,钻研过医学、天文学。但是从宗教史来看,不同宗教信仰之间有着矛盾,同一宗教内部不同教派之间也有过观点冲突。冲突不是和谐,冲突违背教义。这就要求我们要处理好不同宗教间、不同教派间的关系。对话、合作是最好的方式。再就是要推动宗教改革。过去"科学只是教会的恭顺的婢女"(恩格斯语)。今天宗教可不可以吸收科学成果,对自身做些改革?马丁·路德的宗教改革都知道了。当时他吃尽苦,可是,前年500周年时西方好多城市为他塑像。梵蒂冈教皇为伽利略平反就是尊重科学,尽管动作迟缓,但也是一种改革。现在各大宗教都在按照社会发展的需要有序地进行改革。西方有很多教堂是教堂,也是图书室,还是市民学堂。三合一、四合一的都有。宗教是在改革中存在的。现在宗教界在扶贫、在慈善事业中做出很大贡献,这是宗教改革的成果,也是宗教改革的方向,还是不同宗教间和谐相处的条件、氛围和征兆。

(九)抓紧研究语言文字改革。语言是人类的独创。只有人类会把无意义的语言按照各种方式组合起来,成为有意义的语素,再把形形色色的语素组合成话语,用无穷无尽的变化形式来表达无穷无尽的意思。接着语言而来的,是人类创造了文字。文字是语言的视觉形式。文字突破了口语所受空间和时间的限制,从而发挥更大的作用。然而突破时空限制的语言文字又受时空影响,形成不同的语种和方言。语言文字的不同使得语言呈现出多样性,而多样性又阻碍了人与人的交流,不合乎人类创造语言的初衷。有人把多种多样的语言分高低,有人不赞成分高低。这就是矛盾。美国社会语言学家W.拉博夫认为,不同社会阶层的语言各有特点,官腔、民腔不一样,上层、下层不一样,这也是一种矛盾。矛盾促进了文字改革。小改有之,大改也有之。中国1918年的白话文运动,30年代在中国知识界的大众语运动,1942年延安提出向群众学语言,以及1949年的简化汉字和推广普通话运动,都是着眼于社会改革的语言运动,朝方便交流方向发展。为了方便世界各国的文化交流,1887年波兰的柴门霍夫提出了世界语,作为国际辅助语。1905年举行第一次国际世界语大会。1906年世界语传入中国后,蔡元培、钱玄同、鲁迅、胡愈之都是世界语的积极倡导者。1986年和2004年在北京先后举行了两次国际世界语大会,受到许多国家好评。现在全世界讲世界语的人数已超过一千万，世界语正在成为文化交融的一种工具。

三、实现文化交融必须坚持的三项原则

文化具有社会整合功能，整合价值、整合规范、整合结构；具有社会促进功能，促进积累，促进传播，促进生产力，促进管理水平的提高。因此，文化交融的状况对文化功能的发挥至关重要，必须牢牢把握住以下三条原则：

（一）坚持包容多样的原则。文化上的差异是划分民族的标杆之一，是日积月累慢慢形成的。民族自尊心包含文化自尊。尊重民族、坚持各民族一律平等，也包含尊重不同民族的文化。学界有"文化平行论"。所谓平行，大体上有平等之意。生鸡血有什么好喝的？可是，红军在长征途中，彝族兄弟坚持要与红军"杀鸡为盟"，刘伯承将军就与彝族兄弟一起喝了生鸡血，得到彝族兄弟信任，红军得以继续前进。把多样包容在一起，是为了求同存异，便于互鉴。不是吗？只有把许多"异"存在一起，才有交流的可能。千篇一律还有交流的必要吗？"存异"不是走过场，"存异"之后，要充分理解"异"的个性。然后，比较，选择，讨论，协商，有时甚至来点儿交锋，进一步做到水乳交融。

（二）坚持友谊第一的原则。研讨会上可以各抒己见，可以争得面红耳赤，可是散会以后，仍要握手言欢，举杯相庆。体育有地区性的、全球性的竞赛；电影也有不同国家、不同城市的评比；科学研究方面也有形形色色的奖项：这都是交流、交融。大体公平的奖项也难免有疏漏。获奖者不骄傲，未获奖者不气馁、不计较。场内、场外都要坚持友谊第一。友谊是温暖，是智慧，是创新、创造的沃土。友谊压倒奖金，超越奖杯。几十年来，不同国家里的城市，彼此结为友好，是文化交融的体现和标志。比如上海已与59个国家的91个市建立友城关系。文化交流带动友城，文化交流是友城的天职；友城是文化交流的大运河。大运河进一步加速文化交流，促进融为一体。

（三）坚持社会文明的原则。文化的积极成果和进步方面是文明，文明是一种价值判断，是一个褒义概念。文化融合的目的和结果完全是为了提

与英国畅销小说中的人物扮演者合影

高人类素质，是为了提高社会文明。毋庸讳言，不同国家，同一国家的不同民族，文明程度有高有低。英国人类学家E.A.韦斯特马克提出"文化相对论"，他认为无法判断文化优劣高低。这种观点对于反对欧美中心主义是有益的，但是多少有些偏颇。现在社会文明指数日益完善，年年发布。事实很明显，在同一个国际化大都市里，不同群体的犯罪率不一样，来自不同国家的移民、难民的道德水准不一样。如果允许为不情愿接纳难民的原住民辩解一句的话，他们不喜欢难民的一个重要原因是难民不守社会秩序，难民为了芝麻绿豆大的小事，内斗激烈，为了蝇头大的利益，用拳头对付难民营长。反过来说，移民住得久了，文化迁移、传播的时间长了，定会"以文化人"，在文化上化合、融合，四面八方来的人共同追求文明。移民评上模范，当上所在国领导人的，也不是少数。因此，文化交融有个向上还是向下的问题，不可同流合污，而是并肩向上，携手向前，奔向高度文明。

结　束　语

　　文化交融是一项文化强国、文化强球（地球）的巨大工程。在推进文化交融的过程中会遇到文化惰性、文化排斥、文化对抗和文化冲突。这就要求文化界要能够经受住严格的思想淬炼、政治历练、实践锻炼，要有跨过一沟还要越过一壑，登上一座山峰还要再登一峰的全球视野，要有努力抢占发展制高点的雄心壮志和坚持不懈的毅力。要知道，在实现了文化融合以后，还会在更高层次上产生新的文化多样，文化差异，这又要求文化界要目光远大，前瞻万里，推动新一轮的文化融合。"差异—交流—融合—新差异—再交流—再融合"，波浪式前进，螺旋式上升，这是文化发展的规律。

　　规律在胸，思想解放，理念更新，为文化融合坚毅向前！

重阳节登尼德芬诺

久闻世界上第一个现代化船舶提升机出现于1936年德国勃兰登堡州的下菲诺小镇的尼德芬诺。船舶提升机又称"船舶电梯"。他们富有经验的工程师在2016年帮助长江三峡设计建成了世界上最大的"船舶电梯"。载重达15 000吨，把本来需要四个小时、分九级方能通过船只的设备，改为前前后后只用十多分钟，最多40分钟就能通过。对"最早"帮助"最大"的壮举，我很感兴趣。辛丑重阳节这天，我们一行中国人穿过红松林，走了好几个S形，或曰法律条文符号，上到了地形落差达36米的尼德芬诺运河桥上。

始知那提升机可容纳高54米、长133米、宽46米、载104只集装箱的船只从水上通过。在看了一条波兰货轮逆流而上、一条德国货轮顺水而下都通过后，兴奋之余，写了首打油诗。

飞流直下三千尺，
银河割断船舶行。
拉起巨型升降器，
逆顺上下瞬时通。
尼德助我三峡业，
交流促进运共同。
增色自然聪慧大，
中德友谊赛红松。

走进仙鹤村

　　古人对动物多是有褒有贬，比如对首屈一指的宠物——狗，就贬得厉害。说画得不好，叫画虎类犬；说名不副实，叫土鸡瓦犬；说逃跑，叫丧家之犬；说孩子不怎么好，叫犬子。其实古人的这种认识是有道理的。事物无不有两重性嘛！怎么能只宠不贬呢？

　　不过，古人对鹤的态度就有点儿缺乏两点论。说骨质好叫鹤骨龙筋；说声音好叫鹤鸣九皋；说隐居生活好叫梅妻鹤子；把做坏事称为烧琴煮鹤；把违背常理叫断鹤续凫。不仅如此，更有甚者，说鹤能活360岁，称"鹤寿千岁""湿地之神"。清代绣有鹤的服饰只有一品官才可穿，二品的不能碰。鹤是可爱的大鸟，中国的《古今注》《史记》，西方的《圣经》，还有亚里士多德都提到过鹤。但是如果把鹤神化就不好了。鹤哪里能活千年？生物学家说，鹤的寿命不过二三十年。怎么可以把"衣分三色，十分九等"扯到鹤的身上？爱鹤好鹤没错，如果像卫懿公那样为了好鹤，连朝政也不理，因好鹤而亡国就不好了。

　　我去过两个仙鹤村，一个是大庆油田附近的丹顶鹤夏天群居地，再一个是柏林远郊的灰鹤村，深感仙鹤了不起。鹤的声音之所以能传数公里，是因为发音器官有150厘米；鹤飞行的速度七八十公里每小时，一天可飞行300到800公里。不过鹤最可贵的，我认为是抱团，迁徙时是成百上千地一起飞，靠得最近的是家族，无数的家族组成一个庞大的团队。

　　人们常把个人突出说成是"鹤立鸡群"，其实不是这样，鹤立鸡群、雁群中不会居高临下，也不会与鸡、雁争食、争高低，而是打成一片。鹤喜欢把巢建在村里的大树上，村民的房顶上。村民以有鹤筑巢为幸事。村民在自家的大门旁写上某年某月某日鹤下了几个蛋、孵出的是雌是雄，以便后来者统计。

适者生存，人与鹤和谐共处，鹤与鸡、雁等鸟类互不侵犯。物竞天择，鹤爱吃小鱼小虾以及小型哺乳动物。鹤让小鱼小虾吃苦了。

我的"第一次出国"

1980年，我跟随三位副部长去云南省讨论云南发展规划。坐小飞机到过中越、中缅边界。那时下飞机时，机场的安检比今天的疫情安检还严。机场没有安检设备，全靠安检人员用手抚摸乘客全身，而且是女安检人员。我们很不习惯。一位老部长比较听话，他说："我老了，随便你摸吧！"对我们带的包，全都打开检查。

后来知道，因为这里刚发生过一起叛逃事件，安检工作遂变得严格起来。我们考察组一行在中缅边界与农民座谈，谈得津津有味。本来说定中午回县里吃午饭，可是领队还想谈下去，又见在离我们几步远的大树下，几位缅甸大妈卖大饼，便说：买几个大饼吃吃算了。

那么，谁去买大饼？尽管那里不是海关，却有缅人站岗，不用说，也没人查护照，何况我们也没有护照。去大树下就算越境，此事可大可小。

怎么办？大人物名气大，是不宜"赴缅"买大饼的。请陪同的县干部去买，得让人掏腰包，不太好。大家一商量，由考察组里地位最低、年龄最小、最不知名的我去几步远的大树下买大饼。跟陪同的县长一讲，县长说没问题。由于县长作风深入，与那缅甸站岗的面熟。县长跟站岗的用缅语一打招呼，站岗的笑眯眯地表示同意。不隔墙更有耳，大树下几位卖大饼的老妈妈听了，更是眉开眼笑。就这样，我拥抱了一下写有"中国"二字的界碑后，迈开大步，挺起胸膛走到了大饼铺边。就这样完成了出国的任务。

我抱鳄鱼

　　鳄鱼不是鱼，却能吃掉水中的各种鱼类，爬上岸来能吃地上饲养的马牛羊和儿童。如此凶残的鳄鱼，你说它厉害不厉害？

　　唐代大诗人韩愈因与皇上意见不合，被贬为潮州刺史，得知鳄鱼危害潮州民众，一边写了《祭鳄鱼文》，一边发动大家横扫鳄鱼。民众为了感恩、纪念韩愈，修了韩祠，并把当地柳树改称"韩柳"。从这个角度也可以反观出民众对鳄鱼恨到了什么程度。

　　可是在埃及，如此凶恶的鳄鱼却乖乖地让我抱住。你说我是不是比它更厉害？你可能怀疑我抱的是死鳄鱼。不是，我有照片为证：是活鳄。那是怎么回事呢？如果你再把思维扩散一下，提出我抱的是小鳄鱼。你就会知道我自称"厉害"是在吹牛了。不过，十多米长的鳄鱼可以吃人，一米长的小鳄鱼也能咬伤人啊！小鳄鱼为什么不咬我呢？我说出真相来你就会进一步认为我平庸了。我抱的那小鳄鱼的嘴巴是被缠住的，它想咬也没法儿张口咬的。

　　"横看成岭侧成峰，远近高低各不同。"看问题，讲历史，从这一个方面讲是"高"的，从另一个方面说就变成"低"的了。因此，一定要力求从多角度全面地看问题。通常讲的"耳听为虚，眼见为实"有一定道理，要重视调查，要亲自看一看。不过说实在的，有时走马观花地"看"，也不行。如果人家给你看的是假的，那就上当了。因此，要学会透过现象抓本质，要坚持"两点论"，绝不以偏概全，更不"攻其一点，不及其余"。最近科学界大谈的"量子纠缠"，为哲学的对立统一律即"两点论"提供了又一例证，进一步验证了"两点论"的正确性。不是吗？鳄鱼凶残，明代李时珍在《本草纲目》中早就把鳄鱼当作药物治病了。能把劣转化为优才是智慧、高超、卓越。

图书在版编目（CIP）数据

西游漫记 / 邓伟志著. — 上海：文汇出版社，
2024.9. —（上海老作家文丛）. — ISBN 978 - 7 - 5496
- 4327 - 1

Ⅰ. I267

中国国家版本馆 CIP 数据核字第 20241WR038 号

上海老作家文丛（第十二辑）

西游漫记

作　　者 / 邓伟志

责任编辑 / 张　涛

装帧设计 / 张　晋

出 版 人 / 周伯军

出版发行 / 🅼文匯出版社

上海市威海路755号（邮政编码：200041）

经　　销 / 全国新华书店

排　　版 / 南京展望文化发展有限公司

印刷装订 / 启东市人民印刷有限公司

版　　次 / 2024年9月第1版

印　　次 / 2024年9月第1次印刷

开　　本 / 720×1000　1/16

字　　数 / 690千字

印　　张 / 45

ISBN 978 - 7 - 5496 - 4327 - 1

定　　价 / 160.00元（全三册）

上海老作家文丛（第十二辑）

我的
WO DE
BIAN JI SHENG YA
编辑生涯

涂石 著

文匯出版社

作 者 简 介

涂石，1938年生，福建莆田人。上海文艺出版社副编审。1964年毕业于复旦大学中文系。中国民间文艺家协会会员、中国神话学会会员、中国民俗学会会员、上海市古典文学学会会员、上海市作家协会会员。长期从事民间文学、民俗学图书编辑出版和理论研究工作。主要著作有《神话·民俗与文学》《源头与土壤》《读书的艺术》等。

涂石先生的《我的编辑生涯》一书编成了！我有幸先睹了大部分书稿，而读到旧时月色、人事沧桑、民俗风情、师友行踪、先辈风采等无不感人肺腑！这里的书评、理论研究的文字，都是言之有物、实事求是且有真知灼见和学术建树的，颇为不易！如《回忆钟敬文》一文其佳妙处是能注意细节交代，由此使笔下的人物走出纸面而生动活泼了，如写初见年逾七旬的钟老，他竟自己提着水壶冲泡开水，家里并没有保姆照顾生活，钟先生家的小小客厅，竟成了学苑，有多少弟子、学人在此探讨学问，而钟老先生执着学术、平易近人、艰苦朴素生活曾令涂石肃然起敬，也自然而然就对其更加敬仰了！特别是钟先生能无私地把自己多年研究成果、学术资料心血《女娲考》无偿赠送给学生，更令人感动；朴质的笔记录下的这些师生交往细节能不感人吗？

我深深感到涂石可贵处在于他重视读书与理论研究！重视调查和资料发掘！我并认为他也是在以编辑为业许多同人中能够重视学术研究的一位编辑！由此，我称他为学者型编辑，并相信此言当不为过也。这里我举一例子，就是他曾在一篇论嫦娥奔月神话文章中，以嫦娥所处社会之时代背景为论据，指出嫦娥之所以奔月乃是母权制向父权制过渡时期妇女地位的下降及其抗争的表现，令人信服地指出嫦娥奔月的行为应当得到肯定；嫦娥生于一夫一妻制的夏代，由于丈夫淫佚畋猎，嫦娥忍无可忍，偷吃了后羿从西王母处求得的仙药后，便飞奔上了月宫。这个神话一方面反映了古人观占月亮变化、向往奔月的愿望；另一方面，说明嫦娥是我国历史上第一个反抗一夫多妻制的女性。文章批评了茅盾、袁珂先生对嫦娥形象的曲解。①

回忆起20多年前，即1998年至2000年，我曾应上海文艺出版社《语海》编委会之邀，任此书主要撰稿人和编委工作期间，得以认识涂石先生。他为人真诚忠厚、工作勤勉、踏实努力、业绩显著等给我留下深刻印象！记得当时，编辑室主任为了让涂石更好地发挥作用，特别把原来为我准备的小办公室调给他用，而他也不负胜任，短短时间里，工作不是停滞在已有巨大成绩中（他曾编辑出版了《意大利童话》《非洲童话》等传世之作），而是再接再厉，编辑与出版了许多对民俗文化研究有用的丛书来，从而为中国民俗文化事业做出了巨大贡献！成绩十分突出，令人十分高兴！

涂石出身于诗礼传家，父亲涂元渠早年从厦门大学毕业后，被学校推荐渡海前往光复后的台湾工作。他先在几所中学任教，后在台中农学院任教，积极参加进步文化艺术活动，成为"厦大校友作家群"中木刻和诗歌创作的踊跃作者。新中国成立前夕，涂元渠返回大陆，任中学校长，语文教员，长期从事中国古典文学研究，参加过《汉语大词典》编写工作，并有《高适岑参诗选注》由上海古籍出版社出版。在这一良好家风下，涂石学习刻苦，读书广泛，出版过《神话·民俗与文学》《源头与土壤》《读书的艺术》，又有曾一时成为畅销书的《十大传说》由上海古籍出版社出版发行。涂石的书法作品也是自成一体，十分秀颖典雅古气，透露出他本人浓浓书卷气；出版有《涵负楼行书唐宋诗选》《涵负楼行书唐诗百首》。

《我的编辑生涯》一书是作者长达22年时间在上海文艺出版社从事民间文学、民俗学图书编辑出版和理论研究生涯的真实记录。作者以寻找优秀作者、出版留得下的图书做自己的终身追求，组织策划、编辑出版了众多优秀的传统文化图书，代表图书有《中国少数民族民间文学丛书·故事大系》《中华民族故事大系》《朝鲜族民间故事讲述家金德顺故事集》《意大利童话》《东方民俗学林》《民俗学概论》等。作者以执着严谨的学术追求和孜孜矻矻的工作作风对待经手的每一本书稿；编辑工作之余，则坚持理论与实践相结合，读书与写作相结合，留下了颇多民间文学、民俗学方面的学术研究成果、理

---

① 见1987年涂石、涂元济合作而同时发表于中国神话学会主办、袁珂主编的《中国神话》和中国人类学学会主办的"人类学研究"之三《婚姻与家庭》的《关于嫦娥奔月神话——兼论从母权制向父权制过渡时期妇女地位的下降及其抗争》。

论思考所得和编辑经验总结。作者要我为本书说几句话，我长期从事《辞海》及辞书编辑出版工作，于民俗文化接触、涉猎很浅，本无资格，因有感于其人难得、学术难得、著作难得，故勉力应命书此简短的几句话，供读者参考。是为序。

卢润祥

2023 年 10 月 5 日

从1978年8月15日我跨进上海文艺出版社，到2000年退休的22年，是我从事民间文学编辑工作的22年，也是改革开放新时期民间文学蓬勃发展的22年。在这期间，在出版人兢兢业业、恪尽职守的努力下，民间文学、民俗志、民俗学图书出版事业都空前繁荣。我作为其中一员，躬逢其盛，亲身投入，见证历史，何其幸运！

在这短短的22年里，上海文艺出版社作为全国搜集整理、编辑出版民间文学、民俗学理论图书出版的重要基地，编辑出版了多达四五百种的图书，其中大型系列图书有《中国少数民族民间文学丛书·故事大系》，40种，包括《蒙古族民间故事选》《藏族民间故事选》《维吾尔族民间故事选》《苗族民间故事选》《彝族民间故事选》《满族民间故事选》《侗族民间故事选》《瑶族民间故事选》《白族民间故事选》《黎族民间故事选》等，单行本出版发行，10年时间累计印数75万册。《中国少数民族民间文学丛书·民歌大系》，3种，包括《藏族民歌选》《侗族民歌选》《瑶族民歌选》；"中国民间文学作品选编"，13种，包括《中国民间长诗选》《中国民间情歌》《中国民间小戏选》《中国谜语大全》《中国辐射灯谜》《中国绕口令》《中国笑话》《中国佛话》《中国仙话》《中国上古神话》等。"民间故事讲述家故事集"，3种，包括《朝鲜族民间故事讲述家——金德顺故事集》《天牛郎配夫妻》《新笑府》；"世界童话丛书"，14种，包括《世界著名民间故事大观》《世界著名机智人物故事选》《意大利童话》《非洲童话》《法国童话》《俄罗斯童话》《南斯拉夫童话》《德意志童话》《北欧童话》《希腊童话》《亚洲童话》《欧洲童话》《美洲童话》等；《中国民俗文化研究丛书》，18种，包括《妇女风俗考》《敦煌民俗学》《中原古典神话论考》《中国民俗语言学》《文艺民俗学导论》《立春风俗考》《境界与象征：桥与民俗》《吴越民间信仰》《稻作文化与江南民俗》《东海岛屿文化与江南民俗》《中国神话史》《道教文学史》《谜语之谜》《民间叙事诗的创作》等；《原始文化名著译丛》，14种，包括《原始文化》《人类学——人及其文化研究》《金枝精要》《〈旧约〉中的民俗》《金叶》《比较神话学》《原始文化论集》《西方神话论文选》《面具的奥秘》《故事形态学》《图腾崇拜》等；《世界民间文化译丛》，6种，包括《世界民俗学》《世界民间故事分类学》《中国民间故事类型》《民俗学手册》《神话与文学》《世界民间服饰》；《中国社会民俗史丛书》，23种，包括《优伶史》《奴婢史》《游戏史》《年画史》《风水史》《乞丐史》《缠足史》《选美史》《妓女史》《赌博史》《商贾史》《流民史》《流氓史》《小妾史》《医俗史》《典当史》《盗墓史》《贞节史》《丧葬史》《刺客史》《行会史》《侠客史》《钱庄史》等；《中国地方风物传说丛书》，17种，包括北京、苏州、杭州、南京、无锡、成都、广州、庐山、黄山、三峡、桂林、厦门、秦皇岛、青岛、潇湘、上海、敦煌等地的传说等；此外，还编辑出版了《域内外民俗学丛书》8种、《民俗、民间文学影印资料》150多种、《中国民间文学论文选（1949—1979）》《中国民俗学年刊1999》《钟敬文民间文学论集》《少数民族文学作品选》（5卷）《东方民俗学林》，6种，包括顾颉刚、江绍原、周作人、黄石、钟敬文等的民俗学论集；《民俗随笔丛书》，10种，包括顾颉刚、江绍原、周作人、钟敬文、邓云乡、宋兆麟、乌丙安、刘绍棠、陈江风、程蔷的民俗随笔，以及高等院校文科教材《民间文学概论》《民间文学作品选》《民俗学概论》等。这些民间文学、民俗学图书的编辑出版，极大地促进了我国民俗学运动和学科建设的发展，受到文化学术界广泛好评，扩大了上海文艺出版社作为全国民俗文化优秀图书出版重镇的影响。

与20世纪60年代不同，新历史时期出书的品种、类型、品质、规模诸多方面都是60年代所无法比拟的，民间文学、民俗志、民俗学理论著作中外兼及，林林总总，蔚为壮观。20世纪八九十年代，上海文艺出版社民间文学、民俗文化图书出版俨然成了全国民俗文化图书出版的中心①。上海文艺出版社在全国民间文学、民俗学运动中，实际上担当了民间文学、民俗志、民俗学的搜集、整理、编辑出版事业的推手。上海文艺出版社为出版"中国少数民族民间文学丛书·故事大系"，从1978年开始，投入了大量的人力、物力，先后组织编辑人员四五十人次，奔赴全国各地少数民族地区组稿。十多年来，全室编辑人员足迹遍及全国大江南北和遥远边陲。从1979年出版第一种单行本《达斡尔民间故事选》，到1995年12月16卷本《中华民族故事大系》出版，历时17年，经历了两代编辑人员的辛劳，组织了遍布全国各地的书稿编选者100余人，参与此书讲述、搜集、整理、翻译工作者人数，仅在书中署名者达7 000人，其中少数民族人员所占比例之大，是前所未有的。不少民族破天荒第一次从事首创性的工作，他们翻山越岭，走村串寨，深入实地采风，搜集了极其珍贵的第一手资料。在这56个民族民间故事选集中，我承担了维吾尔、哈萨克、锡伯、柯尔克孜、满、赫哲、黎、侗、瑶、汉、高山、鄂伦春、土家等17个民族的组稿和编辑工作。十多年来，我在天山脚下、湘江边上、松花江畔、风雨桥上、鼓楼、侗寨、瑶寨、黎寨等都曾留下过足迹，那儿的草草木木、山山水水、民间习俗、各民族人民，让我熟悉民间传说中的成吉思汗、努尔哈赤、吴凤、李德裕、黄道婆、吴勉、郑和、韦拔群等各民族杰出人物，以及无数故事人物的丰功伟绩和他们的文化渊源、民族性格、人文环境，也使我深深地为各民族人民的伟大精神创造的智慧和光芒而惊叹不已。《中华民族故事大系》精选我国56个民族的神话、传说、幻想故事、生活故事、笑话、寓言、风物传说等故事精品2 500余篇，共约1 200万字，是中国民间故事优秀读本的集大成，堪称中国民间文化出版史上的一块丰碑。

1983年6月，《朝鲜族民间故事讲述家——金德顺故事集》出版，为民间故事的搜集整理方面开辟了一条新路，给民间文学的抢救和普查提供了一个范例。为了验证书稿的故事来源的真实性，1982年4月26日我前往沈

---

① 1984年至1994年文化部全国艺术科学规划小组主持编纂民间文学三套集成大型丛书——《中国民间故事集成》《中国民间歌谣集成》《中国民间谚语集成》——所进行的大规模的全国性普查，为上海文艺出版社了解全国民间文学运动、组织作者队伍、民俗文化图书编辑出版提供了良好的工作环境。

阳，对书稿的搜集者和口述者实地调查核实、验证。4月28日上午，在本书搜集整理者裴永镇陪同下，拜访了82岁的"故事篓子"金德顺，她精神饱满，目光炯炯有神。她将故事讲得那样生动传神，面对着她，我不禁肃然起敬。金德顺一共讲了150多则故事，经过半年多时间的整理、修改，收入本书作品73篇，另有33篇以故事梗概作为资料附录书后。金德顺讲述的故事语言生动，色彩璀璨，富有鲜明的民族特点和个人风格。1983年6月正式出版，精装2 000册，平装29 500册。半年工夫，销售一空。两年后，1985年4月，第二次累计印数36 500册。1989年荣获第二届中国民间文学优秀作品二等奖。

1983年10月，上海文艺出版社出版了孙剑冰1954年采录于内蒙古乌拉特前旗的故事集《天牛郎配夫妻》，则具有童话的风格和诗意的内涵。别看薄薄10万字的图书，初版就印了50 000册，1989年荣获中国民间文学优秀作品一等奖。而湖北五峰土家族自治县珍珠山村刘德培讲述的故事，则以喜剧讽刺笑话见长。他的故事集《新笑府》1989年出版后，1998年，他被联合国教科文组织与中国民间文艺家协会联合命名表彰"中国十大民间故事家"，名列榜首。《朝鲜族民间故事讲述家——金德顺故事集》《天牛郎配夫妻》《新笑府》的出版，有力地推动了全国各地发现、搜集、整理、出版民间故事讲述家的故事集子，也促进了全国民间文学搜集整理出版事业的迅猛发展。

意大利当代著名作家伊塔洛·卡尔维诺采录的《意大利童话》出版，对上海文艺出版社来说是一件非同小可的事。1981年深秋的一个下午，上海第二教育学院刘宪之跨进上海文艺出版社大门找到了我，向我推荐了《意大利童话》，说他将此书英文本译成中文本。他的选题报告向国内五六家出版社联系后，均未成功。凭着编辑出版的嗅觉和责任感，我暗自考虑：一定要促成这部80万字的有价值的中文全译本在上海文艺出版社出版。临别时，我告诉刘宪之，采用与不采用，一周之后便可有个明确答复。我上报编辑室主任后，编辑室主任说可请译者译出六篇译稿交出版社审读。从1981年底到1983年春天，译者日夜劳作，花费了一年半时间，将全书80万字书稿翻译完毕。交稿后，我约请华东师范大学外文系虞绍荣为全书做了校订。本书由200篇作品（包括意大利58个地区）组成的意大利童话，是作者耗费多年时间，搜集了意大利150年以来的民间故事资料，经过精心筛选、整理、改写、编纂而成的。内容丰富，题材广泛，故事曲折生动，以幽默风趣的笔调描绘了从工匠、农民、商人到王公贵族等众多人物形象，反映了意大利人民的历史面貌、道德观念和理想愿望，既是优秀的文学读物，也是珍贵的研究资料。

1985年8月此书初版问世，印数50 000册。10年累计印数达10余万册，深为广大青少年读者青睐，不失为广受读者欢迎的一本畅销书。

1996年至1997年，我策划编辑出版了《中国社会民俗史丛书》第一辑、第二辑、第三辑，计23种。这套丛书著者在搜集大量历史资料（主要取材于笔记资料和史书资料）基础上，对社会底层民俗事象的产生、来源和发展演变的历史过程进行一番科学的梳理，揭示其民俗文化背景和内容，以及它对社会生活的深刻影响。我担任其中《优伶史》《盗墓史》《游戏史》《年画史》四种书的责任编辑。这套丛书出版之后，获得广大读者好评，印数很多，还不断重印。1982年至1988年编辑出版的《中国地方风物传说丛书》，则是由民间文学读物编辑室统一组织各地作者编选的17种地方风物传说。我任其中3种书责任编辑，即《桂林的传说》《敦煌的传说》《厦门的传说》。这套丛书，在10多年时间里，重印了多次，累计印数达10多万册，1990年被台湾淑馨出版社用中文繁体字在台湾出版发行。

1998年，我策划、编辑、出版了《东方民俗学林》和《民俗随笔丛书》。中国现代民俗学运动虽产生于五四运动前后，至今已有百年历史，但前进道路曲折，早期的代表人物、代表著作未被系统地整理出版过，而他们学术上的成就及其影响也尚未被民俗学术界和一般读者所认识，迫切需要编选出版一套反映我国民俗学运动先驱学术成果的图书。1996年2月3日，在北京师范大学召开的"上海文艺出版社作者恳谈会"上，钟敬文先生亲自为这套丛书取名《东方民俗学林》。经过三年时间，由我策划、编辑的《东方民俗学林》第一辑收有顾颉刚、周作人、江绍原、黄石、钟敬文、刘魁立民俗学著述的民俗学论集，同时由我策划编辑的反映民俗学术随笔的《民俗随笔》丛书，也于同年出版。

在我所组织、编辑的图书中，比较重要的图书有《中国民间文学论文选》（1949—1979）三卷本、《中国少数民族民间文学丛书·故事大系》（55

个少数民族中之17个民族民间故事选集）、《敦煌民俗学》、《吴越民间信仰》、《中国上古神话》、《中华民族故事大系》、《中国民间文学大辞典》、《神话新论》、《东方民俗学林》、《民俗随笔丛书》、《立春风俗考》、《境界与象征：桥与民俗》、《民俗学手册》、《原始艺术》、《月亮神话——女人的神话》、《意大利童话》、《非洲童话》、《法国童话》、《美洲童话》、《中国婚姻史》、《中国社会民俗史丛书》、《中国地方风物传说丛书》、《朝鲜族民间故事讲述家——金德顺故事集》、《新笑府》、《天牛郎配夫妻》、《中国民俗学年刊》（1999）、《民俗学概论》等。其中《民俗学概论》一书编辑出版是特别值得一提的事。

　　为了及时适应高等学校文科教学教材的迫切需要，20世纪80年代钟敬文主编出版了《民间文学概论》，20世纪末钟敬文主编了《民俗学概论》。钟敬文先生说，一种学科的确立要件和发展的标志，主要在它的资料积累和研究成果所达到的程度。中国十数年来民俗学各方面的现象及其成果，足以表明它的发展情况是超越已往的本学科学术史的，因而已经具备了编写一部适应形势发展需要的民俗学教科书了。由钟敬文先生主编的《民俗学概论》是一部系统介绍民俗学研究的对象及其历史、方法、理论成果的著作。全书贯穿了主编钟敬文先生的一个具有全局意义的学科新命题——民俗文化学（从民俗学到民俗文化学这一命题的形成是这个学科认识上的一个质的飞跃）。钟敬文认为，民俗文化学就是从文化角度去研究民俗学，将民俗作为整个文化背景下的一个内容来考察，从而使民俗不单作为一个孤立的事象，而是作为民族文化的有机组成部分去认识，使它的价值、作用、意义都得到重新的定位和确认。因此，民俗文化学是一门以研究人类社会各种风俗习惯为内容的社会科学。本书为读者认识人类自身的社会生活、风俗习惯事象、历史变迁及其理论思考诸多方面提供了系统、完整的历史文化知识，因而具有广泛、深厚的文化史价值。本书在理论架构、学术见解、研究方法等内容上，较为客观地反映了中国民俗学运动近百年来科学研究的主要成果，体现了中国现代民俗学百年发展史中的学科要件和发展标志，加之资料积累、研究成果的成熟，以及它所达到的当代中国民俗学研究的一流水准。因此，它的出版毫无疑问在中国现代民俗学史上或在中国学术出版史上都是一块丰碑。此书历时8年，五易其稿，自1998年

12月，初版至2010年10年重印10次，累计印数10余万册，它不仅为高等学校，而且成为社会各行各业广大读者的通用学术读物。此书获得第四届国家图书奖提名奖；2010年8月，高等教育出版社出版了钟敬文主编《民俗学概论》（第二版，修订本）。

在22年编辑生涯中，我以空前的工作热情和高度的工作责任感、一丝不苟的精神全身心地投入自己所热爱的事业中，同时结合编辑出版业务进行民间文学、民俗学的理论研究，撰写了许多论文，参加了学术交流，提高了自己的学术理论水平和编辑业务水平，负责完成了数十种图书编辑出版任务。

在22年的编辑工作中，我深切体会到提高学术理论水平的必要性和重要性。以民间故事读物编辑出版为例，如果缺少民间文学、民俗学起码的基本知识和基础理论，工作起来将寸步难行。在民间文学读物编辑出版中，民间故事作品占着很大的比重，它的图书品质、学术价值高低极大程度地取决于民间故事搜集、整理、翻译、编选、编辑出版的学术水平和专业业务水平。为了更好地做好民间故事的搜集整理、编辑出版工作，我感到从事这一工作的人们需要在一些理论认识问题上有进一步明确的必要。

首先，民间故事是真实的，是现实主义的。民间故事是劳动人民集体用口头语言进行创作、传播并加以广泛应用的作品。它所表现的社会生活面极其广阔，它的内容是劳动人民最熟悉和最关切的事物，与劳动人民的思想、观点、道德、习俗、宗教、信仰、劳动、斗争等血肉相连。在民间故事中，许多作品都有着现实主义的社会基础，常常以农民由于极端贫困、饥饿或失业被迫离家出走作为故事的开端，这在我国各民族民间故事中是有一定代表性的。民间故事往往通过人世浮沉的反复验证，在人们缓缓成熟的朴实意识里为人生提供了注脚。他们常常为改变自己的命运进行前赴后继的斗争。在这一点上，民间故事和作家文学一样，都是社会生活和人民思想感情的真实反映，所以它是现实主义的。抢救传统文化遗产、搜集整理民间故事，是为了唤醒全体人民的民族意识，意义重大。为了实现这个伟大的目标，我们在从事这一工作时，必须严肃认真、一丝不苟；必须具备历史主义的态度，避免古为今用原则狭隘化、简单化，用今天的政治观点、道德标准去修改传统民间故事，忽视民间故事作品的多种功能，忽视故事本身的艺术特点，随意添枝加叶，都会造成作品严重失真的现象，必将背离民间文学现实主义的轨道。

其次，重视民间故事的文学性。民间故事是劳动人民自己创作的，人民不满足于用一般口头讲述方式来表现生活、表达思想和抒发感情，他们总是尽可能寻找最完美的文学的口头表达方式来讲故事、塑造人物、表现生活、抒发感情，而这是同他们的美学观念和审美需要密切相关的。民间故事图书若失去文学欣赏价值，那它就无法在广大读者中广泛流行、传播开来。因此，搜集整理编辑时，必须高度重视民间故事的文学性。

最后，运用科学的方法。民间文学不同于作家文学。作家文学，一般都是作家个人的产物，而民间文学、民间故事不仅每篇作品是集体的产物，而且每一部作品集子也是集体的产物，它由许许多多单篇作品组成，由于口述、搜集整理者是众多人组成的，因此，作品的叙述风格、表现手法、语言文字也常常是参差不齐的，这就必须在保持民间文学原貌基础上予以规范、统一。同时，整理民间故事除忠实于原貌、注重思想价值、审美价值外，还要保持它的多方面的认识价值，较好地保存关于民族、宗教、信仰、心理、民俗、服饰、语言等诸方面的资料。它不仅是优秀的文学读本，而且是有价值的科学研究资料。这些事实际上不是编辑在审读、编辑书稿时才注意，而是在组稿中就必须向搜集、整理、翻译、编选者提出明确要求的。运用科学的方法搜集、整理、编选民间故事作品，具体的工作目标就是努力恢复民间故事的本来面目。为了达到这个预定的目标，必须恪守严格忠实于讲述人所用的方言。民间故事总是靠口头讲述来传播，靠记忆来保存的。但人们的记忆力是有限的，为了使搜集工作中的记录真正忠实于民间故事的本来面目，应当提倡面对面进行的、逐字逐句的记录方法。因为无论采取哪一种方式和方法搜集，记录是直接关系到搜集整理及其成果的大事。为什么要强调忠实记录的原则呢？这是由民间故事的特点所决定的。民间故事是人民的口头创作，是人民群众集体创作的产物。因为它是人民群众的集体创作，所以它往往是经过无数作者的共同雕琢、补充、修改，才流传下来的。但是拿一个具体的作品来讲，它又是一种个人的创作，因为某一个故事经过讲述者讲述，便带上了他个人的特点、风格和个性。历史的发展、事件的变化、生活环境的改变，必然要反映到讲故事人的思想感情和世界观、审美态度中去，因而不能不使他的故事的内容、形式、风格特点以及情节发生相应的变化。这样，为了整理出一个故事，就不能不对各种异文进行忠实的记录。何况，同一母题的故事，远不止于一个人讲述，因各种因素不同，说法就更不一样了。比如，同样是《白蛇传》的传说，四川讲的与杭州讲的不同，杭州讲的与镇江讲的又不同；它们虽然大同小异，但这小异往往极有价值，足以反映同一母题的故事在不同地域、不同时代以至不同民族的不同特点。而研究某一作品、某种体裁的演变、发展过程有时比一般地研究个别作品内容更为重要。所以，只有根据准确记录的各种异文，才有可能看出作品的演变过程和演变原因，看出时代留下的痕迹。也只有通过各种异文的比较，我们才能掌握民间故事的民族特点和地域特点，看出传统作品是如何适应每一个新的社会条件和民俗条件的，也帮助我们认识民间故事的传播路线及其作品创作方法和艺术特点，从而正确估价讲述者个人在人民口头文学创作中的地位和作用。记录民间故事资料，就是抢救与保存民族文化遗产，它是一项重要的文化积累工作。比如，黎、侗、瑶、达斡尔等少数民族都没有本民族的文字，他们的文化，很大程度上是凭着人民群众世世代代口耳相传的口头文学保存下来的。通过民间文学工作者搜集整理他们的民间故事，将它们从口头语言艺术转化为书面语言文字艺术，作为图书出版，他们感觉到是自己民族历史上的破天荒的一个创举，他们的艺术创造、他们的历史从此有了文字记载。因此，运用科学的方法，逐字逐句、严肃认真地记录下劳动人民的这一宗宝贵的民族文化遗产，既有现实意义，也有历史意义。

民间文学理论来源于民间文学的工作实践，反过来，它又指导着工作实践。重温这些理论认识问题，目的是不断提高图书编辑出版水平，提升图书自身的学术品质，更加自觉地为继承民族文化传统文化，创造民族文化积累贡献力量。

回顾自己从事民间文学、民俗学图书出版、理论研究的22年宝贵时光，虽说是短暂的，一闪而过的，但我始终坚持理论与实践结合，读书与写作结合。在极其繁忙的工作之余，我千方百计挤出时间读书、写书、写文章，积极参加各种学术活动，不断提高自己的学术理论水平。为适应全国民间文学工作者的迫切需要，1986年3月，海峡文艺出版社出版了我的《民间故事搜集整理常识》一书；1986年至1993年，我先后出版了《九个皇帝的传说》《古代女将传说》《中国民间故事选——历代画家传说》《十大传说》（与涂殷康合作；1993年，台湾世界文物出版社出版了中文繁体字本）、《民间文学》《神话·民俗与文学》（与涂元济合作）；关于神话研究，我先后发表了《兄妹结婚神话中的验证情节》《"九"字的原始意义》《论嫦娥奔月神话——兼谈从母权制向父权制过渡时期妇女地位下降及其抗争》《从中原神话看古神话的演变和新神话的产生》（后三篇与涂元济合作）；关于民俗研究，发表了《〈不愿出嫁的姑娘〉与哈尼族婚姻遗俗》《灯节的起源与发展》；关于传说和民间故事和文艺创作研究，发表有《孟姜女与中国古代文化》《关于智慧的传说》《〈亚洲童话〉述评》《"中国少数民族民间文学丛书·故事大系"之文化史价值》《民间故事应有丰富的艺术想象》《略谈民间故事的语言》《谈谈文艺创作中的语言技巧》《重视艺术技巧的学习》等。

　　本书共分四辑：第一辑，是关于《中国少数民族民间文学丛书·故事大系》之文化史价值，《中华民族故事大系》编辑与出版，民间史诗和民间情歌编辑出版，《钟敬文民间文学论集》《意大利童话》书评等6篇文章；第二辑，关于民间故事艺术特点、语言特色，神话、传说、民间故事讲述家的论文，以及民间文学对作家文学的影响等8篇文章；第三辑，回忆、怀念中国民俗学运动前驱钟敬文、顾颉刚、杨堃、邓云乡、姜彬、王仿、刘绍棠的人物特写，以及《我的编辑生涯》等9篇文章；第四辑，是怀念大学读书求学时，深受培养、教育、启迪、潜移默化的中国文学史家朱东润先生、著名美学家蒋孔阳先生，以及智慧的传说《亚洲童话》述评等4篇文章。

　　在编辑工作与理论研究中，在与专家学者接触交流中，我深切地认识到我所从事的工作，实际上是一项继承民族文化传统，创造民族文化积累，促进中外文化交流，以及哺育、滋养当代文艺创作民族化的很有意义的事业。

　　回顾过去22个年头的日日夜夜，裨益良多。我勤勤恳恳，孜孜以求，编辑工作之余，每每不忘读书写作，努力探索民间文艺和民俗文化之思想、理论之真知；追述文化学术界诸多专家、学者之学术行踪；记叙其人物与故事、人品与文品。今天，当我回头检视20多年来自己写下的有限的文字，回忆工作中诸多往事，怀念工作中结识的故人，无不历历如昨，怎不令我油然而生"几多春秋，情系民间文学、民俗学"之感慨呢！这本小书，既可视作我22年民间文学编辑生涯的一个总结，也希望它引起更多有志于民间文学事业的同人的注意，以期为民间文学的搜集、整理、编辑出版事业开辟辉煌灿烂的未来。

涂 石

2023年9月12日

Contents / 目 录

第三辑

第四辑

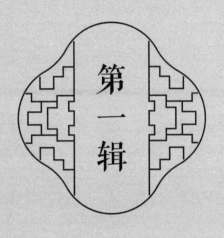

第一辑

《中国少数民族民间文学丛书·故事大系》之文化史价值

　　我国有55个少数民族，共6 723.3万余人，居住在占我国总面积50% ～ 60%的广阔的土地上。各民族都有悠久的历史和丰富的文化。少数民族文学源远流长，多彩多姿。在民族历史上，它们经历了独特的发展过程，具有鲜明的民族和地方色彩。同时，在漫长的历史发展过程中，各民族文学又相互影响，相互交流，形成了中华民族所独有的中国文学的气派和风格。各民族人民以自己的才华，共同创造了中国文学的辉煌历史。

　　在我国少数民族文学中，民间文学占有重要的地位，许多优秀作品，如藏族和蒙古族的史诗《格萨尔王传》、蒙古族的史诗《江格尔》、柯尔克孜族的史诗《玛纳斯》、彝族的叙事诗《阿诗玛》、蒙古族的叙事诗《嘎达梅林》等早已为中外瞩目，成为世界文库的名著；少数民族的民间故事，更是浩如烟海，灿若明珠。为了使民间故事这宗世代口传的文化财富，通过妥善的整理和系统的选编，成为精粹的读物，以利于阅读、研究、应用和保存，上海文艺出版社规划编辑出版了《中国少数民族民间文学丛书·故事大系》。这是一套规模宏大、举世无双的丛书，至今已出版了蒙古、藏、维吾尔、苗、壮、彝、满、侗、瑶、白、黎、朝鲜、傣、纳西、达斡尔、回、傈僳、哈萨克、赫哲、高山等民族20卷的故事选集。全书计划出版56卷，每个民族一卷，最后一卷为索引及其他有关资料。丛书统一装帧、整体设计，配有民族色彩的封面、插图。这样有计划、有系统地出版少数民族民间文学作品的集子，在我国还是首次。图书出版后，反响强烈，不仅得到我国各族人民的欢迎，而且受到了中外文化界的广泛重视和热情赞扬。为什么故事大系会如此受到人们的欢迎和重视呢？我想，除了因为它为人们提供了一份优秀文学读物外，还因为它作为一项民族文化的积累，为少数民族和整个中华民族提供了一份翔实丰富的有价值的文化史资料。

首先，故事大系为研究我国各少数民族的古代物质文化生活提供了丰富的资料。物质文化生活和精神文化生活是人类整个社会生活的两个基本方面。我国绝大多数少数民族，以前由于没有自己民族的文字，所以对于他们这两个方面的社会生活的历史发展缺少应有的文字记载，绝大多数保存在他们的口头文学中，特别是保存在他们创作并世代流传的民间故事中。通过这套丛书的编辑出版，用汉字将它们记载下来了。综观大系所收的作品，描绘了许多少数民族先民早期的食物和赖以生存的谷物生产。人类在不会使用火以前，对食物，是既生吃植物，又生吃兽肉、鲜鱼；使用火以后，才有了熟食。农业的产生和发展，引起了饮食的重大变化，粮食成了农业部落的主食，肉类和蔬菜成了副食。粮食可以煮饭、烙饼和做其他各种各样的面食，炒面就是其中重要的食品之一。藏族人民就以青稞磨成面，用酥油、盐茶和之，做成糌粑。新疆维吾尔族、哈萨克族制作的面饼称为馕，它是他们的民族民间故事中出现最多的食物。藏族民间故事《茶和盐的故事》、蒙古族的民间故事《奶酪的由来》，记述了他们的炊事传统和饮食习惯。

民间故事中不仅对这些食物有所描绘，而且对用以装盛食物的各种各样的器皿也有所口传，如黎族的椰子壳，侗族、傣族的竹筒和葫芦，鄂伦春族、赫哲族、鄂温克族的桦皮碗、盒、桶、篓等用具；凉山彝族用木头镟制的木勺、水碗、豆、盘、盒，上面涂着黑色做底，绘有云雷纹、几何纹和动物花纹。蒙古族、哈萨克族、藏族等还用羊皮制成皮碗。傣族除大量使用陶器外，还制作各种竹器，如竹盆、竹碗、竹勺、竹盒等用竹条编制的各种器皿。这些器皿，起初只求实用，后来，又追求实用与美观的完美结合，表现了他们最初的审美意识。

农业生产在少数民族地区产生和发展是少数民族经济发展的重大表现，而谷物的种植是农业经济的基础。《藏族民间故事选》中有追叙为发展高原农业经历千辛万苦的《青稞种子的来历》，有描写为发展高原牧业而同野兽勇敢斗争的《驯虎青年》和《狗是怎样变成家畜的》；回族的作品《借粮种的故事》《牛、狗、鸡和粮食》，彝族的作品《稻谷的来历》，黎族的作品

《山兰稻种》都记载了这些民族谷物种植原初的历史。满族的《蚕姑姑》、白族的《蚕王》则反映了我国少数民族饲养柞蚕事业的悠久历史。

　　人类的衣食住行中，住所比较早就有了。因为住所不但是人们夜间休息的地方，也是防御野兽侵袭、保护火种和进行炊事的场所。天然住所（如山洞、树洞等）的利用，是人类征服自然力极为有限的结果，随着生产力的发展，人类从旧石器时代晚期就开始营造人工住所了。民间故事中所记述的，如鄂伦春族的仙人柱、赫哲族的"撮罗安口"、蒙古族的蒙古包、藏族的"牛厂"，南方侗族、瑶族、傣族、景颇族、佤族、哈尼族、高山族的干栏建筑是他们现代居住建筑的前身。

　　古代少数民族的交通工具，在民间故事中也有所描述。北方隆冬季节，冰天雪地，人们在冰雪上使用一些滑动式交通工具如滑雪板、雪橇和冰床。畜力（马、驴、骆驼、牛等）的应用，首先是供人骑，后来才有载物的挽车、桦皮船等。过河工具最常见的桥有木桥、石桥。侗族民间故事中所描绘的风雨桥，不仅是很好的过河工具，而且是十分宏伟壮观的木积建筑。

　　人类的服饰，最初是为了御寒保暖，防止兽类的侵害，后来才发展到实用与装饰相结合。因此，人类服饰的产生和发展也是人类进入文明社会的重要标志。在故事大系中，我们可以看到由于各地气候、地理自然环境、民族习俗观念的相异，不同民族人民的衣着也是样式多姿、绚丽多彩的。在天气炎热的地区和温带的北方，夏季人们都穿着简单的裙子，傣族、黎族、壮族的筒裙就是类似的衣服。黎族妇女穿对襟无领上衣，外边有一块五角形遮胸布。热天仅戴遮胸布，下穿筒裙，长不过膝。男子穿对襟无领无纽上衣，下挂两块吊裙。朝鲜族妇女的短衣长裙，蒙古族人民的袍子、皮袄、皮裤、皮靴、风雪帽和摔跤服，赫哲族人民的鱼皮衣着、维吾尔族男子的袷袢、女子的连衣裙和男女都喜欢戴的民族小花帽，都显示了各自独特的民族服饰风格。满族妇女还讲究穿木底鞋，在绣鞋底部当中央，镶块厚木底，形状像马蹄，因之名叫"马蹄底"（见《高底木鞋的来历》）。《黑娘娘的传说》还记载了满族妇女穿旗袍的来历。另外，缠头是回族重要民族服饰之一。在回族民间故事中如《缠河的故事》《锁蛟》《青龙潭》这些采自中原和西南不同省份的作品中，不约而同地把缠头作为构成故事情节的重要道具，或者作为与自然斗争的武器，或者作为源远流长的回汉情谊的象征。《绣脸的传说》《文面的传说》则描述了黎族、高山族人民文身的习俗。

　　其次，故事大系为研究各民族原始文化和原始艺术提供了丰富的资料。大系所收作品虽然以汉族语言文字出现，但仍保留了相当数量的各少数民族的民族语言，如侗族民间故事中的侗语杏妮（汉语为仙女）、郎仔（汉语为女婿）、阿萨（汉语为祖母）、勒勉（汉语少女、姑娘）等，白族习惯用语打发（汉语出嫁）、白语阿大大（汉语伯父），黎族巴曼（汉语男人）、巴帝（汉语疯子或乞丐）、得曼（汉语青年男子）、雅奥墨（汉语穷人）、刮刮（汉语很好）、阿爬（汉语阿爸）、阿拜（汉语妈妈）、蒂闷（汉语有钱有势者）、拜扣（汉语姑娘）等，彝族语言阿蒲（汉语祖父）、俄衣（汉语岳父）、尼尼（汉语岳母）、阿诺楚（汉语孤儿）、阿诺诟（汉语娇女），满语朝胡鲁（汉语屯子）、哈哈（汉语男人）、喝喝（汉语女人）、巴图鲁（汉语勇敢、勇士）、阿浑德（汉语兄弟）、哈哈济（汉语小小子）、赞汉追（汉语小姑娘）、翁古玛法（汉语曾祖父）、阿玛（汉语父亲）、沙里甘居（汉语姑娘）、格格（汉语公主、姑娘）、布特哈（汉语渔猎）等。这些民族语言差异相当大。那些与汉族使用共同语——汉语的民族（如回族），在他们运用汉语时，仍有相当部分在词义、语法方面受汉语词义、语法的影响，这些影响在他们的作品语言里也大量存在。另外，民间故事语言中，还大量保留了各少数民族的谚语、谜语、歇后语、俗语，它们大大丰富了作品的词语，加强了作品的民族艺术色彩。此外，少数民族也使用方言，这是由于他们居住地域分散造成的。比如，流传在宁夏、甘肃、青海地区的回族民间故事作品里就出现西北方言惯用的叠音词：弯弯棍、影影子、阵阵子、命蛋蛋、金宝宝。流传在云南的回族民间故事，就出现了一些西南方言词如"海子"（湖）、"锅头"（马帮头领）、"起反"（起义造反）。由于各地历史文化传统的差异，出现在故事中的民族形式也各不相同，西北地方的故事中男女青年对歌都是"花儿"（《清水河》）和"少年"（《阿里和他的白鸽》），而在云南流传的故事如《杜文秀的故事》里的民谣则有四言、七言的形式。前者粗犷自由，字句参差，设韵宽泛；后者严谨精巧，字句整齐，偶句入韵。这些方言词语和民歌不是民间故事情节的游离物，而是它的有机结合物，所以，它们使民间故事呈现出鲜明的民族特点和浓厚的地方色彩。少数民族文字虽然在作品中无法反映出来（即使是有民族文字的作品，也是已翻译成汉文），但比较起来有文字的少数民族较没文字的少数民族，翻译过来的作品（一种是以民族语言文字为翻译根据，另一种是以民族语言为翻译根据），文学性和科学性都显得更强些，可见，文字是民族文化进步的重要标志。

音乐和舞蹈在各少数民族民间故事中也有着充分的反映。许多作品不仅夹有声乐（有歌唱），而且有专门介绍民族乐器的传说。乐器的发明与狩猎生产有着直接的联系。出于狩猎的需要，人们创造了诱捕飞禽走兽的拟声工具，这就是后来发展为各少数民族的乐器。如云南傣族的鸡笛、彝族的齿笛和巨尔，鄂伦春族的鹿笛，侗、瑶、壮族的芦笙和竹哨，哈萨克族的冬不拉，蒙古族的马头琴，布依族的月琴，赫哲族的口弦琴，黎族的竹箫，等等，都是民间故事中常常出现的乐器。许多民族的作品中，还反映了他们在狩猎归来、农业丰收、婴儿降生、少年入社、血亲复仇、婚姻喜庆，以及社交活动中常常用来表达其愿望和喜悦的娱乐形式——舞蹈。朝鲜族、哈尼族、傣族、维吾尔族、哈萨克族民间故事中，这方面的艺术形式尤为显著。音乐和跳舞在民间故事中的交叉出现，大大丰富了民间故事的生活内容，表现了少数民族人民独特的文化生活情趣和健康的审美意识。

最后，故事大系还为研究少数民族的社会结构、政治制度、婚姻制度、民族历史和原始宗教信仰提供了大量的资料。作品中所描述的村社、家族的社会结构、部落部族法规反映了各民族最初的社会形态。民族起源的传说、民族迁徙的传说以及反映不同社会发展阶段中重大事件的传说、历史上杰出人物的传说，都有着重要的历史价值和文化价值，因为千百年来这些人民口耳相传的东西，不仅在某些方面补充或纠正历史记载的空缺和偏颇，而且大都直接反映了人民自己的思想、愿望、感情、意志和观念，因而对研究各民族的社会历史、民族关系、风俗习惯，提供了有价值的材料。比如，瑶族的《盘王的传说》、回族的《人祖阿旦》、壮族和瑶族的《布洛陀》就生动地反映了这些民族原始图腾崇拜，解释了民族祖先的历史，表现了他们的民族自尊心和民族自豪感。特别应当提出来的是在习俗、制度方面，许多故事里所反映的国王、部落长与后来封建社会的皇帝是不同的。在原始氏族部落中，还不存在剥削与被剥削、压迫与被压迫的阶级对立现象。酋长任职期间，没有特权，一旦没选上，就是一般的氏族成员，所以国王、部落长照样要从事劳动，这反映了当时氏族制度下民主生活的特点。在许多民间故事里，妇女有至高无上的权力，兄妹可以结婚，青年王子、穷小伙子订婚要拿出大量的财物，结婚时要为女家做许多事情（包括从事农业生产），经历许多考验；巨人妖魔可以抢劫妇女为妻，少女一旦第一次被男子看到自己的身体，便必须和他结婚，等等。这些情节有的反映了母系社会妇女的主宰地位、家族关系，有的反映了当时乱婚、服务婚、考验婚、抢婚、买卖婚等婚姻制度、社会习俗的痕迹。

　　总之，故事大系是我们透视少数民族的一扇窗口。我们从中，可以看到我国少数民族古代社会的一幅幅形象逼真、绚丽多彩的生活图画；这一幅幅生活图画生动地反映了他们古老的文明和悠久的历史，所以值得我们重视和研究。

1985年5月

（原载《上海版书评选》，上海人民出版社，1987年10月）

《中华民族故事大系》的编辑与出版

任何一部具有历史文化价值的图书之出版，毫无例外地都有着它悠久的文化传统和深厚的文化土壤。由上海文艺出版社出版的《中华民族故事大系》，就是这样一部图书。它的面世，绝不是偶然的，它是中国现代民俗学运动在新历史时期的一个必然产物，也是改革开放新时期民间文学蓬勃发展的一个突出成果。

众所周知，民间故事的搜集整理，在我国已经有很长的历史了。先秦时期的许多历史著作和哲学著作，如《左传》《国语》《战国策》《庄子》《孟子》《韩非子》等，都或多或少地采录和保存了上古或当代流传于民间的故事和寓言。汉代司马迁的《史记》和班固的《汉书》中，也都引用了民间流传的故事和传说。汉代淮南王刘安及其门客苏非、李尚、伍被等著的《淮南子》，战国时记录成文，秦汉时又有增补的《山海经》，三国魏邯郸淳的《笑林》，东晋干宝的《搜神记》，南朝梁任昉的《述异记》等书，大量辑录了我国古代的神话、传说和故事。唐段成式的《酉阳杂俎》，记述了一些当时流传的重要的民间故事。此外，散见于类书、笔记、地方志等著作中的民间故事资料更是不计其数。这些著作中的民间故事，有的直接记录自民间，有的间接搜集于其他书籍。从五四运动时期到20世纪40年代，民间故事的搜集整理有了新的发展。早期的民俗学者顾颉刚、钟敬文、赵景深等在民主和科学的思想指导下，对民间故事的搜集、整理、研究做了许多倡导性的工作。这一时期，姑且勿论那些在期刊上零星发表的材料，仅就编辑出版的民间故事集和论著便有《祝英台故事集》《孟姜女故事研究集》《神话研究》，以及茅盾写的《中国神话研究ABC》等数十种。新中国成立之后，民间故事的搜集整理工作进入了空前规模的新阶段。1950年，成立了中国民间文艺研究会，开始大力征集民间文学资料，创办了《民间文艺集刊》；1955年，又创办《民间文学》杂志。上海文化出版社从1957年开始，也出版了《民间文学集刊》。这些刊物的创办，为广大民间文学工作者开辟了园地，大大促进了全国范围的民间故事的搜集整理工作。据不完全统计，新中国成立后的17年中，省、自治区、直辖市以上出版社公开出版发行的各民族民间文学作品专集，就有2 400多种（包括民间故事集子在内），而云南、贵州、青海、广西、内蒙古等省、自治区所搜集编印的少数民族民间文学的大量原始资料还没有包括在内。1978年以后，随着民间文学事业进一步的活跃和开展，民间故事的搜集整理工作又有了新的相当规模的发展，不包括各省、自治区、直辖市地方创办的各类民间文学刊物和编印的资料本在内，仅各省、自治区、直辖市以上公开出版的民间故事集子便有百来种。如果说，兴起于五四以来的民间故事搜集整理出版是中国现代民俗学运动的肇始，那么，1978年以来改革开放新历史时期出现的民间故事整理出版的蓬勃发展，则是中国现代民俗学运动的复兴。而《中华民族故事大系》则是打上这一复兴时代烙印的一部标志性图书。

提起这部中国当代民俗文化图书出版史上里程碑式图书的规划、编辑与出版的缘起及其历程，还得从我国是一个拥有56个民族的历史悠久、地大物博、幅员广大的民族大家庭，有着丰富无比的民间文学宝藏之国情和改革开放新历史时期全国民间文学图书出版事业空前繁荣，上海文艺出版社作为全国民俗文化图书出版中心，实际上担当了民间文学搜集、整理、出版事业的推手，肩负着重大图书出版项目的重任说起。

我国有55个少数民族，共有13 379.22万余人，居住在占我国总面积50%～60%的广阔的土地上。这些少数民族在自己发展的悠久历史中，不仅创造了丰富的社会物质财富，而且创造了无数的精神文化财富。少数民族文学源远流长，多彩多姿。在民族历史上，它们经历了独特的发展过程，具有鲜明的民族和地方色彩。同时，在漫长的历史发展过程中，各民族文学又相互影响，相互交流，形成了中华民族所独有的中国文学的气派和风格。各民族人民以自己的才华，共同创造了中国文学的辉煌历史。在我国少数民族文学中，民间文学占有重要的地位，许多优秀作品，如藏族和蒙古族的史诗《格萨尔王传》、蒙古族的史诗《江格尔》、柯尔克孜族的史诗《玛纳斯》、彝族的叙事诗《阿诗玛》、蒙古族的叙事诗《嘎达梅林》等早已为中外瞩目，成为世界文库中的名著；少数民族的民间故事，更是浩如烟海、灿若明珠。为了使民间故事这宗世代口传的文化财富，通过妥善的整理和系统的选编，成为精粹的读物，以利于阅读、研究、应用和保存，上海文艺出版社于1978年开始规划编辑出版《中国少数民族民间文学丛书·故事大系》。这是一套规模宏大、举世无双的丛书。《中国少数民间文学丛书·故事大系》选收我国各少数民族散文体裁的民间文学作品，即一般通称的民间故事，包括神话、传说、故事、笑话、寓言等等；按民族分别选编，以各民族作品专集形式出版。全大系计划分为56卷，每卷字数大致接近；我国55个少数民族，基本上每个民族各编为一卷，但也可根据各民族作品实际情况，有的民族作品特别丰富，编为正、续两卷，有的则两个或三个民族作品合编为一卷，最后一卷为索引及其他资料。编选工作请各地民族文化部门、有关专业单位或专业工作者担任，并负责撰写前言。《中国少数民族民间文学丛书·故事大系》各卷所收辑的，主要为一个民族重要的有代表性的作品，同时兼顾到内容、形式的多样性，以反映一个民族民间故事的概貌。所收作品，经过整理，但尽可能保持原貌，以保存它的固有的艺术价值和科学价值。

　　《中国少数民族民间文学丛书·故事大系》单行本，自1979年6月出版第一本《达斡尔族民间故事选》算起，到1993年5月《珞巴族、门巴族民间故事选》面世，先后出版了46个民族的40本图书。在短短10余年时间里，单行本累计印数多达70万册。其中，《达斡尔族民间故事选》初版印数12万册，《侗族民间故事选》1982年9月初版印数14 501册，1984年5月第二次印刷累计印数21 600册；此外，维吾尔、瑶、壮、朝鲜、藏、白、纳西、彝等民族民间故事选集，从初版到再印，累计印数均在2万册左右。但是到了20世纪90年代，由于出现图书印数纷纷达不到图书征订的起印数量的局面，因此，出书的前景变得困难起来。造成这个局面的主要原因是：一、此丛书规模太大，工作量太大，编辑出版耗费时间太长；二、随着时间的推移，各地民间文学图书出版数量增加，冲击了此丛书的印数；三、此套丛书印数少，随着图书印刷成本的提高，图书定价也跟着提高了，销售就困难了，发展到后来，图书出版之前，压根儿就征订不到印数。在这种情况下，出版社不得不重新规划，缩短出书时间，缩小出书规模（浓缩图书内容），即将原丛书56卷2 000万字篇幅的《中国少数民族民间文学丛书·故事大系》，缩减为16卷1 200万字篇幅，图书结构重新进行总体设计，增加收入汉族民间故事作品，使之成为内容更为完整、形式更为完美的包括中华民族56个民族的民间故事大全，取书名《中华民族故事大系》。民间文学编辑室全体编辑成员，集中力量、日以继夜、马不停蹄地组稿、审稿、改稿、编稿。经过两年的艰苦努力，上海文艺出版社终于在1995年12月正式出版了极具鲜明民族特色的封面装帧设计，以及印刷精良的全精装16卷本《中华民族故事大系》这部大型优秀民间文学巨著，印数2 500部。

回顾近20年间，上海文艺出版社领导决策层和民间文学读物编辑室人员为规划、出版这套囊括我国全部56个民族、16卷本、1 200万字、2 500余篇故事精品之皇皇巨著的历程，其中的甘苦的确是一言难尽。

其一是组稿之甘苦。从1978年开始，上海文艺出版社为出版这套书，先后组织编辑人员四五十人次奔赴全国各地组稿。10多年来，全室编辑人员足迹遍及祖国大江南北和遥远边陲。从1979年出版第一本《达斡尔族民间故事选》，到1995年12月《中华民族故事大系》正式出版，凝聚了两代编辑人员的辛劳，组织了遍布全国各地的书稿编选者100余人，参与此书讲述、搜集整理、翻译工作的人数，仅在书中署名者就达7 000人，其中少数民族人员所占比例之大，是前所未有的。不少民族破天荒第一次从事首创性的工作，他们翻山越岭，走村串寨，深入实地采风，搜集了极其珍贵的第一手资料。在这56个民族的民间故事选集中，笔者承担了维吾尔、哈萨克、锡伯、柯尔克孜等17个民族的组稿和编辑工作。10多年来，我在天山脚下、大瑶山下、五指山下、南岳衡山脚下、洞庭湖畔、君山顶上、湘江边上、松花江畔、风雨桥上、鼓楼、侗寨、瑶寨、黎寨等地都曾留下过足迹。那儿的草草木木、山山水水、民间习俗、各族人民，不但让我熟悉了民间传说中的成吉思汗、努尔哈赤、吴凤、李德裕、黄道婆、吴勉、郑和、韦拔群等各民族杰出人物，以及无数故事人物的丰功伟绩和他们的文化渊源、民族性格、社会环境，而且使我深深为各民族人民的伟大智慧创造和大无畏的民族精神而惊叹不已。

　　一个民族往往聚居于某一省份，同时也有部分人口分布于其他地区，因此，编选一个民族的故事集子要具有民族的代表性、权威性，就必须兼及全国各地有关的作品。这无疑给编选工作带来意想不到的问题和困难，比如寻找合作者以及如何合作、如何联系等等，出版社编辑必须出面做沟通和统一协调工作。要做好这些工作是不容易的，因为编选者手头的工作很多，报酬却很低。编选者除了做好编纂工作外，还必须对入选的每篇稿件进行一丝不苟的文字加工，编写注释，撰写前言。这些具体问题的解决，都需要编辑耐心、持久、细致的工作才能奏效。

　　以《满族民间故事选》为例，此书的编选者为著名民俗学者、辽宁大学教授乌丙安，在他的组织和领导下，一起参与编选工作的是一支由1978年辽宁大学中文系组成的满族民间故事采风队。他们连续利用几个假期时间，深入辽宁、吉林、黑龙江三省满族聚居区，走访了数百名满族老人，对满族民间故事的蕴藏、分布以及流传路线做了大量的社会调查，先后搜集到一大批记录材料，经过筛选、翻译、整理、编选才最终定稿。此外，编者又通过黑龙江省宁安县志编辑室满族民间故事家傅英仁，征集到许多满族早期的神话、传说。辽宁省岫岩县文化局张其卓，长期致力于满族民间故事的搜集整理工作，为此书提供了丰富的反映满族生产、生活、爱情等题材的故事。他们的编选工作还得到了牡丹江地区文化局、丹东市民族事务委员会、丹东市文化局及岫岩、宁安、凤城、新宾等县的民族事务委员会、文化局、文化馆的民间文学工作者的大力支持。可见，要编选好一本书，组织协调好方方面面的力量，是其中十分重要的一个工作环节。总之，依靠集体力量做好组稿工作，是编好这套书的一个关键。

　　其二是编辑工作。民间文学不同于作家文学，作家文学一般都是个人的产物，而民间文学不仅每篇作品是集体的产物，而且每一部作品集子也是集体的产物。它由许许多多单篇作品组成，由于口述、搜集整理者是众多人组成的，因此，作品的叙述风格、表现手法、语言文字也常常是参差不齐的，这就必须在保持民间文学原貌基础上予以规范、统一。同时，整理民间故事除忠实于原貌，注重思想价值和审美价值外，还要保持它的多方面的认识价值，较好地保存关于民族、宗教、信仰、心理、民俗、服饰、语言等诸方面的资料，使它不仅成为优秀的文学读本，而且是有价值的科学研究资料。这些实际上并不是编辑在审读、编辑书稿时才会注意到的，而是在组稿过程中就必须向编选者、搜集整理者提出明确要求的。即便如此，因为参与这一重大图书工程的人数很多，文化程度普遍偏低，文字水平一般较差，编辑在审稿、编稿、改稿、文字加工等环节中的工作量仍然是巨大的，工作也是格外艰巨的。

其三是培养民族民间文学干部。通过《中华民族故事大系》一书的编辑出版，上海文艺出版社为各民族、各地区培养了大批民族民间文化工作者和科学研究工作者。这支几千人的作者队伍，包括全国各省、自治区、直辖市文化馆干部、地方志工作者、中小学教师、大专院校（尤其是民族院校）师生、各科研机构研究人员。他们的教学、科研、工作生涯和成果都和参与《中华民族故事大系》的编选、搜集整理、翻译出版工作密不可分。同时，这一工程浩大的丛书的组稿、编辑、出版，还在很大程度上带动了全国各地各民族民间文学工作的恢复和发展，也为他们培养了一大批民族文化干部。图书出版之后，许多基层民间文学工作者的文化程度和学术水平，通过参加《中华民族故事大系》的搜集、整理、编选工作，都有了显著的提高，他们也纷纷从群众艺术馆等基层的部门被调至地区和省市文化部门工作。

《中华民族故事大系》由中国当代民俗学家钟敬文任总顾问，并撰写前言，由新疆维吾尔自治区前区委第一书记、国家民族事务委员会前副主任赛福鼎·艾则孜作序。图书出版之后，影响广泛，反响强烈，不仅受到了我国各民族人民大众的欢迎，而且广受国内外文化学术界的重视和好评。

《中华民族故事大系》出版之后，首先获得了各民族人民的肯定和赞扬。他们认为，记录民间故事资料，就是抢救与保存民族文化遗产，它是一项重要的文化积累工作。比如，黎、侗、瑶、达斡尔、珞巴、门巴等少数民族都没有本民族的文字，他们的文化，很大程度上是凭着人民群众世世代代口耳相传的口头文学保存下来的。通过民间文学工作者的搜集整理，他们的民间故事从口头语言艺术转化为书面语言文字艺术，并作为图书出版，他们由此感觉到这是自己民族历史上一个破天荒的创举，他们的艺术创造、他们的历史从此有了文字记载。因此，运用科学的方法，逐字逐句地、严肃认真地记录下劳动人民的这一宗宝贵的民族文化遗产，既有现实意义，也有历史意义。像《中华民族故事大系》这样有计划、有系统地出版少数民族民间文学作品，在我国还是首次。有些书成了一些少数民族有史以来的第一本书，如瑶族、侗族、达斡尔族的民间故事选出版发行后，这些少数民族群众奔走相告，争相购买，他们高兴地说："我们民族的事情也上了书，真叫人高兴！"《中华民族故事大系》的出版，不仅受到少数民族人民的重视和欢迎，那些富于美丽幻想的民间故事，也深深地吸引了少年儿童读者们的兴趣。

在此基础上，《中华民族故事大系》先后获得一系列国家和上海市颁发的奖项和荣誉：1996年荣获第十届"中国图书奖"，1999年被列入"上海50年精品图书500种"之一。1996年7月10日，中华人民共和国国家民族事务委员会致函中宣部出版局，建议将《中华民族故事大系》评选入"五个一工程"：

关于建议将《中华民族故事大系》评选入"五个一工程"的函

中宣部出版局：

上海文艺出版社历时15年，组织六七千名各族作者及专家学者收录我国56个民族世代传承下来的2 500多篇民间故事精华，经过妥善整理和系统编选出版了《中华民族故事大系》，使这宗口头相传的文化财富成为精粹的读物，对于抢救、整理民族传统文化，弘扬我国各民族优秀文化传统，促进各民族文化交流和中华民族文化事业的繁荣发展，增强民族团结和中华民族的凝聚力，具有重要意义。

《中华民族故事大系》共16卷，1 200万字，是一套空前规模的开创性的民族民间经典著作，是各民族文化工作者艰苦努力、通力合作的结晶，具有极高的学术、艺术和文献价值。这套图书和它的编纂出版过程充分体现了中华民族大家庭的凝聚力，体现了党和国家民族工作、文化工作的成就。

上海文艺出版社投入大量人力、物力编纂出版这套丛书，对我国的文化积累工作和民族团结进步事业做出了独特贡献，应给予充分肯定。他们的做法也应予以积极提倡。

　　因此，我们建议按有关程序，评选《中华民族故事大系》进入国家"五个一工程"。

国家民委文化宣传司
1996 年 7 月 10 日

　　在纷至沓来的好评声中，尤为令人瞩目的，是《中华民族故事大系》在文化学术界获得的高度评价。1996 年 2 月 5 日，国家民族事务委员会和上海文艺出版社在国家民族事务委员会会议厅联合召开了"《中华民族故事大系》座谈会"，我国文化学术界著名学者、国家新闻出版署领导、新华社记者、人民日报记者，费孝通、季羡林、钟敬文、金克木、启功、杨牧之、秋浦、马学良、金开诚、贾芝、刘锡诚、刘魁立、陶立璠、郎樱、董晓萍、贺学君、苗春、热合曼、何承伟、顾承甫和笔者等 20 余人出席了座谈会。会上，各界人士对于上海文艺出版社历经 10 余年精心编辑出版的装帧气派、印制精良的《中华民族故事大系》巨著，给予了高度评价。北京大学季羡林教授说："《中华民族故事大系》一书的出版，是锦上添花。第一，它有学术研究意义。它为历史学、民俗学、社会学提供了大量可靠的历史资料。历史记载真假难辨，此书是来自人民大众的东西，是真实的文字记载，所以它是可靠的、有价值的历史资料。第二，对文学创作之意义：历代文学源头是民间文学，作家从中可得到源泉和灵感。比较文学方面，西方学者一向认为只有《格林童话》和《五卷书》可以比较，这是西方的偏见，我们有 56 个民族的文学作品可供比较，太丰富了。第三，有伦理道德方面的意义。人民大众崇拜好人，反对坏人，《济公传》也来源于民间，民间文学总是打击坏人，拥护好人。北京大学学生组织爱生社，建议中小学开乡土课，讲究修身，修身养善，伦理道德书有潜移默化的作用。第四，中华民族 56 个民族，要安定团结，民间故事中有众多的互相学习、互相交流，共同进步，增进民族凝聚力，'故事大系'在国内外都能起到这个作用。让外国人晓得中国 56 个民族想着什么。"

　　贾芝说："此书非常好，很及时。我首先对此书出版表示祝贺。此书的出版是新中国成立以来的非同小可的大事。它对弘扬中华民族文化，对两个文明建设有重大意义。中华民族，不是要寻根吗？它所记录的历史和社会的无数的可贵的口头文学，起到多方面的认识和教育作用。《中华民族故事大系》入选的都是口头文学精品，我过去主张口头文学是中国文学史中的半壁江山，现在是我们正视这个事实的时候了。民间文学，无论是叙事，或是韵文，都是这个事实。人民文学出版社曾经出版的由我主编的《中国民间故事选》（一、二、三集），第一集仅收10多个民族的作品，第二集收30多个民族的作品，第三集1978年出版，才有了更多民族的作品；《中华民族故事大系》却这样做了，它的内容涵盖了56个民族。它的出版正值中国民间故事集成、中国歌谣集成和中国谚语集成普查结束之际，是非常难得的。上海文艺出版社规划出版此书于17年之前，起步早，出书快，工程艰巨，充满艰辛，十分不容易。内容充实，装帧、印刷均属上乘，可以载入中国民族文化图书出版史册。对各种科学研究均有价值，更重要的，它是面向人民大众的读物，这方面它可以起很好的继承民族传统，对青少年进行爱国主义教育、历史知识教育。此书从搜集整理到编辑出版成为民族文化产品，体现了从群众中来、到群众中去的精神。过去，国际民间文学学术活动总是以欧洲为中心，今天，我们有如此丰富的民间文学财富，以后，民间文学国际学术讨论会就不再总是以欧洲为中心了。北京将是下届民间文学国际学术讨论会的好会址。"马学良说："《中华民族故事大系》的出版是史无前例的壮举。我随便翻阅了一下，就发现好多篇作品是过去出版物所没有的。神话应当选，藏族史诗故事应当选，佛教故事也应当选，不是重复，而是必要的。它的作用在于引起读者对民族故事作用的认识，要重视语言，2 500多篇作品、55种少数民族语言是极其丰富的语言材料，它对语言学研究是极其重要的。我建议做故事类型的编纂，钟敬文先生20世纪20年代提出了编故事类型索引，《中华民族故事大系》应有个故事类型索引。中国少数民族文学研究所应成立一个比较文学学会，与印欧文学进行比较。"刘魁立说："此书给了我一个整体强烈的印象：历史是一个长者，《中华民族故事大系》一定会长久地流传下去。我钦佩上海文艺出版社的贡献，其理由是：一、深厚多源一体的共同文学传统，立意鲜活可感，气质相通，有着强大的艺术感染力和魅力；二、既是文学图书读物，又是科学研究资料，是里程碑式的图书出版物，集中国民间故事之大成，是民族文化的一个标志，无愧立于世界民族文化之林；三、是中国传统文化走向世界的丰富载体，它为世界人民提供了丰富的中国政治、经济、文化的来自下层人民的思想和看法。"中国社会科学院民族研究所杨堃研究员在贺信中说："今天有幸，上海文艺出版社涂石来访，并赠送上海文艺出版社出版的《中华民族故事大系》一套，使我非常感激和高兴。听说，2月5日要在国家民委会议厅召开此书出版座谈会，我因年迈行动不便，不能前去参加这一盛会，深表遗憾。敬祝这一盛会取得圆满成功。这套书包括我国56个民族，经过17年时间努力编纂成16卷、1 200万字的巨帙，是我国民族文化研究资料开创性的经典著作，此书的公开出版发行乃是我国民族文化研究资料编纂出版的一个新的里程碑。"杨堃先生此时已是一位95岁高龄的老人了。北京师范大学启功在致信中说："《中华民族故事大系》是一部非常精致巨大的图书，这么广泛把中国各民族风俗、习惯、历史反映出来，看书就可以知道各民族文化之相似之处，对中华民族的凝聚力有好作用。也可以证明，中华民族这个大家庭之不可分割。从设计到印刷成功，费精力许多，也是许多学者发挥作用的结果。我在这里向钟老夫子和各位参与这一工程的同人致以深深的敬意和热烈的祝贺。我因感冒未能出席会议，深表歉意。"费孝通说："首先我要祝贺《中华民族故事大系》出版发行和座谈会的召开。在我看来，《中华民族故事大系》是一套民族文化研究的重要资料，它将有利于我国历史学、社会学、民俗学和民族学等学科的研究与发展，有利于我国各民族文化优秀传统的继承和发扬，以及各民族之间的文化交流。祝座谈会圆满成功。"新闻出版署杨牧之说："《中华民族故事大系》是国家图书出版的一个重大工程，为中国传统文化图书出版做出了重大贡献，为广大青少年提供了一份爱国主义教育的良好读物，感谢上海文艺出版社为传统文化图书出版事业做出的卓越贡献。"中国社会科学院民族研究所秋浦建议："此书编排可更科学些，如按语系语族，或按流传地区编排。"钟敬文教授说："现代世界的民俗学活动，学者们都承认是从前世纪初，德国格林兄弟的搜集、评论民间故事、传说开端的。中国现代民俗学的产生时期稍为靠后。它是从五四前后开始的，从北京大学征集歌谣，乃至于印行《歌谣》周刊之后，我们开始进行了关于歌谣和民间故事的采录活动。20世纪50年代以来的40多年间，由于国家性质和文化政策上的原因，各民族的传统文化、文艺受到相当重视。对汉族和少数民族的民间艺术、民间文学进行了广泛、深入的调查、记录和探究。单就民间故事（广义的）的出版物，虽然没有严格统计，大略估计总数当不少于5 000册。其中有些作品，已经被译成外国文字。但是，在国内，把全国各民族的各类口承故事汇编成集的还不多见。本世纪80年代前期，中国社会科学院文学研究所毛星编纂并刊行了一套《中国少数民族文学》。但是它着重在对各族文学的概括介绍。80年代中期以来，全国各省市进行了对民间歌谣故事资料（包括少数民族的）的广泛采集，并编辑省、市本。这是一个巨大的文化工程！但由于种种原因，直到现在，故事卷印行的本子还是少数。上海文艺出版社多年来致力于民间文学和民俗学书籍的编辑、印行，方向明确，态度坚定，成绩斐然，博得国内外有关学者的信赖和赞誉。经过10多年的准备，编辑出版《中华民族故事大系》的巨帙著作。这无疑是我国民族民间文化成果出版方面的一件壮举！是中华民族精神财富的一次大展示！它一定能引起国内外这方面学者以及其他相关学科的学者们的鼓掌称快。"……座谈会开了整整三个小时。当晚，中央电视台《新闻联播》报道了《中华民族故事大系》出版的消息。

　　《中华民族故事大系》具有民族众多、地域辽阔、绚丽多姿的中华民族文化大背景里呈现出来的精良图书的特点，是我们透视中华各民族的一扇窗口，读者从中可以窥见我国各民族人民一幅幅形象鲜明、绚丽多彩的社会生活风俗画，以及淳朴浓郁的风土人情。《中华民族故事大系》是中国民间故事优秀读本的集大成者，堪称中国民间文学出版史上的一块丰碑。这是我国各民族民间文学工作者的光荣，也是我们长期从事民族民间文化读物编辑工作者的骄傲！能自始至终地参加此书的编辑、出版和发行，是我终生的荣幸。

2016年8月2日

（原载《新闻出版博物馆》，2016年第2期）

我们不能只有阿诗玛和刘三姐

——《中国民间长诗选》《中国民间情歌》的编辑与出版

在新中国的传统民俗文化图书出版史上，60余年来，上海文艺出版社编辑出版了诸多中国民俗文化图书，其中较有文化价值的，除了《中华民族故事大系》外，还有两部图书，那就是《中国民间长诗选》和《中国民间情歌》。

历来各种权威的中国文学史，对于中国古代诗歌的评价往往是："数量多而成绩又好的是抒情诗，作品少而发达又较迟的是叙事诗" [1]，而其中民间叙事诗的数量就更是少得可怜了。《诗经》中的《谷风》和《氓》，可算作是民间叙事诗的雏形，汉乐府中出现了带有浓厚的社会性的叙事歌如《东门行》《十五从军征》《妇病行》《孤儿行》《上山采蘼芜》《陌上桑》等，但真正趋于成熟的作品则只有产生在汉末建安时期的《孔雀东南飞》以及南北朝时期的《木兰辞》，中国古代诗歌缺乏叙事传统几乎成为定论。然而，当我们把目光转向民间时，我们发现，包括汉族和其他少数民族的民间诗歌中，存在着强大的诗歌叙事传统，而其中的叙事长诗，更以其恢宏的结构、曲折的情节和生动的语言格外引人注目。就类型分，叙事长诗包括了创世史诗、英雄史诗和民间叙事诗。这类叙事长诗，从它所反映的生活内容来看，史诗产生在各民族的童年期，主要反映远古时期的生活，民间叙事诗主要是在阶级社会里产生和发展的。在我国纳西族、瑶族、白族流传着各种不同的《创世纪》，彝族的《梅葛》《阿细的先基》，还有《苗族古歌》等创世史诗。创世史诗记叙了各民族在社会发展最初的生活图景，永

---

① 《中国文学发展史》，刘大杰著，上海古籍出版社，1984年2月，第221页。

远留下了这个民族对宇宙万物、人类社会的种种解释和看法，用生动朴实的诗歌语言，显示着这个民族在艺术创作上的智慧和才能。英雄史诗产生时代比创世史诗要晚一些，藏族史诗《格萨尔王传》产生于11世纪，而蒙古族英雄史诗《格斯尔传》则最早脱胎于《格萨尔王传》，《江格尔》的产生早于15世纪，流传于新疆的蒙古族人民中间，其他比较有代表性的还有柯尔克孜族的《玛纳斯》等。英雄史诗反映了民族之间频繁的战争，还有与之相联系的民族大迁徙，其中包含了许多准确的社会关系史、家庭史、文化史等珍贵资料。民间叙事诗的数量则更为可观，新中国成立后，陆续挖掘、整理出来的民间叙事诗有100多部。其中有蒙古族的《嘎达梅林》、苗族的《张秀眉之歌》、哈尼族的《不愿出嫁的姑娘》，以及彝族支系撒尼人的《阿诗玛》、傣族的《娥并与桑洛》《葫芦信》《召树屯》和回族的《尕豆妹与马五哥》，等等，都是广大各族人民群众所熟悉和珍爱的优秀叙事长诗。它们的数量之多，艺术成就之高，在世界民间文学史上也是值得夸耀的。另外，汉族民间也有如描写农民起义的《钟九闹漕》和描写爱情悲剧的《双合莲》等优秀的山歌体长诗。

我国各民族人民群众千百年来所创造出来的这些民间长诗，没有引起中国文学史家的高度重视，在传统的文学史中，将民间文学、民间长诗完全置于文学史之外［除张炯、邓绍基、樊骏主编的《中华文学通史》（1997）写了汉族、少数民族民间长诗外，历来已出版的诸多权威文学史著中，包括近代黄人著《中国文学史》（1911）、胡适著《白话文学史》（1928）、郑振铎著《插图本中国文学史》（1932）、刘大杰著《中国文学发展史》（1984）、中国科学院中国文学研究所中国文学史编写组编写《中国文学史》（1962）、游国恩等主编《中国文学史》（1962）、章培恒和骆玉明主编《中国文学史》（1996）、郭预衡主编《中国古代文学史》（1996）、马积高和黄钧主编《中国古代文学史》（2009）等，都将汉族、少数民族民间长诗置于文学史之外］，而一部理想的、完整的中国文学史不应该只成为一部作家文学史。事实上，任何时代，作家文学与民间文学、汉族文学与各少数民族文学总是交叉在一起，相互促进、相互影响的。这是整个中国文学史客观存在的历史事实，理应给民间文学在中国文学史中以本来应有的地位。新中国成立后，在全国民间文学工作者和全国各地出版部门共同努力下，中国民间诗歌，尤其是民间叙事诗和民间情歌的搜集整理出版方面取得了巨大的成绩，但还没有人将其中最有代表性的优秀作品集中在一起，编辑成为一种优秀的文学读本。上海文艺出版社民间文学编辑室高瞻远瞩，站在中国民俗传统文化图书出版的高地上，以巨大的勇气和魄力编辑出版了《中国民间长诗选》《中国民间情歌》这样两部规模宏伟的图书，为中国传统文化积累做出了自己的贡献。

《中国民间长诗选》主要选辑新中国成立以来搜集整理的我国各民族有代表性的民间长诗。内容包括叙述天地万物及人类起源和发展的创世史诗、歌唱民族和人民英雄业绩与斗争精神的英雄史诗，以及数量最多的以爱情、婚姻为题材的叙事和抒情长诗，等等，这些都是各民族人民在长期的生产斗争和阶级斗争中积累起来的智慧和经验的结晶，它们极其广泛地反映了我国各民族劳动人民在各个不同历史发展阶段的社会生活和精神风貌，有的可以说是一个民族的社会、历史、生产、生活、风俗的综合文献。

1978年6月上海文艺出版社民间文学编辑室规划"中国民间文学作品选编"时，将《中国民间长诗选》列入编辑出版计划。由于当时编辑力量不足，向上海艺术研究所借调了学养有素的杨里冈前来一起编选《中国民间长诗选》。经过整整两年日以继夜的紧张工作，终于在1980年6月正式出版了《中国民间长诗选》（第一集、第二集），分别收入包括彝族、纳西族、苗族、柯尔克孜族、壮族、傣族、傈僳族、蒙古族、彝族支系阿细人、哈萨克族、回族、土家族等少数民族以及汉族的长诗二十首。第一集收录《阿诗玛》《创世纪》《仰婀莎》《玛纳斯》《双合莲》《特华之歌》《梅葛》《召树屯》《重逢调》《嘎达梅林》等长诗十首，第二集收录《阿细的先基》《哈梅》《智勇的王子喜热图》《萨里哈与萨曼》《我的幺表妹》《哭出嫁》《娥并与桑洛》《尕豆妹与马五哥》《锦鸡》《唱离乱》等长诗十首。篇幅过多的作品采取节选的办法，选录其中能独立成篇的章节。每首长诗附有短文，对作品的思想艺术特色、流传地区、产生经过、流传影响，以及搜集整理、版本源流等情况做了扼要的说明。以收入《中国民间长诗选》第一集首篇的彝族撒尼人长篇叙事诗《阿诗玛》为例，这首千百年来长期广泛流传在撒尼人民当中的故事，生动地刻画了两个撒尼青年的可爱形象。主人公阿诗玛是一个聪明美丽而又能干的姑娘，她被有钱有势的热布巴拉抢走，虽经百般诱惑和恐吓，但始终不屈。她的哥哥阿黑勇敢、机智，为解救阿诗玛和热布巴拉父子斗智、比武，获得胜利，终于救出了妹妹。热布巴拉不甘心失败，当阿黑带着阿诗玛渡河之际，放下洪水，将阿诗玛冲走。相传阿诗玛并没有死，她被一个仙人——应山姑娘搭救，从此便永远住在山上。撒尼人民怀念她，常常对着山谷呼唤她的名字，这时山谷里就传来她的回声。1954年1月30日这首叙事长诗在《云南日报》及全国各个刊物发表转载后，在我国民间文学界和各民族读者中引起了巨大的反响，也引起了民族文化部门的高度重视。1954年至1956年间先后出版了《阿诗玛》四种版本：1954年7月云南人民出版社的版本、1954年12月中国青年出版社的版本、1955年3月人民文学出版社的版本和1956年10月中国少年儿童出版社的版本。这四种版本内容用的都是云南省人民文工团圭山工作组搜集整理的稿子。1953年5月，云南省人民文工团组织了包括文学、音乐、舞蹈和资料等人员的圭山工作组，开始深入彝族撒尼人聚居的路南县圭山区进行发掘工作，他们同群众打成一片，深入调查研究，搜集到《阿诗玛》材料共20份、其他民间故事38个、民歌300多首，同时，对撒尼人的历史、政治经济、文化生活、风俗习惯、宗教信仰、婚姻制度，以及其他民间文艺等进行了全面深入的调查和研究。经过分析、讨论，由搜集者黄铁、杨智勇、刘绮、公刘综合整理成第一个整理本。前后历时6个月，于1954年发表，并于1959年中国作家协会昆明分会重新修订。《中国民间长诗选》收录的《阿诗玛》是1979年5月原整理者的第二次整理本。整首长诗语言生动自然，单纯明秀，读来朗朗上口，充满了少数民族民间诗歌的音乐美和韵律美。以长诗第三节《天空闪出一朵花》为例，即可一窥全豹：

格路日明家，
儿子叫阿黑，
他像高山上的青松，
断得弯不得。

圭山的树木青松高，
撒尼小伙子阿黑最好，

万丈青松不怕寒，
勇敢的阿黑吃过虎胆。

大风大雨天，
他砍柴上高山，
石子地上他开荒，
种出的玉米比人壮。

从小爱骑光背马，
不带鞍子双腿夹，
拉弓如满月，
箭起飞鸟落。

阿黑唱山歌，
画眉飞来和，
阿黑吹笛子，
过路马鹿也停脚。

撒尼人民个个喜欢，
撒尼人民个个赞扬，
勇敢的阿黑啊，
他是撒尼小伙子的榜样。

老鹰落在高山上，
好花开在清水旁，
阿黑的妹妹阿诗玛，
是个可爱的小姑娘。

爹爹身上三分血，
妈妈身上七分血，
妈妈身上藏了十个月，
爹爹身上也藏了十个月。

那一天，天空闪出一朵花，
天空处处现彩霞，
鲜花落在阿普底的上边，
阿诗玛就生下地啦。

撒尼的人民，
一百二十个欢欣，
撒尼的人民，
一百二十个高兴。

没有割脐带的，
去到陆良拿白犁铧。
没有盆来洗，
去到泸西买回家。

泸西出的盆子，
盆边镶着银子，
盆底嵌着金子，
小姑娘赛过金子、银子。

三塘水又清又亮，
三塘水都给了小姑娘，
一个塘里舀三瓢，
洗得小姑娘又白又胖。

脸洗得像月亮白，
身子洗得像鸡蛋白，
手洗得像萝卜白，
脚洗得像白菜白。

小姑娘生下满三天，
哭的声音像弹口弦，
母亲给她梳头发，
头发像落日的影子。

梭子从昆明买，
机架从陆良买，
踏板索从曲靖买，
做成了织布机一台。

祥云的棉花好，
路南的麻线长，
织出一节布，
给小姑娘缝衣裳。

宜良抽红线，
澄江抽黄丝，
织成裹布带，
把小姑娘背起来。

满月那天早晨，
爹说要给我囡请请客人，
妈说要给我囡取个名字，
哥哥说要给我妹热闹一回。

这天，请了九十九桌客，
坐满了一百二十桌，

客人带来九十九坛酒，
不够，又加到一百二十坛。

全村杀了九十九头猪，
不够，又增加到一百二十头，
亲友预备了九十九盆面疙瘩饭，
不够，又加到一百二十盆。

妈妈问客人：
"我家的好囡取个什么名字呢？"
爹爹也问客人：
"我家的好囡取个什么名字呢？"

村中的老人，
齐声来说道：
"小姑娘就叫阿诗玛，
阿诗玛长得像金子一样。"

可爱的阿诗玛，
名字叫得响，
从此阿诗玛，
名声传四方。

　　《阿诗玛》一书，在国内共出版过六种单行本，同时还被改编成京剧、滇剧、花灯剧、歌舞剧、撒尼剧等搬上舞台演出，还被拍成彩色宽银幕电影。在国外，已有俄、英、日、法、世界语等文字译本出版，赢得了很高的国际声誉。尽管《阿诗玛》故事通过电影传播，在我国各民族人民中可谓家喻户晓，但就美学鉴赏效果而言，《阿诗玛》电影与《阿诗玛》长诗相比较，在反映的内容和形式方面，人物形象和语言表达方面，以及社会历史、政治经济、婚姻制度、宗教信仰、风俗习惯等诸多方面，电影所反映的思想内容和艺术感染力，与长诗本身相比较还是无法同日而语的。正因为这样，上海文艺出版社将这首具有传统文化积累性质的民间长诗与其他各民族的相类似性质的作品编纂成书，就显得更有必要、更具有出版价值了。

《中国民间长诗选》除内容精彩、版本优异、辑录精当外，每集还配有当代知名画家的彩色插图十二幅，《阿诗玛》配有黄永玉插图两幅，《召树屯》配有程十发插图一幅，《仰婀莎》配有王仲清插图一幅，其他作品分别由陈国强、蔡振华、张培础、冷宏、林曦明、俞晓夫、韩伍、程多多、林墉、盛姗姗、张培成等画家插图。张恢的封面设计端庄、高雅。在封面正面上半部分配有身着少数民族服装的青年男女形象素描，下半部分则以白色"中国民间长诗选"七个长方体字书名在黑底色镶少数民族花边图案衬托下，整本图书显现出独特的民族风格。全书两册共计1 334页，90万字，印数25 000册，大32开，印刷精良，堪称中国民俗文化图书之精品。

我国历史上有不少人做过编选情歌集子的工作，迄今为止，流传最为广泛的有明代冯梦龙编述的《挂枝儿》《山歌》和《夹竹桃》，清代王廷绍编述的《霓裳续谱》，清代华广生编述的《白雪遗音》。

1959年至1962年之间，中华书局上海编辑所将以上五种著作合在一起，编作《明清民歌时调丛书》分别排印，内部发行。1987年9月上海古籍出版社以《明清民歌时调集》为书名重新出版此书。出版者在"出版说明"中说，古代民歌是我国宝贵的文学遗产的重要部分。它们以新鲜泼辣的艺术风格，现实主义和浪漫主义相结合的创作方法，经常地给我国古典诗歌以新的营养而推动它们发展和进步。同样，中国民间情歌也是我国宝贵的文学遗产的重要部分。它们以新鲜泼辣的艺术风格，现实主义和浪漫主义相结合的创作方法，经常给我国现代诗歌以新的营养而推动它们发展和进步。基于这一出发点，上海文艺出版社于1979年春邀约了中央民族学院马学良教授，主编一部集中国55个少数民族民间情歌总成的《中国民间情歌》(少数民族卷)。中央民族学院组织了以李耀宗、李绍尼等七人的编委会。从1979年到1984年的五年时间里，他们从全国各地各少数民族浩瀚的民间情歌海洋中，征集到了200万字的情歌资料。他们从中筛选出了120万字的稿子，先后分几批寄到上海文艺出版社。1978年，上海文艺出版社民间文学编辑室刚刚恢复建制，全室连同编辑室主任在内只有四位编辑人员。

随着组稿、审稿、编辑工作的启动，短短三四年间，民间文学各种体裁的作品和理论著作书稿源源不断地从全国各地蜂拥而来，《中国民间情歌》便是众多书稿中的一种。编辑室诗歌专职编辑只有张呈富一人，《中国民间情歌》一书的编辑任务是极其繁重的。编委会严格按照具有文学价值和历史科学价值的编选宗旨，筛选稿件、审读、文字加工、编辑成书，使《中国民间情歌》成为一部集全国55个少数民族传统爱情歌谣4 000余首、1 494页、凡100万字的集大成图书。此书从1984年2月编选者交稿到1989年2月正式出版，又历时五年光阴；从组稿到出版则整整花费了10年时间。此书由于篇幅大、分量重、质量好，出版社在版式设计、封面装帧、纸张、印刷出版方面特别予以高度重视。美术编辑何礼蔚在为它做封面设计时，用大32开，布面精装，加纸质外护封，大字美术体"中国民间情歌"嵌在富有少数民族色彩的护封图案上，显得格外气派厚重。令人感到意外的是，这样一部大部头的图书，初版印数竟达3 860册。这部书，无论在思想内容方面或是艺术特色方面，都是此前已出版的类似图书所无法比拟的，它具有科学性、可读性、精炼性、全面性四个方面的特点。

科学性，指入选作品来源于民间传统流传的歌谣，而不是作家创作的诗歌。筛选作品时，编辑者严格把好演唱、搜集、翻译、整理各个环节之关，使之所收作品内容健康，族籍可靠。与冯梦龙当时选择明代民歌的标准相似之处，是《中国民间情歌》编选者也注重民间情歌中的"情真"，主要选录那些具有真情实感的作品，同时还注意到其中语言、韵律、声腔的综合所形成的特点，而选录了那些具备独特风格的作品。由于冯梦龙世界观的局限，因而他辑录作品的范围不够宽广，只着眼于表露丰富的感情，而没有正确理解思想和感情的关系；只强调感情的真实，而忽视感情表露的思想内容。所以只论情真，而不论感情的健康与否，就将一些色情、猥亵、庸俗、低级趣味的作品，毫无批判地辑集起来。而《中国民间情歌》则在坚持科学性同时兼及思想性和艺术性完美结合，既强调感情的真实，也重视感情表露的思想内容的纯洁健康。例如：

曲曲黄河九道弯，九道弯里波浪翻。
浪翻千丈终要落，妹妹想郎日夜悬。

日也悬，夜也悬，两眼望穿积石山。

山上白云像飞箭，要比妹妹差万千。

（土族情歌《曲曲黄河九道弯》）

与妹结交莫分开，我俩同到十字街。

哥拿钥匙妹拿锁，钥匙不到锁莫开。

（苗族情歌《哥拿钥匙妹拿锁》）

寨子静悄悄，明月当空照。

通夜不眠想念你，想你想到公鸡叫。

妹妹想哥哥，好比鱼儿想江河，

好比天寒想棉袄，好比口渴想水喝。

（苗族情歌《明月当空照》）

可读性。本书不是资料本，它既坚持科学性，却又不拘泥于逐字逐词直译。编选时，尽力凸显原作富有特色的形象思维，保留原作文学语言的表达习惯，扫清汉文读者理解原意的词语障碍，以增强作品的可读性。例如：

百灵鸟啊，你不要叫了，

姑娘的心啊，够乱的了；

晚霞啊，你不要照了，

姑娘的脸啊，够红的了！

牧羊的人儿啊，不要唱了！

你的心事哟，姑娘早知道了；

月亮呀，快出来，快出来吧！

姑娘的心哟，早就等急了。

（哈萨克情歌《百灵鸟啊，你不要叫了》）

精炼性。基本上选取两百行以内的短歌，篇幅更长者割爱；择优选录，优中挑优，取同一题材、体裁、风格、流行地域作品群中的上乘佳作，读者尽可投目一斑而广窥全貌。书中至少有百分之七十是不胫而走、广为本民族本地区人民群众所交口传唱的作品。例如：

> 春天一来，
> 小草儿就青了；
> 心上人一来，
> 姑娘脸就红了。
>
> （哈萨克情歌《心上人一来》）

> 谈情说爱好欢乐，
> 莫给太阳往西落；
> 哥拿钥匙妹拿锁，
> 锁住太阳在山坡。
>
> （壮族情歌《锁住太阳在山坡》）

全面性。我国自古就是一个多民族国家。由于历史原因，各民族民间文学的发展是不平衡的。作为全面性的集大成的选本，不应无视这一事实。不全面权衡入选作品，就不可能选出真正符合我国各民族历史、生活、艺术真实的优秀选本。

《中国民间情歌》除了为广大读者提供文学鉴赏功用外，还具有社会历史文献的价值，诚如恩格斯在《家庭、私有制和国家的起源》一书中指出的："根据唯物主义观点，历史中的决定性因素，归根结底是直接生活的生产和再生产。但是，生产本身又有两种：一方面是生活资料即食物、衣服、住房以及为此所必需的工具的生产；另一方面是人类自身的生产，即种的繁衍。一定历史时代和一定地区内的人们生活于其下的社会制度，受着两种生产的制约；一方面受劳动的发展阶段的制约，另一个方面受家庭的发展阶段的制约。"[1]依据恩格斯的这一重要观点，我们可以说，《中国民间情

---

[1]《马克思恩格斯选集》，中共中央马克思恩格斯列宁斯大林著作编译局编，人民出版社，1974年4月，第四卷，第2页。

歌》，正是一部有关我国55个少数民族，在其各个方面发展阶段，进行自身生产的艺术的记录。借助它，对于我们研究中国少数民族的社会历史、财产关系，以及风俗民情，具有十分重要的文献价值。同时，我国少数民族人民在爱情生活方面所表现出来的崇高而美好的道德追求，对于今日陶冶青年一代及全体人民的心灵，也不失为一种宝贵的借鉴。

2017年3月10日

（原载《民间文化论坛》，2018年第5期）

卡尔维诺《意大利童话》

——兼与《格林童话》比较

　　30年前，当意大利著名作家伊塔洛·卡尔维诺像从大海里捞针那样，完成了150年来无人成功的壮举——编纂一部意大利的《格林童话》时，他并未料到，随着时间的流逝，《意大利童话》会再版十余次而不衰，并被译成俄、英、中等多种文字广泛流传。经过多年来的深入研究，人们惊讶地发现：在保持民间文学本色等方面，它的成就可能在《格林童话》之上。

　　《意大利童话》中译本出版后，引起我国读书界的关注，价格虽不便宜，但几次投放书市，购者仍极为踊跃。这固然与多年来具有世界影响的童话名著介绍较少有关，但更深刻的原因却是它自身具有的质朴动人的艺术魅力，以及启迪人生的审美价值。

　　意大利民间文学有着悠久的传统，丰富的宝藏。问题在于，自发和零散的口头文学如何通过发掘和加工，升华为世界文化宝库中的不朽名著。《意大利童话》的成功绝非偶然，它取决于编纂者对民间文学的历史和群众审美情趣的深刻把握，以及精湛的重构技巧。

　　伊塔洛·卡尔维诺认为，他的工作有继往开来的性质（为此，特意在序言里列举了前人的劳绩，并给予了公正的评价）；绝非搜奇猎异，而是打捞"种族记忆"的沉淀。这种信念使他能够超越局限于狭小天地的先辈。

　　他花费大部分精力整理民间传说，研究近百年积累的素材，同时又加入两三成个人判断。卡尔维诺对大量口述资料（近50种基本类型）进行筛选，将最罕见、最优美的故事原型由方言译成意大利文。如果尚存的唯一版本是完成的译文，但未能体现本来面目，他就干脆改写。他努力充实故事的内容，但从不改变原有的特征和完整性。对故事中遗漏和过于粗略的部分，他尽可能予以妥善的增补。

全书多达6万字的注释，详尽注明了每篇作品的材料来源和搜集地区；相当一部分作品还注明了讲述者的姓名、职业、性别和年龄，以及与同类世界著名童话的情节差异；每一则作品的整理和增删情况，也都有具体交代。他努力在故事不流于俚俗的前提下保持方言的清新和淳朴，避免使用过于高雅的词句。艺术性和科学性得到完美的统一，因而读者能身临其境地感受到流传地区的风光、习俗、道德观念以至乡音。

较《意大利童话》早150年问世的《格林童话》，是举世公认的世界童话名著，在民间文艺学史上占有突出位置。格林兄弟也一直被视为忠实记录民间文学的开创者。《格林童话》是根据长期搜集的德国民间故事素材改写而成的，它不仅与绝大部分根据作家生活体验创作的《安徒生童话》大不相同，和《意大利童话》也有不少相异之处——后一点不是人们一下子能够接受的。

《格林童话》和《意大利童话》一样，原始材料都来源于民间文学，都是由文人编纂而成，都在不同程度上反映了本国人民古老的文化传统和淳朴的审美观念，编纂者的出发点都是系统介绍本民族民间故事的优秀作品。但《格林童话》是由德国语言学家格林兄弟编写的，《意大利童话》则是由一生创作过十多部中长篇小说集的意大利当代著名作家伊塔洛·卡尔维诺重述编纂的。由此产生的另一相异是两部作品的文体：《格林童话》保持了改写者单一平淡的语言风格，《意大利童话》则较好地保留了意大利民间故事丰富清晰、淳朴自然的语言风格。《格林童话》使我们体会到语言的韵味，《意大利童话》却使我们感觉到有许多故事讲述者存在，他们时而多愁善感，时而意气风发，语气多样的优美语言，和谐的旋律构成这些作品的基调。这些故事措辞巧妙，以生动活泼、奇异别致取胜，这种风格是意大利各地方言的自然产物。两者更大的不同之处在于，《格林童话》在主题、人物、故事情节等方面离民间文学的本来面目较远，《意大利童话》除在注释里附有各种资料外，印刷13次而未在内容和形式上做过重大修改。如卡尔维诺在《意大利童话》前言中指出，根据口述记录民间故事的方法始于格林兄弟，但他们的方法在今天看来称不上"科学"，最多只能称为"半科学"。对他们原稿的研究可以证实行家阅读《格林童话》时的强烈印象，即格林兄弟在老妇人口述的故事里，加上个人的主观色彩。他们不仅根据德国方言翻译出版了故事梗概内容，还把故事的各种不同说法统一起来。他们删去了粗俗的部分，对故事的表达和意象做了润色，并力求文体风格前后一致。更为值得注意的是，1983年美国学者约翰·M.埃利斯撰写了专著《一个多余的童话》，向作为民间文学科学研究奠基人的格林兄弟提出了严肃的挑战①。他从《格林童话》的故事来源、素材加工和出版后的多次修改三个方面，进行了严格细致的考察，证明格林兄弟的整理使内容比原作扩充了一到两倍；完全毁掉了原作的风格韵味；任何意义上的故事讲述者的语气都不复存在；增添的成分使故事的情节、人物和主题都发生了重大变化；巫术、乱伦等不合理因素都被删掉，代之以王子与公主的爱情之类的俗套。格林兄弟从初版到第七版，一直未停止过改写故事或改变童话集的结构，结果使它们离真正的民间童话越来越远。

　　威廉·格林在《格林童话》序言中阐述出版意义时，说他们搜集童话有两个目的：保留古代人民的诗歌遗产，向成年和童年读者介绍这份遗产。伊塔洛·卡尔维诺在《意大利童话》前言中也提及两个目的：介绍用意大利方言所记录的民间故事的各种类型，介绍意大利各地区的民间传说。粗看起来，他们的目的似乎相同，但由于他们的文学理论见解、对待民间文学的态度以及具体做法不同，就使得两部相隔百余年的世界童话名著的效果明显相迥：《格林童话》较为笼统地实现了初衷，《意大利童话》却较为准确地达到了目的。《意大利童话》较《格林童话》更接近于民间文学本来面貌，因而也具有更高的文学欣赏价值和科学资料价值。

1987年2月10日

（原载《外国文学评论》，1987年第1期·创刊号）

---

① 参见阎云翔《格林童话的可靠性面临挑战》(《民间文学论坛》1985年第5期)，这里所用材料均引用此文，特向阎云翔致谢。

民间文学研究中的一部重要著作

——评《钟敬文民间文学论集》

　　钟敬文先生是我国著名的民俗学和民间文艺学专家，从事民间文学教学和研究生涯长达60年。在这漫长的岁月里，他不仅为我国民间文学事业培养了大批教学和理论研究人才，而且撰写了大量的卓有见解的论文，新近上海文艺出版社出版的《钟敬文民间文学论集》①，是他60年来心血的结晶，也是我国民间文学研究领域中的一部重要著作。

　　《钟敬文民间文学论集》有一篇钟敬文为《孟姜女故事论文集》写的序，在序中钟敬文高度评价了顾颉刚对我国民间文学研究的重要贡献和对孟姜女故事研究所取得的世界声誉的科学业绩，同时也指出了他的不足之处。他说：

　　　　他（指顾——作者注）不能深刻理解作为人们意识形态的民间传说的产生和演变跟广大群众社会地位和现实生活的密切关系，不能明确地理解封建地主阶级的文化与广大人民文化的质的差异及其互相渗透斗争的事实，……而没有运用马列主义的观点、方法，则是造成他的研究见解上这些弱点的基本原因。

　　指出前人的不足，是为了弥补它，超过它，推动学术研究向前发展。钟敬文对顾先生的科学评价，正是为了接过顾颉刚的接力棒，担负起发展

---

① 《钟敬文民间文学论集》，钟敬文著，上海文艺出版社，1982年10月。本文所引钟文除注明外，均见此书。

我国民间文艺学的重任。

读了《钟敬文民间文学论集》，我有一个突出的印象：在民间文学研究领域内，钟敬文在漫长的岁月中，坚持不懈，经过自己刻苦的努力，把我国的民间文学研究推向了另一个新的高度。

一

钟敬文曾经多次谆谆告诫年轻人要努力学习马列主义、毛泽东思想，运用马克思主义的基本原理，即辩证唯物主义和历史唯物主义的观点，指导学术研究。他自己就是这样做的。这就构成了《钟敬文民间文学论集》的第一个显著特点，即用马克思主义的立场、观点，观察、分析民间文学作品和现象。写于新中国成立初期的《歌谣中的醒觉意识》一文，钟先生在充分肯定旧时代的歌谣是劳动人民反对统治者和不合理的制度的阶级反抗意识之后，指出它"是过去社会产生的民谣在人类民主思想发展史上一种不容轻视的贡献"。在《歌谣与妇女婚姻问题》中，作者一开始便这样写道："文学创作，是人们的生活和意识的反映。中国妇女过去长时期的苦难经历和对于这种经历的不满、反抗，以及她们30多年来在新的历史机运中获得翻身的幸福，这一切，在人民的口头创作中都有很丰富、很真实的描写和叙述。"作者还深刻地揭示了歌谣中所反映的阶级对立，指出了妇女婚姻问题，自从有阶级的社会以来，就不再单纯是人类男女两性的自然结合，而是变成要受到社会地位、经济地位支配和制约的政治行为了，妇女的解放与正确的革命运动是密切相关的。这样目的明确、观点鲜明地把歌谣研究提高到阶级、阶级斗争和革命运动的历史高度来考察，在我国歌谣学史上还是第一次。

钟敬文在自己的著述中，不仅对歌谣这些现实意义比较明显的民间文学作品，注意运用阶级分析观点进行分析，而且对神话这类现实意义比较隐蔽的民间文学作品，也能够坚持运用这个观点分析。在《马王堆汉墓帛画的神话史意义》一文的《阶级斗争与神话》一节里，著者敏锐地指出，神话虽然产生于无阶级的原始社会，但作为一种社会意识，在阶级社会的流传过程中，就不能不受到阶级和阶级斗争意识的影响。过去的研究者，对于神话反映现实方面，虽然曾经做过某种程度的探讨，但是，对于神话在不同社会形态里内容与作用的转变方面，却较少注意。著者却能够通过马王堆汉墓帛画中伏羲与他周围形象的相互关系的观察和分析，指出了伏羲从远古时代的一个原始部落的文化神，到西汉时代变成了天国里的一个高高站立在太阳和月亮神中间的天神，成为人间封建贵族灵魂的保护者了，从而得出正确而深刻的结论："神话作用的巨大变迁证明了，任何时代意识形态领域里的阶级斗争，都准确地反映着当时的物质分配和社会关系领域里的阶级矛盾。在阶级社会里，被统治阶级，正像他们物质产品的被掠夺一样，他们的精神产品也难免这种被掠夺的命运。"著者在撰写的探索近代民间文艺学史的一系列文章中，也能运用辩证唯物主义和历史唯物主义观点分析前辈的得失。比如在充分肯定梁启超、严复、夏曾佑、黄遵宪、鲁迅、章炳麟、黄节、柳亚子等人在民间文艺学方面的历史地位、进步作用之后，也恰如其分地指出他们的历史局限性，并分析产生这些缺点的主观原因和客观原因。对鲁迅的某些见解，著者也持同样的态度。鲁迅对神话的看法，认为它是古代文化幼稚的人民用想象（神思）去把自己还不能理解的自然人格化的结果。钟先生在高度评价鲁迅这一定义的历史作用的同时，也指出其不足：马克思对于神话的本质的看法、最杰出的科学意义，在于把原始人看作是跟自然对立着、斗争着的存在，在于看出人类对自然的能动的性质。

钟敬文之所以会掌握马克思主义的辩证唯物论，是他不懈追求、刻苦学习的结果。在大革命时期，他已经接触到《共产党宣言》和《共产主义ABC》等书籍。大革命失败后，马列主义被作为社会革命理论传播，而且被应用到中国历史和文艺的剖析和批判，钟先生的民间文学思想也受到一定影响，但还只是作为新因素存在于他的思考和写作里，当时他的民间文学思想是相当驳杂的。钟敬文比较自觉和认真运用马列主义的观点，是20世纪40年代中期以后。从《钟敬文民间文学论集》的文章，我们可以看出他为了运用马列主义原理来研究民间文学，经过了几十年的孜孜追求，做出了艰苦的努力。钟敬文在《把我国民间文艺学提高到新的水平》《加强民间文艺学的研究工作》等文章中，一再强调对于马克思列宁主义，不能只满足于引用一些经典的名言隽语，以代替那种由自己对具体事象进行艰苦的精神活动才能取得的结论；又指出，即使是最正确的马克思列宁主义言论，也不能当作教条使用，他批评"有些同志，矫枉过正，把马克思主义的基本原理和最重要的科学方法（唯物辩证法）也悍然抛弃了"。他指出，这样做："从我们学术发展的要求和方向说，是一种歧途，更甚一点说，是倒退。我们今天在学术上的重要任务，是正确地运用马克思主义的基本原理及其方法，而不是放弃它！"从这里也可看出钟先生对马列主义的态度和认识的深度。

二

民间文学的特点之一，是继承性与变异性（浮动性）的辩证统一。它的继承性指的是民间文学的民俗内容、情节相对稳定；其变异性是指在不同时代、不同地区、不同民族的流传中，内容、情节乃至人物形象等方面的演变。这是因为民间文学流传在人民大众口头之中，进行口头承传，随着整个社会经济、政治和人们的相互关系的不断变动，社会意识，人民心理、风俗、习惯也跟着变化，它也发生变化。钟敬文说："广大人民的生活、遭遇和思想、感情，随着时间的前进，不断地变化着。这种随时（乃至随地）产生的变化，必然要求反映到他们用口头创作和传播的文学作品上。这就使那些口头传承下来的作品随时都在起着或大或小的变化。""这充分说明，民间传说、民间故事等的变化，是有着严肃的社会背景和迫切的群众心理基础的。"

研究作家的书面文学作品创作历程，不了解作家一生思想的发展过程及其所处的社会，寸步难行；研究流传成百年、上千年的民间传说、故事，不了解传说、故事流传时代的社会发展、人们心理的发展过程，同样寸步难行。顾颉刚研究孟姜女的故事，之所以能取得辉煌成果，主要原因之一，就在于他能从这个故事流传两千多年、头绪繁杂的资料中，运用发展的观点去整理出变化的线索。他认为故事的演变，与历代的时势和风俗的变化有关，与民众的感情与想象有关。他说："与其说孟姜女传说的本来面目为民众所讹变，不如说从民众的感情与想象中建立出一个或若干个孟姜女来。"可惜，他未能对传说变迁与分化的社会的经济、政治原因进行真正的探索，所以钟先生评论说："他（指顾——作者注）不能深刻理解作为人们意识形态的民间传说的产生和演变，跟广大群众社会地位和现实生活的密切关系。"

《钟敬文民间文学论集》中《为孟姜女冤案平反》一文，是钟敬文先生研究民间文学作品代表杰作之一。文章写于粉碎"四人帮"后的第二年，即1977年，它一方面愤怒批判了"四人帮"出于政治需要对孟姜女传说的歪曲；另一方面，又与顾颉刚先生进行学术性的商量、探讨。

孟姜女传说，是我国著名的传统故事之一，早在2 000多年前的文献上，就出现了关于它的原始形态的记录。它不但拥有相当丰富的文献资料，而且具有一定的社会历史意义（特别是当它的内容和情节有较大变化之后）。在我国传说学上，乃至于世界传说学上，它是值得重视的。但在十年浩劫期间，林彪、江青反革命集团和追随他们的论客，硬把这个优秀的民间创作拉进他们炮制的儒法斗争的轨道，抛开这个传说故事本身演变发展、变异的历史和背景，抛开人民群众在这个传说故事口头流传创作的心理和愿望，认为孟姜女哭长城的故事，是由杞梁妻哭长城的故事演变而来的，同秦始皇毫无关系。说它是由"孔孟之徒"出于尊儒反法而移花接木、张冠李戴造出来的，目的是攻击法家代表人物秦始皇。为了驳斥这种谬论，著者引用了大量的文献资料记载，追溯这个传说的演变、发展的历史过程。

钟敬文在文章中写道：孟姜女传说，由原来的齐国杞梁妻的拒绝"郊吊"逐渐演变，到了隋唐之前，急速转变为孟仲姿（孟姜女）哭倒埋夫尸的万里长城，是这个传说内容情节的大转变。其主题思想也由郊吊的原始主题（战国以后侧重在善哭、崩城、崩山），发展为反对残酷的筑城徭役新主题。那么，怎样来解释这个根本性的转折、发展呢？钟敬文依据"一定的传说改作"是"重大的现实社会生活反映在群众的思想、感情和想象上的结果"的原理，认为："为了揭开这个故事内容大转变的谜，还必须找到能打开产生它的历史事实那把金钥匙，就是说，要找导致这个传说大转变的社会背景。""这传说新形态的要点在于修筑长城"，"没有当时繁重、严酷的徭役事实和广大人民的受难以及对它的反感、诅咒"，就不会有后来的孟姜女匹配避役青年和哭倒长城的故事。

将民间故事、人物传说放在一定的社会历史背景之中进行研究的另一个例子，是对刘三姐产生的解释。有人认为刘三姐是至今尚广泛流行的壮族民族节日歌圩之创始人或"第一领袖"。钟敬文言简意赅地说："彼乃此艺术节日之女儿。彼之哀丽传说，乃此种民族风俗活动之倒影。"他深刻指出：歌圩的风俗可能产生于较遥远的部落生活时期，是由于特定社会生活的需要而形成的，是作为一种社会文化机能而存在的。而具有坚强之生命力的民间风俗，在其长期发展过程中，必然产生许多杰出的民间诗人、歌手。这就是说社会风俗、习惯与其社会生活密切相关，而民间诗人、歌手又是社会风俗、习惯的产物。歌圩风俗与刘三姐及传说的关系，正是母亲与女儿的关系。

研究民间文学作品的演变、发展、变异时，善于紧密结合社会时代背景、人民群众的心理来分析、解释，这就是《钟敬文民间文学论集》的第二个显著特点。

三

运用比较方法，分析研究民间文学作品和现象，是《钟敬文民间文学论集》的第三个显著特点。

钟先生非常重视运用比较方法来研究民间文学，并经常将它传授给年轻人，他说：

> 比较方法，是近代科学（不管它是自然科学或人文科学）广泛使用的方法。因为比较能使事物更容易显露出它的性质或特点。在民间文艺学的领域中更是惯被采用的、有效的一种研究手段。[①]

但是，新中国成立后，由于种种原因，在民间文艺研究领域中这种方法很少被采用，现在尽力进行这种工作的人还不多。它绝不是可有可无的，

---

① 《挺进中的民间文艺学——1981年我国民间文艺学活动鸟瞰》，钟敬文著，《北京师范大学学报》（哲社版）1982年第5期。

预计不久它将会热闹起来的。当然，钟先生也并没有将比较法抬到不适当的地位，他认为这种方法是技术性的方法、次要的方法，必须服从于先进的世界观（即马列主义）和基本方法（辩证法）。

比较方法，早在20世纪20年代，顾颉刚在研究孟姜女传说故事时就使用了，他之所以能整理出这个故事的历史系统和地理系统，就是对流传两千多年和扩布几遍全国各种形态的资料，细心地加以比较的结果。闻一多等人也曾利用少数民族的洪水传说，与古文献的伏羲、女娲神话进行比较，引起国内外学术界的注意。

钟敬文在研究中也广泛运用比较的方法，但他把这种方法建立在更加科学的基础上，论证更为严密。他在《挺进中的民间文艺学——1981年我国民间文艺学活动鸟瞰》一文中，给比较法的运用做了较具体的规定。他说：今天在民间文学研究领域里使用比较方法，除了首先服从先进的观点与基本方法外，"还须精细地检查所比较作品相同点或差异点的大小、轻重，考察作品流传地域的社会、文化、民俗等有关情况，特别要严格考察那些作品中的相同点或差异点，跟流传地人民的一般思想及民间文艺的特点，是否有亲密的关系。这样才能使我们的论断安放在比较可靠的基础上"。钟先生在这里提出了一个非常重要的观点，就是在比较时，不仅要找出其相同点，还要找出其差异点，而且要把作品与有关的社会、文化、民俗等联系起来。

在如何进行科学的比较上，钟敬文的《钟敬文民间文学论集》也为我们后辈提供了一个范例。而最突出的成绩要算他在《论民族志在古神话研究上的作用》中，把古典神话女娲补天与少数民族流传中的《女娲娘娘补天》进行比较的例子了。女娲是我国赫赫有名的女神，但材料零星，意义模糊，有的记载甚至彼此矛盾，在许多记载中是被历史化、哲学化、文学化了的，使我们难以看清神话故事的本来面目。作者把流传于云南省迪庆藏族自治州的《女娲娘娘补天》故事，就女娲重要活动项目与古典神话《女娲补天》进行了周密的比较研究，发现它们之间的密切关系，从而以活生态的《女娲补天》故事，来印证古典神话中那些被分离的各个项目，使我们看到它原有的、较完整的存在形态。

我国是个多民族的国家，古典神话中的开天辟地神话、英雄射日神话、洪水神话等许多名目，不少少数民族也有，而且还在口头上流传，可供我们对比研究的材料是很多的。有的是有"血缘"关系的，有的则是在相似的土壤中独立开放的。找出其相同点，研究民间文学发展的共同规律，这是比较的一个目的；另一个目的，是通过比较，找出其差异点，说明民间文学是怎样与社会、文化、民俗、地理环境等紧密联系在一起，从而形成了自己鲜明的民族特色。在钟敬文主编的《民间文学概论》中，把汉族的《蛇郎》故事与傈僳族的《大姐和三姐》、傣族同类型故事也进行了有趣的比较。汉族的《蛇郎》故事，描写蜜蜂去给蛇郎说媒，忙忙碌碌两头奔走的情景，以及七姑娘出嫁，热热闹闹的送亲场面，完全是一幅汉族封建社会婚嫁风俗画。傈僳族故事中嫁给蛇郎的三姐，穿戴的服饰完全是傈僳族姑娘的。傣族故事中的傣族特有的芒果以及他们视为吉祥的莲花，又给故事增添了傣族独特的色泽。更重要的是这些作品中的人物，由于他们不同的社会文化、风俗习惯等，形成了不同的民族性格特征和民族心理，从而显示了各族民间故事的个性特点。

　　找出差异点，说明形成差异的原因，保留各族故事自己的特色，是民间文学研究中一个重要方面，但不必讳言，我们在这方面的研究是不够的。我们知道，古史辨派和丁山等一些学者，研究古代神话，好找相同点，喜做综合研究，他们往往根据神话人物活动的一些相似的内容、情节，就断言某某即某某，某某又即是某某。殊不知远古时代，部落、氏族如林，许多神话基本相同，其中或有血缘关系，或互相影响，或是在相同的社会发展阶段上独立产生的，我们不能根据其某些相同点，就轻易下结论，认为某某即某某。即使像帝俊、帝喾、帝舜，也未必就是一个人。打个比方，我国神话中的射日英雄，就有汉族的后羿、苗族的挪亚、壮族的侯野、哈尼族的俄普浦罗、彝族的支呷阿鲁、怒族的腊普、高山族的那巴阿拉马。如果根据其某些相同点，便说挪亚、侯野、俄普浦罗等就是后羿，这就抹杀了他们的差异点。而抹杀了差异点，势必导致抹杀各族射日神话的民族个性和民族色彩。所以，钟敬文提出的考察作品，不仅要考察其相同点，而且要考察其差异点，这是非常重要的意见。

　　将钟敬文先生半个多世纪以来，从事民间文艺学的研究活动，放在我国民间文艺学产生、发展的整个历史背景中来考察，他是把民间文艺学当作一门特殊的独立的学科（区别于"一般文艺学"）的学者。他不仅坚持运用正确的立场、观点和方法，对具体民间文学作品和现象进行分析研究，并得出新颖的结论，而且更为宝贵的是他对这门学科中的许多基本的重要的问题，提出了科学的理论概括。

本文仅就钟敬文先生研究民间文艺作品方面的特点进行评介，至于他在民间文艺学与民俗学方面的理论探讨，拟另文阐述。所以，这里就不多谈了。

1983年1月

（原载《民间文艺集刊》第5集，1984年2月）

谈"东方民俗学林"的策划与编辑

在"中国民俗学会第四次全国代表大会"上和各地新华书店里，上海文艺出版社新近出版的"东方民俗学林"受到特别欢迎，订购者和购买者占该社出版的民俗文化图书的七成以上。人们不禁要问，这究竟是为什么？细加考察，我以为主要原因是这套丛书策划、编辑上具有鲜明特色。

一、应 运 而 生

中国现代民俗学虽产生于五四前后，至今有将近百年历史，但前进道路曲折，早期的代表人物、代表著作未被系统地整理出版过，而他们学术上的成就及其影响也尚未被学术界和一般读者所认识。20世纪80年代以来，随着中国民俗学的复苏、高等院校民俗学课程的开设，广大师生和文化学术界越来越感到出版界应有一套反映我国百年来民俗学领域最重要成果的丛书问世。1996年2月3日在北京师范大学召开的"上海文艺出版社作者恳谈会"上，许多人又一次发出了这样的呼声。经过3年时间的策划、编纂，"东方民俗学林"6种，这一世纪标志性学术论著应运而生，出版发行了。

二、特 点 鲜 明

这套图书之所以受到学术界的好评，是因为它在策划、编选、编辑、出版上有独到的构架、鲜明的特点。

第一，是在收入丛书的人物及其论著上，有着较高的标准。中国民俗学运动初期，涌现出大批人物，顾颉刚、江绍原、周作人、钟敬文、黄石、董作宾、茅盾、赵景深、容肇祖、常惠、胡适等是其中代表，还有20世纪80至90年代一批人物。"东方民俗学林"究竟收哪些人的作品，主要根据他们在学术上的成就及其影响如何，也就是说视他们在学术理论上的贡献而定。经过多方面的论证，我们选定了影响较大的钟敬文、顾颉刚、江绍原、周作人、黄石、刘魁立六位。他们的论著具有公认的理论上较为成熟的权威性特点，又各具鲜明的学术个性。

第二，编选者不是随意将这些人的论文汇集成书，而是根据不同著者不同理论研究特点，精心结构论集框架，充分显示不同著者的本来面貌。顾颉刚在学术上的贡献，最突出的当然是古代史和历史地理。但是他对民俗学的研究，也有卓越的贡献。他的民俗学研究方法对我国新史学有独特创建，又以新史学家的眼光和手段使我国民俗学在发端及奠基之时即立于一个高起点之上。他是从戏剧和歌谣中得到研究古史的方法，并用民俗学的材料去印证古史，作为历史研究的辅助而研究民俗学的。在新文化运动中，整理国故以及推广白话文这两项事业导致了人们对研究大众文化的积极态度。孟姜女哭长城的故事传遍全国，但它的历史比秦始皇还要早几百年，从春秋至今已有2 500余年了。当代学者对它的流传情况已加以注意，顾颉刚在辑书中偶然得知孟姜女故事演变的线索。于是他整理手头的材料，写成了12 000字的《孟姜女故事的转变》，第一次使用历史地理的方法研究中国的民间传说故事，提出了自成体系的理论。顾颉刚的学术观点，自然是五四思潮的产物，但是在民俗学的学术上，他搞的是本土的学问。他的民俗学著述是民族性和创造性相结合的产物，因此能够奠定中国民俗学的理论基础。

江绍原是20世纪30年代"杭州民俗学会""杭州中国民俗学会"创建者之一。他的理论贡献主要是关于民俗学基础理论研究，关于宗教学研究，以科学进步的立场、观点、方法研究宗教，批判唯心主义，宣传唯物主义；关于礼俗迷信的研究以及关于占卜的研究，宣传科学，破除迷信。他虽应用了英国弗雷泽的理论研究中国民俗现象，但他研究的结论还是中国的，做的还是中国的学问，而不是替英国人搞学术批发。他一生的学术实践和成就，最突出的特点是理论研究结合实际的开拓性和表述的通俗性。迷信研究、礼俗迷信研究，没有人开过课，他开了。他以科学的态度、方法研究《遗教经》、古代旅游、占卜、发、须、爪、唾沫、血液与月经等等，均属开创拓荒性质的研究。

周作人是现代作家，在中国现代民俗学运动早期，他倾注了心力。他注重国外理论的引进，强调民俗学研究于民族发展之重要，昭示民俗学研究之方法与途径，74篇论文涉及神话传说、童话、歌谣、妇女、儿童、宗教、哲学、信仰、语言、文学与社会民俗等方面。周作人在民俗学方面的独特贡献就在于他从西方近代思想中敏锐地发现晚近兴起的人类两性学说、妇女解放学说和儿童本位学说，以此来批判传统的封建风俗，揭露其如何扼杀人性、压迫妇女、摧残儿童，使其现出野蛮的原形。

黄石属于民俗学的独立研究者。由于他广泛阅读国外人类学、民族志和民俗学著作，使他的研究从一开始就具有职业民俗学家的特点：针对中国民俗事象，但却总是利用世界各地民俗资料进行比较研究。除了梳理民俗历史演变外，也结合亲身经历和实地调查，因而成果较为成熟。黄石与江绍原类似，他们研究民俗，都具有宗教学的共同背景，这就决定了他们研究的对象较集中于礼俗迷信的方面，而黄石的研究面更为宽阔。在中国现代民俗学从民间文学到民俗学，再到钟敬文倡导的民俗文化学或民间文化研究的整个发展过程中，黄石的宗教礼俗研究也起了重要的作用。他的研究特色还在它们主要不是停留在描述阶段，而是尽可能地利用特定的理论知识对各种民俗事象进行解释，体现了学术研究的现代特点。

在中国现代民俗学的发展史上，钟敬文占据着十分重要的地位。论集收入作者70年来从事民俗学研究的15篇论文，选择这些的意图在于用不太多的篇幅，简约地、概括地反映钟敬文在民间文艺学、民俗学、民俗文化学三个领域思想体系的大致脉络及其学术贡献。20世纪80年代末、90年代初，钟敬文对民间文化的研究历史做了全面深入的反顾和前瞻，从而在学科建设方面，提出了一个具有全局意义的新命题——民俗文化学。他在一系列重要论著中，对这门新学科进行了总体分析，认为民俗文化学就是从文化角度去研究民俗学，将民俗作为整个文化背景下的一个内容去考察，从而使民俗不单单作为一个孤立的事象，而是作为民族文化的有机组成部分去认识，使它的价值、作用、意义都得到了重新的定位和确认。收入本书的《民俗文化学发凡》一文，当是这一学科设想的纲领性著作，在学科发展的历史上具有十分重要的意义。

刘魁立是当代一位学术有成的民俗学家。他的集子收入了他关于民俗学、民族文化学、西方原始文化名著论文32篇，其特点是学识渊博、学风严谨、长于思辨、逻辑严密、见解精辟。

第三是重视原始材料。民俗学论集的"前言"尽量采用著者自撰的文章，如顾颉刚的"自序"由作者《古史辨》第一册"自序"中有关民俗学章节，以及《我在民间文艺的园地里》《我和歌谣》三组文章构成；周作人的"代序"是他1944年5至9月发表的具有广述作者学术经历的《我的杂学》；钟敬文《我的学术历程》、刘魁立"自序"等都使读者直接从这些"前言"中了解著者的学术生涯。此外，每一集子都附有著者生平及其主要著作年表，这些都大大提高了著作本身的资料价值。

三、脉 络 清 晰

在五四运动的历史背景下，我国现代民俗学运动以北京大学为中心，蓬蓬勃勃地发动和开展起来，京、浙、粤三地年轻的知识分子们满腔热忱地成立北京大学歌谣研究会、北京大学风俗调查会，创办《歌谣》周刊、《民俗》周刊，组建民俗学会，从事社会调查，搜集民俗资料，潜心科学研究，出版民俗读物，展开了史无前例的歌谣学、民俗学的学术建设活动，揭开了中国现代民俗学史的新篇章。

中国结束封建社会后，由于西方先进的人文科学和社会学说的输入，中国知识分子的价值观发生了变化，这就加速了传统的通俗文化向现代的民俗文化的转化过程。这一时期出现的民俗研究团体、民俗书刊和民俗学者的学术活动，具有一个共同的特点，就是围绕雅、俗文化对立的基本点，重新解释民俗和民俗文化，努力探讨民众的精神信仰、口头文艺和行为习惯，试图从中发掘被正统文化长期压抑的反封建意识和民主思想，利用民族民俗文化的民主性和丰富样式开展民族新文化的建设。这阶段民俗学的发展，说明了民族觉醒意识和民主主义思想对中国知识分子的新要求。这时候，蔡元培、顾颉刚、刘半农、周作人、江绍原、钟敬文等一大批学术界先辈为发扬民俗文化，为确立民俗学的历史地位发出了呼吁，发表论著，提出民俗学课题，拓宽了民俗学研究思路，为中国民俗学学科建设做出了卓越贡献。

20世纪即将结束，在跨入21世纪的时刻，中国民俗学呈现了前所未有的繁盛气象。最近十多年来，从中央到地方，民俗学机构广泛建立，民俗教育事业蓬勃发展，集录、研究成果日益增多。所有这些说明，确立中国民俗学学科要件和发展标志的资料积累、研究成果均趋于成熟。著者无论在资料搜集整理，在考察民俗现象方式，在叙述民俗文化态度上，都表现了自己的民族性格和独创精神，表明中国民俗学已从描红期步入成年期，走向世界，形成了中国民俗学派。所有这些中国现代民俗学运动的百年历史发展轨迹以及不同时期、不同著者的主要观点、流派、风格，都在 "东方民俗学林" 六种论著中得到了充分的、脉络清晰的反映。

1999年4月10日

（原载《编辑学刊》，1999年4月）

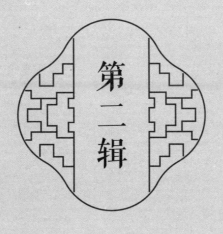

第二辑

民间故事应有丰富的艺术想象

　　人民口头创作是最富于艺术想象的，传统的民间故事尤其如此。"牛郎织女的故事""孟姜女的故事""梁山伯与祝英台的故事""《白蛇传》的故事"，以及流传在我国各族人民中间的大量的民间故事，从传说、童话、寓言、动物故事到生活故事，无例外地都充满着大胆的艺术幻想和丰富的艺术想象。可以说具有丰富的艺术想象是民间故事的一个十分突出的特点。流传在福建的著名民间故事《龙灯》，讲的是一个扎灯艺人秋老，不肯替皇帝扎龙灯，终于用龙灯将皇帝烧死。这虽然是一篇现实性较强的民间故事，但同样有着丰富的艺术想象。为了表达封建社会人民对皇帝的不满和反抗，人民大胆地幻想出让秋老扎出的龙灯上的龙飞舞起来，向现实社会中的皇帝身上扑去，"就像饿鹰抢死鸡，三牙两爪地把他撕碎了，接着，皇后妃子也被咬死了，宫殿上一片混乱，大臣们推桌翻椅，你挤我拥，鬼叫似的四散逃命"。直到龙嘴里吐出熊熊的火焰，把整个皇宫和大臣们烧成一堆黑灰，使整个最高封建统治者落得个"半个也没有逃得出来"的灭顶之灾的应有下场。最后人民还想象秋老骑在龙背上，向东海，向他家乡飞去。人民把龙灯上的龙幻想为真实生活中的龙，把龙的威力幻想到强大无比的地步，是人民在口头创作中大胆进行艺术想象的结果，它充分表现了封建社会人民反抗压迫的坚强意志和向往自由的美好愿望。在这里，正是大胆的艺术幻想和丰富的艺术想象使作品更加深刻地反映封建社会现实斗争。这个故事的某些细节虽然不是现实生活中的真实情况，但整个故事所反映的人民的是非好恶和思想感情却是真实的。我们很难想象，《龙灯》这篇民间故事，如果没有这些大胆的幻想和想象，它的艺术趣味和艺术效果会有现在这样好。可见，艺术想象不仅是其他文艺作品所必需的，而且也是民间故事所必需的。

　　具有丰富的艺术想象不仅是民间故事的一个突出特点，也是我国民间故事的一个传统。民间故事，反映的是现实生活中的，以现实为基础又富有想象、假想、虚构成分的情节，是通过讲故事来描绘人物、表达主题思想的。它采用白描手法刻画人物，结构明快简洁，故事完整连贯，情节单线发展，句子短，比喻多，大胆幻想和想象，节奏感强，以及朴实上口，易记易传。这些传统民间故事的特点我们应当认真分析研究，学习和继承它，让新民间故事在传统民间故事的基础之上，发扬光大，推陈出新。

　　现在我们有些民间故事，内容是不错的，但很少注意学习我国传统民间故事的那些表现手法，不注重描绘人物，主题思想不鲜明，故事情节不够完整，头尾欠清楚，层次不分明，结构上也考虑得很少，缺少大胆的幻想和想象，没能充分反映出人民口头创作的本来面貌。造成这种情况的原因是多方面的，首先其中有一个重要原因是对传统的民间故事还不够熟识，缺乏研究，因此没有能很好地去借鉴和继承它；其次是没有严格区分民间文学与作家创作的界限，在搜集整理中，没有能完全做到忠实记录和慎重整理。本来，一个民间故事在人民群众长期流传创作过程中，总是不断地被人们的艺术幻想和艺术想象所丰富的，但由于搜集整理者没有忠实记录、慎重整理，没有注意民间故事的整个主题、情节、语言、音韵和风格特点，只取其中若干成分，匆匆回去加进自己的虚构创作，这就很容易把一个原来是生动有趣、引人入胜、充满艺术想象的民间故事整理成为一篇枯燥无味、平庸无力的创作故事。不注意人民口头创作具有丰富的艺术想象的特点，简单地以某些现成的真实生活细节去表现社会现实，其结果往往是表现反而不真实，反而不深刻。另外，有些民间故事，仅仅注重叙述故事，不注重描绘人物性格，总是匆匆忙忙地把故事叙述完毕，主题思想讲出来，便以为达到目的了。与此相反，优秀的民间故事，常常是通过大胆幻想和丰富想象来丰富作品的思想内容，突出民间故事中的人物性格特点，鲁班的智巧、包公的刚正不阿的性格特点，都是不同程度地借助幻想和想象来表现的。有人说，传统的民间故事是在科学不发达的旧社会产生的，在那个历史条件下，人民借助幻想和想象来反映社会现实斗争是很自然的，在科学发达的新时代，新的民间故事就不可能有那样多的幻想和想象。其实这是一种误解。第一，一切文学艺术永远离不开幻想和想象，没有幻想和想象就没有文学艺术；第二，科学本身就需要人们大胆地幻想和想象，没有幻想和想象就没有科学。我们今天想象中的未来世界难道不就是充满大胆的幻想和丰富的想象的吗？社会主义时代的新的人民口头创作包括民间故事，同样应当有丰富的想象，问题在于我们要努力深入生活，细心去发现、挖掘人民口头创作中的宝藏，并且尽可能忠实慎重地把它搜集整理出来。湖南民间故事《红军布告》、革命领袖传说故事《草鞋船》，以及抗联英雄杨靖宇将军的传说等，都是人民根据塑造人物形象和表达主题思想的需要，大胆运用幻想的情节和想象，从而使这些民间故事更加强烈地反映了人民的意志和愿望，更加深刻地反映了当时社会历史面貌的生动例子。劳动人民从来都是善于幻想和想象的，他们总是不断地以美妙的幻想和想象来激励和鼓舞自己前进。我们要使民间故事在人民群众中很好地完成它的教育和娱乐的使命，就要十分注意民间故事应当有幻想和想象这一特点。可以说，民间故事中丰富的想象力，是它之所以具有艺术魅力和艺术生命力的一个重要因素，也是浪漫主义的一种表现。我们的任务是如何继承传统，努力使民间故事中的这种浪漫主义与现实主义巧妙地、和谐地统一起来。自然，这种浪漫主义、这种幻想和想象只能产生在现实生活的土壤之上，否则就要变成毫无根据的空想。

1980 年 4 月 9 日

[原载《榕树文学丛刊》（民间文学专辑），1980 年第 1 辑]

略谈民间故事的语言

　　语言是文学的第一个要素，这在民间故事里，情况也是一样的。我们常常会遇到这样的情况：一个故事，内容很好，但语言差，结果故事不生动，人物形象模糊，难以在读者心目中树立起来，因而故事也无法在人民中间流传开来；相反，一篇内容好、语言也好的故事，往往能在人民群众中间迅速、广泛地得到传播，并且世代相传，千古不会泯灭。可见，语言在民间故事里，占有极其重要的地位。

　　一般说来，"民间文学作为一种语言艺术，与作家的书面文学固然有一些共同性的特点，但是由于社会、历史、阶级、环境等多种原因，这两种文学，不但在作者身份、表现媒介、流传过程等方面有极大的差异，就是作品的思想内容、艺术形式、表现方法、语言风格诸方面也有很大的不同"。①民间故事的语言与一般文学作品的语言在艺术表现上有些什么不同呢？

　　民间故事的语言除了必须具备一般文学作品语言的形象化、凝练含蓄、新鲜多样等的特点外，它有着自己的许多特点。

　　首先是口语化。民间故事是活在人民群众口头上的语言艺术，它是存在于人民口耳之间的活动着的文学。所以，它的语言应当是口语化的。若不是口语化的，就既不能讲，也听不懂。所谓口语化，就是像人们平常讲话一样，朴素自然，明白如话。但它又不完全就是人们一般的口语的语言，而是经过故事讲述人口头提炼、概括、加工了的艺术的语言。这种口语化的语言具有朴素、简洁、形象的特点。民间故事和其他体裁的民间文学作

---

① 《民间文学概论》，钟敬文主编，上海文艺出版社，1980年7月，第162页。

品一样，它是以真实为生命的，只有反映广大劳动人民真情实感的故事，才能被人民群众接受和流传，因此它必须是朴素的。这种朴素在语言技巧上则表现为不加任何雕琢和装饰，最大限度地表现出生活本身的美，并以这种自然美感染听众和读者。语言上的简洁，不是简单，它是以内容的充实为前提，是言之有物，明白精确，言简意赅，简洁而中肯。民间故事的语言，包括人物语言和叙述描写的语言，都应当是口语化的，对话必须是日常生活中的言语，要把顶平凡的话调动得生动有力。故事环境、人物外貌、行为动作等的描述一般都是粗线条的白描，心理描写一般是通过人物的动作、行为和对话的语言来揭示，而不用小说创作中常见的那种大段大段的叙述和堆砌。保持民间故事语言的口语化，从根本上说来，就是要保持流传在人民口头上的艺术语言的特色。而保持口头文学语言口语化的特色，正是民间文学搜集整理中忠实记录的一个前提。所谓忠实记录，是指"既要忠实于原作的思想内容，又要忠实于原作的艺术形式。但为了实现这两点，最关键的还是忠实于讲唱人的语言。有了他们的原话，就什么都有了""而口头文学的语言，不仅是表意的，同时也是表情的。它除了直率、豪爽、明朗、淳朴的一面，往往还有含蓄、烘托、双关和暗示的一面，而后者有时候正是它微妙传神的地方。千万忽视不得"。①孙剑冰搜集整理的一些民间故事像《天牛郎配夫妻》《天心桥一簇花》《老荆胡》《蛇郎》等就比较注意保持民间故事语言口语化的特点。这些民间故事里的语言是活的口头记录，它不追求花哨，看来平淡无奇，其实耐人寻味，具有通俗朴素的自然美。故事搜集整理者在他的《中滩民间故事》一书再版后记中说："总的说来，我都是为了忠实于原作，想使读者看到一些真正'民间'的故事。……我只是做到了没有让知识分子的腔调侵入到民间故事里来，……形式和风格我也重视，因为不注意这些，就会在艺术上失却了民间的特色。我的做法是尽量使这些故事保持原述者讲述时的面貌。"我们有些搜集整理者却不注意这一点，而是让知识分子的腔调侵入到民间故事里来，使民间故事因语言不纯，失去了它本来的面目。比如在一篇叫《金芦笙》的民间故事里，竟出现了这样的语言："大雨随着狂风，山洪像一群野马放肆地狂

---

① 《民间文学概论》，钟敬文主编，上海文艺出版社，1980年7月，第156—157页。

奔，浪头所到之处，梯田连片崩溃，房屋成排倒塌。""金芦笙响了，这像春雷，像飞瀑的音响，啊！激励着大家跟随郎莽①冲出村。"可以断言，这些绝不会是故事讲述者讲述时的语言，而是故事整理者自己的语言，是现代化和小说化的语言。这些语言不符合人民群众口头艺术口语化的特点，因此，它既不能讲，又不能使人听懂。

其次是形象、生动，富有动作性。民间故事和其他文学作品一样，它所描绘的对象是人（或者是拟人化了的动物和植物），人的思想、行为和品德，以及人们赖以活动、生存的社会环境。因此，民间故事中，无论是人物的语言，还是叙述人的语言，都要求具体、形象、生动，有动作性，让人感觉到它是看得见、摸得着，有声，有色，有味，充满生活气息的。汉族民间故事《红军的布告》在语言上便具有这些特色。

"人们天天来看这张布告。布告是纸的，贴在土墙上，虽然受着风吹雨打，日晒夜露，却没有退半点颜色，红色的字仍然像鲜血一样地红。""反动派想把布告撕成碎块，用力撕，哪知道呀，布告像一块钢板，撕不烂；用火烧，只见呀，火苗老高，布告却仍然完整。反动派慌了，连忙把布告抓来，用铡刀铡，刀口卷了，布告仍然没损去一个角。反动派没奈何，只得慌忙把布告拿走，把人们赶散……"

故事通过运用这些连续递进的动作性很强的动词和一些充满浪漫主义想象的语言，形象鲜明、惊心动魄地揭示了人民革命的火焰是任何力量也扑灭不了的真理。布告像一块钢板，撕不烂，烧不掉，铡不损，这在实际上是不可能的，但在想象中是可能的。由于红军的布告是活在人民心坎里的一面旗帜，它是人民革命意志和力量的象征，因此，这里运用这些充满想象的语言体现出来的形象，不仅是真实生动的，而且是令人可信的。

再次是人物的语言和叙述人的语言也须个性化。人物的语言指故事作品中人物的对话、独白等。人物的语言要以人物的性格特点为依据，要为刻画人物性格特征服务。正如老舍说的："顶普通的句子用在合适的地方，便足以显露出人格来。什么人说什么话，什么时候说什么话，是最应注意

---

① 故事中的人物名字。

的。"①老舍这里说的是文人的创作，但在民间故事中，对话个性化，同样是搜集整理者最应注意的一个问题。叙述人的语言的作用，不仅在于对故事中人物、环境、事件等进行描述，它所做的介绍和交代，对刻画人物性格、揭示人物之间的关系，以及对故事情节的发展，都有很大的作用。它要求具有与人物语言风格上的一致、和谐和协调的个性，而不是故事整理者的千篇一律的语言。不同的故事，不同的人物，在不同的民族和地区，不同的生活环境下，在不同的时间、地点和条件下，有着不同的思想、感情、品德、心理状态和理想。因此，用来表现这些人物的思想行为、动作和对话的语言也应当是千差万别的，有个性的；就是同一个民族，在不同的地区，由于社会历史、风俗习惯、文化素养等各方面的影响，他们在民间故事中的语言特点，也是很不相同的。比如，表现懒汉人物形象这类题材的民间故事，不同民族、不同地区，不仅人物性格特征不同，而且用来表现这些性格特征的语言特点也是各不相同的。维吾尔族有个民间故事叫《两个懒汉》。故事写从前有两个懒汉，一个叫哈山代吾来克，一个叫沙吾提卡巴克。他们不肯劳动，一心想到"一个有吃有穿，又不需要劳动的地方去"。这样的地方在哪里呢？沙吾提卡巴克说："世界上是没有这么个地方的，只怕天上有吧！"怎么上天呢？山谷里的大鹏鸟会带他们上天去的。于是第二天一早，他们就到山上去，哈山代吾来克很快就抓到了一只大鹏鸟，沙吾提卡巴克抓住了哈山代吾来克的脚。就这样，他们飞上天空。在空中，他们因为急于上天，放松警惕，双手一松，结果两人一下子都离开了大鹏鸟，摇摇晃晃地掉了下来，摔成了肉酱。这篇故事里的对话语言很有个性，充满了生活气息和幽默感，表现了这两个幼稚无知、异想天开的懒汉性格。而且，同样是懒汉，这两个人的个性也是很不相同的。比较起来，哈山代吾来克比沙吾提卡巴克更加显得幼稚无知，不肯动脑筋。"干吗要待在这个必须劳动的地方受人鄙视呢？"这句话深刻地表现了他好逸恶劳的心理状态和思想性格。

在这里，民族的和地方的特点也是十分明显的。这些语言表现的是生活在新疆维吾尔族的两个懒汉的形象，因为生活在边疆山区，就很自然想

---

① 《语言与风格》，老舍著，《老舍论创作》，上海文艺出版社出版，1980年2月。

到大鹏鸟能把他们带到天上去。如果，讲的是地处平原地区或生活在大城市的维吾尔族的懒汉故事，故事中人物想象中上天堂的媒介肯定不会是大鹏鸟，而可能是飞机或其他的什么东西，它的人物语言特点也会与地处边疆的有所不同。

从次是要有音乐节奏感。就是要尽可能使语言音调和谐，节奏鲜明，读得流畅，听得明白，富有听觉上的美感。因为民间故事是流传在人民口头上的，是讲给人们听的，这一点就显得更为重要。老舍说："民间文艺的语言，一般地说，是简短明快的，因为民间文艺多半不是预备悦目的，而是悦耳的——要说得出，唱得出。记住这个，我们在写东西的时候，就会不只在纸上推敲文字，还要用耳朵考验了。经过耳朵的考验，我们才除了注意文字的意义而外，还注意文字的声音与音节。这就发挥了语言的声韵之美。我们不要叫文字老趴在纸上，也须叫文字的声响传到空中。"①老舍这里强调的语言的声韵之美，是值得民间故事搜集整理者特别加以重视的。因为一篇思想和艺术上较为完美的民间故事，它的语言音节、韵律，读起来，总是朗朗上口，娓娓动听，给人一种音乐美的享受。那些通篇充满聱牙诘屈、枯燥无味语言的故事，不仅使人得不到音乐美，而且直接会破坏听众和读者的艺术欣赏的趣味。因此，故事搜集整理者应当在语言文字的"平上去入"上尽可能下一番功夫，争取多懂得一些民间故事语言上的音节和韵律的特点。

最后是要有民族特色。各民族的民间口头创作都有它自己长期形成的民族风格，这表现在民间故事语言上也是十分明显的。这一点我们任何时候也不能忽视。每一个民族，特别是少数民族的语言结构和语法都有自己的特点，我们应当给予高度注意，不应该轻易发挥整理者的想象力，随便增减，这里很重要的一点是应当尽可能使记录和翻译、整理的作品更接近原作，不但要记住口述的故事情节，还要记住讲述人的生动语言。少数民族的某些词汇的含义与汉族词汇的含义，往往只是稍差一点，然而这一点常常正是民族特色重要的东西。翻译者不应当忽视这种具有民族特征的细小差异，而应当千方百计设法保持这种特征。比如傣族神话中有一种动物，

①《民间文艺的语言》，老舍著，《中国语文》1952年7月号。

叫"那戛"，这种"那戛"好似汉族的龙，但不是龙。有的人把它译成了龙，这就不够准确。龙在傣语中叫"厄"，有角，有脚，无冠；"那戛"没有角，没有脚，有红冠。"那戛"在傣族民间故事中有着鲜明的民族特色，如果将"那戛"译成龙，就失去了它应有的民族特色。[①]在记录、翻译和整理过程中，对于方言及物名的特殊称谓，应当尽量保留。碰到有些方言词汇或物名写不出相应的汉字时，可以先用注音的办法，有的词语意义不易被人们理解时，可以加以注释。比如，"少女"这个词在民间故事特别是少数民族民间故事中，是不大用的，为了保持民族语言和风俗习惯的特色，用含义与它相同的民族方言更好。"少女"这个词在侗族方言中称"勒勉"，在侗族民间故事中，把"少女峰"改为"勒勉峰"，在"勒勉"一词后加以注释，就比较适当。

这里还有一点要注意的是，方言、土语、谚语、歇后语的运用要慎重。适当选用一些方言土语，有助于表现民族和地方色彩，吸收方言土语中的一些生动活泼、富有表现力的语词，对丰富文学语言有帮助。但过多的方言土语，会使人听上去完全不懂，因而就会影响民间故事的流传和民族共同语的推广。总之，民间故事的语言，注意保持每个民族语言的特色是十分重要的。只有保持并发扬民族传统，符合本民族人民的心理、习惯和美学欣赏要求，才能为广大群众所喜闻乐见，并广为传播。从这个意义上说，民间故事语言的群众化和民族化是分不开的。

民间故事除了注意语言的民族特点外，还要注意它的地方特点和历史特点。比如在北方，人们从前管"地主"叫财主，管"结婚"叫成亲，管"二流子"叫花啦虎，等等。如果整理从前的故事时，硬把这些语言换成现代语言，就显得很不协调。

民间文学的语言，由于它有一个流传在人民口头中间的原始语言和经过民间文学工作者搜集整理之后的语言差别，所以它是一个复杂的问题。口头流传的民间文学包括民间故事作品变成书面作品，总是会有一些变化的，不可能和原貌完全一样，但是在整理过程中，应当使这种用文字写定

---

① 参见《试谈少数民族文学的翻译和记录》，朱宜初著，《民间文学集刊》第九本，上海文艺出版社，1959年。

的作品，尽量保持口头文学的原貌。在这个问题上，对于每个从事民间故事搜集整理的人，同样需要"除了认识民间文学与作家文学的共性之外，尤其要认识民间文学的个性，不拘泥于一般文艺学理论和不受现代诗歌、小说、戏剧的影响，这样，才能使我们的整理工作健康发展"。①

（原载《榕树文学丛刊》，1982年第1期）

①《民间文学概论》，钟敬文主编，上海文艺出版社，1980年7月，第162页。

孟姜女与中国古代文化

孟姜女传说流传2 500多年，遍布全国各地。历史上记载这个传说的史料很多，此外还有诗词、小曲和情节比较完整的散文体故事、戏曲、说唱（子弟书、鼓词、评弹、宣讲、宝卷）等，这是我国最为古老、影响最大的一个民间传说。为什么一个民间传说会有如此久远的生命力和巨大的影响呢？原因是多方面的，其中之一就是孟姜女传说与我国古代文化有着密切的联系。

孟姜女与中国古代美女观念

人们对于美好事物的接触、感觉、理解、喜爱，从而对它产生深厚的感情，最初总是从外部形象开始的；古代人民对于孟姜女故事怀有热烈的喜爱和深厚的感情，从而将它广为传播，最初也是从这个故事主人公正式有了孟姜女这个美丽的名字和动人的形象之后开始的。这个故事在唐之前的1 500年间的各种文字记载中，都还只是三言两语的奇闻逸事而已，大多夹杂在其他著作之中，极少独立成篇的。如最早载于《左传》的文字只有这么几句话：齐将杞梁在莒国战死；齐侯回来，在郊中遇见杞梁之妻，使人去吊唁，她以为郊中不是吊丧的地方，拒绝了。因此，齐侯到她的家里吊唁。在这一段文字记载里，我们只看到她是一个没有名字的知礼的妇人。至于她外貌如何，没有说。《檀弓》中引曾子话道："杞梁死，其妻迎其柩于路而哭之哀。"《孟子·告子下》引淳于髡的话说："王豹处于淇而河西善讴，绵驹处于高唐而齐右善歌，华周杞梁之妻善哭其夫而变国俗。"这里也看不见杞梁妻的名字和容貌，无论就其内容或形式看都还只是一个未成形的故事坯子和雏形，它的流传范围和影响所及不能不受到相当限制。

杞梁妻有自己的名字，是在故事演变得较为完整地录于《同贤记》的《珬玉集》中。在这个记载中，杞梁妻已有孟姓，名字叫仲姿，"仲姿容貌艳丽"。杞梁妻和孟姜女成为一个人的资料是晚唐五代的敦煌曲子词《捣练子》："孟姜女，杞梁妻，一去燕山更不归。造得寒衣无人送，不免自家送寒衣。长城路，实难行，乳酪山下雪纷纷，吃酒则为隔饭病，愿身强健早还归。"

从杞梁妻到孟姜女存在着一个相当长的过渡时期，中唐以后，到晚唐、五代或最迟在宋初，孟姜女的名字才完整地出现。宋元明清流传在全国各地的孟姜女故事里，差不多都直接以孟姜女为故事的名称了。它说明这个故事自从有了孟姜女这个名字之后，流传才更为广泛了。

为什么有了孟姜女这个名字之后，故事流传更广泛了呢？因为这个名字本身就包含有美女的意思，因而具有特殊的审美功能。据顾颉刚、姜又安先生的考证，《同贤记》中杞梁妻的名字"仲姿"二字，说明她排行为第二，她父亲姓孟，所以她全名应为孟仲姿，称她为孟姿或仲姿，都是一样的。他们又推断出"姿"字是"姜"字的讹变，所以孟姿即是孟姜。孟姜本是齐女之名，《诗经·鄘风》《诗经·郑风》都曾引用，可见此名在春秋时代传播很广。在此后的汉、魏乐府中，齐姜一名又成了好妇美女的通名。这样，孟姜一名在民间歌谣故事中必然还在继续使用。杞梁是齐人，他的妻子也是齐人，而且是个很有名的才德双全的女子。在过去一般人的观念中，总认为有名的女子必定是美丽的，后人用孟姜两字来为杞梁妻取名便成为十分自然的事了。[1]由于孟姜女这个名字以及她的故事体现了古代人民的美女观念，所以它反过来直接影响着故事的广泛传播。

我国古代人民在长期的社会实践中，很早便形成了自己的审美观念，其中"男才女貌"是古代社会对人自身审美态度的一个通俗说法。无论在哪个朝代，容貌出众的女子总是在社会上受到人们十分的注意，因为她们五官端正，眉目清秀，身材苗条，体态婀娜，特别容易唤起人们对美好事物的联想和向往。"孟姜"作为美女的通名变成孟姜女传说主人公的专名以

---

[1]《孟姜女名称的来源》，顾颉刚、姜又安著，《民间文学》1963年第3期。

后，很快就取代了原来杞梁妻的称呼，并且深入人心，家喻户晓。但是，美并不是纯客观的，德国20世纪著名哲学家恩斯特·卡西尔说："美看来应当是最明明白白的人类现象之一。""美就是人类经验的组成部分。"①卡西尔认为美是人们看得见的一种现象，但美同时又是人们社会实践的产物，它离不开人们的经验。同样，中国古代美女观念也不仅仅是指体态容貌之美，其中还渗透了古代文化的要素，体现了支配中国古代文化的精神支柱——孔儒的伦理道德思想。《诗经·关雎》中"窈窕淑女，君子好逑"就是我国古代美女观念的最朴素的体现。所谓"窈窕"，即貌美好。"淑女"，北京大学中国文学史教研室选注的《先秦文学史参考资料》注云："淑：好，善。"朱熹《诗集传》注云："淑：善也。"综上所云，可以用余冠英的两句话来概括"窈窕淑女"四个字的完整的含义，即"窈窕，等于说苗条，形容女性体态美。淑，是说她品质好"。②那么古代女子品质好坏的标准是什么呢？朱熹《诗集传》阐释《关雎》"窈窕淑女"含义时用汉代康衡的话说："窈窕淑女，君子好逑，言能致其贞淑，不贰其操。情欲之感，无介乎容仪。宴私之意，不形乎动静。夫然后可以配至尊，而为宗庙主。此纲纪之首、王教之端也。"很明显，朱熹所认为的"淑女"之"善也"，品质好的标志就是看一个女子能否遵从传统的伦理道德。"致其贞淑，不贰其操"，这是封建伦理纲纪和封建王教的头等重要的事。我们只要稍为注意观察一下中国古代文化发展的漫长历史事实，就不难看出，伦理型文化是维系中国古代社会秩序的精神支柱和各类观念文化的核心，也就是说，中国古代文化可归结为"求善"为目标的"伦理型"文化。与伦理中心主义直接联系的，是中国的"治道"特别注重道德感化。在宗法社会的中国，道德的威力始终被看得比法律更为重要和有效，孔丘说的"道之以政，齐之以刑，民免而无耻；道之以德，齐之以礼，有耻且格"，便点明了此种"德治主义"的精义。中国的封建统治者主要是以伦理的训条，而不是以法律精神治理国事。中国的每一个人首先考虑的也不是以法律精神治理国事，不是遵从国家的法治，而是如何在错综复杂的人际关系中履行伦理义务：臣对君尽忠，

① 《人论》，［德］恩斯特·卡西尔著，"二十世纪西方哲学译丛"本，上海译文出版社，1985年12月。
② 《诗经选译》，余冠英译，人民文学出版社，1985年10月。

子对父尽孝，妇对夫尽顺，弟对兄尽悌；与此同时，君、父、夫、兄等尊者长者，对臣、子、妇、弟等卑者幼者也有特定的义务。这两者的配合，便构成了宗法式社会的"和谐"。因而，中国人作为一个富于义务感的民族，其社会意识主要不是靠宗教和法治支撑，而是依赖建立在宗法制度基础上的伦理观念加以维系的。

以儒家的伦理中心主义为出发点，又生出"贵义贱利"的价值观，所谓"正其谊（义）不谋其利，明其道不计其功"，把"义"和"道"推为至尊，要求人们为之献身，而禁绝人们去谋求自身的"功"和"利"。与此同时，又派生出"德力分离"的观念，引导人们追求道德上的完善和道义上的胜利，漠视功和生的特质——力，认为"德之所在"，"义之所在"，生死赴之，物质欲望与力的夸耀都被认为是不道德的和低贱的。①所以我国古代美女观念中的美女之内在含义，也不能不表现在作为美女能否遵从并履行传统的伦理型德操之义务上面。孟姜女正是孜孜不倦地为追求道德上的完善和道义上的胜利，而做出了最大牺牲，从而作为一个古代美女的典型进入了我国伦理型文化的辉煌宫殿。

由此可见，孟姜女作为古代美女观念的体现，她不仅名字美，外貌美，而且心灵和品质也是美的。当然这里所说的美，既符合统治阶级的要求，也体现劳动人民的理想。一方面，她具有顽强的抗争精神，为争取自己的婚姻幸福，孤身一人万里送寒衣，哭倒八百里长城，面对面地同秦始皇进行斗争，最后投海自尽，体现了传说的忠于爱情和反徭役、反暴政的积极意义；另一方面，她对封建婚姻的顺从和执着，即所谓"致其贞淑，不贰其操"对传统伦理道德的恪守，对艰难困苦的坚忍，以及温良恭俭、三从四德、自我牺牲等德操，正是男权文化社会封建伦理道德观念的自然产物。历代封建统治阶级都将这一部分加以引申和扩大，竭力将孟姜女封为中国传统妇女道德行为的楷模，为之立庙树碑。这虽然也为这个故事的流传扩大了影响，但因此也使这个传说在流传中呈现出人民文化和封建文化错综复杂地交相纠集在一起的现象。因为古代美女观念包含着积极的和消极的两个因素，所以它在孟姜女传说传播过程中所起的作用，也是有积极和消

① 参见《中国古文化的伦理型特征》，冯天瑜著，《江海学刊》1986年第3期。

极的两个方面。

孟姜女传说与万里长城

孟姜女传说的故事中心从西汉后期的崩城发展到了唐朝明确道出杞梁筑的是长城，孟姜女哭倒的是长城之后，故事无论在内容上或是影响上都发生了巨大的变化：内容更深刻了，影响更广大了。也就是说万里长城进入故事，是孟姜女传说主题发生根本变化的最重要因素。

自然，长城进入孟姜女故事是有个酝酿过程的。顾颉刚先生说："一件故事，一定要先有了它的凭借的势力，才有发展的可能。"[1] 杞梁妻哭崩的城最初仅是不知其名的城，后来根据"赴淄水而死"被说成是齐郊之城。又由"杞崩城隅"之说，被认为是齐鲁的边城。而齐城又叫长城，所以就和万里长城挂上了钩。一到"万里长城"，便和秦始皇发生了关系。

那么，万里长城是怎样作为文化媒介进入孟姜女故事的呢？这离不开封建社会历朝的社会历史背景。秦始皇统一中国后，面临的任务，当然不仅在于镇压他的敌人，同时也在进一步去巩固他的天下。于是战争的动员令又颁布了。刚刚回到田野的农民，又要放下锄头，拿起武器，为着商人、地主的利益而走向战场。30万人北逐匈奴，50万人南征五岭。田园变为荒野，肝脑涂于异域（《通考·兵考》）。为了防御匈奴的侵袭，万里长城开工了。从甘肃的临洮，东至鸭绿江畔，有30万以上的农民，在那风雪弥漫的边塞，担土垒石10余年之久。为了便利商人地主的货车往来，到处都在修筑驰道。从九原（今内蒙古包头市西）到甘泉（今陕西淳化西北）1 800里的山岭之间，到处都是堑山堙谷的民工（《史记·蒙恬列传》）。不仅这驰道开了工，据《汉书·贾山传》载：秦"为驰道于天下，东穷燕齐，南极吴楚。江湖之上，濒海之观毕至。道广五十步，三丈而树，厚筑其外，隐以金椎，树以青松"。如此巨大的工程，又需要多少万人服多少年的徭役啊！

为了装点秦朝的门面，秦始皇又大发隐宫徒刑者70万人，开始世界

---

[1]《孟姜女故事研究》,《孟姜女故事研究集》, 顾颉刚编著, 上海古籍出版社, 1984年2月。

史上无可伦比的阿房宫的建筑。据《史记》云："关中计宫三百，关外四百余。"又云：阿房宫都是用"北山的石椁""荆楚的木材"建筑而成的，特别是四川的木材。当这些宫殿落成之日，四川山上的树木被砍了许多，所以后来的诗人杜牧为之赋曰："蜀山兀，阿房出。"

唐代虽然国力强盛，但由于疆土不断扩大，太宗、高宗、玄宗时，战争都十分频繁，他们东伐高丽、新罗，西征吐蕃、突厥，又在边境设置了10个节度使，带了重兵，垦种荒田，防御吐蕃。男儿长年累月地守卫在边塞，战死者连尸骨都无人收埋。由于战争造成妻离子散，闺妇长年思念丈夫，过着凄苦孤独的日子，其痛苦是想象得到的。

明代中叶，土地日益集中。赋税日益加重，农民衣不蔽体，食不果腹，"供税不足，则鬻男卖女"。但更多的农民结队流亡，宣德时，许多地区已经出现了较多的流民；正统时，从山西流亡到南阳的人不下十余万户；天顺成化年间，流民数量几至一百万、二百万户。有的地区人口"逃之过半"，甚至"十者只存其一"，所抛荒的土地"少者千百余亩，多者一二万顷"。流亡的农民扶老携幼，露宿荒野，采野菜，吃树皮，妻啼子号，辗转千百里，历尽了千辛万苦。这些流民除去极少一部分人进入城市或到海外谋生外，大部分仍然沦为地主的雇工、佃户和奴婢。明朝政府通过里甲、关津、禁山等措施防止农民的流徙，有时甚至展开了残酷的镇压。我们只要看一看这三个朝代封建统治阶级如此残酷地压迫人民，就不难理解人民为什么会那样怨恨所归地将长城和秦始皇带入孟姜女故事中的缘由了：在孟姜女故事里，长城和秦始皇已成为封建专制统治的恶煞凶神的象征了。

万里长城进入孟姜女传说后，便给传说带来了无限生机。根据冯天瑜的研究，中国先民的主体早在大约6 000年前，就逐渐超越狩猎和采集经济阶段，进入了以种植经济为基本方式的农业社会，"禹、稷躬稼而有天下"（《论语·宪问》）。中原地区的古代部落能够长期统治天下，是发展农业的结果。后来，中国更素称"以农立国"，历朝统治者都把"重本抑末"作为"理想之道"。这就注定了中国古代文化在很大程度上是一个农业社会的文化。中国文化若干传统的形式，都与此有关。例如民族心理的务实精神，便是从农业社会派生出来的一种趋势。农业社会的政治决定于农业社会存在和发展，农业劳动者的"安居乐业"这种格局遭到大规模破坏，便有可能导致王朝的崩溃。这使得封建统治者很早便领悟到"民为水、君为舟"的道理。因此，"民为邦本""使民以时"等民本思想成了中国这个农业社会的一种传统观念，"仁政""王道"学说即由此派生出来。"爱民""恤民"的思想与"残民""虐民"的绝对君权主义始终是相互对立的。[①]在封建社会里，广大农民都梦想能够"安居乐业"，而残酷的现实没能使他们实现这个理想；相反，人们大批地被征集去服劳役和兵役，而其中最突出的就是历代的修长城徭役。因此，长城作为文化媒介进入孟姜女传说，就有了自己的象征意义。它是封建专制统治和繁重徭役的象征，它打破了农业社会中人们"安居乐业"的社会理想，成为人民群众的众矢之的。人们借传说发自己的心声，借孟姜女哭倒长城，使传说具有了更广泛的社会意义。这就是长城作为古代文化的因子，在孟姜女传说流传过程中的特殊作用。

孟姜女传说与古代音乐

　　孟姜女传说之所以能够得以广泛流传还与古代音乐高度发展分不开。我国音乐发展有着悠久的历史，据殷墟发掘，商代已有埙、磬、革鼓和铜铙等乐器。在甲骨文中有乐字，像弦架于木上，商代可能已有琴瑟之类的乐器。春秋时《诗经》歌曲在上层社会是用瑟或琴伴奏的，称为"弦歌"。《楚辞》习用"兮"字作为衬词，并发展了作为乐曲高潮的"乱"的结构。西汉初年，盛行楚歌。武帝以后琵琶、箜篌等乐器从西域或他地陆续传入中原，丰富了汉人的音乐。汉乐府中保留了采风时创造的不少新声乐曲，按音乐分类主要有鼓吹曲词、相和歌词和杂曲歌词三大类。从此，中国古典音乐比过去更为丰富多彩了。汉朝人喜爱乐舞，民间酒会"富者钟鼓五乐，歌儿数曹，中者鸣竽调笙，郑舞赵讴"（《盐铁论·散不足》），还载云，"家人有客，尚有倡优奇变之乐，而况县官乎"（《盐铁论·崇礼》）。可见汉时音乐就像我们今天家家户户都有收音机那样普及了，诗歌入乐和民间歌咏已成为当时家庭和社会的风俗了。唐代的乐曲，长的叫大曲，短的叫杂曲。五七言诗都可以配在乐曲里唱，新发展起来的词就是依照乐曲的节拍

———

[①]《中国古文化的"土壤分析"》，冯天瑜著，《光明日报》1986年2月17日。

而填制的。唐音乐如此发达，民间音乐普及的情状也是可想而知了。

孟姜女传说就是在这样古老的传统音乐文化土壤中滋生、繁衍起来的。孟姜女故事最早与音乐挂上钩，是在战国时期。《檀弓》云："杞梁死，其妻迎其枢于路而哭之哀。"《孟子》借淳于髡的话说"华周杞梁之妻善哭其夫而变国俗"。这说明它和当时齐国盛行哭调、音乐空气浓厚、流行的哭丧歌曲已成为齐国的国俗是分不开的。战国时期，诸侯争霸，战争不断，人民凄苦生活，于是将自己的痛苦与怨恨用当时流行的音乐小调叹咏代替哭泣。据记载，雍门周以哭见孟尝君，孟尝君为之流涕狼戾；韩娥过雍门，曼声哀哭，一里老幼悲愁，其后雍门人善放娥之遗声。从这里也可以看出齐都中人的好唱哭调原是战国时的风气。而杞梁妻的故事加入哀哭一段事是战国哭歌风气的反映。西汉时，杞梁妻故事仍然沿着歌唱的方向发展。枚乘《杂诗》说："上有弦歌声，音响一何悲？谁能为此曲，无乃杞梁妻？"王褒《洞箫赋》形容箫声之妙，说："钟期、牙、旷怅然而愕立兮，杞梁之妻不能为其气！"这些材料说明，孟姜女故事是借诗歌音乐得以广为流传的。

另外，我们还可以从一首民谣里，说明借音乐倾吐人民心声是当时社会的一个普遍文化现象。东汉有首《小麦谣》唱道："小麦青青大麦枯，谁当获者妇与姑。丈夫何在西击胡，吏买马，君具车，请为诸君鼓咙胡。"这首民谣反映出东汉末年连年征战、徭役繁重因而造成生产破坏、农田荒废的社会景象。男人出征了，农事都要妇女们来负担。这情形是多么凄惨。那些官吏只知道抽壮丁，而自己是具车买马，一点不关心人民死活，妇女们是敢怒而不敢言，心中的怨恨当然是非常强烈的。从这里我们看出，孟姜女故事借诗歌音乐发展不是偶然的。

唐朝孟姜女故事继续沿着音乐叙事的方向发展。唐五代敦煌曲子词《捣练子》就是以曲子形式叙述这个故事的。唐末诗僧贯休《杞梁妻》诗曰："秦之无道兮四海枯，筑长城兮遮北胡。筑人筑土一万里，杞梁贞妇啼呜呜——上无父兮中无夫，下无子兮孤复孤。一号城崩塞色苦，再号杞梁骨出土。疲魂饥魄相逐归，陌上少年莫相非！"[1]南宋初郑樵在他的《通志·乐略》中说：《琴操》所言者何尝有是事！琴之始也，有声无辞，但善

---

① 《乐府诗集》，〔宋〕郭茂倩编，"中国古典文学基本丛书"本，第七十三卷，中华书局，1979年11月。

音之人欲写其幽怀隐思而无所凭依，故取古之人悲忧不遇之事而以命操，或有其人无其事，或有事而非其人，或得古人之影响从而滋蔓之。君子之所取其声而已。……虞舜之父、杞梁之妻于经传所言者不过数十言耳，彼则演成万千言。……顾彼岂欲为此诬罔之事乎！正为彼之意向如此，不说无以畅其胸中也。"这里郑樵将故事与音乐的关系说得再清楚不过了。

明清以降，孟姜女传说得以广泛传播的一个重要历史背景是资本主义经济的萌芽。据记载，当时工商业发展比较迅速的城市，除南北两京外，大致分布在江南、东南沿海和运河沿岸三个地区，而其中以江南地区最为繁华。这里已经形成五大手工业区域，即松江的棉纺织业、苏杭的丝织业、芜湖的浆染业、铅山的造纸业和景德镇的制瓷业，它们之间还保持着极为紧密的商业联系。江南经济的繁荣又集中在苏、松、杭、嘉、湖五府，这五府大都是商业或拥有特种手工业的市镇。市镇的勃兴，市民阶层的发展，要求与之相适应的文化生活的发展，这样，戏曲、说唱、小曲等艺术活动活跃起来了。其中，唱本的流行，春调的兴起，则是孟姜女传说得以在民间广泛传播的重要文化媒介。春调是流行于吴越地区的一种山歌、民间小调，以扬州、常州、绍兴和嘉兴而言，正是一年一度的唱春活动（每到春节期间都要举行社火活动，或在立春前后三日内，举行迎春和送春活动），促进了孟姜女的故事在这些地区的流传和落根。《孟姜女十二月花名》乃是旧时吴越地区民间艺人把地方习俗、风物与孟姜女结合的产物，它是一个月一个月地从正月唱到十二月的，以"思妇怀远"为主题的哀情说唱。《孟姜女十二月花名》通过民间艺人年复一年、挨家挨户地到处鼓锣演唱，内容感人，以至大家纷纷学唱①。

孟姜女春调不仅在民间广泛传唱，而且在各地戏曲中得到广泛运用。据统计，江苏的昆、扬、锡、淮、柳琴等剧种，都曾重点演出过《孟姜女》的故事；浙江的越、甫、睦剧，安徽的黄梅戏，江西的赣剧，广东的粤剧，福建的闽剧、梨园戏、莆仙戏，陕西的秦腔，河北的评剧，还有京剧等，都曾演出过《孟姜女》剧目，而且剧中凡有《过关》情节，都要唱《十二

---

① 《孟姜女故事在常州地区的流传和落根初探》，韦中权著，江苏常州地区群众艺术馆编印。

月花名》或《四季花名》①。和《白蛇传》传说一样，孟姜女传说也借助戏曲、变文、宝卷使故事广为传播，但它又与《白蛇传》不同，孟姜女的人物少，故事情节单纯，适宜用音乐旋律表现其思想感情，因而它的传播范围和所产生的影响，比《白蛇传》要大得多。多少年来，孟姜女的传说虽然不断地以散文体故事在人民中流传，但以诗歌曲调形式出现的韵文体故事，流传的广度和深度却远远超过了前者。这是其他传说无法比拟的。由此可见，孟姜女传说与音乐的关系是极为密切的。

1989年4月

（原载《民间文艺季刊》，1986年第4期）

---

① 《论孟姜女春调》，易人著，《民间文艺季刊》1986年第4集，上海文艺出版社，1986年12月。

兄妹结婚神话中的验证情节

兄妹结婚的传说在世界许多民族中间都流传着，尤其广泛流传于越南和印度中部以及我国西南与中南地区。我国汉族神话中有伏羲女娲兄妹结婚的传说，彝族神话中有曲木惹牛和曲木乌乌兄妹结婚的传说，侗族神话中有姜良姜妹兄妹结婚的传说；古埃及神话中的大神奥息里斯和伊息斯是兄妹，又是夫妻；秘鲁印卡族的日与月，也是兄妹结婚的[1]；古希腊神话中宙斯曾娶自己的妹妹荷莱为妻。宙斯和荷莱的婚姻，克勒多人称之为神圣的婚姻，证明在游牧群内部同一代自认为兄弟姊妹的男女之间曾经有过婚姻关系。马克勒南在澳大利亚的游牧部落中也发现同样的习惯，他称之为族内婚[2]。

这些人类起源的兄妹结婚神话并非荒诞不经，也并不是杜撰，而是有其一定的社会基础的。新中国成立前还保留着母系家庭公社残余的云南永宁纳西族，就还有同父异母兄妹之间、堂兄弟姐妹之间交阿注的现象[3]。在忠克、拖支、开基等村庄纳西族的少数家庭中，曾经存在过兄妹互为夫妻的现象[4]。怒族中还遗存原始的亚血缘族内婚，即婚姻只排除亲生父母子女、亲兄弟姊妹，其他如从兄弟姐妹、不同辈分之间均可以结婚[5]。

兄妹结婚神话中的一个突出特点是有"验证"情节。既然在新中国成立前（有的至今还存在）的后进民族中还有兄妹、堂兄妹结婚的事实，而且他们认为是正常的，不以为耻，为什么神话中又说到兄妹结婚不合理，

① 《林惠祥人类学论著》，林惠祥著，福建人民出版社，1980年10月。
② 《宗教与资本》，[法]拉法格著，商务印书馆，1962年10月。
③ 《永宁纳西族的阿注婚姻和母系家庭》，詹承绪等著，上海人民出版社，1980年9月。
④ 《云南少数民族社会调查研究》（下集），宋恩常著，云南人民出版社，1980年1月。
⑤ 《关于建立中国民族学科学体系的探讨》，刘伯鉴著，《民族研究》1981年第3期。

有禁忌，而要经过验证才能结婚呢？这就是因为这些神话是在进入新的婚姻制度时代产生的，观念不同了，兄妹不允许结婚了。所以，验证就是为了解决这一矛盾的。唐末李冗《独异记》云：

> 昔宇宙初开之时，有女娲兄妹二人，在昆仑上，而天下未有人民。议为夫妻，又自羞耻。兄即与其妹上昆仑山，咒曰："天若遣我二人为夫妻，而烟悉合；若不，使烟散。"于烟即合。其妹即来就兄，乃结草为扇，以障其面。今时取妇执扇，象其事也。

这是兄妹结婚神话的基本类型。我国各民族兄妹结婚神话的一般情节都是：在一场特大洪水之后（也有洪水在后的），人类绝灭，只剩下逃难侥幸生存的兄妹两人。为了繁衍人类，只得兄妹结婚，兄妹不愿意，认为这是不合理的，经过验证，得到神的允许，兄妹同意结婚，从而繁育了后代。这个情节可以归纳为：兄妹不愿意结婚——验证——兄妹结婚，生育人类。

当然，各族有关神话也有不少差异。比如，台湾高山族神话《文面的起源》说的是妹妹"心里非常喜欢忠厚的哥哥，真想能永远和哥哥生活在一起，永远不分离"，主动要与哥哥结婚[1]；景颇族神话《驾驶太阳的母亲》，则是山神要姐弟结合，姐弟犹豫不决，十分为难[2]；彝族《阿细的先基》则说是天上金龙神要兄妹结婚，但"哥哥不敢答应，妹妹不敢答应"[3]；傈僳族神话中兄妹的表现更为坚决，一再表示不肯[4]。而在兄妹不愿结婚的理由方面，也各不相同，女娲兄妹不愿结婚是感到"羞耻"；傈僳族兄妹不结婚是因为"一个娘肚里生的哥妹，吃的是一个娘的奶，喝的是一锅里的汤，兄妹配偶不成理，天降石斧会劈成两半，山滚巨石会砸成两截"[5]；台湾阿美人的神话，是担心"胸与腹部接触而破坏禁忌"[6]。

---

① 《高山族神话研究》，陈国强编，人民出版社，1980年9月。
② 《山茶》1981年第2期。
③ 彝族支系阿细人史诗《阿细的先基》。
④ 同②。
⑤ 同②。
⑥ 《台湾土著社会始祖传说》，陈国钧著，台北：东方文化书局，1976年。转引自《鹿皮与伏羲女娲的传说》，许进雄著，载《大陆杂志》第59卷第2期。

　　兄妹结婚神话故事中最关键的情节是"验证"，女娲兄妹结婚成或不成，关键就在烟合不合，烟合则成夫妻，烟散则不成夫妻。苗族兄妹结婚神话的"验证"是妹妹前边跑，哥哥在后边追，追赶上了就成夫妻①。"验证"是兄妹结婚神话故事情节的重要环节，也是使故事生动、曲折的一个重要手段，许多故事就在这个情节上极尽铺张之能事。景颇族的神话中说，山神要姐弟结婚，他们十分为难，山神说："我们还是来问问天吧，看看天是不是也同意你们结婚。你们俩一个在东山，一个在西山，同时往凹子里滚，如果天同意你们结婚，就让你们俩滚在一起；如果天不允许你们姐弟结婚，就不让你们滚在一起。你们看这么办好吗？"姐弟拜了天，请天来做主，然后姐姐上东山，弟弟上西山，同时往下滚，一连滚了三次，三次他们俩都滚在一起。天意撮合，姐弟俩便高高兴兴地结了婚②。傈僳族、彝族、白族、侗族神话中的"验证"情节更为复杂、曲折。此外，僾尼人神话《合心兄妹传人种》、怒族神话《射太阳》也都有兄妹结婚的类似验证情节。

　　另一些民族兄妹结婚神话中，虽无"验证"情节，而用别的形式代替，但所起的作用与"验证"情节相同，可以说是"验证"情节的变形。如高山族的文面神话，妹妹想与哥哥结婚，担心哥哥不同意，借口替哥哥介绍一位美丽的姑娘，并约定在山脚下的石洞里相会。妹妹来到石洞时，嘱咐哥哥等着，自己走进洞里去。妹妹在洞里用炭灰抹自己的脸，抹得很仔细很均匀，不一会儿工夫，脸颊两旁便抹满了美丽的花纹。当妹妹从洞口出来时，等急了的哥哥忙拉着美丽的姑娘的手，他们双双高高兴兴地回到家里。当天，他们便在自己的茅屋中成了亲，后来才发现这美丽的妻子原来就是朝夕相处的妹妹。基诺族神话《玛黑和玛妞》中，哥哥怕妹妹不跟他结婚，便约妹妹去对面山洞请问白发老人册子吴普鲁，他让妹妹走弯路，自己抄近路先跑到山洞后，立即装扮成白发老人。妹妹老老实实问："我和哥哥可以结婚吗？"白发老人回答："人没有后代，你们应当结婚！"于是兄妹匹配为夫妻。台湾阿美人兄妹害怕兄妹的胸和腹部接触会破坏禁忌，一

---

① 《神话与诗·伏羲考附录》，闻一多著，上海古籍出版社，1985年12月。
② 《山茶》1981年第2期。

天哥哥打到一只鹿，他把鹿皮晒干，在中间挖了一个洞，遮住妹妹的身体后才发生了关系。彝族民间史诗《梅葛》，则在一系列的滚石磨、滚筛子、滚簸箕等验证后，兄妹还不同意结婚，说：

> 我们俩兄妹，
> 同胞父母生，
> 成亲大害羞。
> 要传人烟有办法，
> 属狗那一天，
> 哥哥河头洗身子。
> 属猪那一天，
> 妹妹河尾捧水吃。
> 吃水来怀孕，
> 一月吃一次，
> 吃了九个月，
> 妹妹怀孕了；
> 怀孕九个月，
> 生下一个怪葫芦。[①]

　　《梅葛》的这个情节与女娲兄妹结婚一样，既有验证部分，又有"洗身""捧水吃"和"结草为扇"的非验证部分。

　　上面我们介绍了兄妹结婚神话的大体情节，并着重介绍了情节的中心环节"验证"的内容。那么怎样解释这种现象呢？也就是说，"验证"情节是在什么样的社会现实土壤中产生，它又反映了人们什么样的心理呢？

　　兄妹结婚神话反映了相隔几百年甚或几千年，两个截然不同的婚姻形态。一个是人类初期的血缘婚阶段，一个是严格实行族外婚时期。血缘婚是继人类最早的杂乱婚之后的重要婚姻形态，它虽然排除了不同辈之间的婚姻关系，但同辈的兄弟姐妹之间仍可互为夫妻关系。那个时期，兄妹结

---

① 彝族民间史诗《梅葛》，《中国民间长诗选》（第一集），上海文艺出版社，1980年6月。

婚是正常的、普遍的，各族人民几乎都经历过。马克思曾说："在原始时代，姊妹曾作过妻子，而这是合乎道德的。"[1]恩格斯也说："血缘家庭，这是家庭的第一个阶段。在这里，婚姻集团是按照辈分区分的……兄弟姊妹——同胞兄弟姊妹、从（表）兄弟姊妹、再从（表）兄弟姊妹和血统更远一些的从（表）兄弟姊妹，都互为兄弟姊妹，正因为如此，也一概互为夫妻。"[2]

　　兄妹结婚神话反映的另一个时期那是实行族外婚的阶段。这个阶段的婚姻，不仅排除亲兄弟姊妹之间的夫妻关系，同时也禁止从兄弟姊妹、再从兄弟姊妹之间的夫妻关系，严格实行族外婚，一个氏族的女子只能与另一个氏族的男子结婚，反之亦然。兄妹结婚是乱伦行为，天地所不容的。傈僳族神话说"兄妹配偶不成理，天降石斧会劈成两半，山滚巨石会砸成两截"，女娲兄妹结婚感到羞耻，高山族神话说会触犯禁忌，都是进入族外婚形态的婚姻观念。在杂乱婚和血缘婚初期，人类还不知道交媾与生育的关系，他们以为怀孕是图腾进入妇女体内的结果，后来懂得了这两者之间的关系，并发现血族相亲，其生不蕃，这伟大的发现，是禁止兄妹婚配的重要原因。高山族神话《血缘婚姻的改变》说的就是兄妹结婚而使生出来的孩子或拐脚，或不会说话。神告诉他们：这是近亲婚配的缘故，以后切莫再这样干了[3]。

　　这些兄妹结婚神话，是已踏入族外婚门槛的人类，对原始人血缘婚的解释和改造。还停留在血缘婚阶段的人类，或保留有血缘婚习惯较多的民族是绝对不会产生这些神话的。如前面提到的新中国成立前永宁纳西族还残存着的同父异母和堂兄弟姊妹之间的阿注关系，并不被社会舆论非议，所以反映他们历史的民族史诗《创业纪》写着：

　　　　除了利恩五弟兄，
　　　　天下再没有男的；
　　　　除了利恩六姊妹，

---

① 《家庭、私有制和国家的起源》，恩格斯著，《马克思恩格斯选集》（第四卷），中共中央马克思恩格斯列宁斯大林著作编译局编，人民出版社，1974年4月。
② 同①。
③ 《高山族神话研究》，陈国强编，人民出版社，1980年9月。

世上再没有女的。
弟兄找不到伴侣，
找上了自己的姊妹；
姊妹找不到丈夫，
找上了自己的兄弟。
兄弟姊妹成夫妇，
兄弟姊妹相匹配。①

　　这和上面介绍的其他兄妹结婚神话不同，它不存在怕羞、怕天谴责的顾虑，自然也就不产生"验证"的情节。

　　兄妹结婚神话虽然能够把相隔几千年，经过几十代人努力才完成的从血缘婚到族外婚的过渡，集中到兄妹两人在一个短暂时间之内完成，但它没能解决血缘婚和族外婚两种根本不同的婚姻形态和不同观念之间的尖锐矛盾。兄妹血缘婚虽然是过去的事情，但曾经普遍存在过，是人类皆知的事实，不仅人们记忆犹新，而且现实中还残留着，否认不了，抹杀不了；而在进入族外婚门槛的人们看来，那又是不道德的乱伦行为，人们不愿意想象自己的老祖先竟是兄妹为配偶，繁殖下我们这些文明的后代。这两者是对立的，怎样才能统一起来，而又既不否认兄妹结婚的事实，也不破坏血缘婚不道德的观念呢？在神话中，就用验证的手段，来完成矛盾转化的工作。经过兄妹追逐、滚磨盘、滚簸箕、合烟等验证，本来是不合天意的变成合天意了，本来是羞耻的变成不羞耻了。结草为扇与遮盖鹿皮表面上似乎只起自欺欺人的遮羞布的作用，实际上它和验证一样，一"遮"一"盖"，已经改变了问题的实质。通过文面和洗身、捧水吃，就再不是兄妹关系了，血缘不同了。"验证"在兄妹结婚神话中的意义和作用，就在它完成了矛盾的这种转化工作。当然，这种转化是幻想的、幼稚的。正如毛泽东说的："神话中所说的矛盾的互相变化，乃是无数复杂的现实矛盾的互相变化对于人们所引起的一种幼稚的、想象的、主观幻想的变化，并不是具

----

① 纳西族史诗《创世纪》，《中国民间长诗选》（第一集），上海文艺出版社，1980年6月。

体的矛盾所表现出来的具体的变化。"[①]

　　验证情节的产生和不同民族中验证情节的由简到繁，是与这个民族的进化程度成正比的，与血亲不能结婚的观念的深度成正比的，比如纳西族部分地区还停留在母系残余很浓的社会发展阶段，还有堂兄妹结婚的事实存在，所以他们的兄妹结婚不必验证，而在另一部分纳西族地区发展已进入更高阶段，兄妹结婚就要经过验证，这就是同是纳西族兄妹结婚神话而内容分歧的原因。别的民族验证情节更繁，一而再，再而三，这是其民族发展更高阶段，兄妹不能结婚观念更强烈的反映。

　　所以，兄妹结婚是社会发展到一定阶段的产物。它的被抛弃是社会发展、科学发展的结果。我们今天婚姻法规定不允许兄妹结婚，有的人却借卜卦也来一下验证，以此为借口证明兄妹可以结婚，这是违反社会发展规律的。现实生活中某些近亲结婚给后代带来的严重危害，已有力证明了这一点。

　　古代神话中兄妹结婚后，大多数都说它繁衍了汉族和其他少数民族，这是民族团结、民族友好的象征，说明中国是一个由许多兄弟民族组成的大家庭。今天，我们要珍视这个传统，团结起来，搞好建设，互相帮助，共同进步。

1982年2月3日

（原载《民间文学》，1982年12月号。

本文发表时标题为《兄妹结婚是怎么一回事？》）

---

① 《矛盾论》，《毛泽东选集》（一卷本），人民出版社，1967年7月。

《不愿出嫁的姑娘》与哈尼族婚姻遗俗

在我国各民族众多的叙事长诗中，哈尼族的《不愿出嫁的姑娘》①是一部形象地反映从母系制过渡到父系制后哈尼族姑娘的婚姻悲剧，具有特殊的认识意义和文献价值。

长诗分八章，共1 500行，诗一开始就描写哈尼姑娘对结婚的恐惧和不愿出嫁的决心。爹妈要把姑娘嫁，姑娘苦苦哀求：

> 阿爹阿妈啊，
> 你们不要嫁我，
> 我不愿去啊，
> 我要留在爹妈身边。
> 我一辈子哪里也不去。
> 女儿要跟爹妈在一起，
> 女儿在爹妈才不会遭孽。
> 我要跟爹妈一直到死！

古今中外有多少姑娘在盼望幸福的爱情生活，又有多少姑娘为父母迟迟不提亲而怨恨在心，这位哈尼族少女却不愿出嫁，要求跟父母一直生活到死。是什么原因使她这样害怕出嫁呢？那是由于当她想起今后做媳妇的苦日子，就不寒而栗：

---

① 《山茶》1980年第1期。

从今以后啊，
皮开肉绽的苦日子来了。
……
我小小年纪，
婆家繁重的活计，
从早干到黑啊，
我咋个做得完！

嫁到陌生的地方，
见到公公婆婆啊，
他们拿眼睛望望我，
我会怕得不知朝哪里躲。

听说那男人的脾气更坏，
动不动拿起棍棒就打，
动不动拾起石头就砸，
我嫁过去咋受得了！

　　公婆的专制、丈夫的蛮横、没日没夜的辛苦劳动，是进入阶级社会以后，妇女的普遍命运。长诗如果仅仅表现了这点，还不足以引人注目，下面就不是一般的描写了。对于女儿的要求，父母答道：

姑娘生来要出嫁，
姑娘是别人家的，
姑娘不能在家一辈子。

这个家没有你的份，
连背箩也没有你一个，
你死了没有棺材埋，
连猪都不杀一个。

是这哈尼族姑娘的父母特别狠心、吝啬？不是的，这反映的是那个时代的一个共同观念：女子无权在家占有财产，她们是别家的人。据说哈尼族的婚俗是姑娘出嫁时，要从屋檐上拿下三根草，塞在她背去的那节金竹上，意思是姑娘房子没有份，房上的茅草可以背去。婚俗中的这个细节，正是"这个家没有你的份"的象征。对于这种观念，女子是十分不满的：

> 老古时候也有姑娘，
> 创造天地万物的是奥玛，
> 先挖田的是玛则，
> 先盖房子的是玛美。
> 种桑种谷的是我们女的，
> 我们都是措未迁的后代，
> 怎么我不得吃？
> 怎么我不得在？

这是全诗最精彩的篇章。我们妇女也有光辉的过去，天地是我们的女神创造的，挖田、盖房是我们的女神先开始的，现在我们为什么要失去一切，被赶到陌生而可怕的夫家去呢？少女想争回自己的过去，然而时代不同了，以女子为中心的母系社会已被以男子为中心的父系社会所代替，女子的地位已遭到一次"具有世界历史意义的失败"，姑娘之所以不愿出嫁，正是她们对"具有世界历史意义的失败"的怨恨和反抗。

哈尼族结婚还有一种风俗，就是新娘过门的那天晚上，男方来的媒人，把新娘带出门后，女方这边的小伙子，要在寨子边上拾芋头打媒人。据说这样做的一个意思是这个姑娘被这个媒人偷走了，所以他们要打偷姑娘的贼。[①]这实质上是哈尼姑娘不愿出嫁的思想在婚姻礼俗上的一种表现。类似的风俗在许多民族都存在。就是在新婚之夜，她们仍在反抗，不与丈夫同房。

---

① 《山茶》1981年第3期。

　　《马关县志》记壮族婚俗云:"多数送亲女伴送女至男家,住二三日,夜间女伴同新娘共枕,留婿鲜能问津者。"这种风俗,广东也有。

　　不落夫家,即云女子已嫁,不愿归男家也。金兰契之风,以顺德为最盛,故不落家之风,亦以顺德为独多。女子嫁期有日,必召集一群女子,作秦庭七日之哭,如丧考妣,其金兰友亦在焉。临过门之夕,嫁者必被带束缚,其状若死尸之将入殓。复饱喂以白果等物,使小便非常收缩。及归宁后,其兰友必亲自相验。若其束缚之物稍有移动,是为失节,群皆耻之,其女必受辱不堪。[①]

　　这些婚俗以及新娘在婚礼上的种种表演,都是不愿出嫁的姑娘被迫出嫁时继续反抗的表现,是姑娘畏惧结婚,不愿放弃处女的自由生活,拒绝服从父权制的一种无声的抗议。长诗《不愿出嫁的姑娘》正是在这样的时代背景和社会条件下产生的;它反映了从母权制进入父权制之后的一个很久的历史时期里,姑娘不愿出嫁,妇女为争取自己的独立、自由、平等和尊严的斗争始终没有停止过的社会现实。从母权制过渡到父权制,恩格斯曾说是"人类所经历过的最激进的革命之一",但"这并不像我们现在所想象的那样困难,因为——这并不需要侵害到任何一个活着的氏族成员"。[②]有大量的民俗资料、众多的哭嫁歌证明,恩格斯的这个论断未必符合实际情况,如果这场过渡是平静的,不影响任何人的利益,冲突便不会这样尖锐,《不愿出嫁的姑娘》中的哈尼姑娘的哭诉也就打动不了我们的心。

　　正因为是女子的这场失败具有世界历史意义,所以许多民族都有类似畏惧结婚、不愿出嫁的歌谣与长诗。四川甘孜藏族有首《没有不嫁的自由》[③]这样唱道:

　　　　到了备鞍可骑的年龄,
　　　　心里虽然没想走,

---

① 转引自《林惠祥人类学论著》,林惠祥著,福建人民出版社,1980年10月。

② 《家庭、私有制和国家的起源》,恩格斯著,《马克思恩格斯选集》(第四卷),中共中央马克思恩格斯列宁斯大林著作编译局编;人民出版社,1974年4月。

③ 《藏族民歌选》,上海文艺出版社,1982年2月。

> 背上驮了茶包时，
> 犏牛没有不驮的自由。
> 背上装上了金鞍时，
> 马儿没有不走的自由。
>
> 到了可驮用的年龄，
> 心里虽然没想驮，
> 戴了耳环到了出嫁的年龄，
> 心里虽然没有想嫁，
> 父母说上几句话时，
> 姑娘没有不嫁的自由。

哈萨克族《怨嫁歌》[①]唱道：

> 男儿贵如脊椎骨的骨髓，
> 女儿家不如一张羊皮；
> 我哪儿像是要出嫁，
> 不过把骨头扔进了狗嘴里。
> 我也在牧场放过马，
> 我也给爹娘烧过奶茶，
> 狠心的爹娘卖了我，
> 不管丈夫年纪有多大！

还有如傣族叙事诗《娥并与桑洛》、彝族叙事诗《我的么表妹》、苗族叙事诗《哈梅》等，都反映了不合理的封建婚姻制度给妇女带来的爱情悲剧，但《不愿出嫁的姑娘》所反映的时代背景，具有更为深厚的社会历史基础和更为深刻的思想内容。它虽然反映的也是封建社会的不幸婚姻，但带有浓厚的从母权制向父权制过渡的烙印和遗俗。因为，《不愿出嫁的姑

[①]《中国少数民族文学作品选》（第二分册），上海文艺出版社，1984年4月。

娘》有一定的社会历史知识和女子在母系社会中曾有过充分的自由、平等的权利作为斗争的武器，所以她斗争起来，是更为勇敢、无畏、理直气壮的：

> 儿女都是爹妈生，
> 为什么姑娘不能守家？
> 儿女都是爹妈养，
> 要嫁为什么不把哥哥嫁？

我们知道，在母系氏族社会，曾经是把男子嫁出去，而将女子留在家中的。自从进入父系氏族社会以后，则必须将女子嫁出去。从社会发展的角度说，这是一个进步，但也意味着具有原始平等色彩的两性关系已被葬送了。这样，一方面刚刚登上历史舞台的父权制，带着野蛮的严酷压迫女性；另一方面，已丧失原有崇高地位的女性，必要借助传统的力量抵制新兴的父权制。《不愿出嫁的姑娘》中的女子，从不愿出嫁到被逼出嫁（实际是被出卖），结婚最后逃跑，正是借助传统力量对新兴父权制进行顽强抵制的表现。所以说，这个人物形象较之娥并、么表妹和哈梅以及我们上述少数民族民歌中反映的妇女形象，具有更为深厚的社会历史基础和更为深刻的思想内容。

最后，想谈谈《不愿出嫁的姑娘》在中国文学史上的地位。在我国第一部诗歌集子《诗经·小雅》中有过《我行其野》这样的反映女性占中心地位的诗篇：

> 我行其野，蔽芾其樗。昏姻之故，言就尔居。尔不我畜，复我邦家。
> 我行其野，言采其蓫。不思旧姻，求尔新特。成不以富，亦祗以异。

诗写一个男子被妻子赶出家门，在田野上呼天号地的情景，反映的是男人出嫁从妻居的母权制社会的婚俗。那时丈夫在家处于从属地位，妻子不满意，叫声滚，就得滚回自己的氏族中去。女子在家中有无上权威。后来由于生产力发展，男子在生产中占了优势，便影响到社会组织，而改变母系氏族为父系氏族。《诗经》中《谷风》和《氓》反映的却是男子占中心地位，可以随意弃妻另娶的诗篇。

《氓》的篇幅较长，但它写的是一个劳动妇女被丈夫遗弃的诗。她的丈夫原是个农民。他们由恋爱而结婚，过了几年穷苦的日子，以后家境逐渐宽裕。到了她年老色衰的时候，竟被她的丈夫遗弃了。

《谷风》也写道："不我能慉，反以我为仇。既阻我德，贾用不售。昔育恐育鞠，及尔颠覆。既生既育，比予于毒。我有旨蓄，亦以御冬。宴尔新昏，以我御穷。有洸有溃，既诒我肄。不念昔者，伊余来塈。"

这首诗的主人是个劳动妇女。她的丈夫便另娶了一个妻子，而把她赶走。《我行其野》反映的是母系氏族社会婚姻习俗残余，《氓》和《谷风》反映的是阶级社会中以男子为中心地位的婚姻习俗。但反映从母权制向父权制过渡的诗篇，则还没有见到，《不愿出嫁的姑娘》正好填补了这个诗歌史上的空白。《不愿出嫁的姑娘》虽然起源于哈尼族的习俗仪式歌《哭婚调》《哭嫁歌》等，但从其情节内容的完整和人物形象的鲜明生动看，已远远超出了仪式歌的范围，而成为我国诗歌史上思想性艺术性都很强的一首长篇口头文学创作了。因此，它应当在我国文学史上占有一席不容忽视的位置。

1987年3月

（原载《西北师院学报》，1987年第4期）

朝鲜族民间故事讲述家金德顺

　　1982年3月，上海文艺出版社民间文学编辑室收到来自辽宁沈阳市的一封投稿信。来信叙述了作者发现当地一位80岁朝鲜族老妈妈讲述了150篇故事，很有民族特色与个人特点，作者根据老人口述整理成30万字的民间故事集，这一点引起了我们的极大兴趣。因为民间故事的搜集工作，根据民间故事的源流和产生、流传的活动规律主要有三种作业方法：第一是广泛采录，第二是村落普查，第三是民间故事讲述家的故事专录。这第三种方法是在村落普查基础上对老人的采访，是由局部到细部的科学采集方法。它的科学性在于通过讲故事能手的讲述，既可以找到故事在世代传承中的源流，也可以找到故事在地理分布和传播上的源流。这便构成了故事学上被称作"传承路线"的故事系统，对了解故事的价值和作用有科学意义。民间故事的集体保存和流传，主要依靠这些讲述家的口头艺术创造，他们是多民族民间文学的藏书家，本书的搜集整理者也使用这种方法，采录了金德顺妈妈讲述的全部故事，在我国是首次，标志着我国民间故事的搜集整理工作，又开辟了一条新路，给民间文学的抢救和普查提供了一个范例。编辑出版这样的民间故事集子，是很有意义的，因而我们决定接受这一选题。编辑室主任郑硕人将这封来信交给我负责处理，我阅读了作者裴永镇的选题报告和几篇作品样稿后，回信通知他上海文艺出版社的决定。为验证书稿的故事来源的真实性，一个月后，即1982年4月20日我前往东北辽宁沈阳，对书稿的搜集者和口述者调查核实、验证。

　　1982年4月20日我从上海火车站乘157次上海至三棵树直达快车，经江苏、山东、河北、辽宁、吉林五省，于4月21日到达黑龙江省哈尔滨市。全程1 900多公里，费时39小时。我被黑龙江省民间文艺研究会王士媛安排在哈尔滨宾馆住宿。其间，我拜访了马名超、黄仕远。为编《鄂伦春民间故事选》，我想找隋书今，但听说隋书今已到呼兰出差。呼兰位于哈尔滨市北部，松花江与呼兰河汇合处。我特地乘长途汽车去呼兰找他，到了呼兰之后，呼兰县群众艺术馆的人说隋已走了，最终没能找到他，我只能失望地回到哈尔滨。我在哈尔滨待了三天，4月24日，我乘火车到吉林长春。长春是一座十分幽静的城市，许多建筑都是俄罗斯式的，绿化很好，整座城市犹如坐落在公园里一般。在长春住了一宿，我拜访了吉林省民间文艺研究会的同行。4月26日，我乘火车到达沈阳火车站，看见一位年轻人举着一块"前进报社裴永镇"的牌子迎接我。我走出了火车站，很快就被裴永镇用吉普车接到沈阳军区前进报社招待所。26日，裴永镇请我听了金德顺的故事讲述录音，他特地请了一位熟悉朝鲜语的中年男子做旁证，让他边播放，边翻译给我听。裴永镇是前进报社的编辑与记者，本人是朝鲜族人，年纪轻轻，人非常聪明、简练、能干，办事思路清晰，效率高。我听了故事录音之后，裴永镇领我到了辽宁大学拜访了乌丙安教授。乌丙安是钟敬文的第一届进修生，现已是驰名国内外的民俗学者了。裴永镇在搜集整理金德顺故事时，得到了乌丙安的理论指导。乌丙安后来为《金德顺故事集》写了序。4月28日上午11时，裴永镇陪我拜访了金德顺老大娘。裴永镇用朝鲜语同老大娘对话，介绍了我，我们三人（金德顺、裴永镇、我）还照了一张合影。这位82岁的老人，精神饱满，目光炯炯有神。她的故事录音，将故事讲得那样生动传神，我面对着她，不禁肃然起敬，果然是个名不见经传的"故事篓子"。在沈阳，我阅读了裴永镇整理好的一些稿子。前言他仅写了1 000字。我对他说，你在这篇前言里，必须将这个故事篓子的来龙去脉说清楚，必须写出她的家庭出身、生活环境，以及她从事故事传播的文化背景，还要着重分析她所讲述的民间故事的思想内容、艺术形式、表现手法，突出她在故事传播中的艺术创造、民族特色和个人特点。他听了之后，茅塞顿开，这就是裴永镇在《金德顺故事集》书前撰写的那篇长达8 000字的《金德顺和她所讲的故事》的构思轮廓。在我认真听取裴永镇的介绍之后，我对金德顺这位朝鲜族民间故事讲述家，有了一个初步的印象。

金德顺1900年生于朝鲜庆尚北道一个贱民家里。那时的贱民，生活在社会的最底层。金德顺从小就饱受两班地主的欺凌，过着吃了上顿没下顿的苦日子。那些朴素优美的民间故事，在她的幼小的心灵里播下了正直、善良的种子，使她从小就受到了良好的启蒙教育，懂得什么是真、善、美，什么是假、恶、丑，懂得了做人的道理。生活给她带来的虽然是苦难，可是，民间故事给她带来的却是希望和欢乐。13岁的金德顺到丈夫家去当童养媳。1930年，金德顺一家为生活所迫，千里迢迢逃荒到中国来谋生，并在我国吉林省长白县的四道沟落了脚。穷困的生活又迫使她一家迁往舒兰县。不久，金德顺一家又从舒兰县迁到黑龙江五常县。金德顺从小就喜欢听故事，讲故事。她从50岁左右开始，走东家串西家，长年累月地讲故事，故事越讲越多，故事越讲越好。她又努力自学了朝鲜文。她曾阅读了朝鲜文古版《春香传》《亨卜传》《沈青传》《蔷花红莲传》《狡兔传》，以及《三国志》等话本和唱本。她是一位极具民族特点和个人风格的民间故事讲述家。

在顺利完成了《金德顺故事集》书稿来源和调查材料科学验证的任务之后，29日上午我乘上6501号航班三叉戟客机[①]。经过两个小时的飞行，飞机飞过渤海、黄河、东海，顺利抵达上海虹桥机场。从机场乘民航班车到延安西路民航售票处，已是中午12时了。

《金德顺故事集》搜集整理者裴永镇经过半年多的整理、修改，作者将73则作品书稿寄到出版社来。我一边审读书稿，一边回想着不久前在沈阳同故事讲述者金德顺见面的情景。那一篇篇生动无比的故事告诉我：金德顺讲述的故事，人物性格鲜明、个性突出，语言形象生动，有它自己的美学和风格，故事的开头和结尾都有她自己的艺术设计。比兴手法、对比手法、讲述故事事件发展经过有疏有密、有粗有细，情节曲折、起伏跌宕，充满艺术感染力。民族俗语的运用，既丰富了故事的语言，又增强了故事的民族特色。她所讲述的绝大部分故事是完整的，在世界故事类型中是比较典型的。由于在书稿整理过程中，作者与出版社编辑有了充分的沟通，能较好领会民间故事搜集整理的规范要求，书稿质量较好，经过两个月的审读、修饰，以

---

① 三叉戟客机，有三个发动机，性能良好，可乘坐106人，最高能飞12 000多公里，每小时飞行900多公里。

及必要的技术处理，图书于1983年6月正式出版，精装2 000册，平装29 500册。半年工夫，销售一空，两年之后，1985年4月，第二次累计印刷36 500册，1989年荣获第二届中国民间文学优秀作品二等奖。此书出版之后短短半年时间里，引起国内外读者和学术界强烈反响，韩国、日本出版界都表示要翻译。中国民间文艺研究会为此书出版召开了学术讨论会，此书的搜集整理者裴永镇也一跃成为民间文学界的新星，理所当然成为民间文艺研究会的理事。随着《辽宁日报》转载我在《世界图书》的文章《金德顺和他所讲述的故事》，以及《金德顺故事集》在沈阳面市，便出现了全城市民奔走相告踊跃购书，一时间街头巷尾，讲谈话题离不开金德顺故事的空前场面。由于它的搜集整理、编辑出版都在文化学术界开创了一个新局面，所以大大推动了民间文学界搜集整理民间故事讲述家专集的热潮。

《金德顺故事集》从及时抓住选题，深入社会调查，提出修改意见到编辑出版，无论在我国民间文学界还是在文化出版界都是一个创举，它为中华民族传统文化整理做出的贡献是独特的，它所再现的朝鲜族社会历史风貌和艺术感染力，丰富了我国民族文学艺术的宝库。它是我从事编辑出版工作中完成的较为满意的一部图书，我为它花费了自己宝贵的时间和精力。我为能与搜集整理者一起发掘、抢救金德顺这样一位优秀的朝鲜族民间故事讲述家，为能扶植裴永镇这样一位优秀的朝鲜族民间文学工作者而自豪，更为朝鲜族产生金德顺这样出色的民间故事讲述家而骄傲。人们永远铭记他们为民族文化做出的贡献，他们的名字已经载入了中国文学的史册。

2008年1月25日

（原载《世界图书》，1983年12月号。

发表时题为《金德顺和她所讲述的故事》）

《新笑府》
——一个八旬老汉的故事

　　近年来，随着民间文学事业的蓬勃发展，全国各地陆续发现了许多民间故事主要传承人——民间故事讲述家。他们大多数能讲述数百则故事，作品有完整的结构、巧妙的构思、曲折的情节、生动的形象、独特的表现手法、鲜明的民族色彩和个性特点，以及无与伦比的大众艺术语言。在文化传播手段高度现代化的当今社会，民间故事家的作品依然能够在民间流传且经久不衰，充分显示了民间故事的艺术魅力和旺盛生命力，创作这些优秀作品的民间故事家实在堪称"国宝"，他们的作品则不失为民间文学之奇葩。将民间故事家讲述的故事，搜集整理出来加以编辑出版，是中华民族文化积累的重要组成部分。继1983年黑龙江省朝鲜族民间故事《金德顺故事集》出版之后，新近上海文艺出版社又出版了湖北省汉族民间故事家刘德培讲述的故事集《新笑府》。

　　刘德培祖籍江西。清朝初年，他的祖辈辗转迁至湖北公安，支脉又于康熙壬辰年（1712年）迁入山大人稀的白鹿庄落籍。刘德培1912年农历六月二十三日出生于白鹿庄杜家坳，是落籍后的第十辈人，农民出身，只读过两年私塾，11岁开始做帮工，当过学徒、长工、背夫，在呵斥声中熬过了整个青少年时代，人到中年还孑然一身。他从小就欢喜听别人讲故事，五六岁时，就被人们称为"打呱佬"。他从20多岁开始讲故事，至今已有50多年的历史了，能讲上500余则故事。他偏爱喜剧性的故事。他讲述的故事类别较杂，以生活故事和笑话为主，也有历史人物传说、地方风物传说、动物故事和民间逸闻等。他的故事，百分之九十来源于前辈和同辈人的口耳相传。在走南闯北、听经讲经的长期实践中，他将故事逐个逐个地选择摄入与成批量地扩散结合进行。他讲述的两大类故事都含有丰富的笑料，都有被讥讽嘲弄的对象。远自三皇五帝，近至现代农村，举凡巧女果婿、滑官昏官、道士媒人、窃手拐子、农夫书生、狂徒滑角和九佬十八匠等各色人物纷存，组成了一条打上历史印记的千姿百态的人物长廊。夫妻、亲家、妯娌、连襟、兄弟、朋友、邻居、父子、婆媳、翁婿、舅甥、主客、官民、师生、主雇之间，生活中色彩缤纷的人际关系，变化微妙的矛盾纠葛，构成了寓情、趣、理于一轴的风俗民情画卷。那贪婪、奸狡、耍赖、吝啬、爱奉承、好溜须拍马、假正经的种种心术行为，在故事里同劳动群众的优良品质、心窍口才、应变能力形成鲜明对比，其间凝聚着待人处世的智慧，与笑声同时产生感人的效果。他讲述故事神态自若，用语朴素地道，脉络清晰，情节布局巧趣，惯用夸张对比的表现手法，相当注意铺平垫稳，不轻易亮出故事之底。引人究底的扣子，干净利落的收尾；出乎意料的结果，反败为胜的机趣，留下了耐人回味的余韵。故事简短、风趣幽默、逗人发笑，在一片笑声中揭示出发人深省的人生哲理，是刘德培讽刺笑话艺术的一个鲜明特点。湖北宜都民间故事搜集家王作栋十余年如一日，跟随刘德培，搜集整理了他的所有作品，从这些作品里又精选了300余则优秀作品编选成《新笑府》一书。它以犀利的笔调、幽默的风格展示了我国鄂西山区小城的世俗风情、社会关系和传统道德观念，不失为旧时代小城春秋的一个缩影。全书504页，30余万字。书前附有刘德培肖像。书后附有未收入本书的故事梗概275则和刘德培生平活动编年纪要。本书既是优秀文学读物，又是研究中国民间文化的珍贵科学资料。它向一切注目于民众文化的人敞开了一个观察口。透过它，人们能够从更广阔的文化背景上，去认识民间创作的真实面貌，感知民间作者的原始心态，了解民间故事在民间口头流传的实际情况，从而进一步体味民间语言艺术的魅力所在，掂量民间笑话在民众生活中的地位和价值。

2008年1月17日修订

（原载《民间文学论坛》，1990年第2期）

略谈民间文学对作家文学的影响

　　历来在社会上，一提起民间文学，人们往往有意无意地忽视它，以为那是低级、粗俗的不值一提的东西。但实际情况是怎样的呢？实际情况是，在中国文学史上，却与社会上的偏见大相径庭：它是中华民族整个宝贵文学财富的重要组成部分，它为作家文学提供了取之不尽的创作源泉，它是作家文学的源头与土壤。作家的智慧与灵感蕴藏在人民生活和人民口头创作之中，人民把千百年来创造的丰富多彩的语言和诗句给予了作家；人民所创造的各种口头文学体裁给作家准备了活泼多样的创作形式；人民在口头文学中创造的各种各样的人物形象，为作家创作提供了塑造典型人物的宝贵素材。

　　首先，民间文学在文学样式上影响了作家文学。以诗歌为例，几乎所有不同句型和风格的诗，都是从民歌起源的。例如《楚辞》，屈原并不是这种形式的创始人。王逸在《楚辞章句》中提到"昔楚国南郢之邑，沅、湘之间，其俗信鬼而好祠。其祠，必作歌乐鼓舞以乐诸神。屈原放逐……出见俗人祭祀之礼，歌舞之乐，其词鄙陋。因为作《九歌》之曲"。①朱熹也认为《九歌》是在民间祭歌基础上的改制品。楚人善讴，很古的时代就有民歌。如果拿公元前5世纪的《越人歌》和《楚辞》比较，两者的关系自可不言而喻。比如将《越人歌》中"山有木兮木有枝，心说君兮君不知"②和《湘夫

---

① 《九歌章句第二》，《楚辞补注》，〔汉〕刘向集，〔汉〕王逸撰，〔宋〕洪兴祖补注，白化文、许德楠、李如鸾、方进点校，"中国古典文学基本丛书"本，卷第二，中华书局，1983年3月，第54页。
② 《善说》，《说苑校证》，〔汉〕刘向撰，向宗鲁校证，"中国古典文学基本丛书"本，卷第十一，中华书局，1987年7月，第279页。

人》中"沅有芷兮澧有兰，思公子兮未敢言"①一句对照，不仅风格形式，连内容都有浑如一体的感觉。事实上，这是屈原在创作上认真吸取民歌养料的结果。又如文学史上人们最习见的五言诗、七言诗，也都从民间开始。文人擅五言诗，要从东汉后期与建安时期算起，但五言初露行迹，却可以上溯到《国风》；当然，五言诗整齐形式的出现，还要延到秦汉。我国文学中别具一格的乐府诗，也是从民歌开始的。汉魏乐府在感情方面的深厚强烈，语言方面的朴实自然，在精神上可谓追步《国风》，而形式上却又更为活泼，它们取代了穷途末路的汉赋，成为那一时代诗坛最为活跃的因素。乐府民歌更为突出的成就，在于造就了历史上赫赫有名的建安文学。曹操父子，以高度的热情倡导乐府运动，曹操的《蒿里行》《苦寒行》，曹丕的《上留田行》，曹植的《野田黄雀行》，陈琳的《饮马长城窟行》，王粲的《七哀诗》，或写战乱时代人民的痛苦，或写徭役深重造成的灾难，或写对自由幸福的向往，无不以社会问题为写作的主旨，而乐府诗也就在文人笔下形成了一支独特的流派。汉乐府《孔雀东南飞》《木兰诗》《陌上桑》《孤儿行》的问世，其中如故事的完整性、人物形象的鲜明性和矛盾冲突的尖锐性，都达到了相当的规模，为《悲愤诗》《长恨歌》一类作品提供了创作的借鉴。过去人们一直认为词是文人创始的，随着敦煌千余首曲子词的陆续发现，人们发现，原来词的形式也是由劳动人民所创造的。又如我国文学史上的戏剧形式的诞生，也是由于宋金时代民间产生了诸宫调的说唱形式，为元杂剧的结构体制解决了关键性的问题。

民间文学对作家小说文学样式的影响更为显著。白话章回小说的诞生，跟宋元民间说唱文学的兴盛是分不开的。民间艺人的这一创造，对后来小说的发展产生了莫大的影响。宋人用白话讲唱对文学来说乃是一大解放。由于白话更接近自然地表现生活，充分地表情达意，在篇幅上也冲破了文言的樊篱，可以自由自在、淋漓尽致地运用活的语言刻画人物、摹写事件、抒发感情、表现景物、描绘声态。而这种细致的讲唱表演在时间上的延续，导致了章回小说的形成。《水浒传》《三国演义》等长篇小说都在相当程度

---

① 《九歌章句第二》，《楚辞补注》，〔汉〕刘向集，〔汉〕王逸撰，〔宋〕洪兴祖补注，白化文、许德楠、李如鸾、方进点校，"中国古典文学基本丛书"本，卷第二，中华书局，1983年3月，第65—66页。

上受到了民间说唱文学的直接影响。不仅如此，民间文学还拥有大量生动活泼的文学样式，如神话传说、故事、寓言、笑话、变文、弹词、鼓词等，也为先秦诸子与春秋战国史书提供了文学营养，《韩非子》《孟子》《墨子》《吕氏春秋》《晏子春秋》《国语》《战国策》等著作中的寓言都吸收了民间寓言。

其次，民间文学为作家创造文学典型提供了人物形象。作家从民间口头文学中吸取人物形象作为自己作品中的主人公，创造出具有世界性影响的文学典型的例子，举不胜举，莎士比亚的《奥赛罗》《哈姆雷特》，塞万提斯的《堂吉诃德》，歌德的《浮士德》，以及我国古典小说《聊斋志异》《水浒传》《西游记》《三国演义》等都无不从民间文学中吸取素材，创造文学典型。

最后，民间艺术语言对作家文学影响也是显而易见的。无论是诗歌还是小说，历代作家都吸取了民间文学中的生动活泼的口头艺术语言，使作家在文学语言口语化、通俗化、大众化、民族化诸多方面取得了显著的成就。莎士比亚、狄更斯、哈代、巴尔扎克、雨果、司汤达、拜伦、普希金、果戈理、莱蒙托夫、列夫·托尔斯泰、蒲宁、屠格涅夫、契诃夫、高尔基、马克·吐温、屈原、李白、杜甫、白居易、李清照、蒲松龄、罗贯中、吴敬梓、吴承恩、施耐庵、曹雪芹等人的文学作品，在语言艺术上所取得的成就，无一不是受到民间口头语言艺术的影响。

总之，大量存在于民间的文学、艺术，是一个历史的产物，同时也是时代的回音。因为它活在我们的生活中间，还起着一定的作用，所以，就应当充分地重视它、利用它。民间文学作为传统文化虽然在某些方面同我们现在的生活好像距离远了，其实同我们还是有一定关联的。我们要创造新文艺，主要是为广大人民服务的，为新社会文化建设服务的。传统的文学、艺术对于现代作家的作用是多方面的。正是在这一点上，我们说，民间文学对于创造时代的新文学和新艺术有着巨大的滋养的作用。

2014年5月26日

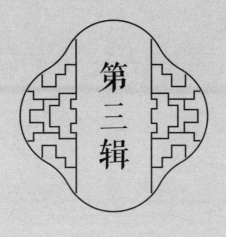

第三辑

论作者

在我的人生旅途中，22年的编辑生涯是我终生难忘的一段光阴。在这期间，我负责编辑出版了数十种民间文学、民俗学方面的中外图书读物，接触、结交了数以十计的图书读物作者。从熟悉中外图书出版信息，到熟悉学术界的历史与现状，从组织专家学者著书立说，引导作者写作，到审稿、改稿、编辑、发排、制版、出版、发行，以及搜集读者反应全过程中，我深切地认识到：图书作者队伍的思想、学识、学问、学术水平、文字表达能力、文风、文品及其人品，对于图书出版的学术层次和品质起着关键的决定性的作用。一个出版社因有优秀作品而名垂青史，图书因由优秀作者著作而世代流传。

作者，顾名思义，就是图书读物的写作者。历来，他们是上层社会少数知识分子的精英，是人类先进思想和文化科学的传播者，是社会传媒——出版机构的一支重要的精神文化生产支柱，也是它的衣食父母。一家出版社的生存与发展，能否在读者和社会上赢得信誉和地位，全看它是不是为读者和社会源源不断地提供一批又一批的具有原创文化积累价值的图书，而要做到这点，最重要的就要看这家出版社是不是有一支出类拔萃的作者队伍。何为出类拔萃的作者队伍呢？就是聚集着当代文化学术界最优秀的著书立说者。尽管他们来自不同的学术机构、不同的文化学术领域，有着不同的学术经验和文化积累，但集中到一点，最重要的是看他们是不是学有所长，有没有卓著的学术成果和出色的文字表达能力。这是一家出版社能否编辑出版高品质的优秀图书读物的根本保障。

图书的优劣、图书品质和图书价值完全取决于图书作者。虽说，古今中外，图书写作者的队伍历来就是非常庞杂的，但根据叔本华的分析，概括起来，也不外乎有这样的三种人。首先，是那些不经过任何思考便动手写作的人。他们仅仅靠回忆往事或过去的经验而写作，甚至直接抄袭别人的作品，此类人数最多。其次，是那些仅仅当他们写作时，才进行思考的人。他们是为了写作而思考，此类人也为数甚多。最后，是那些在开始动笔之前就已深思熟虑的人，此类人寥若晨星。叔本华说：

> 一本书的内容不可能超出其作者的思想，这些内容的价值既存在于他所思考的问题中，也存在于他的思想所采用的形式中。换言之，他关于这个问题所进行的思考就是其全部价值。
>
> 书的内容是千差万别的，这种差异性也意味着这些具有不同内容的各自的优美。就书的形式而言，一本书的形式具有何种特征则完全取决于写书的人。书中论述的内容也许是每个人都容易理解的或者是为人所熟知的，然而正是论述这些内容的方法，亦即如何去思考这些内容，才是一部书的价值之真正所在，而方法往往取决于书的作者。从这种观点来看，如果一本书是优秀的、无与伦比的，那么这本书的作者也将是出类拔萃的。由此可见，如果一个人的作品值得一读，那么，其价值越高，可归功于其内容的因素越少。因此，内容越寻常，越为人熟知，作者便越伟大。例如：古希腊三大悲剧作家都从事同一主题的创作。这就是说，如果内容是大家所易于接受的或非常为人所熟知的，那么一切取决于形式了；也就是说，如何思考这一内容的方式将使这本书具有它应当拥有的全部价值。这里，只有真正卓越非凡的人才可能写出具有阅读价值的作品，至于其他人所能思考的无非也是任何人都能思考的。他们所书写的正是他们自身的杰出的心灵所留下的深深印记，而这种印记却构成了其他所有人的精神摹本。[1]

叔本华的论述说明，伟大的作家不仅要有思想，还必须善于表达自己的思想，而且后者较前者更为重要。这也是真正的作家与一般人根本区别所在。以当代中国而言，不容置疑，比起老一代的文化学术工作者，当代

---

[1]《叔本华论说文集》，[德]叔本华著，范进、柯锦华、秦典华、孟庆时译，商务印书馆，1999年9月。

的文化艺术、文化学术工作者显然缺少深厚的文化创造的起码的从事学术活动的基础知识和基本功训练，出版社编辑要在文化水准普遍下降的情况下，寻觅高水平的作者，实在是一件难而又难的事。这里首先需要编辑自身具有相当的学识和学术眼光，要精通业务，熟悉国内外的学术信息和图书出版的历史和现状，要与国内外文化、教育、科学研究机构建立广泛的联系，要有高尚的人品和职业道德情操，才能在汪洋大海中寻觅既定的目标，从而与之建立起亲密的人际关系。要熟悉不同领域的科学发展的最新成果和最高水平，力争组织到最优秀的作者。寻找到作者对象后，还不能万事大吉，等着作者写作交稿，必须用心对待作者和书稿。作者写作一部著作的最初设想，与出版社面对的文化积累和社会需要往往是不会一下子完全吻合的，出版社和编辑在与作者学术交流中理应提出高于作者原设想的写作要求，并对其长期予以关心、支持和培育，对书稿的写作，从内容到形式，从章节设置、总体结构到文字表达，都不放过严格的标准和要求，不要等一部书稿写完才通读，而要在最初几章的篇幅中找出著作的长处和短处，以便最大限度地发挥作者的长处，克服作者的短处，也有利于避免写作过程中走弯路，做无用功。哪怕是一流的学者，出版社和编辑也应当有这样的写作要求和工作程序。对于作者来说，每写一部著作，都是他学术思想、学术内容和写作水平提高的一个过程。严肃的作者是乐于接受这样的要求的。无论是科学研究或是文艺创作，于作者，于读者，于社会，首先要追求的是它的品质，也就是质量而不是数量。文化积累，本身就是一个历史积累过程，不花时间，不花精力，是产生不了名副其实的文化精品的。这一点，不仅出版机构、编辑要有清醒的认识，更重要的是图书读物的创造者——作者应当与出版社和编辑一起取得这个共识。我们发现在当代社会中，不少作者一旦成名，就会在出版社商业意识支配下，不顾文化创造的自身特点，不断粗制滥造出许许多多印数惊人的畅销书。这种急功近利的行为说明，出版机构、编辑、作者都未意识到自己肩负的是生产完全不同于一般物质商品的教育陶冶人类的道德情操的精神产品之神圣职责。

　　叔本华说：

　　　　我认为，世上真正伟大的作品，从来就不是一问世即为世人所认可的，偶像若是由乌合之众树立的，则他在圣坛上的位置就不会是长久的。

一位真正的天才因曲高和寡，而难逢知音，因为太少，以至在任何时代他们都不能形成为数众多的群体。

文学史通常只是昭示了这样一些伟大的人物，他们创造了知识，并深刻地洞见到他们的声名一时难以获得承认，且横遭阻难；文学史也告诉我们，那些生前获得同时代人赞赏并得到丰厚酬金的拙劣作家的声名，是虚枉不实、行之不久的。

那些注定要成为整个人类精神财富并将流芳百世的稀世佳作，就其本性而言远远超过于文化发展的当前阶段；因为这一缘故，它外在于当前的文化时尚，并且也为它们自己时代的精神所不熟悉。

运用各种语言撰写的浩繁书海中，大约只有十分之一的书才能作为真正具有永久价值的文献传诸后世。[1]

一部人类文明史告诉我们，人类在改造自然的同时，也不断地创造着他们自己。真正的文化创造纵然如此艰难，它对文化创造者的要求和条件纵然如此苛刻，历史上的文化巨人依然随着时光的流逝，源源不断地产生；这是因为大自然的生存和发展，人类的生存、发展和斗争，是抚育他们成长的母亲。人类社会生活永远是科学和艺术创造的取之不尽、用之不竭的土壤和源泉。

古今中外文化、科学、艺术史实证明，千百年流传下来的无数口传的、书面的科学和文艺作品，构成了人类社会的共同精神财富和文化遗产。这些人类文明的创作者则永远是人们心目中的巨人和英雄，他们的思想光辉照亮了人类前进的光明大道，他们的学术和艺术不断地为后人所继承、发扬与光大，他们的道德行为为后人所追忆，荷马、苏格拉底、狄德罗、鲍姆嘉通、莱辛、康德、歌德、席勒、黑格尔、马克思、恩格斯、克罗齐、叔本华、但丁、薄伽丘、莎士比亚、狄更斯、哈代、巴尔扎克、雨果、司汤达、普希金、果戈理、别林斯基、车尔尼雪夫斯基、杜勃罗留波夫、莱

---

[1]《叔本华论说文集》，[德]叔本华著，范进、柯锦华、秦典华、孟庆时译，商务印书馆，1999年9月。

蒙托夫、列夫·托尔斯泰、蒲宁、屠格涅夫、冈察洛夫、陀思妥耶夫斯基、契诃夫、德莱塞、杰克·伦敦、孔子、老子、孟子、庄周、屈原、司马迁、陶渊明、李白、杜甫、白居易、李贺、李商隐、韩愈、柳宗元、欧阳修、王安石、苏轼、陆游、辛弃疾、关汉卿、王实甫、罗贯中、施耐庵、汤显祖、吴承恩、兰陵笑笑生、洪昇、孔尚任、蒲松龄、吴敬梓、曹雪芹、鲁迅等，他们的名字和无数的物质文化创造者一起，永久地被载入史册。当今的文化创造者们无一例外，应当阅读这些人类文明先驱者的著作，汲取他们的精华和营养，沿着他们走过的足迹努力前行，才能创造出广大读者和社会所需要的精神食粮。

　　优秀的图书写作者既然是人类思想的先行者，那么他们就必须也是人类良知的楷模。作者的劳动是艰苦的，作者的职责也是神圣而崇高的。

2008 年 7 月 31 日

回忆钟敬文

我国著名民俗学家钟敬文先生离开我们已经一年了。去年1月11日，我突然从报纸上获悉钟敬文教授逝世的消息时，不禁为之一惊，因为平日，我同钟敬文先生之间的情谊，是无论何时，只要一拿起电话筒，打他的电话，随时便能听到他那响亮的声音的。而今，噩耗传来，意味着以后我再也听不到他那响亮的声音了。我一阵惊讶之后，便感到无比沉痛。多少年来，我同钟敬文先生的往来，他留在我脑海里的印象是那样深刻，那样清晰！

这话还得从我第一次认识他那天说起。

一、初识印象

我国民间文学图书出版事业，20世纪五六十年代已有了很好的发展，取得了很大的成绩，图书出版的质量和规模都是良好、可观的，但经过十年停顿之后，这类图书出版几近陷入了寸草不生的局面。1978年上海文艺出版社恢复了民间文学图书出版编制，成立了民间文学编辑室，制订了宏伟的图书出版规划，真可以说是到了"万事俱备，只欠东风"了——我们要在全国范围内建立起庞大的作者队伍。1979年1月19日，严冬腊月，我冒着零下十余摄氏度的寒冷赴京组稿。北京师范大学是我们的第一作者队伍重镇，那儿不仅有钟敬文先生，而且还有他的许多高足——民间文学专家。在那儿，我第一次拜访了钟敬文教授。他在自己狭小的四壁堆满图书的书房里接待了我。当他阅读了我递给他的图书出版规划后，他说规划很好，无论是作品或是理论著作，国内的、国外的都要予以出版介绍，这对我国全民族的传统文化的普及与提高，以及民间文学教学、理论研究都将是迫切需要的。他对近年来民间文学、民俗学运动如火如荼的开展，感到欢欣鼓舞。他思路敏捷，谈锋锐利，滔滔不绝……两个多小时的交谈在不知不觉中很快过去了。谈话之间，我一直注视着他，聚精会神地倾听他的每一句话、每一个话题，仔细打量着他。他已是76岁的老人了，但他的头发是黑的，脸庞是红润而饱满的，说话的声音响亮而铿锵有力。这次会面，使我第一次感到我国的民间文学、民俗学——这一中华民族传统文化宝藏如此丰富，犹如我们的国土那样辽阔、那样肥沃、那样富饶。我顿时感到，时不我待，有多少事情正等待着我们去做啊！

　　1982年10月中旬，钟敬文教授偕夫人陈秋帆赴杭州参加浙江省民俗学会成立大会，返京途经上海，住在衡山宾馆二楼。我们获悉后，当即于是晚7时许，前往衡山宾馆钟先生寓所拜访他。当时一起前去的有上海文艺出版社民间文学编辑室郑硕人、钱舜娟、张呈富和我四人。这是我第二次见到钟敬文。我记得钟先生夫妇那时住在二楼的一个套房里，他们在一间很大的客厅里同我们见面。彼此一阵问候之后，钟敬文立刻进入话题，谈起这次参加浙江民俗学会成立大会，他心情十分激动。钟敬文说，从1930年到1937年这七八年间，他两度在杭州生活过。1930年在浙江大学执教期间与娄子匡一起创办了近于全国性的中国民俗学会，亲自写了《中国民俗学运动歌》，说着说着，他脱口而出地吟咏出这首歌开头的几句歌词来："这儿是一所壮大的花园，里面有奇花，也有异草。但现在啊，园丁不到，赏花人更是寂寞！斩除荆棘，修理枝条；来，同志们莫吝惜辛苦！"我暗暗地为他惊人的记忆力所折服。他说1930年秋季起，他辞去了浙江大学文学院的教职，转到杭州民众教育实验学校，讲授《民间文学纲要》，举办民俗调查训练班。在这段时间里，他除出版大型学术性刊物《民俗学集镌》《民俗月刊》杂志，专刊《民俗艺术专号》与《民间风俗文化》《民俗特刊》外，还撰写了大量的学术论文，如《天鹅处女型故事》《中国地方传说》《金华的斗牛风俗》《中国神话的文化史价值》《民间文艺学的建设》《民众生活模式与民众教育》等。他说，这时期比早期在中山大学时期所作的急就章，在收集材料和考虑论点上，用力更加勤勉，思索也稍为精细了。这在自己治学的道路上不能不说是一种明显的进境，但它距离成熟程度还是遥远的。

钟敬文说，在杭州的那段日子，是他一生学术生涯中的第一个高峰期。所以他说，他这次能够在这个古代交通史上著名的城市，同时也是他50年前曾经在这里创建过中国民俗学会的省份——浙江，看到这里新民俗学会的建立，并且亲身参加了这个盛会，此时的喜悦心情是难以形容的。他说，他年轻时候那种对这种学问的热情和希望，此时好像都在他的心里活动起来了。这是大会所给予他的感受。话匣子一经打开，就再也停不下来了。他接着说，他花费半辈子时间搜集的《女娲考》学术资料几近一箱子，虽说时代久远，几经周折，值得庆幸的是这些资料安然无恙，完整无损，总想有那么一天，安静下来，将它写成一部专著。

时间过得飞快，不知不觉间，已是晚上8点半钟了。为不使钟先生路途劳累，钟先生夫人陈秋帆向我们示意，终止会面，让钟先生早点休息。秋帆笑着说，钟先生遇到知音，说起学术和学术活动，他会兴奋得不能自己。她说，他对学问犹如对恋人那样痴情。我们会心地对着钟敬文和他的夫人笑着，同他们挥手告别。这次会面，钟先生留给我印象是极其深刻的：他有那样丰富的从事民间文学民俗学运动的阅历，而我年逾四十却刚刚跨进这门学科的门槛；特别令我感到吃惊的是，一个80岁的老人，对于自己从事的事业，挚爱的学科，对自己曾经生活过的那个地方，时隔50年后之今日，对它们居然依然还那样眷恋和钟情，千里迢迢，亲赴旧地重游，为一个省的新民俗学会成立呐喊鼓劲。

1983年2月，我为我社新出版的《钟敬文民间文学论集》写了一篇题为《民间文学研究中的一部重要著作——评〈钟敬文民间文学论集〉》的评论，开头便指出本书是钟敬文从事民间文学教学和研究60年的历史总结，标志着经过他的不懈努力，已将我国民间文学研究推向了一个新高度。他接过前人的接力棒，担负起发展我国民间文艺学、民俗学的重任；着重论述了这部论著具有理论与方法研究方面的三点特别引人注目的长处：一、运用马克思主义基本原理，即辩证唯物主义观点，指导学术研究；二、密切结合时代背景以及人民群众的心理状态研究民间文学作品的演变、发展及其变异；三、运用比较方法，分析研究民间文学作品和现象。文章约5 000字。发表之前，我将稿子寄给钟先生，请求他指教。附信中我问他，他的专著《女娲考》何时写成。令我感到意外的是，我2月上旬寄稿子给他，几天之后便收到他的回信了。他回信内容如下：

涂石同志：

信及文稿都收到。

文稿我一口气把它读完了。觉得很不错。只其中对我有过誉之处，实不敢当。只有藉以勉励自己而已。

现在，国内搞民间文学理〔论〕的人颇不少，也有些比较秀颖之才。但总的看来，似有一些共同缺点，首先是不善于运用马列主义观点与方法，其次，是基本知识不足。希望您今后在这些方面多用工夫，三年五年，一定可以做出较高的成绩来。杜甫诗云："青眼高歌望吾子。"其实这正是我们祖国人民之共同希望也。愿勉之！

我的《女娲考》，今生恐怕完成不了。但象我《论集》序言所说，我们希望看到的是满园的春色，一枝红杏是否出墙来，是无足轻重的。

草草，祝编安。

敬文

83.2.19

从钟先生的热情回信中，我深深感觉到他的平易近人、谦逊朴实、扶植后辈的古道热肠，以及他那虚怀若谷的宽阔胸襟。1984年这篇评论发表后，钟先生又将它推荐给杨哲编《钟敬文生平·思想及著作》①一书，让我又一次认识到钟先生的热情和诚恳。

二、悲 剧 色 彩

1995年12月，上海文艺出版社出版了由钟敬文任总顾问的《中华民族故事大系》（16卷本）。1996年上半年，出版社将这套图书推荐出去参加两年一度的国家图书奖评奖活动。钟敬文曾为此书的总体设计、合成、分类做了大量工作，为它撰写了见解深邃的前言，这时候他又为图书参加评奖

①《钟敬文生平·思想及著作》，杨哲编，河北教育出版社，1991年2月。

四处寻找熟人，竭尽全力为此书获奖奔波，参加作者恳谈会，参加国家民族事务委员会邀请文化学术界知名人士出席的"《中华民族故事大系》座谈会"，撰写座谈会发言稿，等等，乐此不疲，其热情之高、精神之振奋，让人怎么也不会想到他已是一位92岁的老人了。半年之后，第三届国家图书奖揭晓了。由于世俗的偏见，以及权威欠公平，使《中华民族故事大系》这套被学术界誉为"中国民间文化史上的一个壮举"，由上海文艺出版社组织全国各地五六千名作者，历时15年之久，搜集整理、编纂成功的我国56个民族的故事精品，凡1 200万字、空前规模的原创作品总集榜上无名。这一结果自然对全国各地上千的作者和亿万各民族群众的热情与渴望是一种冷却，但令我感到意外的是，它对钟先生的打击也会那样大。或许令钟先生那样看重这件事的原因不是这书评不评上奖，而是由评奖活动引发的一系列文化、学术活动问题，以及从上到下的某些不良社会风气。而就两年一度的国家评奖而言，有上有下人之常情，而且事先，编者、出版社方方面面，大家都已全力以赴，尽了最大努力，用不着追究责任。但不，钟先生为此事耿耿于怀，见面，通电话，三番五次地，像是他犯了什么过失似的对我说："我联络的、托上的人都已尽力了！"我一边劝解他，一边感到悲哀。常理是，作者自然是出版社的衣食父母，没有作家、教授、学者的辛勤劳作，拿出书稿来，哪谈得上出版社出书呢？现在的事情却完全180度颠倒了，作者拿出书稿后，还要继续为它的销售市场，为它能否评上这个奖那个奖操碎心，更令我感到意外的是，如此著作等身、闻名中外的中国民俗学家——钟敬文，竟也不得不屈服于如此主客错位的社会风气之中。这使我想到今日办事之难，想到知识分子处世之难，想到历史上的屈原，想到鲁迅，钟敬文和他们一样，都具有中华民族一脉相承的一种坚贞不屈的民族精神。人格上他们都有一个共同点，即对祖国、对人民、对工作、对事业的无限的真诚和挚爱，为自己所挚爱的事业的成功，他们不顾个人一切，精神上可以忍，策略上讲灵活性，原则不放弃，委曲求全未尝不可，他们艰难地在复杂多变的社会环境中寻找生存的空间，只要国家、民族、工作、事业需要，他们能够毫不犹豫地牺牲一切，包括自己宝贵的生命，中华民族历史上的伟人，都毫不例外地具备这种真诚、坚毅、英勇、忘我的民族性格，而在这个民族性格的深处、背后，却深藏着悲剧色彩。1998年初，当出版社获悉钟敬文教授主编的《民俗学概论》有五家出版社竞争书稿时，立刻派人到北京师范大学，想以高稿酬作为回报拿下多年培植着的书稿。钟敬文是非观念是十分分明的，爱憎也是十分鲜明的，在出版社索稿人员面前，他严厉批评了出版社金钱至上、唯利是图的市侩作风。钟敬文此时头脑清醒、思路敏捷、话锋尖锐、痛快淋漓的诉说，正是他对祖国、对民族、对民俗学出版事业一片真诚与挚爱的自然流露，他不是就事论事地说书稿给不给的问题，而是竭力以此事为鉴地匡正社会风气，扶植出版事业。他对上海文艺出版社是有深厚感情的，他的许多著作、他主编的许多教材，都曾由这家出版社出版。他对出版社索稿者的一番训话，目的在于教育年青一代如何学会做事，如何学会做人，因为早在20世纪二三十年代他自己就从事过编辑出版工作，他深知编辑人员、出版社的辛劳和职责，但更须具备从事文化、学术事业的良心和道德。他的胸怀是开阔的，肚量是宽广的。最终他还是答应把自己主编、历时八年五易其稿的《民俗学概论》书稿交由上海文艺出版社出版。

三、学术追求

1996年5月24日，钟敬文教授来信告诉我，9月9日至20日，国家教委委托北京师范大学举办一个由中外学者讲授的"中国民间文化高级研讨班"，这是一次全国令从事教学、科学研究及出版工作者开阔学术眼界、提高学术水平的难得机会，希望我届时能够参加。9月8日，我准时赴京参加"中国民间文化高级研讨班"。钟敬文先生对这次被国家教委批准的研讨班极为重视，他邀请了美国学者欧达伟、洪常泰，韩国学者崔仁鹤，日本学者依藤清司，台湾学者乔健，北京大学季羡林、王铭铭，中国社科院少数民族文学研究所刘魁立，中国历史博物馆宋兆麟，北京师范大学陈子艾、刘铁梁等，就各自的专题在研讨班上发表演讲。季羡林讲课的内容是《中印民间文化的关系》，钟敬文讲课的内容是《对中国当代民俗学的一些问题的意见》。在这次研讨班上，给我印象最深的是钟敬文先生对学术的热切追求，对人才的无比关怀，以及他那朴素、自然的人品和文品。在这个持续三四天的研讨班上，钟先生以身作则，认真写出极具学术分量的2万字的讲稿，分三次讲，每次讲一个半钟头。他认为中国民俗学是多民族民俗学，所以研究的视野，既要重点研究传统民俗，又不能弃都市民俗于不顾。民俗学者要深入发掘传统民俗资源，学习国外民俗理论，拓宽知识面，选择好的研究方法，致力于有中国特色的民俗学的构建，使之在民族精神、社会制度及物质增值诸方面发挥功用，把民俗教育普及于一般社会民众。在研讨班上除了他自己讲课外，他对请来的中外学者的讲演，一视同仁，每讲必予出席，用心听讲、虚心求学，努力汲取新知识，也体现了他对知识的追求和对他人劳动的尊重。特别令我感到敬佩的是，钟敬文和季羡林之间的学问之交。在钟先生主持的请季先生的讲演时，钟敬文在话筒前亲切地对大家说："今天，请季羡林教授为大家讲课，他的讲题是《中印民间文化的关系》。季先生是我请来的，季先生的学问比我高，比我深，他博大精深，我不如他，季先生是大学问家。"季羡林教授在听钟敬文这席话时，谦逊地说："我和钟先生之间十分亲密，只要钟先生邀请，我必定来。钟先生对中国民间文化、民俗学的研究是极为精深的，他是我的老师！"93岁的钟敬文和85岁的季羡林，这一对老一辈知识分子之间的真挚深厚的友情溢于言表，令在座的所有学员不禁为之动容。9月20日，在研讨班结业典礼上，钟先生又代表北京师范大学校长陆善镇为学员颁发"中国民间文学高级研讨班结业证书"，并以钟敬文个人名义署名，每人赠送一册《钟敬文学术论著自选集》①。摄影师摄下了钟先生为每个人赠送书本时的宝贵镜头。

　　1996年2月3日上午，上海文艺出版社假北京师范大学英东楼贵宾厅召开"上海文艺出版社作者恳谈会"。与会的作者有中国社会科学院少数民族文学研究所、中国社会科学院文学研究所、北京大学、中国历史博物馆、中央民族大学、中国民间文艺家协会、中国文学艺术界联合会和北京师范大学的刘魁立、程蔷、马昌仪、祁连休、贺学君、周星、宋兆麟、陶立璠、贺嘉、刘锡诚、钟敬文、许钰、董晓萍、刘铁梁、杨利慧、安德明、吴效群、李连荣等近20名教授、研究员和博士生。钟敬文教授以极大的热情出席了这次恳谈会。会上大家议论到，一个出版社是一面旗帜，上海文艺出版社应当在原有出书基础上为社会提供一套层次较高的理论图书。钟

---

① 《钟敬文学术论著自选集》，钟敬文著，首都师范大学出版社，1994年9月。

敬文教授在会上提出了为建立中国民俗学派，除需要有中国民俗学结构体系外①，还应加强学术机构的建设，继续搜集整理民俗资料，深入理论研究，大力推进各种层次的民俗学教育，加强中国古代民俗学著作整理及对外国民俗学名著的译述与介绍。钟敬文先生的一席话，启发了大家提出对我国现代民俗学家的20世纪30年代以来的著名论文，按个人集子予以出版，为今日教学和理论研究提供便利与借鉴。讨论接近尾声，居然形成两套丛书的雏形：一是"东方民俗学林"，二是"民俗随笔丛书"。我记得当时我重复说："好！就称这套书为'东方民俗学林丛书'。"钟先生当即纠正我说："'东方民俗学林'中的'学林'就是丛书的意思，不用丛书两个字了。"我应声说："对！对！对！"后来，钟敬文先生成了"东方民俗学林"实际上的主编。列入这套丛书的名单是由钟先生提出来的，一共有12人，他们是顾颉刚、江绍原、周作人、黄石、钟敬文、茅盾、许地山、郑振铎、杨堃、容肇祖、刘半农、刘魁立。这套丛书经过两年的筹划，于1998年启动了。这是一套反映我国现代民俗学运动历史与现状的著名民俗学家论著丛书，它要求具有较强的理论性，较高的学术品位，取名"东方民俗学林"，列入首辑论文集子的作者有钟敬文、顾颉刚、江绍原、周作人、黄石、刘魁立诸人。丛书在读者定位上，出版社有不同看法，这就直接涉及图书编辑定性问题，是纯粹编集论文自身，或是还需附加其他文字。由于我对钟敬文先生的学术生涯和学术思想较为熟悉，钟先生便委托我编《钟敬文民俗学论集》一书。我搜集、阅读了他所有的民俗学论文资料之后，确定了这部论著编选宗旨：用不太多的篇幅，简约地、概括地反映钟敬文在民间文艺学、民俗学、民俗文化学三个领域的思想体系的大致脉络及其学术贡献。它仅仅选择了我认为有代表性的、应予认真研读的一部分论著而已。15篇论文、25万字篇幅、15帧照片插图、一幅作者题词真迹，集中勾画出钟敬文近80年来的民俗学活动和中国现代民俗学建设、发展的历史面貌。篇目寄给钟先生后，他回信表示完全赞同，说学术眼光和编辑宗旨都是值得肯定的，称赞我的编后记写得好。但当他获悉出版社在出书安排上，试图将原为高文

---

① 中国民俗学结构体系，即钟敬文所构架的理论民俗学、记录民俗学、历史民俗学、立场观点论、方法论、资料学六个方面的内容。见《民俗学概论》，钟敬文主编，上海文艺出版社，1998年12月。

化层次的读者定位拉到低层次读者定位，对这些论集进行"通俗化"操作，在所有的论著的论文分辑之前加上"导读"文字时，他愤怒了，他立刻来信制止了这种画蛇添足式的做法。他在1996年7月10日给我的来信中写道："顷接来函，得知文集编辑出版工作进展情况，不胜感激！文集分四部分，甚好。补选的文章也合适。你信中曾说：'为更好引导读者，拟在这四组文章之前各写一二千字的有关学术背景、理论建树的文字……'我以为，这样做不大合适。原因是：第一，不合此类著作的性质，学术性的文集（特别是如顾颉刚、周作人等大家的文集），不像教科书，每篇论文各有宗旨，每组文章写作年代和背景均不同，不便以一个'导读'来概括某一类文章；第二，此类书籍的读者很少是需要"引导"的初级读者，这样做很可能成为一个框子，限制了读者的思考，如果写得不好，成为'误导'那更不得了；第三，对许多作古的专家是否也要在文集中加这样的'引导'，如要加，真不知，由谁加和如何加。为尊重作者起见，还是只选文章，不加评说，可把一切解释和阐论的话都放在前言和后记中为好。总之，我是不赞成这种'导读'的办法的。我以为你写的后记就已经很好，已经起到了导读的作用，画龙点睛，恰到好处。"从这封信里我们可以知道，钟敬文教授在学术问题上是极其认真的，他有很高的学术追求，他是坚持原则的。这些意见完全为出版社所接受。1998年6月，当"东方民俗学林"六种学术论著以庄重精美的面貌出现在钟敬文教授面前时，他禁不住以自己的新著《雪泥鸿爪——钟敬文自述》寄赠于我，并在书首白页上用毛笔写道："涂石同志，谨以此小著祝贺您编辑中国民俗学林的毅力与劳绩！九六老人钟敬文1998，6，北京。"末了还附有括弧内一行文字："书中错字未能改正，歉。"

四、深层接触

1998年，由钟敬文先生主编的《中国民俗学年刊》创刊了。这是一种旨在反映中国当代民俗学学术研究面貌的年刊，由中国民俗学会、上海文艺出版社编，上海文艺出版社出版。我被聘为编委兼责任编辑。书稿寄来后，总体设计还是颇有品位的，共设有歌谣学、民俗学运动八十周年纪念、田野调查与民俗志撰写研究、基础理论研究、专题研究、图书评论、国外

（从左至右，后排为：程蔷、马昌仪、涂石、刘铁梁、陶立璠、宋兆麟、许钰、钟敬文、刘魁立、顾承甫、刘锡诚、贺嘉，前排为：董晓萍、安德明、杨利慧、吴效群、李连荣、祁连休、贺学君）

1996年2月3日，上海文艺出版社假北京师范大学学术中心召开"上海文艺出版社作者恳谈会"，中国民俗学家钟敬文出席了恳谈会。正是在这次作者恳谈会上，作者们为上海文艺出版社成功策划了"东方民俗学林"和"民俗随笔丛书"两套丛书，并先后于1997年至1998年由上海文艺出版社正式出版。本书作者任这两套丛书的责任编辑。

学术状况、学术信息等七个栏目。原设想总篇幅30万字，没想到初稿已超过这个字数了。抽下谁的文章好呢？经过我认真审读后，我确定对它进行压缩，其原则是：一、材料一般、论述一般的文章抽掉；二、文章虽好，但因版面拥挤，包括副主编、编委的重头文章不用商量抽掉，待下年度刊发；三、由我加进去三篇文章未经送呈北京编委、主编审阅（其中有一篇长达2万字，规定一般每篇字数不得超过9 000字。我认为这篇文章不一般，本年刊总体又缺少这类重头文章）。另外，为了赶出版、印刷、发行的时间，北京与上海之间书信来往不便，我就自己擅自写了发刊词、编后记。校样出来之后，我分头寄给主编、副主编和编委，其他人阅读后，未提出什么意见，唯独钟先生读了，很不高兴。我悄悄同他的亲密助手董晓萍教授通了电话，她告诉我，钟先生读了校样确实生气了。我对董晓萍说："你侧面帮我打听一下，钟先生究竟为什么生气。"一天之后，董晓萍教授来电告诉我，钟先生说：一、栏目编排应恢复到他亲自设计好的版式；二、有三篇被抽下的文章，虽质量一般，但势必设法用上；三、上海加上去三篇文章，抽下两篇，保留一篇，今后所有刊发稿子必须经过编委会三审后才能签发；四、董晓萍教授说，钟先生未明说，但仿佛对发刊词没有请他写有些不愉快，他只说，"发刊词"改为"卷头语"，内容方面有些文字需润色，后记也请刘魁立改一改。钟先生这些意见完全正确，我都逐条照办了。我想自己在办刊过程中，有些传统的规矩是没有很好遵守的。我对学术界的权威是十分崇拜的，但从来不迷信权威。在这种思想、性格下，作为编委和责任编辑，我把自己的学术思想见诸办刊过程，我认为这是一本将长期出版发行的全国性学术分量较重的年刊，它的栏目，一般是较稳定的，能较好地体现国内民俗学理论研究最新面貌。因此，我将《歌谣学、民俗学运动八十周年纪念》这个栏目从首栏移至第五栏，其他栏目位置与钟先生亲自设计的也不全相同。钟先生说的那三篇质量一般的文章用上去了，因为它们是钟先生好朋友的文章，钟先生对人很富情爱，很有人情味。至于发刊词和编后记，我以为周作人当年写《歌谣》周刊发刊词时才37岁，钟先生编辑《民俗周刊》，为《歌谣论集》作序时才24岁；编纂《民俗学集镌》，为《马来情歌》作序时才25岁。而我已从事民间文学、民俗学编辑出版、理论研究工作逾20年了，年近60岁了，为什么就不能为《中国民俗学年刊》写"发刊词"呢？这些想法，我虽从未对谁说过，但我对生存于我国当今学术界唯权威为是、唯权威是从的文化圈里的钟先生，面对有时有人无意忽视权威的存在而产生不愉快是完全能够理解的。这样一种全国唯一的有学术分量的年刊，其发刊词理应由钟先生撰写。我自作主张，是对钟先生的不尊重。然而，钟先生的不愉快是很有分寸的，他没有完全否定发刊词，而只是提出对它加工润色而已。我擅自决定用上的那篇长文章他也认同了。从编辑民俗学年刊时与钟敬文教授交往中出现的这些工作细节，以及他以极其开阔、宽容的胸襟和肚量，冷静理智地处理这些触及灵魂深处的琐事，使我又一次感受到钟敬文先生人格的伟大。

五、生命源泉

　　钟敬文作为中国民俗学的知名教授和学者，无论对学生，还是对朋友，都是语重心长，谆谆诱导，真诚挚爱，为造就大批中国民俗学新一代生力军，他对后辈的关心和爱护，远远超过一般大学教师的职责，可以说达到无微不至的地步。这不仅表现在课堂上为学生授业，更多地表现在将开启知识宝藏的钥匙交给年青一代上，他教他们如何积累资料，如何确立正确的观点、立场和方法，如何踏踏实实地在前人研究基础上做出自己的贡献。他不止一次地将自己毕生从事的研究课题、学术资料毫无保留地贡献给学生，让学生去做他未及做好和他自己完全未曾研究过的课题，他将自己半辈子搜集积累起来的《女娲考》学术资料交给他弟子，就是一个突出的例子。20多年来，在我同钟敬文先生的密切来往中，使我有机会洞察到他，从日常生活、读书、著作、教学及其与人交际中流露出来的许多老一代知识分子共同具备的一些高尚的品德和宝贵的精神，以及他本人的一些特有优秀品格。我第一次踏进钟先生家门，看见这位年逾古稀的老人亲自提着一壶开水，从厨房步入书房对着热水瓶冲水时，感到意外：钟敬文先生如此强健，他提着水壶，依然步履敏捷，家中竟不见雇用保姆。后来接触时间长了，我才慢慢地悟到，钟先生之所以能做到融生命、教学、科学研究为一体，并将后者看成自己生命的一部分，保持生命之绿树常青，其诀窍在于他懂得返回自然、返老还童的人生真谛。只要稍微多与钟先生打过交道的人，就不难发现，钟先生的家，对着所有的中外师生、朋友敞开着，那儿是他的寓所、书房、学堂、会客室，又是民俗学界的学术论坛。平日除他为学生上课、午休以及下午4点钟半小时校园散步外，其他时间来访者上门，来者不拒，主客之间无拘无束，无论是初次或已是老相识了。由于钟先生的寓所、学府是不设防的，因此来访者受益也是无偿的。钟先生自己也总是起始静静地、细心地倾听着别人说话，遇有话题能引发出深意的或有必要深入探讨的，他会很有礼貌地插话，然后兴趣盎然地谈起自己的看法，师生或朋友之间的交流——学术交流、思想交流、感情交流就这样自然而然展开了。因而，钟敬文虽然身处北京师范大学，却对外部世界，对国内外文化学术界的历史与现状了如指掌，而且对国内外政治、经济、文化、社会风气、重要事件、重要人物活动，及至趣闻逸事、奇人奇事等也同样熟悉不生。他曾对我说："在与别人交流中，我的思想、思维方式、知识、创造力也得到锻炼、提高、丰富、完善与激发，它使我全身心地投入，脑体都不停地运动，生活有了活力，生命才得以持续。"生命在于运动，这句哲理性的格言，在钟敬文身上得到了很好的印证。

钟敬文是著名的现代作家、诗人，早在五四时期他已在文坛崭露头角，他不仅能写一手优美的散文，而且创作了大量的诗歌。20世纪30年代，他出版了散文集《荔枝小品》(1927)、《西湖漫拾》(1929)、《湖上散记》(1930)、《海行日述》(游记集)，发表新旧体诗六七百首，以及包括他从20世纪20年代后期至90年代初期陆续写成的30万字的诗论《兰窗诗论集》(1993)，出版过新诗集《海滨的二月》(1929)、《偶然草》(1928)、《东南草》(1940)、《天风海涛室诗词钞》(1982)、《天风海涛室诗词近稿》(1988)。他自称诗是他的精神的故乡，诗是他的一位爱宠，说诗是和他的生命纠缠在一起的。从他硕果累累的文学创作成果中，人们不难发现钟敬文所表现出来的文学创造才能是卓越的，他在中国现代文学史上的地位也是客观存在的。问题在于这样一位早已知名的作家、诗人，后来为什么放弃了做诗人和作家，而80年如一日，默默无闻地献身于中国民间文艺学、民俗学这样一个至今还未登上学术大雅之堂的冷门学科呢？他为什么要如此执着于自己这一终生选择呢？只要我们认真阅读一下他1995年为《中华民族故事大系》所写的前言，就不难找到这个问题的答案。他认为"一、从事民间文学、民俗学的工作是对中华民族文化的清理，加强人们对它的认识，是加强国情和历史教育的一个组成部分。'历史'绝不仅仅限于近代和现代的政治史、经济史，同时也必须包含民族长期创造和享有的文化史，即包括文学、艺术的历史，因为这种传统的文学、艺术，这种历史上的文化，它是过去人民文化的一部分，对于我们广大人民性格和心理状态的形成，对于民族成员的团结都起着重要作用。我们今天，要做一个有文化的公民，就得具备这方面的知识，这方面的教养，它并不是可有可无的东西！一个民族，处在今天这样的时代，它必须吸收世界上一切先进的文化来壮大自己，发展自己，但仅仅这样做是不够的，甚至是危险的。因为一个民族、一个国家，应该有它的主体文化，不能像跑马场一样让许多马匹乱跑，让许多外国文化占据了我们的生活、我们的精神阵地。所以，我强调，我们的文化应该是世界的，而同时也应该是民族的。它应该有民族的主体性，失去了这一点，即使我们的生活十分富裕，尽管外表上非常之光华、灿烂，但实际上是一个稻草人，没有灵魂，没有主心骨！所以，重视民族的文学、艺术的教养，重视对祖国文化史的认识，在我们今天的国民教育上讲，是个很重要的问题。二、民族传统文化是当前现实的社会主义文化的一部分，我们有责任加以搜集、整理和选择、发扬，使它更好地发挥积极的作用。现在我们大量地存在于民间的文学、艺术，它是一个历史的产物，同时也是时代的回音。因为它还活在我们的生活中间，还起着一定的作用。它并不是僵死的、完全腐朽的。它既是民族的文化遗产，也是生存着的活文化。现在我们充分地搜集它，批判地处理它，是要使它在广大的范围内流通起来，传统的文学艺术有许多具有全国性，但是也有的只有地域性。通过我们的工作，就可以使优秀的东西更广泛地流传。我们这种把人民中间小部分固有的文学艺术，向更广大的人民推广，使之成为全民教养的一部分的工作，是我们社会主义精神文明建设不可缺少的一部分。因为这不仅供我们的人民增加了一般性的教育，并能够供他们增强民族的凝聚力和自豪感，增加爱乡土、爱祖国的精神，特别是增强他们抵抗腐朽的外来文化的侵蚀作用。三、对于创造时代的新文学和新艺术有滋养的作用。传统文化虽然在某些方面同我们现在的生活好像距离远了，其实同我们还是有一定关联的。我们要创造新文艺，主要是为广大人民服务的，为建设具有中国特色的社会主义服务的。这种新文艺主要是以人民的欣赏习惯为基础的。这就是所谓的民族化。因此，今天的文艺创作家，只有具备民族性的文化艺术素养才能真正写出为广大人民所喜闻乐见的作品，才能真正对他们有益处。传统的文学、艺术对于现代作家的作用是多方面的。高尔基说过，没有民间文学知识的作家不是好的作家。这句话我们觉得并不过火。"[1]

　　读了这些见解深远的文字，我们不是已经十分清楚地认识到为什么钟

---

[1]《中华民族故事大系》，本社编，上海文艺出版社，1995年12月。

敬文那样热爱自己终生选择的事业，找到了他的生命之树之所以能百年常青的源泉所在？

六、再攀高峰

钟敬文近一个世纪来在民俗学园地里辛勤耕耘，为创立有中国特色的民俗学学科进行了不间断的努力。早在20世纪40年代他就提出了民间文艺学的理论，80年代他提出了民俗学结构体系，90年代他考察了五四时期重视口头文学、宣传通俗文艺，提倡白话、推行国语、搜集整理民俗资料等事象，创立了民俗文化学。20世纪末他又提出了建立中国民俗学派的宏伟理论构架。只要我们认真阅读一下这个理论构架的提纲，就不能不看到这正是钟敬文先生在科学研究道路上再攀登的一个新高峰："第一节，建立学派的必要性；第二节，建立学派的可能性；第三节，多民族的一国民俗学——中国民俗学的独特性格；第四节，中国民俗学派的旨趣和目的；第五节，拟议中的中国民俗学结构体系；第六节，今后亟待进行的几项工作。"从这部专著提纲中，我们不难看到钟敬文对学科建设的倾心和创造。许多人听到钟敬文带了十多个硕士、博士研究生感到不可思议，总以为不外乎挂挂名，一学期同学生见一两次面而已吧，读了以上的论著，人们疑问该消除了吧。他每周两次，每次给学生讲课都在两三个钟头，以上的著作也正是他平日对学生授课的内容，没有不断进取、不断更新的教学内容，哪有学科建设的新进展、新成果呢？

董晓萍教授说，钟先生写文章的风格是要"磨"的。他写的论文，轻易不出手。先要拿给同事和弟子读，不断地在读者中征求意见，集思广益，改了又改，然后才定稿发表。凡是他经过长期酝酿、思考，形成了比较重要的学术看法时，他都事前写出绵密的提纲，在认为条件比较成熟的时候，发表讲演，再经过反复的修改，变成一种著述。这种讲演词，延长了"磨"的过程，贯注了一种学术伦理道德、治学态度和尽可能丰富的理解民间世界的视角，同样能体现钟敬文民俗学的精华。

钟敬文的许多文章都是经过董晓萍教授整理后发表的。董晓萍着手整理的多数系讲演稿，都是钟先生在面对面的讲演中所产生的学术产品，所以能将作者的思想、智慧、学问、灵感、原则、科学风度和人文精神，发挥得淋漓尽致。[①]1999年12月出版的《建立中国民俗学派》这本新论著和过去已出版的一些论著一样，也是经过这样一个写作过程的。中国民俗学学科建设，从钟先生20世纪40年代民间文艺学理论的提出、80年代建立民俗学结构体系、90年代创立民俗文化学，直至世纪末提出建立中国民俗学派新理论，反映了中国民俗学界几代人的历史思考，从稚幼的描红期到成年期，走过了漫长的史诗般的学术历程，形成了日趋成熟的中国特色民俗学科学，也耗费了钟敬文毕生的精力。钟敬文80年如一日，不停顿的学术探索行程，犹如一个勇敢无畏的攀登者，艰难地从一座山峰登上另一座山峰，又从这座山峰登上另一座山峰，一座比一座高，一座比一座更高，直到他生命的终点。

七、诗 人 气 质

钟敬文不止一次地说过："我首先是一个诗人，其次才是个民间文艺学家、民俗学家。"的确，凡是同钟敬文打过交道，或读过他的著作的人，人们无法不强烈地感觉到他那与生俱来的诗人气质，以及他那诗意盎然的学术人品。20世纪80年代之后，钟敬文的诗兴，不仅并未随着人生步入老年而有所减退，伴着民俗学术春天的来临，反而焕发出更大的诗情。这里记述的也主要是他晚年的一些诗歌创作片段。

钟敬文早在1943年8月4日为诗集《脚印》自序时就说，自他"破蒙"时起，就迷上了诗。在许多时候，诗简直成了他精神生活的一切。不管季节的春秋，时间的昼夜，他总是把那有韵律的语言，跳动着生命脉搏的语言，吟咏着，创作着。他陶醉在那种语言的世界里。后来，由于工作占据了他的时空，诗暂时成了他远离的国土，但它始终是他精神的故乡。

他说，诗锻炼了他的智慧，开拓了他的思想和情趣的境地。它教他怎样观察人生和尊重人生，它教他怎样理会自然和赏鉴自然。它教他爱，教他恨，教他忍耐，教他梦想……它是他的逻辑、他的哲学，它是他的社会

---

① 《建立中国民俗学派》编后记，《建立中国民俗学派》，钟敬文著，黑龙江教育出版社，1999年12月。

学，它是他的伦理学，它使他在艰难的生活历程中能够翘然自立、举步向前！ ①

钟敬文虽然后来没有以诗人为终身职业，但在自己漫长的学术生涯和日常生活行踪中，仍然念念不忘自己是个诗人，口占、吟咏、创作诗歌，成了他许多场合的生活习惯，用诗表达他的心声。

首先，祝寿赋诗。为冰心祝寿诗《祝冰心女士九十寿辰》三绝之一："涛翻艺海势汹汹，一代清才角众雄。我是文场跛行客，相从何敢拟云龙。"为自祝寿辰诗《九十自寿》："逐水流年九十春，如潮往事尚留痕。世途惊险曾亲历，学术粗疏敢自珍。偶有佚闻传故里，无多供献到斯民。老妻畏友都凋谢，且与临风奠一樽。"（1993年）《九五生辰书怀》："世纪光阴已向残，此身视息尚人间。迎眸世海涛汹涌，入梦家山路八千。生味深尝头尽白，事功未竟意难安。②多情亲友劳相助，斜日长途敢息鞭。"（1997年）《拟百岁自省》："历经仄径与危滩，步履蹒跚到百年。曾抱壮心奔国难，犹余微尚恋诗篇。宏思峻想终何补，素食粗衣分自甘。学艺世功都未了，发挥知有后来贤。"（2001年秋）《祝贺北京大学中文系诞生90周年》三绝之一："屹立都门九十春，传经布道著声闻。国中学艺腾辉处，到眼常逢北大人。"

其次，怀先人诗。有怀郁达夫、李大钊等的感怀诗。

《怀郁达夫先生》："我别西湖君去闽，清樽无复共论文。今披遗集思前事，已历沧桑六十春。"（1996年8月）

《礼李大钊烈士像》："穿林访走今朝晖，盗火人豪去不归。雄愿未酬余责任，奔程何敢缓鞭笞！"（1983年6月作于北大勺园）

《礼蔡元培先生像》："千年枯海怒潮腾，我也乘潮一后生。今日像前低首拜，灵魂终竟有真评。"（1983年6月作于北大勺园）

其三，《中国民俗学会成立》口占二首之一。

"神禹导洪流，愚公移王屋。有志事竟成，初基灿在目。"（1983年5月20日）

其四，大会发言中的诗。1982年出席北京市先进表彰大会上，即景

---

① 《我与诗——〈脚印〉自序》，《兰窗诗论集》，钟敬文著，北京师范大学出版社，1993年3月。
② 事功，指近年钟先生自己所倡导之民间文化研究事业。

附诗：

"八十年华闪电过，平生杰业半蹉跎。老怀不作消沉想，禹域春光此日多。"

其五，用诗的语言作文章或书名。如《春长在》（《祝冰心女士九十寿辰》一文）、《谣俗蠡测》（民俗随笔）、《雪泥鸿爪》（自选集）、《新的驿程》《婪尾集》（名人心语）、《兰窗诗论集》。

其六，在文章中赋诗。1993年9月4日发表的《我与我们的时代·祖国》一文。文章一开头就引作者《住院偶成》七律结联："文蹊政径艰难过，历史平章付世人。"概括自己20世纪初至70年代末期，作为一个知识分子是怎样在继续不断的重大事件的惊涛中漂渡过来的。20世纪80年代初期钟敬文引用了曹操的诗来表白自己的当时心情：

"老骥伏枥，志在千里。烈士暮年，壮心不已。"

到了钟敬文八九十岁高龄时，他还在为祖国民族文化整理研究做贡献，情不自禁地感到自豪，附诗述志。诗结联云："吾侪肩负千秋业，不愧前人庇后人。"《谈买书》一文，一开头便引用近代诗人"黄金散尽为收书，满架琳琅百不如"的诗句。

其七，大量图书书首题诗。《民间文艺谈薮》书首有："劳民文艺堪千古，发采扬辉要我人。数日西堂月讲习，南征不负八旬身。""庚申夏赠云南大学民族文学师训班诸同学。"这是钟敬文1983年在云南大学讲学的诗作。

《新的驿程》（1987）书首有《祝平伯先生六十五周年》的诗手迹一幅及1981年8月钟敬文赴辽宁丹东讲学的诗作一幅："少壮饥驱惯漫昼，暮年行止有新猷。为援绝学挥红帜，来作丹东十日留。"《钟敬文民俗学论集》（1998）书首有《重游卢沟桥志感》诗（手迹一幅）："重来今已鬓如银，旧梦成烟迹未湮。欲向桥头狮子问，可还记得倚栏人。"《钟敬文文集·民俗卷》书首有录柳亚子先生论诗绝句"时流竟说黄公度"手迹一幅。《谣俗蠡测》（2001）书首有九七叟钟敬文自题谣俗蠡测诗一首："七十余年志不移，朝稽夕考少休时。吾华文化根基在，要与斯民共致知。"手迹一幅。1999年《建立中国民俗学派》书首有"祝广东民俗大观面世"诗一首："人文与世共推移，汹涌时潮撼吾足。糟粕精华须细别，当心莫作败家儿。"手迹一幅及近作绝句"巧艺精工见匠心，亿千瑰宝出劳民。添枝换叶灵根在，民族风华万古春"手迹一幅。

八、最后岁月

纵观我国现代民俗学史，与钟敬文同时代的其他民俗学家比较，我们不难发现，钟敬文是我国现代民俗学史上一位从事民俗学运动时间最长、学术成果最多、理论体系最为成熟、学术影响最为广泛的民俗学家。我们只要看一看钟敬文在生命的最后岁月，依然怎样繁忙地著述，人们就不能不惊讶地发现这位世纪老人何以能如此永葆学术青春了。

1998年5月，他主编的《民俗学概论》刚刚定稿，钟敬文就对他的助手董晓萍教授说，他想写一篇文章纪念中国民俗学运动八十周年。这篇文章的内容是什么呢？文章的课题从现实中来。他在酝酿这篇文章构思时是这样思考的。

"现代意义的中国民俗学开始于北大近世歌谣征集处的活动。几十年来，经过风风雨雨，它已走过了80年的历程。在这期间，尽管道路坎坎坷坷，但总的说来，它还是一直在前进的。现在，我们的这门科学虽然不能说已经很成熟了，但可以说，是比较显著的学术了。然而，我们还不能满足于现状。在中国民俗学的建设上，尚存在着一些不足。比如，现在的民俗学书刊很多，社会活动也很繁荣，但并不统一，有的还各自为政，缺少彼此间的协调和计划。再比如，在从事这方面工作的同志之中，在对民俗学的理解上，还存在着不同程度的差异：有些人不甚了了，也有的甚至对中国民俗学应具有民族自主性的根本性问题，弄不大清楚。换句话说，他们对于建设具有中国特色的民俗学的意识，还不大自觉，这些都需要改进，才能策进学问。

"我从20年代前期开始从事这门学术，到现在，已经70多年了，个人虽无多大的成就，但对它的关心是非常深致的。因此，我对上述的不足之处，耿耿在心。我总想，怎么样才能使这方面的学术从整体上向更高的层次迈进呢？于是，我开始构思这本书的轮廓。"①

────────────

① 《建立中国民俗学派》序，《建立中国民俗学派》，钟敬文著，黑龙江教育出版社，1999年12月。

1998年，钟敬文已是95岁高龄的老人了。他要亲自动手构架中国民俗学学科建设新建筑，能行吗？董晓萍教授担心自己年迈的导师，在担当这一工程建设时，精神高度集中，劳累、出现意外，所以她劝钟先生，别急。可不，钟先生一声不吭，暑假一过，对董晓萍说，稿子写成了。这让弟子感到钟先生的学问真是水到渠成，而他做学问的精神可说已到了忘我的境界了。这篇文章先后于9月29日、10月6日，两次由钟先生亲自在北京师范大学中国民间文化研究所，就所拟《建立中国民俗学派刍议》的题目，向博士生发表讲演。同年12月，钟敬文又在北京召开的"中国民俗学会第四次全国代表大会暨中国现代民俗学运动八十周年纪念大会"上，就这个题目发表讲演（我聆听了钟先生的这次讲演）。钟敬文教授认为，中国现代民俗学从五四前后算起至今已有近百年的历史，它已从描红期，步入成年期，形成了中国民俗学派。从先秦到近代，中国人对民俗的理性认识就有了自己的特点。在过去漫长的历史时期中，中国人在记录、编纂民俗资料的勤奋上，在考查民俗现象的方式上，乃至在叙述民俗文化的态度上，都表现了自己的民俗性格。中国的民俗学，从来都是中国人用自己的眼睛、心灵、情感、人生经历和学理知识来创造的学问，是中国人自己描述自己的民俗志。固然，五四是一个伟大的革命时代。那时，中国人眼见西方文明的进步，觉得我们的国家太落后了，因此，一时间什么学问都向西方学习。仅以民俗学来讲，当时受影响最多的就是英国人类学派。他们的观点和方法，在早期中国民俗学者的故事和神话等研究方面都留下了痕迹。但即使这个描红格子的时期，中国民俗学依然是有自己的特点的。以在中国现代民俗学和民间文艺学运动史上最有分量的文章之一，顾颉刚1927年的《孟姜女故事研究》为例，它不是抄人类学的，而是中国学者自己的创造。在这篇论文中，顾颉刚第一次使用历史地理的方法研究中国的民间传说故事，提出了自成体系的理论。顾颉刚的学术观点，自然是五四思潮的产物，但在民俗学的学术上，他搞的是本土的学问。他的民俗学著述是民族性和创造性相结合的产物，因此，能够奠定中国民俗学的理论基础。他的《孟姜女故事研究》正是由于具备了这个鲜明的优点，才经受住了时间的考验，70年来一直是压轴之作。又如中国现代民俗学史上另一比较重要人物江绍原，他虽然应用了英国弗雷泽的理论来研究中国的民俗现象，但他的研究结论还都是中国的，他做的还是中国学问，而不是替英国人搞学术批发。20世纪即将结束，在跨入21世纪的时刻，中国民俗学呈现了前所未有的繁盛气象，近10多年来，从中央到地方，民俗学机构广泛建立，民俗教育事业蓬勃发展，集录、研究成果日益增进，所有这些说明，确立中国民俗学学科要件和发展标志的资料积累、研究成果均趋成熟，中国民俗学已步入成年期，中国民俗学派已形成。这三次的讲演，都征得学生和专家的许多宝贵意见。① 又过了半年，3万字的《建立中国民俗学派》专著完稿。1999年12月，黑龙江教育出版社出版了这部钟敬文带有时代里程碑式的中国民俗学新论著。这部著作的学术意义和深远影响今天可能还没有为学术界所完全认识，我认为它不是一部一般的新著。就钟敬文个人而言，《建立中国民俗学派》一书是他民俗学体系的一个新进展；就学科而言，从民间文艺学、民俗学、民俗文化学到建立中国民俗学派，这一中国现代民俗学的历史发展进程考察，说明中国现代民俗学这一学科在钟敬文这位学科带头人带领下，学术理论逐步从描红期步入成年期了。因此，此书的出版，标志着中国民俗学派已形成，中国民俗学已走向成熟。

1999年，钟敬文在自己的民俗随笔《谣俗蠡测》一书题词中写道："七十余年志不移，朝稽夕考少休时。吾华文化根基在，要与斯民共致知。"2001年此书由上海文艺出版社出版。他将稿费大半用来购书分赠学生和朋友。我认为钟敬文这个举动是不平常的。这本书篇幅虽不长（20万字），内容、装帧、设计、印刷均令钟敬文满意。尤其值得注意的是，书名由钟敬文自己起，"谣"和"俗"两个字涵盖了钟敬文一生的学术探索历程，何为"谣"？谣，蕴含钟敬文民间文艺研究。何为"俗"呢？俗，概括钟敬文对民俗学的理论思考。蠡测，蠡，瓠瓢，以蠡测海，以小见大，蠡测则是管窥之意。可见钟敬文的学术文品是既谦虚，又深邃。读着如此寓意深刻的书名，观赏着如此苍劲有力的题签书法艺术，读者也许不会想到这些心血结晶竟均出于一位九七高龄老人之手笔。

2002年1月，就在钟敬文逝世前后，新世界出版社出版了钟敬文自选集

---

① 许觉民先生在《与钟老聊个没完》（《文汇报》1999年4月15日）一文中说："不久前看到他亲自起草的《建立中国民俗学派刍议》，条理井然，笔力遒劲。我问他何以获此养生之道，他说无他，顺其自然而已。"可见这篇文章钟先生当时是曾分别送给友人，征求他人意见的。

《婪尾集》（名家心语丛书）。根据编者杨利慧介绍，本书的文章每篇都是钟敬文亲自选定的，每篇的每句文字都念给他听过，书名是他亲自起的，自序是他口述的。他口述自序的日期是 2001 年 11 月 10 日，距先生逝世（2002 年 1 月 10 日）正好两个月。他在这篇自序中说，"在这个世纪里我生活了差不多有一百年，从辛亥革命、五四运动、大革命，到抗日战争、中国人民解放战争……一直到现在，这个世纪当中发生的许多大事，我都见了不少，其中还有许多是我亲身参加过。因此，对自己的思想和学术经历进行一些归纳，还是有一定意义的。这个世纪的最后 20 年，是至关重要的一段时间。20 年间，我在民俗学、文艺学上的思想，都有了一定的变化，在学术观点、思考问题的角度、方法等方面，都表现出了新的动态。所以我觉得有必要对这一段时期做一些总结。"于是，就有了这本书的编选与出版。从这篇自序看，我们不难知道，钟先生这时候虽躺在病榻上，但头脑还是非常清醒的，思路也是极其敏捷的，说话有逻辑，行文有层次，整体讲结构，语言讲韵味，读着这些文字，真像吟咏着他的诗作一样，一个饱经沧桑的百岁老人对着新世纪、对着自己的学生[①]、对着亿万读者喃喃心语。我感到钟敬文这篇自序的内容像首诗。钟敬文常对他的弟子们说："如果我不是有幸活了这么大的年纪，就不会有后来的许多重要思想了。"[②]我要说，如果不是钟敬文有幸活了这么大的年纪，就不会有中国民俗学科之今天！

　　钟敬文对自己的每一部著作的出版，都不仅重视图书的内容，同时极其重视图书的总体设计，扉页、目录、前言、后记、排列、版式设计、题签，从文字内容到字体也不是随意附会的，总能做到既切题，又优美。《婪尾集》这本书因是对自己百年学术生涯的一个总结，所以他的题签是两幅非常庄严苍劲的书法帖，一幅是"我的格言正直、勤奋、淡泊"，另一幅是"烛灰未尽平生意，霜鬓徒劳四海知"。读了这样的诗句，我们看到了钟敬文教授是怎样估价自己一生的。奋斗终生，壮志未酬。这是何等的境界和追求啊！

　　《婪尾集》这本书的书名是钟敬文自己起的，据说他不无得意于自己起

---

① 自序由钟先生的博士生安德明根据录音整理。
②《婪尾集》编后记，杨利慧著，《婪尾集》，，新世界出版社，2002 年 1 月。

的这个意味深长的书名。他说，"婪尾"，是古人宴饮时巡酒到了最后一个座位的意思。本书以此命名，是借用它来表示书中所选的都是作者在上个世纪末所写的文章，意在纪念他在20世纪尾声里的活动。①

2002年1月，上海文艺出版社第5次重印了钟敬文主编的《民俗学概论》（今年1月第6次重印了，印数达25 300册）。这两次重印，是天意，还是读者在怀念钟敬文呢？可以说是一个非同一般的巧合。去年，这本著作第5次重印后，我及时寄上一册，请钟先生儿子钟少华代广大读者在他的灵前祭奠；今年，这本书重印后，我又及时寄上一册，请少华代广大读者为纪念先生逝世周年祭奠。这部被时间，被文化学术界、教育界和广大读者广泛认同的教科书，由于钟敬文生前认为它未达到可供大学教师、学生使用的教材水平，所以至今仍仅仅被列为"高等院校民俗学教学参考书"。钟敬文一生治学上的清醒、严谨、认真与诚实，让我们认识到一个学科从产生、发展到成熟，不是一个人、两个人，或几个人所能完成得了的，更不是一代人、两代人所能成功的，社会在发展，科学是无止境的，它需要全人类，无数的有志于献身于此的仁人志士，几代人、几十代人的不断努力探索，任何有作为的科学家也只能为自己所属的那座科学殿堂添上一砖一瓦。钟敬文先生为我国现代民俗学科这座科学殿堂添上的一砖一瓦，是值得我们全民族为之自豪与骄傲的，而他在不断攀登科学高峰中的那种勇往直前的大无畏精神，更是值得我们每个人加以继承、发扬光大的。

一个人活到100岁，这是人人所希冀的，但不是人人都能做到的；一个人能健康地活到100岁，属人类中的少数；一个人能既健康地活到100岁，又能在生命的最后岁月仍在为教育、为科学、为人类贡献力量，这是人类中的极少数。钟敬文属于人类中的这"极少数"，历史将铭记住他的名字。

2003年4月24日

（原载《编辑学刊》，2003年第6期）

---

① 见《婪尾集》自序、编后记，《婪尾集》，钟敬文著，新世界出版社，2002年1月。

用民俗学材料去印证历史

——纪念中国现代民俗学运动先驱顾颉刚先生诞辰130周年

　　今年5月8日是中国现代民俗学运动先驱顾颉刚先生诞辰130周年，中国现代民俗学运动诞生于1920年北京大学《歌谣》周刊搜集发表方言和民俗资料，因此，今年，也是中国现代民俗学运动诞生103周年纪念的日子。

　　顾颉刚先生在学术上的贡献，最突出的当然是古代史和历史地理。但是，他对民俗学的研究，也有卓越的贡献。他用民俗学的材料去印证古史，是其治学的一大特点。古史记载中本来包含着许多神话传说的成分，相互冲突，难以在考古学上得到直接的印证，而借用民俗学的研究便可做出合理的解释。他以孟姜女故事来论证古史的演变，以考察东岳庙诸神以及妙峰山香会来探讨古代神道及社祀，以歌谣来论证《诗经》是古代诗歌总集，其中有大量的民间创作，都是为古史研究开辟了一个新天地，并且开拓了我国的民俗学研究。顾颉刚先生对孟姜女故事的研究，已成为中国现代民俗学史上最有分量的文章，"能够奠定中国现代民俗学的理论基础"（钟敬文著《建立中国民俗学派》，黑龙江教育出版社1999年）。

　　众所周知，孟姜女故事是我国著名的民间传说，从春秋到现代，已有2 500多年，广泛流传于全国各地。然而，这个故事是什么时候引起顾颉刚的注意从而促使他将它变成为自己研究古史的一个重大课题的呢？我在顾颉刚《古史辨》第一册自序中找到了这个问题的答案。顾先生说："以前我爱听戏，又曾搜集过歌谣，又曾从戏剧和歌谣中得到研究古史的方法。但我原单想用了民俗学的材料去印证古史，并不希望即向这一方面着手研究。事有出乎意料的，十年冬间，辑录郑樵《诗》论时，在《通志·乐略》中读到他论《琴操》的一段话：'杞梁之妻，于经传所言者不过数十言耳，彼则演成万千言。'过了一年多，点读姚际恒《诗经通论》，在《郑风·有女同车》见其曰：'在未有杞梁之妻的故事时，孟姜一名早已成为美女的通名了。'我惊讶其历年的久远，引动了搜辑这件故事的好奇心。于是将自己所搜集的材料略加整理，排出了一个变迁的线索。"这个变迁的线索，也就是他在《答李玄伯先生》信中说的"她（孟姜女）起初是却君郊吊，后来变为哭夫崩城，最后变为万里寻夫"。1924年冬，他费了三天时间，写成了12 000字的《孟姜女故事的转变》文章。

文章的开头就很吸引人。顾颉刚说：孟姜女的故事，论其年代已经流传了2 500年，按其地域几乎传遍了中国本部，实在是一个极有力的故事。可惜，从前的一班学者只注意于朝章国故而绝不注意于民间的传说，以至于失去了许多好的材料。但材料虽失去了许多，至于古今传说的系统却尚未泯灭，我们还可以在断编残简之中就它的系统搜寻出来。依据各时代的时势之故事细节记载及其变迁来解释各时代的孟姜女传说中的古史。从春秋《左传》载"杞梁之妻"算起，过了200年，到了战国中期《檀弓》增加了"其妻迎其枢于路而哭之哀"一语。《孟子》中的淳于髡的"华周杞梁之妻善哭其夫而变国俗"。杞梁之妻的故事的中心，在战国以前是不受郊吊，在西汉以前是悲歌哀哭，在西汉后期，这个故事的中心又从悲歌而变为"崩城"了。东汉初年王充《论衡·感虚篇》否定了崩城的事。自东汉末以至六朝末，近400年之中，这件故事的中心——崩城——没有什么改变。而到了唐朝，这个故事竟大变了！唐末诗僧贯休《杞梁妻》透露了杞梁是秦朝人；秦筑长城，连人筑在里头，杞梁也是被筑的一个；杞梁之妻一号而城崩，再号而其夫的骸骨出土等故事情节的重要的信息。此诗是这件故事的一个大关键，它是总结"春秋时死于战事的杞梁"的种种传说，而另开"秦时死于筑城的范郎"的种种传说的。从此以后，长城与他们的夫妇就结下了不解之缘了。秦始皇造长城，杞梁之妻为丈夫惨死的悲哀而哭倒城，这两件故事由联想而并合，就成为"杞梁妻哭倒秦始皇的长城"。从唐沈佺期《古意》诗见杞梁妻的故事中心已从哭夫崩城而变为"旷妇怀征夫"了。直至北宋孙奭《孟子疏·离娄篇》出现："齐庄公袭莒，战而死。其妻孟姜向城而哭，城为之崩。"杞梁之妻的名字到了这时方才出现，她名曰孟姜！自此以后，大家不称她为"杞梁之妻"而称她为"孟姜"了。直至宋代，孟姜成了杞梁之妻的姓名，于是通名又回复到私名了。《孟姜女故事的转变》1924年11月在《歌谣》周刊六十九号发表之后，震动了学术界，刘复称赞顾颉刚用第一等史学家的眼光与手段来研究这故事，这故事是2 500年来一个有价值的故事，顾颉刚先生的文章也是2 500年来一篇有价值的文章。

然而，顾颉刚对孟姜女故事的研究并不就此止步，他的文章还没有作完。1926年春，顾颉刚继续对孟姜女故事进行研究，写出了长达3万字的《孟姜女故事研究》。文章分历史的系统、地域的系统和研究的结论。历史的系统，从春秋、西汉、三国、东汉、后魏、唐、宋、元、明、清至现代，2 500年来的23条，条理分明、内容丰富的文献记录。地域的系统记录了起自山东（故事的出发点）、山西、陕西和湖北、直隶、京兆和奉天、河南、湖南和云南、广东和广西、福建、浙江、江苏等15个省地的数量可观的民间传说、民间歌谣资料，分别对这件故事从纵向和横向两个方面进行深入全面的分析和研究。在研究的结论中，顾颉刚说，这一件故事仅仅研究了一年多，材料是不完全的。根据这件故事的文化背景、民俗特性、人民爱憎和历史变迁，他提出了六条故事的流传的大趋势：

第一，就历史的文化中心看这件故事的迁流的地域。春秋战国间，齐、鲁的文化最高，所以这件故事起在齐都，它的生命日渐广大。西汉以后历代宅京以长安为最久，因此这件故事流到西部时，又会发生崩梁山和崩长城的异说。从此沿了长城而发展：长城西到临洮，故敦煌小曲有孟姜寻夫之说；长城东至辽左，故《同贤记》有杞梁为燕人之说。北宋建都河南，西部的传说移到了中部，故有杞县的范郎庙。湖南受陕西的影响，合了本地的舜妃的信仰，故有澧州的孟姜山。广西、广东一方面承受北面传来的故事，一方面又往东推到福建、浙江，更由浙江传至江苏。江浙是南宋以来文化最盛的地方，所以那地的传说虽最后起，但在300年中竟有支配全国的力量。北京自辽以来建都了近1 000年，成为北方的文化中心，使得它附近的山海关成为孟姜女故事的最有势力的根据地。江浙与山海关的传说联结了起来，遂形成了这件故事的坚韧不拔的基础，以前的根据地完全失掉了势力。除非文化中心移动时，否则这件故事的方式是不会改变的了。

第二，就历代的时势和风俗看这件故事中加入的分子。战国时，齐都中盛行哭调，需要悲剧的材料，杞梁战死而妻迎柩是一个很好的题目，所以就采了进去。西汉时，天人感应之说成为一种普遍的信仰，在那时人的想象中构成了奇迹，如荆轲刺秦王的白虹贯日，邹衍下狱的六月飞霜，东海孝妇冤死的三年不雨，都是杞梁妻的哭，到这时便成了崩城和坏山的感应，以致避兵而回，因渴泉涌。六朝、隋唐间，人民苦于长期战争中的徭役，一时的乐曲很多向着这一方面的情感而流注，但歌辞里原只有抒写普泛的情感而没有指实的人物。"此中有人，呼之欲出"，于是杞梁的崩城便成了崩长城，杞梁的战死便成了逃役而被打杀了。同时，乐府中又有捣衣、送衣之曲，于是她又作送寒衣的长征了。再从别地的风俗传说上看这件故事中加入的分子。陕西有姜嫄的崇拜，故杞梁妻会变成孟姜女；湖南有舜妃的崇拜，故孟姜女会有望夫台和绣竹；广西有祓除的风俗，故孟姜女会在六月中下莲塘洗澡；静海有织黄袍的女工，故孟姜女会得织就了精工的黄袍而献与始皇；江浙间盛行着厌胜的传说，故万喜良会得抵代一万个筑城工人的生命；西南诸省有称妻妾事夫为孝的名词，故孟姜女会得变成了寻夫崩城的孝女。其他如滴血认骨之说，如仙人下凡救劫之说，如葬姑寻夫之说，也莫不有它的来历。

第三，就民众的感情与想象看这件故事的酝酿力。一件故事，一定要先有了它的凭借的势力，才有发展的可能。所以与其说是这件故事中加入外来的分子，不如说从民众的感情与想象上酝酿着这件故事的方式。例如上条所举，杞梁妻哀哭的故事是由于齐都中哭调的酝酿，崩城和坏山的故事是由于天人感应之说的酝酿，孟姜女送寒衣哭长城的故事是由于《饮马长城窟行》《筑城曲》《捣衣曲》《送衣曲》等歌诗的酝酿。又如望夫石，有它的地方是很多的。唐代张籍《望夫石》诗云："望夫处，江悠悠；化为石，不回头。"白居易《蜀路石妇》诗云："道旁一石妇，无记复无铭；传是此乡女，为妇孝且贞，十五嫁邑人，十六夫征行；夫行二十载，妇独守孤茕。"又《续古诗》云："戚戚复戚戚，送君远行役；……生作闺中妇，死作山头石！"宋代苏辙《望夫台》诗云："江上孤峰石为骨，望夫不来空独立……江移岸改安可知，独与高山化为石。"《明一统志》云："石妇山在广德州拽南五十里，旧传谢氏女诅望夫而化为石，因名。"这些东西正与澧州、山海关、绥中的望夫台和望夫石一例，不过澧州等处已把它指定为孟姜女的遗迹，而当涂（张籍所咏）、忠州（苏辙所咏）等处则没有指实，或指定了别人（如谢氏）罢了。推原它们所以不被指定为孟姜女的遗迹之故，只因她的故事是活动的（崩城和送衣都须出门），而谢氏等因望夫而化石则是固定的。我们由此可以知道，民众的感情中为了充满着夫妻离别的悲哀故有捣衣寄远的诗歌，酝酿为孟姜女寻夫送衣的故事；有登高望夫的心愿，酝酿为孟姜女筑台远望的故事（以及谢氏等望夫化石的故事）；有骸骨撑拄的猜想，酝酿为孟姜女哭崩长城滴血觅骨的故事。所以我们与其说孟姜女故事的本来面目为民众所改变，不如说从民众的感与想象中建立出一个或若干个孟姜女来。孟姜女故事的基础是建设于夫妻离别的悲哀上，与祝英台故事的基础建设于男女慈爱的悲哀上有相同的地位。因为民众的感情与想象中有这类故事的需求，所以这类故事会凭借得到了的势力而日益发展。

第四，就传说的纷异看这件故事的散乱的情状。从前的学者，因为他们看故事时没有变化的观念而有"定于一"的观念，所以闹得到处狼狈。例如上面举的，他们要把同官和澧州的不同的孟姜女合为一人，要把前后变名的杞梁妻和孟姜女分为二人，要把范夫人当作孟姜女而与杞梁妻分立，要把哭崩的城释为莒城或齐长城，都是。但现在我们搜集了许多证据，大家就可以明白了：故事是没有固定的体的，故事的体便在前后左右的种种变化上。例如孟姜女的生地，有长清、安肃、同官、泗州、务州（武州）、乍浦、华亭、江宁诸说；她的死地，有益都、同官、澧州、潼关、山海关、绥中、东海、鸭绿江诸说。又如她的死法，有投水、跳海、触石、腾云、哭死、力竭、城墙压死、投火化烟，及寿至九十九诸说。又如被她哭崩的城的地点，有杞城、长城、穆陵关、潼关、山海关、韩城、绥中、长安诸说。寻夫的路线，有渡浍河而北行、出秦岭而西北行、经泗州到长城、经镇江到山海关、经把城关到潼关诸说。又如他们所由转世的仙人，范郎有火德星、娄金狗、芒童仙官诸说，孟姜有金德星、鬼金羊、七姑星诸说。这种话真是杂乱极了，怪诞极了，稍有知识的人应当知道这是全靠不住的。但我们将因它们的全靠不住而一切推翻吗？这也不然。因为在各时各地的民众的意想中是确实如此的，我们原只能推翻它们的史实上的地位而绝不能推翻它们的传说上的地位，我们既经看出了传说上的地位。我们既经看出了它们的传说上的地位，就不必用"定于一"的观念去枉费心思了。

　　第五，就传说的自身解释看这件故事的改变的样子。例如"孟姜"二字都是可以用作姓的，所以《孟姜仙女卷》就解释道，孟家种的瓜生在姜家地上，姜婆与孟公争夺瓜中的女儿，县官断她为两家公有，便用了两家的姓做她的名。北方的孟姜又姓许，所以河南唱本也解释道："他爹姓许来娘姓孟，认了干娘本姓姜。"我们由此可以知道有许多传说是本来没有的，只为了解释的需要而生出来的。即如孟姜女的婚配，最早的记载只说她因杞梁窥见了她的身体，妇人之体不得再见丈夫，故毅然嫁与。后来为了解释她何以给他窥见身体之故，便想出了许多方法，或说她坠扇入池，捋臂拾取为他所见；或说她入水取扇，污了一身的泥，就此洗浴，为他所窥；或说她被狂风吹落池中，为他所救；或说她忆春思嫁，烧香许愿，愿嫁与见她脱衣裳的人；或说她虔心事神，观音托梦，嘱她嫁与见她肌肤的人。又如范郎筑在城内，最早的记载不过说他逃避工役，故处死填城。后来为了解释他何以要处死填城之故，或说万喜良自愿替代万民灾难；或说仙人有意降下童谣，说只有他能抵万人生命；或说赵高和他父亲不睦，故意要杀他祭禳长城。因为各人有解释传说的要求，而各人的思想知识悉受时代和地域的影响，所以故事中就插入了各种的时势和风俗的分子。

　　第六，就这件故事的意义回看民众与士流的思想的分别。杞梁妻的故事最先为却郊吊，远原是知礼的知识分子所愿意颂扬的一件故事。后来变为哭之哀，善哭而变俗，以至于痛哭崩城，投淄而死，就成了纵情任欲的民众所乐意称道的一件故事了。它的势力侵入了知识分子，可见在这件故事上，民众的情感已经战胜了士流的礼教。后来民众方面的故事日益发展，故事的意义也日益倾向于纵情任欲的方面流注去：她未嫁时是思春许愿的，见了男子是要求在杨柳树下配成双的，后来，万里寻夫是经父母翁姑的苦劝而终不听的；秦始皇要娶她时，她又假意绸缪，要求三事，等到骗到了手之后而自杀。但这件故事回到知识分子方面时，就变了一个面目，变得循规蹈矩了：她的婚姻是经父母配合的，丈夫行后她是奉事寡姑而不敢露出愁容的，姑死后是亲自负土成坟而后寻夫的；到后来，也没有戏弄秦始皇的一段事。因为两方面的思想有这样的冲突，所以一个知礼的杞梁之妻会得变成了自由慈爱的主张者，敢把自己的生命牺牲于爱情之下；但又因知识分子的牵制，所以虽有城崩的失礼而仍保留着却郊吊的知礼，虽有冒险远行的失礼而仍保留着尽孝终养的痕迹；倒不如通行于民众社会的唱本口说保存得一个没有分裂的人格了。

研究的结论："从以上诸条看来，我们可以知道一件故事虽是微小，但一样地随顺了文化中心而迁流，承受了各时各地的时势和风俗而改变，凭借了民众的情感和想象而发展。又使我知道，它变成的各种不同的面目，有的是单纯地随着说者的意念的，有的是随着说者的解释的要求的。更就这件故事的意义上看去，又使我明了它的各种的背景和替它立出主张的各种社会的需要。""我们懂得了这件故事的情状，再去看传说中的古史，便可见出它们的意义和变化是一样的。孟姜女的生于葫芦或南瓜中，不即是伊尹的生于空桑中吗？范喜良为火德星转世，不死后归复仙班，不即传说的"乘东维、骑箕尾而比于列星"吗？秦始皇被骂后两脚浮浮，落在东海里做春牛，不即是"尧殛鲧于羽山，其神化为黄熊以入于羽渊，实为夏郊"吗？范杞郎死而化为凤凰或鹦鹉，也不即是女娲的溺死而化为精卫（帝女雀）吗？饿虎毒蛇、雨雪诸村，也不即是《山海经》中的有食人的窫窳的少咸之山，有攫人的孰湖的崦嵫之山，冬夏有雪的申首之山吗？（用《楚辞》中的《招魂》和《大招》看来就更像）读者不要疑惑我专就神话方面说，以为古史中原没有神话的意味，神话乃是小说不经之言。须知现在没有神话意味的古史，却是从神话的古史中淘汰出来的。清代刘开《广列女传》的"杞植妻"条云："杞植之妻孟姜。植婚三日，即被调至长城，久役而死。姜往哭之城为之崩，遂负骨归葬而死。"我们只要看了这一条，便可知道民间的种种有趣味的传说全给他删去了，剩下的只有一个无关痛痒的轮廓，除了万免不掉的崩城一事之外确没有神话的意味了。况且就是崩城的神话也何尝不可作为非神话的解释，有如王充所云"或时城适自崩杞梁妻适哭其下"（《论衡·感虚篇》）呢。所以若把刘开《广列女传》所述的看作孟姜的真事实：把唱本、小说、戏本……中所说的看作怪诞不经之谈，固然是去伪存真的一团好意，但在实际上却本末倒置了。我们若能了解这一个意思，就可历历看出传说中古史的真相，而不至为学者们编定的古史所迷误。"顾颉刚这段话，说明在顾先生之前的清代学者都是把故事传说混同于历史事实，所以他们虽然掌握了故事传说的演变踪迹，但由于是从历史事实的角度来研究的，就无法理解这些演变踪迹的意义，从而做出正确的解释，反而以为到处是附会怪诞之谈了。顾颉刚先生则把它真倒过来，从故事传的本身来研究，从它前后左右种种变化上来研究，从而在清代学者所追寻到的演变踪迹的基础上做出更详尽、更精确的分析和论述。《孟姜女故事研究》1927年1月发表在《现代评论》第二周年增刊。民间文学、民俗学界普遍认为顾颉刚先生这篇文章为孟姜女故事的研究，做出了划时代的杰出贡献。

顾颉刚除了孟姜女故事研究外，还有神道、社会和歌谣的研究。研究神道的兴趣，是由他参观东岳庙引起的。他在《东岳庙游记》中说："我近年来为了古史的研究，觉得同时有研究神话的必要。古代史书与神话本是一物，后来渐渐分开了；分开之后，神话依然发展，它的深入人心始终和古人的古史观念一样，不过因为不见采于史书，仿佛像衰竭似的；所以，我们要了解古代神话的去处，要了解古代神话的由来，应当对于古今的神话为一贯的研究。"

社会的研究，是论禹为社神引起的。1925年春，承风俗调查会之嘱托，顾颉刚与容庚、容肇祖、庄严、孙伏园到京西妙峰山对进香风俗调查了三天，抄录了一个香会"会启"的全份，根据所抄的会启——香会第一手文字资料——认真研究了一番，作成《妙峰山的香会》长文，详细论述了香会的来源、组织、活动日期、内容以及明清两代和本年香会情况的详尽记录。发表于《京报》副刊第157号《妙峰山进香专号》（1925年5月23日）。江绍原说："关系于现今的民众宗教的研究，顾颉刚先生的妙峰山香会调查，是绝无仅有的。"何思敬称："顾颉刚先生代表了一个时代的精神，在中国学术界中确是一个霹雳。"

歌谣研究的学术成果有《吴歌甲集》。1926年7月，北大歌谣研究会出版的《吴歌甲集》，内容包括顾颉刚两年来搜集整理的一百首吴中歌谣，以及《写歌杂记》11篇。1935年8月顾颉刚又出版了《吴歌小史》。吴歌的历史，前人从未做过系统的研究，顾颉刚的《吴歌小史》，从战国的吴歈越吟，一直叙述到现代铺陈景致的民歌，原原本本，实是吴歌史的开创之作。

冯梦龙的《山歌》是明末的一部苏州歌谣总集，在吴歌上占有重要的地位。1935年顾颉刚校点冯梦龙《山歌》，而为它所写的序，详细地论述《山歌》的丰富内容及其文艺价值，认为它所反映的背景是当时民间的情形，所表现的文字也是民众的情绪和思想。他发现冯梦龙《山歌》虽所收全是情歌，但范围之广，形式之多，内容之复杂，皆远非《吴歌甲集》《吴歌乙集》或其他歌谣辑本所能及。在这些歌谣里，其所表现的人物是怎样地活跃而富有生命力。冯梦龙不以他们为粗鄙猥亵、拨开礼教的瘴雾，把亿万被压迫者的梦想和呼声流传给世人，于是，那数百年前怀着满腹悲哀的民众在这部书里复活了！"因而，这篇《山歌》序也是顾颉刚先生的一篇重要歌谣论文。

顾颉刚是古史辨学派的领袖人物，他用的民俗学材料印证历史之研究方法，来源于1916年他考入北京大学文科中国哲学门后，接受胡适先生的启发和教育。1917年1月，蔡元培任北京大学校长，27岁的胡适没有等拿到博士学位就从美国回国，到北大任中国哲学史、中国修辞学课教授。让人想不到的是，这使顾颉刚的人生旅程进入了一个全新的境界。大学二年级的顾颉刚听了胡适《中国哲学史》第一节课，就被他震动了。胡适所讲第一章"中国哲学结胎的时代"，用《诗经》做时代的说明，丢开唐、虞、夏、商，径从周宣王以后讲起，一改传统的一班人充满三皇五帝观念的说法。胡适的哲学史课对顾颉刚产生了巨大的震撼和影响。1926年顾颉刚说："那数年中，适之先生发表的论文很多，在这些论文中他时常给我以研究历史的方法，我都能深挚地了解而承受，并使我发生一种自觉心，知道最合我的性情的学问乃是史学。九年秋间，亚东图书馆新式标点本《水浒》出版，上面有适之先生的长序；我真想不到一部小说中的著作和版本的问题会得这样的复杂，它所本的故事的来历和演变又有这许多的层次。若不经他的考证，这件故事的变迁状况只在若有若无之间，我们便将它的模糊而猜想其简单，哪能知道得如此清楚。自从有了这个暗示，我更回想起以前做戏迷时所受的教训，觉得用了这样的方法可以讨究的故事真不知道有多少。"

顾颉刚在他漫长的治学人生旅途中，走着一条独特的个性鲜明的道路。1926年，33岁的顾颉刚这样说自己："我是一个初进学问界的人。初进学问界的人固然免不了浅陋，但也有他的骄傲。第一，他能在别人不注意的地方注意，在别人不审量的地方审量。好像一个旅行的人，刚到一处地方，满目是新境界，就容易随处激起兴味，生出问题来。第二，他敢于用直觉做判断而不受传统学说的命令。他因为对于所见的东西感到兴味，所以要随处讨一个了断。""我对于自然之美和人为之美没有一种不爱好，我的工作跟着我的兴味走，我的兴味又跟着我所受的美感走。我所以特别爱好学问，只因学问中有真实的美感，可以生出我的丰富的兴味之故。"1973年，顾颉刚在《八十述怀》诗中说："百年已去五之四，剩此一分奈若何？丛叠撑肠千万树，还须凿道伐高柯。"顾颉刚先生1980年12月25日逝世。他一生研究的问题无数，在生命的最后岁月他仍生命不息，奋斗不止，希望自己能有新的收获，不愧是一位"终身以发展学术为事业的学者"（郑天挺语）。今天，让我们以学习顾颉刚先生锲而不舍的治学精神和独立思考的学术人格，来纪念这位中国现代民俗学运动先驱诞辰130周年。

2023年3月31日

一位对民族文化交流和中华民族大团结做出过重要贡献的民族学家
——深切缅怀杨堃先生

在我从事民间文学、民俗学图书出版事业22年编辑生涯中，钟敬文的学术思想对我影响比较大；同时，杨堃先生的民俗学理论对我也产生了一定的影响。

鉴于我所从事的民间文学、民俗学图书出版工作的具有很高的专业性，所以，必须在繁忙的图书编辑工作之余，坚持读书与写作，不断提高自身的本专业的基本知识和学术理论水平。1982年起，我先后发表了《兄妹结婚神话中的验证情节》《从神话看"九"的原始意义》《〈中国少数民族民间文学丛书·故事大系〉之文化史价值》《〈不愿出嫁的姑娘〉与哈尼族婚姻遗俗》《关于嫦娥奔月神话——兼论从母权制向父权制过渡时期妇女地位的下降及其抗争》等文章。

1985年初，一天，我在阅读《民间文学论坛》（1985第1期）上我自己的一篇文章《灯节的起源与发展》后，意外地发现杨堃先生《论神话的起源与发展》的文章也发表在这一期上。杨堃在这篇文章中为神话所做的结论是：神话是一种社会意识形态，纵然在各个不同民族内会有同样神话，然而每一民族、每一地区之内，又必然会具有民族特点与地方特点。这些民族特点与地方特点，正是我们调查研究的对象。不要认为仅有原始社会与后进民族才能创造神话，就是在发达的资本主义社会、在帝国主义国家，甚至在大科学家中还会不断出现新的神话。神话来自无知与迷信。科学无论怎样发达，总有未知的事物和解释错误的事物。对于这些未知的事物和解释错误的事物，对于这些未知事物误以为知，错误地给予解释，而且信以为真，这便是神话的由来，但不必与宗教联系在一起。科学的不断发展与进步，这些新的神话，总是会被克服的。至于说神话的永久魅力，那是指神话的艺术魅力而言，并非一切神话的本身全具有艺术的魅力。马克思所赞扬的古希腊神话的永久魅力，非指古希腊的原始神话，而是指希腊古典时代，经过伟大文学艺术家加工后的希腊古典神话。这种古典神话，已经是文学艺术中的一个组成部分，故具有艺术的魅力。杨堃先生关于神话起源与发展的说法具有相当的说服力，它对我理解神话学这一理论帮助很大。

1985年4月2日，我突然收到杨堃先生寄给我《民族与民族学》《民族学概论》两本书，我当时因为工作忙，没有写信感谢他。我不认识杨堃，我揣测，以文会友，老一辈知识分子的无处无知音、随处觅知己的情结，才促使他如此热情地给一个素未谋面的普通编辑寄书。

杨堃先生寄给我的每一种著作，我认真加以阅读。《民族与民族学》是杨堃先生1956年至1981年写成的有关民族与民族学的论文。作者在自序中说："我学习民族学，已经50多年。但最初30多年，学的是法国资产阶级社会学和民族学。最近20多年，才试图用马克思主义观点和方法，来分析和研究民族学上的理论问题。本集内所收入的论文，几乎每篇全曾引起过争论。这些争论，有的是批评，有的是斗争，也有讽刺。但我基本上仍是坚持己见，没有见风使舵，从不拿原则做交易。"这段话引起我的极大的兴趣，它说明作者是一位具有特立独行之学术见解的人，而且，所有的文字表达都非常简洁明了。比如，他说什么是民族学？民族学是用实地调查方法研究民族发展规律的历史科学。一般历史科学的研究资料全是档案和文献，而民族学的研究资料，则是现仍存在，可以直接观察和调查的各个民族的生活特点与文化特点。它和其他历史科学的分别，是在乎主要地要用直接观察的方法，去研究世界上各民族的特殊的发展规律。

1995年12月，上海文艺出版社出版了《中华民族故事大系》（16卷），定于1996年2月5日在北京国家民族委员会会议厅召开《中华民族故事大系》出版座谈会。1996年1月31日，我携带了一套《中华民族故事大系》前往北京海淀区皂君庙73号中国社会科学院宿舍3号楼一门2号杨堃先生住所，邀请杨堃先生出席新书出版座谈会。进入住所之后，我看见一位坐着轮椅的老人笑容满面地同我打起了招呼，噢，他就是杨堃先生。他虽然老态龙钟，但精神矍铄。他兴致勃勃地打开《中华民族故事大系》仔细翻阅后，说："书出得非常之好！"于是，保姆为他拿来纸和笔。他在纸上径直疾书："今天有幸，上海文艺出版社涂石来访，并赠送上海文艺出版社出版的《中华民族故事大系》一套，使我非常感激和高兴。听说，2月5日要在国家民委会议厅召开此书出版座谈会，我因年迈行动不便，不能前去参加这一盛会，深表遗憾。敬祝这一盛会取得圆满成功。这套书包括我国56个民族，经过17年时间努力编纂成16卷、1 200万字的巨帙，是我国民族文化研究资料开创性的经典著作，此书的公开出版发行乃是我国民族文化研究资料编纂出版的一个新的里程碑。"杨堃先生此时已是一位95岁高龄的老人了，头脑居然还如此清楚，逻辑还如此顺畅，实在令我肃然起敬！他笑着对我说："涂石同志，你的文章我都一一拜读了，写得很好！"我赶忙接着说："杨先生，您几次给我寄书我都收到了，工作忙，没有给您写信表示感谢，非常对不起。但您的书每一种我都认真拜读了，它对提高我的理论水平帮助很大。非常感谢您对我的爱护和帮助！"说话间，他又请家人取出了《杨堃民族研究文集》《民族学调查方法》两种新著赠送给我。杨堃先生一生主要著作就是五种，而这五种书一种不缺地赠送给我，每本书还都一一签名赠送给我。这是一位老知识分子给了一个年轻的出版社编辑怎样的厚爱啊！这虽然是我第一次同杨堃先生见面，但他在我的脑海里却留下了一个令我终生难忘的印象。

杨堃，1901年10月8日生于河北大名县一个农民家里。祖祖辈辈均务农，家境贫寒。12岁考上大名县第二高等小学，15岁考入大名中学（直隶省立第十一中学）。学业优异，每年都获校方免交学费的奖励。中学读书时，正值爆发第一次世界大战，接着俄国十月革命成功，中国先后爆发了辛亥革命和五四运动。中学四年级学生杨堃也和多数爱国青年学生一样，被卷入反帝反封建的革命洪流中。这大大开阔了杨堃的眼界，而且更激增了他的爱国主义思想感情。

为了一心追求救国救民的真理和途径，从梁启超的《饮冰室文集》和《新民丛报》到陈独秀、李大钊的《新青年》，从赫胥黎《天演论》到孙中山的三民主义，他什么都读，几乎不加择取。以为"新学"——西方资产阶级民主主义文化可以救中国，所以1920年高中毕业后便考入了保定直隶省立农业专门学校留法预备班。之后赶上法国用退还庚子赔款在里昂成立了中法大学，杨堃被农专保送免考入学，1921年8月夏乘法国邮船驶向印度洋彼岸——法国。留法十年期间，经郭隆真把杨堃介绍给周恩来。在法国，杨堃经郭隆真介绍加入了共产主义青年团，接受了周恩来和邓小平的教诲。1930年5月，杨堃荣获里昂大学文科博士学位，同获得里昂大学文科硕士和文科博士学位的张若名结婚。1930年12月从法国起身，1931年1月3日还抵北京。回国后先后在国立北平大学法商学院、国立北平大学女子文理学院、国立北平师范大学文学院社会学系、中法大学孔德学院社会科学系和清华大学社会学系等院校任教。1934年中国民族学会成立，杨堃是发起人之一，1947年7月应云南大学校长熊庆来之邀，任云南大学社会学系教授兼系主任。

中国是多民族的国家，在960万平方公里的国土上，拥有56个民族；56个民族，无论大小，各民族处于同等地位，享有同等权利。不因大小、贫富而有区别和歧视。坚持民族平等，通过制定法律和各项政策保障各少数民族的平等权利。处理好各民族之间的相互关系，促进民族之间的政治、经济、文化交流，互助友爱，共同发展，加强各民族大团结是事关国家生存和发展的根本战略方针。而杨堃先生作为我国最早从西方学成归来的民族学家，从事以民族的发生、发展和变化为研究对象的民族学这门学科，肩负着研究各民族的社会经济结构、政治制度、社会生活、家庭婚姻、风俗习惯、宗教信仰、语言文字、文学艺术、道德规范、思想意识等的重任。所以，周恩来总理特别关心杨堃回国后的工作和学习。

1955年春，周恩来总理赴印度尼西亚参加万隆会议途经昆明，接见了杨堃、张若名夫妇，总理和杨堃夫妇谈话，从上午8点一直继续到下午1点，足足畅谈了五个小时，而且大部分时间谈的是有关国内外民族学研究方面的问题。20世纪20年代，杨堃在法国留学时，学的是资产阶级民族学。回国后，从事教学和研究，也完全是照搬外国的一套。直到新中国成立后，经过思想改造运动，在党的领导教育下，才不断有所提高，主动争取参加民族识别和民族调查，为人民做了一点有益的工作。

总理知识渊博，洞察入微，对各门学科都有深切的了解。当总理问到国内外民族学的情况时，杨堃便兴致勃勃地谈了法国的情况。总理当即指出，西方民族学所搞的那一套，无论是法国的或是英国的、德国的或是美国的，显然有一个共同的特点，全是替他们的殖民主义政策服务的；我们是社会主义国家，不能那么搞，要以马列主义、毛泽东思想为指导，为我国各民族的团结进步服务，为世界被压迫民族的解放斗争服务。总理问到亚非各国的民族情况，并问杨堃，世界上有多少民族？怎样分类？杨堃回答说，大小民族约有两千个。一般有三种分类法：一种是按语言，一种是按生产特点，还有一种是按人类学特征。总理说，更重要的是按社会学来划分，从阶级观点来划分。人是分为阶级的，民族也分为压迫民族和被压迫民族。资产阶级民族学将世界上的民族分为文明民族和野蛮民族两类，它们专门研究野蛮民族，并抱有种族主义偏见。其实，一切文明民族全是从野蛮时期发展而来的。而现代，在各殖民地和附属国，文化比较落后的民族，往往是由于帝国主义、殖民主义的压迫和剥削所造成的。他们一旦得到解放和独立，也全能建设社会主义。这是可以肯定的。

周总理说，我们将来要发展民族学，对资产阶级民族学要采取批判的态度，但批判也不是全部否定。云南是一个多民族的地方，英国对于西藏的调查研究，法国对于云南的调查研究，全是别有用心的。但他们这方面的著作，我们也要拿来参考，必要时还要发表批判文章。当杨堃谈到民族学博物馆时，总理说，我在欧洲也参观过几个民族学博物馆，巴黎的、柏林的和英国的，我想了解一下各殖民地和附属国民族解放运动的情况。然而，我所看到的全是他们宣扬的殖民地、附属国各民族的落后面，从不展出这些民族反侵略斗争的英勇事迹；对于他们的优秀的民族文化和传统，也一概不提。我们将来也要建立民族学博物馆，就要反其道而行之，要有鲜明的阶级性。在谈到对美国民族学家摩尔根的评价时，总理指出，有人将摩尔根的《古代社会》当作马克思主义民族学的名著，那是不恰当的。虽然，马克思和恩格斯对这本书有过高度评价，但摩尔根毕竟是一名资产阶级民族学家，是有神论者，恩格斯的《家庭、私有制和国家的起源》，我看才是马克思主义的第一部民族学著作。我们在读恩格斯的这部著作时，最好能和摩尔根的《古代社会》做一比较，这就可以看出，哪些论点是摩尔根的，哪些论点是恩格斯的。摩尔根的论点有正确的，也有错误的。恩格斯的论点，却经得起时间的考验。我们今天来谈民族学，《家庭、私有制和国家的起源》，仍是一本基本著作，需要好好学习。我们有责任按照马克思主义和毛泽东思想关于民族问题和民族殖民地问题的学说，来丰富和发展马克思主义民族学。在谈到民族与宗教的关系时，总理说，怎样研究和发展马克思主义的宗教学，使它能为我们的无产阶级政治服务，也是当前的一个亟待解决的问题。宗教问题往往又与民族问题有联系，所以，我们的民族问题要认真研究，好好解决；我们的宗教问题，也要认真研究，好好解决。

在谈到民族区域自治问题时，周总理说，这是毛主席对马克思主义民族问题学说的一大发展。沙皇俄国是少数民族的地狱，许多民族都是被强迫合并的，矛盾尖锐，反抗激烈；不提分立权，不足以激发各少数民族的革命热情，更不能消除民族隔阂，达到民族团结。我国的情况不同，我们历来就是一个统一的多民族的国家。各民族之间的友好往来，经济文化交流是主要方面。而且，在近代，我们又是一个被压迫的国家，与帝国主义的矛盾是主要矛盾。实行民族区域自治政策，对各民族都有利，不仅能行得通，而且取得了巨大的成绩。你们研究少数民族，一定要注意我国民族问题的特点，为促进民族团结提供科学依据；不要死搬教条，要根据具体情况，做具体分析。对于党的民族团结政策，更要好好地体会。为了发展马克思主义民族学，对于毛主席有关民族问题的论述和党的有关民族政策的文件，必须好好学习。周总理还告诉杨堃，要不止一遍阅读《毛泽东选集》，要多参加民族调查，在工作实践中改造自己。

周总理这次同杨堃的谈话，对杨堃的政治信仰和学术追求产生了重要影响。自此，在中国建设和发展马克思主义的民族学成为杨堃先生后半生追求的主要学术事业。杨堃认为，要建设中国式的马克思主义民族学，绝非一两个少数人所能胜任，必须在各综合大学和师范大学以及各民族学院内添设民族学课程，并筹建民族学系，大力培养民族学干部和队伍，还要筹建民族学研究所和民族学博物馆。民族学博物馆的建立，对全国人民树立民族自尊心和自信心起到至关重要的作用。

1951年至1966年，杨堃先生先后赴西盟、德宏、楚雄、大凉山、大理、剑川等地进行民族学实地研究，连续撰写了《马散大寨历史概述》《凉山彝族的手工业》《试论云南白族的形成和发展过程》《关于摩尔根的原始社会分期法的重新估价问题》《关于民族和民族共同体的几个问题》，直到1966年春，已经65岁的杨堃还带领学生，骑马到红河哈尼族彝族自治州调查，写出了《云南红河哈尼族彝族自治州元阳县哈尼族的宗教生活》。在民族地区做社会调查时，他以《毛泽东农村调查文集》做指南，严格遵守组织纪律和民族团结政策，高度尊重民族风俗习惯和一切禁忌和宗教信仰。杨堃先生的《原始社会发展史》《民族学概论》《民族与民族学》《杨堃民族研究文集》《民族学调查方法》五种民族学著作，在当代中国民族学学科建设、培养民族学人才以及加强汉族和其他55个少数民族之间文化交流和民族团结方面都起到了巨大作用。1978年，杨堃先生已年逾77岁高龄了，调入中国社会科学院民族研究所民族学研究室任研究员，同时在中央民族学院、北京大学、北京师范大学授课。在教学同时，他孜孜不倦著书立说，从事民族学研究50年，为中国民族学事业的建设和发展，一直到1998年生命的最后一刻。这一年杨堃先生是97岁。

2022 年 8 月 25 日

怀念邓云乡先生

写这篇文章，我得先从怎样认识邓云乡先生说起。

早先，我阅读《三国演义》《水浒传》《西游记》《红楼梦》四大古典小说时，感到最困难、最无趣的是《红楼梦》。因为《红楼梦》书中描写的生活、情节、感情、思想我无法理解，书中涉及的典章制度、名物衣着，种种名称繁复我更难于认识。直到1986年读到邓云乡的《红楼识小录》，才解开了我阅读《红楼梦》时非常切合实际的种种难题。过去我读《红楼梦》时，读到书中写到酒令时，就弄不清楚喝酒为什么要行酒令。邓云乡在《红楼识小录》中关于"酒令"是这样说的：旧时出版有《牙牌酒令》的书。古人吃酒行酒令，谓之"觞政"。把它比作政治，可见是很不简单的。所以鸳鸯女说的"酒令大如军令"，是颇有一点运筹帷幄的气概，实际也还是所谓的文人雅戏罢了。本来，酒令、酒筹，在唐代就很时兴了。唐人传奇小说中有"春来无计遣春愁，醉折花枝当酒筹。忽忆故人天际去，计程今日到梁州"的诗句，很形象地谈到了"酒筹"。《红楼梦》中写到酒令的地方很多，最繁复的要数第六十二回湘云所要求说的酒底、酒面，要一句古文、一句旧诗、一句骨牌名、一句曲牌名，还要一句时宪书上的话，共组成一句话。黛玉替宝玉说的那则是："落霞与孤鹜齐飞，风急江天过雁哀，却是一枝折脚雁，叫得人九回肠——这是鸿雁来宾。"说的古文、唐诗，都是做小学生时书房熟读的。骨牌名，就是指三张一副的名称，曲牌就是明清人们常唱的。时宪书就是"皇历"，俗名"历本"，家家每年买一本，里面的一些话，也是人家口头记熟的。当时人们从小读书讲究背，养成特殊记忆力。这些平时都记在脑中，脱口而出，是不费力的，难得是说得这样圆满流畅。另外，又如《红楼梦》中关于"吃茶"的事，同样也是十分讲究的。把《红楼梦》中吃茶来分类，大约可分这样几种：一是品茶，这就是妙玉在栊翠庵中请宝玉、黛玉、宝钗三人吃的；二是家常吃茶，这个很多，吃完饭，吃杯茶；三是礼貌应酬茶，客人来了，不管客人口渴不渴，这是礼貌；四是饮宴招待茶；五是风月调笑茶；六是官场形式茶。如果把这六种再归纳一下，那便可以得出这样的结论：一是生活地吃茶，口渴吃茶，客人来了倒茶；二是势利地吃茶，官来献茶，客去端茶；三是艺术地吃茶，像是妙玉那样。又如写元宵。《红楼梦》所写元宵，与历代数不清的文学作品中所写元宵有一个极大的不同，即别的文学作品中写到元宵，不外是灯市、鳌山、天街、明月等等，都是街上的热闹，出游看灯的热闹。而《红楼梦》却独树一帜，不写天街灯市的火树银花、摩肩接毂，专写荣国府中元宵夜宴、花团锦簇、欢歌笑语。可见，不读《红楼识小录》，《红楼梦》中数不清的风俗习惯之名堂读者是根本无法理解的。除《红楼识小录》之外，邓云乡还著有《红楼风俗谭》《红楼梦导读》《燕京乡土记》等书。邓云乡极尽笔墨描摹了《红楼梦》里的社会生活细节。所以，1996年6月我策划编辑"民俗随笔丛书"时，很自然地想到应向邓云乡先生组织一部书稿。

　　我的约稿信发出去，几个月之后，1996年11月10日上午，邓云乡亲自将书稿送到出版社来了。我热情接待了邓云乡，同他交谈了好一阵工夫。我本来不认识他，仅从他的著作作者简介中获识他1947年毕业于北京大学中文系，做过中学教员，1956年调入上海动力学校，即现在的上海电力学院任大学语文教授。这次同他见面却一见如故，他非常健谈，娓娓道来，头头是道，从当前大学、中学、小学教育及教学状况，文化艺术界、学术界的现状，特别针对当前大、中小学语文教学发表了看法，流露出了极大的担忧。他这些看法，我有同感。这次见面，他留给我很好的印象。

　　收到他的书稿之后，我认真仔细地阅读了每一篇文章。书稿收入了包括"民俗秋窗""红楼风俗谈趣""京华风情思古""索居话旧""王府井古今"五辑80篇，16万字。他为这部书稿起名为"黄叶谭风"。为什么起名"黄叶谭风"呢？他在《前言》中说：

　　"民俗随笔"编者来信约我编一本随笔集，要我先起个书名，我忽然眼前出现一个美丽的金色画面，便起了一个《黄叶谭风》的书名。这里的黄叶，具体所指的是三年前九、十月间北京定福庄某校专家楼前的一株大白果树的黄叶，因为本书所收的第一部分，正是在这个阶段、这个楼中，看着窗外白果树叶子由绿而黄，由黄而落的过程中写完的，不但写完，而且与北京人艺老演员吕齐先生在房中对台词，作录像，拍成电视，在中央电视台《夕阳红》栏目开播，以"天南地北话民俗"，作为打炮戏第一档播出的。我多少年没有在北京好好地过一个秋天了。这次住在这个面东的小楼上，阳台落地窗，天天对着外面的园林、竹丛、高大的白果树，青天、白云，北京的秋是著名的，这里的秋就更美丽，一直看到白果树叶子变为金黄，轻轻地没有什么声音飘落下来，先是三片五片，后是十片八片，直到小小水泥的小路上铺满落叶时，我才离开，印象太美丽，太深刻了，所以我给这本书取名为《黄叶谭风》。

　　"民俗随笔丛书"由现代作家、民间文艺学、考古学家、历史学家、民俗学家精心撰写，是他们长期从事田野作业、社会调查、研究传统生活方式及文化创造的理论结晶。收入此丛书的有顾颉刚《史迹俗辨》、江绍原《古俗今说》、周作人《知堂夜话》、钟敬文《谣俗蠡测》、乌丙安《生灵叹息》、刘绍棠《土著人生》、宋兆麟《日月之恋》、陈江风《古俗遗风》、程蔷《女人话题》。邓云乡是深得编辑这套丛书要领了。他不仅熟悉风土人情，熟悉民俗，还充满诗人气质，他用诗的语言在写前言。审读书稿后，我对它很满意，为规范全套丛书的格式，想请他也对书稿做必要的篇幅调整和文字修改。

　　1997年2月6日，我从家里出发，乘89路公交车至南浦大桥，转乘868路公交车至延吉新村站下车，找到邓云乡的寓所——延吉四村。邓云乡在自己十分简陋的书房里接待了我。当他听了我对《黄叶谭风》书稿修改意见后，十分坦率地对我说："我交出去的书稿从来不做修改的。就这样发稿出书吧！"一句话，道出了他的著作个性和为人品格。这次见面，他很客气，闲聊之后，他顺手在书桌上取出一本他的近著《水流云在琐语》，取出水笔在此书前封内页署上"涂石先生教正，邓云乡持赠。九七，春日于延吉寓楼"两行题字。关于《黄叶谭风》这部书稿，我尊重邓云乡的意见，后来只对书稿稍做技术性的处理。

1997年11月此书出版后，邓云乡感到非常满意，周艳梅的封面设计，全黑底，衬白字，下端浮出一黑色古瓷砂壶。封面印有宋体"黄叶谭风 邓云乡著"，以及"民俗秋窗答问""红楼风俗谈趣""京华风情思古""索居话旧""王府井古今"五行竖排小字。封底印有丛书"民俗演示人类历史轨迹，民俗随笔摘取社会习俗之点点滴滴，概括人间世象，凝聚哲学思辨"等文字摘要。黑色封面之上前后封上均喷上一根金丝曲线。1997年11月此书初版印数5 000册。邓云乡收到50册样书之后又前后两次买了100册。他对此书的整体从版式设计、印刷、装帧设计均感到十分满意。

邓云乡1924年生于山西灵丘，从小随父进京，在北京长大，他在北京大学读书时，是周作人、俞平伯的弟子。他熟悉北京的历史掌故、风土人情，研究门类至广，红学为大类之一。兼善诗词，书法也别具一格，有行云流水之韵。文笔清新简洁，典雅流畅。他视学术为生命。他的书房自称为"水流云在之室"。为什么取名"水流云在之室"呢？他在《水流云在琐语》一书后记中有一段意味深长的解释："'水流心不竞，云在意俱还。'这是一种很好的、很理想的意境。我坐在窗前，常常抬头望望窗外的云朵，有时动，有时不动，但一般总是看得见云的。晴天，一抬头，总也能看到一点云，在我的窗前，万里无云的天气似乎极少，多少总有几朵，或一层薄薄烟雾。阴天、雨天当然就更多，此时写此文时，就是阴天，或叫多云，抬头一望，满天是云，但有薄有厚，有白有黑，偶然一亮，似乎要透日光，但一转眼又晴了。雨天的云有时压得很低，有时来得很快，但这多是夏天雷阵雨。江南冬天冻雨的云，坐在窗前，望出去是一个色，像一大块铅板压在头顶上，虽然不会真压下来，但看着它总感到不舒服。而当时晴天，偶一抬头，在满窗阳光的蓝天上，正有两朵白云，便会自然引起你的遐思，思绪会突然想到万里之遥的人与事，或几十年前的旧事、旧情，如在水边，你会注意到水不断地流，云的倒影停在水中，流者自流，停者自停，悠闲自在，互不干扰。我坐窗前，抬头所见，都是天上的云，那样远，又那样近，只是没有水，而那水还是在不断地流着，流光的流和流水的流是一样的，在静中都能感觉到每一个字也从我笔端流走了，意境和感觉是一致的，'水流'和'云在'是不可分的，在我的感觉是和谐的、美好的、舒畅的，常常写完长文，随手写一个完稿于'水流云在轩'窗下，这是我的一点欣慰的人生感受。"于是，他便在这极具诗情画意的"水流云在之室"写下了一本本"水流云在书系"。他一生学术成就卓著，对生活充满热情，心胸豁达、平易近人，谦虚谨慎、勤奋踏实，是一个难得的文史学家。

《黄叶谭风》出版之后，我和邓云乡之间的联系就比较少了。记得有一次在福建师范大学工作的叔叔涂元济主持《艺术生活》杂志，要我请邓云乡写一篇民俗方面的稿子，我去信向邓云乡约稿，两天之后他便将稿子寄给我了，他这篇的标题为《祖屋》，内容写过年拜祖的民俗。文章发表之后，杂志和稿费都直接由杂志编辑部给他寄去了。

邓云乡老伴去世之后，他缺少了重要依靠，也缺少了生活的照顾，长期写作，劳累成疾，又把握不好劳逸结合的度，终于病倒了。

1999年2月10日，我意外地从报纸上读到一则邓云乡去世的消息。开追悼会那天，上海文艺出版社领导委托我买了一只花圈代表出版社参加了他的追悼会。当我看到那么多人参加了他的追悼会，凝视着他那栩栩如生的遗像时，不禁肃然起敬。2004年河北教育出版社出版了16卷本"邓云乡集"，凡700万字。2015年4月，中华书局也隆重出版了布面精装"邓云乡集"，包括《红楼识小录》、《红楼风俗谭》、《红楼梦导读》、《红楼梦忆》、《燕京乡土记》（上、下）、《北京四合院》、《草木虫鱼》、《文化古城归事》、《鲁迅与北京风土》、《宣南秉烛谭》、《云乡琐记》、《云乡漫录》、《云乡丛稿》、《云乡话书》、《云乡话食》、《清代八股文》、《诗词自话》等17种著作。这样一位学养深厚、著述等身的民俗学家，就这样匆匆离开我们而去了，我们不能不感到万分的痛惜。他才75岁呢，他的离去，对我国文化学术界是个重大的损失。今天，虽说邓云乡先生离开我们已有23个年头了，但他的音容笑貌却永远留在我的脑海里，他的著作将一直供我阅读。

2022年2月10日

附：

邓云乡致作者信

涂石先生：

复印件收到，十分感谢！

属稿寄上，乃长文中一段加题，后面还有。如要，当再寄上。

下周去北京开会，大约去一周多。

《中华乡土记》尚有四套，唯都已签上名了，"名花有主"，未便转嫁，伏乞谅之！归来当以《皇城根旧梦》奉寄。即颂

编安

邓云乡顿首

十一月十五日

倡导区域文化与民间文艺学新体系的民俗学家——姜彬

近日，我由重新阅读《民间文艺集刊》，想到当年主编这一理论刊物的姜彬。《民间文艺集刊》从1981年11月创刊，历经《民间文艺季刊》（1991年11月），到《中国民间文化》（1996年11月），十五年光阴，姜彬为它付出了多少心血！不仅如此，姜彬进入晚年后，依然孜孜不倦地读书写作，继1990年撰写出版《区域文化与民间文艺学》个人著作后，1992年至2005年先后出版了他主编的《吴越民间信仰》《稻作文化与江南民俗》《东海岛屿文化与民俗》三部学术分量很重的带有浓厚地域色彩和鲜明理论个性的民俗文化学专著。姜彬先生虽说离开我们已经有12个年头了，但当我回忆起近30年前我对他采访的情景，至今记忆犹新。

1989年9月15日上午，我前往位于长乐路570号的蒲园——姜彬先生的寓所。这是一座西班牙式花园洋房，紧靠长乐路第一排，人行道沿栽有绿叶成荫的梧桐树，高高的三层楼外墙爬满了树藤和绿茵。这座洋房被上海市政府列为"优秀近代历史建筑"加以保护。在我担任姜彬主编的《中国民间文学大辞典》《吴越民间信仰》两部书责任编辑期间，我曾多次往还于姜彬家。姜彬家一楼是客厅，二楼是卧室，三楼是书房。当我登上三楼书房时，姜彬在他的书房门口迎接我。书房很大，约有20平方米，朝南，光线充足，除两壁摆满了书橱外，墙上还挂有几幅名家的书画。在我们各自就座后，姜彬客气地请我喝茶。在我说明来意后，姜彬犹豫了许久，才打开话匣，谈起了自己从事民间文学事业的经历。

姜彬接触民间文学最早可以追溯到20世纪40年代。那时候，他在山东解放区工作。一次偶然的翻车事故，使他不慎受伤，从此转入文化部

门——华东新华书店编辑部（山东）工作。这期间，他从不断收到的民间
文学方面的来稿中，感受到丰富多彩的民间文学是人民大众的智慧创造和
心血结晶；感觉到从事文学事业，应当向民间文学学习，从而萌生了热爱
民间文学的事业心。于是，他开始搜集民间文学资料，如谚语、民谣等。
日长月久，他渐渐对民间文学加深了感情，进一步感到自己的认识也应当
逐步从感性认识提高到理性认识，这就使他产生了对民间文学进行一番研
究的兴趣和信念。50年代初，姜彬从解放区来到上海，先是在新华书店编
辑部工作，后是在华东人民出版社工作。工作虽然一直很忙，他却总是忙
中偷闲地在工作中留心积累材料，放弃一切休息时间，坚持业余研究写作。
功夫不负有心人，1954年他出版了第一部著作《论歌谣的表现手法及其体
例》，1955年又出版了《中国古代歌谣散论》。在华东人民出版社任副总编
辑期间，工作虽忙，他却较系统地阅读了马克思列宁主义的著作，这为他
从事民间文学理论研究，坚持马克思主义指导思想，打下了坚实的基础。
这期间，文学和历史虽都是他涉及的方面，但他重点用心的却仍是民间文学。

　　1958年，我国经济上刮起了一股共产风，但在这个特定的历史背景里，
人们的精神世界确实是振奋的，研究被这个时代气氛感召起来的人民群众
的精神面貌、文化心态及其表现方式是一个很有意义的课题。姜彬这时候
正在上海作家协会工作。这个工作，使他在与群众文艺结合方面有了更多
的认识与实践。他的《一九五八年中国民歌运动》一书就是这个环境下的
理论探讨的产物。从研究人民大众的文化心态说，这本书超出了民间文学
本身的意义，它具有更为广阔的文化史意义。书写出来了，他的身体也垮
了，他因日夜辛勤写作，患了神经衰弱症，足足休息了半年时间。他感慨
地说，1958年这一年是他写作产量最多的一年。除了这部20万字的专著外，
他还不断地在报纸杂志上发表文章，有散文，有关于新诗发展问题讨论的
文章，还有关于哲学的小册子，等等。

　　1960年春天，姜彬被调到中共上海市委宣传部文艺处任处长。在繁忙
的文艺宣传工作之余，他完成了一件事，即组织了几个人，用半年时间，
通过做目录、索引，对中国现代民间文学、民俗学运动是从五四时期开始
的这个问题，进行了探讨。弄清了这个时期的历史发展线索。这个认识对
今日进一步从事民间文艺学的事业是十分必要的，它使我们认识到我们今

天的事业是五四以来这一事业的历史发展。那时候，民间文艺学家有个好的工作方法，就是调查研究，搜集资料。我们今天更应该重视这个理论研究的基础工作。基于这个认识，为在调查研究方面取得经验，姜彬主持组织了由市作家协会、市群众艺术馆和上海文艺出版社三方面的六个人参加，用半年时间，在上海进行第一次民间文学的典型调查，即对上海郊区奉贤县进行典型调查。这次典型调查，除了取得经验外，还取得了三个直接成果：《白杨春山歌》《哭丧歌》和《奉贤民歌调查报告》。姜彬先生对这个阶段的研究小结说，十七年研究特点是从当前工作出发，紧密结合现实生活，研究与现实生活同步，是带工作指导性质的，真正学术有点突破的是70年代后。

20世纪六七十年代期间，姜彬被靠边长达8年之久，1972年因生病，从干校回城养病。养病期间，他潜心于民间文学分支民间故事的主体研究，在资料图书都十分困难的情况下，他千方百计克服困难，用两年时间写出了20万字的《中国民间故事初探》一书。1978年任上海文艺出版社总编辑期间，由于工作繁忙，虽对民间文学出版工作是重视的，但个人写作时间很少，因此，理论研究没有很大的进展。1979年到上海社会科学院任文学研究所所长后，工作虽也忙，但研究的条件却大大改善了。在那里，姜彬接触的资料多，时间也多，研究也相应地多一些，并更加重视论文著作的学术性和学术质量了。

1978年，国家实行开放政策，民间文学的研究蓬勃发展，提出了许多新问题，如理论研究工作究竟应当怎样展开，怎样建立具有中国特色的民间文艺学，民间文艺学研究有没有理论体系，怎样建立我们自己的理论体系，等等。在中国民间文艺研究会第二次理事会上（1982年），姜彬对这个基本理论问题提出了自己的看法，其中心思想是中国的民间文艺学经过一个历史发展时期，历史条件决定的，它走过一段路，现在应该怎样走，理论研究怎样进一步提高，还有研究的方法、对象都应当重新考虑。民间文学的地位要靠研究水平的提高来提高。30多年，我们的民间文学研究是存在一定体系的，至少我们已经形成了自己的民间文学研究的特色，和国际上许多学派比较，我们的研究有众多不同的地方，那就是我们比较偏重于文艺学角度的研究。新中国成立以来，我国民间文学研究可分成前后两个阶段，20世纪60年代之前是第一阶段，我们着眼在文艺学角度的研究，我们使民间文艺从其他学科分离出来，使它成为一个独立的学科，我们的研究，不仅阐明文艺学上的问题，也涉及民间文艺的一系列特性的问题。20世纪70年代至今为第二个阶段。这个阶段，我们的研究涉及更多方面，向多角度多侧面的方面展开，除了文艺学的角度外，也从民俗学、民族学和其他有关学科进行结合。但作为研究对象的主体仍是民间文学，它仍是一门独立的学科，而不是民俗学、文化人类学等的一个附属部门。谈到建立中国特色的民间文艺学，姜彬说，马克思主义的民间文艺学体系应当是多元结构的，它不是唯一的一种形态。社会主义社会里的民间文艺研究可以有不同的学派，比如说，它和文艺学结合起来（从文艺角度来研究民间文艺），成为文艺学派；和民俗学结合起来，成为民俗学派；和文化人类学结合起来，成为人类学派；它还可以和其他学科，如考古学、心理学、宗教学等结合起来，成为考古学派、心理学派、宗教学派等等；还可以从文化史的角度来探索和阐释民间文学，把民间文学看作是这个国家、这个民族文化的一个组成部分，它是这个国家、这个地区、这个民族文化发展的结果。关于建立中国特色的民间文艺学，一直是钟敬文先生倾心探讨的一个理论问题，这方面钟先生提出了许多宝贵的意见和建设性的构想。这样一个基本理论问题需要民间文学界齐心协力共同探讨与实践才能逐步形成。

20世纪70年代末到80年代初，姜彬理论研究的重点仍在民间文学上，特别是吴歌研究上。有关吴歌研究、"古歌"、"逃婚调"研究，以及关于方法论的文章，就是1985年结集出版的《论吴歌及其他》一书。

为不断提高民间文学理论研究的水平，必须开拓民间文学研究的新领域，打开民间文学研究的新局面。这个思想在姜彬脑子里酝酿了好几年。在江苏、浙江、上海两省一市民间文艺研究会的共同倡议下，1981年成立了两省一市民间文学吴语协作区。姜彬说，吴语协作区的成立，无论对上海或是对整个协作区来说，在民间文学的理论研究上都是一个重要的转折点。它的出现，标志着以下四方面内容：一、它不再是个别爱好者和热心民间文学事业的个人的活动和努力，它是一个有庞大组织做后盾的集体的事业。二、它不再是个别爱好者以个人兴趣为转移的活动，而是有领导、有计划地搜集和研究活动；历史上从来也没有人对吴地的民间文学做过大规模的采集，也没有人把它作为有广泛前景的研究对象；而现在在两省一市的协作下，不但对吴地民间文学做了较大规模的集体搜索，而且有计划有步骤地多次召开规模相当大的学术讨论会，使这一地区的民间文学成为有众多的人参加的专门研究对象。三、由于有上述的条件，使吴地民间文学开拓出了更加广阔的领域。从来吴歌都是短小的，而现在发掘出了为数不少的具有独特风采的长篇吴歌，这个意义现在还没有为很多人所认识，如果说明清时期吴语地区的俗文学，曾经在文学上开辟了一个独特的时期，在历史上放过异彩，那么，以长篇吴歌、《白蛇传》、孟姜女传说、梁祝传说三大民间传说和新故事为中心的民间文学，到一定时期，也会成为全国，乃至世界学者所注目的一个研究对象的。四、它不是一个孤立的运动，它是在全国民间文学运动的推动之下发展起来的，它是全国民间文学的一个不能分离的部分，这使它有历史上民间文学工作者所不能有的吸取不尽的力量。姜彬回顾吴语协作区成立以来所取得的成绩后说，吴语协作区民间文学研究，亦可分成为两个阶段，第一个阶段概括起来，主要是对吴歌和三大传说开展学术研究。事实证明，协作区的工作是有成效的。现在两省一市范围内，有了一支比较熟悉的合作的队伍，尤为难能可贵的是涌现了一批中青年研究工作者。这在吴语地区来说虽是个突破，但仅仅停留在这个水平上是远远不够的，应当有新的开拓和发展。

姜彬在和我交谈中，特别提到，在从事吴越文化与民间文学这一课题研究中，越来越感到文化与民间文艺学关系的密切。1987年姜彬就提出吴越文化与民间文学——后来发展成为区域文化与民间文艺学这个新概念。这个新概念的中心思想就是把吴地的民间文学看成是整个吴地文化的组成部分，把一个区域的民间文学看成是这个区域文化的组成部分，把民间文学放在更为广阔的文化背景中加以考察，改变过去那种就民间文学研究民间文学的积习。姜彬说，吴越文化的背景既广阔又久远。近的是近代半殖民地半封建社会生活对民间文学的影响，明清以来出现的资本主义萌芽对城乡经济和人民生活、意识形态的影响；远的从东晋以来，中国文化中心逐渐南移，到南宋小朝廷建都临安，全国文化中心移到了江南。这时吴地经济的进一步开发及文化结构、文学创作发生了深刻变化，对吴地民间文学也产生相适应的影响；更远一些，还可以探索到新石器时代以来，经历春秋战国、汉魏、南北朝的漫长的历史时期。把民间文学放在这个大的文化背景中去研究，会使我们的研究境界大大地开阔，对民间文学的研究也会具有更深的理论深度。吴语地区研究水平要上去，就要从吴越文化这个大背景上着手研究。这就是姜彬说的吴语地区民间文学研究的第二阶段。这第二个阶段，不仅是多侧面的多角度的研究，而且是更侧重于多学科的研究。他说，在我国这个区域广大、人口众多、民族错杂、历史悠久的国家里，文化是分区域的。不说别的，以水系来分，就有黄河流域文化和长江流域文化；以长江流域来说，就有下游的吴越文化、中游的楚文化和上游的巴蜀文化，以及滇文化，等等。这些不同的区域，由于所处地理条件、民族构成和历史地域的不同而各具特色，形成不同的文化，使统一的中华文化从地域上分别了开来，因此它们既是统一的，又是个别的。每种文化都有自成系统的文化构成，从而，姜彬认为区域民间文艺学是建立有我国特色的民间文艺学的一个台阶和基石；建立有我国特色的民间文艺学不能离开这个台阶和基石。现在，区域文化与民间文艺学这个观点，不仅为姜彬本人所实践，而且也逐渐在为许多人所赞同和运用。姜彬这几年中，对民间文学基本理论的一些新探讨以及对区域民间文学的研究文章，已结集为《区域文化与民间文艺学》一书，由中国民间文艺出版社出版。

　　姜彬说，现在研究范围广阔了，许多与民间文学相关的边缘学科必然要联系到。因为广泛的文化包括社会的物质生产状况、人民的生活方式、风俗习惯、心理结构、思维方式、道德观念、文化素养和文艺创造等等，它是一个国家、一个民族在历史长河中形成的包罗万象的综合体。从1988年开始，我们认识到吴越地区的民间文化需要进行彻底的、全面的调查研究，在初步调查的基础上，列出一大批选题，它反转来促进我们深入进行专题调查研究，从而大量搜集资料。现在我们认识到，过去研究水平上不去，原因在于缺少生动的资料，我们不能就理论研究理论，就民间文学研究民间文学。必须通过调查研究，一个课题一个课题地进行研究。我们甚至设想，在调查研究和理论探讨中，吴语地区也完全可能形成自己的地区民间文艺学的体系。因为中国地区大，民族和地区的特点都极为显著，理论研究不可能不带有地方和民族的特色。姜彬说，他将把全部精力扑在这个事业上，对吴语地区文化生活的各方面，进行深入细致的调查。初步规划，三五年之内，组织力量，搞出四五部专题调查报告，然后在这个基础上，逐个进行专题理论研究，写出著作。1989年，姜彬写得很少，却跑过许多地方，已到过嘉兴、湖州、苏州、无锡、东南沿海地区和上海近郊等地，通过开座谈会，摸清情况，然后有的放矢地确定选题，由专人调查。实践证明，收效显著，已写出一批很有质量的调查报告。这第一部的调查报告取名为《吴越地区民间信仰与民间文学调查报告》，约60万字，1989年内完成。姜彬说，吴越地区特点是水——湖泊和大海，太湖、沿海和浙江众多的水上岛屿，所以我们的调查也是以水为特点的调查。调查对象有渔民、农民和蚕桑民。以浙江为例，它是七山两水一分田，山区民间信仰也是整个吴越地区民间信仰中的重要特点，它遗留着很多古代信仰遗响。姜彬一边说，一边捧出《吴越地区民间信仰与民间文学调查报告》的目录给我看，30篇调查项目，全面、系统地展示了整个地区的民间信仰的广度和深度。姜彬有条有理地、兴致勃勃地对我讲述了吴越地区民间信仰种种表现及其特点。我一边听，一边在想，这些内容一定就是姜彬说的他将为这部调查报告写的长篇导论的内容，也一定就是姜彬明年准备着手撰写的理论专著《吴越地区民间信仰与民间文学的关系的考察与研究》（被列为国家重点科研项目）的轮廓吧。姜彬满怀信心地说，这四五部调查报告和这些调查报告相应的理论专著完成之后，他的学术活动生涯也将告一段落。这是一项十分艰巨的工程，但他一定要完成它。他说，靠一个人的力量是不够的，要依靠熟悉这个地区，依靠这个地区的集体的力量完成这个艰巨的工程。在这个基础上建立起地区的民间文艺学体系来是完全可能的。采访结束了，整整花费了姜彬的半天时间，真不好意思。因为就在我对他进行采访的时候，我看见他在书桌上摊放着几本书和几张正在起草的文稿。姜彬说，那是他正在准备撰写的一篇探讨吴歌的论文稿子。

后来，我将姜彬先生学术活动的经历和特点，归结为以下几点：

一、坚持正确的认识论和辩证法的理论指导；二、注重把理论研究密切与现实生活结合；三、提出区域文化与民间文艺学新概念，开拓科学研究新局面；四、注重新资料发掘和社会调查；五、注重地方色彩和民族特色，立足吴越地区，面向全国各地，他主编的《民间文艺集刊》《民间文艺季刊》《中国民间文化》集中体现了这一办刊宗旨；六、亲自带研究生，通过从事田野作业"传帮带",用心培养江浙沪两省一市的年轻民间文学工作者,重视理论队伍培养和使用。在民俗学这块园地上,由于姜彬不畏艰难险阻,长期辛勤耕耘,所以在学术上不断取得新成果,他主编的《吴越民间信仰》《稻作文化与江南民俗》《东海岛屿文化与民俗》都先后获得上海市哲学社会科学优秀著作奖,以及全国社会科学基金项目优秀著作奖。姜彬先生将自己所从事的学术活动视为自己生命的一部分,每当主编完成一部著作,他都会自然而然地在后记中,用极其优美的文字,抒发自己无限欢悦的感情。1995年4月2日,他为《稻作文化与江南民俗》一书写的后记中说:

当本稿画上最后一个句号的时候,悠悠韶光已经流逝掉三个多年头了。三年多来,我且不谈伏案振笔、甘苦自知的日子;此刻,映现在我脑海里的是和本书一些作者跋山涉水深入吴越民间进行实际调查的情景。我们或穿江越河奔驰在辽阔的江南大地,赶去参加一个调查会;或爬山越岭深入山区采访当地独有的民俗活动;或出入在风光旖旎的江南小镇的街坊小道上,寻觅古人的遗踪;或在水边人家的田头树荫下和老农促膝谈心。在春天,我们披上一身水乡的烟雨;在夏天,我们顶着南方的炎炎骄阳;木叶摇落的秋天,我们迎着朝霞,走向金黄的田野分享农家丰收的喜悦;冬天是一个调查的好时节,虽然现今冬闲不闲,但年头岁尾的习俗活动是一年中最集中的,农事已毕,一年辛苦,农家要加以补偿;这里祭祀才毕,那里灯会又开,好不热闹。

数年辛苦,一朝都来眼前,一支秃笔是不能尽述的。每当我想起这一段值得忆念的时日,我心头就升起了幸福的一种感奋的思绪,久久不能排去。此时此刻,我只有一个美好的祝愿,寄向散处在江南各方的和共同奋斗了几个寒暑的学术界的同仁们,愿本书的出版给他们带去一些些微的补偿,愿他们的学术青春像刚刚来临的春天的草木一样,永远欣欣向荣。

2004年10月18日,他在《东海岛屿文化与民俗》一书后记中写道:

这部书稿终于要出版了,我心里除了高兴,更多感慨。本书的编写从策划到完成，历时八年之久，其中经历的曲折和艰辛，在我以前的写作生涯和主编活动中是没有遇到过的。这其实也并不奇怪，科学研究的道路从来就是不平坦的，这其中的种种因由在这里也不必详说。我心里确实也有了一种别样的喜悦，像长途涉跋终于走到了尽头，像在迷雾里行进中忽然见到了光亮，心头的思绪是难以言说的。

本书编写之初，就得到了吴越地区众多的学人的响应，参加撰写的学者达十余人，地区广达两省一市，一个课题能够自动地糅合这么多学人，这除了本地区历史地理的客观条件之外，还有一个不可忽视的原因，是这个地区自20世纪80年代前后出现了江浙沪两省一市民间文艺协作区的组织，有过较长时间的合作传统，这使这地区学者中自然地形成了一种合作的情结，在实地考察和理论研究上也然，从80年代以来，我们吴越地区的学者开了多次研讨会，出版了不少论文集子。对本系列来说，也已经合力完成了两部比较成功的著作（即《吴越民间信仰》《江南稻作文化与民俗》），赢得了国内外学术界的好评，获得了党和政府的奖励。因此，这个课题的组织也得到了两地学者的热烈响应，尽管他们地隔几百里，星散在不同的岗位上，仍然不妨害他们在这个课题上的凝聚力。虽然，遇到的困难不少，但是，我们终于达到成功的彼岸。

最后，我还要说一句我实在不愿意说的话：我身患绝症已两年有余，这期间，我大部分日子是在医院里度过的；在家休息的时候，也是闭门谢客，很少与外界接触，连各种会议都不参加，业务上的一些事更不在我的视线之内；在体力允许之下，我除看一些报，读一些书之外，唯一用心做的事即是如何将已经进行数年的一部课题书稿，不半途而废，将它做到底，做成功。为此，我付出了不少的心血和仅有的一点精力。

姜彬是2004年12月16日去世的，这篇后记是2004年10月18日写的，离他去世相隔两个月。此书是2005年6月由上海文艺出版社出版的，他生前没能看到此书出版。从这篇后记，可以知道，他在生命的最后时刻，还在写作。他为著书立说，呕心沥血，鞠躬尽瘁，死而后已。在2007年12月

17日下午由上海社会科学院召开的"《姜彬文集》出版座谈会"上，我曾说："2002年1月10日，钟敬文逝世，使中国民俗学界失去了中国民俗学之父；2004年12月16日姜彬逝世，使我们失去了一位倡导区域文化与民间文艺学新体系的卓越的民俗学家。钟敬文和姜彬的先后离去，是中国民俗学运动的巨大损失，必将给我们的事业带来一段久远的空白。"如今，他们离世已十余年了，事实证明，这个空白已经显现出来了：

中国民俗学运动的发展方向不清晰了，学术活动的内涵欠深度了，还有，上海的《民间文艺集刊》或《中国民间文化》何时复刊呢？我期盼着！

值此姜彬先生离开我们的第十二个年头，我写下以上这些文字，表示我对他的深切怀念和崇高敬意。

2016年6月6日修订

（本文最初发表于《民间文学论坛》1989年第4期，标题为《著书立说的黄金季节——记姜彬先生》。后收入上海社会科学院出版社2007年9月出版的《姜彬文集》第五卷"附录"第一篇）

一位对民间文学理论做出重要贡献的
民间文艺家——王仿

　　王仿，姓名王文华，王仿是他的笔名。虽说，今天，年轻的读者对他可能感到陌生，但像我们这些老一辈的人，对他却是十分熟悉的。虽说，他离开我们很快就要20个年头了，但他留给我的印象却是那样深刻。不是因为他是我的同乡，也不是因为他是我的同行，我才怀念他，而是因为他对民间文学事业的钟情，而且为它付出了自己毕生宝贵的时间和精力，对民间文学理论和实践做出重要贡献而令我无比地怀念他。这篇文章，我写写停停，不知让我犹豫了多少次，最主要的原因是顾虑写了未必能发表，后来，我感到发表不发表不是我应该考虑的事。最终我下决心写。因为，说起上海民间文学、民俗学事业，对理论研究方面的贡献，单说姜彬先生，不说王文华先生，我感到是不完整的。

　　先说一说我对王文华的最初印象。我是1978年8月15日从教育系统调入上海文艺出版社从事民间文学图书编辑出版工作的，王文华早在1951年已是大学毕业后进入上海人民出版社从事通俗文艺图书编辑出版工作的编辑人员了。他留给我的最初印象，是一位不修边幅的、烟不离嘴、经常进进出出于上海文艺出版社来借书出书的人。他编选的《中国谜语大全》一书，在短短十多年时间里，先后重印了十多次，累计印数达50余万册，俨然成了上海文艺出版社的一本常印长销的畅销书。还有一件事是，1982年上海文艺出版社出版了《钟敬文民间文学论集》（上、下册），我于1983年春节期间写了一篇题为《民间文学研究中的一部重要著作——评〈钟敬文民间文学论集〉》的书评。这篇文章，我投稿之前寄给钟敬文先生，钟先生读后很快就于1983年2月19日给我回信说："文稿我一口气把它读完了，觉得很不错。只其中对我有过誉之处，实不敢当。只有借以勉励自己。"但当我把这篇文章投至《民间文学论坛》时，编辑部吴超读到这篇稿子时以两个理由予退稿：第一是副标题《评〈钟敬文民间文学论集〉》中"评"字，不妥，钟先生是民俗学家，是中国民间文学界的长辈，我们是小辈，不能用"评"这个字。用"评"，是对他不尊重。第二，是我在这篇文章的开头，引用钟敬文为《孟姜女故事论文集》作的序，写钟敬文高度评价了顾颉刚对我国民间文学研究的重要贡献和孟姜女研究所取得的世界声誉的科学业绩，同时，也指出了他的不足之处。我写钟敬文先生"指出前人的不足，是为了弥补它，超过它，推动学术研究向前发展"。吴超认为，钟先生学术上要弥补顾颉刚学术上的不足，是可以的，但说后者要超过前者，是不可以的，因为顾颉刚是中国民俗学运动的前驱，说要超过他，又是钟敬文对顾颉刚的不尊重。于是，它从北京退回上海，当我把这篇文章投至姜彬主编的《民间文艺集刊》时，编辑部第一位读者是王文华。《民间文学论坛》的退稿，很快在王文华这里通过了。《民间文艺集刊》主编姜彬对王文华是信任的，对钟敬文先生更是尊敬的。这个事，现在回想起来，真是小事不小。《民间文学论坛》编辑处理这篇稿子时，《民间文学论坛》主编是钟敬文，他将写主编的文章退了，说明编辑完全从审读文章的角度处理稿子，而不是看主编面子处理稿子。他更不知道他的主编在此之前，对我的文章做了肯定的评价。钟敬文先生读到《民间文艺集刊》第5集已发表了我的《民间文学研究中的一部重要著作——评〈钟敬文民间文学论集〉》一文后，立即将它推荐给中国大百科全书出版社杨哲，让她收入由她编的《钟敬文生平思想及著作》（全书篇幅达80万字，河北教育出版社1991年版）。尽管王文华早在1984年就发表了我的这篇文章，但他仿佛对我的印象并不好。他平常到我们上海文艺出版社来，看到我，没同我打招呼，因为我们彼此还并不熟悉。有一次，我跟他出差南汇，用早餐，他要我为他买油条，这让我知道，他的生活习惯不好。香烟和油条都不是环保的食物，最好不吃，他却都迷上了它们。我大学毕业后，直到40岁才进入上海文艺出版社，在从事民间文学工作这个行当上，我是后来者，是个新手，跟王文华比，更是如此。正因如此，王文华在处理我的第二篇文章时，非常武断地砍了我一刀。1986年，我写了一篇题为《孟姜女与中国古代文化》的文章，投给《民间文艺季刊》。王文华此时，不仅是季刊的编辑，而且还是副主编。

这个理论刊物，除正、副主编外，编委名单五六位，都是挂名的，实际从事审读稿子的编辑只有王文华一个人。虽然，刊物闻名全国，学术质量也很高，但编辑的工作量却很大，也很辛苦。我这篇文章，分孟姜女与中国古代美女观念、孟姜女与万里长城、孟姜女与古代音乐三个部分。文章虽然是发表了，但当我拿起《民间文艺季刊》（1986年第4期）阅读时，却发现我的文章第三部分被砍掉了。这一砍真够我痛的。这篇文章，我感到最满意的部分，正是这第三部分"孟姜女与古代音乐"。这部分被砍去后，文章变成有头无尾，莫名其妙。根据我的推测，王文华把我的文章予以武断斩尾的原因：一是他不熟悉音乐，所以，对孟姜女与古代音乐也不感兴趣；二是他认为我是民间文学学术写作的新手，因而可以不尊重文章的作者。这样，处理自己不熟识的文化领域的最简单的办法，他采取的就是大笔一挥，删掉拉倒。后来，当研究现代女性文学的知名文艺评论家盛英读到我恢复原貌后的《孟姜女与中国古代文化》文章时，来信却说："你好了不起，把孟姜女传说写得如此细致而开阔，尤其将其同音乐的关系揭示得如此详细，这是创造性的发现。"盛英是《天津文学》编辑部理论组组长，后来转入天津市作家协会专事中国现代女性文学研究的研究员。1988年2月8日，上海社会科学院文学研究所所长姜彬为我的高级职称评审写的评审意见时，面对我送审的《孟姜女与中国古代文化》一文，他这样写道："涂石同志参加民间文学的编辑工作，时间虽不是最长，但成绩卓著，成果丰硕。在编辑工作之余，涂石同志结合编辑工作还做了不少研究工作，写出了不少关于神话、传说故事方面的论文，如《孟姜女与中国古代文化》《紫姑及其传说》《谈精卫神话》等篇，都足以看出作者有较高的学术水平。这些论文对神话、传说故事都做了详细的历史考证，材料翔实、丰富，着眼点较新。如孟姜女故事国内外作者也写过不少学术文章，是一个难度比较高的研究对象，涂石把孟姜女故事和中国古代文化联系起来，从一个新的角度对孟姜女故事加以论述，使这个故事得到一定的新的开挖，加深了故事的研究。"我提供给姜彬先生审读的《孟姜女与中国古代文化》一文，也是恢复全文后的文章。可见1986年他终审刊发我的《孟姜女与中国古代文化》一文的第4期《民间文艺季刊》时，也不是每篇文章仔细审读的。要是1988年姜彬读到1986年被王文华砍去"孟姜女与古代音乐"一节的有头无尾的文章，评审时，是不可能对这篇文章做出如此高度评价的。这一切，粗看起来似乎都是小事，但实际上都是不容小视的大事。一是说明当年民间文学理论刊物编辑人员的工作作风是正派的，审读书稿的态度是认真的，不大受人情世故影响的；二是说明他们取舍稿件的权力是比较大的，一定程度上受个人主观偏见的影响。王文华当时处理我的文章，我是有意见的，但我没有向他提出来。我以为，他对我还不够了解，我不跟他计较。我在努力工作的同时，勤奋著述。正因为这样，我更关注王文华他那埋头苦干从事民间文学理论和实践的一举一动。于是，我想对他进行一次采访。因为，我认为无论是上海，还是全国民间文学界的读者，对王仿的认识是很少的，而他本人却无论在学术成就，或从事理论刊物编辑工作为民间文艺事业所做出的巨大贡献是应当为读者所知晓，为民间文学、民俗学界所尊重的。

1991年6月12日上午8时许，我和我的当时还正在复旦大学中文系读三年级的大儿子涂殷康，一起到天平路310弄树德坊6号王文华的寓所采访了他。他为我们准备了香蕉和茶水。尽管事先我同他已取得过联系，但正式访问他时，我们仍清楚地感觉到了他那掩盖不住的激动内心。他神情专注地回顾起自己40个春秋，默默无闻地从事编辑、调查、研究、写作的日日夜夜，一下子，仿佛又回到了40年前的青年时代。

王文华青年时代经历了抗日战争的洗礼，经受过战争风云、学校迁徙之艰苦。1950年，他毕业于国立社会教育学院新闻系，接着进入上海新华书店华东总分店编辑部工作，担任文艺作品的编辑。1951年底，他转入上海人民出版社，开始接触通俗文艺，从此，他对民间文艺产生了浓厚的兴趣，下苦功熟悉国语和吴语语音，用国语编写通俗文化读物。1956年参加编辑出版《民间文艺选辑》(先后共出版11辑)，内容包括民间曲艺、民间歌谣、民间故事、民间传说，以及民间文学作品搜集整理体会、经验和评论等。1954年在上海文艺出版社负责戏剧曲艺和民间文学两个组的编辑出版工作，使他开始有更多的机会接触民间文学作品，结合工作开展研究。

他研究的成果，最初表现在韵文的民间语类作品方面。散文类如传说、故事等，他只写了一些评论文章，着重谈文学创作与民间文学记录整理的界限问题。他认为创作与加工，表现的是现代人的思想和观念，把这些作品当作过去时代的民间文学作品来研究，得出的结论必然也是不科学的。韵文类作品与散文类作品比较起来，相对稳定些，作品在流传过程中，创作加工的程度低些，也比较容易辨认其真伪，所以王文华认为先从韵文类作品着手研究是较为稳妥的。

王文华在工作中接触到大量的谜语方面的来稿，为提高自己的编辑业务水平，他阅读了有关理论著作。前人的著作对他有着很大的启发，但他也感到不满意，因为大多数著作对谜语的看法，都以刘勰《文心雕龙》的《谐隐》为圭臬。刘勰虽然是我国历史上第一位将谜语引进大雅之堂——文学创作领地加以研究的先行者，他虽也指出谜"词欲隐而现""使昏迷"等谜语特征，但由于他当时所能看到的资料十分有限，使得他对谜语的研究就显得不够深入，所得出的有些结论也并不科学。比如关于谜语的起源问题，他说谜语产生于魏，是由于当时文人的"嘲隐"演变而成的（"君子嘲隐，化为谜语"），这个论断是与历史事实不相符合的，因为从史书和其他古籍的记载中，可以找到许多产生于汉代以至更久远的春秋战国时期的谜语资料。

王文华从20世纪50年代开始研究谜语，一直到20世纪80年代方才正式出版谜语研究著作，这中间相隔了一段相当长的时间，原因是他不满足于已搜集的资料。他说，其实许多问题早已得到解决了，但为使问题解决得更加完美，更有说服力，必须运用尽可能充分的材料来加以说明和论证。问题在于不少材料早些时候不易找到，比如谜语的起源问题，就因为材料不够充分，不愿贸然下结论，直到他搜集到足够的资料后，他方才动笔著作。

王文华说，谜语开头并不是韵文，而是口头回答式的散文（北欧神话、希腊神话中的谜语都是附在传说之中），那么后来为什么由散文转变成韵文了呢？这是因为韵文比散文更便于流传、便于记忆的缘故。谜语为什么只能产生于原始社会后期，而不能产生于这个年代之前呢？这是因为谜语的产生在相当程度上依赖于社会生产力水平的提高和人类智力的发展。总之，经过几十年的潜心研究和探讨，王文华对谜语的起源问题提出了自己独特的看法，他认为：一、原始的民间谜语使用赋的手法，最初出现的可能是散文形式，在发展过程中逐渐向韵文的形式过渡，表现手法也不断更新，不断丰富；二、民间谜语的成熟期，大约在人类生产力和智力都发展到相当高度的野蛮时代末期或野蛮时期向文明时期过渡的历史阶段，它的萌芽或胚胎期则在父系氏族社会时代。

关于谜语的特点，包括谜语的表现手法，也是王文华注重研究的一个问题。王文华说，要给任何一个事物下定义，就要将该事物同其他事物区分开来，找出该事物的本质特征。王文华认为谜语的根本特点是智力锻炼、娱乐活动，而不是用于政治思想教育。从研究分析大量的谜语资料，王文华先生认为谜语特征的显示，只要求在三两句话中把一件事物的特别性质指明出来就可以了。再从出谜和猜谜的过程看，出谜者通过观察、比较、选择，找到能跟其他事物相区别的本事物特征告诉猜谜者，而猜谜者则以它为线索进行思考、分析、判断，找出事物的本体。将这个过程化为简单的公式，就是：出谜是从事物形象到事物特征，猜谜则是从事物特征到事物形象。民间谜语的全部秘密在于：谜面上出现的是尽可能少的、不显露的、能与其他事物相区别的特征，这是"隐"，这些特征是追寻事物的线索，又是"显"。谜面上出现的是"隐"与"显"的矛盾统一体。由此，王文华给民间谜语下了如下的定义：民间谜语是事物特征的概括的描写或形象的表现。出谜者通过观察、比较、选择，寻找出能够与其他事物相区别的特征告诉猜谜者；猜谜者以它为线索，通过思考、分析、辨别，找出本来的事物。出谜、猜谜双方通过猜谜活动以测验智慧、锻炼智力。几十年来，多少学者写过许多文章和著作，都未曾对谜语的特征下过如此简单明确的定义。王文华研究谜语，历经30多年的时间，最后在编选出版《中国谜语大全》的基础上，方才正式著书立说。1986年出版的《谜语之谜》一书是他对谜语进行系统、深入研究的一个总结。

王文华从事理论研究很注重田野作业，注重解决实际生活中存在的种种问题。20世纪60年代，王文华参加上海市新民歌调查组，在崇明发现了《贩桃郎》和《红娘山歌》两部叙事诗。1960年他又参加了由上海作家协会、上海文艺出版社和上海市群众艺术馆联合组织的调查组深入奉贤，挖掘、采集了《白杨春山歌》《林氏女望郎》《严家私情》三部汉族叙事诗，同时还在奉贤发现了仪式歌《哭嫁歌》，在松江则采集到了《刘二姐》《张大姐》两部叙事诗。王文华说，既然今天已经发现了这些叙事作品，那么是不是可以说，它已从根本上否定了胡适等先辈学者关于"汉族没有叙事诗"以及"叙事诗往曲艺、戏剧"发展的说法呢？这就说明，理论研究必须建立在社会调查的基础上。近代，汉族民间叙事诗被发现之前，是谈不上理论研究的。20多年来，王文华在搜集大量汉族叙事诗的同时，还深入探讨了民间叙事诗歌的起源、形式变化等问题，发表了10余篇论文。他认为汉族近代民间叙事诗，不仅数量十分丰富，而且形式、风格、曲调也都纷纭多样，鲜艳夺目。由于自然地理环境和历史文化传统不同，经济生产和生活方式有别，方言语音又多差异，不同地区的作品很自然地会显现出各自不同的色相和特点来。从现有材料看，若以篇幅长短划分，汉族近代民间叙事诗可分为长篇、中篇、短篇和"花名山歌体"四种类型。"花名山歌体"主要风行于吴语地区，它采用人民大众所熟悉的《十二月花名》歌，按年、月序逐月叙唱，每月的句首为花名。它大致可分为抒情山歌、叙事山歌、戏文山歌、新闻山歌、物产山歌和虫名山歌等六类。那么，为什么叙事诗歌开始篇幅较短，经过流传、演唱，篇幅越来越长呢？这是因为，原来山歌是顺着自然发展的，演唱者演唱时见物见景，触景生情，即兴演唱时自然而然地加上了许多新的词句，同时，往往还会从别的作品中吸取养分，直接或间接（将原作品某些东西加以变动后）吸收进来，所以，演唱的过程，即是不断再加工的过程，时间一长，便慢慢地成为较长的作品了。比如《姐夫接阿姨》，这一叙事诗是在上海郊区南汇、川沙交界地发现的，起初全首篇幅仅为300行，后来流传到了上海郊区上海、青浦两县，沿着北上路线又流传到了江苏吴江、吴县、无锡后，全首篇幅已演变成为3 000行的作品了。

典型理论是王文华长期理论研究中的另一个重要问题。多年来，民间文学学术界一直认为民间文学作品中的形象，只有类型而没有性格，也就是说只有共性而没有个性。王文华从大量民间文学作品的研究中，得出了民间文学作品中类型化形象虽然多些，但也不乏有个性的人物形象。中国四大传说中的孟姜女、牛郎、织女、白素贞、梁山伯、祝英台等人物形象都不同程度地具有鲜明的个性，尤其是后三个人物，不失为成功的文学典型。

1980年，上海民间文艺研究会在姜彬主持下，创办了《民间文艺集刊》理论刊物，王文华一个人担负起组稿、审稿、编辑等大量工作，但在业余时间，他坚持对谚语、歇后语进行系统深入的研究，1989年写成了《中国谜语、谚语、歇后语》一书。在这一著作中，王文华对民间歇后语，提出了新的名称。他认为歇后语，是文人创作的，其名称是借用的，民间歇后语产生于汉语以事以物释义的特点，是用前面的事物来说明后面的意义。比如，在《诗经·柏舟》中有"我心匪席，不可卷也"，"席"是物，"卷"是物的性，性化为义，就成了"席卷而逃"。这个特点不但产生了民间歇后语，而且经常在日常用语中出现，如被辞职说"卷铺盖"，是以事代义；又如广东人说"炒鱿鱼"，也是"卷铺盖"的意思。因此，王文华认为，歇后语这一名称，应改为释后语更为恰当，更为科学。《中国谜语、谚语、歇后语》全书只有10万字，但细心的读者不难发现，从下定义到分析、论证，最后得出结论等方面，都有着著者的独特见解。全书还融知识性、科学性、可读性为一体，给人以生动活泼的新鲜感。王文华著作有个突出特点是，凡是研究某一问题，总是将前人的看法一一展示，让读者对这一问题研究的历史和现状有一个全面的认识，然后再提出自己的看法，从而将问题的研究引向深处。

40年来，王文华在极其繁忙的编辑工作之余，先后参加了近10部汉族叙事诗的采录、整理工作（他是个诗作不少的诗人，这对担当民间叙事诗的采录、整理工作大有裨益），即将出版的专著《民间叙事诗的创作》，是他10余年来关于汉族民间叙事诗研究的结晶。目前，王文华正在搜集资料，潜心研究"中国巫术"这一新课题。现今国内虽已出版几部巫术著作，但多以书面材料的古俗为研究对象。王文华试图探讨民间文学与巫术之间的关系，而着重考察巫术的世俗化方面，从巫术在近代社会生活中的遗存，来探讨巫术的产生、发展与变化。目前，王文华正深入浙江、福建等地进行实地考察，调查临水陈夫人传说，企望对这一传说的起源、形成、流传、发展，以及民俗宗教信仰等方面进行深入研究。

采访结束了，王文华谦逊地说："我做学问的路子是慢工出细活。"他的《谜语之谜》一书从搜集资料到撰写成书经历20余年，《民间叙事诗的创作》（1993）的写作也经历10余年。他不愿急于求成，总要等材料足够，思考成熟后方才动笔。他认为人们的思想和认识总是逐步向前发展的，只有多读书，多思考，多分析，多研究，才能比较全面、深入地认识事物的本质。他研究谜语，对民间谜语功夫花得多，对文人创作的灯谜，功夫相对花得少些。王文华说，写这本书时，自己对灯谜的定义考虑得还不够成熟，现在虽说对这一问题已有了答案，但书却已出版了。他说，有朝一日，此书再版，一定要认真修订，把这方面的研究成果反映出来。

在我们这场长达三个多小时的交谈结束时，王文华意味深长地说："文无新说不肯休。"

自这次采访王文华之后，在其后的岁月里，我因为自己手头的工作繁忙，虽然其间也向《民间文艺季刊》和《中国民间文化》投过几次稿，而且也都被采用了，但那编辑部审读稿子的第一个读者，已经不是王文华，而是郑土有了。值得提到的是，我大儿子涂殷康大学毕业论文《蛙神话源流》也发表在《中国民间文化》1993年第3期上。这篇文章指出，20世纪30年代，闻一多在《伏羲考》一文中提出了"伏羲女娲确是苗族祖先"的著名论断。几十年以来，神话学界大多沿袭他多年前所做的结论。涂殷康在《蛙神话源流》一文中，以丰富的考古学和民俗学（包括典籍的和口头的）材料，对蛙（女娲）神话的源流，对女娲与蛙图腾、蛙神话与女娲造人神话、蛙神话东渐与嫦娥奔月神话、蛙神话南传与洪水遗民神话进行综合考察。作者对闻一多两个著名的观点（女娲人首蛇身说、伏羲女娲南方起源说）提出了不同的见解。他认为，历史上确实存在过女娲氏时代，其大致时间在六千年前的新石器时代。女娲氏实际上是原始社会母系氏族时期以蛙为图腾的氏族的传说祖先，我们称之为女娲氏族。其活动范围在黄河上中游甘、青、陕诸地区。所谓"女娲人首蛇身"的传统说法，其实是龙成为高贵象征以后的产物，女娲本蛙身，后来才衍变为蛇（龙）身，故有关女娲蛇躯形象的文物和文字记载，出现时间均在汉代以后。文章发表以后，引起了国内民俗学界、神话学界高度关注，获得北京师范大学许钰教授和中国社会科学院文学研究所马昌仪研究员的一致好评，并被收入1993年《中国文学年鉴》。涂殷康这篇文章的发表及其至今在神话学界产生的影响，说明当年由姜彬主编和王文华副主编主持的《中国民间文化》这一理论刊物学术水平是高的。

今天，令我感到遗憾的是王文华先生1998年5月2日去世时，我一点也不晓得，因而，也没有能前去参加他的追悼会。今天写这篇文章，也算是我对他表达一个迟到的深切的怀念之情吧！

2017年12月2日修订

（原载《上海采风》，2016年8月，总第307期）

从《土著人生》一书出版看刘绍棠
创作生涯与上海文艺出版社的文缘

1996年8月，当我开始策划编辑"民俗随笔"这套丛书时，脑海里涌现出来的第一念头就是应当向刘绍棠组织一部书稿。

"民俗随笔丛书"是我策划的一套囊括现代作家、民间文艺学家、考古学家、文化人类学家、历史学家、民俗学家长期从事科学研究、田野作业、考察社会生活方式和文化创造的理论结晶。丛书收有顾颉刚《史迹俗辨》、钟敬文《谣俗蠡测》、周作人《知堂夜话》、江绍原《古俗今说》、邓云乡《黄叶谭风》、乌丙安《生灵叹息》、宋兆麟《日月之恋》、刘绍棠《土著人生》、陈江风《古俗遗风》、程蔷《女人话题》。丛书内容从话文化，记风土，示俗趣，明事象，到探学艺，文史杂识，意兴所致，亦庄亦谐。字里行间，无不流露出作者们的文心慧思、词约事丰的大家风采。

刘绍棠是我国卓有成就的乡土作家，他的小说作品具有浓厚的民族色彩和乡土气息，他的散文渗透着民俗文化之基因，因而理应向他约稿。8月9日我给刘绍棠写了一封约稿信，说明"民俗随笔丛书"编选提要、内容、体例及其注意事项。约稿信发出去之后，不日，我就接到他给我的回信。回信说他非常乐意接受我的约稿，说一定抽空编选，因为他一直在撰写涉及民俗内容的散文。这令我感到分外高兴，因为这位早在20世纪50年代就被中国当代文学界誉为神童作家的刘绍棠，如此迅速地答应我的约稿，实在出乎我的意料。1997年2月4日、1997年2月18日，我又两次给刘绍棠去信，说他寄来的稿样内容切题，语言文字也好，还可适当增加一些篇幅。1997年4月上旬，正当我书稿审读接近尾声之际，4月10日我突然收到了刘绍棠夫人曾彩美来信。曾彩美寄来了民俗随笔的补充稿，同时报告了刘绍棠已于3月12日不幸逝世的消息，她还在信中问起刘绍棠的民俗随笔一书出版社是不是继续出版。我收到曾彩美的信后，立即给了她写了一封回信，对刘绍棠突然逝世表示慰问，告诉她刘绍棠的书仍将按原计划出版。

当我阅读、整理、编排好刘绍棠的这部书稿之后，感到他虽然是个小说家，但他无论写小说或是写散文都离不开那浓浓的乡土味的民俗风情，他这本民俗随笔无论从内容或是风格说都有着显著的民族特点和地方色彩。

早在1952年，16岁的刘绍棠就借用了民间文学中的布谷鸟的传说，作为小说中的一对青年男女互相爱慕的比兴写进了《青枝绿叶》。这篇短篇小说发表之后，不久就被人民教育出版社编入高级中学课本《文学》教科书。这篇小说故事说的是有个小伙子在一个财主家扛长工，爱上了财主的女儿。门不当，户不对，小伙子不知道财主的女儿是不是也爱他，便天天到财主女儿的后窗下，反复只说一句话："光棍好苦，光棍好苦。"财主女儿动了心，隔窗答道："金簪儿掉在井里，是你的一定是你的。"后来，财主发现自己的女儿和长工相爱，便把那个小伙子打发跑了，然后，赶快把女儿嫁给一个更大的财主的儿子。财主的女儿嫁过去后，不能忘情于恋人，饱受虐待，含恨投井而死。婆家和娘家都怕家丑外扬，便填死了那口井，种上一棵树。那个被打跑的小伙子在外省他乡发了财，衣锦还乡，才知道恋人已死多年，便到那棵栽种在井口上的大树下痛哭，喊叫："光棍好苦，光棍好苦。"叫来叫去变成了一只布谷鸟，于是它就栖宿在这棵树上，年年树叶凋落飞走，树叶发青飞回，一去一回，正是春种秋收。70年前读过这篇小说的读者，可能早已忘记了这个故事本身，但却牢牢地记住小说中男主人公学布谷鸟叫的情节，可见民间文学之感人至深。刘绍棠自己也说："我开始习作，便注意在小说中描写民俗。40多年前，我14岁时发表的短篇小说《一顶轿子》和《过帖》，就写的是我的家乡男女婚前'过帖'和结婚坐轿的礼仪风习，只是将这古老的民俗注入新的内容和形式。我16岁时发表的《青枝绿叶》和《摆渡口》，也因描写了家乡的民俗而成为我的短篇小说代表作。"（《民俗与乡土小说》）

由于刘绍棠的突然离世，带来了一些意想不到的事情。比如，这本书的书名取什么好呢？在他前后寄来的80余篇文章中，到底采用多少篇呢？根据什么编辑思路和图书结构编排这些文章呢？前言由谁写呢？当我认真

仔细地审读了他的书稿后,我将此书取名《土著人生》,前言也由我代写了。我在《前言》中写道:

"刘绍棠出身于农村,并深深植根于中国农村的土壤之中。他一辈子不离开生他养他的通县京东北运河畔儒林村。他说:'农村是我的生身立命之地,农民是养育我的父母和救命恩人;写农村,写农民,正是我的感恩图报。我以往的作品,来自乡土,我今后的作品,更要深入乡土。'他说,他是专写他的家乡和乡亲。刘绍棠这个名字是和大运河血肉相连的,他的作品中许多背景、人物、素材、生活故事都取材于故土。

"民间文学是乡土文学的一个来源,一条主根。刘绍棠具有深厚的民间文学、戏曲文学、古典文学的修养,尤其重视学习民间语言,重视语言文字修养。从他的作品中,我们可以找到与民间文学的千丝万缕的关系。他的小说,不仅从民间文学中汲取到丰富的营养,而且常把民间文学的故事和手法,融合和运用到他的小说中去。除了《青枝绿叶》外,《摆渡口》也曾借助民间传说,加强小说的魅力。那篇深为广大读者所喜爱的《蛾眉》,整个儿就像把现实中的民间故事小说化了。他的长篇小说对于民间文学的吸收和借鉴就更多了。《地火》中关于烟村史的叙述,对于农村比武打擂台的描写,都采用了民间文学的表现方法和艺术手段。《春草》中有两三章就是民间传说的改写。《狼烟》处处闪现着从民间文学得来的传奇性和夸张性。1984年完成的《京门脸子》在描写风土人情和记叙人情世态上,更是大量引用当地的民间故事、民间传说、民间奇闻和民间俚曲,甚至抒情状物,往往也以闲笔方式,杂以民间文学之妙趣。中篇小说《蒲柳人家》中对于望日莲七夕乞巧和何满子葡萄架下听哭几千字的描写,是作者对优美动人的民间传说的艺术再创造。《渔火》《花街》《草莽》《瓜棚柳巷》《荇水荷风》等一系列中篇小说都富有民间文学的色彩和情趣。描写农村现实生活的中篇小说《鱼菱风景》《小荷才露尖尖角》《烟村四五家》《吃青杏的时节》,使用了许多当前农民口头创作的民间故事。

"刘绍棠的乡土文学还深受民间戏曲的影响。他不仅热爱京剧、评剧、昆剧、梆子,还在自己的创作中将小说与这些戏曲攀亲。他的家乡儒林村盛产评书艺人,不但有吃开口饭的职业演员,更有不少业余民间戏曲爱好者。他的许多小说都曾满怀深情地写过评书艺人。《地火》写了评书艺人的生活，《荇水荷风》也写了评书生活，《青藤巷插曲》写一个艺名小柳敬亭的评书演员，《敬柳亭说书》更是评书艺术和评书艺人的寄情言志之作。

"文学的大众化，也是刘绍棠乡土文学追求的一个重要方面。北京是大众文学的历史盛地，刘绍棠长期生活在北京，深受大众文学的熏陶和影响，也为他从事文学创作开了蒙。他致力于乡土小说创作，更自觉地借鉴和吸收大众文学的精华，力求使自己的作品接近为人民大众所喜闻乐见的艺术欣赏习惯。他曾说，他的乡土小说不仅从民间文学中学到了民族化、大众化的风格，也从民间文学中学到了民族化、大众化的语言。他常常将文和言紧密地结合在一起。他努力使自己的作品不仅使有文化的人读懂，而且使没有文化的人也能听懂。为了做到这一点，他在写人物对话时，运用了大量新鲜活泼而又具有个性的口语。

"民间文学中的人物，一般说来，是类型化的，但那些长期流传于人民大众中间经过千锤百炼的优秀作品中的一些人物，已经升华为典型形象，四大传说中的牛郎织女、孟姜女、白素贞与许仙、梁山伯与祝英台等就是如此。刘绍棠的乡土小说是在京东北运河农村大背景下形成的，所以他的作品从题材、人物原型、生活素材和风土人情都带有浓厚的农村气息，但'感恩图报''专写家乡和乡亲'的创作思想影响了他的创作视野，使他的小说中的有些人物有雷同之感。他曾承认，这是由于他在人物原型上开采不广、挖掘不深造成的。鲁迅以未庄为中国农村的缩影，写出了20世纪20年代中国农村的历史面貌；哈代以沙世屯马勒村为英国农村的缩影，写出了19世纪末叶英国农村的历史面貌，这是由于鲁迅和哈代通过自己的作品写出'典型环境中的典型性格'的缘故。而刘绍棠的小说，由于没有能从社会生活中的人物提炼成文学作品中成为典型环境中的典型形象，所以，也影响了小说的艺术感染力。"

虽然说刘绍棠的小说创作有着这样一些不足，但他为上海文艺出版社寄来的民俗随笔书稿文章还是写得十分出色的。在他撰写的许多文章中，通过回顾自己的身世，抒写了自己的出生地、自己祖宗三代的承传以及他那充满乡土气息的、土生土长的童年（《蒲柳人家子弟》《土生土长的童年》）；透露了生活中许多人物原型怎样一个个进入自己的小说成为栩栩如生的艺术形象（《望日莲是谁》《亲历目睹与艺术再现》《村夫乡女与移花接木》)。关于社会生活实践和艺术创造的关系,刘绍棠说:"读者当然懂得,我所写的姥姥和干娘,虽然都是典型环境中的典型人物,各自都有生活原型,但她们对我进行民间文学的陶冶,却是整个人民大众的象征。"他告诉读者,中老年农村妇女,人生阅历丰富、性格诙谐风趣而又能说会道的农村长老和评书艺人,以及小学启蒙老师,都是他的民间文学的教授。因此,他告诉对于那些想要从他的小说中有所受益的青年作者,深入农村生活,向农民学习,特别向农妇学习。他在《说古》一文中说,他的20世纪50年代发表的《青枝绿叶》《摆渡口》《大青骡子》《运河的桨声》《夏天》等小说,人物对话使用农民口语,叙述行文则用书面白话。30年之后,他决心致力乡土文学,小说的叙述行文也使用经过艺术加工的生动、活泼、优美、风趣的农民口语了。这是因为,刘绍棠这个人和他的文学作品整个儿都返朴归土;对内力求为人民大众所喜闻乐见,对外则土就是洋,洋就是土,越土越洋,越洋越土。所以,他的中篇小说集那样受外国读者欢迎,英、德、法都出版了他的三种小说译本。

　　我为什么将刘绍棠这本民俗随笔取名"土著人生"呢?刘绍棠在《刘绍棠文集·大运河乡土文学体系》总序中说:"将近半个世纪的创作生涯,我一直写自己的乡土,今后也将如此写下去,直到最后一部作品。我要以我的全部心血和笔墨,描绘京东北运河农村的20世纪风貌,为21世纪的北运河儿女,留下一幅20世纪家乡的历史、景观、民俗和社会学的多彩画卷,这便是我今生的最大心愿。我的名字能和大运河血肉相连,不可分割,便不虚此生。"他又在《我是个土著》一文中说:"我是一个土著,一个土著作家,写出的是土气的作品。土气,在我看来,就是要具有鲜明的民族风格和浓郁的地方特色;也就是从内容到形式,都表现出强烈的中国气派。"(《刘绍棠文集·大运河乡土文学体系》12卷,600万字,北京出版社1995年)因此,我觉得我将他这本书取名《土著人生》是恰如其分的。

　　我又是根据什么编辑思路和图书结构收入这些篇目的呢?一、突出了作者作为一个现代乡土作家的乡土文学来源;二、古典文学的影响;三、民间文学的熏陶;四、民间戏曲的影响;五、写作风格和语言文字大众化。本书一共收入了《蒲柳人家子弟》《土生土长的童年》《望日莲是谁》《亲历目睹和艺术再现》《村夫乡女与移花接木》《灯前·月下·豆棚瓜架·热炕头》

《说古》《乡土的呼唤》《先秦母体》《略输文采》《汉魏一瞥》《唐代小说亦如诗》《文章千古事》《偏爱李翠莲》《秀杰东坡》《开采辽金》《元曲偷艺》《津津乐道》《成人童话》《我是个土著》《雕虫并非小技》《旱甜瓜另个味儿》《眼见西施》《断章取艺》《转世》《入境》《三忌》《大年小忆》《杂感丛生》《万变不离土》《洋为我用》《含金量不足》《蝈笼"戏言"》《进京开眼》《木秀于林叶盛兰》《程腔》《我也程门立雪》《京侯卫马》《每日"堂会"》《吹腔》《严师门下》《重视文学语言》《姑妄言之》《我的乡土文学观》《民间文学和我的创作》《我与大众文学》《〈蛾眉〉题外》《乡土文物和乡土文学》《〈蒲柳人家〉二三事》《我写〈敬柳亭说书〉》《与苏姗·贝尔纳的谈话》《与安妮·居里安的谈话》《答〈世界文学大辞典〉编者问》等54篇文章。从这些有限的篇什中，细心的读者不难从字里行间认识到刘绍棠是怎样在农村社会民俗大背景中落叶归根、生长成材的，以及他又是怎样植根农村，重视社会调查，深入考察民风民情，学习民间文学、古典文学、民间戏曲、大众文学、民间语言，而成为一位著名乡土作家的。

　　"民俗随笔丛书"封面设计由上海文艺出版社美术编辑周艳梅担任。封面色彩采用全黑底，书名、作者姓名、目录提要文字，衬白字，下端浮出一黑色古瓷砂雕刻，左边为白底黑字上海文艺出版社社名；封底亦是黑色打底，印有丛书文字简介："民俗演示人类历史轨迹，民俗随笔摘取社会习俗之点点滴滴，概括人间世象，凝聚哲学思辨。由现代作家、民间文艺学家、考古学家、文化人类学家、历史学家、民俗学家精心撰写的民俗学术随笔，是他们长期从事田野作业、社会调查、研究传统生活方式及文化创造的理论结晶。融学科交叉、历史考察与人生哲理于一体，展示了丛书的视野与品位。"黑色封面、封底前后均喷上一根金色曲线。装帧设计，清新典雅，别具一格。

　　刘绍棠夫人曾彩美1997年4月10日在给我的来信中写道："绍棠住院的前一天（3月10日），《天津日报》发表了绍棠的'蝈笼说古'之二十二《元曲偷艺》。他嘱我复制两份，其一是给上海文艺出版社。谁也想不到，不到两天，他竟猝然而逝！"曾彩美在本书《后记》中写道："我衷心地感谢上海文艺出版社对绍棠文学创作的鼎力支持。绍棠的第一本短篇小说集《青枝绿叶》（1953）、第二部短篇小说集《山楂村的歌声》（1955）、第一部长篇小说《运河的桨声》（1955）和第二部长篇小说《夏天》（1956），都是在上海文艺出版社出版的。上海文艺出版社就是绍棠起家之地，上海文艺出版社为培养文学新人，做出了历史性的贡献。绍棠毕生从文，由神童才子而老弱病残，最后一本随笔集又在上海文艺出版社出版，回忆这段文缘，不能不说是意味深长的！"

　　我向刘绍棠组约民俗随笔《土著人生》书稿时，没想到他曾经在上海文艺出版社出版过这么多的作品，偶然的邀约竟然意外地完成了一位作家创作生涯始终的文缘，确实是意味深长的。《土著人生》于1998年10月出版时，刘绍棠虽然没有亲眼看见，但他的夫人曾彩美收到样书后，表示赞许。她说："《土著人生》一书是绍棠已出版过的几本随笔中最好的一本，无论是内容的选定，或是装帧设计、印刷装订诸多方面都堪称上乘。"

　　今天，刘绍棠虽然离开我们了，但他的作品已被译成英、法、俄、德、日、西班牙、阿尔巴尼亚等多种文字，他的民俗随笔《土著人生》和他的其他文学作品一起，已经充实和丰富了中国当代文学史的史料，他的名字也将永远为广大读者所铭记。

2022年7月15日

（原载《新闻出版博物馆》，2022年第2期。发表时标题为《〈土著人生〉与乡土作家刘绍棠》）

我的编辑生涯

　　1964年夏，我从复旦大学中文系毕业之后，被分配进上海机器制造学校，任语文教员。上海机器制造学校是一所直属国家第一机械工业部的中等专业学校，在上海市40所中等专科学校中名列前茅，四年制，开设三年语文课程。在上海机器制造学校工作期间，我除上语文课外，还兼任一个班的班主任，工作虽是认真负责的，但多年教学实践证明，我并不适合做教师，因为我口才不好。1978年，上海市新闻出版系统迫切需要编辑出版人员，我被调入上海文艺出版社民间文学编辑室任民间文学图书出版编辑。

　　我是1978年8月15日去上海文艺出版社报到的。上海文艺出版社时任社长杜淑贞，总编辑姜彬。姜彬曾任上海市委宣传部文艺处处长，长期从事民间文艺学理论研究，所以对民间文学图书出版尤为重视，亲自领导刚成立的民间文学编辑室。民间文学编辑室室主任刘斌是山东人，12岁参军，是位南下干部，在部队曾从事文化宣传工作，热爱工作，待人诚恳，是一位称职的中层干部。民间文学编辑室分为《故事会》编辑部和民间文学编辑组两个部门。《故事会》是月刊，因历史悠久，拥有全国城乡广大读者，所以，每期印数多达四五百万册；民间文学编辑组则刚刚成立，专事民间文学图书编辑出版。编辑成员有钱舜娟、郑硕人、张呈富和我四个人，组长钱舜娟是老编辑，郑硕人是具有高等教育学历、有丰富阅历和图书编辑出版经验的老编辑，钱、郑他们两人的年龄都不过五十来岁。民间文学编辑组在姜彬直接关心下，提出了宏伟的民间文学出版蓝图，制订了宏大的民间文学图书出版规划。首先，姜彬带领全编辑室人员深入全国各地，摸清作者分布区域，分析重点高等院校和国家社会科学研究单位有关学科的作者状况。在拟订的图书出版规划中，有大学文科教材、"中国少数民族民间文学丛书·故事大系"、"中国少数民族民间文学丛书·民歌大系"、"中国民间文学作品选编"、"中国少数民族文学作品选"、"中国地方风物传说丛书"、理论刊物《民间文艺集刊》（1981—1986，第1集至第8集）、《民间文艺季刊》（1986—1991）、《中国民俗学年刊》（1999），后来又有"中国民俗文化研究丛书""中国社会民俗史丛书""田野采录故事集丛书"、"域内外民俗学丛书""民俗、民间文学影印资料""东方民俗学林""民俗随笔丛书"，以用其他中外民间文学、民俗学理论著作等。其次，是落实第一批选题书稿。1978年9月编辑室决定与中国民间文艺研究会上海分会合作着手编选出版《中国民间文学论文选》（1949—1979），内容包括民间文学、民间文艺学的基本理论、民歌、民间歌手、史诗和民间叙事诗、神话、传说、民间故事、笑话、谚语和谜语等诸多方面的理论研究文章。由郑硕人和我两人担任此书责任编辑。开始，由我和《故事会》编辑部苏菊珍一起花近一个月的时间，在复旦大学图书馆、复旦大学中文系资料室，寻找资料，制作论文卡片，分类编排目录。经过一年半的工作，我们把《中国民间文学论文选》目录初稿打印出来了。我们先后两次向全国各地有关单位和广大城乡民间文学工作者征求意见，得到了他们热忱的支持和帮助，他们向我们推荐了论文，提出了很好的建议；复旦大学中文系为我们提供了许多资料，中国民间文艺研究会、中国社会科学院文学研究所民间文学室、北京师范大学中文系和中央民族学院语文系为编选本书召开了座谈会，上海图书馆等单位为我们提供了论文资料核对、文章复印等方便。1980年5月此书分上、中、下三册（100万字），正式出版。此书出版之后，及时为高等院校文科师生、民间文学科学研究人员、民间文学工作者提供了认识新中国成立30年来民间文学理论研究的概貌，初版印数2万册。1982年10月，很快就第二次印刷，累计印数27 000册。此书虽因时间匆促，资料不全，未免遗漏一些重要文章，但基本上反映了新中国成立以来30年民间文学理论研究的现状。

1979年1月19日，天寒地冻，北京气温零下10摄氏度，是北京历年来最为寒冷的一个寒冬。我同钱舜娟一起前往北京组稿。北京是中国民间文学图书著作队伍的集聚地，那里有北京师范大学、中国社会科学院文学研究所、中国民间文艺研究会、中央民族学院、北京大学，那儿的教授、研究员、民间文学专业工作者是我们图书作者的基本队伍。钱舜娟领着我，一一拜访北京师范大学中文系钟敬文、张紫晨、许钰、陈子艾，中央民族学院语文系马学良，中国民间文艺研究会贾芝、陶阳、吴超、杨亮才等人。他们对上海文艺出版社20世纪60年代用心编辑出版民间文学图书记忆犹新，此次拜访，他们以为乃是中国民间文学事业枯木逢春，一个新的民间文学著书立说图书出版春天即将到来的佳音。于是，他们纷纷踊跃报出图书撰写、编选选题。1978年5月《中国动物故事集》出版了；1979年7月张紫晨《民间文学基本知识》出版了；1980年7月，钟敬文主编《民间文学概论》、《民间文学作品选》（上、下册）出版了；1982年《钟敬文民间文学论集》（上、下册）出版了；1981年《中国少数民族文学作品选》（1、2、3、4、5册）出版了。为了集中力量出版好规模巨大的"中国少数民族民间文学丛书·故事大系"，20世纪80年代中叶，《故事会》编辑部和民间文学编辑组各自成为独立单位，民间文学组正式成为民间文学编辑室，编辑人员也随着出版任务的增加，从4个人增加至6个人。上海文艺出版社为出版"中国少数民族民间文学丛书·故事大系"，从1978年开始，投入了大量的人力、物力，先后组织编辑人员四五十人次，奔赴全国各地组稿。10多年来，全室编辑人员足迹遍及祖国大江南北和遥远边陲。从1979年出版第一本《达斡尔族民间故事选》，到1995年12月《中华民族故事大系》正式出版，经历了两代编辑人员之辛劳，组织了遍布全国各地的书稿编选者100余人，参与此书讲述、搜集、整理、翻译工作的人数，仅在书中署名者达7 000人，其中少数民族人员所占比例之大，是前所未有的。

1996年2月5日国家民族事务委员会和上海文艺出版社在国家民族事务委员会会议厅联合召开了"《中华民族故事大系》座谈会"，我国文化学术界著名学者、国家新闻出版署领导、新华社记者、人民日报记者，费孝通、季羡林、钟敬文、金克木、启功、杨牧之、秋浦、马学良、金开诚、贾芝、刘锡诚、刘魁立、陶立璠、郎樱、董晓萍、贺学君、苗春、热合曼、何承伟、顾承甫、涂石等20余人出席了座谈会。会上，各界人士对于上海文艺出版社历经10余年精心编辑出版的装帧气派、印刷精良的《中华民族故事大系》巨著，给予了高度评价。

此次座谈会，令我认识到一部图书出版发行之后，文化学术界和广大读者的反应和评价，较之各种名堂的图书评奖是更为客观和公正的。

1996年2月3日，上海文艺出版社在北京师范大学召开"上海文艺出版社作者恳谈会"。这次作者恳谈会的中心议题集中在中国民俗学理论著作编纂出版方面。为了提高当前民俗学理论研究水平，就要深入认识中国现代民俗学运动的历史，总结前人民俗学理论研究的成果，于是便有了编选出版一套我国自五四以来民俗学运动前驱们的理论著作"东方民俗学林"的构想。

徐华龙任编辑室主任后，出书格局有了很大的变化。民间文学、民俗学图书无论出书范围，或出书层次方面都有很大的进展。出书范围兼顾中外结合，出书层次做到普及与提高结合，图书品种兼及作品与理论。如："中国民间文学作品选编"出版有《中国民间长诗选》《中国民间情歌》《中国民间小戏选》《中国谜语大全》《中国辐射灯谜》《中国历代农民起义传说故事选》《老一辈革命家的传说故事选》《捻军故事集》《中国绕口令》《三国外传》《江南十大民间叙事诗》《中国童话》《中国笑话》《中国佛话》《中国仙话》《中国鬼话》《中国神话》《中国上古神话》《金德顺故事集》《新笑府》《天牛郎配夫妻》《中国民间风俗大观》《世界风俗大观》《世界著名民间故事大观》《世界著名机智人物故事选》《日本民间故事选》《非洲童话》《亚洲童话》《意大利童话》《德意志童话》《俄罗斯童话》《法国童话》《南斯拉夫童话》《北欧童话》《希腊童话》《挪威童话》《世界童话》，以及"环球童话之旅"（亚洲、非洲、欧洲、美洲、大洋洲童话等五种）。理论著作："中国民俗文化研究丛书"，有《中国原始艺术》《敦煌民俗学》《中国灵魂信仰》《中原古典神话论考》《中国民俗语言学》《文艺民俗学导论》《立春风俗考》《境界与象征：桥与民俗》《吴越民间信仰》《稻作文化与江南民俗》《东海岛屿文化与江南民俗》《中国神话》《中国神话史》《道教文学史》《中国民间故事初探》《论吴歌及其他》《中国文化的精英》《黄色文明》《谜语之继》《民间叙事诗的创作》。外国理论著作："原始文化名著译丛"，有《原始文化》《人类学——人及其文化研究》《金枝精要》《旧约中的民俗》《金叶》《比较神话学》《原始文化论集》《西方神话论文选》《面具的奥秘》《故事形态学》《图腾崇拜》《月亮神话——女性的神话》《意识的起源与历史》《无文字社会的历史》《原始艺术》。

"世界民间文化译丛",有《世界民俗学》《世界民间故事分类学》《中国民间故事类型》《民俗学手册》《神话与文学》《世界民间服饰》"域内外民俗学丛刊":《人食人的传说》《一个外国人眼中的中国民俗》《迷信》《到民间去》《中国婚俗文化》《中国龟文化》《汉字古俗观奇》。普及读物《儿歌三百首》《民间笑话三百则》《歇后语一千条》《谜语一千则》《民间情歌三百首》《外国歇后语一千条》。田野采录故事集丛书有《脸谱故事》《菩萨外传》《金瓶梅外传》等。"民俗、民间文学影印资料",有《松花江下游的赫哲族》《客家情歌》《民间谜语全集》《笑话三千》等150多种影印资料图书。2000年1月出版发行了历经10年①编纂成功的《语海》(上、下册550万字)大型工具书。

1996年至1997年,我策划编辑出版了"中国社会民俗史丛书"第一辑、第二辑,计18种。这套丛书著者在搜集大量历史资料(主要取材于笔记资料和史书记载)基础上,对社会底层民俗事象的产生、来源、发展演变的历史过程进行一番科学的梳理,揭示其民俗文化背景和内容,以及它对社会生活的深刻影响。这些书目有《优伶史》《奴婢史》《典当史》《盗墓史》《年画史》《风水史》《乞丐史》《缠足史》《选美史》《妓女史》《赌博史》《游戏史》《商贾史》《流民史》《医俗史》等18种。我担任其中4种图书出版的责任编辑。这套丛书出版之后,获得广大读者好评,印数很多,还不断重印,收到了良好的社会效益和经济效益。"中国地方风物传说丛书"则由编辑室统一组织各地有关作者,编选出版了北京、南京、上海、成都、广州、庐山、黄山、苏州、杭州、潇湘、三峡、无锡、桂林、厦门、秦皇岛、青岛、敦煌等17个风景旅游地的地方风物传说17种,我承担其中的4种图书的责任编辑。这套丛书在10多年里重印了多次,累计印数达十几万册。1990年,它被台湾淑馨出版社用中文繁体字出版,在台湾发行。

---

① 上海文艺出版社20世纪80年代编辑出版了《歇后语四千条》《谚语二千条》《形容语一千条》《俗语二千条》《惯用语一千条》;80年代后期编辑出版了规模更大的《中国歇后语》《中国谚语》《中国惯用语》《中国俗成语》《中国俗语》;90年代编辑出版了更为普及的《谚语小辞典》《歇后语小辞典》《俗语小辞典》《形容语小辞典》《惯用语小辞典》,经过10年时间,《语海》编撰成功。

20世纪90年代至21世纪初，上海文艺出版社在编辑出版中外民俗文化图书方面走到了全国民俗文化图书出版的前头，在新历史时期中国民俗学运动中起到了有力的推动作用。民间文学编辑室任务重、人员少，尽管后来的编辑人员从原来的6人增加至8人，仍然还是超负荷运作。以我个人为例，在我担任责任编辑的比较重要的图书就有《中国民间文学论文选》（1949—1979）《中国民俗学年刊》（1999）、"东方民俗学林"、"民俗随笔丛书"，以及《民俗学概论》《神话新论》、《中国上古神话》《先秦民俗史》《中国婚姻史》《立春风俗考》《境界与象征：桥与民俗》《中华民族故事大系》《中国民间文学大辞典》《朝鲜族民间故事讲述家金德顺故事集》《新笑府》《天牛郎配夫妻》《中国童话》《敦煌民俗学》《吴越民间信仰》《原始艺术》《月亮神话——女性的神话》《意大利童话》《非洲童话》《美洲童话》等；其中《民俗学概论》一书，自1998年初版至2010年十年重印10次，累计印数达到10万册，它不仅为高等学校、民俗文化学界所用，而且成为社会各行各业广大读者的通用学术读物。此书获得第四届国家图书奖提名奖并与《中国社会民俗史丛书》、《中华民族故事大系》（获第十届中国图书奖）一起，被上海市评为"上海50年精品图书500种之列"（上海市出版工作者协会、上海市编辑学会编《上海50年精品图书500种》，学林出版社，1999年10月）。

回顾自己从事民间文学、民俗学图书编辑出版、理论研究工作的22年宝贵时光，虽说是短暂的，是一闪而过的，但由于我在工作期间，始终坚持读书与写作，所以我在极其繁忙的工作之余，依然千方百计挤出时间写文章，积极参加各种学术活动，不断提高自己的学术理论水平，前后发表了《兄妹结婚神话中的验证情节》、《〈不愿出嫁的姑娘〉与哈尼族婚姻遗俗》、《论嫦娥奔月神话——兼谈从母权制向父权制过渡时期妇女地位下降及其抗争》、《灯节的起源与发展》、《从中原古典神话看古神话的演变和新神话的产生》、《孟姜女与中国古代文化》、《〈中华民族故事大系〉的文化史价值》、《略谈莆仙戏〈春草闯堂〉的推陈出新》（与李国章合撰）、《民间文学研究中的一部重要著作——评〈钟敬文民间文学论集〉》、《梨园革命者的颂歌——"谈潘月樵传奇"的成功尝试》、《朱熹怎样读书》、《略谈朱熹的人格修养》、《读书规划人生》、《论阅读与写作》、《论读书与学问、道德之相互关系》、《读书的艺术》、《回忆钟敬文》、《评刘城淮〈中国上古神话〉与袁珂〈中国神话史〉》、《把生命的根脉扎进民间土壤——写在〈钟敬文全集〉即将出齐之际》、《用民俗学材料去印证历史——纪念中国现代民俗学运动先驱顾颉刚先生诞辰130周年》、《一位对民族文化交流和中华民族大团结做出过重要贡献的民族学家——深深缅怀杨堃先生》、《像茅盾那样关心文艺创作》等文章。由于自己的辛勤劳作，所以本人业绩1997年被香港国际交流出版社收入该社出版的《世界名人录》一书，1993年11月、2012年1月、2015年1月先后由海峡文艺出版社、上海财经大学出版社、东方出版中心出版了《神话、民俗与文学》《源头与土壤》和《读书的艺术》三部我自己的著作。前两部为我长期从事民间文学、民俗学理论研究之成果，后一部为我的读书随笔。回想起来，工作中仍留下了许多遗憾，如"东方民俗学林"这套丛书，仅仅编辑出版了钟敬文教授拟议中的12种论著中的前6种，但茅盾、容肇祖、许地山、郑振铎、刘半农、杨堃等六人的民俗学论集没能编辑出版。我以为此项工作仍须有人继续下去，因为它是民间文学、民俗学理论研究事业所必需的。另外，我早已拟想中的《中国古代神话图史》这一选题，希望也有后人去努力付诸编纂、编辑出版一种有学术价值的图书。

　　22年从事民间文学、民俗学图书出版工作的岁月，虽说是短暂的，但它留给我的启迪却是深刻的。这就是在工作中，我深切体会到寻找优秀作者，是编辑的终身追求。一家出版社的生存与发展，能否在读者和社会上赢得信誉和地位，全看它是不是为读者和社会源源不断地提供一批又一批的具有原创文化积累价值的图书，而要做到这点，最重要的就要看这家出版社是不是有一支出类拔萃的作者队伍。在20余年的工作中，最让我感到欣慰的是，我组织、编辑、出版了几部不同题材的个性鲜明的原创著作，《中国上古神话》《天牛郎配夫妻》《朝鲜族民间故事讲述家金德顺故事集》《新笑府》《非洲童话》《意大利童话》；扶植了刘城淮、孙剑冰、裴永镇、王作栋、董天琦、刘宪之这些新人。这些图书在文化学术界和广大读者中产生了广泛的影响。在我所接触的众多作者中，最让我难忘，也是最让我敬佩的是《民俗学概论》主编、中国当代民俗学之父钟敬文，以及他的入门弟子、《中国婚姻史》著者、东北师范大学汪玢玲，他们无论在著书立说或是在人际交往中，都表现出优秀知识分子应有的正直坦诚、谦虚谨慎、虚怀若谷、平易近人的道德情操；他们无论在文品方面或是人品方面，都堪称当代知识分子的楷模。

　　22年的图书编辑出版生涯对我来说，虽说是短暂的，但从我个人的人生感受来说还是十分幸运的。20世纪八九十年代，上海文艺出版社民间文学、民俗文化图书出版俨然成了全国民俗文化图书出版的中心，上海文艺出版社出版的民间文学、民俗学图书在全国民俗文化图书出版中占有相当的分量，在民间文学界、文化学术界广大读者中产生了巨大的影响；民间文学、民俗文化图书出版已成为上海文艺出版社出书的一个鲜明特色。但令人不解的是，这样一个在民俗文化图书出版方面曾经产生过举足轻重影响的民间文学编辑室，如今莫名其妙地被人撤销了。这不仅使上海文艺出版社出书方面少了民俗文化图书出版这一特色，而且也使上海图书出版行业少了民俗文化图书出版这块阵地。

2016年1月15日

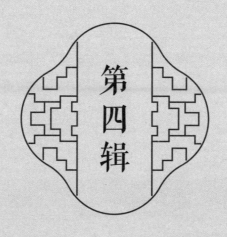

第四辑

我所认识的朱东润先生

我1964年毕业于复旦大学中文系。虽然时间已经过去57年了，但当我回顾起大学时期的人和事时，仍然历历如在目前。其中，对我之后读书、工作、做人等诸多方面影响最大的一个人，就是朱东润先生。我一直有一个愿望，想谈谈我对他的认识以及他对我的影响。

我是1959年9月进入复旦大学中文系读书的。两年前的1957年，朱东润先生刚刚由中文系中国文学教研组主任升为中文系主任。这个职务是由复旦大学陈望道校长任命的。从1929年到1957年，朱东润先生先后在武汉大学、中央大学、无锡国立专修学校、无锡第二中学、江南大学、齐鲁大学、沪江大学执教28年，担任中文系教授，他自信有这份力量胜任中国文学系主任。朱先生认为，对中国文学、中国语言的探讨，还没有闯出一条科学的道路。旧时代的文人，不理解汉民族语言和少数民族语言的关系，更不理解中国语言和外国语言的关系。而新中国的中国文学系就负有这样的使命，搞清楚这两者的关系，以及担负起新一代中文系人才究竟怎样培养的重任。1952年当朱东润来到复旦大学时，就带着这样的愿望：在中国文学、中国语言学方面做出努力，在华东，带一个头；在全国，和兄弟学校的中文系共同努力，以期不辜负他所处的时代和使命。他从学校历史、师资力量等诸多方面比较之后，认为复旦大学中文系必须从头做起，必须以北京大学中文系为追赶目标，力争赶上它，在可能的时候超过它。

要实现这个目标，单靠朱先生一人的力量是不够的，必须依靠中文系文学和语言两个教研组主任的力量一起来挑起这副重担。他制订了五年制的文学、语言两个专门化的教学课程规划；基础性的工作即是按照老中青师资队伍，安排其教学岗位。我们入学时，中文系在课程设置上是一个专业——中国汉语言文学专业，两个专门化——中国文学专门化和中国语言专门化。文学专门化设置有基础必修课中国通史、现代汉语、古代汉语、文艺学概论、语言学概论、写作、中国现代文学作品选、中国现代文学史、中国古文文学作品选、中国古代文学史；语言专门化设置有基础必修课文字学、音韵学、训诂学、汉语史、汉语方言学与方言调查；专业必修课是马克思主义文艺理论研究、政治经济学、外国文学史、中国文学批评史、专业英语或专业俄语；限制性选修课则有西方美学、《楚辞》研究、《红楼梦》研究、鲁迅研究等。实践证明，朱东润先生为作为综合性大学的复旦大学中文系设置的这些课程，对于培养在中国文学和汉语言文字方面从事教学、科学研究和理论工作的专门人才是非常切合实际和有效的。我当年选的是文学专门化。五年时间的基础理论知识的灌输、阅读习惯的培养和理论能力的孕育，使我终身受益。以养成与众不同的读书习惯、理论功底、思考方式与人格塑造为目标，显示了复旦大学中文系汉语言文学专业课程设计和学科架构的科学与合理。这是朱东润先生从1957年到1967年作为中文系主任对复旦大学中文系学科建设的一个非常重要的贡献。他的教育思想和学术追求至今为复旦大学中文系所继承。

　　早在20世纪40年代初，朱东润就对综合性大学中国语言文学系办学宗旨，提出三点看法：现代的学术应当具有世界的意义；现代的学术应当有理论的基础；中国文学批评是一门纯理论的科目，学生不具备一定的素养或许不能了解，所以应当放在四年级的必修课目里。我们正是在大学四年级时上"中国文学批评史"这门课的，任课老师正是朱东润先生。他给我们上课时，虽然已经67岁了，但从外表一点也看不出是这个年龄。他戴着一副老花眼镜，蓄着短胡子，理着平头，穿着一件中式上装，手执教案走进教室，身材笔挺，脸面略带微笑。讲课时，不看讲义，在讲坛前踱着方步，面对学生侃侃而谈，常常两手对搓着，打拳似的，非常生动有力。他给我们上的这门中国文学批评史，是他从事大学执教之后的第一项学术研究。相关专著早已出版了，所以上课时，他对自己要讲什么内容、怎样讲，都稔熟于胸。他对历代文学批评家的时代背景、政治活动、学术见解了如指掌，许多重要的历史事件、历史人物、史实记载以及学术细节，都能脱口而出地讲清楚。朱先生给我们上"中国文学批评史"这门课时，基本上也还是沿着1943年开明书店出版的《中国文学批评史大纲》的线索展开的。该书秉持"远略近详"原则，特别注意爬梳近代批评家的相关资料，明确地把戏曲批评和小说批评列入其论述范围，成为"第一部简要的中国文学批评的全史"，并以取材精审、议论深切而自为一家言，与郭绍虞、罗根泽同为老一辈学者探涉文学批评史的代表人物。

朱东润先生读书扎实，很用脑子，他总是不断地发现问题，崇尚独立思考、持之有故。他读书的方法与人不同，例如读《诗经》，《关雎》一篇，他要把齐、鲁、韩三家诗的看法、《毛传》的看法、《郑笺》的看法，以及后代陈启源、陈奂、马瑞辰、龚橙这些人的看法一一读过来，没有把《关雎》这首诗的看法搞清楚以前，决不读第二篇。《诗经》《楚辞》都是无数前人研究过的故典，一般教师上课是人云亦云，做知识的简单传递。而朱东润通过阅读和研究，认为从《国风》160篇所言的名物章句，可确知其为统治阶级之诗，凡80篇，皆有明证。更以类推之法言之，自《螽斯》《桃夭》以降，共20篇，皆可自统治阶级之诗而推定。其他可推而不及推、不待推者尚多。最后他说："大抵民间文学之立足点，在将来而不在过去，与其争不可必信之传说，何如做前途无限之展望？吾人果能溯已往以衡将来，则知今后之民间文学，其发展乃正无穷。何则？凡一种阶级能为文学上之表现者，其人必有相当之素养，与最低限度之余裕，而其中必有格格欲吐，务求一倾而快之情感，然后始能见之于文学。"1940年，他发表《国风出于民间论质疑》，认为《国风》不得称为民间之诗者。1951年，他发表《〈离骚〉底作者——〈楚辞〉探故之二》，认为《离骚》非屈原所作。这两个惊世骇俗的论断，震撼了整个中国古代文学学术界，一直到生命的最后，他也不改变自己的结论。

1954年5月，朱东润先生接受了中华书局《左传选》的编注。他不是随便编选，而是首先对《左传》提出两个问题：一、《左传》的性质及其书名；二、《左传》的作者及其时代。《史记·十二诸侯年表序》的"鲁君子左丘明惧弟子人人异端，各安其意，失其真，故因孔子史记具论其语，成《左氏春秋》"，这是说这本书的原名是《左氏春秋》，作者左丘明，作品是和《鲁春秋》并行的历史记载，但却没有肯定这只是《鲁春秋》的解释。清代姚鼐《左传补注序》指出"余考其书于魏氏事迹造饰尤甚，窃以为吴起为之者盖尤多"。这个主张，有人还不能同意，但是从三个方面看来，不妨认为这是战国初期魏人作品，这就是：《左传》关于魏事的叙述特多，有夸张，有颂歌；《左传》所引对于祸福的预言，几乎无一不验，即都是从后傅合；《左传》所记秦事，自公元前627年殽之战以后，即逐渐减少，甚至对于穆公遂霸西戎，如何获得霸权，也没有应备的记录。因此，《左传》成书在魏开始强大、赵内乱未定和秦与东方诸国隔绝的时期，可以假定为公元前4世纪初期。《左传》成书的年代确定了，便可以从此认清《左传》的思想价值，其进步思想是主要的。最后，朱先生提出《左传》在由《左氏春秋》转手为《春秋左氏传》的时候，插入了解经的语句，以致上下语气不连贯，这是明显的事实，有的选本索性把经解删去，文义更觉流畅。《左传选》这本书对于解经的语句，另用仿宋体排印，一面保持原来的面目，同时也表示有所区别。朱先生还说，这本书的前言虽然无法确切地指出这是吴起的作品，但是从作者所处的魏国、所生的时期和所有的思想看，很可能是吴起，这和中国科学院院长郭沫若在《青铜时代》这本书里所做的宏论是符合的。从朱东润编选《左传选》细节，读者不难窥见朱先生是怎样严谨治学的。

朱东润深感自己在古典文学教学和古典文学研究中责任重大。他做出尝试，摆脱历史的因袭，大胆追问，努力寻找实事求是的科学研究方向。其科学研究成果有《读诗四论》（1940）、《中国文学批评史大纲》（1943）、《史记考索》（1943）、《左传选》（1954）、《陆游研究》（1962）、《中国文学论集》（1983）、《朱东润文存》（2014）。这一系列的古典文学著述，无不显现了朱东润特立独行的学术人格。

钱钟书有一次在给王水照的信中说："郭朱二老，当代耆硕，学问笃实，亦京华冠盖中所无也。"耆者，强也；硕者，大也。郭绍虞、朱东润两位先生，是当代学问之强大者，京城没有人能够比得上他们俩。

在复旦中文系念书时，我已经知道朱先生早在英伦留学期间因读鲍斯威尔的《约翰逊博士传》，就对传记文学产生了兴趣，于是在1945年他撰写并出版了《张居正大传》。但是其中的缘由，我是毕业很多年以后才了解到的。朱东润先生无论是教学、培养人才，或是著书立说，都着眼于国家文化建设和光明前途，而不是为学术而学术。他为什么要写《张居正大传》这本传记呢？他说："写这本书的时代，是怎样一个时代呢？1932年的时候，敌人的势力，深深地侵入整个的中国。国民政府局促在西南的一角，半个中国已沦陷了，其余半个中国，时时感受到威胁。单凭这样的国家，遇到这样的国难，除了等待奇迹的来临，我们还敢有什么奢望？"

"这使我想起明代的张居正。明代的建国，本来就是中国人从异族统治之下争取生存的努力，张居正以那种以社会国家为己任的精神，他认定自己对于社会国家负有莫大的责任。要求一个人在不受物质诱惑而有生命危险的时候，担当鞠躬尽瘁的责任，在他后面，必然有一份以身殉道的精神，才能给他有力的支持。这正是张居正的精神，也正是这一点使我发心写这本大传。"想到自己的祖先，曾经为民族自由而奋斗，为民族发展而努力，乃至为民族生存而流血，面对将来，也必然抱着更大的期待。朱东润是为唤起每一个中华民族的儿女前进而写作《张居正大传》的。

朱东润先生既是中文系主任，又是《中国文学批评史》任课老师，写书的时间哪里来呢？他说，完全是凭着自己起早摸黑，挤出时间完成的。他是在自己极其繁忙的教学和行政工作之余，陆续写出了《张居正大传》《王守仁大传》《陆游传》《梅尧臣传》《杜甫叙论》《陈子龙及其时代》《元好问传》，以及后来的《朱东润自传》和《李方舟传》。朱东润先生的这些传记文学作品无疑是中国文化积累的一份宝贵财富。朱先生曾在许多不同场合不止一次地表示，自己愿意被后人称为传记文学家。

朱东润先生擅长书法。他认为，学习书法应遵循汉字演变和发展的过程，追本溯源，循序渐进，由篆而隶，而行书而草书，一步一个脚印地走过来。他说："篆书是不简单的，要写好必须经过30年。然后把隶书带起来，又要10年。如此等等，学成一个书法家，总得要60年。好在我年龄还轻，只要活到80岁，总有成功的一天。万一活不到80岁，那只能怪自己没有活够，不能说书法不能成家。"朱先生就是这么身体力行的，在他90多年的人生历程中，从7岁时学写毛笔字算起，朱先生每天必写一页，每年365天，一天也不中断，扣除在抗战时期他为了躲避日寇敌机辍笔，以及1966年至1976年期间关进牛棚不能握笔外，实际练字作书有60多年，真可谓将书法的研习作为自己生命的一个部分。他于篆、隶、行、草诸体书法，无不精善，多力丰筋，婉转遒逸，风神劲骨，气韵郁勃，尤其是篆书和草书，称得上炉火纯青。朱东润先生之所以能成就为一位根植深厚、素养优异的书法家，是和他的勤勉用功分不开的。我从大学时期开始练习书法，一直坚持至今，每当我练习书法遇到困难的时候，我都用朱东润先生习书的这种坚韧刻苦精神来鞭策自己。

　　大学毕业之后，我依然关注着朱东润先生，阅读他的著作，始终如一地遵循朱东润先生去伪存真的学术理念和科学严谨的治学方法。他的为人、人格和治学精神一直影响着我的思想和行动。在从事民间文学、民俗学图书编辑出版和理论研究中，我发现，尽管朱东润先生早在1940年就已做出"国风，虽是各诸侯国的土风歌谣，但它也不是民间歌谣"的科学论断，虽说80年时间过去了，但错误的理解仍没有引起文化学术界和图书出版界的纠正。1988年9月中国大百科全书出版社出版的《中国大百科全书·中国文学》卷，就认定《国风》是民间歌谣，是民歌。2012年3月5日《人民日报》发表了一篇文章《发现〈亚鲁王〉》，认为《诗经》是民间口头文学集，这表明口头文学是一个民族文学的源头。换句话说，《人民日报》也认为《诗经》中的《国风》是民间歌谣。当天，我就撰写了《〈诗经〉是我国文学史上第一部作品，即民间口头文学集吗？》一文，投书《人民日报》，希望报纸对"《诗经》是我国文学史上第一部民间口头文学集"的提法予以更正，文中转述了朱东润《国风出于民间论质疑》的主要观点。虽然，报纸最终没有刊登我的文章，任凭这一错误提法误导读者，但是，朱东润先生关于《国风》不是民歌的论断，对我在民间文学、民俗学理论研究中严格区分文人诗歌和民歌之科学鉴别方面的帮助依然不容置疑。

　　朱东润先生是一位非常传统的中国古典文学史家和传记文学作家，是我国当代一位具有强烈国家意识、强烈民族意识、高度时代使命感的出类拔萃的教育家。他孜孜不倦，学而不厌；生命不息，奋斗不止。实践证明，朱东润任中文系主任的10年（1957—1967）里，复旦大学中文系所设置的课程、教师配备、教学进展、学生成长是历史上最好的一个时期。复旦大学中文系之所以能够取得今天的成绩，是与朱东润先生任中文系主任时奠定的基础分不开的。我自己今天之所以能够成就为一个具有光明磊落的胸怀，自尊、自重、自信、乐观的人格和处世态度以及喜读书、勤思考的老人，还是一个特别欢喜阅读传记文学作品的老人，也是完全与朱东润先生对我的教育、熏陶、潜移默化的影响分不开的。

2021年3月30日

（原载《文学报》，2021年5月13日）

春风化雨，以美化人

——怀念蒋孔阳先生

20世纪60年代，我在复旦大学中文系读书时，学校为我们开过的所有课程中，"文艺学概论"和"西方美学"是我最感兴趣的两门课，而上这两门课的老师——蒋孔阳先生则是我最为无法忘却的一位老师。

1959年，蒋孔阳先生为我们上"文艺学概论"这门课时才36岁。他虽然还只是一名讲师，但已出版了《文学的基本知识》和《论文学艺术的特征》两本在读者中颇有影响的著作。他中等身材，穿着一身整洁挺括的中山装，戴着一副紫框眼镜，面带微笑，书生模样。讲课时虽带着浓重的四川口音，但条理极为清晰，学风朴实无华，语言十分简洁，文风深入浅出，引人入胜，每每令学生有所收获。他的讲课朴实而富于论辩性，重视概念的界定和诠释，逻辑推理细致严密，并能深入浅出地阐发文学艺术的基本原理。他认为做学问是要讲道理的，把道理实实在在、明明白白地讲出来，让人家听懂，知道是怎么回事，就算是达到目的的了。他总能将高深的理论，讲得很朴素，力图把事实讲清楚，把道理讲清楚。因为有了事实和道理可讲，读者读了，有所启发和体会，因而感到深，这就是深入；又因为讲得清楚，不是含含糊糊，读者读了，明白是怎么一回事，这就是浅出。没有道理可讲，不能深入；讲不清楚，不能浅出。蒋孔阳无论做文章或是讲课，都有个特点，就是既深入，又浅出。比如，他在上"文艺学概论"第一节课时，开宗明义，说什么是文艺学呢？每门科学都有独特的研究对象，弄清了文艺研究的对象，也就可以回答什么是文艺学了。那么，文艺学的研究对象是什么呢？它是以文学作为研究的对象，因此，文艺学的理论就是关于研究文学的一门科学。

　　蒋孔阳先生无论是上课或是写文章，都是不停地向学生或读者提出问题，然后步步引导学生或读者深入思考问题，进而解决问题。比如他上"文艺学概论"，分析文艺作品中的人物形象时，一开头就说文学是一种特殊的社会意识形式，它是通过形象来反映现实的，它的特殊性就在于它的形象性。那么，是不是所有的人物形象都能够反映现实呢？不是的。只有那些深刻地反映社会生活本质规律的某些方面，并在艺术上达到了相当成就的艺术形象，才称之为典型的艺术形象，或者简称为典型。典型的根本意义，还不在于代表性，而在于通过具有一定艺术成就的形象，来深刻地反映社会生活本质规律的某些方面。那么什么是文学艺术的典型呢？蒋孔阳转述了恩格斯关于典型的定义说，"每个人都是典型，但同时又是一定的单个人，正如老黑格尔所说的，是一个'这个'"。典型都是单个的人，单个的形象。它虽然是单个的，但却反映了普遍的规律，反映了共性。典型就是个性与共性的完美结合。正因为这样，所以作为单个的形象的典型，却具有巨大的思想认识的意义。塑造了典型形象的文学艺术能够像科学一样，帮助读者认识真理，发现真理，掌握社会生活的本质规律，从而帮助读者改造周围的环境，推动历史的前进。蒋孔阳先生讲述的这些内容，对于大学一年级的学生来说，虽然一时无法被完全理解，但是它留给大家的印象却是十分深刻的。

　　大学四年级时，蒋孔阳老师又为我们开了"西方美学"这门课。因为当时并没有公开出版的西方美学教科书，每次上课之前，蒋先生都会发给同学们每人一份他自己编写出来的讲义。关于美学这门新兴的学科，它研究的对象是什么？它的定义又是什么？蒋先生通过介绍中外历史上代表性人物的美学看法后，将美学的定义归结为："美学应当以艺术作为主要对象，通过艺术来研究人对现实的审美关系，通过艺术来研究人类的审美意识和美感经验，通过艺术来研究各种形态和各种范畴的美。美学——研究人对现实的审美关系——研究人的审美意识和审美观点，研究美以及与美有关的各种问题——属于哲学的一个部门。"这些话，既抽象，逻辑性又强，同学们尽管一知半解，但仍然认真地记着笔记。

　　课后，我读了黑格尔《美学》第一卷，获悉蒋老师给我们讲述的关于美学的定义是有其悠久历史渊源的。黑格尔开宗明义，一开头就说："这些演讲是讨论美学的；它的对象就是广大的美的领域，说得更精确一点，它的范围就是艺术，或则毋宁说，就是美的艺术。因为所指的科学所讨论的并非一般的美，而只是艺术的美。正当的名称却是艺术的哲学，美的艺术的哲学。"黑格尔把美定义为"美就是理念的感性显现"。它将理性内容提到第一位，它含有理性内容决定感性形式的意思。所谓"理性"，并不是抽象概念，而是与具体形象融为一体的生活理想。黑格尔认为一切存在的东西只有在作为理念的一种存在时才有真实性。他的《美学》是用艺术发展的具体事例来阐明客观唯心主义及其辩证法的。即便如此，黑格尔对美学理论贡献依然巨大。"西方美学"这门课结束后，我写了一篇《评黑格尔"美就是理念的感性显现"》读书札记，作为课堂作业，由辅导老师王永生批阅。

蒋孔阳先生大学读的是经济学，后来却教起"文艺学概论""西方美学"这两门课程来，这难道是他偶然所致吗？不，不是的。他说，1941年，他考进中央政治大学经济系时，对经济系的课程一点不感兴趣。他在亚当·斯密和李嘉图等人著作中，所发现的不是经济问题，而是哲学问题。他根本不进课堂，而是把图书馆当成课堂，任意阅读自己感兴趣的文史哲方面的书，如冯友兰、张东荪、方东美的书，以及宗白华、林同济等人的文章。朱光潜的《文艺心理学》，成了他学习美学的启蒙老师。1948年，他应林同济先生的邀请，从银行来到上海海光图书馆。林同济把海光图书馆办成一个有关中西文化的研究性的图书馆，聘请蒋孔阳担任文学编译，让他用英文翻译、写文章。在林同济指导下，蒋孔阳开始对西方文学产生强烈的兴趣，读了不少西方文学名著，创办了《海光书讯》杂志，还翻译了《巴尔扎克评传》。沉浸在丰富藏洋，蒋孔阳的学术素养和外语水平大为提高。新中国成立初，蒋孔阳翻译了库尼兹《苏联文学史》（商务印书馆，1950年），他把当时能够看到的苏联小说，几乎全都找来读了，还在《人民日报》和《人民文学》上发表了评论文章。他说这是他正式跨入文艺理论工作的第一步。

1951年11月，蒋孔阳从海光图书馆调到复旦大学。1952年下半年，蒋孔阳担任文艺理论课任课老师。1954年，苏联专家毕达可夫到北京大学讲授文艺理论，蒋孔阳也前往北大听课，因课程内容太概念化，引不起兴趣。

回到复旦后，就是在他的教学任务十分繁忙的情况下，他仍然把毕达可夫讲的一套苏联的文艺理论体系溶化开来，和中国文学的实际相结合，写成了《文学的基本知识》一书，1957年由中国青年出版社出版。同年，蒋孔阳又把自己为高年级讲授的文艺理论专题"论文学艺术的特征"讲稿加以扩充，成为《论文学艺术的特征》书稿交上海文艺出版社出版。

　　蒋孔阳继承了老一辈教育家刻苦读书、多读多写的悠久传统，始终将教学与学术研究密切结合。他最喜欢阅读的八种书是《庄子》、《孟子》、《中国近三百年学术史》（梁启超）、《美学》、《文艺心理学》（朱光潜）、《美学》（黑格尔）、《歌德谈话录》（爱克曼）、《理想国》（柏拉图）、《判断力批判》（康德）。为什么最喜欢这八种书呢？因为，读了这些书，他获得了丰富的知识和深刻的思想。《庄子》，庄子像火一样热烈，又像冰一样冷静。几千年的中国知识分子，受了他的影响，一方面疾恶如仇，嬉笑怒骂；另一方面却又把天大的事，化成一股清风、一弯明月。他那恣肆的文笔、生动的寓言、深刻的思想，更是时时令人击节赞叹。《孟子》，孟子是个喜欢说大话的人，但他的"大话"不假不空，而是与自己的血肉联系在一起，因而真挚感人，具有震撼人的人格力量。几千年来，在专制主义之下，中国知识分子之中仍然潜藏着一股"浩然之气"，存在着像王夫之那样"六经责我开生面，七尺从天乞活埋"的人，我认为是和孟子的传统分不开的。《中国近三百年学术史》，五四时期的学者，不仅有学问，而且有气派。他们对所研究的学问，都是指挥若定，侃侃而谈。梁启超的这本书，就是一例。它的可贵之处，在于展示了每一个学者的"全人格"的发展。《文艺心理学》，是我读到的第一本美学著作。它那旁博的征引，生动的叙述，带有感情的议论，很快就把我吸引住了。是它启蒙了我，把我引进了美学的天地。通过它，我最初接触到西方的一些杰出的美学家。《美学》，这是我生平最喜爱的一种书。思想博大精深，体系严密完整。处处山重水复，引人入胜；时时火花爆发，启人深思。有人生的体验、艺术的鉴赏、哲学的沉思，真是取之不尽，美不胜收。《歌德谈话录》，搞理论的，喜欢思想。但来自于理论的思想，太抽象，可敬而不可亲。此书不同，它那丰富的思想，直接从生活中来，从爱克曼与歌德的交流中来，因而富有生气，充满了血肉，不仅可敬，而且可亲。《理想国》，凡是理想主义者，都喜欢把自己的

"理想"强加于人，从而免不掉专制主义的色彩。柏拉图的《理想国》是人类理想主义的滥觞，也是人类专制主义的滥觞，原因在此。其所以流传千古，成为人类最伟大的著作之一，是因为作者热情洋溢，思路广阔，运用辩证法，生动而又深刻地探讨了人类最根本的一些问题。《判断力批判》，这本书十分难读，但经得起读，愈读愈有味。它从人的本性出发，来探讨美学上最基本的问题。由于人的本性充满了矛盾，所以他所探讨的美学问题也充满了矛盾。正是这些矛盾把问题推向深入，使人欲罢不能，以至冒着风险，也要攀登。

　　他的著作和他的为人一样，平易近人，既有大师的风范，又有常人的用心。他的学问，是从一点一滴积累起来的。从哲学到美学，一个范畴一个范畴，一板一眼，逻辑性非常强，事实和道理讲得极其透彻，而且做到了深入浅出。1962年，他在上海哲学社会科学学会联合会做过一次被誉为极其精彩的学术报告——关于西方美学史上一个重要美学流派——德国古典美学的报告。商务印书馆很快就向蒋孔阳组稿。《德国古典美学》（商务印书馆，1980年），以简洁的文体、流畅的语言阐明了18世纪末到19世纪初，在德国以康德、费希特、谢林、歌德、席勒、黑格尔等为代表形成的一个美学流派——德国古典美学；全书由德国古典美学的产生和形成、康德、费希特与谢林、歌德与席勒、黑格尔、对于德国古典美学的批判等六章组成，深入探讨了德国古典美学产生、形成的哲学基础、历史渊源、历史地位及其深远影响。《德国古典美学》出版之后，深受读者关注，被哲学社会科学工作者誉为中国学者研究西方古典美学的一部学术经典著作。

　　1957年至1999年，蒋孔阳先后出版了《文学的基本知识》、《论文学艺术的特征》，译著《近代美学史评述》（李斯托威尔著）、《形象与典型》、《美和美的创造》、《美学与文艺评论集》、《德国古典美学》、《先秦音乐美学思想论稿》、《美学新论》，主编《中国古代美学艺术论文集》、《哲学大辞典·美学卷》、《西方美学通史》。蒋孔阳先生说，在他编、译、著之10多种著作中，影响较大的是《德国古典美学》，而他自己特别心爱的则是《先秦音乐美学思想论稿》。《先秦音乐美学思想论稿》这部著作是蒋先生1975年到1976年之间，停止一切教学活动情况下，在图书馆阅读古代史书中发现中国古代音乐特别发达，而且有关音乐的言论和思想也特别多。经过搜集和整理，他写出了《阴阳五行与春秋时的音乐美学思想》第一篇论文，从而，开始了先秦音乐美学思想的研究。蒋孔阳认为，要研究我国古代审美意识和美学思想的发展，除了有关的文物和哲学著作之外，现存的艺术作品和有关艺术的论著，应当是最为可靠和最为重要的依据。探讨我国古代的音乐美学思想，应当是研究我国古代美学思想的一个重要环节。于是，他从1976年开始，到1984年止，花费了8年时间，陆续写出了《阴阳五行与春秋时的音乐美学思想》《私家讲学和诸子百家的兴起》《音乐在我国上古时期社会生活中地位和作用》《先秦时代的"礼乐"制度》《评孔丘的"正乐"思想》《评墨翟的"非乐"思想》《评老子"大音希声"和庄周"至乐无乐"的音乐美学思想》《评孟轲"与民同乐"的音乐美学思想》《评荀况的〈乐论〉及其音乐美学思想》《评商鞅、韩非的音乐美学思想》《评〈礼记·乐记〉的音乐美学思想》等11篇论文。蒋孔阳先生认为，我国古代的思想家，差不多都是联系音乐来探讨整个文艺现象的规律，他们把乐论当成整个的文艺理论，他们的美学思想也集中地表现有关音乐的美学思想上。因此，探讨音乐在我上古时期社会生活中的地位和作用，事实上就是探讨整个文艺在当时的地位和作用。由以上11篇论文构成的《先秦音乐美学思想论稿》，标志着蒋孔阳先生对我国文艺理论和美学理论研究在一个新领域的开拓。

蒋孔阳先生从1978年至1988年开始逐渐步入美学研究的成熟时期，就在1978年至1992年长达14年的时间里，他在教学任务极其繁忙、健康状况极其不好的情况下，完成了《美学新论》。蒋先生在《美学新论》这本书当中，通过总论、美论、美的规律、美感论、审美范畴和中西艺术与中西美学等6编，简洁明了地把美学中的古与今、中与外、史与论、理论与实践这四个关系，相互交织在一起，并把它们紧密地结合起来。在这本书里，蒋孔阳在学术上做到了兼收并蓄，博采众家之长；学风上做到了真情实感，说真心话；文字表达上力求通俗易懂。至于之所以将这本书取名《美学新论》，蒋先生说，意在此书要与他人此类书不同，有一点他自己的新意——"新"离不开独特的感受。这本《美学新论》，他之所以觉得它新，是因为它处处有作者新的感受。《美学新论》一书，人民文学出版社1993年、1995年两次印数达4 900册，被称为中国当代美学研究的总结形态的新著。它不仅是一部通俗易懂的美学理论，而且是一部简明扼要的中外美学发展史。

1986年5月里的一天，上海文艺出版社邀请蒋孔阳为编辑讲述怎样读书和写作的讲座。上午9时，在绍兴路74号2楼会议室。蒋先生坐在那儿，面对上海文艺出版社80多位编辑，从容不迫，侃侃而谈。首先，他指出，上海文艺出版社编辑担负着编辑与出版以文艺作品为中心的各种文学图书读物，为了出版高水平的文艺作品和文艺理论图书，编辑自身要有选择地广泛阅读哲学社会科学和中外古典文学名著，应当阅读若干西方哲学著作。他说，理论书最好读原著，经典的著作起码每年通读一遍，如《红楼梦》《阿Q正传》。其次，要通过阅读与写作，不断提高编辑自身的语言文字表达能力。只有不断提高编辑的语言文字表达水平，方能保证出版社出版的图书，语言简洁、文字流畅。聆听蒋孔阳先生的这次讲座，从上海文艺出版社编辑、编辑室主任，到总编辑，不能不清醒地认识到，在为他人作嫁衣裳的同时，自己也必须坚持阅读与写作。

蒋孔阳先生一辈子不知疲倦地读书和写作；春风化雨，以美化人——桃李满天下；为文艺理论、美学理论的学术创造和文化积累，贡献了自己毕生的力量。他曾任中华全国美学学会副会长、上海美学学会会长、上海市作家协会副主席，获得过第六届上海市终身文学艺术奖。令人痛心的是蒋先生晚年疾病缠身，1999年6月26日，他过早地离开我们而去。如今，他虽然离开我们已有22个年头了，但回顾他生前谦谦君子、学而不厌、孜孜不倦的风范时，我依然抑制不住对他的无限的怀念。

2021年5月18日

（原载《文学报》，2021年8月5日）

智慧的传说

　　在我国数量众多的神话、传说和机智人物故事中，赞颂智慧是一个引人注目的主题。这些作品在各族人民中间广泛流传，并在广大人民群众中产生着深远的影响。这是我国优秀文学财富的一部分，也是研究劳动人民世界观的一份珍贵的资料。本文试图从人民与智慧的关系这个角度，对这类作品的产生以及劳动人民对智慧的认识，做个初步的探讨。

一

　　首先，在这类题材的人民口头创作中，生动地反映了劳动人民对智慧的渴求和赞颂。在人类发展的历史长河中，智慧的产生和发展对推动人类社会的发展起着极其重大的作用。早在12 000年前，人类就已经用自己的智慧和劳动创造了文明。而尼罗河畔的古埃及、幼发拉底河和底格里斯河流域的苏美尔和巴比伦、印度河和恒河流域的古印度，以及黄河和长江之滨的中国，是世界文明的四个摇篮。五六千年来，它们孕育亿万劳动人民的智慧和创造，开创了源远流长的科学和艺术，于人类文明做出了卓越的贡献。智慧之光是照耀人类社会从蒙昧时代、野蛮时代到文明时代并走向现今世界的一盏明灯；人类如果没有智慧，那将陷入愚昧、无知和黑暗的深渊。正因为这样，历来劳动人民对智慧怀有特殊的感情。远古时代的人民在劳动过程中逐渐发展了智力，表现出他们的聪明才智，石器的制作、装饰品的制作，都是原始人智慧的结晶。随着生产力的发展，社会产生了分工，知识被巫祝、史官垄断，但劳动人民并不满足于不动脑筋傻干，他们渴望知识，希望成为一个聪明的劳动者。在他们创作的大量传说、故事中，寻找智慧、向往智慧是一个常见的主题。流传在云南澜沧江边的傣族传说《诸葛亮的故事》，生动地描述了傣家青年猎手岩肯，挽留下诸葛亮那顶象征着聪明智慧的帽子后，如何从帽子里蕴藏着的智慧中得到启发，战胜了自己身上的不卫生和疾病，反映了傣族人民把改善生活条件、改变命运紧紧地同追求智慧联系在一起的美好愿望①。有则名叫《聚宝盆和智慧》的故事说，从前，有两个年轻人，一个是农民的儿子，一个是财主的儿子。他们长大之后，农民要儿子到外面学本领，财主却要儿子到外面去寻找发财的机会。于是他们一起出发了。他们跋山涉水，好不容易在路上遇到了一个70多岁的驼背老人，由他指点，两个年轻人上山找到了一个智慧老人。智慧老人给了农民的儿子以力气，给了财主的儿子以一头能变出黄金的黄牛。几天之后，农民对儿子说："我看你力气是有了，但是还应该聪明点，明天你去向老人要些智慧吧！"财主对儿子说："这头牛很好，可是要吃了草才能屙金子，我们每天还要拿金子去买草给它吃，这样多不上算。你明天再去向老人要一样不用吃东西就能变出金子的宝贝吧。"两个年轻人又去找老人。老人给了农民的儿子一个智慧袋，给了财主的儿子一个聚宝盆。几年之后，两个年轻人都长大成人了。正在这时，他们的国家碰上了百年未遇的大旱灾，连国库里的粮食都剩下不多了。皇帝说："你们谁能把旱灾治好，公主就嫁给谁。"财主儿子一听，赶忙拿起几粒米往聚宝盆里一放，米就源源不断地从盆里流出来了。可是盆口很小，流一天的米还不够100个人吃一顿。他又在聚宝盆里灌进水，水源源不断地出来了，可是一天流出来的水还浇不到三亩地。财主的儿子没有办法了。这时候，农民的儿子拿出智慧袋一听，就立刻赶到巴颜喀拉山，沿着山脚左一铲右一锹，不到三天就开出两条大河。山上的泉水顺着河流流遍了全国，老百姓的地里都有了水，禾苗返青了，丰收有望了。全国的老百姓都感谢农民的儿子，公主终于和他结了婚。又过了两年，农民的儿子当了皇帝。在他年老去世之前，他没有把智慧袋和力气传给他的儿子，他只是把智慧袋里的一部分智慧放进了书本里，而把其余的智慧和所有力气都悄悄地藏进了每一项劳动中。

---

① 《诸葛亮的故事》，见《民间文学作品选》（上册），上海文艺出版社，1982年4月。

所以只要热爱劳动的人、读书学习的人，就能从中得到智慧和力量①。这则故事非常生动地表现了劳动人民不仅渴望获得力气，而且更加渴望获得聪明和智慧。

流传在我国各族人民中间的"难题求婚"型故事②，都讲到挑女婿要进行智慧考验。因为结婚之后，青年男女要过独立的经济生活，需要女婿具有劳动能力和才智，所以在这类故事中，姑娘的父亲或姑娘自己就对女婿提出各种各样的难题，特别是提出一系列有关农业的难题，对求婚人进行考验。在《阿那和龙女的故事》中，龙王对求婚者提出了三个难题：一、开垦一片荒地；二、在那里种上绿豆；三、一粒不剩地将那片绿豆都收割回来。龙王并进一步要求，求婚者必须在很短的时间内完成它们。聪明的阿那一一解决了这些难题。通过出难题来挑选女婿，实际上是一种确定求婚者有无求婚资格的审查方式，目的是判断、考验求婚者的智力和资格。无疑，这是人民追求智慧的一种表现。

人民不仅在自己的作品中，从各个不同角度，反映出他们追求智慧的强烈愿望，而且在自己的作品中，大胆表现了他们对智慧的热情赞颂。流传在湖北咸宁的诸葛亮草船借箭的传说③，说的是诸葛亮如何得助于三个贴身随从的计策，用草船、稻草人迷惑曹军，"借"来了十万多支狼牙箭，从而挫败周瑜的故事。这则传说，不仅表现了人民对智慧人物诸葛亮的热情赞颂，而且表现了他们对自己智慧的大胆肯定和赞颂。民间还流传着许许多多的巧女婿和傻女婿的故事。在这两种不同类型的故事中，人民从两个不同的侧面表示了他们对智慧的态度：巧女婿故事从正面表现了人民对智慧的赞颂，傻女婿故事则是从反面表现了人民对智慧的向往和追求。

人民对智慧的赞颂还表现在他们自己创作的各种发明创造的传说中。流传在四川中江的汉族神话《伏羲，伏羲，教人打鱼》说，伏羲最初教导人民用手捉鱼以补充食物的不足，从此人类不仅能吃上陆地上的野兽，也能吃上水里的鱼了。但用手捉鱼是十分困难的，人们虽然花了很大的精力，

① 《聚宝盆和智慧》，《故事会》，1984年第1期。
② 江西南昌《三婿拜年》，云南佤族《阿那和龙女的故事》、傈僳族《鲍鱼的故事》、纳西族神话《人类迁徙记》，贵州苗族《阿秀王》，新疆维吾尔族《渔夫的儿子夏吾东》等都是这种类型的作品。
③ 《三国故事传说集·三个臭皮匠顶个诸葛亮》，湖北咸宁地区群众艺术馆编印，1983年。

却没有能够将妨碍捉鱼的"水"这种自然力加以征服。这样，就逼着人们运用聪明才智去发明劳动工具，来帮助手所从事的劳动。"太昊（伏羲）师蜘蛛而结网"，说的就是这种出于实际需要的一种发明[①]。原始人类的聪明才智，主要表现在他们改造自然中，运用自己的思维能力和实际经验，发明创造出许许多多简单原始的工具。所以，对发明、创造的歌颂，就是对人类智慧的歌颂。神农后稷开创农耕，有巢氏构木为巢，燧人氏钻木取火，亥发明驯牛以利畜牧，番禺造船，伯余制衣服，舜发明筑屋，伯益挖井，昆吾制陶，等等，从各个方面反映了原始人控制自然的能力，表达了远古人民对智慧的向往、追求和赞颂。

我国各族人民创作大量的赞颂智慧的民间文学作品，也产生了众多的机智人物故事，这是我国各族劳动人民对智慧的渴望和赞颂的生动表现；这众多的故事，也是对人民进行智慧教育的教科书，它教导人民，必须重视智慧，尊重有智慧的人；为了人类的进步，必须掌握智慧。

二

通过前面的介绍，我们可以看到我国各族人民，自古至今都借自己的口头创作，表现自己对智慧的强烈追求，对智慧的热情赞颂。这说明我国劳动人民在黑暗的时代，虽然被剥夺了受教育的权利，知识水平较低，但他们是不甘心处于缺少知识的地位的。当然，他们渴望智慧的目的，不同于统治阶级和别的有闲阶级，劳动人民掌握智慧是为了更有力地向自然开战，与统治阶级进行有效的斗争，取得本阶级的自由和解放。

首先，智慧帮助人民战胜自然。古代人民在生产力极其低下、自然环境极其恶劣的条件下，受到了变幻莫测的自然力的严重威胁，严寒酷暑、风雨雷电、毒蛇猛兽，都会给他们的生存带来极大的困难，而人民就是凭着自己的聪明和智慧，战胜各种自然灾害的。

彝族有则故事说，从前大森林里有一只老虎。大山脚下住着一户人家，家里有三兄弟和一个妹妹。妹妹长得好看，老虎想骗她去做老婆。大哥、

---

① 《伏羲，伏羲，教人打鱼》，《民间文学作品选》（上册），上海文艺出版社，1982年4月。

二哥去营救妹妹，由于缺少智慧，先后都被老虎吃掉了。三哥去营救妹妹时，运用了自己的智慧，诱使老虎撞倒在树干底下，然后，他抽出刀，一刀将老虎杀了，从此山上山下就安宁了①。在许多民间故事中，威胁人们生存的自然力还常常以妖婆、怪兽的形象出现，在《智杀妖婆》和《铁匠降怪》这两则故事中②，我们可以看到人们在战胜妖婆、怪兽时起决定作用的手段都同铁器和冶铁技术密切相关。《智杀妖婆》中置妖婆于死地的各种器物，除去火之外，刀要算是最重要的武器了。《铁匠降怪》则完全是靠铁匠和他的冶炼技术的力量。冶炼术和铁器的出现，极大地提高了人类战胜自然的能力。而武器是人类智慧的结晶，智慧的物质化，所以，世界上许多民族的传说，将智慧和铁匠联系在一起，并非出于偶然。

其次，智慧帮助劳动人民战胜恶势力。在神话时代，智慧主要帮助人们战胜自然；进入阶级社会后，智慧不仅帮助人们战胜自然，而且更重要的是帮助人们战胜社会中的种种恶势力。藏族有则长工和地主斗智的故事说，有个地主，每次雇长工，从来不付工钱。因为他要长工做的事，压根儿就无法办到，所以到了年终，长工的工钱总被他扣光。阿古登巴为了帮穷人争气，当上这个地主的长工后，想方设法用自己的智慧制服了他，让地主乖乖地把工钱支付给阿古登巴③。我国封建社会历史长久，地主阶级的剥削也特别残酷，所以人民群众创作了大量的农民、长工与地主进行斗争的故事。这种斗争，有集体武装起义，也有个人的斗智。在长工与地主斗智的这类故事中，地主貌似强大，也毒辣狡猾，但最后还是以失败告终。长工虽然在地位上处于劣势，但最后总是用自己的智慧战胜了地主。这形象地证明了"高贵者最愚蠢，卑贱者最聪明"的真理。

在机智人物故事中，劳动人民运用智慧战胜恶势力表现得尤为突出。各民族机智人物因为他们替人民惩治那些人民的对头，为人民出气，因此人民乐于讲述他们的故事，善于把他们塑造成一群智慧超群的人物，无论在怎样的不利的情况下，他们总是能够发挥他们惊人的智慧才能，战胜统治者，制服恶势力。在蒙古族机智人物巴拉根仓的故事里，人们一提起他

---

① 《彝族民间故事选·智胜恶虎》，上海文艺出版社，1981年5月。
② 《智杀妖婆》《铁匠降怪》，《彝族民间故事选》，上海文艺出版社，1981年5月。
③ 《还有什么吩咐吗？》，《少数民族机智人物故事选》，祁连休编，上海文艺出版社，1982年2月。

来就说："王爷牛羊最多，巴拉根仓的智慧最多。"这就引起统治者的不满，他们说："岂有此理，天下的奴隶能有比我们贵族更聪明更有智慧吗？我倒要看看这个巴拉根仓长着几个脑袋。"于是一些诺颜、白音、王爷要和巴拉根仓比智慧①，想借此来侮辱他，除掉他。结果，每一次受到侮辱的不是巴拉根仓，而是他们自己。有一次，一个诺颜碰到了巴拉根仓，要巴拉根仓能当着他的面骗他一次，否则就要用马刀砍下他的头。巴拉根仓假装说今日不比，因他的"智慧囊"没带在身边，诺颜一定要今天就和他比，于是把自己的坐骑借给巴拉根仓回去拿"智慧囊"，而且还自愿代替巴拉根仓顶着一棵要倒下的树。巴拉根仓骑上诺颜的马像箭一样向草原飞去，再也没回来，当着诺颜的面骗去了他的马。《智慧囊》这则故事充分说明智慧在对恶势力进行斗争中的威力和妙用②。

由于封建统治阶级极力宣扬"男尊女卑"的封建观念，所以，我国妇女总是处在社会的最下层。封建统治者又极力鄙视妇女，说什么"女子无才便是德"，"头发长智慧短"。与此相反，劳动人民则在自己的口头创作中赋予女子以聪明智慧。这在巧女故事中得到了充分的反映。在这些作品中，妇女们是最富于智慧的人，她们的智慧不但折服丈夫，而且揭露了封建统治的罪恶，打击了封建统治阶级。《巧巧》这则故事，写县官为要霸占19岁的渔家姑娘巧巧，千方百计引她犯"九"。因为县官、两个衙役和巧巧的父亲，名字后面的两个字都是"老九"，而百姓与县官名字相同是犯忌，也是犯法的。巧巧是怎样对付县官的呢？一天，巧巧进城卖鱼，正卖着，衙役张老九和李老九走来了。他们走到巧巧的跟前，一个说："今天县大老爷王老九，要请你爹来吃酒。来也得来，不来也得来！"一个说："巧巧，你立即回去告诉你爹爹，'张老九，李老九，买了一捆黄芽韭，打了一瓶好烧酒；县官王老九，要请郑老九。一同到酒楼，来吃黄芽韭，来喝好烧酒'。"他们要巧巧记住并学一遍。巧巧回答说："好吧！"张老九想，她一说"九"字，我就捆她。巧巧不慌不忙地说："张三三，李四五，买了一捆扁叶葱，打了一瓶高粱油，县官王八一，要请我爹爹，同到三六楼，来吃扁叶葱，

---

① 诺颜，蒙古语，长官、官老爷。白音，富户、财主。
②《智慧囊》,《少数民族机智人物故事选》，祁连休编，上海文艺出版社，1982年2月。

来喝高粱油。对吗？"巧巧说完，张老九和李老九都惊呆了，连忙溜回衙门去。县官听了，一口气没上来，活活气死了①。这则故事说明人民在对反动势力进行斗争中智慧起了多么大的作用。

最后，人民在日常生活中也需要智慧。人类社会是复杂的，他们的精神生活的需要也是多方面的、丰富多彩的，在大量的巧媳妇故事和机智人物故事中就有一些并不具有明显政治色彩的风趣诙谐的充满智慧的故事，它是人民生活的娱乐品和教科书。流传在各族人民中间的巧媳妇故事中，有则故事说，张古老家，一共有四个儿子，老大、老二、老三，都已娶了媳妇，但这三个媳妇在孝敬公公和管理家务方面都缺少聪明和才智，只有老四娶的媳妇巧姑最能干。有一天，公公张古老当着四个媳妇的面说："会居家的人，就知道节省，无的做出有的来。我就在这点上出题目：要用两种料子，炒出十种料子的菜来；用两种料子，蒸出七种料子的饭来。哪个做得出，就是顶聪明能干的人，家就归她当。"结果呢，大媳妇、二媳妇、三媳妇都做不出来，最后挨到巧姑做。巧姑走到厨房里，用韭菜炒鸡蛋，炒了一大碗菜，用绿豆和在大米里，蒸了一大盆饭，端到公公面前，公公一看，说："我要的是十种料子的菜怎么只有两种？我要的是七种料子做的饭，怎么只有两种？"巧姑说："韭菜加鸡蛋，九样加一样不是十样？绿豆和大米，六样加一样，不是七样？"张古老一听，高兴极了，连声说好，当场就把钥匙拿了出来，交给巧姑。巧姑当家后，把家里的事情安排得妥妥帖帖，吃的穿的，都是自己做出来的，一家人日子过得舒舒服服的②。巧姑身上的这些智慧和才干，不正是我们家庭生活中所需要的吗？它的表现形式，轻松愉快，寓教育于娱乐之中。在机智人物故事中，还有些娱乐性很强的智慧笑话型故事，如蒙古族有则巴拉根仓的故事叫《说谎》，说的是有一天巴拉根仓在农民干活歇息时来到田头，为他们讲述了一个关于他自己去年一年里怎样经历过上天入地、稀奇古怪的奇遇和大胆浪漫的想象混合在一起的诙谐故事③。这则故事想象丰富，没有明显的教训意义，但却给人以娱乐，陶冶人的感情，唤起人们的美的想象，减轻劳动人民的劳动强度，这

---

① 《巧巧》，《巧女的故事》，本社编，上海文艺出版社，1985年10月。
② 《巧媳妇》，《民间文学作品选》（上册），上海文艺出版社，1982年4月。
③ 《说谎》，《少数民族机智人物故事选》，祁连休编，上海文艺出版社，1982年2月。

也是智慧的一种表现，它是人民生活所需要的。

三

　　我国各族劳动人民不但在自己的口头文学创作中，热情地对智慧大唱赞歌，歌颂智慧帮助人民战胜自然和社会上的种种恶势力中所显示出来的无比威力，同时也明确地指出统治阶级把智慧神化，把智慧得之于先天的观念是完全违背唯物主义世界观的。

　　那么，劳动人民是怎样认识智慧的形成、产生和发展的呢？智慧是从哪里来的呢？

　　在以男子为社会中心的相当长的历史时期中，人们往往认为男子是最有智慧的，在我国各民族和世界许多国家、民族的机智人物故事中，机智人物几乎都是男子就是一个例子。毋庸置疑，男子是有智慧的，但男子的智慧又是从何而来的呢？普米族有则传说讲，古时候，男子呆头呆脑的，而女人能说能算，聪明伶俐极了。男人笨到什么地步呢？笨到女人叫他做什么，他不仅什么都干不好，而且连人畜也分不清，兔马也辨不了，傻得连鸡蛋是母鸡下的都不晓得。有一天，上天的女菩萨干衣米下凡视察，不禁同情起人间的男人来。她想，人间男人之所以愚笨是由于女人太聪明造成的，只有给女人们戴耳环手镯，才能制住她们的聪明，而让男人们聪明起来。于是，女菩萨干衣米就使法子变出无数个戴耳环手镯的美女，与人间没有老婆的男人们成亲，等她们有了孩子后，让女孩子们也戴耳环手镯。这样，其他的女人看到后，觉得戴上耳环、手镯美观好看，也都学着戴起耳环手镯来了。从此，人间的男人们才慢慢地聪明了起来。①男子的智慧自然不可能从女子那里得到，但这个故事生动地指出了智慧最初属于女子，男子智慧的形成与发展在女子之后，是对女子智慧的继承。

　　那么女人的智慧又是从何而来的呢？女人为什么能够成为人类初始最有智慧、最聪明的人呢？这是与她们最早从事劳动分不开的。原始社会早期，由于分工造成的妇女所从事的采集经济和原始农业比男子所从事的渔

---

① 《女人戴耳环手镯的来由》，《民间文学》1983年第3期。

猎经济更为稳定，所以，她们成了生活来源的主要承担者，在氏族内居于统治地位。反映在神话传说中，便是对女神的热情赞美和高度崇敬；而女神们的智慧则完全来源于她们在征服自然、改造自然中的辛勤劳动。中国神话中的女娲捏黄土做人、做笙和炼石补天等都寄托了古代劳动人民对劳动创造的歌颂，都是智慧的化身。如果说生产劳动是人类从自然界分化出来的根本动力，那么妇女的生产劳动则是母系时代推动历史发展的主要力量，她们的贡献从一定意义上说要大于以后的任何时代。古希腊神话中，就其出现的神的总数而言，女神们约占百分之六十。如农业女神、命运女神、智慧女神、狩猎女神、山村女神、正义女神、复仇女神等等，从这些名称即可以看出，她们掌管着与人们的生活和劳动息息相关的事务。女神们正是在极其广泛的职责范围中辛勤劳动，迸发出智慧的光芒的。所以，智慧最初是属于妇女的，是起源于劳动的，妇女最初是最有智慧、最聪明的人。

随着母系氏族社会逐渐为父系氏族社会所代替，生产工具的改进和发明使得男子在生产劳动中占有首要的地位，以前由女子担任的农业劳动也随着灌溉工程的兴建、水利的管理和耕作的复杂化而逐渐变为以男子为主了。男女双方在整个社会生产劳动中的地位起了根本的变化，智慧也逐渐由妇女占有为主转变为以男子占有为主了。智慧的转移，恰好是劳动承担者重心转移的结果。

人类进入阶级社会以后，男人成了智慧的化身，但在劳动人民看来，男子的智慧仍然是劳动的结晶。鲁班的传说，很能说明这个问题。鲁班，春秋时鲁国人，姓公输，名般，般和班同音，因为是鲁国人，所以人们叫他鲁班。他家世世代代都是工匠。在这个劳动家庭里，鲁班从小就学会了多种手艺，他会盖房子，会造桥，会雕刻石头。他最突出的成就是在木工方面。他在木工方面有着一系列的发明和创造。传说，有一次，鲁班要建筑一座宫殿，他和徒弟带了斧头，到南山去砍伐木料。用斧子砍树，又累又慢，动工的日子越来越迫近了，鲁班心里十分着急。有一天，他到一个险峻的山顶上去找木料，正当他艰难地往上爬的时候，突然手指被茅草拉了一道口子，鲜血直流。鲁班想，茅草为什么这么厉害呢？他忘了伤口疼痛，聚精会神地观察起茅草来。原来茅草的边缘上长着又密又锋利的细齿，将它放在手上再划一下，果然又是一道口子。他从这里得到启发，于是仿照茅草的样子，用铁打成边缘上有细齿的铁条。他用这种铁条去锯树，果然省力，只用几天工夫，就把木料备齐了。这种带细齿的铁条，就是我们今天使用的锯子的前身。据说木工使用的刨子、钻子、墨斗、曲尺等等，都是鲁班在长期的劳动实践中发明的。几千年来，鲁班的名字，已经成为劳动人民勤劳智慧的象征。

蒙古族有则叫《智慧鸟》的故事说，从前，一座山里有一只智慧鸟，很多有钱有势的人想得到它，却始终捉不住。住在山里的东方的伊尔特格尔汗，千方百计要捉住它，以便使自己变成最有智慧的人。后来伊尔特格尔汗虽然把智慧鸟捉到了，但由于他做不到智慧鸟对他提出的听故事时不许唉声叹气、不许闷着头不言语的保证，所以，他三次捉到智慧鸟，三次都让它飞跑了。这则故事说明，智慧是不能强行占有的，尤其是不能被不劳而获的有钱有势的人所占有，智慧只能为热爱劳动的人民所掌握，只能在劳动中获得。[①]

我国各民族的机智人物故事蕴藏量十分丰富。到目前为止，已发现的就有汉、蒙古、回、藏、维吾尔、苗、彝、壮、布依、朝鲜、满、侗、瑶、白、土家、哈萨克、哈尼、傣、傈僳、佤、畲、水、东乡、纳西、景颇、柯尔克孜、京、基诺等30多个民族，机智人物共300多个，他们几乎都属于社会底层从事体力劳动的劳动人民，这是世界上其他国家所罕见的；这些资料也都非常有说服力地阐明了"智慧来源于劳动和劳动人民"这个道理。

总之，智慧是人类社会劳动实践的产物，是人民口头文学创作中一个永恒的主题。探讨民间故事中以歌颂智慧为主题的作品，对于我们认识人民群众在进行物质生产和精神生产、在认识世界和改造世界中所表现出来的惊人的巨大创造能力，对于我们认识和研究劳动人民的世界观和价值观，无疑是有益的。

1989年1月

（原载《笑的艺术——全国机智人物故事学术讨论会论文集》，

广西民族出版社，1990年2月）

---

① 《智慧鸟》，《蒙古族民间故事选》，上海文艺出版社，1984年9月。

《亚洲童话》述评

　　亚洲，位于东半球的东北部，面积4 400万平方公里，是世界第一大洲。生活在这块美丽富饶大陆上的亚洲人民，很早就创造了光辉灿烂的古老文明，在世界公认的四大文明古国中，亚洲就占了三个。中国、古印度、古巴比伦不仅是亚洲悠久文化历史传统的象征，而且由于它们极大地推动了世界文明的发展，而成为全人类的骄傲。在天文、历法、数学、种植、科技诸多方面，勤劳智慧的亚洲人民都曾走在世界的前列，亚洲古老的文化艺术之花更是常开不败，至今以它璀璨夺目的迷人光彩而闪烁于世界文化长廊上。产生于各国优秀书面文学之前的人民口头文学包括童话，同样显示了清新、淳朴、奇趣的特色。上海文艺出版社新近出版的《亚洲童话》（殷康、禾静编）是一部较为全面展示亚洲各国童话历史概貌的优秀文学读本。这个读本在揭示亚洲童话的文化源流、思想内容和艺术特色诸多方面均有显著的特点，值得读者阅读和研究。

　　首先，该书揭示了亚洲童话古老的文化源流。

　　早在尼罗河畔古埃及文明高度发展的同时，古代幼发拉底河、底格里斯河两河流域也已经成为世界文明的另一个摇篮。公元前4000年前，苏美尔人就在这里建立起了古代奴隶制国家，他们使用楔形文字，发明了世界上最早的太阴历，创造了十进位法和六十进位法，许多文化成果流传至今。

　　地处南亚的印度距今大约5 000年前，已经形成它独特的文化和习俗。居住在那里的达罗毗荼人是世界上最早种植棉花的人，他们创造的丰富多彩的"哈拉帕文化"，直至公元前2000年中叶，才由于中亚雅利安人的侵入而趋于消亡。古印度人还发明了表达数字的0、1、2、3、4、5、6、7、8、9十个符号定位计数的进位法。公元前6世纪，乔达摩·悉达多创立了佛教。

佛教不仅渗透在印度社会生活、思想文化各个领域，还向东传入缅甸、斯里兰卡等国，向东南传入中国，再传入朝鲜和日本，成为在南亚和东南亚流行最广泛的宗教。

在东亚，中国的黄河流域在史前时期就已进入当时世界仅有的几种先进文化之列。距今6 000多年的仰韶文化时期，中国的原始文字就已产生，到商代形成了基本成熟的汉字——甲骨文。上古中国的天文学居世界首位，早在夏代就有了天文学和历法；中国又是世界上最早种植水稻、养蚕缫丝和织造绢帛的国家，并在医疗、冶铸、水利等方面都取得了很高的成就。以三大古老文明为发源的亚洲文化，在之后的千百年中不断为亚洲各地区人民所吸收、补充和发展。中古时期的阿拉伯文化，以及东亚的日本文化、朝鲜文化等等，都曾经为它增添了丰富多彩又独具风格的新鲜内容。

亚洲大陆地域广阔，自然条件复杂，各地区地理环境、气候特征差异很大，加上民族众多，历史上各地区经济发展很不平衡，有的停留在采集食物阶段，有的处于游牧生活阶段，有的早已进入农业耕种阶段，这样，长期居住在不同地域的人民，必然形成不同的生活习性和风俗民情。而三大文明历史悠久，影响巨大，及其各自地域上的相对封闭性，最终使亚洲6 000年形成了以三个古文明为中心的三个各具地区代表性的文化传统，产生于不同文化传统中的民间童话也必然打上互不相同文化特征的鲜明烙印。

中国自古就有"礼仪之邦"的称号，以礼教道统为中心的文化传统根源于中国古代的宗族血缘制度。宗族血亲制度孕育了儒家的礼教和宗法观念，而儒家在封建社会占据的思想文化上的统治地位，反过来又使中国这个宗法社会的礼教空气更加浓厚。政治法律制度的明显不完善，君主专制的统治方式，"重农轻商"的经济思想，这一切都严重阻碍着科学技术和社会历史的发展。中国的封建社会延续了2 000多年之久，这种古老的思想观念和文化观念，在民间童话中得到了充分的表现。追求小农经济自给自足基础上的男耕女织生产方式，强调传统家族社会组织结构的稳定和重要，以及勤劳致富、劝人从善、助人为乐、君王恩赐等观念与思想都渗透其中。朝鲜和日本是中国的近邻，受中国古代文化的影响很大，因此在这两个国家的民间童话中同样可以看到这些观念的影子。

　　处于印度东部的巴基斯坦、缅甸、泰国、菲律宾，由于地理环境相近，历史文化交流频繁，互相影响，其民间童话也带有浓厚的宗教色彩。除佛教外，他们还信奉伊斯兰教、天主教、印度教、犹太教、锡克教、道教和祆教。

　　说起童话作品，人们不会忘记阿拉伯文学对世界文坛的突出贡献——《一千零一夜》（《天方夜谭》）。它词语丰富，内容浩繁，故事曲折，绮丽动人，不仅是一部世界民间文学的巨著，而且是世界文学宝库中的一颗明珠。除《一千零一夜》外，阿拉伯的民间童话也很有特色。从这些童话里读者可以看到阿拉伯历史上频繁战争的片段以及阿拉伯社会的许多风俗习惯。

　　其次，该书反映了亚洲人民淳朴的哲学观念、心理状态、伦理道德、审美情趣等诸方面的思想内容。

　　亚洲共有40个国家和地区，其民间童话的数量是极为丰富的，按其类型大致可分为事物起源故事、神奇故事、生活故事和动物故事四个大类。

　　事物起源故事，不仅充满情趣，而且有着不可忽视的认识价值，它反映了亚洲人民长期以来对自然、社会的观察、想象和创造。比如，关于太阳和月亮这些自然现象，几乎所有国家都流传着许许多多美丽动人的传说，虽然说法不尽相同，但都有声有色，试图通过解释自然现象，表达人们的强烈要求和美好愿望。菲律宾的传说称，古时候，月亮比太阳明亮。它在太阳下山之前就已升起，因此傍晚的光线特别耀眼，使人们无法休息。为此，太阳和月亮喋喋不休地争吵了好几年。尽管太阳不停地制止月亮的不轨行为，月亮却依然我行我素。太阳怒不可遏，捡起一块泥巴，向月亮扔去。泥巴打在月亮脸上，瞬息之间，地球上变暗了。月亮一心想抹去脸上的污泥，还是留下了一大块黑斑。从此，月亮再也没有太阳亮了。这样，人间才有了昼夜。每到夜晚，人们才获得安稳睡觉的机会（《太阳为什么比月亮明亮》）。这则故事表现了古代菲律宾人改造自然的顽强意志和生存不息的强烈愿望。在事物起源故事中，还有通过讲述爱情故事来解释岛国来历的作品《公主的大扇子》。它叙述古代两个敌对国度的王子和公主，冲破世俗的重重障碍，终成眷属。公主在匆忙出逃途中丢失一把美丽的大扇子，落到了现在的马来西亚，时隔不久，那把大扇子又随着河水漂入大海，后来它被几块岩石截住，变成了一个岛屿。这个岛屿便是今天的新加坡。我们从这则传说中，可以看到不同国家之间婚姻的缔结，对不同国家之间的关系产生微妙的影响，会促使它们从互相敌视转变为结成秦晋之好。这则传说，还从侧面反映了东南亚古代不同国家之间是允许通婚的现实和习俗制度。

神奇故事在亚洲童话中所占数量较大。这些故事表现了亚洲各国人民对于富裕生活和美好未来的憧憬，以及他们征服自然、变革现实的愿望和要求。尤其值得注意的是，在这些故事中保存了一些古老的观念、艺术形象和情节。其中有的是关于原始人的信仰习俗和特殊心理状态的。中国古代有皇帝笃信神仙、寻见长生不老草的故事；古代印度尼西亚，也有皇帝笃信巫师的魔水能使他长生不老的故事。从前有一个巫师向皇帝献上一罐魔水，说是皇帝只要喝上一口魔水，便可长生不老。皇帝小心谨慎，不轻信巫师，而就自己该不该喝这口魔水分别问了军人、富商和农民。军人和富商都说，皇帝喝了这口魔水，将长生不老，荣华富贵。农民却说，无论是军人还是商人，都只对皇帝讲了一半真话。他们只告诉皇帝为什么会幸福，却故意只字不提皇帝为什么会不幸。皇帝喝了这口魔水，倒是会得到永生，财富也将日益增多。但他心爱的妻子终有一天要去世，他的孩子也要去世，他的子孙后代也都终将离开这个世界，他甚至不得不亲眼看见自己所有的朋友和忠实仆人统统死去，而他还将继续活着。这就是皇帝长生不老将要得到的幸福。听了农民这番话，皇帝断然去掉了喝魔水的念头。他将魔水洒在地上，让大地长生不老，哺育一代又一代人民（《聪明的皇帝》）。这则故事不仅赞扬了农民的聪明和智慧，而且揭示了人们对生与死、幸福与不幸辩证关系的深刻理解。反映人类古代婚姻习俗制度的作品，还有泰国的《金口难开的公主》等。另外，从《金棍》《魔樽》《魔瓶》《三件法宝》《锅巴先生》等作品中，我们认识到古代印度、巴基斯坦、马来西亚、老挝、柬埔寨等国的民间法术观念以及他们对巫术的信仰情况。

生活故事在亚洲童话中所占比例最大。在这些作品里，我们不仅可以领略亚洲各国天南海北的美丽自然风光，而且可以了解亚洲各国人民社会历史生活的各个方面，了解他们的道德、行为和信念。

亚洲各国历史上主要从事农业活动，因此以原始农业文化为特征的传统文化观念在民间童话中有着充分的反映。《大冬瓜》《花边姐姐》《葫芦娃》便在不同程度上反映了中国人的传统伦理观念。民间童话中还常常运用强烈的对比手法，使之产生更大的艺术感染力，同时用以表达人民群众的爱憎、褒贬态度，这类作品往往在肯定勤劳品德的同时，鞭笞了懒惰行为。《两对夫妻》通过两对夫妻对待生活的两种不同态度的对比，揭示了勤劳致富、懒惰受穷的道理。《单只眼的人和双眼人》中，懒汉千木本想诱骗一个单眼人供人观赏而致富，哪料事与愿违，结果是他自己最后落进单眼人岛，成了人们观赏的玩物，他的发财美梦也因此成了泡影。这则故事幽默风趣，有着浓厚的讽刺意味。

亚洲人民的善恶、爱憎观念鲜明。他们肯定、赞扬忠厚老实、勇敢机智、善良友爱、知恩必报和自我牺牲的道德精神，反对、谴责自私自利、贪婪奸诈、残暴嫉妒、忘恩负义和贪生怕死的丑恶行为。在民间童话中，人兽结合，对于人类来说往往是个严峻的考验，因为这里的兽类并不是凶恶的动物本身，而是美好人类的化身，它的出现常常是吉祥和幸福的象征。人们能否获得这种吉祥和幸福，全看他们对待动物的良心、道德和态度。《蛇王子》赞扬了聪明、贤惠、勇于自我牺牲的三女儿，谴责了两个姐姐的懒惰、贪婪、自私自利，它反映了古缅甸人的道德观念和是非美丑标准；《达瓦多尔斯》赞扬了助人为乐的高尚品德，它告诉读者，人活着不光是为自己，而应该给别人帮助，要时时处处想到其他人；《蝴蝶姑娘》则痛惜地批评了那些一生无所事事、虚度年华的人。

怎样对待金钱和财富，也是生活故事中的一个重要主题。《财迷》讲一个小女孩一次偶然机会得到老虎帮助之后，她同样热心帮助老虎，从而得到老虎赐予的一箩筐金银财宝。小女孩回家后，邻居闻讯，财迷心窍，亦叫自己女儿学着别人样，希望从老虎那儿获取同样的报酬。但当老虎帮助了这个女孩后，女孩却不愿帮助老虎，结果老虎赐给她的不是一箩筐金银财宝，而是一箩筐毒蛇。这些毒蛇跑出来后把女孩子的一家人全咬死了。故事虽然有着浓厚的善有善报、恶有恶报的宗教观念，但严厉谴责了人为财死的丑恶行为，是值得汲取教训的。

在亚洲童话众多的生活故事中，关于国王、王子和公主的故事占有相当的比重。这并不是因为亚洲人民历史上生活得特别好，因此他们在故事创作中不断地歌颂自己的国王，而是因为：第一，东方人有个传统的君王恩赐观念，即希望有一个好君主，管理好国家，以便使广大百姓过上风调雨顺、国泰民安的太平日子；第二，认为国君的言行是全体百姓的楷模，因而国王的行为举止、好恶美丑都是他们所密切关注的。这样他们很自然地便在民间故事中不断地讲述国王、王子和公主的故事，通过这些作品，表达他们对君王的爱憎、好恶和审美评价；赞颂贤明、圣洁的国王，谴责昏庸、无道的国君。

世界上几乎没有一个国家和民族没有动物故事，亚洲各国的动物故事也是极其丰富的。这些动物故事结构单纯、形式短小、妙趣横生、耐人寻味。动物故事通过描绘动物之间的关系或动物与人之间的社会关系，把动物人格化、拟人化，曲折地反映出人与人之间的社会关系，具有明显的教训寓意。《割舌雀》告诉人们，麻雀也懂得人间的是非和曲直，它对善良和好心的人慷慨无私，而对贪得无厌的人则痛恶欲绝。山羊和狼的故事，讲山羊善良正直，对待朋友真诚老实，狼熟悉山羊这些特性，同它交了朋友，先是吃了小山羊，接着便要吃老山羊，一件件惊心动魄的事实教育了老山羊，它终于认识到狼不是自己的朋友，而是背信弃义的凶恶敌人。最后它以牙还牙地将狼消灭了（《背信弃义的狼》）。这则故事虽然讲的是动物与动物之间的关系，实际上寄寓了教育人们要善于识别敌我，不要上当受骗的深刻含义。亚洲动物故事的地域特点是比较显著的。在东南亚国家中，常常流传着许多热带动物大象的故事。大象是庞然大物，它虽是人类的好伙伴，但若操纵在以势压人的国王手里，便可能成为对百姓造成威胁的有害动物。在尼泊尔的一则故事里，形象弱小的牛居然战胜了大象（《牛战胜了大象》）。在这里牛充当了善良和机智的角色，而大象却成了笨拙、失败的象征。它说明了弱小者可以战胜强大者的深刻道理。越南流传一则兔子帮助农民打官司的故事。在这则故事里，擅长诡辩的法官被兔子打败了。因为正义在农民一边，法官代表的是非正义的、邪恶的一边，所以法官失败了。《智慧鸟》叙述了人类智慧的来源；《燕子和麻雀》教育人们必须勤奋劳动，才能生存和发展。总之，亚洲各国的许多动物故事，都可以说有如久经锤炼的寓言，它们以精巧的结构、洗练的语言、饱含哲理的劝诫，读来令人过目难忘。

　　最后，收入本书的一百篇优秀亚洲童话不仅在内容方面丰富多彩，而且在艺术形式上也有着鲜明的特色。

　　与欧洲民间文学相比，亚洲童话更注重故事情节的起伏跌宕和故事结构的完整性。亚洲民间童话，往往在娓娓动听的叙述中，描绘出一幅幅东方文明世俗化的生活画卷，其中蕴藏着东方人朴素的处世哲理。与欧洲的牛油面包式的文化品位迥然各异。作品文字流畅、清新，读来别有一种亲切感，充满东方社会现实生活的人情和风味。

　　由于地域辽阔，自然环境复杂各异，使亚洲大陆的民间童话格外呈现出色彩斑斓、千姿百态的面貌。从童话的主人公看，有渔夫、猎人、樵夫、农民、牧民、手工业者、国王、王子、公主、女神、仙女，以及被人格化了的各种各样的动物：龙、蛇、青蛙、金鹿、金龟、金鱼、骆驼、猴子、老虎、狼、兔子、老鼠、鸡、狗、猫、仙鹤、杜鹃、夜莺、孔雀、骏马、老山羊、小花羊、大象、麻雀、乌鸦等等。此外，还有大自然中的数不清的植物：香蕉、椰林、芒果树、棕榈、柠檬、甘蔗、水稻、玉米等等。从故事发生的自然环境看，既有大海、河流、湖泊，又有高原、平原、山川、沙漠和岛屿。这些不同地域、不同自然环境、不同气候、不同生产方式、不同生活方式和不同风俗习惯，形成了平原、山地、沙漠、草原、湖泊、海洋、岛屿等区域童话色彩，鲜明地表现出不同区域文化所具有的不同的风光和气质，它们交相辉映，使得整个亚洲童话显得格外鲜艳夺目、辉煌灿烂。

　　就作品本身而言，由于亚洲童话植根于古文明的发祥地，使它得天独厚，独具魅力。其结构有头有尾，情节曲折，结尾也多半是真善美战胜假丑恶的光明结局，感情表达委婉、细腻。

　　总之，亚洲童话源远流长，在长期流传过程中，逐步形成了许多共同的特点，但它们同时又保持了各自独特的民族风格和地区特点。菲律宾、新加坡、马来西亚的故事，比较注重知识的传播；泰国、柬埔寨的故事，诙谐幽默、短小精悍、寓意深刻；缅甸、印度尼西亚、越南的故事，则多以情节取胜。它们各有千秋，富有浓厚的生活气息，从许多侧面反映了亚洲国家的经济、政治、社会制度、伦理道德、宗教信仰、民族性格和风土人情。这些作品融民族风俗、山川景色、现实生活为一体，表现了各国人民的爱憎观念、处世哲学和审美情趣，从而具有相当的文学欣赏价值和科学资料价值。

附注：本文是作者为上海文艺出版社1991年12月出版的殷康、禾静编《亚洲童话》一书所写的前言，获上海市1991年度民间文学优秀论文奖。

（原载《中国民间文化》第六集，学林出版社，1992年6月）

后　记

　　《我的编辑生涯》这本书的出版，非同一般，它是我从事民间文学、民俗学图书编辑出版和理论研究22年人生旅途的一个小结。我之所以能够在编辑出版工作和理论研究中取得一定的成绩，是同钟敬文先生对我的教导和指引分不开的；他是中国民俗学之父，既是我的作者，又是我的导师；我之所以能够在紧张的工作之余，勤奋读书与努力写作，是同民间文学、民俗文化学界同人们给予我的帮助分不开的，刘锡诚、袁晞、武世珍、李兴叶、祁连休、金辉、陶立璠、安德明、姜彬、王文华、雷群明、郝铭鉴、郑土有、张霞、张滢莹都是我的好朋友，正是在他们的支持和帮助下，在长达数十年时间里，我得以在不同的报刊上发表了许多文章。工作期间，我有幸结交了许多文化学术界的朋友，他们将自己的著作寄赠给我。杨堃先生寄赠给我《杨堃民族学研究论文集》《民族与民族学》《民族学概论》《民族学调查方法》《原始社会发展史》；秋浦先生寄赠给我《鄂伦春人》《鄂温克人的原始社会形态》《当代人看原始文化》；顾潮寄赠给我《我的父亲顾颉刚》。还有，一个偶然的机会，在绍兴路54号上海人民出版社大门口，只见过一面，后来就成为我的好朋友的冯天瑜先生，生前，在短短十多年间，先后寄赠给我《中华文化史》（上、下）、《中国文化史纲》、《中国古文化的奥秘》、《中国文化史断想》、《明清文化史散论》、《中华元典精神》，钟敬文先生寄赠给我《兰窗诗论集》，汪玢玲寄赠给我《中国虎文化》，车锡伦寄赠给我《中国宝卷总目》，马书田寄赠给我《华夏诸神》，段宝林寄赠给我《世界民俗大观》，雪犁寄赠给我《西北民歌精粹》《呼伦贝尔民歌》。这些著作使我从中获得了人类学、民族学、民俗学、语言学、文字学、神话学、宗教学、婚姻与家庭以及古代文化史方方面面的诸多知识，为我从事图书编辑出版和理论研究带来了很大的帮助。

　　承蒙上海市作家协会给我这本书出版的机会，感谢郜元宝教授和黄霖教授的支持和帮助，感谢卢润祥先生为本书作序，感谢上海市作家协会创联室李旸老师的大力帮助！感谢文汇出版社张涛先生的大力支持和热情帮助！感谢梁慧敏女士在本书编辑出版过程中给予我的悉心帮助！

涂　石

2023 年 9 月 16 日

图书在版编目（CIP）数据

我的编辑生涯 / 涂石著. — 上海：文汇出版社，
2024.9. —（上海老作家文丛）. — ISBN 978－7－5496
－4327－1

Ⅰ . I25

中国国家版本馆CIP数据核字第2024A064D0号

上海老作家文丛（第十二辑）

我的编辑生涯

作　　者 / 涂　石
责任编辑 / 张　涛
装帧设计 / 张　晋

出 版 人 / 周伯军
出版发行 / 文汇出版社
　　　　　上海市威海路755号（邮政编码：200041）
经　　销 / 全国新华书店
排　　版 / 南京展望文化发展有限公司
印刷装订 / 启东市人民印刷有限公司

版　　次 / 2024年9月第1版
印　　次 / 2024年9月第1次印刷
开　　本 / 720×1000　1/16
字　　数 / 690千字
印　　张 / 45

ISBN 978－7－5496－4327－1
定　　价 / 160.00元